사람은 무엇으로 사는가

세계문학전집
216

Лев Толстой : Чем люди живы

사람은 무엇으로 사는가

레프 톨스토이 소설

이항재 옮김

문학동네

일러두기

1. 번역 대본으로는 1978~1985년 모스크바 예술문학출판사에서 출간한 22권짜리 톨스토이저작집 가운데 제2, 3, 10, 12, 14권을 사용했다. Л.Н. Толстой. Собрание сочинений в 22 тт. М.: Художественная литература, 1978~1985. Т. 2,3,10,12,14.
2. '원주'라고 밝히지 않은 주석은 모두 옮긴이주다.
3. 본문 중 고딕체는 원서에서 이탤릭체로 강조한 부분이다.
4. 본문 중 이탤릭체는 원서에서 프랑스어로 표시한 부분이다.

차례

당구 점수기록원의 수기

두시를 지나 세시를 향해 가는 중이었다. 신사들이 당구를 치고 있었다. 큰손님(우리는 그를 이렇게 불렀다), 공작(큰손님과 늘 같이 다닌다), 콧수염을 기른 나리, 키가 작은 경기병, 배우였던 올리버, 그리고 판*도 있었다. 사람들이 꽤나 많았다.

큰손님과 공작이 함께 당구를 치고 있었다. 나는 작은 계수기를 들고 당구대 주위를 걸어다니며 점수를 기록했다. 9 대 48, 12 대 48. 우리 같은 점수기록원이 하는 일은 누구나 다 알고 있다. 빵 한 조각 입에 처넣을 시간도 없고, 이틀씩이나 잠도 못 잔다. 손님들은 언제나 당구공을 꺼내 오라며 소리친다. 나는 점수를 기록하다가 새로운 나리가 안으로 들어오는 걸 본다. 그는 당구 치는 사람들을 잠시 바라보다가 작은 소파에 앉았다. 좋은 일이다.

---

* 폴란드어로 '귀족' 또는 '영주'라는 뜻.

'흠, 누굴까? 어떤 부류의 손님이려나?'—나는 속으로 생각한다.

옷차림이 아주 산뜻한 게, 마치 모두 방금 만든 옷을 걸친 것 같다. 체크무늬 트리코 바지, 짧은 최신식 프록코트, 벨벳 조끼와 금 사슬, 그리고 금 사슬에 매달려 있는 온갖 것들.

산뜻한 옷차림보다 훨씬 더 산뜻한 뭔가가 그에게서 풍겨난다. 날씬하고 훤칠한 키에 유행을 좇아 앞으로 감아올린 머리칼, 혈색 좋고 뽀얀 얼굴—한마디로 멋쟁이다.

알다시피 우리는 온갖 부류의 사람들을 만난다. 개중에는 아주 품위 있는 사람도 있지만 쓰레기 같은 인간들도 많다. 우리는 한낱 점수기록원*이긴 하지만 사람들에게 익숙해지면서 사람들을 대하는 몇몇 요령을 터득하게 된다.

나는 새로 나타난 나리를 바라보았다—누구에게도 알은체를 하지 않으며 그는 조용히 앉아 있다. 걸치고 있는 옷도 완전히 새것이다. 나는 생각한다. 외국인이거나 영국인일 거야. 아니면 다른 지방에서 온 백작일지도 몰라. 젊지만 기품이 있군. 올리버가 옆에 앉자 그는 옆으로 비켜 앉았다.

한 게임이 끝났다. 게임에서 진 큰손님이 나를 향해 소리친다.

"야," 그가 말한다. "거짓말하지 말고 점수 똑바로 기록해. 한눈팔지 말고."

큰손님은 욕지거리를 하다가 큐를 휙 내던지고 나가버렸다. 아니, 이런! 그와 공작은 밤마다 은화 50루블을 걸고 게임을 한다. 지금 그는 마콩**

* 화자 '나'는 점수기록원을 뜻하는 러시아어 '마르쿄르'를 '마르퐐'로 잘못 쓰고 있다.

** 프랑스 부르고뉴프랑슈콩테 지역의 지명.

포도주 한 병을 잃었다고 화를 내고 있다. 성깔하고는! 때로는 공작과 두시까지 당구를 치기도 한다. 하지만 당구대 포켓 위에 돈을 놓지는 않는데, 내가 이미 두 사람 다 돈이 없다는 걸 알고 있음에도 그들은 언제나 허세를 부린다.

"지폐로 25루블 어때?" 그가 말한다.

"좋아!"

그는 그저 하품을 하면서 당구대 위에 공을 놓지 않고—무감각한 인간이 아니니까!—여전히 따귀를 올릴 기회를 노리고 있다.

"우리는 점수놀이가 아니라 돈내기를 하고 있다고." 그가 말한다. 그는 누구보다 심하게 나를 못살게 군다. 그러나 괜찮다. 큰손님이 떠나자마자 공작이 새 나리에게 말을 건다.

"그러니까, 나와 한 게임 하지 않겠소?"

"좋습니다." 새 나리가 말한다.

새 나리는 거기 앉아서, 될 대로 되라는 듯, 바보처럼 바라보고 있다! 그는 평소와 달리 만용을 부렸는지도 모른다. 자리에서 일어나 당구대로 다가온 그는 두려워하고 있었다. 두려워하고 있는지 아닌지는 모르지만, 기분이 썩 좋아 보이지는 않았다. 새 옷이라 거북한지, 모두가 자기를 쳐다봐서 두려운 건지, 어쨌든 기력이 없어 보였다. 그는 옆걸음으로 당구대로 다가가 자기가 공을 넣을 포켓을 정하고, 큐에 초크를 칠하다가 그만 초크를 떨어뜨린다. 공을 맞힐 때마다 그는 주변을 흘끔거리며 얼굴을 붉힌다. 하지만 공작은 그러지 않는다. 사람들의 시선에 이미 익숙했기 때문이다. 자기 손에 초크를 계속 묻히며 소매를 걷어올리는 공작의 몸집은 작았지만 공이 포켓 속으로 미끄러져들어갈 때마다 포켓에서 쩡쩡 소리가 났다.

그들이 두 게임을 했는지 세 게임을 했는지는 기억나지 않는다. 공작이 큐를 놓고 말한다.

"당신 성이 어떻게 되지요?"

"네흘류도프입니다." 손님이 말한다.

"부친께서 군단장이셨죠?" 공작이 말한다.

"그렇습니다." 손님이 말한다.

이때부터 그들이 프랑스어를 더 많이 섞어가며 말해서 나는 무슨 말인지 알아들을 수 없다. 아마 인척관계에 대한 얘기였으리라.

"아 레부아르."* 공작이 말한다. "당신과 알게 돼서 아주 기쁘오."

공작은 손을 씻은 뒤 식사를 하러 나갔다. 그러나 새 손님은 큐를 들고 당구대 옆에 서서 공을 이리저리 굴리고 있다.

알다시피 우리는 새로 온 사람일수록 더 딱딱하게 대하는데, 그게 더 낫다. 나는 공을 잡아 모으기 시작한다. 그가 얼굴을 붉히며 말한다.

"당구를 더 칠 수 있소?"

"그럼요, 당구대는 당구를 치라고 있습죠." 나는 그를 쳐다보지 않고 큐를 정해진 위치에 놓는다.

"나와 한 게임 하겠나?"

"그러시죠, 나리!" 내가 말한다.

나는 공을 배열했다.

"기어다니기 게임 한판 하시겠어요?"

---

* 프랑스어 작별인사 "Au revoir"를 러시아어식으로 발음하고 있다.

"그게 무슨 소린가?" 그가 묻는다. "기어다니기 게임이라니?"

"이런 겁니다." 내가 말한다. "나리가 지시면 제게 은화 50코페이카를 주시고, 제가 지면 당구대 밑으로 기어들어가겠습니다."

당연히 아무것도 모르는 그에게는 이상하게 들렸을 테고, 그는 웃음을 터뜨린다.

"해보세." 그가 말한다.

좋다. 나는 그에게 묻는다.

"제게 먼저 몇 점을 접어주시겠습니까?"

"자네 설마 나보다 당구를 못 치는 건가?" 그가 묻는다.

"그럴 겁니다." 내가 말한다. "여기엔 나리를 대적할 만한 선수가 별로 없습니다."

우리는 게임을 시작했다. 그는 자기가 당구를 잘 친다고 생각하는 것 같았다. 하지만 공을 치면 빗나가곤 했다. 판은 앉은 채로 계속 훈수를 두었다.

"멋진 공이야! 바로 저렇게 쳐야 해!"

멋진 타격이야!…… 타격은 정확한데, 계산을 전혀 할 줄 모르는군. 여느 때처럼 첫판을 져준 나는 당구대 밑을 기면서 낑낑 소리를 냈다. 그러자 올리버와 판이 자리에서 벌떡 일어나 큐로 당구대를 두드려댄다.

"멋지다! 한번 더, 한번 더!" 그들이 말한다.

뭐 '한번 더'라고! 저 판이라는 자는 은화 50코페이카를 주면 자기도 당구대 밑이든 시니 모스트* 밑이든 기꺼이 기어들어갈 거면서. 여전히

---

* 상트페테르부르크 모이카강의 '청색 다리'.

거기서 소리를 치고 있다.

"멋지다." 그가 말한다. "그런데 아직 먼지가 다 닦이지 않았어."

아마 당구 점수기록원인 나 페트루시카를 모두가 알 것이다. 예전엔 튜린으로 불렸지만, 지금은 당구 점수기록원 페트루시카다.

우리는 그저 당구를 쳤다. 물론 나는 속내를 드러내지 않았다. 나는 두번째 게임도 졌다.

"나리," 내가 말한다. "나리에겐 도저히 상대가 안 되는군요."

그가 웃는다. 세번째 게임을 끝냈을 때, 그는 49점이고 나는 0점이었다. 나는 큐를 당구대 위에 놓고 말한다.

"나리, 전부 걸고 어떠세요?"

"전부 걸다니?"

"3루블을 따시거나 몽땅 잃으시는 거죠." 내가 말한다.

"정말 돈을 걸고 게임을 하자고? 바보 같으니!"

그는 얼굴을 붉히기까지 했다.

좋다. 그는 한 게임을 졌다.

"이제 그만하지." 그가 말한다.

그는 영국 상점에서 산 새 가죽지갑을 꺼내서 열었는데, 과시하고 싶은 것 같았다. 지갑에는 돈이 가득했고, 모두 100루블짜리였다.

"이런," 그가 말한다. "잔돈이 없군."

그러고는 다른 돈주머니에서 3루블을 꺼냈다.

"자, 여기 있네." 그가 말한다. "2루블은 당구 친 값이고, 나머지 돈으론 보드카 한잔하게."

나는 공손히 감사를 표했다. 보아하니 훌륭한 나리다! 이런 나리를 위해서는 바닥을 기어다닐 수 있다. 나리가 내기당구를 원치 않는 것이 유감일 뿐이다. 내가 꾀를 내면 20루블이나 40루블쯤은 뜯어낼 수 있을 것이다.

판은 젊은 나리에게 돈이 있는 걸 보자마자 말한다. "나와 한 게임 하지 않겠소? 아주 잘 치시는군요." 그는 여우처럼 접근했다. "아닙니다, 실례지만, 시간이 없습니다." 이렇게 말하고 젊은 나리는 가버렸다.

이 판이 어떤 사람인지는 아무도 모른다. 누군가 그를 판이라고 불렀고, 그후로 그는 그렇게 불렀다. 날이면 날마다 그는 당구장에 앉아 사람들이 당구 치는 모습을 내내 바라보았다. 사람들은 그를 밀치며 욕설을 해댔고, 어떤 게임에도 끼워주지 않았으며, 그는 항상 거기 앉아 가져온 담뱃대를 빨아댔다. 그는 내기당구를 하지 않았지만…… 교활한 사람이었다!

좋다. 네흘류도프는 두 번, 세 번 오더니 이제는 당구장에 자주 들렀다. 아침에도 오고 저녁에도 나타났다. 그는 삼구三球 게임과 알라게르*, 포켓볼을 비롯해 온갖 당구 게임을 배웠다. 그는 더 대담해졌고, 모든 사람들과 사귀면서 당구도 꽤 잘 치게 되었다. 물론 모두들 돈 있고 집안 좋은 젊은이를 존중했다. 그러다 언젠가 딱 한 번, 웬일인지 큰손님과 말다툼을 벌인 적이 있다.

말다툼은 사소한 일에서 시작되었다.

공작, 큰손님, 네흘류도프, 올리버 그리고 다른 한 손님이 알라게르를 치고 있었다. 네흘류도프는 난로 근처에 서서 누군가와 얘기를 하는

---

* 서로 다른 색깔의 공 두 개로 하는 당구 게임의 일종으로, 18~19세기 러시아에서 유행했다.

중이었다. 큰손님이 칠 차례였고, 그는 몹시 술에 취해 있었다. 마침 그가 칠 공이 바로 난로 맞은편에 와서 멈췄다. 그쪽은 공간이 좁았는데, 그는 항상 팔을 쭉 펴서 치는 걸 좋아했다.

네흘류도프를 보지 못했는지, 일부러 그랬는지 모르지만, 그는 이번에도 팔을 쭉 펴서 공을 쳤고, 마치 철봉으로 맞은 것처럼 네흘류도프의 가슴에서 퍽 소리가 났다. 신음소리를 낼 정도였다. 그래서 어찌되었냐고? 큰손님은 전혀 사과하지 않았고, 너무나 무례했다! 그는 걸음을 옮기며 네흘류도프를 쳐다보지도 않고 투덜거린다. "여기서 왜 얼쩡거리는 거야? 그 바람에 공을 포켓에 못 넣었잖아. 여기 자리가 없나?"

안색이 창백해진 네흘류도프는 그에게 다가가서 아무 일도 없었다는 듯이 정중하게 말한다.

"선생, 제게 먼저 사과를 하셔야죠. 저를 밀치셨습니다."

"지금 사과 같은 얘기를 할 때가 아니오. 내가 이길 수 있었다고." 그가 말한다. "이제 공이 들어가겠네."

네흘류도프가 다시 말한다.

"당신은 사과해야만 합니다."

"저리 비켜." 그가 말한다. "정말 귀찮게 구네!" 그리고 큰손님은 자기 공을 바라본다.

네흘류도프는 그에게 더 가까이 다가가 팔을 잡으며 말한다.

"신사분께서, 무례하시군요!"

아름다운 아가씨처럼 호리호리한 젊은이였지만, 네흘류도프는 매우 도전적이었다. 이글거리는 눈빛이 상대방을 잡아먹을 기세였다. 반면 큰손님은 건장하고 키가 큰 사내였다. 네흘류도프는 그의 상대가 되지 않았다!

"무-어라? 내가 무례하다고!"

이렇게 외치면서 그는 네흘류도프를 향해 손을 치켜들었다. 그러자 사람들이 달려와 팔을 잡고 두 사람을 떼어놓았다.

한동안 실랑이를 벌이다가 네흘류도프가 말한다.

"저자더러 결투를 받아들이라고 하시오, 저자는 날 모욕했어. 저자와 결투하겠어. 여러분, 알다시피 관례라는 것이 있습니다…… 절대 안 돼! 자, 여러분, 말씀 좀 해보세요!"

"결투 따윈 내 알 바 아냐!" 큰손님이 말한다. "이 꼬맹이 녀석아. 네 귀를 잡아 뽑아주마."

"결투에 응하지 않으면, 당신은 신사가 아니오."

네흘류도프는 울먹이다시피 말한다.

"이봐, 꼬맹이." 큰손님이 말한다. "네가 무슨 말을 해도 나는 화내지 않아."

늘 그렇듯이, 우리는 그들을 떼어놓고 각각 다른 방으로 데려갔다. 네흘류도프와 공작은 친한 사이였다.

"저자에게 가서," 네흘류도프가 말한다. "제발 결투에 응하라고 설득해줘요. 술에 취했었지만 지금쯤이면 정신이 돌아왔을 거요. 이렇게 끝낼 수는 없어요."

공작은 큰손님에게 갔다. 큰손님이 말한다.

"나는 결투도 해봤고, 전쟁에서 싸우기도 했소. 하지만 저런 꼬맹이하고 결투라니. 원치 않소, 그 얘긴 그만해요."

결투 얘기는 계속 오가다가 결국 중단되었다. 큰손님만이 더이상 당구장에 들르지 않게 되었다.

이 일, 그러니까 이 당황스러운 소란을 통해 그는 아주 자존심 강한 싸움꾼의 면모를 보여주었다…… 다시 말해서 네흘류도프는…… 하지만 다른 면에서 그는 아는 게 아무것도 없었다. 한번은 이런 일도 있었다.

"여기 자네 집에는 누가 있나?" 공작이 네흘류도프에게 말한다.

"아무도 없습니다." 그가 말한다.

"어째서, 아무도 없나?"

"어째서 누가 있어야 하죠?"

"어째서냐니, 그게 무슨 소린가?"

"저는 지금까지 이렇게 살아왔습니다, 이렇게 사는 게 왜 안 되나요?"

"이렇게 살아왔다고? 설마!"

공작은 큰 소리로 껄껄 웃기 시작했고, 콧수염을 기른 나리도 큰 소리로 웃어댄다. 두 사람은 계속 웃어댔다.

"그래 한 번도 없어?" 그들이 말한다.

"한 번도 없습니다."

그들은 웃느라고 숨이 넘어갈 지경이다. 물론 나는 그들이 왜 웃는지 금방 이해했다. 나는 그가 어떻게 될지 두고 보기로 한다.

"자, 가세." 공작이 말했다.

"아뇨, 절대 안 갑니다!" 네흘류도프가 말한다.

"흠, 좋아! 거참 재미있군." 공작이 말한다. "기운을 내려면 우선 한잔하고, 같이 가세."

나는 그들에게 샴페인을 한 병 가져다주었다. 그들은 술병을 다 비우고 나서 당돌한 젊은이를 데리고 나갔다.

그들은 열두시가 넘어서 돌아왔다. 그들은 다 같이 앉아 저녁식사를 했다. 많은 이들이 모였는데, 아타노프, 라진 공작, 슈스타흐 백작, 미르초프 등 아주 훌륭한 손님들이었다. 모두들 네흘류도프를 축하하며 웃어댄다. 나도 불려갔다. 가보니 모두들 흥겨워하고 있었다.

"나리를 축하해드려라." 그들이 말한다.

"무엇을 축하하죠?" 내가 말한다.

그들이 뭐라고 말했던가? 계명인지 계몽인지 잘 기억나지 않는다.

"축하드리게 되어 영광입니다." 내가 말한다.

그는 얼굴이 빨개져서 그저 미소만 짓고 있다. 그 모습에 또 한번 웃음들이 터져나왔다!

좋다. 잠시 후 사람들은 당구대가 있는 방으로 갔고, 모두들 즐거워하는데, 네흘류도프는 이미 평소의 그가 아니었다. 흐리멍덩한 두 눈에 실룩거리는 입술, 그는 내내 딸꾹질을 하면서 말을 제대로 하지 못했다. 사람들은 아무것도 모르는 그를 가지고 놀았다. 그는 당구대로 다가가 팔꿈치를 괴고 말한다.

"여러분은 유쾌할지 모르지만 나는 슬픕니다. 어째서, 내가 그런 짓을 한 거죠? 공작, 나는 평생 당신이나 나 자신을 용서하지 않을 거요."

그러는 사이 눈물이 차올라 그는 울음을 터뜨린다. 물론 그는 잔뜩 술에 취해 자기가 무슨 말을 하는지도 모른다. 공작이 그에게 다가가 미소를 짓는다.

"그만하면 됐네." 공작이 말한다. "쓸데없는 소리! 집으로 가세, 아나

톨리.”

“아무데도 안 가요. 내가 왜 그런 짓을 했지?” 그러더니 다시 눈물을 줄줄 흘린다. 그는 당구대에서 떨어지지 않았고, 그게 다였다.

미숙한 젊은이란 대체 무엇을 의미할까?

이렇게 그는 우리 당구장에 자주 들르곤 했다. 한번은 공작과 콧수염을 기른 남자와 함께 온 적이 있는데, 이 콧수염을 기른 남자는 늘 공작과 같이 다녔다. 이 남자가 관리인지 퇴역 군인인지 아무도 몰랐다. 나리들은 그를 그저 페도트카라고 불렀다. 광대뼈가 툭 불거지고 인상이 아주 나빴지만 깨끗하게 옷을 입고 용수철이 달린 사륜마차를 타고 다녔다. 나리들이 왜 그렇게 그를 좋아했는지 아무도 모르는데, 그들은 페도트카 페도트카를 연호하면서 그에게 먹을 것과 마실 것을 주었고, 당구비를 대신 지불했다. 그러나 그는 무뢰한이었다! 게임에 졌을 땐 돈을 내지 않으면서, 게임에 이기면 반드시 돈을 받아냈다! 그는 다른 손님들에게 욕을 얻어먹고 내가 보는 앞에서 큰손님에게 얻어터질 때도 있었으며, 결투를 신청하기도 했다…… 그러나 늘 공작과 팔짱을 끼고 돌아다닌다.

“자네는,” 그가 말한다. “내가 없으면 미아가 될 거야. 나 페도트는 그런 사람이 아니야.”

대단한 재담가다! 흠, 좋다. 그들은 당구장에 와서 이렇게 말한다.

“셋이서 알라게르 한 게임 칩시다.”

“좋지.” 그가 말한다.

그들은 한 판당 3루블을 걸고 내기당구를 치기 시작했다. 네흘류도프는 공작과 쉴새없이 잡담을 나눈다.

"보게나," 공작이 말한다. "그녀의 다리가 어떤지. 정말 멋진 다리지! 땋아내린 머리는 또 어떤가!"

네흘류도프와 공작은 여전히 게임은 안중에 두지 않고 자기들끼리의 대화에만 열중한다. 페도트카는 자기가 할 일을 알고 열심히 당구를 친 반면, 두 사람은 공을 헛맞히며 전혀 제 실력을 발휘하지 못한다. 페도트카는 공작과 네흘류도프에게서 각각 6루블을 땄다. 공작과 그들 사이에 계산이 어떻게 진행되는지는 아무도 몰랐고, 그들은 서로에게 한 번도 돈을 주고받지 않았지만, 네흘류도프는 초록색 지폐 두 장을 꺼내 그에게 건넨다.

"아니," 그가 말한다. "자네한테 돈을 받고 싶은 게 아니네. 대신 단순한 게임 한 판 어떤가. 키투두블*, 즉 내가 이기면 두 배를 받고, 지면 무승부."

나는 당구대 위에 공을 늘어놓았다. 페도트카가 먼저 큐를 잡고 공을 치기 시작했다. 네흘류도프는 그저 으스대기 위해 공을 쳤고, 그러다가 건성으로 하면서 너무 쉽게 이기고 싶지 않다고 말한다. 페도트카는 내기 게임을 하고 있음을 잊지 않고 열심히 점수를 딴다. 물론 그는 간계를 드러내지 않았고, 마치 우연히 게임을 이긴 듯이 행동한다.

"한 판 더 하세." 그가 말한다. "딴 돈을 전부 걸고."

"그러죠."

이번에도 그가 이겼다.

"푼돈으로 시작했는데." 그가 말한다. "자네한테 이렇게 많이 따고 싶

---

* 프랑스어 Quitte ou double을 러시아어식으로 발음하고 있다.

지는 않네. 딴 돈을 모두 걸고 한 판 더 할까?"

"그러죠."

어쨌거나 50루블을 잃는다는 건 아까운 일이다. 이제 네흘류도프가 '딴 돈을 전부 걸고 한 판 더 하자'고 간청한다. 내기 게임은 계속되었고, 판돈은 점점 커져서 280루블이 되었다. 페도트카는 수완이 좋아서, 보통 게임에서는 지고 전부 걸고 하는 게임은 이긴다. 공작은 자리에 앉아 사태가 심각하게 돌아가는 걸 보고 있다.

"아세*, 아세!" 공작이 말한다.

세상에! 판돈이 더 커졌다.

결국 네흘류도프는 500루블 이상의 빚을 지게 되었다. 페도트카가 큐를 내려놓고 말한다.

"이만하면 충분하지 않소? 난 피곤한데."

그러나 판돈만 걸려 있다면 그는 새벽까지 기꺼이 공을 칠 준비가 되어 있다⋯⋯ 물론 방금 한 말은 계략이다. 네흘류도프는 계속 게임을 하고 싶어 더욱 안달이 난다.

"아니, 정말 지쳤어. 갑시다." 그가 말한다. "위층으로 가든지. 복수전을 하려면."

우리 당구장에서 위층은 손님들이 카드놀이를 하는 장소였다. 처음엔 그냥 프레페란스**를 하다가 싫든 좋든 다음 단계로 넘어간다.

바로 그날부터 페도트카가 얼마나 네흘류도프를 호려놨는지, 네흘류도프는 매일 우리 당구장에 오기 시작했다. 그는 당구를 한두 판 치고

---

* '그만하면 충분하다'는 뜻의 프랑스어 부사 assez를 러시아어식으로 발음하고 있다.

** 세 명이나 네 명이 하는 카드놀이의 일종.

는 언제나 위층으로 갔다.

그들이 위층에서 무슨 일을 했는지 아무도 모른다. 바로 이때부터 네흘류도프는 완전히 다른 사람이 되었고, 늘 페도트카와 한패가 되어 어울렸다. 이전에는 세련되고 옷도 깔끔하게 입고 머리칼은 곱슬곱슬했던 네흘류도프가 이제는 아침나절에만 그의 평소 모습을 보여주었다. 일단 위층으로 올라가고 나면 머리칼은 헝클어지고, 프록코트는 솜털과 초크가루투성이가 되었으며, 두 손은 지저분해졌다.

한번은 이런 모습으로 공작과 함께 위층에서 내려왔는데, 창백한 얼굴에 입술을 떨며 아주 흥분한 채 말하고 있었다.

"난 그자가 말하는 걸 용납 못합니다(그자가 어떻게 말했더라?)…… 내가 무례하다니요, 그리고 내 비밀을 폭로하겠다니요. 나는 그자에게 1만 루블을 주었습니다. 그러면 그자가 다른 사람들 앞에서는 더 조심했어야죠."

"그래, 이제 됐네." 공작이 말한다. "페도트카가 화를 낼 만큼 가치가 있는 사람인가?"

"아뇨," 그가 말한다. "그자를 그냥 두지 않을 겁니다."

"그만두게." 공작이 말한다. "페도트카와 볼썽사나운 일을 일으킬 만큼 자신을 비하하려나!"

"그때 다른 사람들이 있었다니까요."

"무슨 소리야," 공작이 말한다. "다른 사람들이라니? 지금 그자를 불러서 자네에게 사과하게 할까?"

"아뇨." 그가 말한다.

그리고 두 사람은 프랑스말로 뭐라 웅얼거리기 시작했고, 나는 무슨 말인지 이해할 수 없었다. 그래서 어찌되었냐고? 그날 저녁 그는 페도트카와 함께 식사를 했고, 다시 친구가 되었다.

좋다. 한번은 네흘류도프가 혼자서 당구장에 왔다.

"그래," 그가 말한다. "내가 당구를 잘 치나?"

알다시피, 모든 손님을 만족시키는 것이 우리의 일이다. 그래서 나는 이렇게 대답한다. 잘 치십니다, 정말 잘 치십니다! 그는 바보처럼 공을 쳐서 아무 이득도 얻지 못한다. 페도트카와 친해진 그 순간부터 그는 늘 돈을 걸고 내기당구를 치기 시작했다. 전에는 식사든 샴페인이든 무엇을 걸고 당구를 치는 걸 좋아하지 않았다. 가끔 공작이 이렇게 말하곤 했다.

"샴페인 한 병을 걸고 치세."

"아뇨." 그가 말한다. "그냥 주문하는 게 낫죠…… 이봐! 한 병 줘."

그런데 이제는 치기만 하면 항상 내기당구다. 그는 온종일 우리 당구장을 어슬렁거리며 누군가와 당구를 치거나 위층으로 올라가곤 한다. 나는 속으로 생각한다. 다른 사람들 모두 그에게서 돈을 뜯어내는데, 나라고 안 될까?

"저, 나리," 내가 말한다. "저와 당구를 치신 지도 꽤 오래됐죠?" 우리는 즉시 당구를 치기 시작했다.

나는 50코페이카 열 개를 땄을 때 말한다. 판돈을 전부 걸고 하시겠습니까, 나리?

그는 말이 없다. 전에는 내게 멍청이라고 말했었는데. 우리는 판돈을 전부 걸고 게임을 계속했다. 나는 80루블을 땄다. 그래서 어찌되었냐고? 그는 매일 나와 당구를 치기 시작했다. 그는 당구장에 아무도 없을 때까지 기다리곤 했는데, 알다시피 다른 사람들 앞에서 당구 점수기록원 따위와 당구를 치는 것이 창피했기 때문이다. 한번은 이미 내게 60루블쯤 빚을 지고 있던 그가 왠지 몹시 화를 냈다.

"판돈을," 그가 말한다. "전부 걸겠나?"

"좋습니다." 내가 말한다.

내가 이겼다.

"120루블 대 120루블?"

"좋습니다." 내가 말한다. 다시 내가 이겼다.

"240루블 대 240루블?"

"너무 많지 않습니까?" 내가 말한다. 그는 말이 없다. 우리는 공을 치기 시작했다. 다시 내가 이겼다.

"480루블 대 480루블?"

내가 말한다.

"저 나리, 나리께 너무 많은 손해를 끼쳤습니다. 제게 100루블만 주시는 걸로 하죠."

그가 버럭 소리를 지른다! 그렇게 조용했던 사람이.

"너를," 그가 말한다. "박살내버릴 거야. 게임을 하든가 말든가 해." 흠, 보아하니 어쩔 수가 없다.

"380루블씩 하실까요," 내가 말한다. "괜찮으시다면."

정말이지 나는 지고 싶었다.

나는 먼저 40점을 내주었다. 그는 52점이고, 나는 36점이었다. 그는 노란 공을 깎아 치려다가 18점을 잃었고 내 공은 모서리에 있었다.

나는 공을 쳐서 당구대에서 떨어뜨리려고 했지만, 그렇게 되지 않았다. 그는 스리쿠션으로 무너졌다. 다시 내가 이겼다.

"이봐," 그가 말한다. "표트르(그는 나를 페트루시카라고 부르지 않았다), 지금 돈을 다 주진 못하겠어. 두 달 후에는 3천 루블이라도 줄 수 있어."

그의 얼굴은 온통 빠-알개졌고, 목소리도 약간 떨린다.

"좋습니다," 내가 말한다. "나리."

마침내 나는 큐를 내려놓았다. 그는 당구장 안을 왔다갔다했는데, 얼굴에서 땀이 줄줄 흘렀다.

"표트르," 그가 말한다. "판돈을 전부 걸고 한 게임 더 하지."

그는 거의 울음을 터뜨릴 것만 같았다.

내가 말한다.

"나리, 또 게임을 하시자고요!"

"그래, 한 판만 더 해, 부탁이야."

그는 큐를 내게 가져다주었다. 나는 큐를 잡고 공들이 바닥에 떨어져 구를 정도로 당구대 위에 공들을 내동댕이쳤다. 정말로 허세를 부리지 않을 수 없었다. 내가 말한다.

"그러시죠, 나리!"

그는 급히 서둘러 직접 공을 주워올렸다. 나는 속으로 생각한다. '700루블을 받을 수는 없으니 어쨌든 져줘야겠어.' 나는 일부러 공을 엉망으로 치기 시작했다. 그래서 어찌되었을까?

"왜 일부러 공을 엉망으로 치나?" 그가 말한다.

그의 손은 떨고 있다. 공이 포켓 쪽으로 굴러가면 손가락을 쫙 펼치고 입을 비틀며 계속 머리와 손을 포켓 쪽으로 향했다. 내가 말한다.

"그래 봐야 소용없습니다, 나리."

좋다. 그가 이기자 내가 말한다.

"제게 180루블과 150게임을 빚지셨습니다. 저는 저녁을 먹으러 가겠습니다."

나는 큐를 내려놓고 그 자리를 떴다.

나는 문 맞은편에 있는 작은 테이블에 앉아 지켜본다. 그는 어떻게 되었을까? 그래서 어찌되었냐고? 그는 이리저리 서성이며, 아무도 자기를 쳐다보지 않는다고 생각하는 듯, 자기 머리칼을 쥐어뜯고 서성이며 내내 뭐라고 웅얼거리다가 다시 머리칼을 쥐어뜯는다.

이날 이후로 그는 여드레쯤 보이지 않았다. 한번은 아주 침울한 모습으로 식당에 왔지만 당구장에는 들르지 않았다.

공작이 그를 보았다.

"가세," 공작이 말한다. "한 게임 하지."

"아뇨," 그가 말한다. "저는 더이상 당구를 안 칠 겁니다."

"에이, 그런 소리 말게! 한 판 치자고."

"아뇨," 그가 말한다. "안 칠 겁니다. 제가 가면 당신에게 폐가 될 거고, 그러면 저도 기분이 나빠질 겁니다."

그리고 그는 열흘쯤 나타나지 않았다. 그후 그는 명절날에 웬일로 연미복을 입고 당구장에 들렀다. 어딘가 손님으로 갔다 온 것 같았는데 온종일 당구장에서 계속 당구를 쳤다. 그는 다음날, 그다음날에도 왔고…… 모든 게 예전처럼 진행되었다. 나는 다시 그와 게임을 해보고 싶었지만 할 수 없었다. 그가 말한다. 나는 자네와 게임을 하지 않을 거야. 내가 빚진 180루블은 한 달 후 내게 오면 갚도록 하지.

좋다. 나는 한 달 후 그에게 갔다.

"이런," 그가 말한다. "지금은 안 되고, 목요일에 오게."

나는 목요일에 갔다. 그는 아주 좋은 아파트에 살고 있었다.

"나리는," 내가 말한다. "집에 계신가?"

"주무십니다." 하인이 말한다.

좋다, 나는 기다릴 것이다.

그는 하인들 중 한 명을 시종으로 부리고 있었는데, 시종은 머리가 아주 허옇고 순박한 노인으로 전혀 교활한 사람이 아니었다. 나는 잠시 노인과 이야기를 나누었다.

"그래," 그가 말한다. "나와 나리는 여기에서 살고 있어! 나리는 지칠 대로 지치셨고, 그 때문에 페테르부르크에서 어떤 명예도 어떤 이익도 얻지 못하셨지. 시골에서 여기로 오신 나리는 돌아가신 선대인이, 부디 천국에 가셨기를, 살아 계셨을 때처럼 공작이나 백작, 장군들을 찾아다니고, 백작의 딸들 가운데 지참금을 가진 미녀를 취해 귀족답게 떵떵거리며 살겠다고 생각하셨어. 그러나 실제로 우리는 그저 선술집을 전전하면서, 완전히 거덜나버렸네! 르티시체바 공작부인이 나리의 숙모이시고, 보로틴체프 공작이 나리의 대부시지. 그런데 어떻게 된 줄 아나? 나리는 크리스마스에 단 한 번 찾아가 뵙고 코빼기도 비치지 않으신다네. 그 집의 하인들까지도 나를 향해 웃으며 빈정대지. 자네 나리는 선대인을 닮지 않은 것 같다고. 한번은 내가 나리께 '왜 숙모님을 찾아뵙지 않으십니까? 오랫동안 나리를 보지 못하셔서 섭섭해하실 겁니다'라고 말했더니 '거기는 따분해, 데미야니치!' 하고 말씀하시더군.

상상해보게! 나리는 선술집에서만 즐거움을 찾으셨어. 일만 했어도 좋았을 텐데, 전혀 하지 않으셨지. 나리는 카드놀이와 다른 것들에 열중하셨으니 좋은 일이 생길 리가 없지…… 아아! 우리는 망해서 한 푼도 남아 있지 않아!…… 돌아가신 마님은, 부디 천국에 가셨기를, 재산을 많이 남기셨지. 천 명 남짓한 농노들과 30만 루블은 족히 나가는 숲이 있었어. 지금은 모든 걸 저당잡히고, 숲은 팔아버렸어. 농민들은 빈궁에 빠졌고, 아무것도 남지 않았지. 당연한 일이지만 주인이 없으면 관리인이 주인보다 더 설쳐대며…… 농민에게서 마지막 한 푼까지 빼앗아가지, 그럼 끝장이야. 관리인이 뭔 짓인들 못하겠나? 모두가 굶어 죽어가도 그저 자기 주머니만 채울 놈이야. 최근에 농민 둘이 전체 농민을 대표해서 '관리인이 농민들을 모두 파멸시켰다'는 탄원서를 가져왔었지. 그래서 어찌된지 아나? 나리는 탄원서를 읽고 농민들에게 10루블씩 주셨어. 그러고는 '내가 곧 가겠다. 돈을 받아 정산하고 나서 돌아오겠다'고 말씀하시는 거야.

그러나 빚이 계속 늘어만 가는데 무슨 수로 정산을 하겠어! 돈이 많든 적든 여기에서 겨울을 나는 데 8만 루블이 들었네. 이제는 집안에 1루블짜리 은화 한 닢 없어! 이 모든 게 나리가 착해빠졌기 때문이야. 말할 필요도 없이 너무나 단순한 분이셔. 그 단순함 때문에 나리는 망하신 거야, 이렇게 허망하게 망하신 거라고."

이렇게 말하고 난 노인은 거의 울먹이고 있었다. 참으로 우스꽝스러운 노인이다.

네흘류도프는 열시가 넘어서야 일어나서 나를 불렀다.

"아직 돈이," 그가 말한다. "오지 않았네. 하지만 내 잘못은 아니야. 문 좀 닫지."

나는 문을 닫았다.

"여기 있는," 그가 말한다. "시계나 다이아몬드 핀을 가져다가 저당잡히게. 180루블 이상은 받을 거야. 내가 돈을 받으면 전당포에서 찾도록 하지."

"글쎄요," 내가 말한다. "나리. 돈이 없으면 어쩔 수 없죠. 시계를 주십시오. 나리 뜻대로 하겠습니다."

보아하니 시계는 300루블 정도 나갈 것 같았다.

좋다. 나는 100루블에 시계를 저당잡혔고, 그에게 전표를 가져다주었다.

"그러니까 80루블을," 내가 말한다. "제게 빚지셨습니다. 나리께서 직접 시계를 찾으십시오."

그러나 지금까지도 그는 내게 80루블을 갚지 않았다.

이런 식으로 그는 다시 날마다 우리 당구장에 오기 시작했다. 네흘류도프와 공작 사이에 어떤 이해관계가 있는지 모르지만 두 사람은 늘 같이 다녔다. 아니면 위층으로 가서 페도트카와 카드놀이를 했다. 그들 세 사람 사이의 셈법도 아주 이상했다. 한 사람이 다른 사람에게 돈을 주고, 다른 사람이 또다른 사람에게 돈을 주었지만, 누가 누구에게 빚을 졌는지 도무지 알 수 없었다.

그는 이렇게 2년 동안 거의 매일 우리 당구장에 드나들었고, 그사이 그의 모습은 완전히 변했다. 그는 기민해졌고, 한번은 마부에게 준다고 내게서 1루블을 빌려가기도 했다. 그런데 공작과는 100루블씩 걸고 내기당구를 쳤다.

그는 우울해지고 깡마르고 얼굴이 노래졌다. 이제는 당구장에 오면 압생트* 한 잔을 시키곤 했다. 그리고 카나페**를 먹고 포트와인***을 마셨다. 그러면 훨씬 생기가 도는 듯했다.

한번은 그가 식사 전에 왔는데, 마침 사육제 기간이었다. 그는 어떤 경기병과 당구를 치기 시작했다.

"한 판 어때요," 그가 말한다. "내기당구?"

"좋죠," 경기병이 말한다. "뭘 걸고 칠까요?"

"클로드부조 한 병 어때요?"

"좋습니다."

좋다. 경기병이 이겼고, 두 사람은 식사를 하러 갔다. 식탁에 앉아서 네흘류도프가 말했다.

"시몬! 클로드부조 한 병 가져와. 잘 데워가지고."

시몬이 물러나서 식사를 가져왔지만 술병은 없었다.

"그런데," 그가 말한다. "포도주는 어디 있나?"

시몬은 뛰어가서 구운 고기를 가져왔다.

"포도주를 가져와." 그가 말한다.

시몬은 아무 말도 하지 않는다.

"이봐, 정신 나갔어! 식사가 끝나가는데 포도주가 없잖아. 누가 포도주를 후식으로 마시나?"

시몬이 달려갔다.

---

* 프랑스산 독주.

** 작은 정어리와 치즈 따위를 얹은 크래커 또는 빵.

*** 맛이 단 포르투갈산 적포도주.

"주인이," 시몬이 말한다. "나리를 뵙자고 합니다."

네흘류도프는 얼굴이 새빨개져서 식탁에서 벌떡 일어섰다.

"왜," 그가 말한다. "날 보자는 거야?"

주인이 문가에 서 있었다.

"저는," 주인이 말한다. "외상을 다 갚지 않으시면 더이상 당신을 못 믿겠습니다."

"내가," 그가 말한다. "월초에 갚겠다고 하지 않았소?"

"그리되면 좋겠지만," 주인이 말한다. "계속 외상만 주고 돈은 하나도 받지 못했어요. 외상으로 수만 루블이 사라지고 있어요."

"자, 됐소, 몬셰르*," 그가 말한다. "날 믿어보시오. 포도주를 보내주시오, 금방 외상값을 갚도록 하겠소."

네흘류도프는 자기 자리로 돌아왔다.

"무슨 일이죠? 왜 당신을 불렀죠?" 경기병이 말한다.

"아," 그가 말한다. "내게 무슨 일을 부탁했소."

"이제," 경기병이 말한다. "따뜻한 포도주 한 잔 마시면 좋겠군요."

"시몬, 뭐하는 거야?!"

시몬이 달려갔다. 하지만 이번에도 포도주는 물론이고 아무것도 가져오지 않았다. 나쁘군. 네흘류도프는 식탁에서 일어나 내게 다가왔다.

"페트루샤," 그가 말한다. "제발 6루블만 꿔줘."

그의 얼굴에 핏기가 하나도 없다.

"안 됩니다," 내가 말한다. "나리. 이미 제게 진 빚이 많습니다."

---

* '소중한 친구'를 뜻하는 프랑스어 'mon cher'를 러시아어식으로 발음하고 있다.

"일주일 뒤에," 그가 말한다. "6루블 대신 40루블을 줄게."

"제게 돈이 있으면," 내가 말한다. "드리겠지만 정말 없습니다."

그래서 어찌되었냐고? 그는 뛰쳐나갔고, 이를 앙다물고 주먹을 꼭 쥔 채, 마치 미친 사람처럼 복도를 따라 달리다가 갑자기 자기 이마를 쳤다.

"아," 그가 말한다. "제기랄! 이게 무슨 꼴이야?"

심지어 그는 식당에도 들르지 않고 마차에 뛰어오르더니 가버렸다.

사람들에게서 웃음이 터졌다. 경기병이 말한다.

"나와 식사하던 신사가 어디 가셨나?"

"가셨소." 누군가 말한다.

"가셨다고? 아무 말도 없이?"

"아무 말씀 없었소." 누군가 말한다. "마차를 타고 가셨소."

"진짜 상종 못할 자로군!" 경기병이 말한다.

이런 치욕스러운 일이 터졌으니 이제 그가 오랫동안 나타나지 않으리라고 나는 혼자 생각했다. 그러나 그렇지 않았다. 다음날 저녁 무렵에 그가 온 것이다. 당구장에 나타났는데, 무슨 상자 같은 것을 들고 있었다. 그는 외투를 벗었다.

"게임 한 판 하세." 그가 말한다.

몹시 화가 난 그는 눈을 치뜨고 나를 바라본다.

우리는 한 게임을 했다.

"됐네," 그가 말한다. "가서 펜과 종이를 가져다줘. 편지를 써야겠어."

나는 아무 생각도 의심도 없이 종이를 가져와 작은 방안의 탁자 위에 놓았다.

"나리," 내가 말한다. "준비되었습니다."

좋다. 그는 탁자에 앉았다. 뭔가를 계속 쓰면서 뭐라고 중얼거리다가 벌떡 일어나 얼굴을 잔뜩 찌푸렸다.

"가서," 그가 말한다. "내 마차가 왔는지 봐주게."

사육제 기간의 금요일이라 손님이 아무도 없었다. 다들 무도회에 갔기 때문이다.

나는 마차가 왔는지 알아보려고 막 문밖으로 나가려던 참이었다.

"페트루시카! 페트루시카!" 그가 뭔가에 놀란 것처럼 소리쳤다.

나는 뒤돌아섰다. 그가 그 자리에 선 채 백지장처럼 창백한 얼굴로 나를 바라본다.

"부르셨습니까, 나리?" 내가 말한다.

그는 아무 말이 없다.

"무슨 일이시죠?" 내가 말한다.

그는 여전히 아무 말이 없다.

"아, 그래! 게임 한 판 더 하지." 그가 말한다.

좋다. 그가 이겼다.

"어때," 그가 말한다. "내가 당구치는 법을 잘 배우지 않았나?"

"예." 내가 말한다.

"좋아, 가보게." 그가 말한다. "마차가 왔나 알아봐."

이렇게 말하고 그는 방안을 서성이기 시작한다.

나는 아무 생각 없이 바깥현관으로 나갔다. 마차가 한 대도 보이지 않아 나는 발걸음을 돌린다.

막 방안으로 돌아가는데 누군가가 큐로 무엇을 치는 듯한 소리가 들린다. 나는 당구장 안으로 들어간다. 무슨 이상한 냄새가 난다.

그가 오-온통 피투성이가 되어 바닥에 누워 있다. 그 옆에 권총이 버려져 있다. 나는 너무나 놀라서 한마디도 할 수 없었다.

그의 다리가 바들바들 떨리다가 몸이 쭉 펴지면서 코고는 듯한 소리가 났고, 그의 사지가 축 늘어졌다.

그가 왜 자기 영혼을 파멸시키는 죄를 저질렀는지는 아무도 모른다. 그는 종이 한 장만을 남겼을 뿐이다. 나는 그 이유를 도저히 이해할 수가 없다.

나리들이 무슨 일인들 못하겠는가!…… 나리들이란…… 요컨대 나리들이란.

"신은 내게 사람이 바랄 수 있는 모든 걸 주셨다. 즉, 부와 명성과 지력과 고상한 열망을 주셨다. 나는 쾌락을 즐기고 싶어서 내 안에 있던 좋은 것을 모두 진흙탕 속에 짓밟아버렸다.

나는 명예를 훼손당하지도 않았고, 불행하지도 않았으며, 어떤 범죄도 저지르지 않았다. 그러나 나는 더 나쁜 짓을 했다. 즉, 나의 감정과 지력과 젊음을 죽여버렸다.

나는 더러운 그물에 걸려들었고, 이 그물에서 벗어날 수 없지만, 이 그물에 익숙해질 수도 없다. 나는 끊임없이 타락하고 있다. 나는 자신의 타락을 느끼지만 멈출 수가 없다.

차라리 명예를 훼손당하고 불행해지고 범죄를 저질렀더라면 더 마음이 편했을지도 모른다. 그렇다면 나의 절망 속에 어떤 위안이 되는 음울한 고귀함이 있을 수 있었을 텐데. 만일 내가 명예를 훼손당했다면, 나는 우리 사회에서 통용되는 명예에 대한 개념을 넘어서서 우리 사회를 경멸했을 것이다. 만일 내가 불행했다면, 나는 투덜댔을 것이다. 내가 범죄를 저질렀다면, 나는 참회와 벌로 속죄했을 것이다. 하지만 나는 그저 비열하고 추잡할 뿐이고, 이걸 알고 있지만 나는 일어설 수가 없다.

무엇이 나를 망쳐놓았는가? 내 안에 자신을 용서할 수 있는 어떤 강렬한 열정이 있었는가? 아니다.

카드의 7, 에이스, 샴페인, 당구대 가운데에 놓인 노란 공, 초크, 회색 지폐와 무지개색 지폐, 담배, 몸을 파는 여자들—바로 이런 것들을 나는 기억하고 있다!

내가 결코 잊을 수 없는 그 끔찍한 한순간의 망각과 비열함 덕분에 나는 정신을 차렸다. 나는 내가 되고 싶었고, 될 수도 있었던 그 사람과 나 사이의 헤아릴 수 없는 심연을 보고 공포를 느꼈다. 나의 공상 속에 희망, 꿈, 청년 시절의 생각들이 떠올랐다.

내 영혼을 밝고 강하게 가득 채웠던 삶과 영원과 신에 대한 고결한 생각들은 다 어디 있는가? 내 가슴을 어루만져주고 따스하게 데워주었던 그 대상 없는 사랑의 힘은 어디 있는가? 내적 발전에 대한 희망, 아름다운 모든 것에 대한 공감, 육친과 이웃들, 노동과 영광에 대한 사랑은 어디 있는가? 의무에 대한 개념은 어디 있는가?

사람들은 나를 모욕했고, 나는 결투를 신청하곤 했다. 나는 결투가 고결함의 요구를 완전히 충족시켜준다고 생각했다. 나는 내 악습과 허영을 만족시키기 위해 돈이 필요했다. 나는 신이 내게 맡긴 수천 명의 가정들을 파산시켰는데, 이 신성한 의무를 잘 알았으면서도 나는 부끄러움 없이 이런 짓을 했다. 어떤 비열한 사람이 나에게 양심 없이 도적질하려 한다고 말했다. 하지만 비열한 그자가 나를 모욕하려고 한 게 아니라고 말해서 나는 그자의 친구로 남았다. 사람들은 얌전히 사는 건 우스운 일이라고 내게 말했다. 그래서 나는 후회도 없이 내 영혼의 꽃인 순결을 몸 파는 여자에게 주었다. 망가진 내 영혼의 어떤 부분도 내가 할 수 있었던 사랑만큼은 아깝지 않다. 아! 내가 여자를 몰랐을 때, 내가 사랑했던 것처럼 그 누가 그렇게 사랑할 수 있을까!

인생의 길로 접어들면서 참신한 지혜와 어린아이 같은 진실한 감정이 열어주었던 그 길을 따라 걸어갔더라면, 나는 얼마나 선하고 행복했을까! 나는 잘못 접어든 더러운 인생길에서 벗어나 밝은 길로 나오려고 여러 번 시도했다. 나의 의지력을 모두 사용하리라고 스스로 다짐했지만 그럴 수 없었다. 혼자 있을 때, 나는 거북하고 나 자신이 무서웠다. 다른 사람들과 함께 있을 때, 나는 저도 모르게 신념을 잊어버렸고 더이상 내면의 목소리를 듣지 않았으며 다시 타락했다.

마침내 나는 다시 일어설 수 없다는 무서운 확신에 이르게 되었고, 이에 대해 더이상 생각하지 않고 모든 걸 잊어버리고 싶었다. 하지만 절망적인 회한이 더욱더 강하게 나를 불안하게 했다. 그때 처음으로 다른 사람들에겐 끔찍하지만 내겐 위안을 주는 자살에 대한 생각이 떠올랐다.

그러나 이 점에서도 나는 저열하고 비열했다. 바로 어제 있었던 경기병과의 어리석은 일은 나의 이러한 계획을 실행하기에 충분한 결심을 하게 해주었다. 내 안에 고결한 것은 아무것도 없고 공명심만 남았다. 이 공명심으로 인해 나는 내 인생에서 딱 한 번 좋은 행동을 하려고 한다.

예전에 나는 죽음이 다가오면 내 영혼이 고양되리라고 생각했다. 내 생각은 틀렸다. 15분이 지나면 나는 이 세상에 존재하지 않겠지만 나의 관점은 전혀 바뀌지 않았다. 나는 전과 똑같이 보고, 똑같이 듣고, 똑같이 생각하고 있다. 전과 같은 사고의 이상한 모순성과 모호성과 가벼움은, 인간에게 주어진—인간에게 왜 주어졌는지는 신만이 아신다—상상력의 통일성과 명료함에 대단히 대립되는 것이다. 사후에 무슨 일이 있을지, 내일 르티시체바 숙모 집에서 내 죽음에 대해 어떤 소문이 떠돌지 내 머릿속에 분명하게 떠오른다.

인간은 이해할 수 없는 존재다!"

(1855년)

12월의 세바스토폴

아침놀이 이제 막 사푼산* 위의 하늘가를 물들이기 시작한다. 검푸른 해면海面은 이미 밤의 어스름을 벗어던지고 즐겁게 반짝반짝 빛나려 첫 햇살을 기다리고 있다. 해만海灣에서 냉기와 안개가 피어오른다. 눈雪이 없으니 모든 게 검다. 하지만 아침의 날카로운 냉기가 얼굴을 할퀴고, 발밑에서는 서릿발 부서지는 소리가 들린다. 멀리서 끊임없이 들려오는 바닷물결소리만이 세바스토폴에서 들려오는 우르릉거리는 포성에 이따금 끊기면서 아침의 고요를 깨고 있다. 새벽 네시를 알리는 종소리가 몇몇 군함에서 희미하게 울린다.

세바스토폴의 북쪽 해안에서 낮의 활동이 점차 밤의 정적을 대신하기 시작한다. 어떤 곳에서는 보초들이 소총을 덜거덕거리며 교대하고, 다른 곳에서는 의사가 벌써 병원으로 급히 가고 있다. 또다른 곳에서는

---

* 세바스토폴 남동쪽에 위치한 산. 해발 240미터.

사병 한 명이 토굴에서 기어나와 햇볕에 그을린 얼굴을 얼음물로 씻고, 붉게 물든 동쪽을 향해 얼른 성호를 그으면서 신에게 기도를 드린다. 또다른 어떤 곳에서는 낙타들이 끄는, 천장이 높고 묵직한 짐마차 마자라가 천장에 닿을 만큼 가득 실은 피투성이 시체들을 매장하러 삐거덕거리며 공동묘지로 가고 있었다…… 부두 쪽으로 다가갈수록 당신은 석탄, 거름, 습기 그리고 쇠고기 등의 독특한 냄새에 놀라게 된다. 부두 근처에는 셀 수 없이 잡다한 물건들—장작, 고기, 흙과 돌을 담은 둥근 바구니, 밀가루, 철 등—이 산더미처럼 쌓여 있다. 여러 연대에서 온 병사들이 배낭과 소총을 메고, 혹은 배낭과 소총도 없이 이곳에서 떼를 지어 담배를 피우고 욕지거리를 하면서, 잔교棧橋 부근에 정박한 채 연기를 내뿜고 있는 군함 위로 무거운 짐을 나르고 있다. 출입이 자유로운 보트들이 병사, 뱃사람, 상인, 여자 등 온갖 부류의 사람들을 가득 싣고 부두를 들락거리고 있다.

"그라프스카야로 가십니까, 나리? 자, 타세요." 두세 명의 퇴역 수병들이 이 보트 저 보트에서 일어나 당신에게 승선을 권한다.

당신은 가장 가까운 보트를 선택해서 군함 주변의 진창 속에 반쯤 썩은 채로 누워 있는 어느 밤색 말의 사체를 넘어 키 쪽으로 다가간다. 당신은 해안을 떠났다. 주변에는 벌써 아침햇살에 반짝이는 바다가 있고, 앞에는 낙타가죽 외투를 걸친 늙은 수병과 나이 어린 금발 소년이 말없이 열심히 노를 젓고 있다. 당신은 해만을 따라 가까이 혹은 멀리 널려 있는 커다란 줄무늬 군함들과 파랗게 빛나는 해면을 따라 움직이는 작고 검은 점 같은 보트들을, 장밋빛 아침햇살로 물든 건너편 기슭의 아름답고 밝은 도시의 건물들을, 침몰한 군함들의 검은 돛대 끄트머리들이 여기저기 물속에서 참혹하게 솟아오를 때마다 적함 저지용 방재防材에 부딪혀 생겨나는 하얀 물거품 띠를, 수정같이 맑은 수평선 위로 저멀리 아물거리는 적함들을, 노를 저을 때마다 물거품 사이로 튀어 오르는 소금 기포들을 바라보고 있다. 당신은 노가 수면을 때리는 고른 소리와 물결을 따라 당신에게까지 날아오는 목소리를, 그리고 세바스토폴 요새에서 점점 더 강해지고 있는 것 같은 포격소리를 듣는다.

당신이 세바스토폴에 있다는 생각만으로도 용기와 긍지가 마음속에 스며들고 혈관 속의 피가 더 빨리 흐르지 않을 수 없으리라……

"나리, 키를 키스텐틴* 아래쪽으로 똑바로 잡으십쇼." 당신이 잡은 보트의 방향을 확인하려고 늙은 수병이 뒤로 돌며 말한다. "키를 오른쪽으로 잡으십쇼."

"아, 저 군함 위에 아직도 대포가 있어요." 금발의 젊은이가 옆으로 지나가는 군함의 대포들을 살펴보면서 말한다.

"당연하지. 저건 새 군함이잖아, 저 군함에서 코르닐로프**가 살았어." 노인도 군함을 쳐다보며 말한다.

"저기 포탄이 터지는 데 좀 봐요!" 한동안 말이 없던 소년이 날카로운 폭발음과 함께 남쪽 해만 위에 갑자기 높이 피어올랐다 흩어지는 하얀 연기구름을 쳐다보며 말한다.

"저건 새 포대砲臺에서 지금 쏜 거야." 노인이 태연히 손에 침을 뱉으면서 덧붙인다. "자, 미시카, 노를 저어라, 함재정艦載艇을 앞지르자." 당신이 탄 보트는 넓게 굽이치는 해만의 잔잔한 물결을 따라 점점 더 빠

* 군함 '콘스탄틴'호를 말한다. (원주)

** 크림전쟁(1853~1856) 때 세바스토폴 요새 방어를 지휘했던 러시아의 해군 중장.

르게 앞으로 나아가고, 가마니들을 잔뜩 실은 채 서툰 병사들이 거칠게 노를 젓고 있는 함재정을 정말로 앞지르더니, 붙잡아매놓은 온갖 보트들 사이를 뚫고 그라프스카야 부두에 정박한다.

해안도로에는 회색 옷을 입은 병사들, 검정 옷을 입은 수병들 그리고 알록달록하게 차려입은 여자들이 무리를 지어 요란스레 움직이고 있다. 아낙들은 흰 밀가루 빵을 팔고, 러시아인 농민들은 사모바르*를 들고 "뜨거운 스비텐**이오" 하고 외쳐대는가 하면 바로 근처의 첫번째 계단에는 녹슨 포환, 폭탄, 유산탄 그리고 무쇠로 만든 각종 구경口徑의 대포들이 나뒹굴고 있다. 조금 더 나아가면 커다란 각재角材와 포가砲架 그리고 잠든 병사들이 널브러져 있는 널찍한 광장이 나온다. 말, 짐수레, 녹색 대포와 탄약상자, 보병들이 세 자루씩 서로 기대어 세워놓은 총들도 보인다. 병사들, 수병들, 장교들, 여자들, 아이들, 상인들이 움직이고 있다. 건초와 가마니 그리고 통을 실은 짐마차가 다닌다. 카자크인과 말을 탄 장교, 경輕사륜마차를 탄 장군이 여기저기서 지나가고 있다. 거리 오른쪽에는 바리케이드가 쳐져 있고, 그 바리케이드 위의 총안銃眼에는 작은 포들이 놓여 있다. 그 주변에서 수병 하나가 파이프를 빨며 앉아 있다. 왼쪽에는 정면에 로마숫자가 쓰인 아름다운 집이 있고, 그 밑에는 병사들과 피로 물든 들것이 놓여 있는데, 당신은 어디서나 군대야영소의 불쾌한 흔적을 볼 수 있다. 당신이 받은 첫인상은 분명 아주 불쾌하다. 야영생활과 도시생활, 아름다운 도시와 지저분한 야영의 기이한 뒤얽힘은 아름답지 못할 뿐만 아니라 추악하고 무질서해

---

* 내부 중앙에 가열부가 있는, 러시아 전래의 금속 주전자.

** 뜨거운 물에 꿀과 향신료를 섞어 만드는 러시아의 전통 겨울 음료.

보인다. 심지어 당신에겐 모든 사람들이 놀라서 우왕좌왕하며 무얼 해야 할지 모르는 것처럼 보이리라. 그러나 당신 주변에서 움직이는 이런 사람들의 얼굴을 더 가까이서 바라보라. 그러면 전혀 다른 것을 알게 될 것이다. 가령, 물을 먹이려고 밤색 말 세 마리를 데려가면서 아주 평온하게 콧노래로 뭔가를 흥얼대는 저 치중병輜重兵을 보라. 분명 그는 그에겐 존재하지 않는 듯한 이 잡다한 무리 속에서 확실히 길을 잃지 않으면서, 자신이 해야 할 일이 무엇이든 간에—말에게 물을 먹이는 일이든, 대포를 끌고 가는 일이든—이 모든 일이 툴라 혹은 사란스크의 어딘가에서 일어나고 있다는 듯 역시 평온하고 자신 있게 그리고 태연하게 자신의 일을 수행하고 있다. 희디흰 장갑을 끼고 옆을 지나가는 저 장교의 얼굴에서도, 바리케이드 위에 앉아 담배를 피우고 있는 저 수병의 얼굴에서도, 예전에 회의장으로 썼던 건물 입구의 계단에서 들것을 들고 기다리고 있는 노무병사들의 얼굴에서도, 자신의 장밋빛 옷이 젖을까봐 작은 돌멩이를 밟고 길을 뛰어 건너는 저 소녀의 얼굴에서도 당신은 똑같은 표정을 읽는다.

그렇다! 당신이 세바스토폴에 처음 왔다면, 당신은 틀림없이 실망하리라. 단 한 사람의 얼굴에서라도 분주함이나 당혹감, 혹은 심지어 열광이나 죽을 각오, 결단의 흔적을 찾으려 한다면, 그건 괜한 일이다. 그런 것은 전혀 없다. 당신은 묵묵히 일상에 바쁜 평범한 사람들을 보게 될 것이다. 그리하여 어쩌면 당신은 지나치게 감격했던 일에 대해 자신을 꾸짖고, 북방 사람들이 전쟁의 모습과 포성에 대해 묘사하고 이야기한 바를 통해 당신 마음속에 자리잡은 세바스토폴 방어군의 영웅적 면모라는 개념의 진실성을 조금은 의심하게 될지도 모른다. 하지만 의심하기 전에 보루로 내려가 방어 현장에 있는 세바스토폴 방어군들을 보거나, 예전엔 세바스토폴 회의장으로 사용되었지만 지금은 병사들이 들것을 들고 현관 계단에 서 있는, 저 맞은편 집에 직접 들어가보라. 거기서 당신은 세바스토폴 방어군들을 보게 될 것이고, 끔찍하고 슬프며, 웅대하고 흥미롭지만 정신을 고양시키는 놀라운 광경을 보게 될 것이다.

당신은 회의장의 큰 홀로 들어간다. 막 문을 여는 순간 손발이 잘리고 중상을 입은 사오십 명의 환자들 중 일부만 침대에 누워 있고, 대부분이 마룻바닥에 누워 있는 모습에, 그리고 훅 끼쳐오는 냄새에 당신은 흠칫 놀란다. 홀의 문턱에 당신을 멈춰 세우는 그 감정을 믿지 말고—그것은 나쁜 감정이다—앞으로 가라. 당신이 마치 고통당하고 있는 사람들을 구경하러 온 것처럼 보이는 상황을 부끄러워하지 마라. 그리고 그들에게 다가가 이야기하는 것도 부끄러워하지 마라. 불행한 사람들은 동정어린 인간적인 얼굴을 좋아하고, 자신의 고통에 대해 이야기하는 것과 사랑과 공감의 말을 듣는 걸 좋아한다. 당신은 침대 사이를 지나다가 그중 덜 심각해하고 덜 고통스러워하는 듯한 얼굴을 찾아내어 이야기를 나누려고 그에게 다가간다.

"자넨 어딜 다쳤나?" 침대에 앉아 선한 눈으로 당신을 바라보며 마치 자기에게 다가오라고 초대하는 듯한 늙고 쇠약한 병사에게 당신이 망설이며 소심하게 묻는다. '소심하게 묻는다'고 말한 까닭은, 고통이라는 게 깊은 공감 외에도 왠지 상대방을 모욕할지 모른다는 두려움과 그 모든 고통을 견디는 사람에 대한 고결한 존경을 불러일으키기 때문이다.

“다리를 다쳤습니다.” 병사가 대답한다. 하지만 그 순간 당신은 담요에 잡힌 주름을 보고 그 병사의 한쪽 다리가 무릎 아래로 없다는 것을 알아챈다. “이제 감사하게도,” 부상병이 덧붙인다. “퇴원하려고 합니다.”

“부상당한 지 오래되었나?”

“네, 육 주가 지났습니다, 나리!”

“그래, 지금도 아픈가?”

“아닙니다, 지금은 아프지 않고 괜찮습니다. 날씨가 안 좋을 때 마치 장딴지가 쑤시는 것 같지만 괜찮습니다.”

“자넨 어쩌다가 부상을 당했나?”

“제5보루에서 다쳤습니다, 나리. 첫번째 포격 때였는데, 대포를 조준하고 나서 다른 총안으로 이동하려고 했습죠. 그 순간 그것이 제 다리를 때렸는데, 꼭 구멍에 발을 헛디딘 것 같았습니다. 보니까, 한쪽 다리가 없었습니다.”

“처음 순간에 아프진 않던가?”

“괜찮았습니다. 단지 뭔가 뜨거운 게 다리를 찌르는 것 같았습니다.”

“그래, 그다음은?”

“그다음은 괜찮았습니다. 살갗을 잡아당기듯이 아리고 쓰렸을 뿐입니다. 중요한 건 생각을 많이 하지 않는 겁니다, 나리. 생각하지 않으면 괜찮습니다. 사람은 생각하기 때문에 일이 더 커지는 법입니다.”

이때 회색 줄무늬 옷에 검은 머릿수건을 두른 여자가 당신에게 다가온다. 그녀는 당신과 수병의 대화에 끼어들어 수병과 그의 고통에 대해, 그가 겪었던 사 주간의 절망적인 상태에 대해, 부상당한 그가 아군 포병중대의 일제사격을 보려고 들것을 멈추게 했던 일에 대해, 대공大公

들이 그와 이야기를 나누고 25루블을 하사한 것에 대해, 그 자신이 일할 수 없다면 젊은이들을 가르치기 위해 다시 보루로 가고 싶다고 대공들에게 말했던 사실에 대해 이야기하기 시작한다. 이 모든 것을 단숨에 이야기하면서, 그녀가 당신과 수병을 번갈아 쳐다보는데, 수병은 옆으로 돌아앉아 마치 그녀의 얘기를 듣고 있지 않은 것처럼 자기 베개의 실밥을 뜯고 있고, 그녀의 눈이 유난히 황홀하게 반짝인다.

"제 처입니다, 나리." 수병은 '아내를 용서하십시오. 잘 아시겠지만 아낙이란 워낙 어리석은 말만 하니까요'라고 말하는 듯한 표정으로 당신에게 말한다.

당신은 세바스토폴 방어군을 이해하기 시작하고, 수병 앞에서 왠지 부끄러움을 느낀다. 당신은 공감과 놀라움을 표현하기 위해 그에게 아주 많은 말을 하고 싶었을 것이다. 그러나 당신은 할말을 찾지 못하거나 머릿속에 떠오르는 말에 만족하지 못하고 무의식적인 무언의 위대함과 불굴의 정신 앞에, 자신의 가치에 대한 수치심 앞에 말없이 고개를 숙인다.

"자, 빨리 회복되기를 바라네." 수병에게 이렇게 말하면서 당신은 마룻바닥에 누운 채 견딜 수 없는 고통 속에서 죽음을 기다리고 있는 듯한 다른 환자 앞에서 걸음을 멈춘다.

이 환자는 금발에 얼굴이 붓고 창백하다. 환자는 왼손을 뒤로 떨군 채 몹시 고통스러운 표정으로 벌렁 드러누워 있다. 침이 바싹 말라 벌어진 입으로는 쉰 목소리를 내며 간신히 숨을 내쉬고, 주석처럼 파란 눈은 위로 치뜬 모습이다. 옆으로 미끄러져내린 담요 밑으로 붕대를 감은 오른손의 나머지 부분이 드러나 있다. 죽은 몸에서 나는 고약한 냄새가 당신을 더욱더 놀라게 하고, 고통을 당하고 있는 환자의 사지에 스며드는 뜨거운 신열身熱이 마치 당신에게도 스며드는 듯하다.

"저 사람은 의식이 없나요?" 당신은 뒤를 따라오며 친척이라도 바라보듯 상냥하게 당신을 바라보고 있는 여자에게 묻는다.

"아뇨, 아직 들을 수는 있어요. 하지만 아주 안 좋아요." 그녀가 속삭이듯 덧붙여 말한다. "제가 방금 저 사람한테 차를 먹였어요. 비록 모르는 사람이지만 불쌍히 여겨야죠. 그런데 차를 거의 마시지 않더군요."

"기분이 어떤가?" 당신이 그에게 묻는다. 부상자는 당신의 목소리에 눈동자를 굴리지만 당신을 보지도, 당신의 말을 알아듣지도 못한다.

"가슴이 타요."

조금 떨어진 곳에서는 속옷을 갈아입고 있는 늙은 병사가 눈에 들어온다. 그의 얼굴과 몸뚱이는 거무스름한 주황빛을 띠고 있고 뼈만 앙상하다. 팔 하나가 전혀 없는데, 한쪽 팔이 어깻죽지에서 잘려 있다. 그는 씩씩하게 앉아 있고, 회복된 상태다. 하지만 죽은 사람처럼 흐리멍덩한 시선과 깡마른 모습, 그리고 얼굴의 주름살을 보고 당신은 이 늙은 병사가 자기 인생의 가장 좋은 시절을 이미 고통 속에서 보냈음을 알게 된다.

당신은 다른 한쪽 침대에서는 고열로 뺨 전체가 새빨개진 채 고통스러워하는 창백하고 부드러운 여자의 얼굴을 보게 될 것이다.

"이분은 수병의 아내인데 5일에 있었던 전투에서 포탄에 맞아 다리를 다쳤습니다." 당신을 안내하던 여자가 말한다. "보루의 남편에게 점심을 가져다주던 중이었대요."

"그래, 절단했나요?"

"무릎 위쪽을 절단했습니다."

이제, 당신의 신경이 튼튼하다면 왼쪽 문으로 들어가보라. 그 방에서는 붕대 처치와 수술이 이뤄지고 있다. 거기서 당신은 팔꿈치까지 피투성이가 된 손으로 침대 옆에서 분주히 일하고 있는 창백하고 침울한 표정의 의사들을 보게 될 것이다. 침대 위에는 클로로포름에 마취된 부상병이 두 눈을 뜬 채 누워서 마치 헛소리처럼 아무 의미 없는, 이따금 간결하지만 감동적인 말을 하고 있다. 의사들은 절단이라는 혐오스럽지만 유익한 일을 수행하고 있다. 당신은 날카롭고 구부러진 칼이 희고 건강한 몸속으로 들어가는 광경을 볼 것이다. 그리고 부상병이 갑자기 정신을 차리고 끔찍하고 자지러지는 듯한 비명을 지르면서 악담을 퍼붓는 장면을 볼 것이다. 또 조수가 절단한 팔을 한쪽 구석으로 어떻게 내던지는지도 볼 것이다. 당신은 같은 방에서 들것에 실려 누워 있는 다른 부상병이 수술받는 전우의 모습을 바라보면서 육체적인 고통 때문이 아니라 수술을 기다리는 정신적 고통 때문에 몸을 웅크리고 신음하는 장면을 볼 것이다. 그리고 영혼을 뒤흔드는 끔찍한 광경들을 볼 것이다. 당신은 군악과 북소리, 펄럭이는 깃발들과 말을 탄 장군들이 으스대며 등장하는 정연하고 아름답고 화려한 대열 속이 아니라 전쟁의 진정한 모습에서, 즉 피와 고통과 죽음 속에서 전쟁을 볼 것이다……

당신은 이 고통의 집에서 나오면서 틀림없이 유쾌한 감정을 느끼고 신선한 공기를 깊이 들이마시며 새삼 자신의 건강을 의식하고 만족을 느낄 테지만, 동시에 이러한 고통을 직관함으로써 자신의 하찮음을 깨닫고 조용히, 주저 없이 보루로 갈 것이다……

'이토록 많은 사람들의 죽음과 이토록 많은 사람들의 고통에 비하면 나처럼 하잘것없는 벌레 같은 존재의 죽음과 고통이 무슨 의미가 있단 말인가?' 하지만 맑은 하늘과 빛나는 태양, 아름다운 도시, 문이 열려 있는 교회, 여러 방향으로 움직이고 있는 군인들의 광경에 당신의 마음은 이내 경박한 생각과 자질구레한 걱정과 현재에만 열중하는 정상적인 상태로 돌아갈 것이다.

당신은 장밋빛 관에 군악을 울리고 깃발을 휘날리며 교회에서 나오는 어떤 장교의 장례식과 마주치게 될지도 모른다. 그리고 보루에서 쏘는 포성도 들릴지 모르지만 이것이 당신을 종전의 생각으로 돌아가게 하지는 않을 것이다. 당신에게 장례식은 매우 아름답고 호전적인 구경거리로 보일 것이고, 포성도 매우 아름답고 호전적인 소리로 들릴 것이다. 그리고 당신이 야전 응급치료소에서 그랬던 것처럼, 자신에게 전가된 고통과 죽음에 대한 분명한 생각을 이런 광경이나 포성과 연결시키지는 않을 것이다.

교회와 바리케이드를 지나서 당신은 생활로 아주 활기찬 도시의 한 구역으로 들어간다. 길 양쪽으로 가게와 선술집 간판들이 걸려 있다. 상인들, 모자와 머릿수건을 쓴 여자들, 세련되게 차려입은 장교들—이 모든 것들은 당신에게 굳건한 정신, 자신감, 주민들의 안전을 말해준다.

만약 당신이 수병들과 장교들 사이의 풍문을 듣고 싶다면 오른쪽에 있는 선술집에 잠시 들러보라. 거기서는 틀림없이 오늘밤에 대한 이야기, 페니카에 대한 이야기, 24일 전투*에 대한 이야기, 커틀릿이 값은 비싼데 질은 나쁘다는 이야기, 전우들 가운데 누군가 전사했다는 이야기가 떠돌고 있으리라.

"젠장, 오늘 우리는 아주 나빴어!" 연백색 머리칼에 수염이 없고, 녹색 뜨개 목도리를 두른 해군 장교가 낮고 굵은 목소리로 말한다.

"우리라니 어딘데?" 다른 이가 그에게 묻는다.

"제4보루." 젊은 장교가 대답한다. '제4보루'라는 말에 당신은 틀림없이 머리칼이 연백색인 장교를 아주 유심히, 심지어 다소 존경심을 가지고 바라볼 것이다. 지나치게 허물없는 그의 태도, 두 손을 내젓는 모습, 예전 같으면 뻔뻔스럽게 보였을 커다란 웃음과 목소리도 아주 젊은 사람들이 위험을 겪은 뒤에 취하게 되는 독특한 호전적 태도로 여겨질 것이다. 그러나 어쨌든 당신은 그가 포탄과 총탄 때문에 제4보루에게 나쁜 날이라고 말하리라 잠시 생각한다. 그런데 전혀 그게 아니었다! 진창 때문에 나쁘다는 것이다. "포대로 갈 수 없었어" 하고 그는 장딴지 위까지 진흙투성이가 된 장화를 보여주며 말할 것이다. "오늘 우리 포대에서 최고의 포술장砲術長이 당했어. 이마에 정통으로 맞았지" 하고 다른 장교가 말할 것이다. "그게 누구야? 미튜힌인가?" "아니…… 그런데, 나한테 송아지 고기를 줄 거야 말 거야? 이 악당들아!" 그는 선술집 하인에게 덧붙여 말한다. "미튜힌이 아니고 아브로시모프야. 아주 용감한 사람이지. 그는 여섯 번이나 요새에서 출격했어."

식탁의 다른 쪽 모서리에는 완두콩을 곁들인 커틀릿 한 접시와 '보르도'라고 불리는 시큼한 크림산 포도주 한 병을 앞에 놓고 보병 장교 둘이 앉아 있다. 붉은 깃과 별 두 개를 외투에 단 젊은 장교 하나가 검

* 1854년 10월 24일, 인케르만에서 혈전이 벌어졌었다.

은 것에 별을 달지 않은 다른 늙은 장교에게 알마 전투*에 대해 이야기하고 있다. 젊은 장교는 벌써 조금 취해 있었고, 이야기하다가 이따금 중단하는 것으로 보나, 사람들이 자기가 하는 말을 과연 믿을까 의심스러워하는 불안한 눈길로 보나, 무엇보다도 이 모든 일에서 그의 역할이 너무나 크고 모든 게 너무나 끔찍해서 그가 엄정하게 진실을 이야기하는 데서 몹시 벗어난 것 같다. 하지만 당신은 앞으로 오랫동안 러시아의 방방곡곡에서 듣게 될 이런 이야기에 별로 관심이 없다. 당신은 여러 가지 이야기를 실컷 들을 수 있는 보루들, 그중에서도 제4보루로 더 빨리 가보고 싶다. 누군가 제4보루에 갔다 왔다고 말하는 사람이 있다면, 거의 항상 유난히 만족해하며 자랑스럽게 말한다. "나는 제4보루로 갑니다"라고 말하는 사람에게선 반드시 가벼운 흥분이나 지나치게 커다란 무관심이 엿보인다. 누군가를 놀리고 싶을 때는 "너를 제4보루에 보냈어야 했는데"라고들 말한다. 들것을 만나 "어디서 오는 거요?"라고 물으면, 대부분 "제4보루에서 옵니다"라고 대답한다. 대개 이 무시무시한 보루에 대해서는 완전히 다른 두 가지 견해가 있다. 즉, 제4보루에 한 번도 가본 적이 없으면서도 제4보루는 그곳에 가는 모든 사람의 확실한 무덤이라고 확신하는 견해가 있고, 제4보루에 살고 있는 머리칼이 연백색인 해군 소위처럼, 제4보루에 대해 말하면서 그곳은 건조하거나 불결하며, 토굴 속이 덥거나 춥다고 말하는 사람들이 있을 것이다.

당신이 선술집에서 보낸 30분 사이 날씨가 바뀌었다. 바다를 따라

* 1854년 9월 8일, 알마강에서 벌어진 전투에서 러시아군은 패배했다.

퍼져 있던 안개가 음울하고 축축한 잿빛 비구름으로 뭉쳐 태양을 가렸다. 위에서 쓸쓸한 안개비 같은 것이 부슬부슬 내려 지붕과 보도와 병사들의 외투를 적시고 있다……

당신은 또하나의 바리케이드를 지나서 문 오른쪽으로 빠져나가 넓은 거리를 따라 위로 올라간다. 이 바리케이드 뒤쪽 거리에 양쪽으로 늘어선 집들에는 사람이 살지 않고 간판도 없다. 문은 널빤지로 가려져 있고 창문은 깨져 있는데, 어떤 곳은 벽 구석이 헐렸고, 어떤 곳은 지붕이 뚫려 있다. 온갖 슬픔과 궁핍을 맛본 노병들처럼 보이는 건물들은 마치 오만하게, 약간은 경멸적으로 당신을 바라보는 것 같다. 당신은 길을 가다가 여기저기 널려 있는 포탄에 발이 걸리기도 하고 포탄에 파인 돌길의 물구덩이에 빠지기도 한다. 거리를 걷다가 일단의 병사들과 카자크 보병, 그리고 장교들과 마주치고 그들을 앞지르기도 한다. 이따금 여자나 아이도 만나는데, 여자는 이미 부인모를 쓰고 있지 않고 수병의 아내는 털외투에 낡은 군화를 신고 있다. 거리를 따라 더 가다가 비탈진 작은 언덕 밑으로 내려가면, 당신은 주변에 더이상 집은 없고 깨진 돌, 널빤지, 점토, 통나무 등이 쌓여 있는 이상한 퇴적물을 보게 될 것이다. 당신 앞의 가파른 산 위로는 도랑이 파헤쳐진 시커멓고 더러운 공간이 보일 텐데, 앞에 보이는 이것이 바로 제4보루다…… 여기서는 마주치는 사람들이 훨씬 더 적고, 여자들은 전혀 보이지 않으며, 병사들은 빨리 걷고, 길에는 핏방울이 떨어져 있다. 여기서 당신은 틀림없이 들것을 든 네 명의 병사와 들것에 실린 희고 누런 얼굴과 피투성이가 된 외투를 보게 될 것이다. 만약 당신이 "어디 다쳤소?" 하고 물으면 들것을 든 병사들은 당신을 쳐다보지도 않고 화를 내며 다리나 팔을 다쳤다고 말할 것이다. 부상병이 경상일 때 그렇고, 만약 들것에 실린 부상병의 머리가 보이지 않고 부상병이 죽었거나 중상을 당했으면 그들은 침울한 얼굴로 아무 말도 하지 않을 것이다.

막 산을 오르기 시작한 순간 멀지 않은 곳에서 포탄과 폭탄이 휙휙 날아다니는 소리에 당신은 불쾌하게 깜짝 놀라리라. 별안간 당신은 예전에 시내에서 들었던 포성과는 전혀 다르게 이 포성을 이해하게 될 것이다. 어떤 조용하고 유쾌한 추억이 당신의 생각 속에서 불현듯 반짝인다. 관찰보다 당신 자신의 개성에 더욱 이끌리기 시작한다. 주변의 모든 것에 대한 관심은 더 적어지고, 당신은 별안간 어떤 불쾌한 주저감에 사로잡힌다. 위험을 보았을 때 당신 내부에서 갑자기 말하기 시작하는 이 비열한 목소리에도 불구하고, 당신은 두 손을 흔들며 산 밑으로, 질척한 진흙길을 따라 뛰다시피 미끄러져내려오다가 당신 옆으로 웃으며 달려가는 병사를 힐끗 쳐다보고는, 당신 내면의 이 목소리를 잠재우고 무의식적으로 가슴을 쭉 편 채 고개를 더 높이 치켜들고 미끄러운 진흙산 위로 기어올라간다. 산 위로 조금 더 올라가자마자 좌우에서 카빈총 총탄이 쉭쉭거리기 시작하고, 그러면 당신은 길과 평행으로 나 있는 참호를 따라가는 게 어떨지 잠시 생각에 빠질 것이다. 하지만 참호에는 악취가 진동하는 질척하고 누런 진흙이 무릎 위까지 가득차 있어서 당신은 틀림없이 산길을 택할 것이고, 그러다보면 모두가 길을 따라가고 있는 모습을 보게 될 것이다. 이백 보쯤 걸어가다가 당신은 사방이 흙바구니, 둑, 움집, 포차, 토굴로 둘러싸인 채 파헤쳐진 진창으로 들어서게 되는데, 토굴에는 무쇠로 만든 커다란 대포가 있고 포탄이 가지런히 쌓여 있다. 당신에겐 이 모든 것들이 아무 목적이나 연관성도 없이 무질서하게 쌓여 있는 것처럼 보이리라. 어떤 곳에는 한 무리의 수병들이 포대 위에 앉아 있고, 광장 한가운데 어떤 곳에는 파손된 대포가 반쯤 진흙에 묻혀 누워 있으며, 또 어떤 곳에는 총을 들고 포대 옆을 지나며 질척한 진흙에서 간신히 발을 빼내는 보병도 있다. 하지만 사방 어디서나, 어떤 곳에서나 사금파리, 터지지 않은 폭탄, 포탄, 병영의 흔적이 보이고, 이 모든 것들은 질척하고 끈적끈적한 진창 속에 파묻혀 있다. 당신에게서 멀지 않은 곳에서 포탄 떨어지는 소리가 들리고, 마치 윙윙대는 벌떼 소리 같고, 휘파람소리 같고, 빠르게 삑삑대고 자지러지는 현의 소리 같은 다양한 총탄소리가 사방에서 들리고, 또 당신의 온몸을 뒤흔들고 지독히 끔찍한 무언가처럼 느껴지는 무시무시한 사격의 굉음이 들린다.

'여기가 바로 제4보루구나. 여기가 바로 그 무서운, 정말로 끔찍한 그곳이군!' 당신은 작은 긍지와 엄청나게 짓눌린 공포를 경험하면서 속으로 생각한다. 하지만 실망하지 마시라. 여기는 아직 제4보루가 아니다. 여기는 야조놉스키 다면보루로 비교적 매우 안전하고 전혀 무서운 곳이 아니다. 제4보루로 가려면 당신은 보병 한 사람이 허리를 굽히고 간신히 걸어갔던 그 좁은 참호를 따라 오른쪽으로 접어들어야 한다. 이 참호를 따라가다가 아마도 당신은 들것과 수병을, 그리고 삽을 든 병사를 다시 만날 테고, 박격포탄의 도체導體와 딱 두 사람만 허리를 굽히고 기어들어갈 수 있는 진흙 속 토굴을 보게 될 것이다. 거기서 당신은 흑해 대대의 카자크 보병들을 볼 것이다. 그들은 거기서 군화도 갈아 신고, 식사를 하고, 파이프 담배도 피우며 지낸다. 그리고 사방에서 악취를 내뿜는 진창, 야영의 흔적, 각양각색의 버려진 쇳조각을 다시 볼 것이다. 삼백 보쯤 더 걸어가면 다시 포대로—구덩이가 파이고 흙이 채워진 흙바구니와 포차 위의 대포와 흙벽으로 둘러싸인 조그만 광장으로 나간다. 여기서는 흉벽胸壁 밑에서 카드놀이를 하고 있는 다섯 명가량의 수병들과 해병 장교 한 사람을 볼지도 모르는데, 그는 이곳에 처음 온 당신의 호기심을 알아채고, 자기 살림살이와 당신의 흥미를 끌 만한 모든 것을 당신에게 기꺼이 보여줄 것이다. 그 장교는 대포 위에 앉아 아주 평온하게 노란 종이로 담배를 말기도 하고, 아주 침착하게 이 총안에서 저 총안으로 돌아다니기도 하고, 전혀 흥분하는 일 없이 아주 조용히 당신과 이야기도 할 것이라, 당신 머리 위에서 예전보다 더 자주 쉭쉭거리며 날아다니는 총알에도 불구하고, 당신은 침착해져서 주의깊게 묻기도 하고 장교의 이야기를 듣기도 한다. 장교는—당신이 물을 경우에만—5일의 포격*에 대해, 그의 포대에서 단 한 문의 대포만 작동했던 일에 대해, 전체 포수들 중 여덟 명만 살아남았던 일에 대해, 그러나 다음날 6일 아침에 모든 대포가 포탄을 갈겨쏜** 일에 대해 들려줄 것이다. 그리고 5일에 수병들의 토굴에 폭탄이 떨어져 열한 명의 사상자를 냈던 일도 이야기할 것이다. 또 이곳에서 30~40사젠*** 떨어진 적의 포대와 참호를 총안을 통해 당신에게 보여줄 것이다. 내가 한 가지 걱정하는 것은, 당신이 적군을 보려고 총안 밖으로 머리를 내밀 때 쉭쉭거리는 총알소리에 정신이 팔려서 아무것도 보지 못할지도 모른다는 것이고, 만약 당신이 본다면, 당신한테서 아주 가까운 곳에서

---

* 1854년 10월 5일, 연합군이 세바스토폴을 향해 첫 포격을 가했다.

** 수병들은 '발사한다'고 말하지 않고 '갈겨쏜다'고 말한다. (원주)

*** 러시아의 길이 단위. 1사젠은 2.13미터.

하얀 연기를 내뿜고 있는 하얀 석조 장벽이 바로 적이라는 것, 병사들과 수병들이 말하는 거시기라는 사실에 몹시 놀랄 것이다.

심지어 해군 장교는 허영심 때문인지 그저 자기만족을 위해서인지, 당신 앞에서 대포를 몇 발 쏘고 싶어할지도 모른다. "포술장과 포수는 대포 앞으로"—그러면 열네 명가량의 수병들이, 어떤 이는 담배 파이프를 주머니에 넣고, 어떤 이는 건빵을 씹으면서 징이 박힌 군화로 포차를 툭툭 치며 생기 있고 명랑하게 대포 쪽으로 다가가 포탄을 장전할 것이다. 이 병사들의 얼굴과 태도와 동작을 살펴보라. 햇볕에 그을리고 광대뼈가 툭 튀어나온 얼굴의 주름살 하나하나에서, 모든 근육에서, 넓은 어깨에서, 커다란 군화를 신은 퉁퉁한 발에서, 조용하고 확고하며 서둘지 않는 동작 하나하나에서 러시아군의 힘을 이루는 주요한 특징인 단순성과 고집이 보인다. 하지만 이런 주요한 특징들 외에 이곳에 있는 모든 사람의 얼굴에서 당신은 전쟁의 위험과 증오와 고통이 그들의 존엄과 고결한 생각과 감정을 자각한 흔적을 그들 얼굴에 남겨놓았다고 느낄 것이다.

갑자기 당신은 청각뿐만 아니라 온 존재를 뒤흔드는 너무나 무시무시한 굉음에 깜짝 놀라 온몸을 떤다. 뒤이어 점점 멀어져가는 포탄의 쉭쉭거리는 소리가 들리고 당신과 포차와 포차 위에서 움직이는 검은 수병들의 모습이 짙은 화약 연기로 뒤덮인다. 이렇게 아군이 포를 쏘아댈 때 당신은 수병들의 다양한 발언들을 듣게 되고, 그들의 흥분과 당신이 미처 기대하지 않았던 감정의 표출을 보게 될 것인데, 아마 이것은 각자의 마음속에 숨어 있는 적에 대한 증오와 복수의 감정일지도 모른다. "바로 총안에 맞았어. 두 명이 죽은 것 같아…… 저쪽으로 날아갔어" 하고 유쾌하게 외치는 소리를 당신은 들을 것이다. "그런데 저놈이 화가 잔뜩 났어. 이제 여기로 쏘아대겠지" 하고 누군가 말할 것이다. 실제로 이 말이 끝나자마자 당신은 곧 눈앞에서 섬광과 연기를 볼 것이다. 흉벽에 서 있는 보초는 "대-애-포다!" 하고 외칠 것이다. 이 외침에 이어 포탄이 당신 옆으로 쉭쉭 소리를 내며 날아가 쾅 하고 땅에 떨어져 깔때기 모양으로 구덩이가 패고 그 둘레에 진창의 비말과 돌멩이가 흩뿌려진다. 포대장은 이 포탄에 버럭 화를 내고 제2번과 제3번 대포에 장전하라고 명령하고, 적도 우리에게 응사하기 시작하면, 당신은 흥미로운 감정을 느끼고 흥미로운 것들을 듣고 볼 것이다. 보초가 "대포다!" 하고 다시 외친다면 당신은 똑같은 소리와 타격, 똑같은 진창과 돌멩이가 날아다니는 소리를 들을 것이고, 혹은 "마르켈라*다!" 하고 외친다면 당신은 폭탄이 쉭쉭거리며 날아가는, 꽤 유쾌하고 고른 소리를 들을 텐데, 이 소리를 공포에 대한 생각과 연결하기는 쉽지 않다. 당신에게 접근하면서 가속도를 내는 이 쉭쉭거리는 소리를 듣고, 잠시 후 당신은 공같이 둥근 형체, 땅에 부딪히는 모습, 귀청을 찢는 듯한 맹렬한 폭발을 볼 것이다. 휘파람소리와 째지는 듯한 소리를 내며 파편이 사방으로 흩날리고, 공중에서 돌멩이가 우수수 떨어진다. 당신은 진흙을 뒤집어쓴다. 이런 소리를 들으며 당신은 쾌감과 공포가 뒤섞인 야릇한 감정을 느낄 것이다. 포탄이 당신에게 날아오는 순간 틀림없이 당신의 머릿속에는 이 포탄에 맞아 죽을 거라는 생각이 든다. 하지만 자부심이 당신을 받쳐주고 있어서, 당신의 간담을 서늘하게 하는 공포를 누

* '곡사포(모르티라)'를 뜻한다. (원주)

구도 알아채지 못한다. 그러나 포탄이 당신을 해치지 않고 지나가면, 당신은 생기를 띠며 순간이긴 하지만 어떤 형언할 수 없는 즐거운 감정에 사로잡힐 것이고, 그리하여 당신은 위험 속에서, 삶과 죽음의 유희 속에서 어떤 독특한 매력을 발견할 것이다. 당신은 포탄이나 폭탄이 당신 주변에 더 가까이 떨어지기를 바란다. 그러나 보초가 다시 크고 굵은 목소리로 "마르켈라다!" 하고 소리치면, 다시 쉭쉭거리는 소리와 타격과 폭발 소리가 들려온다. 이 소리와 동시에 사람의 신음소리가 당신을 놀라게 한다. 당신은 피와 진창 속에서 사람 같지 않은 기이한 모습을 하고 있는 부상병에게 급히 들것을 들고 다가간다. 한 수병은 가슴 한쪽이 떨어져나가 있다. 첫 순간, 진창을 뒤집어쓴 그의 얼굴에는 경악과 이런 처지의 사람에게서만 볼 수 있는, 미리 엄살을 부리는 듯한 공포의 표정이 보인다. 하지만 사람들이 그에게로 들것을 가져가자 그 자신이 직접 그 위에 멀쩡한 옆구리 쪽으로 눕는데, 당신은 그 고통스러워하던 표정이 어떤 환희와 형언할 수 없이 고상한 생각의 표정으로 바뀌는 것을 본다. 두 눈은 더욱 선명하게 불타고, 이를 악물고 간신히 고개를 더 높이 치켜든다. 그리고 사람들이 그를 들어올리자, 그는 들것을 멈추게 하고 전우들에게 떨리는 목소리로 "잘 있게, 형제들!" 하고 간신히 말하고, 다시 무슨 말을 하려고 한다. 분명 뭔가 감동적인 말을 하려는 듯이 보이지만 "잘 있게, 형제들!"이라는 말만 다시 한번 되뇐다. 이때 전우인 수병이 그에게 다가가서 부상병이 내민 머리에 군모를 씌워주고 말없이 무심하게 손을 흔들며 자기 대포 쪽으로 돌아간다.
"매일 일고여덟 명이 이렇게 부상을 당합니다." 해군 장교는 당신의 얼굴에 나타난 공포의 표정에 응답하면서, 하품을 하고 노란 종이로 담배를 돌돌 말면서 말한다……

*

이렇게 당신은 방어 현장에서 세바스토폴을 지키는 병사들을 보고 나서 파괴된 극장까지 되돌아가는 동안, 내내 쉭쉭거리며 날아다니는 포탄과 총알에는 왠지 아무 관심도 기울이지 않고, 오히려 차분하고 고양된 기분이다. 당신이 얻은 중요하고 기쁜 확신은, 세바스토폴은 결코 점령할 수 없으며, 점령할 수 없을 뿐만 아니라 그 어디에서도 러시아 민중의 힘을 흔들 수 없다는 것이다. 당신은 이 불가능성을, 수많은 횡벽과 흉벽, 교묘하게 얽혀 있는 참호, 박격포탄과 겹겹이 쌓아놓은 대포들, 즉 당신에게 아무것도 알려주지 않는 이런 것들 속에서가 아니라, 병사들의 눈과 말과 태도에서, 이른바 세바스토폴을 방어하는 병사들의 정신 속에서 보았다. 그들이 자신들의 일을 어찌나 단순하게, 전혀 긴장하지 않고 열심히 하고 있던지, 당신은 그들이 그런 일을 백 번쯤은 더 할 수 있고…… 무슨 일이든 다 할 수 있을 거라고 확신한다. 그들을 일하게 만든 감정은 당신 자신이 경험했던 너절한 감정, 허영심, 건망증이 아니라 어떤 다른 감정, 즉 쏟아지는 포탄 속에서, 모든 사람이 직면한 결코 한 번으로 끝나지 않는 수백 번의 죽을 고비를 넘기며 묵묵히 살아가는 사람들, 이런 위험뿐만 아니라 끊임없는 중노동과 야간경계와 진창 속에서 살아가는 사람들이 만들어낸 훨씬 위엄 있는 다른 감정임을 당신은 깨닫는다. 이 사람들은 십자훈장이나 칭호나 위협을 이유로 이런 끔찍한 환경을 받아들이진 않는다. 보다 고상한,

다른 동기가 있어야만 한다. 이 동기는 드물게 드러나고 러시아인의 내면에 수줍게 숨어 있지만, 누구나 마음속에 깊이 간직하고 있는 감정, 즉 조국에 대한 사랑이다. 요새도 정규군도 없었으며, 그것을 지켜낼 물질적 가능성도 없었지만 적에게 함락되리라는 의심은 추호도 없었던, 세바스토폴이 포위된 최초의 시기에 대한 이야기들, 그리고 고대 그리스에나 어울릴 영웅 코르닐로프가 각 부대를 돌아다니면서 "제군들, 죽는 한이 있더라도 세바스토폴을 적에게 넘겨줘서는 안 된다"고 말하자 미사여구를 모르는 우리 러시아 병사들은 "다 같이 죽자! 만세!"라고 응답했던 바로 그 시절에 대한 이야기들이 이제야 비로소 당신에게 아름다운 역사적 전설이 아닌 확실한 사실이 되었다. 당신은 당신이 방금 본 이 사람들을 확실히 이해하고, 그 어려운 시기에도 절망하지 않고 사기충천한 그들에 대해 이 도시만이 아니라 조국을 위해 기꺼이 죽을 각오를 한 영웅들이라고 생각할 것이다. 러시아 민중이 주인공인 이 세바스토폴의 대서사시는 위대한 흔적을 오랫동안 러시아에 남길 것이다……

벌써 날이 저물고 있다. 일몰 직전의 태양이 하늘을 덮은 잿빛 먹구름 속에서 나와 보랏빛 먹구름, 군함과 보트로 덮인, 반반하고 잔잔한 넓은 물결이 일렁이는 초록빛 바다, 도시의 하얀 건물들, 그리고 거리를 따라 움직이고 있는 사람들을 별안간 진홍빛으로 비추었다. 가로숫길에서 군악대가 연주하는 어떤 예스러운 왈츠 소리와 그 소리에 묘하게 반향하는 보루의 포성이 수면 위로 울려퍼지고 있다.

세바스토폴, 1855년 4월 25일.

세 죽음

1

가을이었다. 사륜마차 두 대가 큰길을 따라 빠르게 달리고 있었다. 앞에 가는 포장마차에는 여자 둘이 앉아 있었다. 한 여자는 마르고 낯빛이 창백한 부인이었고, 다른 여자는 윤이 나는 발그레한 얼굴에 몸집이 풍만한 하녀였다. 하녀의 빛바랜 모자 밑으로 짧고 메마른 머리칼이 비어져나와 있었는데, 찢어진 장갑을 낀 붉은 손이 갑작스레 머리칼을 매만지곤 했다. 융단 숄에 덮인 하녀의 볼록한 가슴은 건강미가 넘쳐났고, 민첩한 검은 눈은 때론 창밖으로 멀어져가는 들판을 좇고, 때론 소심하게 부인을 향했으며, 때론 불안하게 마차의 모서리를 훑기도 했다. 하녀의 눈앞에서 그물 선반에 걸려 있는 부인의 모자가 흔들거렸고, 부인의 무릎 위에는 강아지가 누워 있었다. 부인의 두 발은 바닥의 작은 상자들 위를 딛고 있었는데, 상자를 발로 치는 소리가 마차 용수철 움직이는 소리와 창유리 덜거덕거리는 소리 사이로 겨우 들릴락 말락 했다.

무릎 위에 두 손을 포개 얹고 두 눈을 감은 부인은 쿠션에 등을 기댄 채 가볍게 흔들리고 있었다. 그녀는 눈살을 살짝 찌푸리고 이따금 속으로 기침을 했다. 머리에는 하얀 나이트캡을 쓰고 있고, 부드럽고 해쓱한 목에는 하늘색 삼각형 수건을 둘러맸다. 곧게 탄 가르마가 나이트캡 밑으로 지나가며 머릿기름을 발라 너무 납작해진 옅은 황갈색 머리칼을 가르고 있었고, 이 넓은 가르마로 드러난 하얀 살갗 속에는 죽음과도 같은 메마른 뭔가가 있었다. 축 처지고 약간 누르스름한 살갗이 갸름하고 아름다운 얼굴 윤곽을 엉성하게 싸고 있었고, 뺨과 광대뼈 부분에는 홍조가 돌았다. 바싹 마른 입술은 불안해 보였고, 성긴 속눈썹은 뒤틀려 있었으며, 푹 꺼진 가슴 위에 여행용 모직 가운의 주름이 반듯하게 잡혀 있었다. 두 눈은 감겨 있었지만 부인의 얼굴에는 피로와 분노, 그리고 익숙한 고통이 어려 있었다.

하인은 마부석에서 팔꿈치를 괸 채 졸고 있었고, 역마차의 마부는 씩씩하게 소리치며 땀이 흥건한 커다란 말 네 마리를 몰면서 이따금 뒤쪽 사륜마차에서 소리치는 다른 마부를 돌아보기도 했다. 커다란 마차 바큇자국이 석회질의 진창길을 따라 나란히 고르고 단단하게 펼쳐져 있었다. 잿빛 하늘은 차가웠고, 축축한 안개가 들판과 길 위에 내려앉았다. 마차 안은 답답하고, 향수와 먼지 냄새가 났다. 병든 부인은 고개를 뒤로 젖히고 천천히 눈을 떴다. 커다란 두 눈이 반짝이는데, 아름다운 검은색이었다.

"또!" 부인은 자기 발에 살짝 닿은 하녀의 낡은 외투 끝자락을 아름답고 여윈 손으로 신경질적으로 밀쳐내며 말했다. 그녀의 입은 고통스럽게 일그러졌다. 마트료샤는 두 손으로 낡은 외투를 걷어올리고 튼튼한 두 발로 엉거주춤 일어나 부인에게서 떨어져 앉았다. 하녀의 생기 넘치는 얼굴은 붉은빛으로 밝게 물들었다. 병든 부인의 아름답고 음울한 눈이 하녀의 움직임을 열심히 지켜보았다. 부인은 두 손으로 좌석을 붙잡고 더 높이 반듯하게 앉으려고 하녀처럼 살짝 일어나려 했다. 하지만 그녀에게는 그럴 힘이 없었다. 그녀의 입이 뒤틀렸고, 얼굴 전체가 무력하고 악의적이고 얄궂은 표정으로 일그러졌다. '너라도 날 도와줬어야지!…… 아! 필요 없어! 나 혼자 할 수 있어. 다만 날 위한답시고 자루 같은 걸 놓지나 마라, 제발 부탁이다!…… 네가 할 줄 모르면 차라리 아무것도 건드리지 마!' 부인은 눈을 감았다가 다시 재빨리 눈꺼풀을 치켜들고 하녀를 쳐다보았다. 마트료샤는 부인을 쳐다보면서 붉은 아랫입술을 깨물었다. 병자의 가슴에서 무거운 숨이 차올랐지만 채 내쉬지 못한 숨은 기침으로 변했다. 부인은 얼굴을 돌리고 눈살을 찌푸리며 두 손으로 가슴을 움켜쥐었다. 기침이 멎자 그녀는 다시 눈을 감고 꼼짝도 하지 않은 채 계속 앉아 있었다. 포장마차와 반포장사륜마차가 마을로 들어섰다. 마트료샤는 숄 밑에서 통통한 한 손을 내밀어 성호를 그었다.

"그게 뭐니?" 부인이 물었다.

"역참驛站입니다, 마님."

"왜 성호를 긋느냐고 묻고 있잖아?"

"교회예요, 마님."

병든 부인은 창문 쪽으로 몸을 돌려 눈을 크게 뜨고 포장마차가 우회한 커다란 목조 예배당을 바라보면서 천천히 성호를 그었다.

포장마차와 반포장마차가 함께 역참에 멈추었다. 반포장마차에서 병든 부인의 남편과 의사가 걸어나와 포장마차를 향해 다가왔다.

"기분이 어떠십니까?" 의사가 맥박을 재면서 물었다.

"어때, 여보, 피곤하지 않아?" 남편이 프랑스어로 물었다. "밖으로 나오고 싶진 않고?"

마트료샤는 조그만 보따리를 집어들고서 대화를 방해하지 않으려고 구석에 몸을 붙였다.

"괜찮아요, 마찬가지예요." 병든 부인이 대답했다. "나가지 않을래요."

남편은 잠시 서 있다가 역사로 들어갔다. 마트료샤는 포장마차에서 뛰어내리더니 까치발로 진창길을 뛰어 대문 안으로 들어갔다.

"설령 내 상태가 안 좋다 해도 여러분까지 아침식사를 하지 말라는 법은 없지요." 살짝 미소를 지으며 병자가 창가에 서 있는 의사에게 말했다.

'저들은 아무도 내게 관심이 없어.' 의사가 천천히 그녀에게서 물러나 빠른 걸음으로 역사의 계단을 오르자마자 부인은 속으로 생각했다. '저들은 건강해. 그러니 모든 게 아무래도 상관없겠지. 아! 오, 세상에나!'

"어때요, 에두아르드 이바노비치." 남편은 즐거운 미소로 의사를 맞이하면서 두 손을 비비며 말했다. "여행용 식료품 상자를 가져오라고 일렀소, 어떻게 생각하오?"

"괜찮군요." 의사가 대답했다.

"그런데, 저 사람은 어때요?" 남편은 한숨과 함께 목소리를 낮추고 눈썹을 치켜올리며 물었다.

"말씀드렸듯이, 부인께서는 이탈리아는커녕 모스크바까지도 못 가실 겁니다. 특히 이런 날씨에는요."

"그럼 어떻게 해야 하나? 아, 세상에나! 아, 세상에!" 남편은 한 손으로 두 눈을 가렸다. "이리 줘." 그는 여행용 식료품 상자를 가져온 하인에게 말했다.

"집에 계셨어야 했습니다." 어깨를 으쓱하면서 의사가 말했다.

"내가 달리 뭘 할 수 있었겠소?" 남편이 대꾸했다. "아내를 말리려고 모든 수단을 다 썼잖소. 돈에 대해서도, 집에 두고 와야 하는 아이들에 대해서도, 내 일에 대해서도 말했지만 아내는 아무 말도 들으려 하지 않았단 말이오. 마치 자기가 건강하기라도 한 것처럼 외국 생활에 대한 계획을 세웁디다. 그렇다고 지금 어떤 상태인지 그녀에게 사실대로 말해주는 건 그녀를 죽이는 거나 마찬가지잖소."

"하지만 부인께서는 이미 돌아가신 것이나 다름없습니다. 이걸 아셔야 해요, 바실리 드미트리치. 사람은 폐가 없으면 살 수 없고, 폐는 다시 자라날 수가 없어요. 슬프고 고통스럽지만 어쩌겠어요? 당신과 내가 할 일은 부인께서 가능한 한 편안히 돌아가시게 하는 겁니다. 이제 고해신부가 필요해요."

"아, 세상에! 하지만 당신도 아내에게 마지막 의지에 대해 환기시켜야 하는 내 처지를 이해할 거요. 어쩔 도리가 없지만, 아내에게 그런 말은 못하겠소. 알다시피 아내는 참으로 착한……"

"그렇다면 겨울까지는 집에 계시도록 부인을 설득해보세요." 의사는 의미심장하게 고개를 저으면서 말했다. "그러지 않으면 도중에 나쁜 일이 생길 수도……"

"악슈샤, 악슈샤!" 역참지기의 딸이 카차베이카*를 머리에 뒤집어쓰고 더러운 뒤쪽 현관 계단에서 발을 구르며 날카롭게 소리를 질렀다. "시르킨스키 댁 마님을 보러 가자. 기침병 때문에 외국에 가신대. 난 폐병 환자가 어떤지 아직 한 번도 본 적이 없어."

악슈샤가 문턱으로 뛰어나오자 둘은 손을 잡고 대문 밖으로 뛰어나갔다. 그들은 걸음을 늦추고 포장마차 옆을 지나가면서 내려져 있는 창문으로 안을 들여다보았다. 병자는 그들을 향해 고개를 돌렸다가 그들의 호기심을 알아채고는 눈살을 찌푸리며 다시 몸을 돌렸다.

"아이고머니나!" 역참지기의 딸이 재빨리 고개를 돌리며 말했다. "정말로 아름다운 마님이셨는데, 어쩜 저렇게 되셨을까? 끔찍해. 얘, 악슈샤, 보았니?"

"응, 너무 말랐어!" 악슈샤가 맞장구쳤다. "우물에 가는 척하면서 한 번 더 보러 가자. 저 봐, 몸을 돌렸어도 여전히 보이네. 정말 불쌍하다, 마샤."

"정말로 추한 모습이야!" 마샤가 대답했다. 둘은 대문 안으로 다시 뛰어들어갔다.

'아마, 내 모습이 끔찍하겠지.' 병자는 생각했다. '그저 빨리, 더 빨리 외국으로 가면 좋겠어. 거기서라면 곧 나을 거야.'

"여보, 좀 어때?" 입에서 뭔가 한 조각을 씹으며 남편이 마차로 다가오면서 말했다.

'늘 똑같은 질문이군.' 병자는 잠시 생각했다. '자기는 먹고 있으면서!'

---

* 옷의 안쪽이나 가장자리에 모피를 덧댄, 조끼 혹은 재킷 형태의 여성용 방한 외투.

"괜찮아요!" 그녀는 이 사이로 내뱉듯이 말했다.

"여보, 이런 날씨에 길을 가다가 당신이 더 나빠질까봐 걱정이야. 에두아르드 이바노비치도 똑같이 말하고 있어. 돌아가지 않겠소?"

그녀는 화가 나서 잠자코 있었다.

"아마 날씨가 좋아지면 길도 좋아질 거야. 그러면 당신도 더 좋아질 테고. 우리 모두 함께 갈 수 있을 거야."

"미안해요. 만일 내가 오래전에 당신 말을 듣지 않았더라면, 나는 지금 베를린에 있을 테고, 완전히 건강해졌을 거예요."

"어쩌겠어, 여보. 그럴 수 없었다는 거 당신도 알잖아. 하지만 이번에 한 달만 늦추면, 당신은 훨씬 좋아질 거요. 내 일도 끝날 테고, 애들도 데려갈 수 있을 거야……"

"애들은 건강하지만 난 안 그래요."

"하지만, 여보. 이런 날씨에 길을 가다가 당신이 더 나빠지기라도 하면…… 그러면, 최소한 집에서."

"아니, 집에서라뇨?…… 집에서 죽으라는 말인가요?" 병자는 발끈 성을 내며 대답했다. 하지만 죽는다는 말에 스스로 놀랐는지 그녀는 간청하듯 의아해하는 눈길로 남편을 바라보았다. 남편은 눈을 내리뜨고 말이 없었다. 별안간 병자의 입이 어린애처럼 일그러지고 눈에서는 눈물이 흘렀다. 남편은 손수건으로 자신의 얼굴을 감싸며 말없이 포장마차에서 물러났다.

"아니, 난 가겠어." 병자는 이렇게 말하고 눈을 들어 하늘을 보며 두 손을 포갠 채 두서없이 속삭이기 시작했다. "오, 세상에! 도대체 무엇 때문에?" 그녀는 이렇게 말했고, 눈물은 더 세차게 흘렀다. 그녀는 오랫동안 열렬히 기도했지만 가슴은 여전히 아팠고 답답했으며, 하늘과 들판과 길은 여전히 잿빛이고 음산했다. 잿빛의 음산한 가을 안개는 짙지도 옅지도 않게 진창길 위에, 지붕 위에, 포장마차 위에, 마부들의 모피 외투 위에 내려앉았다. 마부들은 우렁차고 활기찬 목소리로 이야기하며 마차에 기름을 치고 마구를 채우고 있었다……

2

여행용 포장마차에 마구가 모두 채워졌지만, 마부는 꾸물거렸다. 그는 마부들이 묵는 농가로 잠시 들어갔다. 농가 안은 후덥지근하고 답답하고 컴컴하고 공기가 탁했으며, 사람 사는 냄새와 구운 빵 냄새, 양배추와 양가죽 냄새가 났다. 농가의 살림방에는 마부들이 몇 명 있었고, 요리하는 여자가 페치카 언저리에서 분주히 일하는 중이었다. 페치카 위 다락 침상에는 병자가 누워 있었다.

"흐뵤도르 아저씨! 흐뵤도르 아저씨!" 모피 외투를 입고 허리띠에 채찍을 꽂은 젊은 마부가 방으로 들어서며 병자에게 몸을 돌려 말했다.

"뭐야, 실없는 녀석아. 페디카*에게 무슨 볼일이라도 있어?" 마부들 가운데 하나가 대답했다. "밖에 포장마차가 널 기다리고 있잖아."

"장화를 빌리고 싶어서 그래. 내 장화가 다 해져서." 젊은 마부는 머리칼을 급히 쓸어넘기고 벙어리장갑을 허리춤에 끼우며 대답했다. "주

---

* '표도르'의 비칭(卑稱).

무세요? 흐뵤도르 아저씨?" 그는 페치카 쪽으로 다가가면서 되뇌었다.

"뭐야?" 힘없는 목소리가 들리더니 불그레하고 수척한 얼굴이 다락 침상에서 내려다보았다. 야위고 핏기 없는 털북숭이 큰 손이 더러운 셔츠를 걸친 뾰족한 어깨 위로 외투를 끌어당겼다. "이보게, 마실 것 좀 주지. 그런데 무슨 일인가?"

젊은 마부는 물이 담긴 바가지를 건넸다.

"저, 페댜* 아저씨." 젊은 마부는 어쩔 줄 몰라하며 말했다. "아저씨에겐 이제 새 장화가 필요 없잖아요. 내게 줘요, 아저씬 걸어다닐 일이 없잖아요."

병자는 반질반질 윤이 나는 바가지 쪽으로 지친 머리를 숙여, 성기고 늘어진 콧수염을 흐릿한 물에 적셔가며, 기운은 없지만 게걸스럽게 물을 마셨다. 헝클어진 턱수염은 지저분했고, 푹 꺼진 생기 없는 두 눈은 젊은이의 얼굴 쪽으로 간신히 들려 있었다. 물에서 입을 뗀 그는 젖은 입술을 닦으려고 한 손을 들어올리려 했지만 그러질 못하고 외투 소매로 입술을 훔쳤다. 그러고는 조용히 고통스럽게 코로 숨을 쉬면서 힘을 모아 젊은이의 눈을 똑바로 쳐다보았다.

"이미 누군가에게 거저 주기로 약속하셨는지도 모르죠." 젊은이가 말했다. "중요한 건, 거리가 비에 젖어 질척한데 나는 일하러 가야 한다는 거예요. 그래서 생각했어요. 페디카에게 장화를 달라고 부탁해보자, 아저씨에게는 이제 필요 없을 테니까. 하지만 아저씨에게 장화가 필요하다면, 그렇다고 말을……"

---

* '표도르'의 애칭.

병자의 가슴에서 무언가가 차오르고 가르랑거리기 시작했다. 그는 몸을 구부렸고, 목에 꽉 걸려 제대로 나오지 않는 기침으로 거의 숨이 막혔다.

"필요하긴 뭐가 필요해." 갑자기 요리하는 여자가 꾸짖는 듯한 목소리로 농가 전체가 울리도록 외쳤다. "벌써 두 달째 페치카의 다락 침상에서 내려오지 못하고 있는데. 보다시피 기진맥진해서 말소리도 겨우 들릴 만큼 속속들이 앓고 있잖아. 그러니 장화는 있어서 뭐하겠어? 새 장화를 신겨서 땅에 묻을 것도 아닌데. 벌써 한참 전에 때가 된 거야. 주여, 죄를 사하소서. 얼마나 만신창이인지 보라고. 다른 농가든, 어디 다른 곳으로든 옮겨야 해! 시내에 그런 병원이 있긴 한데, 문제는 자리가 전부 찼다는 거야. 당신을 위한 자리는 없다는 거야. 게다가 얼마나들 깨끗하게 해달라고 하는지."

"어이, 세료가! 어서 나와, 나리들이 기다리고 있어." 역참지기가 문에 대고 외쳤다.

세료가는 병자의 대답을 더는 기다리지 못하고 나가려 했으나 병자가 기침을 하면서 세료가에게 말하고 싶다는 뜻을 눈짓으로 전했다.

"장화를 가져가라, 세료가." 기침을 억누르고 잠시 숨을 돌리며 그가 말했다. "단, 내가 죽으면 비석을 사다오." 그는 쉰 목소리로 덧붙였다.

"고마워요, 아저씨, 잘 받을게요, 비석은 꼭 살게요."

"이봐, 다들 들었지." 병자는 더 말을 하려다가 다시 숨이 막혀와 몸을 구부렸다.

"암, 다들 들었어." 마부들 가운데 하나가 말했다. "가봐, 세료가, 어서 마부석에 타, 안 그러면 다시 역참지기가 달려올 거야. 시르킨스키 댁 마님은 병자잖아."

세료가는 어울리지 않게 큰, 다 해진 장화를 잽싸게 벗어서 긴 의자 밑으로 내던졌다. 표도르의 새 장화는 그의 발에 딱 맞았다. 그는 장화를 이쪽저쪽 들여다보며 포장마차 쪽으로 걸어나갔다.

"와, 좋은 장화네! 닦아줄까?" 세료가가 마부석에 기어올라가 고삐를 잡자 손에 구둣솔을 든 한 마부가 말했다. "거저 얻었나?"

"응, 부럽지?" 세료가는 엉거주춤 일어서서 발치에 외투 자락을 감으며 대답했다. "이랴! 에이, 귀여운 놈들!" 세료가가 채찍을 휘두르며 말들에게 소리쳤고, 그러자 승객들과 여행가방, 커다란 상자들을 실은 포장마차와 반포장마차가 잿빛 가을안개 속으로 사라지며 비에 젖은 길을 따라 빠르게 달렸다.

병든 마부는 갑갑한 농가의 페치카의 다락 침상에 남아 있었다. 더 이상 기침은 하지 않았고 간신히 다른 쪽으로 돌아눕더니 조용해졌다.

그 농가에서는 저녁까지 사람들이 드나들며 식사를 했다. 병자가 꼼지락거리는 소리는 들리지 않았다. 밤이 되기 전, 요리하는 여자가 다락 침상으로 기어올라가 병자의 발 너머에 있는 모피 외투를 집어들었다.

"나한테 화내지 마, 나스타샤." 병자가 말했다. "곧 네 자리를 비워줄 테니."

"좋아요, 좋아. 뭐, 괜찮아요." 나스타샤는 웅얼거렸다. "그런데 아저씨, 어디가 아픈 거예요? 말해봐요."

"속이 다 아파서 어디가 아픈지도 몰라."

"목이 아플 것 같던데. 그토록 기침을 해대는 걸 보면."

"온몸이 다 아파. 죽을 때가 되었어. 애고, 애고, 애고!" 병자는 신음했다.

"이렇게 발을 덮어야 해요." 나스타샤가 페치카에서 기어내려오다가 병자에게 외투를 끌어당겨주면서 말했다.

밤이 되어 농가에서는 등잔불이 희미하게 비쳤다. 나스타샤와 열 명쯤 되는 마부들이 요란하게 코를 골며 바닥과 긴 의자 위에서 자고 있었다. 병자 한 사람만이 다락 침상에서 힘없이 끙끙거리고 기침을 해대며 몸을 뒤척였다. 아침 무렵, 병자는 완전히 조용해졌다.

"간밤에 뭔가 이상한 꿈을 꾸었어." 다음날 아침, 요리하는 여자가 어스름 속에서 기지개를 켜며 말했다. "흐뵤도르 아저씨가 페치카에서 내려와 장작을 패러 가는 꿈이었어. 아저씨가 '나스탸, 내가 널 도울게' 하고 말하길래, 나는 '아저씨가 어떻게 장작을 패요?'라고 말했지. 그랬더니 아저씨가 도끼를 들고 아주 날쌔게 장작을 패기 시작했고, 나뭇조각들이 막 날아다니는 거야. 아프지 않냐고 물었더니, '아니, 나는 건강해' 하고 말하면서 손을 내젓더라고. 정말 무서웠어. 그래서 소리를 지르다 꿈에서 깬 거야. 아저씨가 죽은 건 아니겠지? 흐뵤도르 아저씨! 이봐요, 아저씨!"

표도르는 대답이 없었다.

"뭐야, 설마 죽었을라고? 가서 보자." 잠에서 깬 마부들 가운데 하나가 말했다.

병자의 불그레한 털북숭이 마른 손이 페치카에서 축 늘어져 있었는데, 차갑고 창백했다.

"역참지기에게 말하러 가야겠어, 죽은 것 같아." 마부가 말했다.

표도르에겐 친척이 없었다. 그는 멀리서 온 사람이었다. 이튿날 사람들은 그를 수풀 뒤에 있는 새 공동묘지에 묻었다. 나스타샤는 그뒤로 며칠 동안 만나는 사람 모두에게 자기가 꾸었던 꿈에 대해, 그리고 자기가 맨 먼저 표도르 아저씨가 죽었다는 걸 알아챘다고 얘기하곤 했다.

3

봄이 왔다. 도시의 젖은 길을 따라 말똥투성이 얼음덩이 사이를 성급한 개울이 졸졸 흐르고 있었다. 움직이는 사람들의 옷 색깔과 떠드는 소리도 밝았다. 담장 너머 정원에서는 나무들의 싹이 부풀어올랐고, 나뭇가지가 들릴락 말락 소리를 내며 신선한 바람에 흔들리고 있었다. 도처에서 투명한 물방울이 방울져 떨어지고 흘러내렸다…… 참새들이 제각각 짹짹거리고 작은 날개를 퍼덕이며 날아오르곤 했다. 양지쪽에서는 담장과 집과 나무 위에서 모든 것이 움직이고 빛났다. 하늘에도 땅에도 사람의 마음에도 기쁨과 젊음이 넘쳤다.

중앙 거리들 중 한 거리에 있는 귀족의 저택 앞에 새 짚이 깔렸다. 그 집에는 외국행을 서둘렀던, 죽어가는 병든 부인이 있었다.

닫힌 방문가에 병든 부인의 남편과 한 중년 여자가 서 있었다. 소파에는 사제가 눈을 내리뜬 채 견대肩帶에 싼 무언가를 들고 앉아 있었다. 한쪽 구석에 놓인 볼테르식 안락의자에는 병자의 어머니인 노파가 누워 슬피 울고 있었다. 노파 옆에는 하녀가 한 손에 깨끗한 손수건을 들고 노파가 손수건을 달라고 할 때를 대비하고 있었다. 또다른 하녀는 무언가로 노파의 관자놀이를 문지르며 부인용 실내모를 쓴 노파의 백발 머리칼을 호호 불었다.

"그런데, 말입니다." 남편은 자기와 함께 문가에 서 있는 나이 지긋한 여자에게 말했다. "저 사람은 처형을 아주 신뢰하고 있고, 처형은 저 사람과 말이 통하니까 잘 설득해주세요. 부탁합니다." 그러고는 문을 열어주려고 했다. 하지만 아내의 사촌은 그를 저지하며 눈가에 손수건을 몇 번 가져다대더니 고개를 저었다.

"자, 이제 내가 운 것 같지 않죠." 그녀는 이렇게 말하면서 직접 문을 열고 안으로 들어갔다.

남편은 몹시 흥분했다가 완전히 망연자실한 듯했다. 그는 노부인을 향해 몇 걸음 옮기다가 그만두고, 이내 돌아서서 방을 가로질러 사제에게 다가갔다. 사제는 그를 보고, 하늘을 향해 눈썹을 치켜올리더니 한숨을 내쉬었다. 희끗한 턱수염도 위로 올라갔다 내려왔다.

"오, 세상에!" 남편이 말했다.

"어쩌겠어요?" 사제가 한숨을 쉬며 말했고, 다시 그의 눈썹과 턱수염이 위로 올라갔다 내려왔다.

"어머니도 여기 계십니다!" 남편은 거의 절망하여 말했다. "어머니는 견뎌내지 못하실 겁니다. 당신 딸을 몹시 사랑했으니까요. 딸을 얼마나 사랑했는지…… 몰라요. 신부님, 신부님이 어머니를 달래서 여기서 나가시도록 설득해주세요."

사제가 일어나 노부인에게 다가갔다.

"그렇습니다, 어머니의 마음은 아무도 헤아릴 수 없습니다." 사제가 말했다. "하지만 신은 자비로우십니다."

갑자기 노부인의 얼굴이 바르르 떨리더니 발작적으로 딸꾹질이 나왔다.

"신은 자비로우십니다." 사제는 노부인이 조금 진정되자 말을 이었다. "제 교구에 병자가 한 사람 있었는데요, 마리야 드미트리예브나보다 훨씬 상태가 나빴습니다. 그런데, 말 그대로 평범한 어느 평민이 약초를 가지고 금세 병자의 병을 고쳤어요. 바로 그 사람이 지금 모스크바에 있습니다. 그래서 제가 바실리 드미트리예비치에게 한번 시도해보는 게 어떻겠느냐고 말한 겁니다. 최소한 병자에게 위안은 될 겁니다. 신께서는 모든 게 가능합니다."

"아뇨, 이애는 살지 못해요." 노부인이 말했다. "신은 날 데려가지, 왜 이애를 데려가는지 모르겠어요." 노부인의 발작적인 딸꾹질이 의식을 잃을 만큼 심해졌다.

병자의 남편은 두 손으로 얼굴을 가리고 방에서 뛰어나갔다.

복도에서 그는 여동생을 쏜살같이 뒤따라가는 여섯 살짜리 사내아이와 맨 먼저 마주쳤다.

"아이들을 엄마에게 데려가지 말라고 지시하셨어요?" 유모가 물었다.

"아냐, 아내가 아이들을 만나고 싶어하지 않아. 아이들을 만나면 오히려 혼란스러울 거야."

사내아이는 잠시 멈춰 서서 아버지의 얼굴을 유심히 바라보다가, 갑자기 발을 구르더니 신나게 소리를 지르며 다시 뛰어갔다.

"얘는 가라말 같아, 아빠!" 사내아이가 여동생을 가리키며 말했다.

한편, 다른 방에서는 사촌이 병자 곁에 앉아 능숙하게 대화를 이끌며 그녀가 죽음에 대해 마음의 준비를 할 수 있도록 애쓰고 있었다. 의사는 다른 쪽 창가에서 물약을 섞는 중이었다.

하얀 실내복을 입은 병자는 온통 쿠션으로 둘러싸인 채 침대에 앉아 말없이 사촌을 바라보았다.

“아, 언니.” 별안간 사촌의 말을 끊으며 병자가 말했다. “나한테 마음의 준비를 시키려 하지 말아요. 날 아이 취급하지 말아요. 나는 그리스도교 신자예요. 나는 다 알아요. 내가 얼마 살지 못한다는 걸 알아요. 만약 남편이 좀더 일찍 내 말을 들었더라면, 나는 이탈리아에 갔다 왔을 거고, 어쩌면, 아니 틀림없이 나는 건강해졌을 거라는 것도 알아요. 사람들이 다 남편에게 말했던 거예요. 하지만 어쩌겠어요? 아마 이게 신의 뜻인가봐요. 우리 모두 많은 죄를 짓고 있다는 것도 알지만, 나는 신의 자비를 바라고 있어요. 모두들, 틀림없이 모두들 용서받을 거예요. 나는 나 자신을 이해하려 애쓰고 있어요. 언니, 나도 죄를 많이 지었어요. 하지만 또 얼마나 많은 고통을 당했는지 몰라요. 나는 인내하며 그 고통을 견디려고 노력했고요……”

“그럼, 신부님을 부를까? 성체성사를 받고 나면 마음이 한결 가벼워질 거야.” 사촌이 말했다.

병자는 동의의 뜻으로 고개를 끄덕였다.

“주여! 죄 많은 저를 용서하소서.” 병자가 속삭였다.

사촌은 방에서 나와 사제에게 눈짓을 했다.

“저애는 천사야!” 그녀는 눈물을 글썽이며 병자의 남편에게 말했다.

남편은 울기 시작했고, 사제는 문으로 들어갔다. 노부인은 점점 의식을 잃어가고 있었다. 첫번째 방은 쥐죽은듯 조용했다. 오 분 뒤 사제가

문에서 나와 견대를 벗고 머리를 매만졌다.

"다행히, 이제 한결 평온해지셨습니다." 사제가 말했다. "두 분을 보고 싶어하십니다."

사촌과 남편이 들어갔다. 병자는 성상을 바라보며 조용히 울고 있었다.

"여보, 성체성사를 받은 걸 축하해." 남편이 말했다.

"고마워요! 얼마나 기분이 좋아졌는지 몰라요. 정말로 알 수 없는 기쁨을 맛보고 있어요." 병자가 말했다. 그녀의 얇은 입술에 가벼운 미소가 어렸다. "신은 얼마나 자비로우신지! 정말로 자비롭고 전능하시지 않아요?" 그녀는 다시 간절히 기도하며 눈물 가득한 눈으로 성상을 바라보았다.

그러다 별안간, 마치 무언가 그녀의 기억에 떠오른 것 같았다. 그녀는 손짓하여 남편을 자기 쪽으로 불렀다.

"당신은 내가 부탁한 것을 한 번도 해주려고 하지 않는군요." 그녀가 연약하고도 불만스러워하는 목소리로 말했다.

남편은 목을 쭉 빼고 공손히 아내의 말에 귀를 기울였다.

"뭐라고, 여보?"

"저런 의사들은 아무것도 모른다고 당신에게 여러 번 말했잖아요. 평범한 여자 치료사들 있잖아요, 그 사람들이 잘 고쳐요…… 좀전에 신부님이 말씀하셨는데…… 어느 평민이…… 그 사람을 데리러 사람을 보내요."

"누구를 데리러, 여보?"

"오, 세상에! 아무것도 이해하려 하지 않는군!……" 병자는 얼굴을 찌푸리고 눈을 감았다.

의사가 병자에게 다가가 손을 잡았다. 맥박이 확연히 점점 더 약하게 뛰었다. 의사는 남편에게 눈짓을 했다. 의사가 눈짓하는 것을 보고 병자는 깜짝 놀라 주위를 둘러보았다. 사촌이 얼굴을 돌리고 울기 시작했다.

"울지 말아요. 언니 자신과 나를 괴롭히지 말아요." 병자가 말했다. "내 마지막 평온함을 빼앗는 일이에요."

"너는 천사야!" 병자의 손에 입을 맞추며 사촌이 말했다.

"아니, 여기다 입맞춰줘요. 죽은 사람들에게나 손에 입맞추는 거야. 오, 세상에! 오, 맙소사!"

바로 그날 저녁, 병자는 이미 주검으로 변했다. 시신은 입관 후 저택의 홀에 안치되었다. 문이 닫힌 큰 방에 부제 혼자 앉아 콧소리를 내며 고른 목소리로 다윗의 노래를 낭송하고 있었다. 높은 은촛대의 밀랍초가 고인의 창백한 이마 위로, 밀랍 같은 무거운 손 위로, 그리고 무릎과 발가락 위에서 무섭게 솟아오른 관포棺布의 뻣뻣하게 굳은 주름 위로 선명한 빛을 떨구었다. 부제는 자기가 낭송하는 단어를 이해하지 못한 채 리드미컬하게 읽어나갔고, 고요한 방에서 그 단어들은 기이하게 울리다가 사라져갔다. 이따금 멀리 떨어진 방에서 아이들의 목소리와 발 구르는 소리가 들려왔다.

'그러다가 당신께서 외면하시면 어쩔 줄을 모르고,' 시편이 낭송되었다. '숨을 거두어들이시면 죽어서 먼지로 돌아가지만, 당신께서 입김을 불어넣으시면 다시 소생하고 땅의 모습은 새로워집니다. 야훼의 영광은 영원하소서.'*

고인의 얼굴은 엄숙하고 편안하고 위엄이 있었다. 깨끗하고 차가운 이마에서도, 굳게 다문 입술 안에서도 아무것도 움직이지 않았다. 그녀는 열심히 주의를 기울이고 있었다. 하지만 지금이라도 그녀는 이 위대한 말들을 이해했을까?

4

한 달이 지나서 고인의 무덤 위에 석조 예배당이 세워졌다. 마부의 무덤에는 아직도 비석이 없었다. 지난날 한 인간이 존재했었다는 유일한 표지로, 불룩한 흙더미 위에 연녹색 풀 한 포기만이 삐죽 돋아나 있었다.

"너 그거 죄짓는 거야, 세료가." 한번은 요리하는 여자가 역참에서 말했다. "네가 흐뵤도르를 위해 비석을 사지 않는다면 말이야. 전에는 겨울이다 뭐다 했었지. 그런데 지금은 왜 약속을 지키지 않지? 내 앞에서 약속했잖아. 너한테 부탁하러 그가 벌써 한 번 다녀갔잖아. 네가 비석을 사지 않으면 그는 또 다녀갈 거고, 네 목을 졸라 죽일 거야."

"왜 그래, 내가 정말 안 사겠다고 했나." 세료가가 대답했다. "비석 살 거야, 내가 말한 대로 살 거라고, 1루블 50코페이카짜리를 사겠어. 나는 잊지 않았어, 어떻게든 실어와야겠지만. 시내에 가게 되면 살 거야."

"십자가만이라도 세우는 게 좋겠군." 늙은 마부가 말했다. "안 그러면

---

* 시편 104:29~31.

넌 정말 나쁜 녀석이야. 넌 장화를 신고 있잖아."

"어디서 그걸 구해요, 십자가를? 장작개비로 깎아 만들 수도 없는 노릇이고?"

"무슨 말을 하는 거야? 장작개비를 깎아 만들지 못하겠으면, 도끼를 들고 아침 일찍 숲으로 가서 나무를 베어서라도 만들면 되지. 작은 물푸레나무를 벨 수도 있을 거야. 그거면 십자가를 만들 수 있을 거야. 아니면 산림순찰원에게 보드카를 한잔 먹이든가. 그렇다고 나쁜 짓을 할 때마다 술을 먹이려고 하지는 마. 난 얼마 전에 멜대를 부러뜨려서 번듯한 새 나무를 베었는데, 아무도 말하지 않더군."

이른아침, 아침놀이 막 동쪽 하늘을 물들일 때 세료가는 도끼를 들고 숲으로 갔다.

모든 것들 위에 뿌옇고 차가운 이슬, 벌써 내렸지만 햇빛에 빛나지 않는 이슬이 덮여 있었다. 동녘은 어느새 밝았고, 얇은 먹구름으로 가득한 한없이 넓은 하늘에서 연한 빛이 비치고 있었다. 발밑에 풀 한 포기도, 위로는 나뭇가지 잎사귀 하나도 흔들리지 않았다. 그저 이따금 빽빽한 나무숲에서 들리는 새들의 날갯짓소리와 땅에서 바스락거리는 소리가 숲의 적막을 깨곤 했다. 갑자기 숲 가장자리에서 자연과 어울리지 않는 기이한 소리가 울려퍼지더니 금세 사라졌다. 하지만 다시 소리가 들려왔고, 움직임 없는 나무들 가운데 어떤 나무의 줄기 아랫부분에서 규칙적으로 반복되었다. 그 우듬지들 중 하나가 아주 심하게 떨리기 시작했고, 촉촉한 잎사귀들이 뭐라고 중얼거리기 시작했다. 그 가지에 앉아 있던 붉은가슴울새가 휘휘 소리를 내며 두어 번 날아오르더니 꼬랑지를 흔들면서 다른 나무에 앉았다.

산기슭을 따라 도끼 소리가 점점 더 둔탁하게 들렸다. 촉촉한 하얀 나뭇조각들이 이슬에 젖은 풀 위로 튀었고, 도끼로 나무를 내려칠 때마다 살짝 갈라지는 소리가 났다. 나무는 온몸을 부르르 떨며 구부러지더니 뿌리 위에서 깜짝 놀라 흔들리다가 금세 펴졌다. 한순간 모든 것이 조용해졌다. 하지만 나무는 다시 구부러졌고, 다시 나무줄기에서 갈라지는 소리가 났다. 나무는 잔가지를 부러뜨리고 큰가지를 늘어뜨리면서, 축축한 땅 위로 우듬지를 부딪치며 쓰러졌다. 도끼 소리와 발걸음 소리가 멎었다. 붉은가슴울새가 휙휙 소리를 내며 더 높이 날아올랐다. 새가 날아오르며 건드린 나뭇가지는 잠시 흔들리다가 다른 나뭇가지들처럼 그 잎사귀와 함께 움직이지 않았다. 나무들은 새로 생긴 공간에서 흔들리지 않는 가지를 훨씬 더 즐겁게 뽐내고 있었다.

첫 햇살이 투명한 먹구름을 뚫고 하늘에서 빛났고, 땅과 하늘을 따라 빠르게 지나갔다. 안개는 물결처럼 골짜기에 가득 넘쳐흐르기 시작했고, 이슬은 반짝반짝 빛나며 풀잎 위에서 장난치기 시작했다. 투명한 흰구름은 푸른 하늘을 따라 빠르게 흩어지고 있었다. 새들은 빽빽한 숲 속에서 부산을 떨며 무언가 행복한 말을 재잘거렸다. 촉촉한 잎사귀들은 우듬지에서 즐겁게 가만가만 속삭이고, 살아 있는 나무의 가지들은 고개를 숙인 죽은 나무 위에서 천천히, 위엄 있게 흔들리기 시작했다.

(1859년)

캅카스의 포로
(실화)

1

한 귀족이 캅카스*에서 장교로 근무하고 있었다. 그의 이름은 질린이었다.

어느 날 집에서 그에게 편지가 왔다. 늙은 어머니는 아들에게 이렇게 쓰고 있었다.

난 벌써 늙었고, 죽기 전에 사랑스러운 아들을 보고 싶구나. 집에 와서 나와 작별인사를 하고, 편안하게 나를 묻어주고 다시 복무하러 가도록 하거라. 그리고 네 색싯감도 찾아놓았다. 똑똑하고 훌륭한데, 재산도 있다. 네 맘에 든다면 결혼을 해서 집에 눌러살 수도 있을 것이다.

---

* 캅카스산맥을 중심으로 흑해와 아조프해와 카스피해 사이의 지역을 일컫는다. 산맥 남쪽을 자캅카지예(아르메니아공화국, 그루지야공화국, 아제르바이잔공화국 등이 여기에 속함)로, 북쪽을 프레드캅카지예로 부른다.

질린은 곰곰이 생각했다. '정말로, 어머니가 나이드시고 몸이 안 좋으신가보네. 이러다 살아 계실 때 못 뵐지도 몰라. 가봐야만 해. 색싯감이 괜찮으면 결혼할 수도 있고.'

질린은 부대장에게 가서 휴가를 얻고 동료들과 작별인사를 나누었다. 자기 병사들에게는 작별 선물로 네 통의 보드카를 내놓고 길 떠날 채비를 했다.

그 당시 캅카스는 전쟁중이었다. 낮이나 밤이나 돌아다니기가 힘들었다. 러시아인들 가운데 누구라도 말을 타고서든 걸어서든 요새를 벗어나면 당장 타타르인들*에게 살해당하거나 산속으로 끌려가곤 했다. 그래서 일주일에 두 번 호송병들이 요새에서 요새로 오가기로 되어 있었다. 호송병들이 앞뒤에서 걷고, 그 사이에서 사람들이 이동했다.

여름날의 일이었다. 새벽녘에 짐마차들이 요새 밖에 모여들었고, 호송병들이 요새에서 걸어나와 함께 길을 떠났다. 질린은 말을 타고 움직였고, 그의 짐을 실은 마차는 짐수레 행렬에 섞여 있었다.

25베르스타**를 말을 타고 가야 했다. 짐마차 행렬은 조용히 나아갔다. 때론 병사들이 멈춰 서기도 하고, 때론 행렬 속에서 누군가의 마차 바퀴가 빠지거나 말이 서기도 했는데 그때마다 모두가 서서 기다리곤 했다.

---

* 러시아의 대표적인 터키계 민족으로, 러시아에서 러시아인 다음으로 다수를 차지한다. 그러나 톨스토이가 살던 시대에는 이슬람교를 믿으며 캅카스 지역에 흩어져 사는 모든 산악 민족을 타타르인이라고 불렀다.

** 러시아의 길이 단위. 1베르스타는 약 1076미터.

벌써 정오가 지났지만 마차 행렬은 가야 할 길의 반밖에 가지 못하고 있었다. 먼지가 일고 푹푹 찌고 태양이 활활 타오르고 있었지만, 몸을 피할 곳이 아무데도 없었다. 주변은 살풍경한 스텝이고 나무 한 그루, 덤불 하나 없었다.

앞쪽에서 말을 타고 가던 질린은 짐마차의 행렬이 따라올 때까지 말을 멈추고 기다리곤 했다. 뒤에서 뿔피리 소리가 들려올 때도 다시 멈춰 섰다. 질린은 잠시 생각해보았다. '호송병들 없이 혼자 말을 타고 가는 게 더 낫지 않을까? 나는 훌륭한 말을 타고 있으니, 타타르인을 마주쳐도 달아날 수 있을 거야. 아냐, 가지 말아야 할까?……'

질린은 말을 멈추고 곰곰이 생각했다. 그때 또다른 장교 코스틸린이 총을 들고 그에게 다가와 말한다.

"질린, 우리끼리 가자. 더는 견딜 수가 없어. 배는 고프고 날씨는 엄청 덥고. 셔츠에서 땀을 짜내게 생겼어." 살집이 있고 육중한 코스틸린은 얼굴이 온통 빨개져서 땀을 뻘뻘 흘리고 있었다. 질린은 잠시 생각한 뒤 말한다.

"총은 장전됐나?"

"장전됐지."

"그래, 그럼 우리끼리 가자. 단, 절대 헤어지지 않기로 약속해."

그들은 길을 따라 앞서서 말을 달렸다. 초원을 달리며 이야기를 나누고 좌우를 살피기도 했다. 멀리까지 주변이 보였다.

초원이 끝나자 산과 산 사이의 골짜기로 길이 이어졌다. 질린이 말한다.

"산 위로 올라가서 살펴봐야 해. 놈들이 산에서 갑자기 튀어나오기라도 하면 못 볼 테니까."

그러자 코스틸린이 말한다.

"살펴보긴 뭘 살펴봐. 앞으로 가기나 하자고."

질린은 그의 말을 듣지 않았다.

"아니야," 질린이 말한다. "자넨 밑에서 기다려, 내가 잠깐 살펴볼 테니까."

질린은 왼쪽 산 위로 말을 몰았다. 그의 말은 사냥할 때 타는 말이었다(망아지일 때 말떼에서 골라 100루블을 주고 사서 그가 직접 길들였다). 말은 마치 날개라도 단 듯 질린을 벼랑 위로 옮겨놓았다. 말에서 뛰어내려 살펴보는데 바로 앞, 1데샤티나*쯤 떨어진 곳에 말을 탄 타타르인들이 얼추 삼십여 명쯤 있었다. 질린은 그들을 보자마자 말을 돌렸다. 하지만 이미 그를 본 타타르인들이 전속력으로 돌진해 오면서 총집에서 총을 뽑았다. 질린은 벼랑 아래로 힘껏 말을 내달리며 코스틸린에게 소리친다.

"총을 꺼내!" 그리고 마음속으로 자신의 말에게 말을 건넨다. '자랑스러운 내 말아, 어서 달려라, 헛디디면 안 돼, 쓰러지면 끝장이야. 총 있는 데까지만 가면 저놈들에게 붙잡히진 않을 거다.'

하지만 코스틸린은 기다릴 생각이 없었다. 그는 타타르인들을 보자마자 있는 힘을 다해 요새 쪽으로 달리기 시작했다. 코스틸린은 채찍으로 말 옆구리를 이쪽저쪽 사정없이 내려쳤다. 먼지 속에서 휘젓듯 움직이는 말의 꼬리만 보일 뿐이었다.

---

* 미터법 시행 이전 러시아의 지적 단위로 1데샤티나는 1.09헥타르, 즉 가로와 세로 각 100미터에 해당.

질린은 일이 어렵게 됐다는 걸 알았다. 코스틸린이 총을 갖고 달아났으니 긴 칼 하나로는 아무것도 할 수 없다. 질린은 호송병들 쪽으로 말을 돌려 달아나야겠다고 생각했다. 하지만 타타르인들 여섯이 그의 앞을 가로질러 질주했다. 질린이 탄 말은 훌륭했지만 타타르인들이 탄 말은 더 훌륭해서 그를 앞질러 달렸다. 질린은 말을 돌려 지름길로 달릴까 싶었지만, 전속력으로 달리던 중이라 말을 갑자기 멈출 수 없어서 곧장 타타르인들을 향해 질주했다. 붉은 턱수염의 타타르인이 잿빛 말을 타고 그를 향해 다가오는 것이 보였다. 타타르인이 날카로운 소리를 내지르고 이를 드러내며 총을 겨누었다.

'그래,' 질린은 생각했다. '네놈들이 날 사로잡으면 구덩이에 처넣고 채찍을 휘두르겠지. 사로잡히진 않겠다.'

질린은 키는 크지 않지만 용감했다. 그는 긴 칼을 빼들고 붉은 턱수염의 타타르인을 향해 곧장 말을 내달리며 생각했다. '말로 짓밟아버리든가 긴 칼로 내려칠 테다.'

질린이 말 한 마리 거리만큼 가까이 다가갔을 때 타타르인들이 등뒤에서 그를 겨냥해 쏜 총알이 말에 맞았다. 단번에 말이 바닥으로 쓰러졌고, 그의 한쪽 다리가 말에 깔렸다.

질린이 일어나려고 하는데 역한 냄새를 풍기는 타타르인 둘이 이미 그를 덮쳐서 두 팔을 뒤로 비틀었다. 냅다 내달리며 타타르인들을 밀쳐냈지만, 다시 타타르인 셋이 말에서 뛰어내려 개머리판으로 그의 머리를 때리기 시작했다. 그는 눈앞이 아찔해지면서 비틀거렸다. 그를 붙잡은 타타르인들은 안장에서 말의 예비용 뱃대끈을 벗겨서 그의 두 팔을 등뒤로 비틀고 타타르식으로 매듭을 지어 안장 쪽으로 질질 끌고 갔다.

그러고는 질린의 모자와 장화를 벗겨낸 뒤 온몸을 뒤져서 돈과 시계를 빼앗고 옷을 갈가리 찢었다. 질린은 자기 말을 돌아보았다. 말은 가엾게도 옆으로 쓰러져 누운 채 두 다리를 허공에서 버둥대고 있었다. 대가리에 구멍이 났고, 그 구멍에서 시커먼 피가 흘러나왔다. 그 둘레로 먼지 쌓인 바닥이 얼추 1아르신*가량 피로 흥건히 젖었다.

타타르인 하나가 말로 다가가서 안장을 끄르기 시작했다. 말은 여전히 버둥대고 있었다. 타타르인이 단검을 빼들어 말의 멱을 땄다. 목에서 '쉬' 하는 소리가 났고, 말은 격렬하게 한 번 몸부림을 치더니 숨이 끊어졌다.

타타르인들은 안장과 마구를 끌러냈다. 붉은 턱수염의 타타르인이 말에 올라타자 다른 이들이 질린을 그의 안장에 태웠다. 그리고 떨어지지 않도록 가죽띠로 질린을 타타르인의 허리에 묶어 매고 산으로 데려갔다.

질린은 타타르인의 등뒤에 앉아 이리저리 흔들리면서 역한 냄새를 풍기는 타타르인의 등에 얼굴을 부딪혔다. 눈앞에는 건장한 타타르인의 등과 힘줄이 불거진 목만 보였고, 모자 밑으로 면도를 한 뒤통수가 파르스름하게 드러났다. 질린의 머리에는 큰 상처가 났고, 눈 위에는 피가 엉겨붙었다. 질린은 말 위에서 몸을 똑바로 펼 수가 없었고 피를 닦아낼 수도 없었다. 두 팔을 너무 세게 비틀어 조여서 빗장뼈가 으스러진 것이다.

그들은 꽤 오래 이 산에서 저 산으로 말을 타고 이동했고, 얕은 곳으

* 러시아의 길이 단위. 1아르신은 약 70센티미터.

로 강을 건너 한길로 나가더니 좁은 계곡을 따라 나아갔다.

질린은 어디로 끌려가는지 길을 눈여겨보려고 했지만, 눈에 피가 엉겨붙어 있어서 눈을 돌릴 수도 없었다.

날이 저물었다. 그들은 다시 조그만 강을 건넜고 돌산을 따라 올라갔다. 연기 냄새가 나고 개들이 짖기 시작했다.

마침내 아울*에 도착했다. 타타르인들이 말에서 내리자 타타르 아이들이 모여들어 질린을 에워싸고 빽빽 소리를 지르며 신이 나서 떠들다가 질린을 향해 돌을 던지기 시작했다.

타타르인 하나가 아이들을 쫓아낸 뒤 질린을 말에서 끌어내리고 일꾼을 불렀다. 광대뼈가 나온 노가이인**이 셔츠 한 장만 걸친 채 도착했다. 찢어진 셔츠 사이로 가슴이 훤히 드러나 있었다. 타타르인이 그에게 무언가를 지시했다. 일꾼은 족쇄를 가져왔다. 참나무 토막 두 개가 쇠고리로 채워져 있었고, 쇠고리 하나에는 반달형 쇠붙이와 자물쇠가 달려 있었다.

그들은 질린의 손을 묶은 끈을 풀고 족쇄를 채우더니 헛간으로 데려갔다. 그러고는 헛간 안으로 그를 밀어넣고서 문에 자물쇠를 채웠다. 그는 퇴빗더미 위에 쓰러졌다. 그렇게 잠시 누워 있다가 어둠 속에서 조금이라도 더 편한 자리를 더듬어 찾아서 그 자리에 누웠다.

---

* 타타르인 마을. (원주)

** 카스피해 연안의 다게스탄 자치공화국에 사는 민족 중 하나.

2

그날 밤 질린은 밤새 잠을 이루지 못했다. 밤은 짧았다. 벽에 난 작은 틈 사이로 빛이 스며들기 시작했다. 질린은 자리에서 일어나 틈을 좀더 크게 파헤치고 밖을 내다보았다.

틈 사이로 길이 보였다. 길은 산 밑으로 뻗어 있었다. 오른쪽에는 타타르인의 사클랴*가 보였고, 그 옆에 나무 두 그루가 있었다. 검은 개 한 마리가 문지방에 누워 있고, 새끼들을 거느린 염소 한 마리가 꼬리를 흔들며 걸어다녔다. 천연색 셔츠에 허리띠를 풀고, 바지 차림에 장화를 신은 타타르인 젊은 여인이 산 밑에서 걸어왔다. 여인은 물을 담은 커다란 양철 단지를 카프탄**으로 감싼 머리 위에 이고 있었다. 등을 떨면서 몸을 굽힌 채 걸어오고 있었는데, 루바시카만 걸치고 머리를 빡빡 민 사내아이의 손을 잡고 있었다. 여인이 물을 가지고 사클랴로 들어가자 어제 질린을 사로잡은 붉은 턱수염의 타타르인이 비단으로 만든 베시메트***를 걸치고 걸어나왔다. 그는 은제 단검을 가죽 허리띠에 차고 맨발에 반장화를 신었는데, 머리에는 운두가 높은 검은 양가죽 모자를 뒤쪽으로 눌러쓰고 있었다. 밖으로 나온 그는 기지개를 켜고 붉은 턱수염을 쓰다듬더니 잠시 서 있다가 일꾼에게 뭐라고 지시한 뒤 어디론가 걸어갔다.

이어서 말을 탄 아이 둘이 말에게 물을 먹이러 지나갔다. 말들의 콧

---

* 캅카스 지역의 전통 오두막집.

** 옷자락이 긴 상의.

*** 타타르인이나 캅카스 민족이 입는, 소매가 짧고 무릎까지 내려오는 속옷.

등이 축축했다. 바지는 입지 않고 루바시카만 걸친 까까머리 꼬마들이 몇 명 더 달려나와 무리를 이루어 헛간으로 다가오더니 길쭉한 마른 나뭇가지를 집어 벽 틈 사이로 쑤셔넣었다. 질린이 아이들을 향해 '우우' 하고 소리치자 꼬마들은 빽빽 소리를 지르며 달아났다. 꼬마들의 맨무릎만 벽틈 사이로 반짝거렸다.

질린은 물을 마시고 싶었다. 목이 바싹바싹 말랐다. 사람들이 보러 오기라도 했으면 좋겠다고 생각한다. 그때 헛간을 여는 소리가 들렸다. 붉은 턱수염의 타타르인이 그보다 약간 키가 작고 가무잡잡한 이와 함께 나타났다. 검고 밝은 눈빛에 두 뺨이 붉고 자그마한 턱수염을 짧게 다듬은 사내였다. 그는 명랑한 얼굴로 계속 웃고 있었고, 옷차림도 훨씬 훌륭했다. 푸른 비단으로 만든 베시메트는 금줄로 장식되어 있고, 허리춤에는 커다란 은제 단검을 차고 있었다. 붉은 모로코 가죽으로 만든 슬리퍼에도 은실로 테두리가 장식되어 있었다. 그는 두꺼운 반장화 위에 얇은 슬리퍼를 신고 있었다. 운두가 높은 모자는 흰 양가죽으로 만든 것이었다.

붉은 턱수염의 타타르인이 들어와서 마치 욕처럼 들리는 말을 몇 마디 하다가 입을 다물었다. 그는 상인방*에 팔꿈치를 괴고 늑대 같은 눈길로 힐끗 질린을 곁눈질하며 단검을 만지작거렸다. 행동이 재빠르고 생기가 넘치는 가무잡잡한 사나이는 마치 용수철이 튀듯 활달하게 헛간 안을 이리저리 돌아다니다가 곧장 질린에게 다가와 쭈그려앉더니 이를 드러내며 웃고는 질린의 어깨를 가볍게 두드리며 타타르말로 뭐

* 기둥과 기둥 사이의 벽 윗부분에 가로지른 나무.

라고 빠르게 지껄였다. 그러고는 눈짓을 하고 혀를 차기도 하면서 계속 이렇게 말했다. "조혼 러샤인! 조혼 러샤인!"

질린은 아무것도 이해하지 못하고 말했다. "목이 말라, 물 좀 마시게 해줘!"

가무잡잡한 사나이는 웃음을 지었다. "조혼 러샤인." 그는 계속해서 자기 말로 지껄여댔다.

질린은 입술과 두 손으로 물을 마시게 해달라는 시늉을 했다.

가무잡잡한 사나이가 그 뜻을 알아채고는 웃으면서 문 쪽을 쳐다보고 누군가를 소리쳐 불렀다. "디나!"

열세 살쯤 되어 보이는 호리호리하고 마른 계집아이가 달려왔다. 소녀의 얼굴은 가무잡잡한 사나이를 닮았다. 그의 딸인 듯했다. 역시 눈이 검고 맑았으며 얼굴도 아름다웠다. 소녀는 소매가 넓고 길이가 긴 푸른 루바시카를 입고 허리띠는 매지 않았다. 앞깃과 가슴과 소매에는 빨간 끝동이 달려 있었다. 바지에 슬리퍼를 신었는데, 굽이 높은 반장화 위에 슬리퍼를 신고 있었다. 목에는 50코페이카짜리 러시아 은화를 죽 꿰어 만든 목걸이를 걸고 있었다. 머리에는 아무것도 쓰지 않았고, 땋아내린 검은 머리에 리본을 달았다. 리본에는 금속 장식과 1루블짜리 은화 한 닢이 매달려 있었다.

아버지가 소녀에게 뭔가를 지시했다. 소녀는 뛰어나갔다가 조그만 양철 물그릇을 가지고 다시 돌아왔다. 소녀는 물을 건네고 그 자리에 쪼그려앉아 어깨가 무릎보다 낮아질 만큼 전신을 잔뜩 구부렸다. 그렇게 앉아 두 눈을 동그랗게 뜨고 마치 짐승을 쳐다보듯 질린이 물 마시는 모습을 바라보았다.

질린이 소녀에게 물그릇을 돌려주었다. 그러자 소녀는 야생 산양처럼 펄쩍 뛰어 저만치 물러난다. 그 모습을 보고 아버지도 웃음을 터뜨렸다. 그는 다시 소녀를 어딘가로 보냈다. 소녀는 물그릇을 들고 뛰어나갔다가 둥근 널빤지에 반죽을 발효시키지 않고 만든 빵을 가지고 와서 다시 등을 구부리고 앉아 눈을 떼지 않고 질린을 바라본다.

타타르인들이 가버리자 헛간 문이 다시 잠겼다.

얼마 후 노가이인이 질린에게 와서 말한다.

"가자, 주인, 가자!"

노가이인도 러시아말을 모른다. 질린은 어디론가 가자고 지시하고 있다는 것만은 이해할 수 있었다.

질린은 족쇄를 차고 절뚝거리며 걸었다. 걸음을 뗄 수 없어서 발이 자꾸 옆으로 돌아갔다. 질린은 노가이인을 따라서 헛간을 나왔다. 타타르인들이 사는 마을에는 열 채가량의 집들과 조그만 탑이 달린 교회가 하나 있었다. 어떤 집 앞에 안장을 얹은 말이 세 마리 서 있었다. 꼬마들이 말고삐를 잡고 있었다. 그 집에서 가무잡잡한 타타르인이 뛰어나오더니 질린을 손짓하여 불렀다. 그는 웃으면서, 계속 타타르말로 뭐라고 말하면서 문안으로 들어갔다. 질린도 안으로 들어갔다. 살림방은 훌륭했고, 벽은 찰흙으로 매끈하게 발라져 있었다. 정면 벽 쪽으로 알록달록한 깃털 이불이 깔려 있고 양쪽 벽에는 값비싼 양탄자가 걸려 있었다. 양탄자에는 소총, 권총, 검이 걸려 있었는데, 죄다 은으로 만든 것들이었다. 한쪽 벽에는 조그만 페치카가 바닥과 같은 높이로 설치되어 있었다. 흙바닥이었지만 탈곡장처럼 깨끗하고 매끄러웠다. 방의 앞쪽 구석에는 펠트*가 깔려 있었는데, 펠트 위에는 양탄자가, 양탄자 위에는 깃털을 넣은 쿠션이 놓여 있었다. 양탄자 위에는 반장화를 신은 타타르인들, 그러니까 검은 얼굴의 사나이와 붉은 턱수염의 사나이, 그리고 세 명의 손님이 앉아 있었다. 깃털 쿠션에 기대앉은 그들 앞에는 둥근 널빤지에 수수로 만든 블리니**와 찻잔에 담긴 녹인 버터, 조그만 단지에 담은 부자***가 놓여 있었다. 손으로 음식을 먹어서인지 그들의 손은 온통 버터투성이였다.

가무잡잡한 사나이가 벌떡 일어나서 질린을 양탄자가 깔리지 않은 옆자리, 즉 맨바닥에 앉히라고 지시했다. 그러고 나서 자기는 다시 양탄자 위로 올라가 블리니와 부자를 손님들에게 대접했다. 일꾼은 질린을 자리에 앉히고 나서 신고 있던 덧신을 벗어 다른 사람들의 반장화가 놓여 있는 문 옆에 나란히 놓고는 주인들 가까이에 있는 두꺼운 펠트천 위에 앉았다. 일꾼은 주인들이 먹는 모습을 보면서 침을 훔쳤다.

타타르인들이 블리니를 다 먹고 나자, 조금 전 그 소녀와 똑같은 루바시카와 바지를 입고 머리에 스카프를 두른 타타르 여자가 들어왔다. 여자는 버터와 블리니를 가져가고 고급스러운 대야와 주둥이가 좁은 단지를 내왔다. 타타르인들은 손을 씻기 시작했다. 이어서 두 손을 포개고 무릎을 꿇고 앉아 사방으로 입김을 후후 불면서 기도를 했다. 그러고 나서 자기네 말로 잠시 이야기를 나누었다. 이윽고 타타르인 손님들 가운데 하나가 질린을 향해 러시아말로 말하기 시작했다.

---

* 양털이나 그 밖의 짐승 털에 습기와 열을 가해 눌러 만든 두꺼운 천. 모자나 양탄자 등을 만드는 데 쓰인다.

** 러시아식 팬케이크.

*** 캅카스와 크림 지방에서 수수, 메밀, 보리 등으로 만든 약한 술.

"카지-무가메드가 널 잡았다." 그가 붉은 턱수염의 타타르인을 가리켰다. "그는 너를 압둘-무라트에게 팔아넘겼다." 이번엔 가무잡잡한 사람을 가리켰다. "이제 압둘-무라트가 네 주인이다." 질린은 잠자코 있었다.

압둘-무라트가 말하기 시작했는데, 그는 줄곧 질린을 가리키며 웃으면서 말한다. "러샤 병사, 조흔 러샤인."

통역이 말한다. "저 사람이 네 몸값을 보내라고 집에 편지를 쓰란다. 돈이 오면 저 사람이 널 풀어줄 것이다."

질린은 잠시 생각한 뒤 말한다. "몸값으로 얼마를 요구하지?"

타타르인들이 잠시 이야기를 나누더니 통역이 말한다.

"3천 루블이다."

"안 돼." 질린이 말한다. "난 그렇게 많은 돈을 낼 수가 없어."

압둘이 벌떡 일어서서 두 손을 내젓기 시작하며 질린에게 뭐라고 말한다. 그는 질린이 자기 말을 이해하고 있다고 생각하는 모양이었다. 통역이 그의 말을 옮긴다. "그럼 너는 얼마를 낼 거냐?"

질린은 잠시 생각한 뒤 말한다. "5백 루블."

그러자 타타르인들이 한꺼번에 갑자기 떠들어대기 시작했다. 압둘이 붉은 턱수염에게 소리를 지르는데, 입에서 침이 튀어나올 정도로 막 지껄여댔다. 하지만 붉은 턱수염은 눈을 가늘게 뜨고 혀를 찰 뿐이었다.

그들이 조용해지자, 통역이 말한다.

"주인에게 몸값 5백 루블은 적다. 주인은 네 몸값으로 2백 루블을 지불했다. 카지-무가메드는 압둘에게 빚이 있었고, 그는 그 빚 대신에 너를 받았다. 3천 루블 이하로는 너를 풀어줄 수 없어. 네가 편지를 안 쓰면 너를 구덩이에 처넣고 채찍으로 벌할 것이다."

'제기랄,' 질린은 생각한다. '이놈들에게 겁내는 기미를 보이면 더 안 좋겠지.' 그는 벌떡 일어나서 말한다.

"저 개 같은 놈에게 말해라. 날 협박한다면 1코페이카도 내지 않을 뿐만 아니라 편지도 쓰지 않을 것이다. 난 두려워한 적 없다. 앞으로도 개 같은 네놈들을 두려워하지 않을 것이다!"

통역이 이 말을 전하자 모두가 다시 갑자기 떠들어대기 시작했다.

그들은 오랫동안 지껄였고, 마침내 가무잡잡한 사내가 벌떡 일어서서 질린에게 다가왔다.

"러샤인." 그가 말했다. "지기트, 지기트 러샤인!"

지기트란 그들 말로 '용사'라는 뜻이다. 그는 웃으면서 통역에게 뭐라고 말했고, 통역이 옮긴다.

"천 루블."

질린은 자기 입장을 고수했다. "5백 루블 이상은 내지 않겠다. 날 죽이면 아무것도 받지 못할 것이다."

타타르인들은 잠시 얘기를 나누더니 일꾼을 어딘가로 보낸 다음 질린과 문을 번갈아 쳐다본다. 일꾼이 돌아왔다. 맨발에 다 찢어진 옷을 걸치고 역시 다리에 족쇄를 차고 있는 뚱뚱한 사람 하나가 일꾼의 뒤를 따라 들어왔다.

질린은 비명을 질렀다. 코스틸린이었다. 그도 사로잡혔던 것이다. 타타르인들은 두 사람을 나란히 앉혔다. 두 사람은 이야기를 시작했고, 타타르인들은 잠자코 쳐다만 보았다. 질린은 자기에게 무슨 일이 있었는지 이야기했다. 코스틸린은 타고 가던 말이 갑자기 쓰러지고 총이 발사되지 않았으며 압둘에게 추격당해 붙잡혔다고 이야기했다.

압둘이 벌떡 일어나 코스틸린을 가리키며 뭐라고 말했다.

통역은 두 사람이 같은 주인의 소유이고, 몸값을 빨리 내는 사람을 먼저 풀어주겠다는 얘기라고 말한다.

"이것 봐," 통역이 질린에게 말한다. "너는 계속 화를 내고 있지만 네 동료는 온순해. 그는 집으로 편지를 써 보냈고, 5천 루블이 곧 올 것이다. 그래서 그에게는 좋은 음식을 주고 심하게 대하지 않을 것이다."

질린이 말한다.

"그건 내 동료가 원해서 하는 거고. 그는 부자인가본데 나는 아니야. 난 이미 내가 말한 대로 할 것이다. 죽이고 싶으면 죽여라. 그럼 너희들에게도 이익이 없을 테니. 5백 루블 이상을 내라고 하면 결코 편지를 쓰지 않을 것이다."

그들은 잠시 말이 없었다. 갑자기 압둘이 벌떡 일어서더니 작은 상자를 집어들고 펜과 종잇조각과 잉크를 꺼내어 질린에게 불쑥 내밀었다. 그리고 질린의 어깨를 툭툭 치면서 '편지를 쓰라'고 가리켰다. 5백 루블에 동의한다는 뜻이었다.

"잠깐 기다려라." 질린이 통역에게 말한다. "우리에게 좋은 음식을 주고, 입을 것과 신을 것을 충분히 달라고 말해라. 그리고 마땅히 마음 편하게 우리 둘을 같이 있게 해주고, 족쇄도 풀어달라고 저자에게 말해라." 질린은 주인을 쳐다보며 웃었다. 주인도 웃음을 지었다. 통역의 말을 다 듣고 나서 주인이 말한다.

"가장 좋은 옷을 주겠다. 결혼이라도 할 수 있을 만큼 멋진 체르케스카*와 장화도 주겠다. 또 공후처럼 대접하겠다. 그리고 둘이 같이 지내기를 원하면 헛간에서 같이 지내게 하겠다. 하지만 족쇄를 풀어줄 수는 없다. 너희들이 달아날 테니까. 밤에만 족쇄를 풀어주겠다." 이렇게 말하더니 질린에게 달려와서 다정하게 어깨를 두드렸다. "너 좋아, 나 좋아!"

질린은 편지를 쓰긴 썼으나 편지가 집에 들어가지 않도록 주소를 틀리게 썼다. '난 달아날 거야.' 질린은 생각했다.

그들은 질린과 코스틸린을 헛간으로 데려갔고, 옥수수 짚과 물병과 빵, 낡은 체르케스카 두 벌과 병사들이 신는 다 해진 장화를 가져왔다. 살해당한 병사한테서 벗겨낸 것으로 보였다. 밤에는 그들의 족쇄를 풀어주고 헛간에 자물쇠를 채웠다.

3

질린은 한 달 내내 동료와 함께 그렇게 살았다. 주인은 늘 웃고 있었다. "너, 이반 좋아. 나, 압둘 좋아." 하지만 음식은 나빴다. 발효시키지 않은 수숫가루 반죽으로 만든 빵과 구운 레표시카**만을 주었고, 안 그러면 아예 굽지 않은 밀가루 반죽을 주기도 했다.

코스틸린은 다시 한번 집으로 편지를 썼고 이제나저제나 돈이 오기를 기다리며 낙담했다. 그는 온종일 헛간에 앉아 편지가 올 날을 헤아리거나 잠을 자거나 했다. 하지만 질린은 자기 편지가 집에 들어가지

* 캅카스 지역의 체르케스인들이 입는 깃 없는 긴 상의.

** 납작하고 둥근 빵.

않으리라는 걸 알고 있었고, 편지를 새로 쓰지도 않았다.

'어머니가 내 몸값으로 어디서 그 많은 돈을 구한단 말인가.' 질린은 생각한다. '지금껏 내가 보내드린 돈으로 생활하셨는데. 만약 5백 루블을 모으려고 하면, 어머니는 파산하고 말 거야. 하느님의 도움으로 나는 기필코 달아날 테다.'

질린은 어떻게 도망칠 수 있을지 궁리하며 모든 걸 살폈다. 아울을 걸어다니면서 휘파람을 불기도 했고, 들어앉아 무언가를 손으로 만들기도 했으며, 찰흙으로 인형을 만들거나 가느다란 나뭇가지를 엮어 여러 가지 물건을 만들었다. 질린은 손으로 만드는 건 뭐든지 잘했다.

한번은 코와 손과 다리가 있고, 타타르인 루바시카를 입은 인형을 만들어 지붕 위에 올려놓았다.

타타르 여자들이 물을 뜨러 왔다. 주인집 딸인 딘카*가 인형을 보고 타타르 여자들을 불렀다. 그들은 물동이를 내려놓고 인형을 바라보며 웃어댔다. 질린은 지붕에서 인형을 내려 그들에게 주었다. 그들은 웃기만 할 뿐 선뜻 인형을 받으려 하지 않았다. 질린은 그 자리에 인형을 놓고 헛간으로 가서 무슨 일이 일어날지 바라보았다.

디나가 달려와 주변을 살피더니 인형을 집어들고 달아났다.

이튿날 보니, 새벽인데도 디나가 인형을 가지고 문지방에 나와 있었다. 디나는 빨간 천조각으로 옷을 해 입힌 인형을 마치 아기처럼 어르며 타타르말로 자장가를 불러주고 있었다. 그런데 노파가 나와 야단을 치더니 인형을 빼앗아 부숴버리고는 디나를 어딘가로 심부름 보냈다.

---

* 디나의 애칭.

질린은 다른 인형을 전보다 더 잘 만들어 디나에게 주었다. 한번은 디나가 작은 물병을 가져와 땅에 놓고 그 주변에 앉더니 그를 바라보고 웃으면서 물병을 가리켰다.

'저애는 뭐가 저렇게 기쁠까?' 질린은 생각한다. 그는 물병을 집어들어 마시기 시작했다. 물이라고 생각했는데 우유였다. 그는 우유를 다 마시고 나서 "맛있어" 하고 말했다. 디나가 얼마나 기뻐하던지!

"좋아, 이반, 좋아!" 디나가 벌떡 일어나 손뼉을 치더니 물병을 빼앗아 들고 달아났다.

그때부터 디나는 매일 남몰래 질린에게 우유를 가져다주었다. 타타르인들은 산양젖으로 치즈 레표시카를 만들어 지붕 위에 널어 말리곤 했다. 디나는 이 빵을 몰래 가져다주었다. 한번은 주인이 양을 잡았는데, 디나가 양고기 한 조각을 소매 속에 숨겨 와서 질린에게 던져주고 달아났다.

하루는 천둥번개가 심하게 치며 얼추 한 시간 동안 하늘에 구멍이라도 뚫린 것처럼 비가 쏟아졌다. 강물은 모두 흙탕물이 되었고, 여울이 있던 자리도 물이 3아르신 이상 불어나 돌멩이들이 뒤집혀 굴러다녔다. 사방에 냇물이 넘쳐흐르고 산마다 우르릉거리는 소리를 냈다. 뇌우는 그쳤으나 마을 도처에 냇물이 콸콸 흘렀다. 질린은 주인에게 칼을 하나 달라고 하더니 작은 굴대를 깎아, 거기에 얇은 널빤지와 바퀴를 달고 바퀴 양쪽 끝에 인형을 달아놓았다.

여자아이들이 천조각을 가져다주어 그는 인형 옷도 만들어 입혔다. 하나는 남자 농부, 다른 하나는 아낙이었다. 그는 인형을 단단히 세운 뒤 시냇물에 바퀴를 띄웠다. 바퀴가 빙빙 돌아가자 인형이 뛰어오른다.

온 동네 사람들이 모여들었다. 사내아이들, 계집아이들, 아낙들, 타타르인들이 와서 혀를 찬다.

"와, 러샤인! 야아, 이반!"

압둘의 집에 고장난 러시아 시계가 하나 있었다. 압둘이 질린을 불러 시계를 보여주고 혀를 찬다. 질린이 말한다.

"이리 줘, 내가 고쳐보지."

그는 시계를 받아들고 조그만 칼로 분해해서 펼쳐놓았다. 그리고 다시 조립해 건네주었다. 시계가 움직인다.

주인은 기뻐하며 자신이 입던 덕지덕지 기운 낡은 베시메트를 질린에게 선물했다. 어쩔 수 없이 받았는데, 밤에 덮고 자기에는 딱 좋았다.

이때부터 질린은 뭐든지 할 수 있는 사람이라는 소문이 퍼졌다. 멀리 떨어진 마을에서도 사람들이 그를 찾아오기 시작했다. 어떤 사람은 총의 노리쇠나 권총을, 어떤 사람은 시계를 수리해달라고 가져왔다. 주인도 그에게 집게나 도래송곳이나 조그만 줄칼 같은 도구를 가져다주었다.

한번은 타타르인이 병이 나자 사람들이 질린을 찾아와 "가서 고쳐달라"고도 했다. 질린은 병 고치는 법은 전혀 몰랐다. 하지만 가서 살펴보고는 '어쩌면 저절로 낫겠다'는 생각이 들었다. 그는 헛간으로 가서 물에 모래를 넣고 휘저어 섞었다. 그러고는 타타르인들이 보는 앞에서 물에 주문을 외우고 그 물을 환자에게 마시게 했다. 다행히도 그 타타르인은 건강해졌다. 질린은 타타르말을 조금씩 이해하게 되었다. 몇몇 타타르인은 그와 친해져서 필요할 때면 "이반, 이반" 하고 소리쳐 불렀다. 그러나 몇몇은 여전히 그를 짐승 보듯 흘겨보았다.

붉은 턱수염의 타타르인은 질린을 좋아하지 않았다. 질린을 보면 눈살을 찌푸리며 외면하거나 욕설을 뱉곤 했다. 질린을 싫어하는 사람이 한 명 더 있었다. 아울에 살지 않는 노인이었는데, 이따금 산 밑에서 아울로 올라오곤 했다. 질린은 노인이 기도를 드리기 위해 사원에 올 때만 볼 수 있었다. 키가 작달막한 노인은 모자에 흰 수건을 동여맸고, 짧게 깎은 턱수염과 콧수염은 솜털처럼 희었으며 주름살투성이 얼굴은 벽돌처럼 붉었다. 코는 매부리코였고, 회색 눈은 표독스러웠으며, 이는 다 빠지고 송곳니 두 개만 남아 있었다. 노인은 터번을 쓴 채 목발을 짚고 늑대처럼 주위를 매섭게 둘러보며 돌아다녔다. 그러다가 질린을 보면 코를 킁킁거리며 휙 얼굴을 돌렸다.

한번은 질린이 산 아래로 내려가보았다. 노인이 어디서 살고 있나 보기 위해서였다. 오솔길을 따라 내려가자 조그만 뜰과 돌담이 나왔다. 돌담 너머로 벚나무, 복숭아나무, 그리고 납작한 지붕의 조그만 농가가 보였다. 질린은 좀더 가까이 다가갔다. 짚으로 엮어 만든 벌통이 보였고, 벌들이 날아다니며 윙윙거렸다. 노인은 무릎을 꿇고 앉아 벌통 옆에서 바쁘게 일하고 있었다. 질린이 좀더 자세히 보려고 몸을 펴는 순간 족쇄가 철컥 소리를 냈다. 뒤를 돌아본 노인이 소리를 지르며 허리춤에서 권총을 빼들더니 질린을 향해 쏘았다. 질린은 간신히 돌 뒤로 몸을 숨겼다.

노인은 푸념을 하러 주인에게 왔다. 주인은 질린을 불러 웃으면서 묻는다.

"영감 집에는 왜 갔다 왔나?"

"나는," 그가 말한다. "노인에게 나쁜 짓을 하지 않았어. 노인이 어떻게 사는지 보고 싶었을 뿐이야."

주인이 노인에게 이 말을 전했다. 하지만 노인은 화를 내고 씩씩거리며 뭐라고 마구 지껄여댔고, 송곳니를 드러낸 채 질린을 향해 두 손을 내저었다.

질린은 전부 이해할 수는 없었지만, 노인이 러시아인들을 아울에 잡아두지 말고 죽이라고 주인에게 말하고 있음을 알 수 있었다. 노인은 가버렸다.

질린은 도대체 이 노인이 어떤 사람이냐고 주인에게 물었다. 주인이 대답한다.

"대단한 사람이지! 그는 첫째가는 지기트였고, 러시아인들도 많이 죽였어. 또 부자였지. 부인이 셋에 아들이 여덟이나 있었으니까. 그들 모두 한 마을에 살고 있었고. 그런데 러시아인들이 와서 마을을 파괴하고 아들 일곱을 죽였어. 아들 하나는 살아남았지만 러시아인들에게 항복했고. 노인도 러시아인들에게 가서 항복했어. 노인은 러시아인들과 3개월을 같이 살면서 아들을 찾아내어 자기 손으로 죽이고 도망쳐 나왔어. 이때부터 노인은 전쟁을 그만두고 신에게 기도하러 메카에 간 거야. 머리에 터번을 두른 건 그 때문이지. 메카에 갔다 온 사람은 '하지'라고 불리고 머리에 터번을 쓰거든. 노인은 당신네 형제들을 좋아하지 않아. 그가 너를 죽이라고 말했지만, 난 널 죽일 수 없어. 네 몸값으로 돈을 지불했으니까. 게다가 이반, 나는 네가 좋아. 나는 널 죽이고 싶지 않고, 내가 약속만 하지 않았다면 널 놓아주지도 않을 거야." 그는 웃으면서 러시아말로 이렇게 덧붙였다. "너, 이반 좋아. 나, 압둘 좋아!"

4

질린은 이렇게 한 달을 보냈다. 낮에는 아울을 돌아다니거나 수작업으로 뭔가 만들면서 지냈지만, 밤이 되어 아울이 조용해지면 헛간에서 흙을 파냈다. 돌 때문에 흙을 파내기가 힘들었지만 조그만 줄칼로 돌을 깎고, 벽 아래쪽으로 기어다닐 수 있을 정도의 구멍을 파냈다. '이제,' 그는 생각한다. '어느 쪽으로 가야 할지 지형만 알아내면 좋을 텐데. 타타르인들 누구도 말해줄 리 없을 테니.'

그는 점심을 먹고 나서 주인이 외출하는 시간을 골라 아울을 빠져나가 산으로 올라갔다. 산에 올라 지형을 살펴볼 생각이었다. 하지만 주인은 외출하면서 사내아이에게 질린의 뒤를 따라다니며 잘 감시하라고 지시해둔 터였다. 사내아이가 질린을 따라다니며 소리쳤다.

"그쪽으로 가지 마! 아버지가 가지 말라고 했어. 당장 사람들을 부를 거야!"

질린은 사내아이를 달래기 시작했다.

"나는," 그가 말한다. "멀리 안 가. 저 산에만 올라갈 거야. 약초를 찾아야 해. 너희 아울 사람들을 고쳐줘야 하잖아. 나랑 같이 가자. 족쇄를 차고 있으니 내가 달아날 일은 없어. 내일 너에게 활과 화살을 만들어 줄게."

질린은 사내아이를 설득해서 함께 걸어갔다. 산을 바라볼 땐 그다지 멀어 보이지 않았는데, 족쇄를 차고 걷자니 힘이 들었다. 질린은 걷고 또 걸어서 간신히 산 위에 올랐다. 그리고 거기 앉아 지형을 둘러보기 시작했다. 산 뒤로 남쪽으로 지대가 낮은 땅이 펼쳐지고, 말떼가 돌아다니고 있었다. 산 아래쪽으로는 다른 아울이 보였다. 그 아울에서부터 더 험준한 산이 이어졌고, 그 산 너머로는 첩첩이 산이 솟아 있었다. 산과 산 사이에는 푸른 숲이, 그쪽으로 더 높은 산이 연이어 있었다. 설탕처럼 하얀 눈으로 뒤덮인 산이 솟아 있는데, 그 가운데서도 눈 덮인 산 하나가 모자처럼 가장 높이 솟아 있었다. 해가 뜨고 지는 쪽도 온통 산뿐이었다. 산골짜기 아울들 여기저기에서 연기가 피어올랐다. '흠,' 그는 생각한다. '이게 모두 그네들의 땅이구나.' 그러고는 러시아 쪽을 바라보았다. 발밑으로 강과 자신이 사로잡혀 있는 아울이 있고, 그 주변에 작은 정원들이 보였다. 냇가에는 조그만 인형들처럼 아낙들이 앉아 빨래를 하고 있었다. 아울 뒤쪽은 약간 나지막한 산이고, 그 너머로 산이 두 개 더 있고, 산기슭을 따라 숲이 펼쳐졌다. 두 산 사이로 평지가 푸르게 펼쳐지고, 멀리 평지 위에는 마치 안개가 끼어 있는 듯했다. 그는 조국의 요새에서 생활할 때 태양이 어디서 떠서 어디로 졌는지 기억을 더듬어보기 시작했다. 틀림없이 이 골짜기에 아군의 요새가 있을 것 같았다. 그쪽으로, 즉 산과 산 사이로 빠져서 달아나야만 했다.

해가 뉘엿뉘엿 지고 있었다. 눈 덮인 하얀 산이 붉게 물들고, 검은 산에는 어둠이 깔려 거뭇거뭇해졌다. 저지대에서 수증기가 피어올랐고, 틀림없이 아군의 요새가 있을 것 같은 골짜기는 마치 타오르는 불꽃처럼 저녁놀로 붉게 물들었다. 질린은 그 광경을 바라보았다. 마치 굴뚝에서 나오는 연기처럼 골짜기에서 뭔가가 아물거렸다. 그곳이 바로 러시아 요새라는 생각이 들었다.

벌써 시간이 늦었다. 물라*가 외치는 소리가 들렸다. 사람들이 가축을 몰고 가는지 소들이 울부짖었다. 사내아이는 "그만 가자"고 계속 불러댔지만 질린은 그곳을 떠나고 싶지 않았다.

그들은 집으로 돌아왔다. '자,' 질린은 생각한다. '이제 지형을 알았으니 도망가야 해.' 그는 그날 밤 당장 도망치고 싶었다. 달이 이지러져서 캄캄한 밤이었다. 불행하게도 저녁 무렵에 타타르인들이 돌아왔다. 그들은 보통 가축을 몰고 흥겹게 돌아오곤 했는데 이번에는 아무것도 몰고 오지 않고, 대신에 살해당한 타타르인 시신을 안장에 싣고 왔다. 붉은 턱수염의 형제였다. 성난 타타르인들이 도착했고, 모두가 장사지낼 준비를 했다. 질린도 상황을 살펴보려고 밖으로 나갔다. 그들은 망자를 아마포로 둘둘 말아 관에도 넣지 않은 채 마을 어귀 밖 플라타너스 아래로 옮겨 풀 위에 뉘었다. 이어 물라가 도착하고 노인들이 모였다. 그들은 수건으로 모자를 동여맨 후 신발을 벗고 죽은 사람 앞에 줄지어 뒤꿈치를 깔고 앉았다.

맨 앞에 물라가 앉았고, 그 뒤로 터번을 쓴 노인 셋이 나란히 앉았다. 그들 뒤로 타타르인들이 앉았다. 그들은 고개를 숙인 채 침묵했다. 오랫동안 침묵했다. 이윽고 물라가 고개를 들고 말한다.

"알라!"(신을 뜻한다) 물라는 이 한마디뿐이었다. 그러자 모두가 다시 고개를 숙이고 오랫동안 침묵했고, 그렇게 앉은 채 움직이지 않았다. 다시 물라가 고개를 들었다.

"알라!" 이번엔 모두가 그 말을 따라 "알라" 하고 말하고 다시 침묵했다. 망자는 풀밭 위에 누워 움직이지 않고, 그들은 마치 망자들처럼 앉아 있었다. 한 사람도 움직이지 않았다. 플라타너스 잎들이 바람에 나

---

* 이슬람교의 율법학자.

부끼는 소리만 들렸다. 이윽고 물라가 기도를 올리자 모두가 일어나 다 같이 망자를 손으로 들어 구덩이로 옮겼다. 평범한 구덩이가 아니라 움처럼 땅 밑을 파낸 것이었다. 사람들은 망자의 겨드랑이와 종아리를 잡고 구부려서 천천히 밑으로 내리다가, 앉은 채로 주검을 땅 밑으로 밀어넣고 그의 두 손은 배 위에 가지런히 얹어놓았다.

노가이인이 푸른 갈대를 가져왔다. 사람들은 갈대로 구덩이를 채우고 재빨리 흙을 덮은 뒤 표면을 평평하게 하고 망자의 머리 쪽에 돌을 세워놓았다. 이어 흙을 밟아 다지고 나서 다시 무덤 앞에 줄지어 앉았다. 그들은 오랫동안 침묵했다.

"알라! 알라! 알라!" 그들은 한숨을 내쉬고 일어났다.

붉은 턱수염은 노인들에게 돈을 나누어주고 일어나서 채찍을 집어 들고 자신의 이마를 세 번 치고는 집으로 돌아갔다.

이튿날 아침, 질린은 붉은 턱수염이 암말 한 마리를 마을 어귀 밖으로 데려가는 것을 보았다. 그 뒤로 타타르인 셋이 따라 걸었다. 마을을 벗어나자 붉은 턱수염이 베시메트를 벗은 뒤 소매를 걷어올리고—굵고 건장한 팔이었다—단검을 꺼내 숫돌에 갈았다. 타타르인들이 암말의 머리를 위로 들어올리자 붉은 턱수염이 다가가 암말의 멱을 따 쓰러뜨리더니 가죽을 벗기고 내장을 제거하기 시작했다. 그는 건장한 손으로 암말의 가죽을 벗겨나갔다. 아낙들과 계집아이들이 와서 창자와 내장을 씻기 시작했다. 이어 사람들은 암말을 토막 내어 집으로 끌고 갔다. 그리고 온 동네 사람들이 망자를 추모하기 위해 붉은 턱수염의 집으로 모여들었다.

그들은 사흘에 걸쳐 암말 고기를 먹고 부자를 마시면서 망자의 명복을 빌었다. 그동안 타타르인들은 모두 집에 있었다. 나흘째 되던 날 점심 무렵, 질린은 그들이 어딘가로 떠날 채비를 하는 걸 보았다. 말들을 끌고 와서 떠날 채비를 끝내더니 얼추 열 명 정도가 말을 타고 출발했다. 붉은 턱수염도 말을 타고 떠났다. 압둘만 집에 남았다. 달이 막 차오르기 시작했지만 밤은 아직 어두웠다.

'자,' 질린은 생각한다. '지금 달아나야만 한다.' 그러고는 코스틸린에게 말했다. 코스틸린은 두려워했다.

"어떻게 도망치려고? 우린 길도 모르는데."

"길은 내가 알고 있어."

"하지만 하룻밤에 요새까지 갈 수는 없어."

"요새까지 못 가면 숲속에서 밤을 보낼 거야. 나는 이렇게 레표시카를 모아놓았어. 왜 자네는 여기에 있으려는가? 돈을 보내오면 좋겠지만 돈을 마련하지 못할 수도 있어. 타타르인들은 지금 자기 동료가 러시아인들 손에 죽었다고 사나워져 있어. 저희들끼리 쑤군대는 게 우리를 죽이려는 눈치야."

코스틸린은 곰곰이 생각하더니 말했다. "그래, 달아나자!"

5

질린은 구멍 속으로 기어들어가 코스틸린도 기어나갈 수 있게 구멍을 더 넓혔고, 그들은 앉아서 아울이 조용해지기만을 기다린다.

아울에서 인기척이 끊기자마자 질린은 벽 밑으로 기어서 밖으로 나왔다. 그러고는 코스틸린에게 속삭인다. “기어나와.” 코스틸린이 기어나오려다가 한쪽 발이 돌에 걸려 소리를 내고 말았다. 주인집에는 울랴신이라 불리는 얼룩덜룩한 경비견이 한 마리 있었는데 정말로 사나웠다. 질린은 이 개에게 미리 먹을 것을 주며 길들여놓았었다. 울랴신이 소리를 듣고 짖어대며 달려들었고, 다른 개들이 그 뒤를 따라왔다. 질린이 들릴락 말락 하게 휘파람을 불고 과자 조각을 던져주자, 울랴신이 그를 알아보고는 꼬리를 흔들며 짖던 것을 멈추었다.

주인이 개 짖는 소리를 듣고 사클랴에서 외치기 시작했다.

“이봐, 야, 울랴신!”

질린이 울랴신의 귀 뒤를 살살 긁어주자, 개는 조용해져서 그의 다리에 몸을 비벼대며 꼬리를 흔들었다.

그들은 잠시 한쪽 구석에 앉아 있었다. 모든 것이 잠잠해졌다. 우리에서 양이 기침하는 소리가 들렸고, 산기슭을 따라 시냇물이 조약돌에 부딪히며 졸졸대는 소리만이 들려왔다. 주변은 캄캄했고, 하늘 높이 별들이 떠 있었다. 산 위에 붉게 걸려 있던 초승달은 조그만 뿔처럼 뾰족한 양쪽 끝이 위로 향한 채 기울고 있었다. 저지대에 낀 안개가 마치 우유처럼 하얗게 보였다.

질린이 일어나 동료에게 말한다. “자, 친구, 어서 가세!”

그들은 움직이기 시작했다. 그 자리를 벗어나자마자 물라가 지붕 위에서 ‘알라! 비스밀라! 일라흐만!’ 하고 노래하는 소리가 들려왔다. 사람들이 이슬람교 사원으로 가고 있다는 의미였다. 그들은 다시 그 자리에 앉아 벽 밑에 몸을 숨겼다. 그렇게 한동안 그 자리에 앉아 사람들이 지나가기를 기다렸다. 다시 조용해졌다.

“제발, 신의 가호가 있기를!” 그들은 성호를 긋고 걸어갔다. 마당을 지나 가파른 언덕을 거쳐 작은 강 쪽으로 가서 그 강을 건너고 좁은 골짜기를 따라 걸었다. 산기슭을 따라 짙은 안개가 깔려 있었지만, 머리 위에는 별들이 보였다. 질린은 별을 보고 가야 할 방향을 알아냈다. 안개 속은 상쾌했고 걷는 것도 가뿐했다. 다만 장화가 거추장스러웠다. 질린은 장화를 벗어던지고 맨발로 걸었다. 그는 작은 돌에서 작은 돌로 옮겨 뛰면서 별들을 올려다보곤 했다. 코스틸린이 뒤처지기 시작했다.

“좀 천천히 걸어.” 코스틸린이 말한다. “망할 놈의 장화 때문에 발이 다 까졌어.”

“장화를 벗어버려. 그럼 훨씬 편할 거야.”

코스틸린도 맨발로 걸었지만 장화를 신었을 때보다 상황이 더 나빠졌다. 그는 돌멩이에 부딪혀 온통 상처투성이가 된 발 때문에 점점 더 뒤처졌다. 질린이 그에게 말한다.

“발이 다 까져도 다시 나을 거야. 하지만 붙잡히는 날이면 우린 죽어. 그게 더 나쁘지.”

코스틸린은 아무 말 없이 걸으면서 끙끙거렸다. 그들은 산기슭을 따라 오랫동안 걸었다. 오른쪽에서 개들이 짖는 소리가 들렸다. 질린은 걸음을 멈추고 주위를 둘러본 뒤 산 위로 기어올라가 두 손으로 여기저기를 더듬었다.

“젠장,” 그가 말한다. “길을 잘못 들었어. 너무 오른쪽으로 왔어. 저쪽에 다른 아울이 있어. 산 위에서 그 마을을 봤거든. 되돌아가서 왼쪽 산으로 가야 해. 거기에 가면 틀림없이 숲이 있을 거야.”

그러자 코스틸린이 말한다.

"잠깐만 기다려줘, 한숨 돌리자고. 나, 발이 온통 피투성이야."

"이봐, 친구, 그런 상처는 낫기 마련이야. 좀더 가볍게 뛰어봐. 이렇게 말이야!"

질린은 다시 뒤로 달려가서 왼쪽 산에 있는 숲을 향해 걸었다. 코스틸린은 계속 뒤처지며 한숨을 푹푹 쉬었다. 질린은 그를 향해 조용히 하라고 쉿-쉿 소리를 내며 계속 걸어갔다.

그들은 산 위에 이르렀다. 과연 거기에는 숲이 있었다. 그들은 숲으로 들어갔는데, 가시에 걸려서 옷이 죄다 갈기갈기 찢어졌다. 그러다 우연히 숲속 오솔길을 찾아내 계속 걸어갔다.

"멈춰!" 길에서 발굽소리가 나기 시작했다. 두 사람은 멈춰 서서 귀를 기울였다. 말발굽소리 같았는데 들리지 않았다. 두 사람이 움직이자 다시 발굽소리가 났다. 그들이 멈춰 서자 발굽소리도 들리지 않았다. 질린은 납작 엎드려 길 위의 밝은 곳을 바라보았다. 뭔가가 서 있었다. 말인가 했더니 말은 아니었고, 그 위에도 사람이 아닌 뭔가 이상한 것이 있었다. 푸우 하고 거센 콧김을 내뿜는 소리가 들렸다. '정말 이상한데!' 질린은 살며시 휘파람을 불어보았다. 바로 그때 뭔가가 길에서 숲속으로 뛰어들었고, 마치 폭풍이 지나가듯 요란한 소리가 났다. 나뭇가지가 부러지는 소리였다.

코스틸린은 공포에 질려 돌연 쓰러졌다. 질린이 웃으면서 말한다.

"사슴이야. 사슴뿔에 받혀 나뭇가지 부러지는 소리 들리지? 우리가 저놈을 무서워하지만, 저놈도 우리가 무서운 거야."

두 사람은 계속 걸어 나아갔다. 황소자리 별들이 벌써 기우는 걸 보니 곧 날이 밝을 것이다. 올바로 길을 가고 있는지 아닌지는 그들도 알 수 없었다. 질린 생각에 자신이 끌려온 길이 바로 이 길 같았고, 아군 요새까지는 10베르스타쯤 더 가야 할 듯했다. 하지만 확실한 것은 없었고, 밤이라 길을 식별하기도 힘들었다. 그들은 숲속의 공터로 걸어나왔다. 코스틸린이 땅바닥에 주저앉으며 말한다.

"자네는 하고 싶은 대로 하게, 난 요새까지 갈 수 없어. 다리가 말을 안 들어."

질린은 그를 설득하기 시작했다.

"안 돼," 코스틸린이 말한다. "난 요새까지 걸어갈 수 없다고."

질린은 화가 나서 침을 탁 뱉고 그에게 욕설을 퍼부었다.

"그럼 나 혼자 가지, 잘 있게!"

코스틸린이 벌떡 일어나 걸었다. 그리하여 그들은 4베르스타쯤 더 걸어갔다. 숲속의 안개는 더욱 짙어져 눈앞에 아무것도 보이지 않았고, 이젠 별들도 거의 보이지 않았다.

갑자기 앞에서 말발굽소리가 들려왔다. 편자가 돌멩이에 부딪히는 소리가 났다. 질린은 납작 엎드려 땅에 귀를 대고 듣기 시작했다.

"확실해, 말을 탄 사람이 우리 쪽으로 오고 있어!"

그들은 길에서 뛰어 달아나 덤불 속에 앉아 기다렸다. 질린이 길 쪽으로 기어가 살펴보니 말을 탄 타타르인이 암소를 몰고 무슨 콧노래를 부르며 오고 있었다. 타타르인이 그들 옆으로 지나갔다. 질린은 코스틸린에게 돌아왔다.

"자, 하늘이 도왔어. 일어나, 가세."

코스틸린이 일어서다 쓰러졌다.

"못 가겠어. 신에게 맹세컨대 못 걷겠어. 힘이 하나도 없어."

덩치가 크고 살이 찐 코스틸린은 땀을 뻘뻘 흘리기 시작했다. 숲속에서 차가운 안개에 몸이 젖은데다 발의 상처 때문에 완전히 녹초가 되어버린 것이다. 질린은 있는 힘을 다해 그를 일으키려고 했다. 그때 코스틸린이 소리를 질렀다.

"아이고, 아파!"

질린은 돌연 넋이 나간 듯 멍해졌다.

"그렇게 소리를 지르면 어떡해? 타타르인이 멀리 가지 않았을 텐데 들을 수도 있잖아." 이렇게 말하며 질린은 생각했다. '이 녀석 정말 녹초가 되었네. 이걸 어쩌지? 동료를 버리고 갈 수도 없고.'

"자," 그가 말한다. "일어나서 내 등에 업혀. 걸을 수 없다면, 내가 업고 갈게."

그는 코스틸린을 등에 업고 두 손으로 그의 넓적다리를 움켜잡고서 길로 나와 힘겹게 걸었다.

"다만," 그가 말한다. "두 손으로 내 목을 조르지는 마. 어깨를 잡아."

질린은 고통스러웠다. 그의 발도 피투성이였고, 몸은 너무나 지쳐 있었다. 그는 몸을 굽혀 자세를 바로잡고 코스틸린이 좀더 위로 업히도록 추스르면서 느릿느릿 걸음을 내디뎠다.

타타르인이 코스틸린의 외침을 들은 게 분명했다. 질린은 누군가 뒤에서 말을 타고 오면서 자기네 말로 외치는 소리를 들었다. 질린은 덤불 속으로 뛰어들었다. 타타르인이 총을 들어 쏘았지만, 빗나갔다. 타타르인은 자기네 말로 날카로운 소리를 지르며 길 저쪽으로 달려갔다.

"이봐," 질린이 말한다. "이제 우린 끝났어. 저 개 같은 놈이 타타르인들을 모아서 우릴 추격해 올 거야. 3베르스타쯤 달아나지 못하면 끝장이야." 그러고서 그는 코스틸린에 대해 생각한다. '제기랄, 이런 통나무 같은 녀석을 끌고 가야 하다니. 나 혼자였으면 벌써 멀리 달아났을 텐데.'

코스틸린이 말한다. "자네 혼자 가게, 나 때문에 자네까지 죽을 수야 없지."

"아니, 혼자 가진 않겠네, 동료를 버릴 순 없어." 질린은 다시 코스틸린을 어깨에 들쳐업고 걷기 시작했다. 그렇게 1베르스타쯤 걸었다. 숲이 계속 이어져서 나가는 길을 찾을 수 없었다. 안개는 이미 걷히기 시작했지만, 마치 먹구름이라도 낀 듯 별도 보이지 않았다. 질린도 녹초가 되었다.

이윽고 질린은 돌로 둘러쳐진 길가의 조그만 샘에 도착했다. 그는 걸음을 멈추고 코스틸린을 내려놓았다.

"아이고," 질린이 말한다. "잠깐 쉬면서 물이나 실컷 마시자고. 레표시카도 먹고. 분명 우리 요새가 멀지 않아."

그가 물을 마시려고 몸을 막 숙이는데 뒤에서 말발굽소리가 났다. 그들은 다시 오른쪽 가파른 언덕 아래 덤불 속으로 뛰어들어 몸을 눕혔다.

타타르인들의 목소리가 들렸다. 질린과 코스틸린이 길에서 벗어난 바로 그 자리에 타타르인들이 멈춰 섰다. 그들은 잠시 이야기를 나누더니 개들을 풀어 두 사람을 찾기 시작했다. 덤불숲에서 요란한 소리가 들리면서 주인을 알 수 없는 낯선 개 한 마리가 두 사람을 향해 곧장 달려왔다. 개가 멈춰 서서 짖기 시작했다.

타타르인들이 기어서 나타났는데, 역시 낯선 사람들이었다. 그들은 두 사람을 잡아 묶고는 말에 태워 끌고 갔다.

3베르스타쯤 말을 타고 갔을 때, 타타르인 둘을 데리고 나와 있던 주인 압둘이 그들을 맞이했다. 압둘은 잠시 낯선 타타르인들과 이야기를 나누더니 두 사람을 자기 말에 옮겨 태우고 다시 아울로 끌고 갔다.

압둘은 이제 웃지 않았고, 두 사람과 한마디도 나누지 않았다.

그들은 새벽녘에 아울에 도착해 두 사람을 길에 내려놓았다. 아이들이 사방에서 모여들었고, 돌멩이와 채찍으로 두 사람을 때리며 빽빽 소리를 질러댔다.

타타르인들이 모여서 빙 둘러앉았고, 노인도 산에서 내려왔다. 그들은 이야기하기 시작했다. 질린은 그들이 자기들을 어떻게 처리할지 의논하는 소리를 듣는다. 몇몇은 두 사람을 더 깊은 산속으로 보내야 한다고 말하지만, 노인은 "죽여야 한다"고 말한다. 압둘이 노인의 말에 반대하며 말한다. "나는 저놈들의 몸값을 지불했소. 놈들의 몸값을 받아낼 거요." 그러자 노인이 말한다. "저놈들은 한 푼도 내놓지 않을 거고, 불행만 가져올 거야. 게다가 러시아 놈들을 먹여 살리는 건 죄악이야. 죽이면 끝이야."

타타르인들은 뿔뿔이 흩어졌다. 주인이 질린에게 다가와 말했다.

"만약 이 주를 기다려도 몸값이 오지 않으면 너희들을 쳐죽일 것이다. 만일 다시 도망을 가려고 한다면 개처럼 맞아 죽을 줄 알아라. 편지를 써, 잘 쓰라고!"

그들은 종이를 받아 편지를 썼다. 타타르인들은 두 사람에게 다시 족쇄를 채우고 사원 뒤로 끌고 갔다. 거기엔 깊이가 5아르신쯤 되는 구덩이가 있었다. 타타르인들은 두 사람을 그 구덩이로 밀어넣었다.

6

질린과 코스틸린의 생활은 완전히 나빠졌다. 족쇄를 풀어주지도 않았고, 자유로운 세상으로 내보내주지도 않았다. 마치 개들 대하듯, 굽지 않은 밀가루 반죽을 구덩이 속으로 던져주고, 물만 단지에 담아 내려보냈다. 구덩이 안은 역한 냄새가 났고, 후덥지근하고 눅눅했다. 코스틸린은 병이 나서 몸이 퉁퉁 부어올랐고, 온몸의 뼈와 관절이 쑤시고 아팠다. 그는 계속 신음하거나 잠을 자거나 했다. 질린도 낙담했다. 그가 보기에 상황이 매우 나빴다. 탈출할 길이 막막했다.

질린은 다시 땅을 파기 시작했지만 흙을 버릴 데가 없었다. 주인이 그걸 보고 죽여버리겠다고 위협했다.

한번은 구덩이 안에서 쭈그리고 앉아 자유로운 생활에 대해 생각하다가 그만 울적해졌다. 그때 갑자기 무릎으로 레표시카가 하나 떨어졌다. 이어서 또 한 개, 그다음엔 버찌가 쏟아져내렸다. 위를 쳐다보니 거기에 디나가 있었다. 디나가 그를 보고 웃으며 달아났다. 질린은 생각한다. '디나가 날 도와줄까?'

질린은 구덩이 안의 한쪽 자리를 깨끗이 치우고 찰흙을 파내어 인형을 만들기 시작했다. 사람과 말과 개 인형을 여러 개 만들어놓고 생각한다. '디나가 오면 던져줘야지.'

다음날 디나는 오지 않았다. 질린은 말발굽소리와 사람들이 말을 타고 지나가는 소리를 들었다. 타타르인들이 사원에 모여 논쟁하고 고함을 지르며 러시아인들에 대해 이야기하고 있었다. 그 노인의 목소리도 들렸다. 질린은 잘 알아들을 수는 없었지만, 러시아인들이 가까이 온 것이라고 짐작했다. 타타르인들은 러시아인들이 아울로 들어올까봐 걱정하는 듯했고, 포로들을 어떻게 처리해야 할지 모르는 것 같았다.

그들은 한동안 이야기를 나누다 떠나갔다. 그런데 별안간 위에서 뭔가 바스락거리는 소리가 났다. 디나가 두 무릎을 잔뜩 웅크리고 앉아 상체를 앞으로 내민 채 내려다보고 있었다. 목에 매달린 동전으로 만든 목걸이가 구덩이 위에서 흔들거렸다. 디나의 예쁜 두 눈이 작은 별처럼 반짝거렸다. 디나는 소매 속에서 치즈로 만든 레표시카 두 개를 꺼내 던져주었다. 질린은 빵을 받아들고 말한다.

"왜 오랫동안 오지 않았니? 너 주려고 예쁜 인형을 여러 개 만들었단다. 봐, 여기 있어!" 이렇게 말하고 그는 인형을 하나씩 던져 올리기 시작했다. 하지만 소녀는 고개를 흔들며 인형을 쳐다보지도 않았다.

"필요 없어." 소녀가 말한다. 그리고 잠시 조용히 앉아 있다가 다시 말했다. "이반! 널 죽이려고 해." 디나가 손으로 자기 목을 가리킨다.

"누가 죽이려고 하니?"

"아버지가. 노인들이 아버지더러 널 죽이라고 해. 난 네가 불쌍해."

질린이 말한다.

"만약 네가 날 불쌍히 여긴다면, 내게 긴 막대기를 가져다줘."

소녀는 '그럴 수 없다'는 듯이 고개를 흔든다. 질린은 두 손을 모으고 그녀에게 간청했다.

"디나, 부탁이야! 디누시카, 제발 막대기를 가져다줘!"

"안 돼." 디나가 말한다. "사람들이 알게 될 거야. 모두들 집에 있어." 그러더니 소녀는 가버렸다.

그날 저녁 질린은 구덩이 안에 앉아 생각한다. '어떻게 될까?' 그는 계속 위를 쳐다본다. 별들이 보였지만 달은 아직 떠오르지 않았다. 물라가 외치고 나자 모든 것이 조용해졌다. 질린은 졸면서 생각한다. '그 아이는 두려워하고 있어.'

별안간 머리 위로 찰흙이 쏟아졌다. 위를 쳐다보니 긴 막대기가 구덩이 저쪽 가장자리에 부딪히고 있었다. 막대기가 구덩이에 부딪히면서 아래로 내려오기 시작했다. 질린은 기뻐하며 손으로 막대기를 잡아 내렸다. 단단한 막대기였다. 예전에 주인집 지붕 위에서 본 적이 있었다.

위를 쳐다보았다. 별들이 하늘 높이 반짝였다. 구덩이 바로 위 어둠 속에서 디나의 두 눈이 고양이 눈처럼 빛나고 있었다. 그녀는 구덩이 가장자리에서 고개를 숙이고 속삭인다. "이반, 이반!" 마치 "더 조용히 해"라고 말하듯 소녀는 얼굴 가까이에서 두 손을 계속 내저었다.

"왜 그래?" 질린이 말한다.

"모두들 떠났어, 집에는 두 사람만 있어."

질린이 말한다.

"자, 코스틸린, 가자, 이번이 마지막 시도야. 내가 부축할게."

코스틸린은 그의 말을 들으려 하지 않는다.

"안 돼," 그가 말한다. "나는 여기서 걸어나갈 수 없을 것 같아. 몸을 뒤척일 힘도 없는데 어디로 간단 말인가?"

"그럼, 잘 있어. 날 나쁘게 기억하지는 말게." 질린은 코스틸린과 작별의 입맞춤을 나누었다.

질린은 막대기를 붙잡고서 디나에게 꽉 잡으라고 말하고는 위로 기어올라갔다. 그러다가 두 번이나 밑으로 떨어졌다. 족쇄가 방해가 되었던 것이다. 코스틸린이 밑에서 받쳐주어 질린은 간신히 위로 기어올라갔다. 디나가 조그만 손으로 있는 힘을 다해 그의 루바시카를 잡고 끌어당기며 웃고 있었다.

질린은 막대기를 잡고 말한다.

"디나, 있던 곳에 가져다둬. 막대기가 없어진 걸 알면 너 매를 맞게 될 거야."

디나는 막대기를 끌고 갔고, 질린은 산 아래쪽으로 걸어갔다. 그는 가파른 언덕 아래로 내려가서 뾰족한 돌을 집어들어 족쇄의 자물쇠를 부수기 시작했다. 하지만 자물쇠가 너무나 단단해 깨지지 않았다. 족쇄는 정말로 불편했다. 그때 누군가 가볍게 산에서 뛰어오는 소리가 들렸다. 질린은 생각한다. '분명 디나일 거야.' 디나가 뛰어와서는 돌을 들고 말한다.

"내가 해볼게."

디나는 무릎을 꿇고 앉아 자물쇠를 두들기기 시작했다. 하지만 잔가지처럼 가늘고 작은 손으로 자물쇠를 부술 수는 없었다. 소녀는 돌을 내던지고 울기 시작했다. 질린이 다시 자물쇠를 부수기 시작했고 디나는 그 옆에 웅크리고 앉아 그의 어깨를 붙잡고 있었다. 질린이 주위를 둘러보니 왼쪽 산 너머에 붉은 노을이 붉게 물들고, 달이 떠오르고 있었다. '저런,' 그는 생각한다. '달이 뜨기 전에 골짜기를 빠져나가 숲까지 가야 하는데.' 그는 일어나서 돌을 내던졌다. 족쇄를 차고서라도 걸어가야만 했다.

"잘 있어, 디누시카." 그가 말한다. "영원히 널 잊지 못할 거야."

디나는 그에게 달려들어 그의 몸을 더듬으며 레표시카를 쑤셔넣을 데를 찾았다. 질린은 레표시카를 받아들었다.

"고맙다." 그가 말한다. "넌 정말 영리해. 그런데 내가 없으면 누가 네게 인형을 만들어주지?" 질린은 디나의 머리를 잠시 어루만졌다.

디나는 울음을 터뜨리며 손으로 얼굴을 감싼 채 어린 산양이 뛰듯 산으로 달려갔다. 등뒤로 땋아내린 머릿단에 달린, 동전으로 만든 장식이 쟁그랑거리는 소리가 어둠 속에서 들려왔다.

질린은 성호를 긋고, 족쇄가 짤랑거리지 않게 한 손으로 족쇄의 자물쇠를 쥔 채 길을 따라 걸어갔다. 그는 다리를 질질 끌면서 달이 떠오르는 쪽의 붉은 놀을 줄곧 쳐다보았다. 이미 길은 알고 있었다. 곧장 8베르스타쯤 걸어가야만 했다. 달이 완전히 떠오르기 전에 숲까지 가기만 하면 되었다. 그는 작은 강을 건넜다. 산 너머는 벌써 훤해졌다. 골짜기를 계속 걸어가면서 아직도 달이 뜨지 않았나 싶어 이따금 주변을 둘러보았다. 이미 붉은 하늘이 환해졌다. 골짜기의 한쪽도 점점 더 밝아지기 시작했다. 산 아래쪽에 생긴 그림자가 그를 향해 점점 더 가까이 다가왔다.

질린은 계속 그림자를 따라 걸어갔다. 서둘러 걸었지만 달은 점점 더 빠르게 솟아올랐다. 어느새 오른쪽 산꼭대기가 환하게 밝아지기 시작했다. 숲에 거의 다다랐을 때, 달은 이미 산 위에 떠올라 주변이 대낮처럼 밝았다. 나뭇잎들이 모두 보일 정도였다. 산은 조용하고 밝았으며, 모든 것이 죽은듯이 고요했다. 아래쪽에서 시냇물이 졸졸 흐르는 소리만 들려왔다.

마침내 질린은 숲에 도착했다. 아무도 마주치지 않았다. 질린은 숲속에서 조금이라도 더 어두운 곳을 골라 잠시 쉬려고 땅바닥에 앉았다.

그렇게 잠시 쉬고 나서 레표시카를 먹었다. 돌멩이를 찾아 다시 족쇄를 부수려고 두들기기 시작했다. 하지만 두 손이 온통 상처투성이가 될 뿐, 족쇄를 부수지는 못했다. 그는 몸을 일으켜 다시 길을 따라 걸었다. 1베르스타쯤 걸어가자 힘이 다 빠지고 다리가 끊어질 듯이 아팠다. 열 걸음쯤 옮기고 다시 멈춰 섰다. '어쩔 수 없어.' 그는 생각한다. '힘이 남아 있는 한 걸음을 떼야 해. 한번 주저앉으면 더이상 일어나지 못할 거야. 요새까지는 못 가도, 날이 밝으면 숲속에 누워 있다가 밤이 되면 다시 걷는 거다.'

밤새 걸었다. 말을 탄 타타르인 두 명과 마주칠 뻔했지만, 질린은 멀리서 말발굽소리를 듣고 나무 뒤로 몸을 숨겼다.

벌써 달빛이 희미해지기 시작했다. 이슬이 내리며 새벽이 가까워지고 있는데, 질린은 아직 숲 가장자리까지도 이르지 못했다. '자,' 그는 생각한다. '이제 서른 걸음만 더 걷고 숲속에 들어가서 좀 앉자.' 서른 걸음을 걷고 보니 숲이 끝나가고 있었다. 숲 가장자리로 걸어나오자 어느새 날이 완전히 밝았고, 그 앞에 초원과 요새가 한눈에 들어왔다. 왼쪽 가까운 산 밑으로 불이 타다가 꺼졌는지 연기가 깔려 있고, 모닥불 주변에는 사람들도 있었다.

그는 유심히 살펴보았다. 소총이 번쩍거리고, 카자크들과 병사들이 보였다.

질린은 기뻐하며 마지막 힘을 다해 산 아래로 걸어갔다. 질린은 생각한다. '여긴 위험하군. 이 허허벌판에서 말을 탄 타타르인 눈에 띄는 날이면, 요새가 아무리 가까워도 난 도망치지 못할 거야.'

이런 생각을 하면서 뒤를 돌아본 순간, 왼쪽 언덕 위 2데샤티나쯤 떨어진 곳에 타타르인 셋이 서 있었다. 타타르인들도 그를 보았고 그를 향해 내달리기 시작했다. 질린은 심장이 터질 것 같았다. 그는 두 손을 흔들며 있는 힘을 다해 아군에게 외쳤다.

"형제들! 구해줘! 형제들!"

질린이 외치는 소리를 듣고 아군인 카자크 기병들이 달려나왔다. 그들은 타타르인들의 앞을 가로질러 질린을 향해 달렸다.

하지만 카자크 기병들은 멀었고, 타타르인들은 가까웠다. 질린도 마지막 힘을 내어 한 손으로 족쇄를 움켜쥐고 카자크 기병들을 향해 뛰었다. 그리고 정신없이 성호를 그으면서 소리쳤다.

"형제들! 형제들! 형제들!"

카자크 기병들은 열댓 명쯤 되었다.

타타르인들은 깜짝 놀라 더는 쫓아오지 못하고 멈춰 섰다. 질린은 카자크 기병들을 향해 달려갔다.

카자크 기병들이 질린을 둘러싸고 잇따라 묻는다. "누구시오? 뭐하는 사람이오? 어디서 왔소?" 질린은 정신없이 울면서 같은 말만 되풀이한다.

"형제들! 형제들!"

다른 병사들도 달려나와 질린을 둘러쌌다. 누군가는 그에게 빵을 주고, 누군가는 죽을 권하고, 누군가는 보드카를 내민다. 또 누군가는 외투를 걸쳐주고, 누군가는 족쇄를 부순다.

장교들이 질린을 알아보고 요새로 데려갔다. 병사들은 기뻐했고, 동료들이 질린 주위로 모여들었다.

질린은 자신에게 일어난 일을 죄다 들려주었고, 이렇게 말한다.

"이렇게 나는 집에 갔다 왔어, 결혼을 하려고! 아냐, 그런데 나는 결혼할 운명이 아니었나봐."

질린은 계속 캅카스에 남아 복무했다. 한편 코스틸린은 한 달이 더 지나서야 몸값 5천 루블을 주고 풀려났다. 그는 간신히 살아서 수레에 실려 왔다.

(1872년)

사람은 무엇으로 사는가

우리는 우리의 형제들을 사랑하기 때문에 이미 죽음을 벗어나서 생명의 나라에 들어와 있는 것이 분명합니다. 형제를 사랑하지 않는 사람은 죽음 속에 그대로 머물러 있는 것입니다. (요한의 첫째 편지 3장 14절)

누구든지 세상의 재물을 가지고 있으면서 자기의 형제가 궁핍한 것을 보고도 마음의 문을 닫고 그를 동정하지 않는다면 어떻게 그에게 하느님을 사랑하는 마음이 있다고 하겠습니까? (3장 17절)

사랑하는 자녀들이여, 우리는 말로나 혀끝으로 사랑하지 말고 행동으로 진실하게 사랑합시다. (3장 18절)

사랑은 하느님께로부터 오는 것입니다. 사랑하는 사람은 누구나 하느님께로부터 났으며 하느님을 압니다. (4장 7절)

사랑하지 않는 사람은 하느님을 알지 못합니다. 하느님은 사랑이시기 때문입니다. (4장 8절)

아직까지 하느님을 본 사람은 없습니다. 그러나 우리가 서로 사랑한다면 하느님께서는 우리 안에 계십니다. (4장 12절)

하느님은 사랑이십니다. 사랑 안에 있는 사람은 하느님 안에 있으며 하느님께서는 그 사람 안에 계십니다. (4장 16절)

하느님을 사랑한다고 하면서 자기의 형제를 미워하는 사람은 거짓말쟁이입니다. 눈에 보이는 형제를 사랑하지 않는 자가 어떻게 보이지 않는 하느님을 사랑할 수 있겠습니까? (4장 20절)

1

어떤 구두장이가 아내와 아이들과 함께 어느 농부의 집에 세들어 살고 있었다. 자기 집도 땅도 없는 그는 구두를 만들고 수선하면서 가족과 함께 먹고살아갔다. 빵값은 비싸고 품삯은 쌌기 때문에 일해서 번 돈은 모두 먹는 데 쓰였다. 구두장이는 아내와 같이 입는 털외투가 있었는데, 그것도 다 해져서 누더기가 되었다. 구두장이가 새 털외투를 만들기 위해 양가죽을 사려고 한 지가 벌써 2년이나 지났다.

가을 무렵 구두장이는 약간의 돈을 모았다. 3루블*짜리 지폐가 아내의 궤 속에 있었고, 또 마을 농부들에게 받을 돈이 5루블 20코페이카 있었다.

구두장이는 아침부터 털외투를 장만하러 마을에 갈 채비를 했다. 그는 루바시카** 위에다 솜을 넣은 아내의 무명 재킷을 입고 그 위에 모직 카프탄***을 걸쳤다. 그리고 아침을 먹고 나서 3루블짜리 지폐를 주머니에 넣고 나뭇가지를 꺾어 지팡이 삼아 길을 나섰다. '농부들한테 5루블을 받고 이 3루블을 보태서 털외투를 지을 양가죽을 사야지' 하고 그는 생각했다.

구두장이는 마을에 도착해 어느 농부의 집에 들렀는데 주인이 없었다. 농부의 아내는 일주일 안으로 남편 편에 돈을 보내겠다고 약속만 할 뿐 돈을 주지는 않았다. 구두장이는 다른 농부에게 들렀다. 이 농부

---

* 러시아의 화폐 단위. 1루블은 100코페이카.

** 품이 넉넉하고 앞섶이 긴 러시아식 상의. 허리를 끈이나 벨트로 매어 입는다.

*** 소매가 길고 헐렁하며 옷자락이 긴 로브형 외투.

는 돈이 없다고 딱 잘라 말하고 장화를 수선한 값으로 달랑 20코페이카만 주었다. 구두장이는 양가죽을 외상으로 사려고 했으나 가죽장수는 그를 믿지 않아 외상을 주려고 하지 않았다.

"돈을 가지고 와." 가죽장수가 말한다. "그리고 맘에 드는 걸 골라. 외상값 받기가 얼마나 어려운지 우린 알고 있거든."

결국 구두장이는 볼일을 하나도 못 보고 구두 수선비 20코페이카만 겨우 받아냈으며, 어느 농부에게서 낡은 펠트 장화에 가죽을 대어 꿰매 달라는 일만 새로 맡게 되었다.

구두장이는 풀이 죽어 20코페이카를 몽땅 털어 보드카를 마셔버리고 양가죽은 사지도 못한 채 집으로 걸어갔다. 아침에는 몹시 추운 것 같았지만 보드카를 한잔 걸친 뒤라 그런지 털외투 같은 것 없어도 몸이 따뜻했다. 구두장이는 길을 걸으면서 한 손으론 지팡이로 언 흙덩어리를 두드리고, 다른 손으론 펠트 장화를 흔들면서 혼잣말을 한다.

"털외투를 입지 않아도 따습기만 하군. 한잔 들이켰더니 온몸의 피가 끓는구나. 털외투 따윈 필요 없어. 나는 슬픔을 잊고 걸어가노라. 나는 이런 사나이야! 내가 어때서? 털외투 없어도 살 수 있어. 그런 건 한평생 필요 없다고. 다만 마누라가 갑갑해하겠지. 그게 속상한 일이야. 나는 고객을 위해 열심히 일했는데도 그자는 날 우롱한단 말이야. 두고 보라고, 이번에도 돈을 갖고 오지 않으면 그자의 모자를 벗기고 말 테니. 꼭, 그렇게 하고 만다. 도대체 이게 뭐란 말이야? 20코페이카씩 찔끔찔끔 주다니! 도대체 20코페이카로 뭘 하란 말이야? 술이나 마실 수밖에. 다들 형편이 어렵다고 하지. 그런데 너만 어렵고 나는 어렵지 않단 말이냐? 너는 집도 있고 가축도 있고 모든 게 있지만 나는 알몸뚱이

뿐이란 말이다. 너는 빵이 있지만 나는 사야만 해. 무슨 일이 있어도 일주일에 빵값만 3루블을 치러야 한다고. 집에 가면 빵도 다 떨어졌을 테니 또 1루블 반은 내놔야겠지. 그러니까 너도 내 돈을 갚아."

구두장이는 이렇게 구시렁거리면서 길모퉁이의 작은 예배당 쪽으로 다가갔다. 그런데 예배당 뒤에서 무언가 희끄무레한 것이 보였다. 날이 벌써 어둑어둑해지기 시작했다. 구두장이는 눈여겨보았지만 그게 무엇인지 알아볼 수가 없었다. '여기에 저런 돌이 없었는데. 가축인가? 가축 같지는 않은데. 머리는 사람 같은데, 뭐가 저렇게 하얗지. 사람이 왜 여기에 있겠어?'

그가 더 가까이 다가가자 똑똑히 보였다. 정말 놀라웠다. 분명 사람인데, 살았는지 죽었는지 알몸으로 작은 예배당의 벽에 기대앉은 채 꼼짝도 하지 않았다. 구두장이는 잔뜩 겁을 먹고 생각한다. '누군가 이 사람을 죽이고 옷을 벗겨 여기 내버렸군. 가까이 다가갔다간 나중에 무슨 일에 휘말릴지도 몰라.'

그래서 구두장이는 그곳을 그냥 지나갔다. 작은 예배당의 모퉁이를 돌자, 그 사람의 모습이 더는 보이지 않았다. 그러나 그렇게 예배당을 지나쳐 가다가 뒤돌아보니 그 사람이 예배당 벽에서 떨어져나와 몸을 꼼지락거리며, 어쩐지 이쪽을 보고 있는 듯했다. 구두장이는 더욱 겁이 나서 혼자 생각한다. '가까이 가볼까, 그냥 지나갈까? 가까이 다가갔다가 무슨 나쁜 일이 일어날지도 몰라. 저자가 어떤 사람인지도 모르잖아. 어쨌거나 좋은 일을 하고서 저 지경이 되었을 리는 없겠고. 가까이 가자마자 벌떡 일어나 날 목 졸라 죽일지도 몰라. 그렇게 되면 나는 피할 길도 없는데. 목 졸라 죽이진 않더라도 저자에게 말려들고 말 거야.

저 벌거숭이 사나이를 어쩌지? 나한테도 한 벌뿐인 옷을 벗어줄 수는 없지. 에이, 그냥 지나치자!'

구두장이는 걸음을 재촉했다. 작은 예배당을 거의 다 지나쳤을 때, 그는 양심의 가책을 느꼈다.

구두장이는 길 위에서 걸음을 멈추었다.

"도대체 뭘 하는 거야, 세몬?" 그는 혼잣말을 한다. "사람이 재난을 만나 죽어가고 있는데 너는 겁을 먹고 그냥 지나치려고 하네. 네가 큰 부자라도 되는 모양이지? 가진 재물을 빼앗길까봐 겁이 나? 오, 쇼마*, 이건 좋지 않다!"

세몬은 뒤돌아서 그 사람에게로 갔다.

2

세몬은 그 사람에게 다가가 자세히 살펴보았다. 젊고 힘이 있었으며, 몸에 얻어맞은 자국도 보이지 않았다. 몸이 꽁꽁 얼고 겁에 질려 있었다. 벽에 기대앉아 세몬을 보려고도 하지 않았고, 너무 쇠약해서 눈을 들어올릴 수도 없는 것 같았다. 세몬이 바싹 다가가자 갑자기 정신을 차린 듯 고개를 돌리고 눈을 떠 세몬을 힐끗 쳐다보았다. 세몬은 그 사람의 시선이 마음에 들었다. 세몬은 펠트 장화를 땅바닥에 내던지고 허리띠를 끌러 펠트 장화 위에 놓고 나서 카프탄을 벗었다.

---

* '세몬'의 약칭.

"얘기할 필요 없어!" 그가 말한다. "뭐라도 입어! 어서!"

세묜은 그 사람의 팔꿈치를 잡아 일으켜세우기 시작했다. 일어선 모습을 보니 몸은 호리호리하고 깨끗하며 손도 발도 상하지 않았고 얼굴도 귀여웠다. 세묜은 그의 어깨에 카프탄을 걸쳐주려 했으나 팔이 소매 속으로 잘 들어가지 않았다. 세묜은 두 팔을 소매 속으로 밀어넣고 카프탄을 잡아당겨 앞을 여미고 나서 허리띠를 매어주었다.

세묜은 찢어진 모자도 벗어 벌거벗은 사람에게 씌워주려다가 머리가 썰렁하여 '나는 완전히 대머리지만 이자는 관자놀이의 머리칼이 곱슬곱슬하고 길잖아' 하고 생각하곤 모자를 도로 썼다. '이 사람에겐 장화를 신겨주는 게 더 낫겠어.'

구두장이는 그를 앉히고 펠트 장화를 신겼다.

그에게 옷을 입히고 나서 구두장이가 말한다.

"이제 됐네, 형제여. 자, 언 몸을 움직여서 좀 녹여봐. 뒷일은 우리가 없어도 다 잘 해결될 거야. 자네, 걸을 수 있겠나?"

그 사람은 일어서서 감동한 표정으로 세묜을 바라보았으나 말은 한마디도 하지 않았다.

"왜 말을 하지 않는 거야? 여기서 겨울을 날 수는 없어. 집으로 돌아가야지. 자, 몸에 힘이 없으면 여기 내 지팡이에 의지해보게. 몸을 움직여, 어서!"

그러자 그가 걷기 시작했다. 뒤떨어지지 않고 잘 걸었다.

길을 가면서 세묜이 말한다.

"자네, 대체 어디서 왔나?"

"저는 여기 사람이 아닙니다."

"여기 사람들은 내가 다 알지. 그러니까 어떻게 여기까지, 작은 예배당 밑에까지 오게 되었냐고?"

"그건 말할 수 없습니다."

"사람들이 자넬 괴롭힌 모양이지?"

"아무도 저를 괴롭히지 않았습니다. 저는 하느님의 벌을 받았습니다."

"그야 모두가 다 하느님의 뜻이지. 그건 그렇고, 어디든 몸을 쉴 곳을 찾아야지. 자네는 어디로 갈 생각인가?"

"저한테는 어디든 마찬가지입니다."

세묜은 깜짝 놀랐다. 불한당 같지도 않고 말씨도 부드러운 사람인데 자신에 대해서는 말을 하지 않았다. 세묜은 '그야 말 못할 일도 적지 않은 법이지' 하고 생각한다. 다시 세묜이 말한다.

"그럼, 우리집으로 가지. 자네가 가던 길에서 좀 벗어나더라도 말이야."

세묜은 집을 향해 걸었고, 나그네도 뒤처지지 않고 나란히 걸었다. 찬바람이 세묜의 루바시카 밑으로 스며들었고, 술이 깨면서 몸이 꽁꽁 얼기 시작했다. 세묜은 걸어가면서 코를 훌쩍거리고 몸에 걸친 아내의 무명 재킷 앞섶을 여미며 생각한다. '내가 지금 무슨 짓을 하고 있는 거지. 털외투를 마련하러 갔다가 카프탄도 입지 않은 채 이 벌거숭이까지 데리고 집으로 가고 있으니. 마트료나가 좋아하지 않을 텐데!' 마트료나를 생각하자 세묜의 마음이 답답해졌다. 그러나 나그네를 쳐다보자마자 작은 예배당 뒤에서 이 사람이 자기를 쳐다보던 시선이 떠올라 마음에 다시 기쁨이 차올랐다.

3

세묜의 아내는 집안일을 일찍 마쳤다. 장작을 패고 물을 길어오고 아이들에게 저녁을 먹인 후, 자신도 간단히 식사를 하고는 생각에 잠겼다. 밀가루 반죽은 언제 할까, 오늘 할까, 내일 할까? 아직 큰 빵 한 조각이 남았는데.

'세묜이 점심을 먹고 온다면 저녁은 그리 많이 먹지 않겠지. 그러면 내일 빵은 이걸로 충분한데.'

마트료나는 큰 빵 조각을 이리저리 굴리면서 생각한다. '오늘은 밀가루 반죽을 하지 말자. 밀가루도 겨우 빵 한 번 구울 만큼만 남아 있으니, 이걸로 금요일까지 버텨야지.'

마트료나는 빵을 치우고 식탁 옆에 앉아 남편의 루바시카를 깁기 시작했다. 바느질을 하면서 마트료나는 남편이 털외투를 만들기 위해 어떤 양가죽을 사올지 줄곧 생각한다.

'양가죽장수에게 속아넘어가지는 않았겠지. 내 남편이지만 사람이 워낙 단순해서 말이야. 그이는 아무도 속이지 않는데 어린아이라도 그이를 속일 수 있을 정도니까. 8루블은 작은 돈이 아니니 좋은 양가죽을 살 수 있겠지. 비록 다룸가죽*은 아니어도 털외투를 만들 수는 있을 거야. 작년 겨울에는 털외투가 없어서 얼마나 고생을 했는지! 강에도 나갈 수 없었고 아무데도 갈 수 없었잖아. 지금도 그래, 그이가 옷이란 옷은 모조리 입고 나가버리면 난 걸칠 게 아무것도 없고. 일찍 나간 건 아

---

* 거칠고 빳빳한 가죽을 잘 매만져서 부드럽게 만든 가죽.

니지만 이제 올 때도 됐는데…… 이 양반이 술 마시고 노는 데 정신이 팔려 있는 건 아니겠지?'

마트료나가 막 이런 생각을 하고 있을 때, 현관 계단이 삐거덕거리며 누군가 안으로 들어왔다. 마트료나는 바늘겨레에 바늘을 꽂고 현관으로 나갔다. 그녀는 두 사람이 들어서는 걸 보았다. 세묜과 펠트 장화를 신고 모자도 쓰지 않은 어떤 농부였다.

마트료나는 즉시 남편에게서 술냄새를 맡았다. '역시 술을 마셨어' 하고 그녀는 생각한다. 남편은 카프탄도 없이 재킷만 입고, 아무것도 들지 않은 빈손으로 말없이 얼굴을 찌푸리고 있었다. 마트료나는 심장이 찢어질 듯했다. '그 돈으로 몽땅 마셔버렸군. 그것도 어떤 건달하고 퍼마시고, 그 건달까지 데리고 왔어.'

마트료나는 두 사람을 집안으로 들이고 뒤따라 들어갔다. 그녀는 비쩍 마른 낯선 젊은이가 입고 있는 카프탄이 바로 자기네 것임을 알아보았다. 카프탄 안에 루바시카도 보이지 않았고 젊은이는 모자도 쓰고 있지 않았다. 집안으로 들어온 젊은이는 그냥 그 자리에 선 채 움직이지 않고 눈을 쳐들지도 않았다. 그 모습에 마트료나는 이 불량한 사람이 겁을 내고 있다고 생각한다.

마트료나는 얼굴을 찌푸리고 페치카* 쪽으로 물러나 두 사람이 뭘 하는지 지켜보았다.

세묜은 모자를 벗고 긴 의자에 태연히 앉았다.

"뭐해," 그가 말한다. "마트료나, 저녁식사 준비를 해야지, 응!"

---

* 난방과 취사를 겸한 러시아의 전통적인 벽난로.

마트료나는 뭐라고 중얼거렸다. 페치카 옆에 선 채 움직이지 않고 두 사람을 번갈아 쳐다보며 고개를 가로저을 뿐이었다. 세묜은 아내가 화가 났다는 걸 알았지만 어쩔 수 없었다. 세묜은 모른 체하고 나그네의 손을 잡았다.

"자, 앉게," 그가 말한다. "형제, 저녁을 먹어야지."

나그네는 긴 의자에 앉았다.

"그래, 끓인 게 없는 거야?"

마트료나는 화가 났다.

"저녁을 만들긴 했지만 당신들 건 아니야. 술을 진탕 마셔서 정신마저 나간 모양이지. 털외투를 마련하러 갔다 오겠다던 사람이 털외투는 커녕 카프탄도 없이 웬 벌거벗은 떠돌이를 데리고 나타나고. 당신네 같은 주정뱅이들에게 줄 저녁은 없어."

"그만, 마트료나, 함부로 말 놀리는 거 아냐! 먼저 어떤 사람인지 물어봐야지……"

"그럼 돈을 어디다 썼는지부터 말해봐."

세묜은 카프탄을 뒤져 지폐를 꺼내 펴 보였다.

"여기 있잖아, 트리포노프가 돈을 주지 않더군, 내일 준다는 약속만 했어."

마트료나는 더욱더 화가 치밀었다. 털외투는 장만하지도 않고 마지막 남은 카프탄은 웬 벌거숭이에게 입혀가지고 집으로 데려오다니.

마트료나는 식탁의 지폐를 집어들고 숨기러 가다 말한다.

"저녁은 없어. 벌거숭이 술주정뱅이들한테 누가 밥을 줘."

"이봐, 마트료나, 함부로 말하지 마. 먼저 내 말 좀 들어보라고……"

"술 취한 멍청이한테서 무슨 말을 들어. 당신 같은 술꾼에게 시집오고 싶지 않았던 것도 다 이유가 있었어. 어머니가 주신 삼베도 다 팔아 버리더니 그 돈으로도 술만 퍼마셨지. 털외투를 장만한다고 나가서도 술만 진창 마셔대고 오다니."

세묜은 아내에게 고작 20코페이카어치 마셨을 뿐이라는 걸 설명하고, 이 사람을 어디에서 발견했는지도 알려주고 싶었다. 하지만 마트료나는 남편에게 말할 틈을 주지 않았다. 그녀는 쉴새없이 말을 쏟아내기 시작했다. 심지어 십 년 전에 있었던 일까지 모두 들추어냈다.

마트료나는 계속 지껄이다가 세묜에게로 달려가 그의 옷소매를 움켜잡았다.

"내 재킷 내놔. 하나 남은 재킷인데 그걸 입고 나가다니. 이리 내놔, 칠칠치 못한 인간아, 풍이나 맞아라!"

세묜이 아내의 무명 재킷을 벗던 중에 한쪽 소매가 뒤집혔다. 그때 아내가 그것을 잡아당기면서 재킷의 솔기가 뜯겨나갔다. 마트료나는 재킷을 빼앗아 머리 위에 둘러쓰고는 문께로 달려갔다. 그런데 그길로 나가려던 그녀가 갑자기 멈춰 섰다. 부아가 났지만 화를 가라앉히고 이 자가 누구인지 알아보고 싶어진 것이다.

4

마트료나는 멈춰 서서 말한다.

"착한 사람이라면 벌거벗고 있을 리가 없어. 그런데 이 사람은 루바시카도 입고 있지 않잖아. 당신, 지금 이게 좋은 일이라고 하는 거라면, 어디서 이런 멋쟁이를 데리고 왔는지 왜 말을 못해?"

"그래, 내가 말한다니까. 집으로 돌아오는 길이었는데, 작은 예배당 옆에 이 사람이 알몸으로 꽁꽁 얼어붙은 채 앉아 있더라고. 글쎄, 여름도 아닌데 벌거벗고 있더라니까! 하느님이 나를 이 사람한테 인도했으니 망정이지, 안 그랬으면 이 사람 얼어죽었을 거야. 그래, 내가 어찌해야겠어? 살다보면 별일이 다 일어나는 거야! 그래 이 사람을 일으켜세워 외투를 입혀서 데리고 왔지. 마트료나, 당신도 그만 진정해. 그건 죄짓는 거야. 우리도 언젠가는 죽기 마련이잖아."

마트료나는 다시 욕설을 퍼부으려다가 나그네를 바라보고 입을 다물었다. 나그네는 긴 의자 끝에 꼼짝도 하지 않고 앉아 있었다. 두 손은 무릎에 올려놓고 고개는 가슴에 떨군 채 눈도 뜨지 않고 무언가 목을 조르기라도 하는 것처럼 온통 얼굴을 찌푸리고 있었다. 마트료나가 잠잠해졌다. 세묜이 말한다.

"마트료나, 당신 안에는 하느님이 없소?!"

이 말을 듣고 마트료나는 다시 한번 나그네를 힐끗 쳐다보았다. 그러자 마음이 갑자기 가라앉았다. 그녀는 문 앞에서 발길을 돌려 한구석의 페치카로 가서 저녁을 준비했다. 그녀는 식탁 위에 컵을 놓고 크바스*를 따른 뒤 마지막 남은 빵 한 조각을 내놓았다. 그리고 나이프와 숟가락을 내놓으면서 말한다.

"자, 들어요."

---

* 호밀과 보리를 발효시켜 만든 러시아의 시큼한 음료.

세묜은 나그네를 살짝 끌어당겼다.

"앉게, 젊은이."

세묜은 빵을 잘라 더 작은 조각으로 다시 썰었고, 두 사람은 저녁을 먹기 시작했다. 마트료나는 식탁 한끝에 앉아 한 손으로 턱을 괸 채 나그네를 바라보았다.

마트료나는 나그네가 불쌍하게 느껴졌고, 마음에 들었다. 그때 갑자기 나그네가 밝고 환해지더니, 찌푸렸던 얼굴을 펴고 눈을 들어 마트료나를 보며 미소 지었다.

두 사람이 저녁식사를 끝내자 마트료나가 식탁을 치우고 나그네에게 물었다.

"대체 어디에서 왔어요?"

"저는 여기 사람이 아닙니다."

"그런데 어쩌다 길 위에 있었어요?"

"그건 말할 수 없습니다."

"강도라도 당한 건가요?"

"저는 하느님의 벌을 받았습니다."

"그래서 벌거숭이가 되어 길에 누워 있었단 말인가요?"

"네, 알몸뚱이로 누워 있다가 얼어죽을 뻔한 겁니다. 세묜이 저를 보고 가엾게 여겨서 입고 있던 카프탄을 벗어 제게 입히고 여기로 오자고 했습니다. 여기 왔더니 당신은 제게 먹고 마실 것을 주고 저를 불쌍히 여겼습니다. 하느님이 당신들에게 은총을 내리실 겁니다!"

마트료나는 일어나 창가로 가서 조금 전에 기워놓았던 세묜의 낡은 루바시카를 가져다가 나그네에게 건네주었다. 그리고 바지도 찾아서 내주었다.

“보아하니 루바시카도 안 입었잖아. 자, 이걸 입고 어디든 마음에 드는 자리에 누워서 자요. 페치카 뒤 다락 침상이든 페치카 위든.”

나그네는 카프탄을 벗고 루바시카와 바지를 입은 후 페치카 뒤 다락 침상에 누웠다. 마트료나는 불을 끄고 카프탄을 집어들고는 남편 곁으로 갔다.

마트료나는 카프탄 끄트머리를 덮고 누웠으나 잠이 오지 않았다. 나그네 생각이 줄곧 머리에서 떠나지 않았다.

그가 마지막 남은 빵 한 조각을 다 먹어버려 내일 먹을 빵이 없다는 것과 그에게 루바시카와 바지를 내준 것을 떠올리자 매우 우울해졌지만, 그의 미소를 떠올리자 기분이 다시 밝아졌다.

마트료나는 오랫동안 잠을 이루지 못했고, 세묜도 잠들지 못했는지 카프탄을 자기 쪽으로 끌어당기는 소리가 들렸다.

“세묜!”

“응!”

“마지막 남은 빵을 다 먹어버렸는데, 밀가루 반죽을 해두지도 않았으니 내일은 어떻게 하지. 말라니야 대모代母에게서 뭐 좀 꿔와야겠어.”

“산 입에 거미줄이야 치려고.”

아내는 가만히 누워 잠시 말이 없었다.

“그런데 저 사람 말이야, 좋은 사람 같은데 왜 자기 얘기를 안 할까?”

“아마 말 못할 사정이 있겠지.”

“솜*!”

“응!”

"우리는 남에게 주는데, 왜 아무도 우리에게는 주지 않는 걸까?"

세몬은 뭐라고 말해야 할지 몰랐다. "다음에 이야기하지." 이렇게 말하고 세몬은 돌아누워 잠이 들었다.

5

다음날 아침 세몬은 잠에서 깼다. 아이들은 자고 있었고 아내는 이웃집에 빵을 꾸러 갔다. 어제의 나그네는 낡은 바지와 루바시카를 입은 채로 긴 의자에 앉아 위를 바라보고 있었다. 그의 얼굴은 어제보다 밝았다.

세묜이 말한다.

"어때 젊은이, 배는 빵을 원하고 알몸뚱이는 옷을 원하지 않나. 그러니 밥벌이를 해야 하는 거지. 자넨 무슨 일을 할 줄 아나?"

"아무것도 할 줄 모릅니다."

세몬은 깜짝 놀라 말한다.

"열심히 하고자 하는 마음만 있으면, 사람은 뭐든지 배울 수 있어."

"사람들이 일을 하는데 저도 일을 해야지요."

"자네 이름은 뭔가?"

"미하일입니다."

"이봐, 미하일, 자네는 자신에 대해 말하고 싶지 않은 모양인데 그건

---

* '세묜'의 약칭.

아무래도 좋아. 하지만 밥벌이는 해야지. 내가 시키는 일을 하겠다고만 하면 내 자네를 먹여주지."

"하느님이 은총을 내리실 겁니다. 잘 배우겠습니다. 뭘 하면 되는지 가르쳐주십시오."

세몬은 실을 집어 손가락에 감고 꼬면서 매듭을 짓기 시작했다.

"그다지 어려운 건 아냐. 자, 보라고……"

미하일은 세몬이 하는 것을 들여다보더니 손가락에 실을 감고 금세 세몬을 흉내내어 매듭을 지었다.

세몬이 이번에는 실에 기름 먹이는 법을 가르쳤다. 미하일은 그것도 바로 이해했다. 주인이 뻣뻣한 털을 바늘에 비스듬히 꿰어 어떻게 꿰매는지 보여주자 이것도 미하일은 단번에 이해했다.

세몬이 어떤 일을 가르쳐도 미하일은 금세 배웠다. 사흘째부터는 평생 구두를 꿰매온 사람처럼 일하기 시작했다. 미하일은 허리를 펼 틈도 없이 부지런히 일만 하고 조금밖에 먹지 않았다. 잠시 손이 빌 때는 말없이 늘 위만 쳐다보았다. 밖으로 나가지 않고, 불필요한 말을 하지 않았고, 농담도 하지 않고, 웃지도 않았다.

그들은 딱 한 번 미하일이 미소 짓는 것을 보았는데, 그건 마트료나가 그를 처음 만난 저녁에 먹을 걸 내주었을 때였다.

6

하루가 가고, 일주일이 가고, 그렇게 일 년이 흘러갔다. 미하일은 여전히 세묜의 집에 살면서 일했다. 세묜의 일꾼 미하일만큼 깔끔하고 튼튼하게 장화를 짓는 사람은 없다는 소문이 자자했다. 부근 사람들이 모두 장화를 지어달라고 찾아와 세묜의 재산도 점점 불어났다.

어느 겨울날, 세묜이 미하일과 앉아 일을 하고 있는데 방울을 여러 개 단 말 세 필이 끄는 썰매가 세묜의 집을 향해 다가오고 있었다. 창문으로 내다보니 썰매가 바로 세묜의 집 맞은편에 멈추었다. 젊은이가 마부석에서 뛰어내려 문을 열어주자 털외투를 입은 지주가 썰매에서 내렸다. 썰매에서 내린 지주는 세묜의 집으로 걸어와 바깥 현관으로 들어왔다. 마트료나가 뛰어나가 문을 활짝 열었다. 지주가 몸을 굽히고 안으로 들어와 허리를 쭉 펴는데, 머리가 거의 천장에 닿았고, 방의 사방 구석이 모두 지주의 몸뚱이로 꽉 찬 것 같았다.

세묜은 일어나 허리를 굽혀 인사하면서 지주의 모습에 깜짝 놀랐다. 이런 사람은 이제까지 본 적이 없었다. 세묜도 마른 편이고 미하일도 홀쭉하고 마트료나도 마치 마른나무 조각처럼 말랐는데, 이 사람은 다른 세상에서 왔는지, 낯짝은 붉고 번들거리며 목은 황소처럼 굵어서 마치 몸뚱이 전체가 무쇠로 빚은 것 같았다.

지주는 숨을 크게 내쉬더니 털외투를 벗고 의자에 앉아 말한다.

"이 구둣가게의 주인이 누군가?"

세묜이 나와서 말한다.

"제가 주인입니다, 나리."

그러자 지주는 데리고 온 젊은이에게 큰 소리로 외쳤다.

"페디카, 가죽을 이리 가져와!"

젊은이가 달려가서 보따리를 가지고 왔다. 지주는 보따리를 받아 탁자 위에 놓았다.

"끌러라." 지주가 말하자 젊은이가 보따리를 끌렀다.

지주는 구두 만들 가죽을 손가락으로 쿡 찌르더니 세묜에게 말한다.

"이봐, 구두장이, 이 물건이 보이나?"

"예, 나리."

"그럼, 이게 무슨 가죽인지는 알겠나?"

세묜은 가죽을 만져보고 나서 대답한다.

"좋은 가죽입니다."

"그야 물론 좋은 가죽이지! 멍청하기는. 너 같은 바보는 이런 가죽을 본 적도 없을 거야. 독일제 가죽이지. 20루블이나 주었다."

세묜은 겁을 먹고 말한다.

"저희가 어디서 이런 걸 구경이나 했겠습니까."

"그야 당연하지. 이 가죽으로 내 발에 꼭 맞는 장화를 만들 수 있겠나?"

"만들 수 있습니다, 나리."

지주는 세묜에게 소리쳤다.

"'만들 수' 있다고? 그렇다면 누구의 장화를 만드는지, 무슨 가죽으로 만드는지 똑똑히 알아야 해. 일 년을 신어도 모양이 틀어지지 않고 실밥이 터지지 않는 장화를 만들어야 한다고. 그렇게 만들 수 있으면 일을 맡아서 가죽을 재단하되, 그렇게 할 수 없다면 가죽에 손도 대지 말고 가죽을 자르지도 마라. 미리 말해두는데, 만약 장화가 일 년도 채 되지 않아 모양이 틀어지거나 실밥이 터지면, 너를 감옥에 처넣을 테니. 만약 일 년을 신어도 모양이 틀어지지 않고 실밥이 터지지 않으면, 삯으로 10루블을 주겠다."

세몬은 겁이 나서 뭐라고 대답해야 할지 몰랐다. 세몬은 미하일 쪽을 돌아다보았다. 그러고는 팔꿈치로 미하일을 쿡 찌르며 속삭인다.

"맡아도 될까?"

미하일은 '그 일을 맡으라'는 듯이 고개를 끄덕였다. 세몬은 미하일의 고갯짓을 알아듣고 일 년 동안 모양도 틀어지지 않고 실밥이 터지지도 않을 장화 주문을 맡기로 했다.

지주는 젊은이를 큰 소리로 불러 왼쪽 장화를 벗기게 한 뒤 한쪽 다리를 쭉 뻗었다.

"치수를 재!"

세몬은 10베르쇼크*의 종이를 잘라서 꿰매고 고르게 편 뒤 두 무릎을 꿇고 지주의 양말을 더럽힐세라 앞치마에 손을 잘 닦고 치수를 재기 시작했다. 세몬은 발바닥을 재고 발등 높이를 쟀다. 그리고 종아리를 재려고 하는데 종이의 양끝이 서로 닿지 않았다. 종아리가 통나무만큼이나 굵었다.

"정신 차려, 장화의 목 부분이 꽉 끼어서는 안 돼."

세몬은 종잇조각을 더 이어 붙였다. 지주는 계속 앉은 채 양말 속 발가락을 꼼지락거리며 방안의 사람들을 둘러보다 미하일을 발견했다.

"저건 누구야?" 지주가 묻는다. "자네 사람인가?"

"저희 집에서 일하는 솜씨 좋은 구두장이인데, 저 친구가 구두를 만들 겁니다."

---

* 미터법 시행 전 러시아의 길이 단위. 1베르쇼크는 4.445센티미터.

"명심해." 지주가 미하일에게 말한다. "일 년 동안 신을 수 있도록 만들어야 해."

세뮨도 미하일을 돌아다보았다. 그런데 미하일은 지주를 보지 않고 지주 뒤의 방 한구석을 응시하고 있었다. 마치 누군가를 빤히 바라보는 듯했다. 그렇게 한참 바라보다가 갑자기 미소를 짓더니 미하일의 얼굴이 활짝 밝아졌다.

"이 바보야, 너는 왜 이를 드러내고 웃는 거야? 정신 차려서 기한 내에 만들 생각이나 해."

그러자 미하일이 말한다.

"필요하실 때 바로 준비해놓겠습니다."

"좋아, 좋아."

지주는 장화를 신고 털외투를 입은 뒤 앞섶을 여미고 문 쪽으로 걸음을 옮겼다. 그런데 이번에는 허리를 굽히는 걸 잊어서 문 위쪽 인방에 머리를 부딪혔다.

지주는 욕설을 퍼붓고 머리를 문지르며 썰매를 타고 가버렸다.

지주가 떠나자 세뮨이 말한다.

"정말 차돌처럼 단단한 사람이야. 저런 사람은 쇠몽둥이로도 죽이지 못할걸. 상인방에 머리를 부딪혔는데도 아프지 않은 모양이야."

그러자 마트료나가 말했다.

"저렇게 모자랄 것 없이 사는데 체격인들 왜 좋지 않겠어. 저런 무쇳덩어리 같은 사람은 사신死神도 잡아가지 못할걸."

7

세묜이 미하일에게 말한다.

"일을 맡긴 했지만, 이 일이 우리에게 불행을 가져다주진 않아야 할 텐데. 가죽도 비싼데다 지주가 성깔이 대단하니 말이야. 절대 실수해서는 안 될 텐데. 자, 자네가 눈도 더 밝고 솜씨도 나보다 나으니 여기 치수대로 가죽을 재단해주게. 나는 나중에 앞닫이를 꿰매지."

미하일은 세묜이 시키는 대로 지주의 가죽을 집어 탁자 위에 펼쳐놓고 두 겹으로 접더니 칼을 들어 재단하기 시작했다.

마트료나는 미하일 옆으로 다가가 미하일이 재단하는 것을 바라보다가 깜짝 놀랐다. 마트료나도 구두 만드는 일에는 어느 정도 익숙했는데, 미하일이 하는 것을 들여다보니 장화를 만들기 위한 모양이 아니라 둥글게 재단하고 있었다.

마트료나는 말을 하려다가 속으로 생각한다. '아무래도 지주의 장화니까, 내가 모르는 방법이 있나봐. 미하일이 더 잘 알 테니 방해하지 말아야지.'

미하일은 한 켤레에 필요한 가죽 재단을 마친 다음 실을 들고 꿰매기 시작한다. 그런데 장화를 만들 때 쓰는 두 겹 실이 아니라 슬리퍼를 만들 때 쓰는 한 겹 실로 꿰매는 것이었다.

이 모습을 본 마트료나는 또 크게 놀랐으나 역시 방해하지 않았다. 미하일은 계속 꿰맸다. 점심때까지 일을 하고 자리에서 일어난 세묜은 미하일이 지주의 가죽으로 슬리퍼를 한 켤레 꿰매놓은 것을 보았다.

세묜은 "앗!" 하고 외쳤다. '이게 도대체 어찌된 일일까?' 세묜은 생각한다. '일 년 내내 우리와 같이 살면서 어떤 실수도 한 적이 없는 미하일인데, 하필이면 지금 이런 큰 잘못을 저지르다니! 지주는 대다리*에 목이 긴 장화를 주문했는데, 뒤축이 없는 슬리퍼를 만들어 가죽을 영 못쓰게 버려놓았어. 이제 지주를 어떻게 대하지? 이런 가죽은 구할 수도 없는데.'

세묜이 미하일에게 말한다.

"자네, 이 무슨 짓인가? 나를 아예 죽일 셈인가! 지주가 주문한 건 장화인데 자넨 도대체 뭘 만든 건가?"

세묜이 미하일을 막 질책하기 시작한 순간, 바깥문의 문고리가 덜컹거리면서 누군가 문을 두드렸다. 창문으로 내다보니 누군가 타고 온 말을 잡아매고 있었다. 문을 열자 그 지주가 데리고 왔던 젊은이가 들어왔다.

"안녕하십니까?"

"어서 와요. 무슨 볼일이라도?"

"장화 일로 마님이 보내셔서 왔지요."

"장화 일이라고?"

"네, 바로 그 장화요! 나리에게 장화는 이제 필요 없게 되었어요. 돌아가셨거든요."

"그게 무슨 말인가!"

"그날 여기서 나가 집으로 가는 도중에 썰매 안에서 돌아가셨어요. 집에 도착해 나리가 썰매에서 내리는 걸 도와드리려고 사람들이 나왔

---

* 구두창에서 갑피(甲皮)를 대고 맞꿰매는 가죽 테.

는데, 나리가 가마니처럼 나동그라져 있는 거예요. 이미 돌아가셔서 딱딱하게 굳어 있었어요. 나리를 간신히 썰매에서 끌어내렸죠. 마님이 저를 여기로 보내면서 이렇게 말씀하셨어요. '나리가 장화를 주문하고 가죽을 놓고 온 구두장이 집에 가서 이제 장화는 필요 없게 되었으니 그 가죽으로 망자의 맨발에 신기는 슬리퍼를 한 켤레 빨리 꿰매어달라고 해라. 그리고 다 꿰매기를 기다렸다가 그 슬리퍼를 가져오거라.' 그래서 이렇게 왔어요."

미하일은 탁자 위에서 가죽조각을 집어 둘둘 말고, 다 만든 슬리퍼를 들어 두 짝을 탁탁 맞부딪쳐 털고는 앞치마로 닦아 젊은이에게 내주었다. 젊은이는 슬리퍼를 받아들고 인사했다.

"모두들 안녕히 계세요! 안녕히!"

8

다시 일 년이 지나고 이 년이 지나서 미하일이 세몬의 집에서 생활한 지도 어느덧 육 년째가 되었다. 미하일은 전과 똑같이 살았다. 그는 아무데도 나가지 않고 쓸데없는 말을 한마디도 하지 않았다. 그동안 미소를 지은 건 단 두 번뿐이었다. 한 번은 세몬의 아내가 그에게 저녁을 내주었을 때고, 또 한 번은 장화를 맞추러 온 지주를 보았을 때였다. 세몬은 자기 일꾼이 너무나 대견해서 어쩔 줄 몰랐다. 이제는 어디서 왔는지 더이상 묻지도 않고, 다만 미하일이 자기 집에서 떠날까봐 그것만을 걱정하게 되었다.

하루는 모두가 집에 있을 때였다. 안주인 마트료나는 페치카에 무쇠솥을 올려놓고 있었고, 아이들은 긴 의자를 타고 여기저기로 뛰어다니며 창밖을 내다보곤 했다. 세묜은 한쪽 창가에서 구두를 꿰매고 있었고 미하일은 다른 창가에서 구두 뒤축을 붙이는 중이었다.

사내아이 하나가 긴 의자를 타고 미하일에게 달려와 그의 어깨에 기대고 물끄러미 창밖을 내다보았다.

"미하일 아저씨, 저것 좀 봐요. 물건을 팔러 다니는 어떤 아줌마가 여자아이들을 데리고 어쩐지 우리집으로 오는 것 같아. 여자아이 하나는 발을 절어요."

사내아이가 이렇게 말하자마자 미하일은 하던 일을 멈추고 창밖으로 고개를 돌려 거리를 바라보았다.

세묜은 깜짝 놀랐다. 이제까지 미하일은 한 번도 길을 내다본 적이 없었다. 그런 미하일이 지금 창문에 달라붙어 무언가를 바라보고 있는 것이다. 세묜도 창밖을 내다보았다. 깨끗한 옷차림의 여인이 정말로 그의 안마당을 향해 걸어오고 있었다. 여인은 털외투에 융단 머릿수건을 쓴 여자아이 둘의 손을 잡고 있었다. 두 아이는 서로 너무 닮아 누가 누군지 분간하기가 어려웠다. 다만 한 아이는 왼쪽 다리가 상했는지 걸으면서 다리를 절고 있었다.

여인은 현관 층계를 올라와 문을 만지작거리더니 쇠 손잡이를 당겨 문을 열었다. 그러고는 먼저 두 여자아이를 안으로 들여보내고 자기도 집안으로 들어섰다.

"안녕하세요, 여러분!"

"어서 오세요, 뭘 도와드릴까요?"

여인은 탁자 곁에 앉았다. 아이들은 낯설어하며 여인의 무릎에 바짝 기댔다.

"저, 이 아이들이 봄에 신을 가죽구두를 맞추려고요."

"아, 만들 수 있습니다. 그런 작은 구두를 만들어본 적은 없지만 만들 수 있습니다. 대다리가 있는 구두도 만들 수 있고 두꺼운 천으로 안을 댄 구두도 만들 수 있죠. 여기 이 사람이 솜씨 좋은 구두장이 미하일입니다."

세묜이 미하일을 돌아보았다. 미하일은 일손을 놓고 앉아 여자아이들에게서 눈을 떼지 못했다.

그런 미하일의 모습에 세묜은 깜짝 놀랐다. 여자아이들의 얼굴은 정말 귀여웠다. 까만 눈에 뺨은 통통하고 발그레하며 털외투와 융단 머릿수건도 좋은 것이었다. 그렇다고 해도 미하일이 마치 아는 아이들이라도 만난 듯 그렇게 빤히 쳐다보고 있는 걸 세묜은 이해할 수 없었다.

세묜은 의아해하면서도 여인과 삯을 흥정하기 시작했다. 세묜은 흥정을 마치고 나서 치수를 쟀다. 여인은 발을 저는 아이를 자기 무릎에 올려놓고 말한다.

"이 아이의 발로 치수를 두 번 재주세요. 살짝 굽은 발에 맞게 구두 한 짝을 만들고 반듯한 발에 맞게 구두 세 짝을 만들어줘요. 두 아이의 발 치수가 똑같거든요. 쌍둥이랍니다."

세묜은 치수를 재고 발을 저는 아이를 보며 말한다.

"아이는 어쩌다가 이렇게 됐습니까? 참 귀여운 아이네요. 날 때부터 이런가요?"

"아뇨, 그애 엄마가 아이의 발을 짓눌러서 그래요."

마트료나가 끼어들어 이 여인은 누구이고 아이들은 또 누구네 아이들인지 알고 싶어했다.

"그럼 부인께선 이 아이들의 어머니가 아닌가요?"

"나는 아이들의 엄마도 아니고 친척도 아니에요. 전혀 상관없는 남이지만 맡아서 기르고 있어요."

"친자식도 아닌데 참으로 귀여워하시는군요!"

"귀엽다마다요. 두 아이 다 내 젖으로 키웠어요. 내 아이도 있었지만 하느님께서 데려가셨어요. 내 아이는 이애들만큼 귀여워해주지 못했답니다."

"그럼 이 아이들은 누구의 아이들인가요?"

9

여인은 열심히 이야기하기 시작했다.

"육 년 전 일이에요. 이 아이들은 일주일 사이에 부모를 잃고 고아가 되었어요. 화요일에 아버지의 장례를 치렀는데, 금요일에 엄마가 죽었어요. 아이들 태어나기 사흘 전에 아버지가 죽었고, 엄마는 아이들 낳고 하루도 살지 못하고 죽은 겁니다. 나는 그 당시 남편과 농사를 짓고 있었는데, 아이들 부모와는 이웃간으로 바로 앞뒷집에서 살았어요. 아이들 아버지는 의지할 데 없는 외로운 사람이었죠. 숲에서 일을 하며 지냈어요. 어느 날 숲에서 일하는데, 나무가 쓰러지면서 그를 덮친 거예요. 창자가 다 튀어나올 정도였어요. 사람들이 그를 간신히 집까지 데려왔지만, 그만 숨을 거두고 말았어요. 그런데 그의 아내가 그주에 쌍둥이를, 바로 이 아이들을 낳은 거고요. 아이 엄마도 가난한데다가 거들어줄 산파도 자매도 하나 없는, 그야말로 외로운 여자였어요. 혼자서 애를 낳다가 혼자서 죽어갔지요.

이튿날 아침, 어쩌고 있는지 궁금해서 들여다보러 들렀다가 알게 되었어요. 가엾게도 아이들 엄마의 몸은 벌써 차갑게 식어 있더군요. 게다가 엄마가 숨을 거둘 때, 이 아이 위로 굴러떨어져 아이를 짓누르게 된 거예요. 그 바람에 아이의 한쪽 다리가 탈골된 겁니다. 마을 사람들이 모여 시신을 깨끗이 씻기고 수습한 뒤 관을 짜서 장례를 치러주었지요. 모두 좋은 사람들이었어요. 여자아이 둘만 남았는데, 이제 이 아이들을 어떻게 할 수 있겠어요? 한데 모인 아낙들 가운데 젖먹이가 있는 사람은 나뿐이었죠. 그때 낳은 지 8주밖에 안 된 첫아들에게 젖을 먹이고 있었거든요. 그래서 내가 두 아이를 집에 데려와 잠시 돌보기로 했답니다. 남자들이 모여서 이 아이들을 어떻게 해야 좋을지 생각하고 또 생각한 끝에 이렇게 말했습니다. '마리야, 당신이 이 아이들을 잠시 맡아줘. 시간을 주면 우리가 이 아이들을 어떻게 할지 좀더 고심해볼 테니까.' 그런데 내가 처음에는 몸이 성한 아이에게만 젖을 주고, 발이 짓눌린 아이에게는 젖을 주지 않았어요. 이 아이가 살 거라고 기대하지 않았거든요. 그러다 생각했어요. 왜 이 천사 같은 어린 영혼이 죽어가야 하지? 그러자 가여운 생각이 들어서 이 아이에게도 젖을 주기 시작했어요. 그래서 내 아이와 두 여자아이, 그러니까 세 아이를 동시에 젖을 먹여 키웠어요! 나는 젊고 힘도 있고 잘 먹었으며, 하느님이 양쪽 가슴에 넘칠 정도로 젖을 많이 주셨거든요. 두 아이에게 젖을 물리고 있으면 세번째 아이가 기다렸고, 한 아이가 젖을 놓으면 기다리던 아이에게 젖을 주었지요. 그런데 하느님의 뜻대로 이 두 아이는 잘 길렀으나 내가 낳은 아이는 채 두 살이 되기도 전에 땅에 묻었어요. 하느님은 내게 더이상 아이들을 주지 않았고요. 수입은 불어나기 시작했고, 지금 우리는 여기 어느 상인의 방앗간에 살고 있답니다. 급료도 많고 잘살고 있어요. 물론 내가 낳은 아이는 없지만요. 하지만 이 두 아이가 없었더라면 혼자 어떻게 살았을지! 그러니 내가 이 아이들을 사랑할 수밖에 없지요! 나에게 이 아이들은 내 눈동자와도 같아요!"

여인은 한쪽 손으로 발을 저는 아이를 끌어안고, 다른 손으로 뺨에 흐르는 눈물을 훔쳤다.

마트료나가 한숨을 지으며 말한다.

"부모 없이는 살아가도 하느님 없이는 살아가지 못한다는 속담이 있는데, 정말 맞는 말 같아요!"

그들과 잠시 서로 말을 주고받다가 여인이 가려고 일어섰다. 세묜과 그의 아내가 여인을 배웅하며 미하일을 돌아보았다. 미하일은 두 손을 무릎 위에 올려놓고 앉아 위를 쳐다보면서 미소를 짓고 있었다.

10

세묜이 그에게 다가가 무슨 일인가, 미하일! 하고 말한다. 그러자 미하일이 긴 의자에서 일어나 일감을 내려놓고 앞치마를 벗더니 주인 내외에게 꾸벅 절을 하고 말한다.

"용서해주십시오, 주인아저씨, 아주머니. 하느님이 저를 용서해주셨으니 두 분도 저를 용서해주십시오."

주인 내외는 미하일에게서 빛이 나는 것을 보았다. 세묜도 일어서서 미하일에게 허리를 구부려 절을 하고 말했다.

"미하일, 자네가 평범한 사람이 아니라는 걸 이제 알겠네. 그러니 자네를 붙잡을 수도 없고 자네에게 물을 수도 없겠군. 다만 한 가지만 말해주게. 내가 자네를 발견하고 집으로 데려왔을 때, 자네 표정이 한참 침울하다가 마누라가 저녁을 내주니 그제야 미소를 짓고 한결 표정이 밝아졌었는데, 어찌된 일인가? 그러고 나서 지주가 장화를 주문했을 때 자네는 두번째로 미소를 짓고 훨씬 더 표정이 밝아졌었지. 그리고 방금 전 여인이 아이들을 데리고 왔을 때, 자네는 세번째 미소를 지었어. 그리고 온몸에서 빛이 났네. 미하일, 왜 자네에게서 그런 빛이 나는지, 그리고 왜 세 번 미소를 지었는지 내게 말해주게나."

그러자 미하일이 말했다.

"제 몸에서 빛이 나는 것은, 하느님의 벌을 받고 있던 제가 이제 하느님께 용서를 받았기 때문입니다. 그리고 제가 세 번 미소를 지은 건, 제가 깨달아야 했던 하느님의 말씀 세 가지를 깨달았기 때문입니다. 아주머니가 저를 가엾게 여기셨을 때, 저는 첫번째 말씀을 깨닫고 처음으로 미소를 지었습니다. 부자가 장화를 주문했을 때, 저는 두번째 말씀을 깨닫고 두번째 미소를 지었습니다. 그리고 방금 전 두 여자아이를 보고, 저는 마지막 세번째 말씀을 깨닫고 세번째 미소를 지은 겁니다."

그러자 세묜이 말했다.

"그럼 내게 말해주게, 미하일. 무엇 때문에 하느님께서 자네에게 벌을 내리셨는지, 하느님의 세 가지 말씀이란 대체 무엇인지 나도 알 수 있도록 말해주게나."

그러자 미하일이 말했다.

"제가 하느님의 벌을 받은 것은 하느님의 말씀에 순종하지 않았기 때문입니다. 저는 하늘에서 천사였는데, 하느님의 말씀에 순종하지 않았습니다.

제가 하늘의 천사였을 때 하느님이 한 여자의 영혼을 거두어오라고 저를 보냈습니다. 지상에 내려와보니 한 여자가 병들어 누워서 딸 쌍둥이를 낳았습니다. 아이들은 엄마 곁에서 꼼지락거리고 있었으나 엄마는 아이들에게 젖을 물릴 수도 없었습니다. 여자는 저를 보자 하느님이 자기의 영혼을 거두어오라고 저를 보내신 걸 알아보고는 울면서 말했습니다. '하느님의 천사시여! 제 남편은 숲에서 나무에 깔려죽어 방금 장례를 치렀습니다. 제게는 자매도 아주머니도 할머니도 없기 때문에 이 아이들이 고아가 되면 키워줄 사람이 없습니다. 제발 제 영혼을 거둬가지 마시고 이 아이들에게 젖을 먹여 키우게 해주세요, 아이들이 두 다리로 일어설 수 있을 때까지! 아이들은 아빠 없이, 엄마 없이 살 수 없습니다!' 저는 아이들 엄마의 말을 듣고 한 아이에게는 젖을 물려주고, 다른 아이는 엄마의 팔에 안겨준 뒤 하늘나라의 하느님께로 올라갔습니다. 그리고 하느님 곁으로 날아가서 이렇게 말했습니다. '저는 산모의 영혼을 거둬올 수가 없었습니다. 아이들 아비는 나무에 깔려죽고, 어미는 쌍둥이를 낳고서 "제발 아이들에게 젖을 먹여 키우게 해주세요, 아이들이 두 다리로 일어설 수 있을 때까지! 아이들은 아빠 없이, 엄마 없이 살 수 없습니다!"라고 하면서 자기 영혼을 거둬가지 말아달라고 애원했습니다. 그래서 저는 산모의 영혼을 거둬오지 못했습니다.' 그러자 하느님이 말씀하셨습니다. '다시 내려가서 산모의 영혼을 거둬오거라. 그러면 내가 말한 세 가지를 깨닫게 될 것이다. 즉, 사람들 안에 무엇이 있는지, 사람들에게 주어지지 않은 것이 무엇인지, 사람들은 무엇으로 사는지 깨닫게 되리라. 그것을 알게 될 때, 너는 하늘나라로 돌아오리라.' 그래서 저는 다시 지상으로 내려가서 산모의 영혼을 거두었습니다.

아이들은 엄마의 가슴에서 떨어졌습니다. 주검이 침상에서 나동그라지며 한 아이를 짓누르는 바람에 아이의 한쪽 다리가 탈골되었습니다. 저는 그 마을의 상공으로 날아올라 여자의 영혼을 하느님께 데려가려고 했는데, 그때 바람이 저를 덮쳐 제 두 날개가 축 처지더니 떨어져 버렸습니다. 그래서 여자의 영혼만 하느님께로 가고, 저는 땅에 떨어져 길 위에 쓰러져 있었던 겁니다."

11

세몬과 마트료나는 자기들이 입혀주고 먹여주었던 사람이 누군지, 자기들과 같이 살아온 사람이 누군지 알게 되자 두렵고 기쁜 나머지 울음을 터뜨렸다.

그러자 천사가 말했다.

"저는 혼자 알몸으로 들판에 있었습니다. 저는 지금까지 인간의 가난도 추위도 굶주림도 모르고 있었는데, 갑자기 인간이 되어버린 겁니다. 몹시 배가 고팠고 몸은 꽁꽁 얼어붙었지만 어떻게 해야 할지 몰랐습니다. 들판에 하느님의 영광을 위해 지어진 예배당을 보고 몸을 숨기려 그곳으로 다가갔으나 문이 잠겨 있어 안으로 들어갈 수 없었습니다. 저는 바람을 피하려고 예배당 뒤로 가서 앉았습니다. 저녁이 되자 몹시 배가 고팠고 몸은 얼어붙어 온몸이 고통스러웠습니다. 그때 갑자기 어떤 사람이 장화를 들고 길을 걸어오면서 혼잣말을 하는 소리가 들렸습니다. 저는 인간이 된 후 처음으로 죽은 사람 같은 사람의 얼굴을 보았습니다. 저는 그 얼굴이 무서워 고개를 돌렸습니다. 그리고 그 사람이 혼잣말하는 소리를 들었는데, 어떻게 겨울 추위로부터 자기 몸을 보호할 것인지, 어떻게 처자식을 먹여 살릴 것인지 걱정하고 있었습니다. 그래서 저는 생각했습니다. '나는 추위와 굶주림으로 죽어가고 있다. 마침 저기 사람이 오고 있는데, 그는 어떻게 하면 자기와 아내가 털외투를 마련할 수 있을지, 어떻게 먹고살아야 할지, 그 한 가지만을 생각하고 있다. 저 사람은 나를 도와줄 수 없다.' 그 사람은 저를 발견하고 얼굴을 찡그리더니 훨씬 더 무서운 모습이 되어 제 곁을 지나갔습니다. 저는 절망했습니다. 그런데 갑자기 그 사람이 되돌아오는 발소리가 들렸습니다. 다시 그 얼굴을 힐끗 쳐다보았는데, 방금 지나간 사람 같지가 않았습니다. 방금 전의 얼굴에는 죽음이 어려 있었는데, 되돌아온 얼굴에는 생기가 돌았고, 저는 그 얼굴에서 하느님을 알아보았습니다. 그는 제게 다가와 옷을 입혀주고 저를 데리고 자기 집으로 갔습니다. 그의 집에 도착하자 한 여자가 우리를 향해 나와 말하기 시작했습니다. 그 여자는 남자보다 더 무서웠습니다. 여자의 입에서는 죽음의 입김이 흘러나왔고, 저는 죽음의 악취 때문에 숨을 쉴 수도 없었습니다. 여자는 저를 추운 밖으로 몰아내려고 했습니다. 만약 저를 쫓아내면 그 여자는 죽으리라는 걸 저는 알고 있었습니다. 그런데 갑자기 남편이 그녀에게 하느님을 떠올리게 하자 그 여자가 별안간 변했습니다. 그녀가 제게 저녁을 내주면서 제 얼굴을 쳐다보았을 때, 그녀를 힐끗 쳐다보니 그 얼굴에는 죽음의 그림자가 벌써 사라지고 생기가 돌았습니다. 저는 그녀 안에서 하느님을 알아보았습니다.

그때 저는 '사람들 안에 무엇이 있는지 알게 되리라'고 하신 하느님의 첫번째 말씀을 떠올렸습니다. 저는 사람들 안에 사랑이 있다는 것을 알았습니다. 하느님께서 약속하신 것을 벌써 저에게 보여주셔서 기쁜 나머지 제가 처음으로 미소를 지었던 겁니다. 그러나 아직 모든 걸 깨닫지는 못했습니다. 사람들에게 주어지지 않은 것은 무엇인지, 사람들은 무엇으로 사는지 알 수 없었습니다.

당신들과 같이 살면서 어느새 일 년이 지나갔습니다. 그러던 어느 날 어떤 사람이 찾아와 모양이 틀어지지도 않고, 실밥이 터지지도 않으면서 일 년 동안 신을 수 있는 장화를 만들어달라고 주문했습니다. 저는 그 사람을 힐끗 쳐다보았는데 뜻밖에도 그 사나이의 어깨 너머에서 제 동료인 죽음의 천사를 보았습니다. 저 말고는 아무도 그 천사를 보지 못했지만 저는 알아보았고, 해가 지기도 전에 부자의 영혼을 거두어 가리라는 걸 알았습니다. 저는 생각했습니다. '이 사람은 자신을 위해 일 년을 준비하고 있지만 자기가 오늘 저녁 안으로 죽으리라는 것을 모른다.' 그래서 저는 '사람들에게 주어지지 않은 것은 무엇인지' 알게 되리라는 하느님의 두번째 말씀을 떠올렸습니다.

사람들 안에 무엇이 있는지는 이미 깨달았습니다. 이번에는 사람들에게 주어지지 않은 것이 무엇인지 알았습니다. 그것은 자기 몸을 위해 무엇이 필요한지 아는 힘입니다. 그래서 저는 두번째로 미소를 지었습니다. 동료 천사를 본 것도 기뻤고 하느님이 두번째 말씀을 친히 깨닫게 하신 것도 기뻤습니다.

그러나 아직도 모든 것을 깨닫지 못했습니다. 저는 아직 사람이 무엇으로 사는지 알 수 없었습니다. 그래서 저는 줄곧 여기 살면서 하느님이 마지막 말씀을 열어 보여주실 때를 기다렸습니다. 육 년째 되는 해에 쌍둥이 여자아이들을 데리고 한 여자가 찾아왔습니다. 저는 이 아이들을 알아보았고, 이 아이들이 살아남았다는 것을 알았습니다. 그 사실을 알고 저는 생각했습니다. '엄마가 자식을 위해 애원했을 때 나는 엄마의 말을 믿었고, 아이들은 부모 없이 살 수 없다고 생각했었다. 그런데 낯선 여자가 젖을 먹여 아이들을 잘 키웠다.' 또한 저는 그 여자가 남의 아이들을 불쌍히 여겨 눈물을 흘렸을 때, 그녀 안에 살아 계신 하느님을 보았고, 사람은 무엇으로 사는지 깨달았습니다. 하느님이 마지막 말씀을 제게 드러내 보이셨고 저를 용서해주셨다는 것을 깨닫고 나서 저는 세번째로 미소를 지었던 겁니다."

12

그리고 천사의 몸이 드러나 보였는데, 온몸이 빛으로 둘러싸여 눈을 뜨고 똑바로 바라볼 수가 없었다. 천사가 더 큰 목소리로 말하기 시작하자 그 소리가 마치 천사에게서가 아니라 하늘에서 울리는 것 같았다.

천사가 말했다.

"사람은 누구나 자신에 대한 걱정이 아니라 사랑으로 살아가는 것임을 나는 깨달았다.

엄마에게는 자기 아이들의 생명을 위해 무엇이 필요한지 아는 힘이 주어지지 않았다. 부자에게는 자신에게 무엇이 필요한지 아는 힘이 주어지지 않았다. 그리고 어떤 사람에게도 저녁 무렵이면 자신에게 무엇이 필요할지, 즉 살아 있는 사람이 신을 장화인지 망자의 맨발에 신길 슬리퍼인지 아는 힘이 주어지지 않았다.

내가 인간의 몸을 하고 있었을 때 살아남은 것은 나 자신에 대해 곰곰이 생각했기 때문이 아니라 지나가던 남자와 그 아내 안에 사랑이 있었고, 그들이 나를 불쌍히 여기고 사랑했기 때문이다. 고아들이 살아남은 것은 사람들이 아이들에 대해 곰곰이 생각했기 때문이 아니라 낯선 여인 안에 사랑이 있었고, 그녀가 아이들을 가엾게 여기고 사랑했기 때문이다. 모든 사람들이 살아가고 있는 것도 그들이 자기 자신에 대해 곰곰이 생각하고 있기 때문이 아니라 사람들 안에 사랑이 있기 때문이다.

지금까지 나는 하느님이 사람들에게 생명을 주셨고, 그들이 잘 살아가기를 바라신다는 것을 알았지만 이번에 한 가지를 더 깨달았다.

하느님은 사람들이 뿔뿔이 흩어져 사는 것을 원하신 게 아니기 때문에 한 사람 한 사람에게 자신을 위해 무엇이 필요한지 제각각 보여주지 않으셨고, 사람들이 평화롭게 더불어 사는 것을 원하시기 때문에 모든 사람들에게 자신을 위해, 그리고 모든 사람들을 위해 무엇이 필요한지 보여주셨다.

사람들은 자신에 대한 걱정으로 살아간다고 생각하지만 그렇게 보일 뿐이고, 사실은 사랑으로만 살아가는 것임을 나는 이제야 깨달았다. 하느님은 사랑이시기 때문에 사랑 안에 사는 사람은 하느님 안에 살고 있고, 그 사람 안에 하느님이 살고 있는 것이다."

천사는 하느님을 찬미하는 노래를 부르기 시작했고, 천사의 목소리로 인해 농가가 흔들리기 시작했다. 그리고 천장이 갈라지면서 땅에서 하늘까지 불기둥이 솟았다. 세묜과 아내와 아이들은 모두 땅바닥에 엎드렸다. 천사의 등에서 날개가 활짝 펼쳐지고 천사는 하늘로 올라갔다.

세묜이 제정신을 차렸을 때, 농가는 예전처럼 서 있었지만 집안에는 세묜의 가족 외에 아무도 없었다.

(1881년)

이반 일리치의 죽음

1

커다란 법원 건물에서 멜빈스키 사건을 심리하던 재판관들과 검사가 휴정 시간에 이반 예고로비치 셰베크의 집무실에 모여 이야기를 나누다가 유명한 크라소프 사건을 화제에 올렸다. 표도르 바실리예비치는 이 사건이 해당 재판소의 관할이 아니라고 증거를 대면서 열을 올렸고, 이반 예고로비치도 자기 의견을 고수했으며, 처음부터 이 논쟁에 끼어들지 않았던 표트르 이바노비치는 거기에 관여하지 않고 방금 배달된 신문 〈베도모스티〉를 훑어보고 있었다.

"여러분!" 표트르 이바노비치가 말했다. "이반 일리치가 죽었어요."

"정말로요?"

"여기를 읽어보세요." 아직 잉크 냄새가 나는 새 신문을 표도르 바실리예비치에게 건네며 표트르 이바노비치가 말했다.

검은색으로 테두리가 쳐진 부고란에는 다음과 같은 내용이 실려 있었다. '프라스코비야 표도로브나 골로비나는 항소법원 판사인 사랑하는 남편 이반 일리치 골로빈이 1882년 2월 4일에 운명했음을 비통한 마음으로 친지들과 지인들께 알려드립니다. 발인은 금요일 오후 한시.'

이반 일리치는 방에 모여 있던 신사들의 동료였고, 그들 모두 그를 사랑했다. 그는 벌써 몇 주 동안 병을 앓고 있었는데, 고칠 수 없는 병이라고 했다. 그의 자리는 공석으로 남아 있었지만 그가 사망할 경우 알렉세예프가 그 자리에 임명되고, 알렉세예프의 자리에는 빈니코프나 시타벨이 임명될 것이라는 설이 떠돌고 있었다. 그래서 셰베크의 집무실에 모여 있던 신사들이 이반 일리치의 사망 소식을 듣고 맨 처음 떠올린 생각은 이 죽음이 자기 자신들과 지인들의 자리 이동이나 승진에 어떤 의미가 있느냐는 것이었다.

'이제 시타벨이나 빈니코프의 자리는 아마도 내 차지가 될 거야.' 표도르 바실리예비치는 생각했다. '오래전부터 약속된 것이니까, 이번 승진으로 사무실이 생기는 것은 물론 수입도 800루블이나 더 늘어나겠지.'

'이제 처남이 칼루가에서 이곳으로 이동할 수 있게 청을 넣어야겠군.' 표트르 이바노비치는 생각했다. '아내가 아주 좋아하겠지. 이제 처갓집 식구들을 위해 내가 아무것도 해준 게 없다는 말은 절대 못할 거야.'

"병상에서 일어나지 못할 거라고 생각은 했지만," 표트르 이바노비치가 큰 소리로 말했다. "애석하군요."

"그런데 대체 어디가 아팠었나요?"

"의사들도 확실한 진단을 내릴 수 없었어요. 다시 말해, 의사들이 진단을 내리긴 했는데 저마다 소견이 달랐답니다. 내가 마지막으로 보았을 때만 해도 회복될 것 같았는데."

"나는 새해 명절 이후로 가보질 못했어요. 가봐야지 하고 늘 생각하고 있었는데."

"그런데 남긴 재산은 있나요?"

"부인에게 뭔가 아주 작은 것이 있는 것 같은데, 별로 가치가 없어요."

"그렇군요, 어쨌든 가봐야 하는데. 그 집이 워낙 멀어놔서."

"당신 집에서 멀다는 말이겠지요. 당신 집에서는 모든 곳이 다 멀지요."

"저 사람은 내가 강 건너에서 사는 걸 용서할 수 없는 모양입니다." 셰베크에게 미소를 지어 보이며 표트르 이바노비치가 말했다. 그들은 시내 사이의 거리가 멀다고 서로 이야기를 나누다가 법정으로 향했다.

이반 일리치의 사망 소식을 듣고 그들의 마음속에 떠오른 생각은 이 때문에 있을 수 있는 자리 이동과 보직 변경에 대한 것만은 아니었다. 가까운 지인이 죽었다는 소식을 들은 사람들은 누구나 그렇듯이, 그들도 죽은 게 자신이 아니라 그라는 사실에 안도감을 느꼈다.

'그래, 죽었군. 하지만 나는 이렇게 살아 있어.' 그들 각자는 이렇게 생각하거나 느꼈다. 이와 동시에 가까운 지인들, 이른바 이반 일리치의 친구들은 이제 예의상 아주 따분한 의무를 수행하기 위해 추도식에 가서 미망인에게 조의를 표해야 한다는 생각을 무의식적으로 했다.

고인과 가장 가까웠던 사람은 표도르 바실리예비치와 표트르 이바노비치였다.

표트르 이바노비치는 법률학교를 같이 다닌 동료였는데, 자신이 이반 일리치에게 빚진 게 많다고 생각했다.

표트르 이바노비치는 식사하는 자리에서 아내에게 이반 일리치의 사망 소식을 전하고, 처남을 그들의 관할지역으로 이동시킬 수 있을 것 같다고 말해주었다. 그러고는 잠시 쉬지도 않고 연미복을 입더니 이반 일리치의 집으로 출발했다.

이반 일리치가 사는 아파트의 현관 입구에 사륜포장마차 한 대와 승용마차 두 대가 서 있었다. 아래층 현관의 옷걸이 옆에 가루약으로 윤을 낸 금줄과 금술로 장식된 번쩍이는 관 뚜껑이 벽에 비스듬히 세워져 있었다. 검은 옷을 입은 부인 둘이 짧고 가벼운 모피외투를 벗고 있었다. 한 명은 이반 일리치의 누이로 낯익은 얼굴이고, 다른 한 명은 낯선 부인이었다. 표트르 이바노비치의 동료인 시바르츠가 위층에서 내려오다가 막 현관으로 들어오는 그를 위층 계단에서 발견하고는 멈춰 서서 눈을 한 번 찡긋해 보였다. 그 모습은 마치 '이반 일리치는 바보처럼 살다 갔어요. 우리는 정말 멋지게 살고 있는데 말이죠'라고 말하는 것 같았다.

영국식으로 구레나룻을 기른 시바르츠의 얼굴과 연미복을 입은 여윈 모습은 늘 그렇듯이 우아하고 엄숙한 분위기를 자아냈는데, 그의 장난기 많은 성격과 언제나 모순되는 이 엄숙함이 여기서는 유난히 그럴싸하게 보인다고 표트르 이바노비치는 생각했다.

표트르 이바노비치는 부인들을 먼저 지나가게 했고, 그들 뒤를 따라 천천히 계단을 올라갔다. 시바르츠는 내려오지 않고 그대로 위층 계단에 멈춰 서 있었다. 표트르 이바노비치는 그 까닭을 알아챘다. 오늘밤 카드놀이를 할 장소에 대해 의논하고 싶은 것이 분명했다. 부인들은 계단을 지나 미망인에게로 갔고, 시바르츠는 진지하게 꽉 다문 입술에 장난기어린 시선을 보내며 눈썹을 움직여 표트르 이바노비치에게 고인의 빈소가 차려진 오른쪽 방을 가리켰다.

표트르 이바노비치는 방에 들어갔지만 늘 그렇듯이 이런 자리에서 뭘 해야 할지 몰라 머뭇거렸다. 그는 이런 경우에 성호를 긋는 것이 좋다는 사실만은 확실히 알고 있었다. 성호를 그으면서 절도 해야 하는지에 대해서는 확신이 서지 않아 절충안을 택하기로 했다. 방안으로 들어서면서 그는 성호를 긋기 시작했고 마치 절을 하듯이 약간 허리를 굽혔다. 그는 두 손을 움직이고 고개를 숙이면서 가능한 한 방안을 둘러보았다. 고인의 조카로 보이는 젊은이 둘이 성호를 그으며 방에서 나가고 있었는데, 한 명은 김나지움 학생이었다. 노파 하나가 꼼짝 않고 서 있었다. 그리고 이상하게 눈썹이 치켜올라간 부인이 노파에게 뭐라고 속삭이고 있었다. 프록코트를 입은, 활달하고 단호해 보이는 부제副祭가 그 어떤 방해도 허용하지 않겠다는 표정으로 뭔가를 큰 소리로 낭송하고 있었다. 식당 일을 돕는 농부 게라심이 표트르 이바노비치 앞을 가벼운 걸음으로 걸어가면서 마루에 뭔가를 뿌렸다. 이 모습을 보자마자 표트르 이바노비치는 그 즉시 시신이 썩기 시작하는 희미한 냄새를 느꼈다. 이반 일리치에게 마지막 병문안을 왔을 때 표트르 이바노비치는 이 농부를 서재에서 본 적이 있었다. 그는 간병인의 직책을 수행하고 있었고, 이반 일리치는 그를 유난히 좋아했다. 표트르 이바노비치는 계속 성호를 그으며 관과 부제와 구석 탁자 위에 놓인 성상들 사이의 중간 방향에 대고 가볍게 절을 했다. 잠시 후, 한 손으로 성호를 긋는 동작이 너무 길었다는 생각이 들자 동작을 멈추고 고인을 유심히 살펴보기 시작했다.

죽은 사람들의 누워 있는 모습이 항상 그렇듯이, 고인은 뻣뻣하게 굳은 사지를 관 바닥의 깔개에 푹 파묻고 영원히 꺾인 머리로 베개를 베고 있었는데, 그 모습이 죽은 사람답게 유난히 묵직해 보였다. 그리고 죽은 사람들이 항상 그렇듯이 푹 꺼진 관자놀이 위로 훤히 드러난 밀랍 같은 노란 이마와 마치 윗입술을 내리누를 듯이 툭 비어져 나온 코를 내놓고 있었다. 살아 있을 때와는 상당히 다른 모습이었다. 고인은 표트르 이바노비치가 마지막으로 보았을 때보다 훨씬 마르긴 했지만, 죽은 사람들이 다 그렇듯이 얼굴은 오히려 살아 있을 때보다 더 아름답고 특히 더 의미 있게 보였다. 그 얼굴에는 해야만 했던 일을 다 했고, 제대로 해냈다는 표정이 어려 있었다. 그 밖에도 고인의 표정에는 살아 있는 자들에게 보내는 질책이나 경고도 엿보였다. 표트르 이바노비치에게는 이 경고가 부적절하게 보였고, 적어도 자신과는 아무 상관이 없다고 생각했다. 그는 왠지 마음이 불쾌해져서 다시 한번 서둘러 성호를 긋고는 자신이 보기에도 실례일 정도로 너무 급하게 몸을 돌려 문 쪽으로 갔다. 시바르츠는 통로로 사용하는 옆방에서 다리를 넓게 벌리고 선 채 뒷짐을 진 양손으로 실크해트를 만지작거리면서 그를 기다리고 있었다. 장난기 많고 깨끗하고 우아한 시바르츠의 모습을 보자 표트르 이바노비치의 마음이 밝아졌다. 표트르 이바노비치는 시바르츠 같은 사람은 이런 추도식은 물론이고 어떤 괴로운 인상도 마음에 두지 않는다는 것을 알고 있었다. 그의 모습은 이렇게 말하고 있었다. 이반 일리치의 추도식 같은 사건은 모임 일정을 깰 만한 충분한 사유가 될 수 없어요. 다시 말해, 오늘밤에 하인이 새 양초 네 개를 탁자 위에 세우는 동안 그 무엇도 카드 한 벌을 뜯어서 뒤섞는 것을 방해할 수 없습니다. 이 사건이 우리가 오늘밤을 즐겁게 보내는 것을 방해할 수 있다고 예측하는 것은 대체로 근거가 없어요. 그는 옆으로 지나가는 표트르 이바노비치에게 귓속말로 표도르 바실리예비치의 집에서 열리는 카드놀이판에 합류할 것을 제안했다. 하지만 표트르 이바노비치는 오늘밤 카드놀이를 할 운명이 아닌 듯했다. 키가 작고 뚱뚱한 프라스코비야 표도로브나는 날씬하게 보이려고 몹시 애를 썼음에도 불구하고 어깨 아래로 갈수록 펑퍼짐해 보였다. 검은 상복을 입고 머리에 레이스가 달린 베일을 쓴 채, 관 맞은편에 서 있던 부인처럼 이상하게 눈썹을 치켜올린 미망인은 다른 부인들과 자기 방에서 나와 그들을 고인의 빈소가 차려진 방문 쪽으로 안내하며 이렇게 말했다.

"이제 곧 추도식이 있습니다. 안으로 들어가시지요."

시바르츠는 미망인의 이 제안을 받아들이겠다는 것인지 거절하겠다는 것인지 어정쩡하게 고개를 숙여 인사하더니 그대로 그 자리에 서 있었다. 표트르 이바노비치를 알아본 프라스코비야 표도로브나가 한숨을 내쉬고 그에게 바싹 다가와 손을 잡고 말했다.

"당신이 이반 일리치의 진실한 친구였다는 것을 알아요……" 그녀는 자신의 말에 상응하는 행동을 표트르 이바노비치로부터 기대하면서 그를 바라보았다.

표트르 이바노비치는 빈소에서 성호를 그어야만 했듯이 여기서는 미망인의 손을 잡고 한숨을 내쉬며 '그렇습니다!' 하고 말해야만 한다는 것을 알고 있었다. 그래서 그는 그렇게 했다. 그러자 기대했던 효과가 나타났다. 그도 감동하고 미망인도 감동한 것이다.

"시작하려면 시간이 좀 남았으니 저하고 잠시 가시죠. 드릴 말씀이 있습니다." 미망인이 말했다. "팔을 좀 빌려주세요."

표트르 이바노비치가 팔을 내밀었고, 팔짱을 낀 두 사람은 시바르츠 옆을 지나 안쪽 방으로 향했다. 시바르츠는 표트르 이바노비치에게 아쉽다는 듯이 한쪽 눈을 찡긋해 보였다. '에이, 카드놀이는 틀렸네요! 죄송하지만, 다른 파트너를 구할 겁니다. 다섯 명도 괜찮으니까 빠져나오게 되면 오세요.' 그의 장난기어린 눈은 이렇게 말했다.

표트르 이바노비치는 더 깊고 더 슬프게 한숨을 내쉬었고, 프라스코비야 표도로브나도 고마운지 그의 팔을 꼭 잡았다. 그들은 방 전체가 분홍빛 크레톤 사라사로 덮이고 램프 불빛이 희미하게 비치는 그녀의 응접실로 들어가 탁자 옆에 자리를 잡았다. 그녀는 소파에, 표트르 이바노비치는 등받이가 없는 나지막하고 푹신한 의자에 앉았는데 의자의 스프링이 망가지고 앉은 자리 밑이 이상하게 움직이는 바람에 그는 몹시 불편했다. 프라스코비야 표도로브나는 그에게 다른 의자에 앉으라고 미리 말하고 싶었지만, 그런 말이 지금 자기 상황과는 어울리지 않는다고 생각해서 그만두었다. 이 나지막하고 푹신한 의자에 앉으면서 표트르 이바노비치는 이반 일리치가 이 응접실을 꾸미면서 녹색 나뭇잎이 그려진 분홍빛 크레톤 사라사를 쓰면 어떻겠냐고 자신에게 조언을 구하던 일이 떠올랐다. 미망인이 탁자 옆을 지나 소파에 앉으면서 (응접실에는 자잘한 물건들과 가구들로 가득차 있었다) 검은 만틸라의 검은 레이스가 탁자의 조각 장식에 걸리고 말았다. 표트르 이바노비치가 조각 장식에 걸린 레이스를 떼어내려고 엉거주춤 몸을 일으키자 그의 몸무게에서 벗어난 나지막한 의자의 스프링이 요동치면서 그를 밀쳐냈다. 미망인이 직접 레이스를 떼어내는 걸 보고 표트르 이바노비치는 좀전에 요동친 의자의 스프링을 내리누르며 다시 의자에 앉았다. 하지만 미망인이 레이스를 제대로 떼어내지 못하는 것을 보고 표트르 이바노비치는 다시 몸을 일으켰고, 그러자 의자는 다시 요동치기 시작하면서 삐걱거리기까지 했다. 이 모든 소동이 끝나자 그녀는 깨끗하고 하얀 삼베 손수건을 꺼내들고 눈물을 흘리기 시작했다. 표트르 이바노비치는 레이스 때문에 벌어진 소동과 의자와의 실랑이로 기분이 차갑게 식어 잔뜩 얼굴을 찌푸린 채 앉아 있었다. 이 어색한 상태를 깬 것은 이반 일리치의 식사를 담당했던 하인 소콜로프였다. 그는 프라스코비야 표도로브나가 지정했던 공동묘지 자리는 가격이 200루블이나 할 거라고 보고했다. 그녀는 울음을 그치고 피해자의 표정으로 표트르 이바노비치를 힐끗 쳐다보고 나서 자기가 몹시 힘들다고 프랑스어로 말했다. 표트르 이바노비치는 그럴 수밖에 없는 그녀의 처지를 십분 이해한다는 듯이 무언의 신호를 보냈다.

"담배라도 피우세요." 그녀는 너그러우면서도 비탄에 잠긴 목소리로 말하고 나서 묏자리 가격에 대해 소콜로프와 의논하기 시작했다. 표트르 이바노비치는 담배를 피우면서 그녀가 땅값에 대해 이것저것 아주 자세히 캐묻고는 형편에 맞는 묏자리를 정하는 소리를 들었다. 그녀는 묏자리를 결정하고 나서 성가대에 대해서도 지시를 내렸다. 소콜로프가 응접실에서 나갔다.

"모든 일을 직접 하고 있어요." 그녀는 탁자에 놓여 있던 앨범들을 한쪽으로 밀치면서 표트르 이바노비치에게 말했다. 그리고 담뱃재가 탁자 위에 떨어지려는 것을 눈치채고는 재빨리 표트르 이바노비치에게 재떨이를 밀어놓으며 말을 이었다. "슬프다고 해서 제가 실제적인 일을 할 수 없다고 단언하는 것은 위선이라고 생각해요. 오히려 그 반대로 이것이 위안이 될 수는 없지만…… 우울한 마음을 밝게 해줘요. 그이에 대해 신경을 쓰는 일도 마찬가지죠." 그녀는 마치 울기라도 할 것처럼 다시 손수건을 꺼냈다가 돌연 자신을 이겨내려는 듯이 몸을 흔들더니 차분히 말하기 시작했다.

"그런데 선생님께 의논드릴 일이 있어요."

표트르 이바노비치는 엉덩이 밑에서 요동치며 막 튀어오르려는 의자의 스프링을 내리누르면서 고개를 숙여 인사했다.

"요 며칠 동안 그이는 끔찍한 고통을 겪었어요."

"고통이 심했나요?" 표트르 이바노비치가 물었다.

"아, 끔찍했어요! 죽기 전 몇 분이 아니라 몇 시간 동안 계속 비명을 질러댔어요. 사흘 밤낮을 내리 거의 숨도 돌리지 않고 비명을 질렀답니다. 견디기 어려운 일이었어요. 제가 어떻게 그걸 견뎌냈는지 모르겠어요. 방문 세 개를 넘어서도 그 비명소리가 들렸어요. 아, 그걸 어떻게 견뎌냈는지!"

"정말 의식은 있었나요?" 표트르 이바노비치가 물었다.

"네," 그녀가 속삭이듯이 말했다. "마지막 순간까지. 그이는 숨을 거두기 십오 분 전에 우리와 작별했고, 볼로다를 데리고 나가라고 부탁까지 했어요."

처음엔 밝은 소년으로, 학생으로, 어른이 되어서는 동료로 아주 가깝게 알고 지냈던 사람이 겪었을 고통에 생각이 미치자, 자기 자신과 이 여인의 위선이 불쾌하게 여겨졌지만 표트르 이바노비치는 돌연 공포를 느꼈다. 다시 고인의 이마와 입술을 내리누를 듯한 코가 눈앞에 떠오르자 그는 무서워졌다.

'사흘 밤낮을 끔찍한 고통에 시달리다 죽었다. 지금 당장, 언제든지 내게도 닥칠 수 있는 일이야.' 이런 생각이 들자 그는 순간 무서워지기 시작했다. 하지만 즉시, 자신도 모르게 그건 이반 일리치에게 일어난 일이지 그 자신에게 일어난 일이 아니며 그에게 그런 일이 일어날 리도 없고 일어날 수도 없다는 평범한 생각이 들자 마음이 안정되었다. 그리고 그 자신이 우울한 기분에 젖어서 그런 것이며 시바르츠의 얼굴에 분명히 쓰여 있듯이 전혀 그럴 필요가 없다고 생각했다. 이렇게 판단을 내리자 마음이 진정된 표트르 이바노비치는, 마치 죽음은 이반 일리치에게만 일어난 사건이지 자신과는 전혀 상관없다는 듯이, 이반 일리치의 죽음에 관심을 보이며 자세히 캐묻기 시작했다.

이반 일리치가 겪은 끔찍한 육체적 고통에 대해 일일이 아주 상세히 이야기하고 나서(표트르 이바노비치가 알게 된 그 고통의 상세한 내용이라는 것은 이반 일리치의 고통이 프라스코비야 표도로브나의 신경을 얼마나 자극했느냐 하는 것이었다), 미망인은 이제 자신의 용건을 꺼낼 필요가 있다고 생각한 듯했다.

"아, 표트르 이바노비치, 정말 힘들어요, 정말 너무나 힘들어요, 정말 너무나 힘들답니다." 그녀가 다시 울음을 터뜨렸다.

표트르 이바노비치는 한숨을 내쉬며 그녀가 코를 풀기를 기다렸다. 그녀가 코를 풀자 그가 말했다.

"정말 그러시겠죠……" 그러자 그녀가 다시 이야기를 시작하면서 정작 그에게 하고 싶었던 주요한 용건을 꺼냈다. 그것은 남편이 사망한 경우 국고에서 어떻게 돈을 받을 수 있는가 하는 문제였다. 그녀는 표트르 이바노비치에게 연금에 대한 조언을 구하는 척했다. 하지만 그는 그녀가 그 자신도 모르는 세세한 부분까지 이미 알고 있다는 것을 알아챘다. 그녀는 남편이 사망한 경우 국고에서 받을 수 있는 것이 무엇인지 다 알고 있었다. 하지만 그녀는 어떻게든지 더 많은 돈을 뜯어낼 수 있는 방법이 있는지 알고 싶어했다. 표트르 이바노비치는 그런 방법이 있는지 생각해내려고 애를 썼지만, 잠시 생각하더니 예의상 우리 정부의 인색함을 탓하고 나서 더이상 방법이 없는 것 같다고 말했다. 그러자 그녀는 한숨을 푹 내쉬었고, 이제 이 조문객으로부터 벗어날 수 있는 방법을 궁리하는 눈치였다. 그녀의 속내를 알아챈 그는 담뱃불을 끄고 자리에서 일어나 한 손을 꼭 잡아주고는 곁방으로 갔다.

표트르 이바노비치는 이반 일리치가 언젠가 골동품가게에서 샀다며 무척 좋아했던 시계가 걸린 식당에서 사제 한 명과 추도식에 온 몇몇 지인들을 만났고, 그가 알고 있는 아름다운 숙녀인 이반 일리치의 딸을 보았다. 그녀는 온통 검은 상복을 입고 있었다. 가느다란 그녀의 허리가 더욱 가늘어 보였다. 그녀는 음울하고 결연했으며, 거의 화가 난 모습이었다. 그녀는 마치 무슨 잘못을 저지른 사람을 대하듯이 표트르 이바노비치에게 인사했다. 그녀 뒤에는 똑같이 화난 표정을 한 젊은이가 서 있었는데, 표트르 이바노비치가 알고 있는 부유한 예심판사로, 듣기로는 그녀의 약혼자였다. 표트르 이바노비치는 침울한 표정을 지으며 그들에게 인사하고 고인의 빈소가 차려진 방으로 가려고 했는데, 그때 계단 아래에서 이반 일리치를 빼닮은 김나지움 학생인 아들의 모습이 나타났다. 아들은 표트르 이바노비치가 기억하는 법률학교 시절의 어린 이반 일리치의 모습 그대로였다. 울어서 퉁퉁 부은 학생의 두 눈은 순진함을 잃어버린 열서너 살짜리 소년들에게서 흔히 볼 수 있는 그런 눈이었다. 소년은 표트르 이바노비치를 보자 침울한 표정을 짓고 부끄러운 듯 얼굴을 찡그렸다. 표트르 이바노비치는 아이에게 고개를 한 번 끄덕이고 나서 고인의 빈소가 차려진 방으로 들어갔다. 촛불, 비탄에 젖은 신음소리, 향냄새, 눈물, 흐느낌 속에서 추도식이 시작되었다. 표트르 이바노비치는 자기 앞에 서 있는 사람의 발을 바라보며 잔뜩 얼굴을 찌푸린 채 서 있었다. 그는 한 번도 고인의 얼굴을 쳐다보지 않았고, 끝까지 마음을 약하게 만드는 분위기에 휩쓸리지 않았으며, 맨 먼저 자리를 뜨는 사람들 틈에 섞여 그 방에서 나왔다. 곁방에는 아무도 없었다. 식당 일을 돕는 농부 게라심이 고인의 방에서 뛰어나와 억센 손으로 손님들의 외투를 모두 들춰보고는 표트르 이바노비치의 외투를 찾아 건네주었다.

"그래, 게라심, 자네는 어떤가?" 무슨 말이라도 해야 할 것 같아 표트르 이바노비치가 말했다. "마음이 아프지?"

"하느님의 뜻이지요. 모두가 가야 할 길입니다." 게라심은 촘촘하고 농부다운 하얀 이를 드러내며 말했다. 그는 한창 열심히 일하는 사람처럼 활기차게 현관문을 열더니 큰 소리로 마부를 불러 표트르 이바노비치를 마차에 태우고 나서 더 해야 할 일을 생각해낸 사람처럼 도로 현관 계단으로 뛰어올라갔다.

표트르 이바노비치는 향냄새, 시신과 석탄산 냄새를 맡고 나서 마시는 이 신선한 공기가 유난히 상쾌하게 느껴졌다.

"어디로 모실까요?" 마부가 물었다.

"늦지 않았군. 표도르 바실리예비치 집으로 가자."

표트르 이바노비치는 마차를 타고 출발했다. 실제로 그가 도착했을 때 첫번째 삼판 승부가 끝나가고 있어서 그는 다섯번째 멤버로 편하게 끼어들 수 있었다.

2

이반 일리치의 과거사는 지극히 단순하고 평범했으며 지극히 끔찍했다.

이반 일리치는 항소법원 판사로 재직하다가 마흔다섯 살에 죽었다. 그는 페테르부르크에서 여러 부처와 국을 두루 거치며 출세한 관리의 아들이었다. 그 출세란, 어떤 중요한 직무를 수행할 수 없음이 분명히 밝혀졌는데도 오래 그 일을 해왔고 직급이 높다는 이유로 쫓겨나지 않고 그 자리를 지킬 수 있는 지위까지 오른다는 것을 의미한다. 이런 사람들은 자신들을 위해 꾸며낸 가공의 자리를 꿰차고 앉아 육천 루블에서 만 루블에 이르는 진짜 돈을 받아 늙어 죽을 때까지 잘살기 마련이다.

이반 일리치의 아버지인 3급 문관 일리야 예피모비치 골로빈은 바로 불필요한 여러 기관에서 불필요한 직책을 맡았던 그런 인물이었다.

그에게는 아들이 셋 있었다. 이반 일리치는 둘째였다. 장남은 근무하는 부처만 다를 뿐 아버지와 똑같은 출세의 길을 걸었고, 타성에 빠져 봉급만 받는 근무 연수에 이르고 있었다. 셋째 아들은 실패자였다. 그는 여러 자리를 전전했지만 어디서나 실패했고, 지금은 철도 관련 일을 하고 있었다. 아버지와 형제들, 특히 형수들은 그를 만나고 싶어하지 않았을 뿐만 아니라 꼭 필요한 경우가 아니면 그의 존재를 떠올리지도 않았다. 하나 있는 딸은 그레프 남작에게 시집갔는데, 그도 장인처럼 페테르부르크의 관리였다. 이반 일리치는 이른바 '집안의 자랑'이었다. 그는 형처럼 그리 냉정하거나 치밀하지도 않았고, 동생처럼 분별력이 없지도 않았다. 형과 동생의 중간쯤 되는 그는 똑똑하고 활달하며 유쾌하고 예의바른 사람이었다. 그는 동생과 함께 법률학교에서 교육을 받았다. 동생은 과정을 끝까지 마치지 못하고 5학년 때 퇴학을 당했지만 이반 일리치는 우수하게 과정을 끝마쳤다. 법률학교에서 이미 그의 성품이 나타났는데, 이후 평생 변하지 않았다. 능력 있고, 밝고 선량하며 사교적이면서도 자신의 의무라고 여기는 일들은 정확하게 해냈다. 그는 최고위층 사람들이 의무라고 간주하는 모든 것을 자신의 의무라고 생각했다. 그는 어렸을 때나 그후 어른이 되어서나 아첨과는 거리가 먼 사람이었지만 아주 젊었을 때부터 불빛을 향해 날아드는 하루살이처럼 사교계의 최고위층 사람들에게 이끌렸고, 그들의 태도와 인생관을 터득하면서 그들과 우호적인 관계를 맺어나갔다. 어린 시절과 청년 시절에 마음을 빼앗기며 열중했던 대상들이 있었지만, 그런 것들은 모두 그에게 커다란 흔적을 남기지 않고 그대로 지나갔다. 그는 호색이나 허영심에도 빠져보았고, 졸업할 무렵 고학년 시절에는 자유주의 사상에도 빠져보았지만, 이 모든 것들은 그의 감정이 확실하게 가리켰던 일정한 범위를 벗어나지 않았다.

법률학교 시절에 그는 지금까지 역겹다고 생각했던 행동을 저질렀는데, 그 행동을 하는 순간 스스로에게 혐오감을 느꼈다. 하지만 나중에 고위급 인사들이 그런 행동을 한다는 것을 알고는 그런 행동이 나쁘다고 생각하지 않게 되었다. 그는 그런 행동이 좋은 것이라고 인정하지는 않았지만, 그런 행동을 한 것을 완전히 잊어버렸고 그런 행동에 대한 기억으로 전혀 괴로워하지 않았다.

이반 일리치는 10급 문관으로 법률학교를 졸업한 후 아버지가 제복을 맞추라고 준 돈으로 샤르메르양복점에서 옷을 맞췄고, 'respice finem'*이라는 라틴어 글귀가 새겨진 작은 메달을 시곗줄에 장식용으로 매달았다. 그는 은사인 대공과 작별인사를 하고 고급 레스토랑 도논에서 친구들과 식사를 하고 나서 최고급 가게에 주문해 구입한 최신 유행하는 여행가방, 속옷, 옷, 세면도구와 화장용품, 담요 등등을 챙겨서 아버지가 그를 위해 마련해둔 현縣지사 특별보좌관으로 부임하러 지방으로 떠났다.

지방에 부임한 이반 일리치는 법률학교에서 그랬듯이 자신을 위해 즉시 편안하고 기분좋은 상황을 만들어냈다. 그는 근무하면서 경력을 쌓아갔고, 동시에 유쾌하고 품위 있게 즐기기도 했다. 이따금 상부의 위임을 받아 군郡으로 출장을 다녀오기도 했는데, 직위가 높은 사람에게나 낮은 사람에게나 똑같이 예의를 갖춰 행동했다. 그에게 주어진 임무는 주로 분리파 교도에 관한 문제였는데, 그는 정확하고 청렴결백하게 자신의 임무를 수행했고, 이에 대해 더없는 자부심을 느꼈다.

그는 젊은데다 가볍고 즐겁게 노는 것을 좋아하는 성향이었지만 업무를 수행할 때는 극도로 신중하고 관료적이고 엄격하기까지 했다. 하지만 사회생활에서는 자주 장난스럽고 기지가 넘쳤으며 항상 선량하고 예의바르게 행동했다. 그를 한 가족처럼 대했던 현지사와 그의 부인

---

* 라틴어로 '끝을 바라보라'는 의미. 즉, 자신의 행동이나 의도, 혹은 목표의 결과를 미리 알려고 애쓰라는 뜻이다.

은 그를 *봉 앙팡**이라고 불렀다.

지방에서 지내는 동안 그는 세련된 법조인인 자신을 귀찮게 따라다니는 부인들 중 하나와 관계를 맺기도 했다. 부인모자가게 여주인과도 관계가 있었다. 지방으로 출장 나온 시종무관들과 술자리를 함께하고, 저녁식사 후에 그들을 데리고 멀리 교외로 나가기도 했다. 현지사와 그의 부인에게도 잘 보이려고 애를 썼지만, 그의 이런 모든 행동은 아주 격조 있고 점잖아서 누구도 그를 험담할 수 없었다. 사실 이 모든 행동은 '젊음은 객기를 부리는 것'이라는 프랑스 격언에 어울리는 것이었다. 깨끗한 손으로, 깨끗한 셔츠를 입고, 프랑스어로 말하며 그가 벌인 이 모든 행동은 특히 최상류사회에서 늘 있는 일로서 고위급 인사들이 인정하는 것이다.

이렇게 5년을 지방에서 근무하고 나자 이반 일리치에게 근무지를 옮길 수 있는 기회가 찾아왔다. 새로운 법원들이 생겨났고, 새로운 사람들이 필요했던 것이다.

이반 일리치도 바로 새로운 사람이 되었다.

이반 일리치에게 예심판사직을 맡아달라는 제안이 들어오자, 근무지가 다른 현에 있었고 그동안 맺어놓은 관계를 포기하고 새로운 관계를 맺어야 했지만 그는 이 제안을 받아들였다. 친구들이 송별회를 베풀어주었고 함께 단체 사진을 찍고 은제 담뱃갑을 선물했다. 그는 새로운 근무지로 떠났다.

예심판사로서 이반 일리치는 전임지에서 특별보좌관으로 일할 때와

---

* bon enfant. 프랑스어로 '좋은 애'라는 의미.

마찬가지로 예의바르게 행동하고, 직무와 사생활을 구별할 줄 알았기 때문에 모든 사람들의 존경을 받았다. 그에게 예심판사의 직무는 이전의 직무보다 훨씬 더 재미있고 매력적이었다. 샤르메르양복점에서 맞춘 제복을 입고, 긴장한 나머지 떨면서 현지사의 접견을 기다리는 청원자들과 그를 부러워하는 다른 관리들 앞을 자연스러운 걸음걸이로 지나서 곧장 지사의 집무실로 들어가 지사와 함께 담배를 피우고 차를 마시곤 하던 이전 직무도 즐거웠었다. 하지만 그가 직접 마음대로 다룰 수 있는 사람들은 적었다. 상부의 위임을 받아 출장을 가서 만나게 되는 군의 경찰서장들과 분리파 교도들이 그런 사람들이었다. 그는 자기 마음대로 다룰 수 있는 이 사람들을 정중하고 거의 친구처럼 대하기를 좋아했고, 또 그들을 파멸시킬 수 있는 힘을 가진 그가 자신들을 친구처럼 편하게 대한다는 것을 그들이 느끼도록 하는 것을 좋아했다. 그 당시 그런 사람들은 많지 않았다. 하지만 예심판사가 된 지금은 제아무리 높은 사람이든 잘난 체하는 사람이든 예외 없이 모두 이반 일리치의 손안에 있었다. 그가 제목이 적힌 종이 위에 정해진 말 몇 마디만 쓰면, 제아무리 지위가 높고 잘난 체하는 사람도 피고인이나 증인으로 소환해서, 마음만 먹으면 자리에 앉히지도 않고 자신 앞에 세워둔 채 묻는 말에 대답하게 할 수도 있었다. 하지만 이반 일리치는 자신의 권력을 결코 남용하지 않았고, 오히려 그 반대로 권력을 부드럽게 행사하려고 애썼다. 이런 권력의식과 자신이 그 권력을 부드럽게 행사할 수 있다는 것 자체가 이 새로운 직무의 가장 큰 재미이자 매력이었다. 이반 일리치는 직무를 수행할 때, 즉 사건을 심리할 때 직무와 관련 없는 모든 상황에서 벗어나는 방법을 아주 빠르게 습득했고, 아무리 복잡한 사건이라도 사실 자체만을 있는 그대로 서류에 반영하고 자신의 개인적 견해는 철저히 배제하며, 무엇보다 공문의 필요한 형식을 모두 준수하여 완전한 서류 형태로 정리해내는 기법을 아주 빠르게 터득했다. 이것은 새로운 업무 방식이었다. 그는 1864년에 공포된 법령을 최초로 실제에 응용한 사람들 중 하나였다.

예심판사의 자리에 임명되어 새로운 도시로 이사한 이반 일리치는 새로운 사람들을 사귀고 새로운 연줄을 만들어갔으며, 전과는 다르게 처신했고 태도도 약간 달라졌다. 그는 현의 권력층과는 어느 정도 적당한 거리를 유지했고, 법조인들과 도시에 사는 부유한 귀족들과 교제하면서 정부에 대해 가볍게 불만을 토로하고 중도적인 자유주의적 성향과 문명화된 시민의식을 드러내기도 했다. 그러면서도 세련된 옷차림은 그대로 유지한 채, 새로운 직무를 시작한 이반 일리치는 턱수염을 깎지 않고 자라는 대로 그냥 내버려두었다.

이반 일리치의 삶은 새 도시에서도 여전히 아주 유쾌했다. 현지사에게 불만을 표하곤 하는 사교계의 분위기는 우호적이고 좋았다. 봉급도 더 많았고, 이때 시작한 휘스트도 그의 삶에 적잖은 기쁨을 가져다주었는데, 그는 카드놀이를 즐길 줄 아는 재능이 있었고 상황 판단이 빠르고 아주 정확해서 대체로 언제나 승자가 되었다.

새 도시에서 근무한 지 2년이 지나 이반 일리치는 아내가 될 여자를 만났다. 프라스코비야 표도로브나 미헬은 이반 일리치가 드나들던 사교계에서 가장 매력적이고 똑똑하고 훌륭한 아가씨였다. 예심판사의 업무에서 벗어나 휴식을 취하고 기분을 내듯이 이반 일리치는 프라스코비야 표도로브나와 장난기어린 가벼운 관계를 맺었다.

이반 일리치는 특별보좌관으로 근무할 때 춤을 자주 추었지만 예심 판사가 되고 나서는 거의 춤을 추지 않았다. 비록 신설 기관의 5급 관리지만 춤에 관한 한 누구보다 잘 출 수 있다는 것을 증명하고 싶을 때만 춤을 추었다. 그는 이런 의미에서 가끔 저녁파티가 끝나갈 즈음에 프라스코비야 표도로브나와 춤을 추곤 했는데, 주로 이렇게 춤을 추는 동안 그녀의 마음을 사로잡았다. 그녀는 그에게 홀딱 반했다. 이반 일리치는 결혼하고자 하는 분명한 의도는 없었지만 아가씨가 자신에게 반한 것을 보고 이렇게 자문했다. '사실, 결혼 못할 이유가 없잖아?'

프라스코비야 표도로브나는 훌륭한 귀족 가문의 아가씨로 상당한 미인이었고 재산도 좀 있었다. 이반 일리치는 더 훌륭한 배필을 기대할 수 있었지만 그녀도 좋은 배필이었다. 이반 일리치에게는 봉급이 있었고, 그녀도 그만큼의 돈은 있을 것으로 기대되었다. 집안도 훌륭했다. 그녀는 사랑스럽고 예쁘고 아주 정숙한 여자였다. 이반 일리치가 신부가 될 여자를 사랑했고, 그녀에게서 자신의 인생관에 대한 공감을 발견했기 때문에 결혼했다고 말한다면 그건 옳지 않을 것이다. 마찬가지로 사교계 사람들이 잘 어울리는 한 쌍이라고 인정해서 결혼했다고 말하는 것도 옳지 않을 것이다. 이반 일리치가 결혼한 이유는 두 가지였다. 우선 그런 아내를 얻는 것이 유쾌했고, 동시에 최고위층 사람들이 옳다고 생각한 일을 했던 것이다.

그렇게 이반 일리치는 결혼했다.

결혼을 준비하는 과정, 부부가 서로 사랑하고 새 가구와 새 식기, 새 속옷과 함께한 신혼 시절은 아내가 임신하기 전까지는 무척 좋았다. 그래서 이반 일리치는 결혼이란, 대체로 그 자신이 삶의 본래 특징이라고 생각한, 편안하고 유쾌하고 즐겁고 항상 품위 있는 삶, 즉 사교계가 인정하는 삶의 방식을 깨뜨리는 것이 아니라 오히려 더 강화시키는 것이라고 생각했다. 하지만 아내가 임신하고 몇 개월도 지나지 않아 전혀 생각지도 못한, 불쾌하고 힘들고 무례하고 새로운 무언가가 나타났다. 그건 전혀 예상하지 못했던 일이고, 도저히 벗어날 수 없는 것이었다.

이반 일리치가 보기에 아내는 아무 이유도 없이, 그가 프랑스어로 혼잣말을 하곤 했듯이 '제멋대로' 삶의 유쾌함과 품위를 깨기 시작했다. 그녀는 아무런 이유도 없이 질투하기 시작했고, 자기에게만 신경을 써달라고 요구했으며, 모든 일에 트집을 잡으면서 불쾌하고 무례한 장면을 연출하곤 했다.

처음에 이반 일리치는 자신을 곤경에서 구해주곤 했던 삶에 대한 아주 가볍고 고상한 태도를 취함으로써 이 불쾌한 상황을 벗어날 수 있기를 기대했다. 그는 아내의 기분을 무시하려고 하면서 계속 이전처럼 편하고 유쾌하게 살았다. 친구들을 집으로 초대해 카드놀이를 했고, 자신이 직접 클럽에 가거나 친구들 집에 가기도 했다. 그러던 어느 날 아내는 거칠게 욕을 퍼부으며 불같이 화를 내기 시작했고, 그날부터 아내는 그가 자신의 요구를 들어주지 않을 때마다 끊임없이 욕설을 해댔는데, 남편이 자신에게 굴복할 때까지, 다시 말해 남편이 자신처럼 집안에 들어앉아 우울해할 때까지 결코 욕설을 중지하지 않겠다고 결심한 것 같았다. 이반 일리치는 두려움에 몸서리쳤다. 그는 부부생활이—적어도 자신의 아내와는—언제나 유쾌하고 품위 있는 삶을 촉진하는 것이 아니라 반대로 자주 그러한 삶을 파괴한다는 것을, 그래서 이 파괴로부터 자신을 지켜야 한다는 것을 깨달았다. 이반 일리치는 자신을 지킬 방법을 찾기 시작했다. 업무는 프라스코비야 표도로브나에게 두려운 마음을 일으키게 하는 유일한 부분이었다. 그리하여 이반 일리치는 자신의 독립된 세계를 지키기 위해 업무와 이와 관련된 온갖 의무를 이용하여 아내와 싸우기 시작했다.

아내는 아이의 출산부터 아이에게 수유하려는 시도와 여러 번의 실패, 그리고 아이와 산모가 실제로 아프거나 아픈 것처럼 보이는 경우에 이르기까지 모든 일에 이반 일리치가 동참할 것을 요구했지만, 그는 이런 일에 어떻게 관여해야 할지 전혀 몰랐다. 그럴수록 가정을 벗어나 자신의 세계를 만들어야 한다는 생각을 더욱 확고히 했다.

아내가 더 신경질을 부리고 더 까탈을 부릴수록 이반 일리치는 삶의 무게중심을 업무로 옮겨갔다. 그는 전보다 더 일을 사랑했고 공명심도 더 강해졌다.

결혼한 지 채 1년도 되지 않아 이반 일리치는 부부생활이 삶에 편안함을 가져다주기도 하지만 본질적으로 아주 복잡하고 고통스러운 것임을 아주 빨리 깨달았다. 따라서 자신의 의무를 수행하기 위해서는, 즉 상류사회가 인정하는 품위 있는 삶을 살기 위해서는 업무에 대한 원칙처럼 부부생활에서도 일정한 원칙을 만들어야 한다는 것을 깨달았다.

그래서 이반 일리치는 부부생활에 대한 자기 나름의 원칙을 만들었다. 그는 가정생활에서 딱 세 가지 편리함만을 요구했다. 그것은 아내가 남편에게 해줄 수 있는 집밥, 집안 살림, 잠자리였다. 특히 세상 사람들이 정해놓은 부부생활의 품위 있는 겉모습을 요구했다. 그 외에 그는 즐겁고 유쾌한 것을 찾았는데, 만약 그런 것을 찾는다면 아주 감사할 따름이었다. 만약 반박과 불평에 부딪힐 경우, 그는 즉시 자신이 만든 독립된 직무의 세계로 도피해 그곳에서 즐거움을 찾곤 했다.

이반 일리치는 우수 근무자로 평가받아 3년 뒤 검사보가 되었다. 검사보라는 새로운 직책, 이 직책의 중요성, 누구든 법정에 세우고 감옥으로 보낼 수 있는 힘, 공개적인 논고, 이런 일에서 자신이 거둔 성공—이 모든 것들이 그를 더욱더 일에 빠져들게 했다.

아이들도 계속 태어났다. 아내는 더욱 불평을 하고 더욱 화를 냈지만, 가정생활에 대한 원칙을 세워놓은 이반 일리치는 아내의 불평에 별로 개의치 않았다.

한 도시에서 7년을 근무한 이반 일리치는 검사로 승진하여 다른 현으로 옮겨갔다. 그들은 이사를 했는데, 돈은 부족했고 아내는 이사간 곳을 마음에 들어하지 않았다. 봉급은 전보다 더 올랐지만 생활비가 더 많이 들었다. 게다가 아이 둘이 죽었기 때문에 이반 일리치는 가정생활이 더욱 싫어졌다.

프라스코비야 표도로브나는 새로 이사간 곳에서 생긴 불행을 모두 남편 탓으로 돌렸다. 부부 사이의 대부분의 대화, 특히 아이들의 양육에 관한 대화는 과거의 말다툼을 떠올리게 하는 문제들로 이어지곤 했고, 말다툼은 언제고 격화될 우려가 있었다. 이따금 부부가 서로에게 애정을 느끼는 순간도 있었지만 오래가지 못했다. 그것은 부부가 소원한 상호관계 속에서 드러나는 은밀한 적개심의 바다에 다시 뛰어들기 전에 잠시 기항하는 작은 섬들과 같았다. 만일 이반 일리치가 이 소원한 관계를 절대 있어서는 안 되는 일이라고 생각했다면, 그는 괴로웠을 것이다. 하지만 그는 이런 상태를 정상적인 것일 뿐만 아니라 가정생활의 목표라고 인정하고 있었다. 그의 목표는 이런 불유쾌한 상황에서 더욱더 벗어나고, 이런 상황을 무해하고 고상하게 만드는 것이었다. 그는 가족과 함께 보내는 시간을 더욱더 줄여나가는 방법으로 자신의 목표를 달성해나갔고, 가족과 함께 시간을 보내야 할 경우 다른 사람들을 참석시켜 자신의 입장을 지키려고 노력했다. 요는 이반 일리치에게 일이 있다는 것이었다. 그는 일의 세계에 파묻혀 삶의 모든 재미를 느꼈다. 마침내 이 재미가 그를 삼켜버렸다. 마음만 먹으면 누구든지 파멸시킬 수 있는 권력과 힘이 자신에게 있다는 의식, 비록 외적인 것이지만 법정에 들어서거나 부하 직원들을 만날 때 느껴지는 자신에 대한 예우, 상관들과 부하들 앞에서 거둔 성공, 그리고 무엇보다 스스로 느끼기에도 탁월한 업무수행 능력—이 모든 것들이 그를 기쁘게 했다. 이와 함께 동료들과의 담소, 식사, 휘스트놀이도 그의 삶을 충만케 했다. 그래서 이반 일리치의 삶은 대체로 '인생이란 즐겁고 품위 있어야 한다'는 자신의 생각대로 그렇게 흘러갔다.

그는 이렇게 7년을 더 살았다. 큰딸은 벌써 열여섯 살이 되었고, 사내아이가 또 죽었고, 김나지움에 다니는 아들이 하나 남았는데, 늘 가정불화의 원인이었다. 이반 일리치는 아들을 법률학교에 보내고 싶어 했지만 프라스코비야 표도로브나는 남편에게 나쁜 마음을 먹고 김나지움에 넣어버렸다. 딸은 집에서 교육을 받으며 잘 자랐고, 아들도 공부를 꽤 잘했다.

3

결혼 후 17년 동안 이반 일리치의 삶은 그렇게 흘러갔다. 벌써 고참 검사가 된 그는 더 좋은 자리를 기대하며 몇 번의 자리 이동을 거절하고 있었다. 그러던 어느 날 그의 평온한 삶을 송두리째 뒤흔든 불쾌하고 황당한 상황이 벌어졌다. 이반 일리치는 대학 도시의 재판장직을 기다리고 있었는데, 어찌된 일인지 고페라는 동료가 그를 제치고 그 자리를 차지했던 것이다. 화가 난 이반 일리치는 이번 인사를 비난하기 시작했고, 고페는 물론 가까운 상관과 언쟁을 벌였다. 이 일로 그는 냉대를 받기 시작했고 다음 인사이동에서도 제외되었다.

그것은 1880년에 일어난 일이었다. 그해는 이반 일리치의 삶에서 가장 힘든 시기였다. 그해 들어 봉급은 생활하기에도 빠듯했고, 그는 모든 사람들에게 잊힌 존재가 되었기 때문이다. 그가 보기에 자신에 대한 대우가 너무나 가혹할 정도로 부당했는데도, 다른 사람들은 아주 평범한 일로 여기고 있었다. 심지어 아버지조차도 그를 도와줄 의무가 없다고 생각했다. 그는 모두가 자기를 버렸다고 느꼈다. 그들은 연봉 3500루블 정도 받는 그의 처지가 아주 정상이며 심지어 행운이라고 생각했다. 자신에 대한 부당한 처우와 아내의 끊임없는 잔소리, 그리고 수입에 걸맞지 않은 생활을 하면서 얻기 시작한 빚 등을 아는 사람은 그 자신뿐이었다. 그 자신만이 자기 처지가 정상적이지 않다는 것을 알고 있었다.

그해 여름, 그는 생활비를 줄이기 위해 휴가를 얻어 아내와 함께 여름을 보내려고 처남이 살고 있는 시골로 갔다.

일에서 벗어나 시골에서 지내면서 이반 일리치는 난생처음으로 지루하다못해 견딜 수 없는 우수를 느꼈다. 그리하여 이렇게 살 수는 없다고 생각하고 뭔가 단호한 조치를 취하기로 결심했다.

밤새 테라스를 서성이면서 한숨도 못 잔 이반 일리치는 페테르부르크로 가서 새로운 자리를 알아보고, 자신의 가치를 제대로 평가하지 못한 그자들을 응징하기로 결심했다.

다음날 그는 아내와 처남의 만류에도 불구하고 페테르부르크로 출발했다.

여행의 목적은 단 하나, 연봉 5천 루블의 자리를 얻어내는 것이었다. 부처가 어디든, 업무의 성격과 종류가 무엇이든 그런 것은 중요하지 않았다. 단지 5천 루블의 연봉만 보장된다면 관청이든, 은행이든, 철도 관련 기관이든, 마리야 황후 귀족여학교든, 심지어 세관이라고 해도 상관없었고, 자신의 가치를 제대로 알아보지 못하는 부처에서 반드시 떠나야만 했다.

이반 일리치의 이번 여행은 뜻밖에도 놀라운 성공으로 끝났다. 쿠르스크에서 그의 지인인 F. S. 일린이 그가 탄 기차의 일등칸에 올라타 현지사가 방금 전에 받은 전보 내용을 전해주었다. 며칠 안으로 부처 내 인사이동이 있을 예정인데, 표트르 이바노비치의 자리에 이반 세묘노비치가 임명되었다는 것이다.

이번 인사이동은 러시아제국은 물론 이반 일리치에게도 특별한 의미를 가지고 있었다. 새로운 인물인 표트르 페트로비치와 아마도 그의 친구인 자하르 이바노비치의 발탁은 이반 일리치에게 극히 유리할 수 있었다. 자하르 이바노비치는 이반 일리치의 동료이자 친구였던 것이다.

이 소식은 모스크바에서 사실로 확인되었다. 페테르부르크에 도착한 이반 일리치는 자하르 이바노비치를 찾아갔고 자신이 예전에 근무했던 법무부에 확실한 자리를 마련해주겠다는 약속을 받았다.

일주일 후 그는 아내에게 전보를 쳤다.

'자하르가 밀레르의 자리에 발령받는 즉시 나도 임명받을 예정.'

이반 일리치는 이런 인사이동 덕분에 자신이 근무하던 이전 부처에서 뜻하지 않은 승진을 했다. 그는 자신의 동료들보다 두 단계나 더 높게 승진했고, 5천 루블의 연봉에 3500루블의 부임 수당을 받게 되었다. 그러자 원수처럼 보였던 사람들과 자기 부처에 대한 모든 분노가 사라졌고, 이반 일리치는 몹시 행복했다.

이반 일리치는 오랜만에 유쾌하고 흡족한 모습으로 시골로 돌아왔다. 프라스코비야 표도로브나도 기뻐했고, 부부 사이에 잠시 화해가 찾아왔다. 이반 일리치는 페테르부르크에서 모두가 자기를 축하해주었다는 이야기, 자신의 적이었던 사람들이 모두 망신을 당하고 자기에게 아첨했다는 이야기, 사람들이 자신의 지위를 부러워한다는 이야기, 특히 페테르부르크에서 모든 사람들이 자신을 아주 좋아했다는 이야기를 늘어놓았다.

프라스코비야 표도로브나는 남편의 이야기에 귀를 기울이며 그 이야기를 믿는 체했고 전혀 반박하지 않았는데, 사실 그녀는 새로 이사갈 도시에서 새로운 생활을 꾸려갈 계획을 짜느라 여념이 없었다. 이반 일리치도 아내의 계획이 자신의 계획이고, 그 계획들이 일치하며, 잠시 휘청거리던 자신의 삶이 다시 진실하고 즐겁고 유쾌하고 품위 있는, 삶의 본래 모습을 찾게 되었다는 사실에 기뻐했다.

이반 일리치는 시골에 오래 머물 수가 없었다. 9월 10일에 직무를 시작해야 했기 때문이다. 게다가 새 거처에 자리를 잡고, 지방에서 모든 물건들을 옮기고, 더 많은 것을 사고 주문할 시간이 필요했던 것이다. 한마디로 집을 장만하고 정리하는 모든 일이 그의 머릿속에 이미 결정되어 있었는데, 그것은 프라스코비야 표도로브나가 마음속으로 생각했던 것과 거의 정확하게 일치했다.

모든 것이 아주 잘 정리되고 아내와도 같은 목적을 갖게 된 지금, 함께 사는 시간이 적다는 것을 제외하면 신혼 초 이후로 그 어느 때보다 아주 화목하고 사이가 좋았다. 이반 일리치는 즉시 가족을 데려갈 생각이었다. 하지만 갑자기 자신과 가족에게 유난히 친절하고 다정하게 구는 처남댁과 처남이 더 있다 가라며 한사코 붙잡는 바람에 혼자 떠나기로 했다.

이반 일리치는 혼자 떠났다. 자신의 성공과 아내와의 화해로 생겨난 즐거운 기분은 서로 상승작용을 일으켜 여행길 내내 그의 마음에서 떠나지 않았다. 그는 아주 멋진 집을 발견했는데, 그 집은 남편과 아내가 꿈꾸던 바로 그런 집이었다. 천장이 높은, 넓고 고풍스러운 응접실과 편리하고 웅장한 서재, 아내와 딸이 사용할 방들, 아들을 위한 공부방 등 모든 것이 그들 가족을 위해 일부러 맞춰놓은 것만 같았다. 이반 일리치는 직접 집안을 꾸미기 시작했고, 벽지를 고르고 가구를 사들였는데, 특히 가구는 낡은 것을 골라 유난히 품위 있어 보이게 했고 천도 새로 씌웠다. 모든 것이 하나씩 둘씩 늘어갈수록 집안은 그가 생각했던 이상적인 모습에 가까워졌다. 집안 정리가 반쯤 되었을 때에도 기대 이상으로 훌륭했다. 그는 모든 것이 정리되고 준비되면 고상하고 우아하며 전혀 속되지 않은 집이 되리라고 생각했다. 잠자리에 들면서 그는 앞으로 완성될 홀의 모습을 상상해보곤 했다. 아직 단장이 덜 끝난 응접실을 바라보면서 각각 제자리에 설치될 벽난로, 차광판, 책장 그리고 여기저기 흩어놓을 조그만 의자들, 벽 곳곳에 걸릴 크고 작은 접시들과 청동조각들을 미리 눈앞에 그려보았다. 자신과 똑같은 취향을 가진 파샤*와 리잔카**가 깜짝 놀랄 것을 생각하자 기분이 좋아졌다. 그들은 결코 이런 것을 기대하지 못할 것이다. 특히 그는 집안의 모든 것에 유난히 고상한 분위기를 더해줄 낡은 물건들을 찾아내어 싸게 구입했다. 그는 가족에게 편지를 쓰면서 가족들을 깜짝 놀라게 해주려고 모든 것을 실제보다 일부러 더 나쁘게 묘사했다. 그는 집안을 꾸미는 일에 너무나 열중해서 자신이 좋아하는 새로운 업무에는 기대했던 것보다 관심을 덜 보였다. 심지어 법정에서도 커튼걸이 받침대를 곧은 것으로 할지 산뜻한 것으로 할지 정신이 딴 데 팔려서 산만해지곤 했다. 또 자신이 직접 가구를 이리저리 옮겨보기도 하고 커튼을 바꿔 달며 자주 수선을 피웠다. 한번은 도무지 말귀를 못 알아듣는 도배장이에게 주름장식 천을 어떻게 달아야 할지 직접 보여주려고 사다리에 올라갔다가 그만 발을 헛디뎌 미끄러졌다. 하지만 워낙 튼튼하고 민첩했던 그는 다행히 굴러 떨어지지는 않았고 창틀의 손잡이에 옆구리를 부딪히기만 했다. 부딪힌 곳은 조금 아팠지만 통증은 금세 사라졌다. 이반 일리치는 집안을 꾸미는 내내 유난히 즐겁고 기운이 넘쳤다. 그는 15년은 더 젊어진 느낌이라고 편지에 썼다. 집 단장은 9월 안에 끝날 거라고 생각했지만 10

---

* 프라스코비야의 애칭.

** 리자의 애칭.

월 중순까지 계속되었다. 그 대신 집은 더욱 멋지고 훌륭해졌다. 그 혼자만 그렇게 말한 것이 아니라 집을 본 사람은 누구나 그렇게 말했다.

사실 아주 부자는 아니면서 부자와 비슷하게 보이고 싶어하는 사람들에게 공통적으로 나타나는 게 있다. 다마스크 직물, 흑단黑檀, 꽃, 양탄자와 청동조각들, 검고 번쩍이는 물건들—이 모든 것은 어떤 부류의 사람들이 어떤 부류의 사람들과 비슷해지기 위해 사들이는 것들이다. 이반 일리치의 집을 장식한 물건들도 다 그만그만한 것들이어서 남의 관심을 끌 만한 것이 하나도 없었지만, 그에게는 모든 게 뭔가 특별한 것으로 보였다. 그는 기차역으로 가족을 마중 나가 단장을 끝내고 환하게 불을 밝힌 집으로 데려왔다. 하얀 넥타이를 맨 하인이 꽃으로 장식된 현관문을 열어젖히자 가족들은 응접실로 서재로 돌아다니며 기쁨에 겨운 탄성을 질러댔다. 그 모습을 보며 그는 몹시 행복해했고, 가족들에게 집안 곳곳을 보여주었고, 가족들의 칭찬에 흐뭇해하며 환한 표정을 지었다. 그날 저녁 차를 마시면서 프라스코비야 표도로브나는 사다리에서 떨어졌다던데 어떻게 된 일이냐고 물었다. 그는 웃으면서 자신이 얼마나 날렵하게 몸을 날렸고, 도배장이를 얼마나 놀라게 했는지 생생하게 재연해 보이며 말했다.

"내가 괜히 체조선수겠어. 다른 사람이라면 크게 다쳤을 거야. 나니까 여기만 살짝 부딪혔지. 건드리면 아프긴 해. 하지만 이제 거의 다 나았어. 멍만 좀 남아 있어."

그렇게 그들은 새집에서 생활을 시작했다. 새집도 익숙해지면 늘 그렇듯이 방 하나만 더 있으면 좋겠고, 수입이 늘어도 살다보면 늘 그렇듯이 부족하기 마련이어서 조금만, 한 5백 루블만 더 있으면 좋겠다는 생각이 드는 법이지만, 그래도 그들은 아주 잘 살았다. 아직 모든 것이 갖추어지지 않아 때론 뭔가를 더 사들이고, 주문하고, 다시 배치하고, 수리해야 했던 이사 초기의 생활은 특히 좋았다. 부부 사이에 약간 불화가 있었지만, 둘 다 아주 만족한 상태인데다 할일도 아주 많아서 모든 것이 큰 다툼 없이 끝났다. 그러다 집안에 더이상 정돈할 일이 없어지자 좀 따분하고 뭔가 부족한 듯한 느낌이 들기 시작했지만, 그 무렵에는 벌써 사람들도 사귀고 주어진 생활에 익숙해져서 삶은 나름대로 충만했다.

이반 일리치는 오전은 법원에서 보낸 뒤 점심을 먹으러 집으로 오곤 했다. 집 때문에 좀 고생하기는 했지만 처음 한동안 그는 기분이 좋았다. (그는 식탁보나 다마스크 직물에 생긴 얼룩 하나하나에, 끊어진 커튼걸이 가는 줄에 속을 태웠다. 집안 정돈에 너무나 많은 공을 들였기 때문에 뭐가 하나라도 훼손되면 속이 상했던 것이다.) 하지만 이반 일리치의 삶은, 대체로 삶은 가볍고 유쾌하고 품위 있게 흘러가야 한다는 그의 소신대로 흘러갔다. 그는 아홉시에 일어나 커피를 마시며 신문을 읽고 나서 제복을 입고 법원으로 갔다. 거기에는 이미 그가 해야 할 힘든 일들이 준비되어 있었고, 그는 즉시 그 일에 빠져들었다. 청원자들, 집무실에 쌓인 질의서들, 집무실의 일상 업무, 공판과 공판 준비회의 등등이 그가 해야 할 일이었다. 이런 일을 할 때는 항상 공무의 정상적인 흐름을 깨뜨리기 마련인 날것들, 즉 생활에 관련된 구질구질한 것을 모두 배제할 수 있어야 했다. 그리고 사람들과도 공적인 관계 외에 어떤 관계도 맺지 말아야 하고, 관계를 맺는 동기도 오직 공적인 것이어야 하며, 관계 그 자체도 오직 공적인 것이어야 했다. 예컨대 어떤 사람이 찾아와 뭔가를 알고 싶어할 때, 이반 일리치는 직무를 떠난 일반인으로서는 그 사람과 어떤 관계도 맺을 수 없다. 하지만 이 사람이 제목이 달린 공문서에 이름을 올릴 수 있는 법원 직원으로서 자신과 관계가 있다면, 이반 일리치는 이 관계가 허용하는 범위 안에서 할 수 있는 모든 일을 확실하게 했을 뿐만 아니라 이 사람을 인간적이고 친밀하게, 즉 정중하게 대한다. 하지만 공적인 관계가 끝나면, 그 즉시 다른 모든 관계도 깨끗이 끝난다. 이반 일리치는 공적인 일과 자신의 실제 삶을 혼동하지 않고 구분하는 데 최고의 수완을 발휘했는데, 이는 오랜 경험과 타고난 재능으로 만들어낸 것이었다. 심지어 그는 음악의 거장처럼, 가끔 장난하듯이 인간적인 관계와 공적인 관계를 뒤섞기도 했다. 그가 이렇게 하는 것은 필요하면 언제든지 다시 공적인 관계만을 취하고 인간적인 관계를 버릴 수 있는 힘이 자신에게 있다고 느꼈기 때문이다. 이반 일리치는 이런 일을 아주 쉽고 즐겁고 품위 있게, 심지어 거장처럼 처리했다. 그는 근무중 사이사이에 담배를 피우고 차를 마시며 정치와 일반적인 문제들과 카드놀이에 대해, 무엇보다 인사이동에 대해 잠시 담소를 나누곤 했다. 그리고 몸은 피곤했지만 자신이 맡은 악장을 멋지게 연주한 오케스트라의 제1바이올리니스트처럼 뿌듯한 마음으로 귀가하곤 했다. 집에 돌아오면 아내와 딸은 마차를 타고 어딘가로 외출중이거나 손님을 맞이하고 있었다. 아들은 김나지움에 갔다 와서 과외 선생님들과 수업준비를 하거나 김나지움에서 배운 것을 꼼꼼히 복습하고 있었다. 모든 것이 좋았다. 식사 후 집에 손님이 없으면 이반 일리치는 사람들 입에 많이 오르내리는 책을 가끔 읽었고, 저녁에는 책상에 앉아 일을 했다. 즉, 서류들을 읽고 법조문들을 대조하면서 증거

자료들을 비교하고 법을 적용하곤 했다. 그에게 이런 일은 따분하지도 않았고 딱히 즐겁지도 않았다. 카드놀이를 할 수 있을 때 이런 일은 따분했지만, 카드놀이를 할 수 없으면 혼자 집에 있거나 아내와 함께 있는 것보다는 더 좋았다. 이반 일리치는 사교계의 신분이 높은 신사숙녀들을 초대하여 조촐한 만찬을 열고, 자기 집 응접실이 모든 응접실과 다를 바 없듯이 평소 시간을 보내는 방식이 자기와 비슷한 사람들과 함께 시간을 보내는 것이 즐거웠다.

한번은 그의 집에서 야회가 열렸고 사람들이 춤을 추었다. 이반 일리치는 즐거웠고 모든 것이 좋았는데, 다만 손님들에게 내놓을 케이크와 사탕 문제로 아내와 심한 언쟁을 벌였다. 프라스코비야 표도로브나는 나름의 계획이 있었는데, 이반 일리치가 값비싼 제과점에서 모든 걸 사야 한다고 고집을 부리며 케이크를 잔뜩 주문한 바람에 결국 케이크가 남았고, 제과점의 계산서가 45루블이나 되자 심하고 불쾌한 언쟁이 벌어진 것이다. 프라스코비야 표도로브나는 남편을 '멍청이, 불평꾼'이라고 불렀다. 그는 자기 머리를 움켜쥐고 홧김에 뭔가 이혼을 연상시키는 말들을 내뱉었다. 하지만 야회 자체는 즐거웠다. 최고의 사교계 모임이었고, 이반 일리치는 '내 슬픔을 가져가주오'라는 단체를 설립한 것으로 유명한 여자의 언니인 트루포노바 공작부인과 춤까지 췄다. 직무에서 느끼는 기쁨은 자존심을 채워주었고, 사교계 생활에서 느끼는 기쁨은 허영심을 채워주었다. 하지만 이반 일리치가 진정으로 기쁨을 느끼는 것은 카드놀이였다. 그는 모든 것을 마친 후에 누리는 기쁨, 아무리 불쾌한 일을 겪은 후에라도 마치 촛불처럼 다른 모든 것들 앞에서 타오르는 기쁨이 있다면 그건 조용하고 좋은 카드 친구들과 앉아 카드를 치는 것이라고 고백하곤 했다. 그것도 반드시 네 명이(다섯 명이 게임을 할 때 한 판 쉬게 되면 짐짓 좋아하는 체하지만, 그때마다 아주 속이 쓰렸다) 영리하고 진지하게(적어도 카드를 칠 때는) 게임을 하고 나서 저녁을 먹고 포도주를 한잔하는 것은 진짜 즐거운 일이었다. 카드놀이가 끝난 후, 특히 돈을 조금 딴 후(많이 따는 것은 불쾌한 일이었다) 이반 일리치는 최상의 기분으로 잠자리에 들곤 했다.

그들은 그렇게 살아가고 있었다. 그들의 집에서 최고의 사교모임이 열리곤 했고, 지체 높은 사람들과 젊은이들도 드나들었다.

남편과 아내, 딸은 자신의 지인들을 바라보는 시각이 완전히 일치했다. 그들은 서로 합의할 필요도 없이, 벽마다 일본제 접시들이 걸린 응접실에 몰려들어 다정하게 구는 온갖 부류의 친구들과 친척들, 구질구질한 사람들을 죄다 깨끗이 물리치고 멀리했다. 곧 그 구질구질한 친구들은 발길을 끊었고, 골로빈 씨네 집에는 최상류층 사람들만 드나들게 되었다. 젊은이들은 딸 리잔카의 뒤를 따라다녔는데, 그중에는 드미트리 이바노비치의 아들이자 그의 유일한 상속자인 예심판사 페트리셰프도 끼여 있었다. 그래서 이반 일리치는 리자와 페트리셰프를 삼두마차에 태워 놀러 보내야 할지, 아니면 작은 소동을 일으켜 문제삼아야 할지 등에 관해 이미 프라스코비야 표도로브나와 이야기를 나누었다. 그들은 그렇게 살아갔다. 그리고 모든 것이 변함없이 그렇게, 아주 순조롭게 흘러갔다.

4

모두들 건강했다. 이반 일리치가 가끔 입안에 이상한 맛이 돌고 배 왼쪽이 왠지 거북하다고 말했지만, 그렇다고 해서 건강하지 않다고 말할 수는 없었다.

하지만 이 거북함은 더 심해졌고, 아직 통증까지는 아니지만 옆구리가 항상 묵직한 느낌이 들면서 불쾌한 기분으로 바뀌었다. 이 불쾌한 기분은 점점 심해지면서 골로빈 씨네 가족 안에 형성되었던 유쾌하고 산뜻하고 품위 있는 삶의 분위기를 망치기 시작했다. 남편과 아내의 말다툼이 더욱 잦아지면서 곧 삶의 산뜻함과 유쾌함은 사라지고, 간신히 품위만 유지되었다. 다툼 장면이 다시 잦아지기 시작했다. 남편과 아내가 격렬하게 충돌하지 않고 만날 수 있는 작은 섬들만 다시 남았지만, 그 섬들의 수는 적었다.

프라스코비야 표도로브나가 남편이 까다로운 성격이라고 대놓고 말해도 이제 전혀 근거 없는 말이 아니었다. 그녀는 평소 과장해서 말하는 습관대로, 자기 성격이 너무나 좋아서 언제나 끔찍한 남편의 성격을 20년 동안 참아낼 수 있었다고 말하곤 했다. 요즘의 말싸움은 그로부터 비롯된 것이 사실이었다. 그의 생트집은 늘 식사 직전에, 다시 말해 종종 수프를 먹기 시작할 때 시작되었다. 그릇의 이가 빠졌다, 음식 맛이 영 아니다, 아들이 팔꿈치를 식탁에 괴었다, 딸의 머리 모양이 이상하다고 하면서 트집을 잡았다. 그는 모든 것을 프라스코비야 표도로브나의 탓으로 돌렸다. 처음에는 프라스코비야 표도로브나도 남편의 말을 반박하고 험한 말을 했지만, 남편이 식사를 시작하면서 두어 번 미친듯이 화를 내는 것을 보고는 남편의 그런 행동이 음식을 섭취할 때 일어나는 병적 상태라는 것을 깨닫고 화를 풀기로 했다. 그래서 그녀는 남편에게 반박하지 않고 오로지 서둘러 식사를 마치려 했다. 프라스코비야 표도로브나는 자신의 온순함을 위대한 공로라고 생각했다. 남편의 끔찍한 성격 때문에 자신의 인생이 불행해졌다고 결론을 내린 그녀는 자신이 불쌍해지기 시작했다. 자신을 불쌍히 여기면 여길수록 그녀는 남편이 더 미워졌다. 남편이 차라리 죽었으면 하고 바라기도 했지만 그렇게 되길 바랄 수도 없었다. 남편이 죽으면 남편의 봉급도 없을 것이기 때문이었다. 이런 생각을 하니 남편에 대해 더욱더 화가 치밀었다. 그녀는 남편의 죽음조차 자신을 구원할 수 없다는 사실 때문에 자신이 너무나 불행하다고 느꼈다. 그녀는 분노했지만 내색하지 않았다. 그런데 분노를 내색하지 않는 아내의 모습은 그의 분노를 더욱 격화시켰다.

이반 일리치가 유난히 억지를 부려서 한바탕 말싸움을 벌인 어느 날, 그는 자신이 화난 이유를 설명하면서 자기가 곧잘 흥분하는 것 같지만 사실은 병 때문이라고 아내에게 말했고, 아내는 만약 병에 걸렸으면 치료를 받아야 한다면서 유명한 의사에게 가보라고 요구했다.

그는 의사에게 갔다. 모든 것이 그가 예상한 대로였다. 즉, 항상 그렇듯이 모든 것이 뻔했다. 차례 기다리기, 의사의 근엄하고 낯익은 가식적인 표정, 즉 법정에서 그 자신이 지었던 바로 그런 표정, 이곳저곳 두드려보기, 청진, 미리 정해진 대답이나 아마도 불필요한 대답을 요구하는 질문들, 그리고 '당신을 그저 우리에게 맡기십시오, 우리가 다 처치할 겁니다. 우리는 모든 것을 어떻게 처치해야 하는지 분명히 알고 있고, 원하는 모든 사람들에게 똑같은 방법으로 모든 것을 처치할 겁니다'라고 말하는 듯한 의사의 의미심장한 모습 등 모든 것이 그랬다. 모든 것이 법정에서와 똑같았다. 그가 법정에서 피고들을 가식적으로 대하듯이 유명한 의사도 똑같이 그를 가식적으로 대했다.

의사가 말했다. 이러저러한 증상은 당신 몸속에 이러저러한 병이 있다는 것을 가리킵니다. 하지만 이것이 이러저러한 검사를 해도 확실히 밝혀지지 않으면, 당신에게 이러저러한 병이 있다고 가정할 수 있습니다. 만약 이러저러한 병이라고 가정한다면, 그때는…… 이반 일리치에게 중요한 것은 딱 한 가지 질문이었다. 자신의 상태가 위험한가 아닌가? 하지만 의사는 그런 부적절한 질문을 무시해버렸다. 의사의 관점에서 보면 그런 질문은 한가하고 논의할 가치도 없는 것이었다. 의사에게 중요한 것은 오직 유주신遊走腎인지, 만성 카타르인지, 맹장염인지 그 가능성을 가늠해보는 것뿐이었다. 의사는 이반 일리치의 생명에 대한 질문에는 관심이 없고, 유주신과 맹장염 사이에서 갈팡질팡하고 있었다. 마침내 의사는 이반 일리치가 보는 앞에서 맹장염 쪽으로 진단을 내려 자신의 고민을 아주 멋지게 해결했다. 단, 소변검사를 해보고 새로운 증거들이 나오면 재검사를 해야 한다는 단서를 달았다. 이 모든 것들은 이반 일리치가 피고들을 대하면서 멋지게 수천 번도 더 써먹었던 방법과 똑같았다. 의사는 안경 너머로 자신의 피고를 힐끗 쳐다본 후 엄숙하게, 심지어 명랑한 표정까지 지어가며 자신의 소견을 멋지게 요약했다. 의사의 간략한 소견을 바탕으로 이반 일리치는 자신의 상태가 나쁘며, 자신의 상태가 나쁘다고 해도 의사나 다른 모든 사람들은 별로 신경을 쓰지 않을 거라는 결론을 내렸다. 이런 결론에 심한 충격을 받은 이반 일리치는 자신에게 깊은 연민을 느꼈고, 그토록 중요한 질문에 대해 무관심한 태도를 보인 의사에게 커다란 증오심이 생겼다.

그러나 그는 아무 말도 하지 않고 일어나 탁자에 돈을 놓고 한숨을 내쉬고는 이렇게 말했다.

"아마 우리 같은 환자들이 자주 부적절한 질문을 하곤 하지요. 그러니까 대체로 이 병이 위험한가요, 아닌가요?……"

의사는 안경 너머 한쪽 눈으로 그를 엄하게 힐끗 쳐다보았다. 그 표정은 마치 '피고, 만약 당신이 허용된 범위를 벗어난 질문을 한다면, 나는 당신을 법정에서 끌어내라고 지시할 수밖에 없소'라고 말하는 것 같았다.

"필요하고 적당하다고 생각되는 것은 이미 다 말씀드렸습니다. 더 정확한 것은 검사 결과가 나와야 알 수 있습니다." 의사는 이렇게 말하고 가볍게 고개를 숙여 인사했다.

이반 일리치는 천천히 병원을 나와 힘없이 썰매 마차를 타고 집으로 향했다. 돌아오는 길 내내 그는 의사가 한 말을 줄곧 하나하나 떠올리며 복잡하고 모호한 전문용어들을 평범한 말로 바꿔서 이해해보려고 애썼다. 그리고 의사의 말 속에서 '내 상태가 나쁘다는 건데, 아주 나쁘다는 건가, 아직은 괜찮다는 건가?'라는 질문에 대한 답을 찾아내려고 안간힘을 썼다. 결국 의사가 한 말은 모두 '상태가 아주 나쁘다'는 의미로 여겨졌다. 그러자 이반 일리치에게 거리의 모든 것들이 애처롭게 보였다. 마부들도 애처롭고, 집들도 애처롭고, 행인들도 애처롭고, 간이 상점들도 애처로웠다. 한순간도 쉬지 않고 고통스럽게 찾아오는 이 막연한 통증은 의사의 모호한 말과 연관되어 예전과는 달리 더 심각한 의미로 다가왔다. 이반 일리치는 새삼 무거운 마음으로 이제 통증에 바짝 신경을 쓰게 되었다.

그는 집에 도착해서 아내에게 의사를 찾아갔던 일을 이야기하기 시작했다. 아내는 귀를 기울여 열심히 들었지만 이야기 중간에 딸이 모자를 쓰고 들어왔다. 어머니와 함께 외출하려던 참이었다. 딸은 마지못해 자리에 앉아 따분한 이야기를 들었지만 오래 견디지 못했고, 아내도 이야기를 끝까지 듣지 않았다.

"그래요, 무척 기뻐요." 아내가 말했다. "이제부터 신경써서 약을 꼬박꼬박 드세요. 처방전 이리 줘요. 게라심을 약국에 보내야겠어요." 그리고 그녀는 옷을 갈아입으러 방에서 나갔다.

그는 아내가 방안에 있는 동안 숨도 제대로 못 쉬다가 아내가 방에서 나가자 깊게 한숨을 내쉬었다.

"그래, 뭐." 그가 말했다. "아마 아직은 정말 괜찮은지도 몰라……"

그는 약을 복용하면서 의사의 지시 사항을 따르기 시작했는데, 지시 사항은 소변검사 결과에 따라 바뀌었다. 그러나 바로 그 시점에서 소변검사 결과와 그 결과에 당연히 뒤따라야 할 증상 사이에 어떤 혼란스러운 현상이 나타났다. 의사의 말을 도무지 이해할 수 없었지만 의사가 말한 증상은 나타나지 않았다. 의사가 뭔가 잊어버렸거나 거짓말을 했거나 그에게 뭔가 숨기는 것 같았다.

그러나 그럼에도 불구하고 이반 일리치는 의사의 지시 사항을 정확히 따랐고, 그렇게 하면서 처음 한동안은 스스로 위안을 얻었다.

의사를 방문한 이후, 위생과 약 복용에 대한 의사의 지시 사항을 정확히 따르는 한편, 자신의 통증과 신체 기관의 모든 작용과 기능에 세

심한 주의를 기울이며 관찰하는 것이 이반 일리치의 주요 일과가 되었다. 그리고 인간의 병과 건강이 이반 일리치의 주요 관심사가 되었다. 그 앞에서 병든 사람들, 죽은 사람들, 병에 걸렸다가 회복된 사람들, 특히 자신의 병과 비슷한 병에 대한 이야기가 나오면, 그는 애써 흥분을 감추며 경청했고 꼬치꼬치 캐물으며 자신의 병에 적용하려고 했다.

통증은 줄어들지 않았다. 그러나 이반 일리치는 몸이 훨씬 좋아지고 있다고 스스로 생각하기 위해 자신을 억제했다. 마음이 평온할 때면 그는 자신을 속일 수가 있었다. 그러나 아내와 불쾌한 일이 벌어지거나 직장에서 일이 잘 안 풀리거나 카드놀이에서 운이 나쁠 때면, 그는 즉시 자신이 걸린 병의 위력을 실감했다. 예전엔 나쁜 상황을 금세 좋은 방향으로 고쳐나가고, 나쁜 상황과 싸워나가면서 승리를, 그것도 대승을 거둘 것을 기대하면서 이런 불운을 견뎌내곤 했었다. 그런데 지금은 어떤 불행이나 불운 앞에서도 쉽게 좌절하고 절망에 빠졌다. 그는 이렇게 혼잣말을 하곤 했다. 이제 막 몸도 좋아지고 약효도 나타나기 시작했는데, 이 망할 놈의 불행과 불쾌한 일은 왜 생기는 거야…… 그는 자신의 불행에 울화통을 터뜨렸고, 자신에게 불쾌하게 굴며 자신을 파멸로 몰아가는 사람들에게 분노했으며, 이 분노가 자신을 망친다는 것을 느꼈지만, 끓어오르는 분노를 억제할 수 없었다. 그는 주변 상황과 사람들에 대한 분노가 자신의 병을 악화시키기 때문에 불쾌한 일들에 신경을 쓰지 말아야 한다는 것을 분명히 알고 있었을 것이다. 그러나 그는 정반대로 생각했다. 그는 자신에게 안정이 필요하다고 말하면서 안정을 깨뜨리는 모든 것을 면밀히 지켜보았고, 조금이라도 안정이 깨지면 불같이 화를 내곤 했다. 의학 서적들을 읽고 여러 의사들에게 조언을 구한 것도 그의 상태를 악화시켰다. 병세는 아주 일정하게 악화되었기 때문에 그는 매일매일 증상을 비교하면서 쉽게 자신을 속일 수 있었는데, 증상은 별로 차이가 없었다. 그러나 의사들과 상담할 때면 상태가 악화되고 있으며, 그것도 매우 빠르게 악화되고 있다는 느낌이 들었다. 그럼에도 불구하고 그는 끊임없이 의사들과 상담했다.

이번달에 그는 다른 명의를 찾아갔다. 이번 명의는 첫번째 명의와 거의 똑같은 말을 했지만 문제를 다르게 제기했다. 하지만 이 명의와의 상담은 이반 일리치의 의심과 공포심을 더 깊게 만들었다. 그의 친구의 친구는—아주 훌륭한 의사다—전혀 다르게 병을 진단하면서 완치를 약속했지만, 이런저런 질문과 추정으로 이반 일리치를 더욱더 헷갈리게 했고 의혹만 더 키웠다. 동종요법 전문가는 병을 또 다르게 진단하고 약을 처방해주었는데, 이반 일리치는 아무도 모르게 일주일쯤 그 약을 복용했다. 하지만 일주일이 지나도 상태가 호전되지 않자 이전 치료에 대해서도 이번 치료에 대해서도 믿음을 잃어버리고 더욱더 침울해졌다. 한번은 잘 아는 부인이 이콘을 이용한 치료에 대해 이야기했다. 이반 일리치는 부인의 이야기에 열심히 귀를 기울이면서 그 방법의 효과를 체크하고 있는 자신을 발견했다. 그는 경악을 금치 못했다. '내가 이토록 정신적으로 약해졌단 말인가?' 그는 혼잣말을 했다. '헛소리야! 모든 게 엉터리야. 의심에 빠져서는 안 돼. 의사 하나를 선택해서 그의 치료법을 엄격하게 지켜야 해. 나는 그렇게 할 거야. 이제 됐어. 더이상 생각하지 않고 여름까지 한 가지 치료법을 엄격하게 지켜야지. 그럼 효과가 나타날 거야. 이제 더이상 흔들리지 않겠어!……' 말하기는 쉬웠지만 실행하기는 불가능했다. 옆구리 통증은 계속 그를 괴롭히며 더욱

심해지는 것 같았고, 잠시도 멈추지 않았으며, 입안에서 느껴지는 맛은 점점 더 이상해졌고, 입에서 뭔가 역한 냄새가 나는 것 같아 식욕도 떨어지고 기력도 계속 약해졌다. 더이상 자신을 속일 수가 없었다. 뭔가 끔찍하고 새로운 것이, 이반 일리치의 삶에서 이제까지 일어나지 않았던, 그 어느 때보다 중대한 것이 몸안에서 일어나고 있었다. 그 혼자만 이것을 알고 있었고, 주변 사람들은 모두 그것을 알지 못하거나 알려고 하지 않았고, 세상의 모든 것이 예전대로 흘러간다고 생각했다. 이 점이 무엇보다 이반 일리치를 괴롭혔다. 집안 식구들, 특히 사교계에서 한창 잘나가던 아내와 딸은 아무것도 이해하지 못했고, 그가 너무 우울해하고 까다롭게 구는 것이 마치 그 자신의 잘못인 것처럼 화를 내는 것이었다. 그들은 그런 눈치를 감추려고 애를 썼지만, 그는 자신이 그들에게 걸림돌이라는 것, 그리고 아내는 그의 병에 대한 일정한 입장을 정해놓고 그가 무슨 말을 하고 무슨 짓을 하든 개의치 않고 자신의 입장을 견지하고 있다는 것을 알았다. 아내의 입장은 이런 식이었다.

"아시다시피," 그녀는 지인들에게 이렇게 말하곤 했다. "착한 사람들이 다 그렇듯이 이반 일리치는 처방받은 치료법을 엄격하게 지키질 못해요. 오늘은 의사의 지시대로 약물을 복용하고, 식사도 하고, 제시간에 잠자리에 들지요. 다음날 내가 한눈이라도 팔면 돌연 약 먹는 걸 잊어버리고 (의사들이 먹지 말라고 한) 철갑상어 고기까지 먹어요. 그리고 새벽 한시까지 카드놀이를 하곤 해요."

"뭐, 내가 언제 그랬어?" 이반 일리치가 화를 내며 말했다. "딱 한 번 표트르 이바노비치 집에서 그랬지."

"어제도 셰베크와 카드를 쳤잖아요."

"어차피 아파서 잠을 잘 수 없었어……"

"이유야 어쨌든 당신이 계속 그렇게 나가면 절대로 병이 나을 수 없고, 우리를 괴롭히는 거예요."

프라스코비야 표도로브나가 다른 사람들과 남편에게 드러내놓고 밝힌 남편의 병에 대한 그녀의 입장은, 이 병의 책임은 이반 일리치에게 있고, 이 병으로 아내인 자신을 또다시 불행하게 만들고 있다는 것이었다. 이반 일리치는 아내가 무의식적으로 그런 태도를 드러낸다고 느꼈지만, 그렇다고 그의 마음이 편하지는 않았다.

법정에서도 이반 일리치는 자신을 대하는 사람들의 태도가 이상하다는 것을 알아챘다. 아니, 알아챘다고 생각했다. 때론 사람들이 곧 자리를 물러날 사람을 보듯이 자신을 살펴보는 것 같았고, 때론 갑자기 친구들이 자신의 건강 염려증에 대해 다정하게 놀려대는 것 같았으며, 끔찍하고 무시무시한 듣도 보도 못한 무언가가 그의 몸안에 생겨서 끊임없이 고통을 주고 꼼짝없이 그를 옭아매 어딘가로 끌고 가는 것이 그들에게는 마치 아주 유쾌한 농담거리라도 되는 것 같았다. 특히 시바르츠의 장난스럽고 활동적이며 품위 있는 모습을 보면 이반 일리치는 십 년 전 자신의 모습이 떠올라 화가 났다.

친구들이 카드를 치려고 이반 일리치를 찾아와 자리에 앉았다. 패를 돌리자 각자 새 카드를 주물러 부드럽게 했고, 다이아몬드는 다이아몬드끼리 모으자 모두 일곱 장이었다. 같은 편 파트너가 으뜸패가 없다고 말하며 다이아몬드 두 장을 지원했다. 더 바랄 게 없었다. 즐겁고 활력이 넘쳤다. 이건 대승이 틀림없었다. 그런데 돌연 이반 일리치는 고통스러운 통증과 함께 입안에서 이상한 맛을 느꼈다. 그러자 이런 상황에서 대승을 기뻐할 수 있다는 것이 왠지 기이하게 여겨졌다.

그는 같은 편인 미하일 미하일로비치를 바라보았다. 그는 혈기왕성한 손으로 탁자를 두드리며 정중하고 공손하게 확실히 점수가 되는 패를 내놓고, 그 패를 이반 일리치에게 밀어주었다. 이반 일리치가 멀리까지 손을 뻗는 수고를 하지 않고도 패를 편하게 집을 수 있도록 배려한 행동이었다. '뭐야, 저 친구, 내가 너무 쇠약해져서 손도 멀리 뻗을 수 없다고 생각하는 거야?' 이반 일리치는 이렇게 생각하다가 그만 으뜸패를 잊어버리고 자기편의 으뜸패를 하나 더 내놓는 바람에 세 패가 부족해 대승을 놓쳐버렸다. 그러나 무엇보다 끔찍한 것은 미하일 미하일로비치가 괴로워하는 모습을 보면서도 그 자신은 아무렇지도 않았다는 점이다. 아무렇지도 않은 이유를 생각하자 끔찍했다.

모두들 그가 힘들어하는 걸 보고 그에게 말했다. "피곤하면 그만하지요. 좀 쉬세요." 쉬라고? 아니, 그는 조금도 피곤하지 않았다. 그들은 삼판 승부를 끝까지 겨루었다. 모두들 침울하고 말이 없었다. 이반 일리치는 우울한 분위기가 자신 탓이라고 느꼈지만 그 분위기를 바꿀 수가 없었다. 그들은 밤참을 먹고 뿔뿔이 흩어졌다. 혼자 남은 이반 일리치는 중독된 자신의 삶이 다른 사람들의 삶을 망치고 있고, 이 독이 약해지기는커녕 더욱더 자신의 온 존재 안으로 스며들고 있음을 인식했다.

이러한 인식에 육체적인 고통과 공포심까지 더해진 상태로 그는 잠자리에 들어야 했고, 종종 통증 때문에 거의 뜬눈으로 밤을 지새우곤 했다. 그러나 아침이 되면 다시 일어나서 옷을 입고 법정에 출근해서 말을 하고 서류를 작성해야만 했으며, 출근을 하지 않으면 스물네 시간을 매 순간 고통을 느끼며 집에 있어야만 했다. 그렇게 그는 파멸의 끝자락에서 자신을 이해하고 애석하게 여기는 사람 하나 없이 홀로 외롭게 살아야만 했다.

5

그렇게 한 달이 가고 두 달이 갔다. 새해를 앞두고 처남이 그들이 사는 도시로 와서 그들의 집에 머물렀다. 이반 일리치는 법정에 가 있었다. 프라스코비야 표도로브나는 장을 보러 외출중이었다. 이반 일리치가 귀가하여 서재로 들어가 보니 건강하고 혈기왕성한 처남이 여행 가방을 풀고 있었다. 이반 일리치의 발소리를 듣고 고개를 들어 그를 바라본 처남은 순간 아무 말도 하지 못했다. 그 눈길은 이반 일리치에게 모든 것을 말해주었다. 처남은 입을 열고 '앗' 하고 비명을 지를 뻔했다. 그 동작이 모든 것을 확실히 말해주었다.

"그래, 내가 너무 변했나?"

"예…… 변하셨어요."

이반 일리치가 자신의 외모에 대해 대화를 이어가려고 했지만 처남은 입을 다물어버렸다. 프라스코비야 표도로브나가 돌아오자 처남은 누나를 보러 갔다. 이반 일리치는 문을 걸어 잠그고 거울을 정면으로, 옆으로 들여다보기 시작했다. 그는 아내와 함께 있는 자신의 초상화를 가져와 거울 속 자신의 모습과 비교해보았다. 변화는 엄청났다. 그러고 나서 팔꿈치까지 소매를 걷어올리고 팔을 살펴보더니 다시 소매를 내리고 소파에 앉았다. 낮빛이 캄캄한 밤보다 더 어두웠다.

'안 돼, 이러면 안 돼.' 그는 혼잣말을 하고 벌떡 일어나 책상 앞으로 가서 서류를 펼치고 읽으려 했지만 읽을 수가 없었다. 그는 문을 열고 홀로 향했다. 응접실 문은 닫혀 있었다. 그는 까치발로 살금살금 응접실로 다가가 아내와 처남의 대화를 엿듣기 시작했다.

"아니야, 너는 과장하고 있어." 프라스코비야 표도로브나가 말했다.

"내가 과장한다고? 누나는 안 보여? 매형은 죽은 사람 같아. 매형 눈을 좀 보라고. 죽은 사람 눈이잖아. 대체 무슨 병이야?"

"아무도 몰라. 니콜라예프(이 사람은 다른 의사였다)가 뭐라고 말했는데 난 모르겠어. 레셰티츠키(이 사람은 명의였다)는 반대로 말했고……"

이반 일리치는 자기 방으로 돌아와서 자리에 누워 생각하기 시작했다. '그래, 신장이 문제야, 유주신이야.' 그는 신장이 제자리를 이탈하여 여기저기 돌아다니고 있다는 의사들의 말을 하나하나 떠올렸다. 그리고 상상력을 동원하여 신장을 붙잡아 멈춰 세우고 단단히 고정시키려 애썼다. 조금만 노력하면 그렇게 할 수 있을 것 같았다. '그래, 표트르 이바노비치에게 한번 더 가보자.' (표트르 이바노비치에게는 의사 친구가 한 명 있었다.) 그는 벨을 울려 마차를 준비하라고 이른 다음 외출할 채비를 했다.

"어디 가게요, *장**?" 아내가 유난히 슬프고 평소와 달리 친근한 표정을 지으며 물었다.

평소와 다른 친근한 표정에 오히려 화가 났다. 그는 우울하게 아내

---

* 이반의 프랑스식 이름.

를 바라보았다.

"표트르 이바노비치에게 가봐야겠어."

그는 의사 친구가 있는 친구에게 갔다. 그리고 친구와 함께 의사에게 갔다. 그는 의사를 만나 오랫동안 이야기를 나누었다.

의사의 소견을 들으며 자기 몸속에 일어나고 있는 증상을 해부학적으로, 생리학적으로 자세히 살펴본 이반 일리치는 모든 것을 이해했다.

맹장 안에 작은, 아주 작은 뭔가가 하나 있었다. 이 모든 것은 고칠 수 있었다. 신체 기관 중 한 기관의 에너지를 강화시키고 다른 기관의 활동을 약화시키면 흡수작용이 일어나고 모든 것이 좋아질 것이다. 그는 식사 시간에 좀 늦었다. 식사를 하고 즐겁게 이야기를 나누었지만, 얼른 자리에서 일어나 일을 보러 서재로 갈 수 없었다. 마침내 그는 서재로 가서 즉시 일에 착수했다. 사건 기록을 읽으며 일을 보았지만, 이 일이 끝나는 대로 더이상 방치하지 말고 처리해야 할 일, 잠시 뒤로 미뤄둔 아주 중요한 일이 있다는 생각이 그의 머릿속에 맴돌았다. 하던 일을 끝냈을 때, 그는 그 중요한 일이 바로 맹장에 관한 생각이었다는 걸 기억해냈다. 그러나 그는 그 일에 열중하지 못하고 차를 마시러 응접실로 갔다. 손님들이 와 있었는데, 그들은 이야기를 나누고 피아노를 치며 노래를 불렀다. 손님들 중에는 딸의 남편이 되었으면 하는 예심판사도 있었다. 프라스코비야 표도로브나가 보기에 이반 일리치는 누구보다도 즐겁게 저녁을 보냈지만, 그는 뒤로 미뤄둔 중요한 일, 즉 맹장에 관해 생각하는 일이 있다는 것을 한순간도 잊지 않고 있었다. 밤 열한시에 그는 손님들과 작별인사를 나누고 자기 방으로 갔다. 그는 병이 나고부터 서재 옆의 작은 방에서 혼자 잤다. 그는 방으로 가서 옷을 벗고 졸라의 소설을 집어들었지만 읽지는 않고 생각에 잠겼다. 그의 상상 속에서 바라던 대로 맹장이 치료되는 일이 일어났다. 흡수작용과 제거 작용이 일어나고 정상적인 기능이 회복되었다. '그래, 이거야.' 그는 혼잣말을 했다. '내가 할 수 있는 일은 자연치유력이 일어나게 하는 것뿐이야.' 그는 약을 떠올리고 나서 몸을 조금 일으켜 약을 먹고 다시 반듯하게 자리에 누워 어떻게 약이 유익하게 작용하여 통증을 없애는지 유심히 지켜보았다. '그저 규칙적으로 약을 먹고 몸에 해로운 영향을 피해야 해. 벌써 몸이 좀더 좋아진 느낌이야, 훨씬 더 좋아졌어.' 그는 옆구리를 만져보기 시작했다. 만져도 아프지 않았다. '정말 통증의 느낌이 없어, 훨씬 더 좋아졌어.' 그는 촛불을 끄고 옆으로 누웠다…… 맹장도 좋아지고 흡수작용이 일어나고 있었다. 그 순간 그는 돌연 익숙하고 오래된, 둔중하고 찌르는 듯한 통증, 집요하고 은근하고 심각한 그 통증을 느꼈다. 입안에서도 전과 똑같은 그 익숙하고 역겨운 맛이 돌았다. 심장이 아프기 시작하고 머리가 몽롱해졌다. '오, 맙소사, 맙소사!' 그가 말했다. '다시, 다시 시작되었어, 절대 멈추지 않을 거야.' 갑자기 문제가 전혀 다른 관점에서 보이기 시작했다. '맹장! 신장.' 그는 혼잣말을 했다. '문제는 맹장도 신장도 아니야, 이건 사느냐…… 죽느냐의 문제야. 그래, 내가 살아 있었지만 지금 생명이 빠져나가고 있는데 나는 붙잡을 수가 없어. 그래. 왜 나 자신을 기만해야 하지? 나만 빼고 모두 내가 죽어가고 있다는 것을 분명히 알고 있어. 문제는 몇 주 혹은 며칠을 더 사느냐인데, 아마 지금 당장 죽을 수도 있어. 예전엔 빛이 있었는데 지금은 어둠뿐이야. 나는 여기에 있었지만 지금은 저기로 가고 있어! 대체 어디로?' 돌연 그의 몸이 추워지더니 숨이 멎었다. 심장이 쿵 쿵 뛰는 소리만 들렸다.

'내가 존재하지 않으면, 무슨 일이 일어날까? 아무 일도 일어나지 않을 거야. 내가 존재하지 않으면, 도대체 내가 어디에 있을 수 있을까? 정말 죽음이 있을까? 아니, 나는 죽고 싶지 않아.' 그는 벌떡 일어나 촛불을 켜려고 떨리는 손으로 초를 더듬더듬 찾다가 초와 촛대를 바닥에 떨어뜨리고는 다시 베개 위로 벌러덩 나자빠졌다. '왜? 어쨌거나 마찬가지야.' 그는 크게 뜬 두 눈으로 어둠을 응시하며 혼잣말을 했다. '죽음. 그래, 죽음이야. 저 사람들 중 아무도 모르고 알고 싶어하지도 않고 애석해하지도 않아. 그들은 그저 놀고 있어. (문밖에서 사람들의 목소리와 반주 소리가 어렴풋이 들려왔다.) 저들도 마찬가지로 모두 죽을 거야. 멍청한 것들. 내가 먼저고 저들은 나중일 뿐이야. 저들도 똑같이 죽을 거야. 그런데 저들은 기뻐하고 있어. 짐승들!' 그는 증오로 숨이 막히는 것 같았다. 그는 고통스러웠고 견딜 수 없이 괴로웠다. 모든 사람들이 언제나 이처럼 끔찍한 공포를 겪을 운명을 타고났을 리가 없다. 그는 몸을 일으켰다.

'무언가 잘못됐어. 진정해야만 해. 모든 것을 처음부터 다시 생각해야 해.' 그는 곰곰이 생각하기 시작했다. '그래 병의 시작부터 생각해보자. 옆구리를 부딪혔지. 그런데 그날도 다음날도 역시 괜찮았어. 약간 쑤셨고, 더 심해졌어. 다음에 의사를 찾아갔고, 그다음에 우울해지고 걱정이 되어 다시 의사를 찾아갔지. 나는 계속 나락을 향해 점점 더 가까이 걸어갔어. 힘도 빠지고. 더 가까이, 더 가까이. 이렇게 몸은 쇠약해졌고, 눈에서 광채도 사라졌어. 그리고 죽음이 바로 곁에 있는데, 나는 맹장에 대해 생각하고 있어. 지금도 맹장을 고칠 생각이나 하고 있지만, 이건 죽음의 문제야. 나는 정말 죽는 걸까?' 다시 공포가 그를 엄습했다. 그는 숨을 헐떡이면서 몸을 굽혀 성냥을 찾기 시작했고, 팔꿈치로 침대 옆 작은 탁자를 눌렀다. 탁자가 방해가 되고 팔꿈치가 아파오자 그는 화가 나서 더 세게 탁자를 눌러 넘어뜨렸다. 그는 절망에 빠져 숨을 헐떡거리다가 뒤로 넘어져 이제 임박한 죽음을 기다렸다.

이때 손님들이 돌아가고 있었다. 프라스코비야 표도로브나가 손님들을 배웅하던 중에 쿵 하는 소리를 듣고 방으로 들어왔다.

"무슨 일이에요?"

"아무것도 아니야. 우연히 뭘 좀 떨어뜨렸어."

그녀는 방에서 나가더니 초를 가져왔다. 그는 1베르스타를 달린 사람처럼 힘겹게 가쁜 숨을 몰아쉬며 누워 있었고, 그의 두 눈은 그녀를 향한 채 움직이지 않았다.

"왜 그래요, *장*?"

"아무 일도 아니…… 떠어러…… 뜨렸어." 그는 '말을 해야 뭐해. 어차피 이해도 못할 텐데' 하고 생각했다.

아내는 정말 이해하지 못했다. 그녀는 초를 들어올려 그에게 촛불을 켜주고 급히 방에서 나갔다. 손님들을 마저 배웅해야 했기 때문이다.

그녀가 돌아왔을 때 그는 여전히 고개를 위로 하고 반듯이 누워 천장을 바라보고 있었다.

"무슨 일이에요, 더 나빠졌어요?"

"그래."

그녀는 몇 번 고개를 젓더니 남편 곁에 앉았다.

"있잖아요, *장*, 제 생각인데, 레셰티츠키 선생님을 집으로 모셔오면 어떨까요?"

명의를 집으로 모시자는 말은 돈을 아끼지 않겠다는 의미다. 그는 독기어린 미소를 짓고 "안 돼" 하고 말했다. 그녀는 잠시 앉아 있다가 남편에게 가까이 다가가 이마에 입을 맞췄다.

그는 아내가 이마에 입을 맞출 때 진심으로 그녀를 증오했으며, 그녀를 밀쳐내고 싶은 것을 간신히 참았다.

"자, 안녕. 잘 자요."

"그래."

6

이반 일리치는 자신이 죽어가고 있다는 사실을 깨닫고는 끊임없이 절망했다.

이반 일리치는 자신이 죽어가고 있다는 사실을 내심 알고 있었지만, 이 사실에 익숙해지지 않았을 뿐만 아니라 이 사실을 전혀 이해하지 못했고 결코 이해할 수도 없었다.

그는 지금까지, 키제베터*의 논리학에서 배운 '카이사르는 인간이다, 인간은 죽는다, 고로 카이사르도 죽는다'라는 삼단논법의 일례는 카이사르에게만 맞지 자신에게는 전혀 맞지 않는다고 생각했다. 카이사르는 인간, 일반적인 인간이니까 당연히 그 삼단논법을 적용할 수 있지

* 요한 고트프리트 키제베터(1766~1819). 독일 철학자로 칸트의 제자.

만, 자신은 카이사르가 아니고 일반적인 인간도 아니었다. 이반 일리치는 자신을 항상 다른 모든 사람들과는 전혀, 전혀 다른 특별한 존재라고 여겼다. 그는 엄마와 아빠, 미탸와 볼로댜, 장난감들, 마부, 유모와 카텐카, 어린 시절과 소년 시절과 청년 시절의 온갖 기쁨과 슬픔, 그리고 감동을 간직하고 있는 바냐였다.* 정말로 카이사르에게는 바냐가 그토록 좋아했던 줄무늬 있는 조그만 가죽공의 냄새가 있었을까? 정말로 카이사르는 어머니의 손에 그렇게 입을 맞췄고, 정말로 어머니의 비단옷 주름은 카이사르에게 그렇게 사각거렸을까? 정말로 카이사르가 그렇게 법률학교에서 피로조크** 때문에 소란을 피웠을까? 정말로 카이사르는 그렇게 사랑에 빠졌을까? 정말로 카이사르는 그렇게 재판을 진행할 수 있었을까?

분명 카이사르는 죽고, 죽는 것이 당연하지만 나, 바냐, 온갖 감정과 생각을 가진 이반 일리치인 나에게 죽음은 다른 문제다. 내가 죽어야만 한다는 것은 있을 수 없는 일이다. 그건 너무나 끔찍한 일이다.

그는 이렇게 느꼈다.

'만약 카이사르처럼 나도 죽어야 한다면 나는 그것을 알았을 테고, 내면의 목소리가 내게 그렇게 말했을 테지만, 내 안에 그런 것은 아무것도 없었어. 나도 내 친구들도 모두 우리는 카이사르와 전혀 다르다고 생각했어. 그런데 지금, 이게 무슨 꼴이란 말인가!' 그는 계속 혼잣말을 했다. '있을 수 없는 일이야. 있을 수 없는 일이지만 현실이야. 이 일을

---

* 미탸, 볼로댜, 카텐카는 이반 일리치의 형제와 누이로 각각 미하일, 블라디미르, 예카테리나의 애칭. 바냐는 이반의 애칭.

** 러시아식 고기만두.

어쩌지? 이 일을 어떻게 이해해야 하지?'

그는 자신의 죽음을 이해할 수 없었다. 그는 거짓되고 병적인 잘못된 생각을 떨쳐내고 올바르고 건강한 생각을 하려고 애썼다. 하지만 이런 생각은 단지 생각이 아니라 마치 현실처럼 다시 나타나 그의 앞에 서 있었다.

그는 이런 생각의 자리에 다른 생각들을 차례로 불러내며 거기에서 마음의 버팀대를 찾고 싶어했다. 그는 이전에 죽음에 대한 생각으로부터 자신을 지켜주었던 예전의 사고의 흐름으로 돌아가려고 애썼다. 하지만 이상하게도, 이전에는 죽음에 대한 의식을 차단하고 숨기고 깨뜨렸던 모든 것들이 지금은 아무 효과가 없었다. 최근에 이반 일리치는 죽음에 대한 생각을 차단했던 예전의 감정의 흐름을 회복하려는 노력에 대부분의 시간을 쓰고 있었다. 그는 이렇게 혼잣말을 하곤 했다. '일이나 하자, 나는 일로 살아왔잖아.' 그는 온갖 의혹을 떨쳐내며 법정으로 출근해 동료들과 대화도 나누고 오래된 습관대로 무심코 재판정 자리에 앉아 생각에 잠긴 시선으로 청중을 둘러보았다. 비쩍 마른 두 팔을 참나무 안락의자의 팔걸이에 걸치고 평소처럼 동료에게 몸을 구부려 서류를 밀어주며 귓속말을 몇 마디 나누다가, 돌연 눈을 쳐들고 자세를 바로잡고는 의례적인 몇 마디 말을 한 후 재판을 시작했다. 하지만 재판 중간에 돌연 옆구리 통증이 찾아오고, 재판의 진행에는 아랑곳없이 그 빨아들일 것 같은 고통이 시작되었다. 이반 일리치는 귀를 기울이고 통증에 대한 생각을 떨쳐내려 했지만 통증은 자신의 역할을 계속했고, 그것이 그를 찾아와 그의 앞에 똑바로 서서 그를 바라보자 그는 몸이 차갑게 얼어붙었고 눈앞이 캄캄해져 다시 자문하기 시작했다.

'정말로 그것만이 진실인가?' 동료들과 부하 직원들은 그토록 뛰어나고 섬세하던 재판관이 당황하고 실수하는 모습을 보면서 놀라움과 비애를 느끼지 않을 수 없었다. 그는 몸을 흔들며 정신을 차리려 애썼고, 간신히 재판을 끝내고 나서 서글픈 심정으로 집으로 돌아왔다. 이제는 재판 업무도 예전처럼 자신이 숨기고 싶은 것을 더이상 숨겨줄 수 없고, 재판 업무로도 자신이 그것에서 벗어날 수 없다는 사실을 그는 깨달았다. 그리고 무엇보다 기분이 나쁜 것은 그것이 그를 자기 쪽으로 끌어당기고 있다는 점이었는데, 그가 무언가를 하도록 시키는 것이 아니라 그저 그것만을 바라보게 하고, 그것도 똑바로 바라보게 하고, 아무것도 하지 않으면서 형용할 수 없는 고통을 겪도록 했다.

이런 상태에서 벗어나기 위해 이반 일리치는 위안이 될 만한 다른 방패막이들을 찾고 있었다. 그는 다른 방패막이들을 찾았고, 그것들은 잠시 그를 구원해주는 것 같았지만, 새로 찾은 방패막이들은 금세 망가졌다. 아니 망가졌다기보다는 투명해져서 그것은 모든 것을 뚫고 들어왔고, 아무것도 그것을 막을 수 없는 듯했다.

근래 들어 그는 자신이 꾸민 응접실에 들르곤 했다. 그가 사다리에서 미끄러져 떨어진 바로 그 방이었다. 그의 병이 그때 입은 타박상에서 시작되었으니 그 방을 위해, 그 방을 꾸미기 위해 그가 목숨을 바쳤다고 생각하면 독기어린 웃음이 나왔다. 그는 응접실로 들어가 래커칠한 탁자 위에서 무엇엔가 긁힌 자국을 보았다. 그 원인을 찾다가 앨범의 귀퉁이에 붙은 구부러진 청동 장식이 펴져서 생긴 자국임을 알아냈다. 자신이 애정을 갖고 만든 소중한 앨범을 집어든 그는 딸과 딸 친구들의 부주의함에 화가 났다. 어떤 곳은 찢겨 있었고, 어떤 곳은 사진이 거꾸로 붙어 있었다. 그는 열심히 앨범을 정리했고, 앨범의 청동 장식을 다시 구부려놓았다.

이윽고 그는 앨범이 놓인 *탁자*를 꽃들이 있는 다른 쪽 구석으로 옮겨야겠다는 생각을 했다. 그는 하인을 불렀다. 딸과 아내가 도와주겠다고 왔지만 그의 생각에 동의하지 않고 반대하는 바람에 그는 언쟁을 하고 화를 냈다. 그러나 그것에 대한 생각도 들지 않았고, 그것도 모습을 드러내지 않았기 때문에 모든 것이 좋았다.

하지만 그가 직접 탁자를 옮기려 하자 아내가 말했다. "제발, 하인들에게 시키세요, 또 다치면 어쩌려고요." 그 순간 그것이 방패막이들을 뚫고 잠깐 나타났다 사라졌고, 그는 그것을 알아보았다. 그것이 잠깐 나타났다 사라졌기 때문에 그는 그것이 곧 사라지리라 한번 더 기대하면서도 저도 모르게 옆구리에 신경을 집중했다. 모든 것이 그대로였고, 쑤시는 통증도 그대로여서 그는 잊을 수가 없었고, 그것이 꽃 뒤에서 그를 분명하게 바라보고 있었다. 이 모든 것이 무슨 소용이란 말인가?

'그래 맞아, 여기에서 이 커튼을 달다가 내가 전장에서처럼 목숨을 잃었다니 정말일까? 얼마나 끔찍하고 얼마나 어리석은 일인가! 그런 일은 일어날 수 없어! 그런 일은 일어날 수 없어, 하지만 사실인걸.'

그는 서재로 가서 자리에 누웠고 다시 그것과 홀로 남았다. 그는 그것과 눈을 마주하고 있었지만 그것을 상대로 할 수 있는 건 아무것도 없었다. 그저 그것을 바라보며 몸이 차가워질 뿐이었다.

7

발병한 지 석 달째로 접어들면서 이반 일리치의 병세가 악화되었는데, 어떻게 그렇게 되었는지 설명할 수 없었다. 병세가 천천히 눈에 띄지 않게 악화되었기 때문이다. 그에 대한 다른 사람들의 유일한 관심은, 마침내 그가 곧 자신의 자리를 비울 것인지, 자신의 존재 때문에 생겨난 압박으로부터 산 사람들을 해방시킬 것인지, 그리고 그 자신도 고통으로부터 벗어날 것인지였다. 아내도 딸도 아들도 하인도 지인들도 의사들도, 그 누구보다 그 자신도 그것을 알고 있었다.

그는 잠이 점점 줄어들었다. 그에게 아편과 모르핀이 투약되기 시작했다. 그러나 이 방법도 그의 고통을 덜어주지 못했다. 반무의식 상태에서 느껴지는 몽롱한 우수가 처음엔 뭔가 새로운 것처럼 그의 고통을 덜어주었지만, 시간이 지나자 통증은 다시 같아졌고 심지어 원래의 통증보다 훨씬 더 고통스러웠다.

의사들의 처방에 따라 그를 위한 특별한 음식이 준비되었다. 하지만 음식은 점점 더 맛이 없어지고 더욱 역겹기만 했다.

배뇨와 배변을 위해 특수 용변기가 만들어졌는데, 매번 그것을 사용하는 것도 고통이었다. 불결함과 상스러움, 고약한 냄새 때문에, 그리고 용변을 볼 때마다 다른 사람의 도움을 받아야 한다는 의식 때문에 그는 무척 고통스러웠다.

하지만 가장 불쾌한 이 일을 위해 이반 일리치에게 위안이 되는 존재가 나타났다. 그의 배설물을 치우기 위해 항상 들락거리는, 식당 일을 돕는 농부 게라심이었다.

게라심은 도시 밥을 먹어 통통하게 살이 찐, 깨끗하고 생기발랄한 젊은 농부였다. 그는 항상 밝고 명랑했다. 언제나 러시아식으로 깨끗하게 옷을 입고 이런 역겨운 일을 하는 젊은 게라심을 보기가 처음엔 무척 곤혹스러웠다.

한번은 용변기에서 일어나 바지를 올릴 힘이 없었던 이반 일리치는 푹신한 안락의자에 그대로 주저앉고 말았다. 그는 힘줄이 뚜렷이 드러난 자신의 벌거벗은 무력한 허벅지를 공포에 질려 바라보았다.

그때 두툼한 장화를 신은 게라심이 장화의 상큼한 타르 냄새와 신선한 겨울 공기를 자기 주변에 확 풍기며 가볍고 힘찬 걸음으로 방으로 들어왔다. 그는 거친 삼베로 만든 깨끗한 앞치마에 깨끗한 면 셔츠를 입고 있었는데, 걷어올린 소매 아래로 젊고 건강한 맨팔이 드러나 보였다. 그는 이반 일리치를 바라보지 않고 곧장 용변기 쪽으로 다가갔는데, 혹시 환자에게 모욕감을 줄까봐 자기 얼굴에서 환하게 빛나는 생명의 기쁨을 억누르고 있는 게 분명했다.

"게라심." 이반 일리치가 힘없이 말했다.

게라심은 움찔했다. 분명 자신이 무슨 잘못이라도 저질렀는지 놀라는 모습이었다. 게라심은 생기발랄하고 선량하고 순박하고 젊은, 이제 막 수염이 나기 시작한 자신의 얼굴을 재빨리 환자 쪽으로 돌렸다.

"무슨 일이시죠?"

"자네는 이 일이 내키지 않지? 미안하구나. 나는 할 수가 없어."

"별말씀을 다 하십니다요." 게라심은 두 눈을 빛내며 건강하고 하얀 이를 드러냈다. "전혀 어렵지 않습니다. 나리는 편찮으시잖아요."

그는 능숙하고 강한 두 팔로 익숙한 자신의 일을 처리하고 가벼운 걸음으로 방을 나갔다. 그리고 오 분쯤 지나 역시 가벼운 걸음으로 돌아왔다.

이반 일리치는 여전히 안락의자에 앉아 있었다.

"게라심." 게라심이 깨끗하게 씻은 용변기를 내려놓자 이반 일리치가 말했다. "자, 여기로 와서 나를 좀 도와줘." 게라심이 다가왔다. "나를 좀 일으켜줘. 혼자서는 힘들어. 드미트리를 보내버려서 말이야."

게라심이 다가왔다. 그는 가볍게 걷듯이 튼튼한 두 팔로 주인을 안아 민첩하고 부드럽게 일으켜세운 다음 부축하면서 한 손으로 바지를 끌어올린 뒤 자리에 앉히려고 했다. 하지만 이반 일리치가 소파로 데려가달라고 부탁했다. 게라심은 전혀 힘을 들이지 않고, 세게 누르지도 않으면서 거의 안다시피 하여 주인을 소파로 데려가 앉혔다.

"고맙다. 자네는 정말 일을 민첩하게 잘하는군…… 뭐든지 잘해."

게라심은 다시 미소를 짓고 방에서 나가려고 했다. 하지만 이반 일리치는 게라심과 함께 있는 것이 너무 좋아서 그를 놓아주고 싶지 않았다.

"저 말이야, 그 의자를 내게 밀어주게. 아니, 여기 발밑에 대줘. 다리를 더 높이 올리면 편하거든."

게라심은 의자를 가져와 소리도 내지 않고 단번에 바닥에 똑바로 내려놓더니 이반 일리치의 두 다리를 올려놓았다. 이반 일리치는 게라심이 자신의 다리를 높게 쳐드는 순간 편안해지는 느낌이 들었다.

"다리를 높게 올려놓으니까 훨씬 낫군." 이반 일리치가 말했다. "저기 있는 쿠션을 가져다 다리 밑에 놓게."

게라심은 시키는 대로 했다. 게라심이 다시 다리를 들고 그 밑에 쿠션을 받쳐주었다. 게라심이 다리를 잡고 있는 동안 이반 일리치는 한결 기분이 좋아졌다. 그가 다리를 내려놓자 기분이 나빠지는 것 같았다.

"게라심," 이반 일리치가 말했다. "지금 바쁜가?"

"전혀 바쁘지 않습니다요." 주인과 말하는 법을 도시 사람들에게서 배운 게라심이 말했다.

"아직 할일이 있나?"

"제가 할일이 뭐가 있겠습니까? 다 해놓았습니다. 내일 쓸 장작만 패면 됩니다."

"그럼 내 다리를 좀더 높이 들고 있게, 할 수 있겠나?"

"물론입니다, 할 수 있습니다." 게라심이 다리를 더 높이 들어올리자 이반 일리치는 이런 자세에서는 통증을 전혀 느끼지 않을 것 같았다.

"그런데 장작은 어쩌지?"

"걱정 마십시오. 다 할 수 있습니다."

이반 일리치는 앉아서 다리를 잡고 있으라고 게라심에게 이르고 잠시 그와 이야기를 나누었다. 이상하게도, 게라심이 그의 다리를 잡고 있는 동안 몸이 한결 좋아지는 느낌이었다.

그때부터 이반 일리치는 가끔 게라심을 불러 그의 어깨에 자신의 다리를 올려놓고 그와 이야기하길 좋아했다. 게라심은 이런 일을 가볍고 단순하고 즐겁게 착한 마음으로 했다. 이반 일리치는 그의 착한 마음에 감동했다. 다른 사람들의 건강, 힘, 삶의 활기를 보고 이반 일리치는 모욕을 느꼈지만 게라심의 힘과 삶의 활기를 보고는 고통이 아닌 편안함을 느꼈다.

이반 일리치를 가장 고통스럽게 한 것은 거짓이었다. 왠지 모두가 인정한 거짓, 그가 죽어가는 것이 아니라 병이 들었을 뿐이고, 안정을 취하고 치료만 잘 받으면 아주 좋아질 것이라는 그 거짓말을 견디기가 고통스러웠다. 무슨 짓을 하더라도 점점 더 심해지는 고통과 죽음 외에 아무것도 기대할 수 없다는 사실을 그도 알고 있었다. 이 거짓말이 그를 괴롭혔다. 모두가 알고 있고, 그도 알고 있는 것을 인정하기는커녕 그의 끔찍한 상태에 대해 속이려 들고, 또 그 거짓말에 그 자신이 가담하기를 강요하는 것도 그를 괴롭혔다. 거짓말, 죽음을 눈앞에 둔 그에게 쏟아지는 이 거짓말, 무시무시하고 장엄한 그의 죽음의 의식儀式을 문병, 커튼, 식사에 나온 철갑상어 요리 등등의 수준으로 끌어내리는 이런 거짓말이 이반 일리치는 너무나 괴로웠다. 사람들이 그의 앞에서 이런 거짓말을 할 때마다 '거짓말은 그만해, 내가 죽어가고 있다는 건 당신들도 알고 나도 알고 있으니까 최소한 거짓말은 하지 마'라는 외침이 목구멍까지 차올랐지만, 이상하게도 그는 그 말을 내뱉을 용기를 단 한 번도 내지 못했다. 그는 자신의 무시무시하고 끔찍한 죽음의 의식이 자신을 둘러싼 모든 사람들에 의해, 우발적인 불쾌한 사건이나 다소 품위가 떨어지는 일(응접실로 들어오면서 고약한 냄새를 풍기는 사람을 대하는 것 같은)의 수준으로 끌어내려지는 것을 보았는데, 그는 평생 바로 그 '품위'를 유지하기 위해 노력해왔다. 아무도 그의 상태를 이해조차 하려 들지 않기 때문에 아무도 그를 가엾게 여기지 않는다는 것을 그는 알고 있었다. 그의 상태를 이해하고 그를 가엾게 여기는 사람은 게라심 한 명뿐이었다. 그래서 이반 일리치는 게라심과 함께 있을 때만 마음이 편했다. 이따금 게라심이 그의 발을 붙잡고서 잠자러 갈 생각도 않고 밤을 꼬박 새우며 "걱정하지 마십시오, 이반 일리치 나리,

저는 실컷 잠을 잘 수 있으니까요"라고 말할 때 그는 기분이 좋았다. 혹은 게라심이 돌연 친근한 어투로 "아프지 않다고 해도 당연히 이렇게 해드릴게요" 하고 덧붙여 말할 때도 기분이 좋았다. 게라심만이 거짓말을 하지 않았다. 모든 정황으로 보아 게라심만이 문제의 핵심을 깨닫고 이것을 숨길 필요가 없다고 생각했으며, 깡마르고 허약한 주인 나리를 정말로 가엾게 여기는 것이 분명했다. 심지어 한번은 이반 일리치가 게라심을 내보내려고 하자, 그가 솔직하게 말했다.

"우리 모두 언젠가는 죽습니다. 나리를 위해 수고하는 건 당연합니다." 게라심은 이 말을 통해 자기는 죽어가는 사람을 위해 수고하고 있기 때문에 전혀 힘들지 않고, 언젠가 자기가 죽어갈 때 누군가 자기를 위해서도 똑같은 수고를 해주길 바란다는 속내를 내비쳤다.

거짓말 외에, 아니 그 거짓말 때문에 그 누구도 이반 일리치가 바라는 만큼 그를 가엾게 여기지 않는다는 사실이 무엇보다 괴로웠다. 오랜 고통에 시달리고 난 뒤 이따금 이반 일리치는, 사실대로 고백하기가 부끄러운 일이긴 하지만, 누군가 자신을 아픈 아이를 대하듯이 그렇게 가엾게 여겨주기를 무엇보다 간절히 원했다. 사람들이 어린애를 어루만지며 달래듯이 자기를 부드럽게 다독이고, 자기에게 입을 맞추고, 자기를 위해 울어주기를 바랐다. 그는 자신이 지위가 높은 판사이고 벌써 수염이 희끗희끗한 나이이기 때문에 그럴 수 없다는 것을 알고 있었다. 그러나 그럼에도 불구하고 그는 그러길 바랐다. 게라심과의 관계에서 이와 비슷한 무언가가 있었고, 그래서 그는 게라심과의 관계에서 위로를 받았다. 이반 일리치는 울고 싶었고, 사람들이 그런 자신을 다정하게 어루만져주고 같이 울어주기를 바랐지만, 법원 동료인 셰베크 판사가 찾아오자 그는 울거나 응석을 부리는 대신 심각하고 엄숙한 얼굴로 깊은 생각에 잠긴 표정을 지었고 타성적으로 대법원이 내린 판결의 의미에 대해 의견을 표명하면서 자신의 의견을 고집했다. 무엇보다 그의 주변과 그 자신의 이런 거짓이 이반 일리치의 삶의 마지막 나날들을 해치고 있었다.

8

아침이었다. 게라심이 나가자 하인 표트르가 들어와 촛불을 끄고 한쪽 커튼을 젖히고 나서 조용히 청소를 시작했기 때문에 그저 아침인 것이었다. 아침이든 저녁이든, 금요일이든 일요일이든 모든 것이 마찬가지고, 모든 것이 똑같았다. 한순간도 멎지 않고 그를 괴롭히는 찌르는 듯한 통증도, 아직은 붙어 있지만 계속 사라져가는 생명에 대한 절망적인 의식意識도 그대로였다. 점점 다가오는 이 무시무시하고 가증스러운 죽음만이 유일한 현실이었고 다른 모든 것은 거짓이었다. 이런 마당에 요일이며 주일이며 시간이 무슨 의미가 있겠는가?

"차를 내오도록 할까요, 나리?"

'저 녀석에겐 규칙이 필요하지. 아침마다 주인들이 차를 마셔야 하는 거야.' 이렇게 생각하며 그가 말했다.

"아니다."

"소파로 옮겨드릴까요?"

'방을 정돈하는 데 내가 방해된다 이거지. 내가 방을 더럽히고 너저분하게 만든다는 거군.' 이번에도 이렇게 생각하며 그가 말했다.

"아니, 나를 그냥 내버려둬."

하인은 여전히 부산을 떨었다. 이반 일리치가 한 팔을 뻗었다. 표트르가 친절하게 다가왔다.

"뭐가 필요하신지요?"

"시계 좀."

표트르가 팔 밑에 있던 시계를 집어 건넸다.

"여덟시 반이군. 다들 일어나지 않았나?"

"아직 일어나지 않으셨습니다요. 바실리 이바노비치(그의 아들이었다) 도련님은 김나지움에 가셨지만 프라스코비야 표도로브나 마님은 나리께서 찾으시면 깨우라고 분부하셨습니다. 마님을 깨울까요?"

"아니, 됐어." 그는 '차를 한잔 마셔볼까' 하고 생각했다. "그래, 차를…… 가져와."

표트르가 문 쪽으로 걸어갔다. 이반 일리치는 혼자 남는 것이 두려워졌다. '어떻게 저 녀석을 붙잡아두지? 그래, 약이 있지.' "표트르, 약 좀 갖다줘." '그래, 아마도 아직은 약이 도움이 될 수도 있어.' 그는 숟가락을 들고 약을 마셨다. '아니야, 소용없을 거야. 다 쓸데없는 짓이야, 거짓이야.' 그는 입안에 익숙한 역겹고 절망적인 맛을 느끼자마자 이렇게 단정했다. '아니, 더이상 믿을 수 없어. 그런데 통증, 이놈의 통증은 어째서 한순간도 멈추지 않는 거야.' 그는 신음소리를 내기 시작했다. 표트르가 돌아왔다. "아니야, 가서 차나 가져와."

표트르가 방에서 나갔다. 혼자 남은 이반 일리치는 계속 신음소리를 냈다. 그것은 견딜 수 없는 끔찍한 통증 때문이 아니라 너무나 울적해서 터져나오는 신음이었다. '모든 게 똑같아. 끝없이 반복되는 밤과 낮. 차라리 더 빨리 왔으면. 뭐가? 죽음, 어둠 말인가. 아니, 아니야. 그래도 무엇이든 죽음보다는 나아!'

표트르가 쟁반에 차를 받쳐들고 방으로 들어오자 이반 일리치는 그가 누군지, 뭐하러 들어왔는지 전혀 이해하지 못하고 오랫동안 멍한 눈길로 바라보았다. 표트르는 주인의 멍한 눈길에 당황했다. 표트르가 당황하자 그제야 이반 일리치는 제정신을 차렸다.

"그래," 그는 말했다. "차…… 좋아, 거기 내려놔. 세수하는 거나 도와주고 깨끗한 루바시카로 갈아입혀줘."

이반 일리치는 세수하기 시작했다. 그는 쉬엄쉬엄 손과 얼굴을 씻고, 이를 닦고, 머리를 빗고 나서 거울을 보았다. 무섭게 변해 있었다. 특히 창백한 이마에 머리칼이 착 달라붙은 모습이 무서웠다.

표트르가 루바시카를 갈아입혀줄 때, 그는 자신의 몸을 보면 더 끔찍하리라 생각하고 아예 몸을 바라보지 않았다. 마침내 몸단장이 끝났다. 그는 실내 가운을 입고 모포로 몸을 감싼 뒤, 차를 마시려고 안락의자에 앉았다. 한순간 상쾌한 기분을 느꼈지만, 차를 한 모금 마시자마자 그 역겨운 맛이 다시 입안에 돌고 통증이 시작되었다. 그는 간신히 차를 마시고는 다리를 죽 뻗었다. 그는 자리에 누운 뒤 표트르를 내보냈다.

모든 게 똑같았다. 때론 희망이 한 방울 반짝이다가 때론 절망의 파도가 몰아쳤고, 끊임없는 통증과 연이은 울적함, 모든 게 똑같았다. 혼자 있으면 끔찍하게 울적해져서 누군가를 부르고 싶었지만 다른 사람들이 있으면 상태가 더 악화된다는 것을 그는 이미 알고 있었다. '다시 모르핀이라도 맞아서 고통을 잊어버릴 수 있다면 차라리 좋을 텐데. 의사에게 뭔가 다른 방법을 찾아보라고 말해야겠어. 이대로는 견딜 수 없어, 도저히 견딜 수 없어.'

그렇게 한 시간, 두 시간이 흘렀다. 현관에서 벨이 울렸다. 아마 의사일 것이다. 정말로 의사였다. 생기가 넘치고 활달하며 살집이 좋은 쾌활한 의사는 '왠지 다들 놀라신 것 같은데, 이제 우리가 다 해결해드리지요'라고 말하는 듯한 표정을 짓고 있었다. 의사는 자신의 표정이 이 자리에 어울리지 않는다는 것을 알고 있었지만, 이미 확실하게 굳어져버린 그 표정을 지울 수가 없었는데, 그건 마치 어떤 사람이 아침부터 프록코트를 입고 남의 집을 방문하러 다니는 것과 같았다.

의사는 활기차게, 환자를 위로하려는 듯이 두 손을 비볐다.

"몸이 얼었어요. 날씨가 엄청 춥습니다. 우선 몸부터 녹여야겠어요." 그는 마치 몸을 녹일 동안 잠시만 기다려주면, 몸이 녹는 대로 모든 것을 바로잡겠다는 표정을 지으며 말했다.

"그래, 좀 어떠세요?"

이반 일리치는 의사가 '별일없죠?'라고 묻고 싶지만, 차마 그렇게 말할 수가 없어서 '간밤은 어떻게 보내셨나요?'라고 말하는 것 같았다.

이반 일리치는 '정말로 당신은 그렇게 거짓말을 하는 게 부끄럽지도 않소?' 하고 묻는 표정으로 의사를 바라보았다. 하지만 의사는 그 표정의 의미를 이해하려 하지 않았다.

그래서 이반 일리치가 말했다.

"여전히 끔찍합니다. 통증은 계속되고 가라앉지도 않아요. 제발 어떻게 좀 해주시오!"

"그래요, 선생님 같은 환자들은 통증이 언제나 그렇습니다. 자아, 이제 몸이 녹은 것 같군요. 더없이 정확하고 꼼꼼한 프라스코비야 표도로브나도 이제 제 체온에 대해 뭐라고 하지는 않을 겁니다. 자아, 어디 한번 볼까요." 그러면서 의사가 환자의 손을 잡았다.

의사는 지금까지의 장난기어린 태도를 거두고 진지한 모습으로 환자를 살펴보고, 맥을 짚어보고, 체온을 재고, 여기저기 몸을 두드리면서 몸에서 나는 소리에 주의깊게 귀를 기울였다.

이반 일리치는 의사의 이런 행동이 다 쓸데없는 짓이며 공허한 거짓에 지나지 않는다는 것을 확실하고 분명하게 알고 있었지만, 의사가 무릎을 꿇고 그의 위로 몸을 편 채 귀를 위 아래로 갖다대고 의미심장한 얼굴로 체조 동작 같은 다양한 몸짓을 하자 이런 동작에 그만 속아넘어갔는데, 그것은 예전에 변호사들의 말이 다 거짓이고 그들이 왜 거짓말을 하는지 잘 알면서도 그들의 말에 속아넘어가는 것과 같았다.

의사는 소파에 무릎을 꿇고 앉아 여전히 그의 몸을 여기저기 두드리고 있었다. 그때 문 쪽에서 프라스코비야 표도로브나의 비단 옷자락 스치는 소리가 사각사각 들리더니, 의사 선생님이 오신 것을 왜 알리지 않았느냐고 표트르를 꾸짖는 소리가 들려왔다.

그녀가 방안으로 들어와 남편에게 입을 맞추고 곧바로 자기는 이미 오래전에 일어났는데 뭔가 오해 때문에 의사 선생님이 오셨을 때 나와 보지 못했다고 변명하기 시작했다.

이반 일리치는 아내를 바라보며 그녀의 온몸을 찬찬히 뜯어보았다. 하얀 피부, 포동포동한 몸, 깨끗한 손과 목, 윤기나는 머리칼, 생기로 가득찬 빛나는 두 눈, 그는 아내의 모든 것을 비난하듯 바라보았다. 그는 진심으로 아내를 증오했다. 아내의 몸이 조금만 닿아도 아내를 향한 증오심이 북받쳐 견딜 수 없이 괴로웠다.

그와 그의 병에 대한 아내의 태도는 예나 지금이나 똑같았다. 의사가 환자들에 대한 자신의 태도를 한번 정하면 그 태도에서 쉽게 벗어날 수 없듯이, 그녀 역시 그에 대한 한 가지 태도를 정하자 그 태도에서 벗어날 수 없었다. 그 태도란 그가 해야 하는 뭔가를 제대로 하지 않는 것은 그의 잘못이고, 자신은 그의 그런 행동을 사랑으로 질책한다는 것이었다.

"저이는 도무지 말을 듣지 않아요! 제시간에 약을 복용하지도 않고요. 무엇보다 저런 자세로 누워 있는 게 문제랍니다. 저렇게 다리를 위로 쳐든 채 누워 있는 것은 아마 몸에 해로울 거예요."

그녀는 남편이 게라심에게 자기 다리를 들고 있게 한다고 말했다.

의사는 부드러우면서도 멸시하는 듯한 미소를 지었다. '어쩌겠어요, 환자들이란 흔히 그런 어리석은 짓을 생각해내곤 합니다. 하지만 용서해야죠'라고 말하는 표정이었다.

진찰이 끝나자 의사가 시계를 들여다보았다. 그때 프라스코비야 표도로브나가 이렇게 선언했다. 즉, 이반 일리치에게 그가 원하든 원하지 않든 자신은 오늘 명의를 집으로 불렀고, 그 명의와 미하일 다닐로비치(지금 와 있는 평범한 의사의 이름이었다)가 함께 그를 진찰하고 서로 의견을 나누리라는 것이다.

"그러니 반대하지 말아요. 이건 나를 위해서 하는 거니까요." 그녀는 자신이 그를 위해 모든 것을 하고 있으니 자기가 하는 일에 대해 거부할 권리를 그에게 주지 않겠다는 투로 비꼬듯이 말했다. 그는 말없이 얼굴을 찌푸렸다. 그는 자신을 둘러싼 이 거짓이 얼기설기 뒤얽혀 있어서 뭔가를 분간하기가 어렵다고 느꼈다.

그녀가 그를 위해 한다는 모든 일은 오로지 그녀 자신을 위한 것이었다. 그런데 그녀는 이제 이런 일을 자기 자신을 위한 것이라고 그에게 말했다. 그런 말은 반대로 이해해야만 하는, 도저히 믿을 수 없는 말이었다.

실제로 명의는 오전 열한시 반에 집으로 왔다. 다시 청진이 시작되었고 그의 면전에서, 그리고 다른 방에서 신장과 맹장에 관한 심각한 대화가 오갔으며, 의사들은 아주 진지한 표정으로 질문과 대답을 주고받았는데, 다시 환자가 직면한 유일한 문제, 즉 사느냐 죽느냐의 실제적인 문제 대신에 왠지 제 기능을 하지 못하는 신장과 맹장의 문제가 부각되었다. 미하일 다닐로비치와 명의는 신장과 맹장이 제 기능을 하도록 신장과 맹장에 막 공격을 퍼부을 태세였다.

명의는 심각하면서도 한 가닥 희망이 있다는 표정으로 작별인사를 했다. 이반 일리치가 공포와 희망이 교차하는 눈길로 두 눈을 빛내며 치료될 가능성이 있는지 겁먹은 듯이 묻자, 그는 장담할 수는 없지만 가능성이 있다고 대답했다. 희망어린 눈길로 의사를 배웅하는 이반 일리치가 얼마나 애처롭던지 왕진료를 건네려고 서재 문을 나서던 프라스코비야 표도로브나는 그 모습을 보고 그만 울음을 터뜨리고 말았다.

원기를 북돋워주는 의사의 말에 한껏 부풀어올랐던 기분은 그리 오래가지 못했다. 다시 똑같은 방, 똑같은 그림들, 커튼, 벽지, 조그만 약병들, 그리고 통증에 괴로워하는 육신. 이반 일리치는 다시 신음하기 시작했다. 그는 주사를 맞았고 의식을 잃었다.

그가 제정신을 차렸을 때는 이미 어두워지고 있었다. 식사가 나오자 그는 억지로 고깃국을 조금 먹었다. 그리고 다시 똑같은 일이 되풀이되었고, 다시 똑같은 밤이 찾아왔다.

저녁식사가 끝나고 일곱시 무렵에 야회에 가는 사람처럼 차려입은 프라스코비야 표도로브나가 그의 방으로 들어왔는데, 그녀는 풍만한 가슴을 불룩하게 위로 끌어올렸고, 얼굴에는 분칠한 자국도 보였다. 그녀는 저녁에 극장에 간다고 이미 아침에 남편에게 말한 바 있었다. 사라 베르나르*의 방문 공연이 있었는데, 아이들을 데리고 가서 보라고 이반 일리치가 고집해서 특별석을 예약해둔 상태였다. 지금 이 사실을 잊어버리고 있던 그는 아내의 옷차림에 기분이 나빠졌다. 하지만 공연이 아이들에게 교육적이고 미학적인 즐거움을 주기 때문에 특별석을 구해서 같이 가야 한다고 고집한 사람이 바로 자신임을 기억해내고는 불쾌한 기분을 내색하지 않았다.

프라스코비야 표도로브나는 자기 모습에 만족하며 방으로 들어왔지만 좀 미안해하는 것 같았다. 그녀는 남편 곁에 앉아 건강에 대해 물었지만, 그는 아내가 그저 물어본 것이지 그의 건강 상태를 알고 싶어서 물어본 것이 아님을 알고 있었다. 사실 더이상 알고 싶은 것이 없었던 그녀는 하고 싶은 말을 꺼냈다. 그녀는 절대로 가고 싶은 마음이 없지만 특별석이 예약되어 있고, 엘렌과 딸, 그리고 페트리셰프(딸의 구혼자인 예심판사)가 가는데, 그들끼리만 가게 할 수가 없어서 자신도 가는 거라고 말했다. 그리고 자기는 그의 곁에 앉아 있는 것이 더 좋다고

* 프랑스 연극배우(1844~1923).

덧붙였다. 또 자기가 없더라도 의사의 지시 사항을 지켰으면 좋겠다고 말했다.

"그럼, 표도르 페트로비치(딸의 구혼자)가 들어와서 인사하고 싶어 하는데, 괜찮죠? 리자도 그렇고요."

"들어오라고 해."

젊은 육체가 훤히 드러나도록 곱게 차려입은 딸이 안으로 들어왔는데, 그 육체는 그를 몹시 고통스럽게 했다. 그런데 딸은 자신의 건강한 육체를 과시하고 있었다. 강하고, 건강하고, 분명 사랑에 빠진 딸은 자신의 행복을 방해하는 병이나 고통이나 죽음에 화가 나 있었다.

연미복을 입고 카풀식*으로 머리한 표도르 페트로비치가 들어왔는데, 힘줄이 드러난 그의 긴 목은 하얀 칼라로 꽉 조여져 있었고, 흰 셔츠를 입은 넓은 가슴이 하얗게 빛났으며, 강인하고 탄탄한 허벅지에는 통이 좁은 검은 바지가 착 달라붙어 있었다. 그는 한쪽 손에는 하얀 장갑을 바짝 잡아당겨 끼고 있었고, 다른 쪽 손에는 오페라해트를 들고 있었다.

그의 뒤로 김나지움에 다니는 아들이 소리 없이 들어왔다. 새 교복을 입고 장갑을 낀 가엾은 아들은 눈 밑이 무섭도록 파랗게 그늘져 있었는데, 이반 일리치는 그 그늘이 무엇을 의미하는지 알고 있었다.

그는 늘 아들이 안쓰러웠다. 아버지를 애처롭게 바라보는 아들의 겁먹은 시선이 두렵게 느껴졌다. 게라심 외에 자신을 이해하고 동정하는 사람은 아들 바샤**뿐이라는 생각이 들었다.

---

* 프랑스 테너 가수 조제프 카풀(1839~1924)의 헤어스타일로, 머리 한가운데에 가르마를 타고 곱슬머리 두 가닥을 이마 위로 내려뜨린 것.

모두 자리에 앉더니 다시 건강은 좀 어떠냐고 물었다. 잠시 침묵이 흘렀다. 리자가 어머니에게 오페라용 쌍안경에 대해 물었다. 누가 그것을 어디로 치웠느냐고 모녀 사이에 언쟁이 일어났다. 볼썽사나운 장면이었다.

표도르 페트로비치는 이반 일리치에게 사라 베르나르를 본 적이 있느냐고 물었다. 이반 일리치는 처음에 무엇을 물어보는지 이해하지 못했다가 잠시 후에 말했다.

"아니, 자네는 보았나?"

"예, 「*아드리엔 르쿠브뢰르*」***를 공연할 때 봤습니다."

프라스코비야 표도로브나는 그 공연에서 사라 베르나르의 연기가 특히 좋았다고 말했다. 딸은 어머니의 의견을 반박했다. 사라 베르나르의 연기가 얼마나 우아하고 실감나는지 등에 대한 대화가 시작되었다. 언제나 똑같은 그저 그런 대화였다.

대화 도중에 표도르 페트로비치가 이반 일리치를 힐끗 쳐다보더니 입을 다물었다. 다른 사람들도 그를 바라보고는 입을 다물었다. 이반 일리치는 두 눈을 번뜩이며 자기 앞을 응시하고 있었는데, 그들에게 화가 난 것이 분명했다. 이 상황을 수습해야 했지만 도저히 어떻게 할 수가 없었다. 어떻게든 이 침묵을 깨야 했다. 하지만 아무도 감히 나서지 못했는데, 돌연 이 고상한 거짓이 깨져서 있는 그대로 모든 것이 명백하게 드러나는 것이 모두에게 두려웠던 것이다. 리자가 먼저 나서서 침

** 바실리의 애칭.

*** 프랑스 극작가 오귀스탱 스크리브와 가브리엘 르구베의 희곡 작품. 사라 베르나르가 아드리엔 역을 연기했다.

묵을 깼다. 그녀는 모두가 느끼고 있던 것을 감추고 싶었지만 무심코 입 밖에 내고 말았다.

"그건 그렇고, 만일 가려면 지금 가야 해요." 그녀는 아버지한테서 선물로 받은 시계를 힐끗 보고 나서 말했다. 그리고 젊은이에게 자기들만 아는 뭔가에 대해 보일 듯 말 듯한 의미심장한 미소를 짓고는 옷자락을 부스럭거리며 자리에서 일어났다.

그러자 모두들 자리에서 일어나 작별인사를 하고 방에서 나갔다.

그들이 나가자 이반 일리치는 한결 편안해진 느낌이 들었다. 거짓이 사라졌기 때문이다. 거짓은 그들과 함께 사라졌지만 통증은 그대로 남았다. 여전히 계속되는 똑같은 통증과 똑같은 공포, 더 힘들어질 것도 더 가벼워질 것도 없었다. 상태는 계속 악화되었다.

다시 일 분 또 일 분이 지나고, 한 시간 또 한 시간이 흘렀지만 모든 것이 똑같고, 모든 것이 끝이 없다. 피할 수 없는 종말은 점점 더 무서워졌다.

"그래, 게라심을 보내줘." 그는 표트르의 질문에 이렇게 대답했다.

9

아내는 밤늦게 돌아왔다. 발끝으로 살금살금 들어왔지만 그는 아내가 들어오는 소리를 들었다. 그는 눈을 떴다가 얼른 다시 감았다. 그녀는 게라심을 내보내고 자신이 직접 남편 곁에 있고 싶어했다. 그가 눈을 뜨고 말했다.

"아니, 당신은 가봐."

"많이 아파요?"

"마찬가지야."

"아편을 좀 들어요."

그가 동의하고 나서 아편을 마셨다. 그녀는 방에서 나갔다.

새벽 세시경까지 그는 고통스러운 의식불명 상태에 빠져 있었다. 누군가 그를 통증과 함께 어딘가 비좁고 캄캄하고 깊숙한 자루 속으로 밀어넣고, 점점 더 깊이 밀어넣는데, 자루 속으로 완전히 밀어넣지는 못하는 것 같았다. 이 끔찍한 일은 그에게 고통을 안겨주며 계속되었다. 그는 두렵기도 하고, 그 자루 속으로 떨어지기를 바라기도 하고, 몸부림치며 저항하기도 하고, 그 자루 속으로 자신이 떨어지도록 협조하기도 했다. 그러다가 돌연 쿵 하고 굴러떨어졌고, 그 순간 그는 정신이 들었다. 게라심은 여전히 침대 발치에 앉아 조용히, 참을성 있는 모습으로 졸고 있었다. 그는 긴 양말을 신은 깡마른 두 다리를 게라심의 어깨에 올려놓은 채 누워 있었다. 갓을 씌운 촛불도 그대로였고, 멈추지 않는 통증도 그대로였다.

"그만 가봐, 게라심." 그가 속삭였다.

"괜찮습니다, 좀더 앉아 있겠습니다요."

"아니야, 가봐."

그는 발을 내리더니 한 팔을 베고 옆으로 누웠다. 자신이 불쌍해졌다. 그는 게라심이 옆방으로 물러나기를 기다렸다가 더이상 참지 못하고 어린애처럼 울기 시작했다. 한없는 무력감과 끔찍한 고독, 사람들의 잔혹함과 하느님의 냉혹함, 그리고 하느님의 부재가 원망스러워 울었다.

'왜 저에게 이런 시련을 주셨나요? 왜 저를 여기까지 데려오셨나요? 무엇 때문에, 도대체 무엇 때문에 저를 이토록 고통스럽게 하시나요?……'

그는 대답을 기다리지 않고 울었다. 대답은 없고, 또 있을 수도 없기 때문이다. 통증이 다시 몰려왔지만 그는 몸을 뒤척이지도 않고 사람을 부르지도 않았다. 그는 혼잣말을 했다. '그래, 또 통증이 온단 말이지. 그래 나를 쳐라! 하지만 왜? 내가 뭘 어쨌다고? 도대체 왜?'

잠시 후 그는 조용해졌다. 울음도 멈추고 숨도 멈춘 채 온 정신을 집중하기 시작했다. 그는 마치 음성으로 말하는 목소리가 아닌 영혼의 목소리, 자신의 내면에서 솟아오르는 생각의 흐름에 열심히 귀를 기울이는 것 같았다.

"네게 필요한 게 뭐지?" 이 물음은 지금껏 마음속에서 뱅뱅 떠돌던 개념이 그가 들을 수 있는 말로 분명하게, 처음으로 표현된 것이었다. "네게 필요한 게 뭐지? 네게 필요한 게 뭐지?" 그는 속으로 되뇌었다. '무엇이 필요하냐고? 더이상 고통받지 않는 것, 그리고 사는 것.' 그는 이렇게 대답했다.

그는 고통조차 느껴지지 않을 만큼 온 정신을 집중하여 다시 귀를 기울였다.

"사는 것이라고? 어떻게 사는 건데?" 영혼의 목소리가 물었다.

"그래, 사는 것, 예전처럼 즐겁고 기쁘게 사는 것이지."

"예전에 어떻게 살았는데? 즐겁고 기쁘게 살았다고?" 목소리가 물었다. 그는 즐거웠던 지난 삶에서 가장 좋았던 순간들을 하나하나 마음속에 떠올리기 시작했다. 하지만 이상하게도, 자신의 지난 삶에서 가장 좋았던 순간들이 이제는 그 당시와는 전혀 다르게 느껴졌다. 아주 어린 시절의 추억을 빼고는 모든 것들이 다 그랬다. 거기, 어린 시절에는, 그 시절이 다시 돌아온다면 그 시절의 기쁜 추억만 가지고도 살 수 있을 것 같은 정말로 즐거운 무언가가 있었다. 하지만 그 시절 그 기쁨을 느꼈던 그 사람은 이미 존재하지 않았다. 그건 마치 어떤 다른 사람을 추억하는 것과 같았다.

추억이 어린 시절을 지나 현재의 그, 이반 일리치가 존재하는 순간에 이르자 당시 기쁨으로 여겨졌던 모든 것들이 이제는 그의 눈앞에서 녹아내려 뭔가 하찮은 것으로, 종종 뭔가 역겨운 것으로 변해버렸다.

어린 시절에서 멀어지면 멀어질수록, 그리고 현재에 가까워지면 가까워질수록 기쁨은 점점 더 하찮고 의심스러운 것으로 변했다. 우선 법률학교 시절이 그랬다. 그때는 아직 정말 좋은 것이 다소나마 있었다. 즐거움이 있었고, 우정이 있었고, 희망이 있었다. 하지만 고학년이 되면서부터 이 좋은 순간들이 점점 줄어들었다. 그후, 현지사 옆에서 첫 근무를 하는 동안 다시 좋은 순간들이 찾아왔다. 그건 한 여자에 대한 사랑의 추억이었다. 그후, 이 모든 것들이 서로 뒤섞이면서 좋은 것들은 점점 적어졌다. 이렇게 시간이 지나면 지날수록 좋은 것들은 점점 더 사라졌다.

전혀 뜻하지 않은 결혼…… 그리고 환멸, 그리고 아내의 입냄새, 애욕, 위선! 활기 없는 공직 생활, 돈 걱정, 그렇게 일 년이 가고 이 년이 가고 십 년이 가고 이십 년이 흘러갔다. 늘 똑같은 삶이었다. 세월이 가면 갈수록 더 활기 없는 삶이었다. 나는 산으로 올라간다고 생각했지만 정확히 일정한 걸음으로 산 아래로 내려오고 있었다. 정말 그랬다. 세상 사람들이 보기엔 내가 산을 오르고 있었지만, 사실은 꼭 그만큼씩 내 발밑에서 삶이 멀어져갔던 거야…… 이제 모든 것이 끝났고, 죽는 일만 남았다!

그런데 이게 뭐지? 왜 이렇게 되었지? 이럴 수는 없다. 삶이 이토록 무의미하고 역겨울 리가 없지 않은가? 삶이 그렇게 역겹고 무의미한 것이라면, 내가 왜 죽어야 하지? 왜 이토록 고통스럽게 죽어야 하지? 뭔가 잘못됐어.

'혹시 내가 잘못 살아온 걸까?' 돌연 그의 머릿속에 이런 생각이 들었다. '하지만 당연히 해야 할 일들을 다 하면서 살아왔는데, 어떻게 잘못 살 수가 있어?' 그는 이렇게 혼잣말을 하면서, 삶과 죽음이라는 수수께끼를 풀 수 있는 유일한 열쇠인 이 물음을 전혀 불가능한 것이라고 생각하고 즉시 떨쳐버렸다.

'지금 네가 원하는 게 뭐지? 사는 것? 어떻게 사는 것? 법정 집행관이 "재판이 시작됩니다!……"라고 선언하면서 시작되는 그런 법정 생활? 재판이 시작됩니다, 재판이 시작됩니다.' 그는 속으로 되뇌었다. '그래, 재판이 시작되었어! 하지만 나는 죄가 없어!' 그는 악에 받쳐 소리쳤다. '도대체 왜?' 그는 울음을 그치고 벽 쪽으로 얼굴을 돌리더니 계속 한 가지만을 생각했다. 왜, 도대체 왜 나는 이런 끔찍한 일을 당해야 하지?

하지만 아무리 생각해봐도 그는 답을 찾을 수가 없었다. 예전에도 종종 그랬듯이, 이 모든 일은 자신이 제대로 살지 않았기 때문에 생긴 것이라는 생각이 들자, 그는 즉시 올바르고 정당했던 자신의 삶을 떠올리며 이 이상한 생각을 떨쳐버렸다.

10

다시 두 주가 지났다. 이반 일리치는 이미 소파에서 일어나려고 하지 않았다. 그는 침대에 누우려 하지 않고 소파에만 누워 있었다. 그리고 거의 언제나 얼굴을 벽 쪽으로 돌리고 누운 채, 여전히 해결되지 못한 똑같은 고통을 혼자서 견뎌냈고, 여전히 풀 수 없는 똑같은 생각을 혼자서 하고 있었다. 이게 뭐지? 정말로 내가 죽는 걸까? 그러면 내면의 목소리가 대답했다. 그래, 정말이야. 그런데 왜 이렇게 고통스럽지? 그러면 목소리가 대답했다. 그런 거야, 이유는 없어. 더 생각해봐도, 이 대답 외에 더이상 아무것도 없었다.

병이 막 시작되었을 때부터, 그러니까 이반 일리치가 처음 의사를 찾아갔을 때부터 그의 삶은 서로 번갈아가며 나타나는 상반된 두 마음으로 갈라져 있었다. 하나는 두렵고 이해할 수 없는 죽음을 기다리는 절망이었고, 다른 하나는 자기 몸의 활동을 흥미롭게 관찰하는 희망이었다. 때론 자기 임무를 잠시 제대로 수행하지 못하는 신장이나 맹장이 눈앞에 나타났고, 때론 그 무엇으로도 피할 수 없고 이해할 수 없는 끔찍한 죽음이 눈앞에 나타났다.

이 상반된 두 마음이 발병 초기부터 번갈아가며 나타나곤 했다. 하지만 병이 더 진행되면 진행될수록 신장에 대한 판단들은 점점 더 의심스럽고 더 비현실적인 것이 되었고, 다가오는 죽음에 대한 인식은 점점 더 현실적인 것이 되었다.

석 달 전 자신의 모습과 현재 자신의 모습을 떠올리기만 해도, 일정한 걸음으로 산 밑으로 내려오는 자신의 모습을 떠올리기만 해도 한 가닥 남은 희망마저 무너져내렸다.

얼굴을 소파 등받이 쪽으로 향한 채 누워 지내는 요즈음 그가 처한 외로움은 지독했다. 그것은 수많은 사람들이 살아가는 도시 한복판에서, 수많은 지인들과 가족들 사이에서 느껴야 하는 외로움인데, 이것보다 더 지독한 외로움은 바다 밑바닥이나 땅속이나 그 어디에서도 찾을 수 없었다. 최근 이 끔찍한 외로움 속에서 이반 일리치는 과거의 추억만을 떠올리며 살아갔다. 과거의 장면들이 꼬리에 꼬리를 물고 떠올랐다. 추억은 늘 가장 최근의 일부터 시작되어 아득히 먼 옛날로, 어린 시절로 거슬러올라가 거기에서 멈추곤 했다. 이반 일리치가 오늘 먹어보라고 나온 삶은 자두를 떠올리면, 어린 시절에 먹었던 쭈글쭈글한 설익은 프랑스산 자두와 그 특유의 맛, 그리고 씨가 있는 데까지 한 입 베어 물면 입안에 가득 고이던 침이 떠올랐고 이 맛의 추억과 함께 그 시절의 일련의 추억들, 즉 유모, 형, 장난감 등이 떠올랐다. '이런 생각은 그만하자…… 마음이 너무 아파.' 이반 일리치는 혼잣말을 하고 다시 현실로 돌아왔다. 소파 등받이의 단추와 염소 가죽의 주름이 눈에 들어왔다. '염소 가죽은 비싸기만 하지 튼튼하지 못해. 염소 가죽 때문에 말싸움도 했었지. 그건 그거고, 말싸움이 또 있었어. 우리가 아버지의 서류가방을 찢었다고 벌을 받고 있었는데, 엄마가 피로조크를 가져다주셨지.' 다시 추억은 어린 시절에서 멈추었고, 이반 일리치의 마음도 다시 아팠다. 그는 옛 추억을 떨쳐내고 다른 것을 생각하려고 애썼다.

다시, 이런 옛 추억의 흐름과 함께 그의 마음속에는 병이 어떻게 악화되고 깊어졌는지에 대한 다른 기억의 흐름이 있었다. 이번에도 역시 현재에서 더 멀어질수록 그의 삶은 더 활기찼다. 삶에서 선이 더 많았고, 삶 자체도 더 풍요로웠다. 이제 이런저런 기억이 한데 뒤섞였다. '갈수록 고통이 더욱더 심해지는 것처럼 나의 삶 전체도 갈수록 더욱더 나빠졌군.' 그는 이렇게 생각했다. 시간을 거슬러올라간 그곳, 삶의 초기에는 한줄기 밝은 빛이 반짝이고 있었지만, 시간이 흐를수록 그 빛은 점점 더 어두워졌고, 그 속도도 점점 더 빨라졌다. '그 속도는 죽음과의 거리의 제곱에 반비례하는군.' 이반 일리치는 생각했다. 가속도가 붙어 아래로 떨어지는 돌의 형상은 그의 영혼 속에 깊이 각인되었다. 생명도, 점점 심해지는 고통도 끝을 향해, 가장 끔찍한 고통을 향해 점점 더 빠르게 떨어지고 있었다. '나는 떨어지고 있다……' 그는 흠칫 몸을 떨고 몸부림치며 저항하고 싶었다. 하지만 저항할 수 없다는 것을 이미 알고 있었다. 바라볼 만큼 바라봤지만 눈앞에 있는 것이라 바라보지 않을 수 없는 소파 등받이를 피곤한 눈으로 다시 바라보며 그는 자신의 무시무시한 추락과 충격과 파멸을 기다리고 또 기다렸다. '저항할 수 없어.' 그는 혼잣말을 했다. '하지만 하다못해 왜 이런 일이 생겼는지는 알아야 하는 거 아니야? 이것도 불가능해. 내가 인생을 잘못 살았다고 말한다면 설명할 수 있겠지. 하지만 그것만은 절대 인정할 수 없어.' 그는 정정당당하고 올바르며 품위 있었던 자신의 지난 삶을 떠올리며 혼잣말을 했다. '그것만은 절대 인정할 수 없어.' 그는 입술을 움직여 가볍게 웃으면서 혼잣말을 했는데, 누군가 그 웃음을 보았다면 그가 정말 웃고 있다고 속았을 것이다. '도저히 설명할 수 없어! 고통, 죽음…… 도대체 왜?'

11

그렇게 또 두 주가 지났다. 이 두 주 사이에 이반 일리치와 그의 아내가 바라던 일이 일어났다. 페트리셰프가 딸에게 정식으로 청혼한 것이었다. 어느 날 저녁에 일어난 일이었다. 다음날 프라스코비야 표도로브나는 표도르 페트로비치가 딸에게 청혼했다는 소식을 어떻게 알릴까 곰곰이 생각하면서 남편의 방으로 들어갔는데, 바로 그날 밤 이반 일리치의 병세가 더욱 악화되었음을 알리는 새로운 변화가 나타났다. 프라스코비야 표도로브나는 같은 소파에 누워 있는 남편을 발견했는데, 그 누운 자세가 평소와는 달랐다. 그는 고개를 위로 하고 똑바로 누워서 신음하며 시선을 고정한 채 자기 앞만 바라보고 있었다.

그녀는 약에 대해 말하기 시작했다. 그는 그녀에게 시선을 돌렸다. 그녀는 시작한 말을 다 끝내지 못했다. 남편의 시선에서 바로 아내인 자신을 향한 깊은 증오심을 보았기 때문이다.

"제발, 날 편안히 죽게 내버려둬." 그가 말했다.

그녀는 방에서 나가려고 했지만, 그 순간 딸이 들어와 인사를 하러 다가왔다. 그는 아내를 바라볼 때와 똑같은 시선으로 딸을 바라보았고, 몸은 좀 어떠시냐는 딸의 물음에 이제 곧 그들 모두를 병든 자신으로부터 해방시켜줄 것이라고 매정하게 말했다. 두 사람은 말없이 잠시 앉아 있다가 방에서 나왔다.

"우리가 뭘 잘못했다는 거예요?" 리자가 어머니에게 말했다. "마치 우리가 아버지를 저렇게 만들었다는 듯이 말하잖아요! 나도 아빠가 불쌍해요. 그렇다고 우릴 괴롭힐 이유는 없잖아요?"

의사는 늘 오던 시간에 왔다. 이반 일리치는 줄곧 증오에 찬 시선으로 의사를 바라보며 의사가 묻는 말에 "예, 아니요"라고 대답하다가 마침내 이렇게 말했다.

"당신이 나를 위해 아무것도 해줄 수 없다는 것을 당신도 알고 있잖소. 그러니 나를 내버려두시오."

"고통을 가볍게 할 수는 있습니다." 의사가 말했다.

"그것도 못하고 있잖소. 그러니 내버려두시오."

의사가 응접실로 나와서 프라스코비야 표도로브나에게 환자의 상태가 아주 나쁘고, 극심한 통증을 덜어주기 위해서는 아편을 쓰는 수밖에 없다고 말했다.

의사는 환자의 육체적 고통이 끔찍한 것은 사실이지만, 육체적 고통보다 더 끔찍한 것은 환자의 정신적 고통이며, 그것이야말로 환자에게 가장 큰 고통이라고 말했다.

그의 정신적 고통은 전날 밤, 광대뼈가 튀어나오고 선량한, 졸음이 가득한 게라심의 얼굴을 바라보다가 '만약 정말로 나의 모든 삶이, 나의 의식적인 삶이 "그게 아니"었다면 어떻게 하지?'라는 의심이 문득 머릿속에 떠오르면서 시작되었다.

예전에는 전혀 불가능한 것으로 여겨졌던 일, 즉 그가 살아온 삶이 잘못된 것이고, 또 그것이 진실일 수 있다는 생각이 머릿속에 떠올랐다. 최상류층 사람들이 훌륭하다고 여기는 것에 맞서 싸우려고 했던 아주 미약한 시도들, 그런 생각이 들자마자 즉시 떨쳐버렸던 그 미약한 시도들, 바로 그것들이 진짜일 수 있고 나머지 모든 것은 거짓일 수 있다는 생각이 머릿속에 떠올랐다. 자신의 일도, 삶의 방식도, 가족도, 사회와 직장의 이해관계도 다 거짓일 수 있었다. 그는 눈앞의 이 모든 것들을 지키고 보호하려 애썼다. 그런데 돌연, 그는 자신이 지키고 보호하고 있는 이 모든 것이 헛되고 허약한 것임을 느꼈다. 지키고 보호해야 할 것은 아무것도 없었다.

'만일 정말 그렇다면,' 그는 혼잣말을 했다. '내게 주어진 모든 것을 망쳐놓았다는 것을 의식한 채, 그것을 바로잡을 기회도 없이 죽어간다면, 그땐 어떻게 될까?' 그는 고개를 위로 하고 똑바로 누워서 자신의 일생을 완전히 새롭게 되돌아보기 시작했다. 오늘 아침에 그가 하인과 아내와 딸과 의사를 차례로 보았을 때, 그들의 행동 하나하나와 그들의 말 한마디 한마디는 지난밤 그에게 실체를 드러낸 끔찍한 진실을 확인시켜주었다. 그는 그들에게서 자기 자신의 모습과 자신이 삶의 수단으로 삼았던 모든 것들을 보았고, 그 모든 것들은 잘못된 것일 뿐만 아니라 삶도 죽음도 가려버리는 끔찍하고 거대한 거짓이었다는 것을 분명히 알게 되었다. 이런 인식은 그의 육체적 고통을 열 배나 가중시켰다. 그는 신음하고 몸부림치며 자기 옷을 쥐어뜯었다. 옷이 숨통을 조이고 짓누르는 것만 같았다. 그리고 이 때문에 그는 그들을 증오했다.

그에게 많은 양의 아편이 투여되었고, 그는 의식을 잃었다. 하지만 식사시간 무렵에 다시 똑같은 일이 시작되었다. 그는 모든 사람들을 자기 방에서 내쫓고, 몸을 뒤척이며 몸부림쳤다.

아내가 그에게 다가와 말했다.

"*장*, 여보, 제발 날 위해서(날 위해서라고?) 그렇게 해요. 전혀 해롭지 않고 자주 도움이 된대요. 정말, 아무렇지도 않아요. 건강한 사람들도 자주……"

그는 눈을 크게 떴다.

"뭐? 성찬을 받으라고? 왜? 필요 없어! 하긴……"

아내가 울음을 터뜨렸다.

"그렇게 해요, 여보, 예? 사제를 부를게요. 아주 좋은 분이에요."

"좋아, 아주 좋아." 그가 말했다.

사제가 도착해서 그의 참회를 들어주자 그는 한결 마음이 가벼워졌고, 마음속 의혹도 가라앉고, 그 때문에 고통도 줄어드는 것 같았다. 그에게 희망의 순간이 찾아왔다. 그는 다시 맹장과 맹장이 회복될 가능성에 대해 생각하기 시작했다. 그는 두 눈에 눈물을 글썽이며 성찬을 받았다.

성찬 의식이 끝나고 자리에 눕자 그는 잠시나마 편안해졌고, 다시 삶에 대한 희망이 솟아났다. 그는 언젠가 권유받았던 수술에 대해 생각하기 시작했다. '살고 싶다, 살고 싶어.' 그는 이렇게 혼잣말을 했다. 아내가 성찬 받은 것을 축하하러 왔다. 그녀는 일상적인 말을 몇 마디 하더니 이렇게 덧붙였다.

"당신 정말 한결 나아졌죠?"

그는 아내를 바라보지 않고 대답했다. 그래.

그녀의 옷차림, 몸매, 얼굴 표정, 목소리, 이 모든 것들은 그에게 한 가지 사실을 말해주었다. '그게 아니에요. 당신이 의지하며 살아왔고, 지금도 의지하며 살고 있는 그 모든 것은 삶과 죽음을 가리는 거짓이자 기만일 뿐이에요.' 이런 생각이 들자마자 증오심이 고개를 쳐들었고, 이 증오심과 함께 끔찍한 육체적 고통이 뒤따랐으며, 이 고통과 함께 피할 수 없는 죽음이 임박했다는 인식이 그 뒤를 따랐다. 몸에 뭔가 새로운 증상이 나타났다. 몸이 뒤틀리며 쿡쿡 쑤시고 숨이 막혔다.

'그래'라고 말했을 때 그의 표정은 끔찍했다. 아내의 얼굴을 똑바로 쳐다보며 '그래'라고 말하고 나서 그는 쇠약해진 몸이라고 생각하기 어려울 정도로 재빠르게 돌아눕더니 소리쳤다.

"나가, 나가란 말이야. 날 내버려둬!"

12

그때부터 그의 고함소리가 시작되었는데, 사흘간 멈추지 않고 계속되었고, 그 소리가 얼마나 끔찍했던지 방 두 칸이 떨어진 곳에서도 너무나 무서워서 벌벌 떨 정도였다. 그는 아내에게 대답했던 그 순간, 자신이 되돌아올 수 없는 나락으로 떨어졌고, 죽음이, 진짜 죽음이 찾아왔지만 죽음에 대한 의혹은 여전히 해결되지 않은 채 여전히 의혹으로 남아 있다는 것을 깨달았다.

"우! 우우! 우!" 그는 다양한 억양으로 소리를 질러댔다. 그는 '니 하추!'*라고 외치기 시작했고, 마지막 모음인 '우'를 계속 외쳐댔다.

그에게 시간이 존재하지 않았던 이 사흘 동안, 그는 보이지도 않고 당해낼 수도 없는 어떤 힘이 그를 밀어넣은 그 검은 자루 속에서 몸부림치고 있었다. 사형선고를 받은 죄수가 사형집행인의 손아귀에서 빠져나가려고 발버둥치는 것처럼, 그는 목숨을 건질 수 없다는 것을 알면

* 러시아어로 '싫어!'를 뜻한다.

서도 아득바득 용을 썼다. 그는 있는 힘을 다해 맞서 싸웠지만 자신이 그토록 두려워하는 것을 향해 점점 더 가까이 다가가고 있다는 걸 매 순간 느끼고 있었다. 그는 자신이 이 검은 구멍 속으로 떠밀려서 고통스럽고, 이 구멍으로 빠져들어갈 수 없어서 더욱 고통스럽다고 느꼈다. 자신의 삶이 좋았다고 인정하고 있기 때문에 그는 이 구멍으로 빠져들어가지 못하고 있는 것이다. 자신의 삶이 옳았다는 이런 인식이 그를 붙들고 앞으로 나아가지 못하게 했으며, 무엇보다 그를 고통스럽게 했다.

갑자기 어떤 힘이 그의 가슴과 옆구리를 밀치자 숨을 쉬기가 더욱 힘들어졌고, 그는 구멍 속으로 떨어졌는데, 그곳, 구멍 끝에서 뭔가가 환히 빛나고 있었다. 기차의 객실에서 흔히 있는 일이 그에게 일어났다. 기차가 뒤로 가고 있는데 앞으로 가고 있다고 생각하다가 갑자기 기차의 진짜 진행 방향을 깨닫는 경우처럼.

"그래, 모든 것이 그게 아니었어." 그가 혼잣말을 했다. "하지만 괜찮아. 할 수 있어, '그것'을 할 수 있어. 그런데 도대체 '그게' 뭐지?" 그는 이렇게 자문하고 돌연 입을 다물었다.

그것은 사흘째 날이 끝나갈 무렵, 그가 사망하기 한 시간 전에 일어난 일이었다. 바로 그때 김나지움에 다니는 아들이 살금살금 아버지에게 다가왔다. 죽어가는 사람은 여전히 절망적으로 소리치며 두 손을 내젓고 있었다. 그의 한쪽 손이 아들의 머리에 부딪혔다. 아들은 그 손을 잡아 입술에 꼭 대고는 울음을 터뜨렸다.

바로 그 순간 이반 일리치는 구멍 속으로 떨어졌고, 빛을 보았으며, 그의 삶이 제대로 된 게 아니었지만 아직은 자신의 삶을 바로잡을 수 있다는 것을 깨달았다. 그래서 그는 도대체 '그게' 뭐지? 하고 자문하고 나서 귀를 기울이며 입을 다물었다. 바로 그때 그는 누군가 자신의 손에 입을 맞추고 있다는 것을 느꼈다. 그는 눈을 뜨고 아들을 힐끗 쳐다보았다. 아들이 불쌍했다. 아내가 그에게 다가왔다. 그는 아내를 힐끗 쳐다보았다. 그녀는 입을 벌리고 코와 뺨에 흐르는 눈물을 닦지 않은 채 절망적인 표정으로 그를 바라보고 있었다. 아내도 불쌍했다.

'그래, 내가 가족들을 괴롭히고 있어.' 그는 생각했다. '가족들은 마음 아파하겠지만, 내가 죽으면 한결 나을 거야.' 그는 이 말을 하고 싶었지만 입 밖에 낼 힘이 없었다. '하지만, 굳이 말할 필요는 없어. 행동으로 보이면 되지.' 그는 이렇게 생각했다. 아내에게 눈짓으로 아들을 가리키며 말했다.

"데리고 나가…… 불쌍해…… 당신도……" 그는 '프로스티'라고 말하고 싶었지만 '프로푸스티'라고 말해버렸다.* 하지만 그 말을 바로잡을 힘도 없어서, 알아들을 사람은 알아들을 거라고 생각하며 한 손을 내저었다.

그러자 돌연 모든 것이 명료해졌고, 지금까지 그를 괴롭히며 그의 몸밖으로 나오지 않던 것들이 별안간 양쪽에서, 열 방향에서, 그리고 온갖 방향에서 한꺼번에 몸밖으로 나왔다. 가족들이 불쌍했고, 그들이 마음 아파하지 않도록 해야만 했다. 이 고통으로부터 그들을 해방시키고, 자기 자신도 해방되어야 했다. '아, 얼마나 좋고, 얼마나 간단한가.' 그는 생각했다. '그런데 통증은?' 그는 자문했다. '어디로 갔지? 어이,

---

* 러시아어 '프로스티'는 '용서해줘', '프로푸스티'는 '지나가게 해줘'를 뜻한다.

통증, 자네 어디 있나?'

그는 귀를 기울이기 시작했다.

'아, 여기 있군. 그래, 할 수 없지, 그냥 놔둬.'

'그런데 죽음은? 죽음은 어디 있지?'

그는 예전에 익숙했던 죽음의 공포를 찾아보았지만 찾을 수 없었다. 죽음은 어디 있지? 어떤 죽음? 죽음이 없었기 때문에 어떤 죽음의 공포도 없었다.

죽음 대신 빛이 있었다.

"그래, 바로 이거야!" 갑자기 그가 소리 내어 말했다. "아, 얼마나 기쁜가!"

그에게 이 모든 것은 한순간에 일어났고, 이 한순간의 의미는 이제 변하지 않았다. 임종을 지켜보는 사람들에게 그의 고통은 두 시간이나 더 계속되었다. 그의 가슴에서 뭔가가 그르렁거렸다. 극도로 쇠약해진 그의 몸이 경련을 일으키며 부르르 떨었다. 이윽고 그르렁거리는 소리도 쌕쌕거리는 소리도 점점 드물어졌다.

"끝났습니다!" 누군가 그를 굽어보며 말했다.

그는 이 말을 듣고 마음속에 되뇌었다. '끝난 건 죽음이다.' 그는 혼잣말을 했다. '죽음은 더이상 없다.'

그는 숨을 깊이 들이마셨고, 숨을 내쉬는 도중에 숨을 멈추더니 몸을 쭉 뻗고 죽었다.

(1886년)

사람에게 많은 땅이 필요한가

1

도시에 사는 언니가 시골에 사는 여동생을 찾아왔다. 언니는 상인에게 시집가서 도시에 살았고, 여동생은 농부에게 시집가서 시골에 살고 있었다. 자매는 차를 마시면서 이야기를 나누었다. 언니는 으스대면서 자기의 도시 생활을 자랑하기 시작했다. 즉, 자기가 도시에서 얼마나 자유롭고 깨끗하게 살며 돌아다니는지, 아이들을 얼마나 잘 차려입히는지, 자기가 얼마나 맛있는 것을 먹고 마시는지, 얼마나 자주 스케이트를 타고 놀러 다니며 극장 구경을 다니는지 자랑했다.

여동생은 언니의 자랑에 화가 나서 상인의 생활을 깎아내리고 자기의 시골 생활을 치켜세우기 시작했다.

"나는 내 생활을 언니의 생활과 바꾸지 않을 거야. 우린 따분하게 살고 있지만 걱정은 없어. 언니네는 좀더 깨끗하게 살고 있지만, 장사를 해서 큰돈을 벌 수도 있고 폭삭 망할 수도 있어. '손해는 이익의 큰형'이라는 속담이 있어. 그리고 오늘 부자가 내일은 남의 집 처마밑에 서게 된다는 말도 있고. 우리네 농사일이 훨씬 더 확실해. 농부 생활은 가난하지만 오래가거든. 우리는 부자는 못 되어도 배불리 먹을 수 있어."

그러자 언니가 말하기 시작했다.

"배만 부르면 뭘 해. 돼지와 송아지랑 함께 사는데! 그렇다고 좋은 옷을 입어, 좋은 교제를 해! 네 남편이 아무리 억척같이 일해봐야 결국 거름 속에서 살다가 죽을 거야. 아이들 역시 그럴걸."

"그게 어떻다는 거야?" 여동생이 말한다. "그게 우리의 일인데. 그 대신 우리는 굳건하게 살고 있어. 누구한테도 머리 숙이지 않고, 아무도 무서워하지 않아. 하지만 언니는 도시에서 항상 유혹 속에서 살고 있잖아. 오늘은 좋아도 내일 악마가 갑자기 나타나 형부를 노름이나 술이나 어떤 미녀에게 빠지게 할지도 몰라. 그러면 모든 것이 끝장이지. 이런 일이 일어날 수 있잖아?"

여동생의 남편인 파홈은 페치카 위에서 여자들의 수다를 듣고 있었다.

"그 말이 옳아," 파홈이 말한다. "맞는 말이야. 우리야 어릴 때부터 어머니-땅을 파먹고 살아왔으니 어리석은 생각은 할 수가 없지. 한 가지 근심이 있다면 땅이 적다는 거야! 땅만 충분히 가지고 있다면 난 아무도, 심지어 악마도 무섭지 않아!"

여자들은 차를 다 마시고 나서도 옷치장 얘기를 좀더 하다가 그릇을 치우고 잠자리에 들었다.

그런데 악마 한 마리가 페치카 뒤에 앉아서 이 말을 모두 들었다. 악마는 농부의 아내가 남편을 자만에 빠지게 하자 매우 기뻐했다. 남편은 자기에게 땅만 있으면 악마도 자기를 어쩌지 못할 거라고 자랑했던 것이다.

'좋아,' 악마는 생각한다. '너랑 나랑 겨루어보자. 내가 너에게 땅을 많이 주마. 땅으로 너를 사로잡겠다.'

2

작달막한 여지주가 농부들과 이웃해 살고 있었다. 그녀는 120데샤티나*의 땅을 가지고 있었는데, 지금까지 농부들과 잘 지내왔고 농부들을 심하게 대하지도 않았다. 그런데 영지관리인으로 고용된 퇴역 군인이 벌금으로 농부들을 괴롭히기 시작했다. 파홈이 아무리 조심을 해도, 말이 여지주의 귀리밭으로 뛰어들거나 암소가 지주 집 마당으로 들어가고 송아지가 풀밭으로 달아나곤 했다. 그때마다 파홈은 벌금을 물어야만 했다.

파홈은 벌금을 물을 때마다 욕설을 해대며 집안 식구들을 때리곤 했다. 이 영지관리인 때문에 파홈은 여름에 저지른 과오에 대해 많은 책임을 져야만 했다. 그래서 가축들을 우리 안에 들여놓을 때가 되자 기쁘기까지 했는데, 사료는 아까웠지만 책임질 일이 없어졌기 때문이다.

겨울에 여지주가 땅을 팔려고 하는데 큰길가의 여인숙 주인이 사려고 한다는 소문이 떠돌았다. 농부들은 이 소문을 듣자 탄식을 하며 생각한다. '만일 여인숙 주인이 이 땅을 사게 되면 그자는 여지주보다 더

* 미터법 이전에 러시아에서 사용된 지적 단위. 1데샤티나는 1.092헥타르.

지독한 벌금으로 우릴 괴롭힐 거야. 하지만 우린 이 땅 없이는 살아갈 수 없어. 모두들 이 땅 안에서 살고 있으니까.' 농부들은 다 같이 여지주를 찾아가서 땅을 여인숙 주인에게 팔지 말고 자기들에게 넘겨달라고 청원하기 시작했다. 농부들은 땅값을 더 비싸게 쳐주겠다고 약속했다. 여지주는 동의했다. 농부들은 공동으로 땅을 모두 사려고 했고, 한두 번 모이기도 했으나 진척이 없었다. 악마가 그들을 갈라놓아 도무지 의견을 모을 수가 없었던 것이다. 그래서 농부들은 각자 능력에 따라 따로따로 사기로 했다. 여지주도 이에 동의했다. 파홈은 이웃집 사람이 20데샤티나를 샀는데, 여지주가 땅값의 반을 일 년 안에 나누어 갚으라고 했다는 말을 듣고 부러워했다. '땅을 다 사버리면 내겐 아무것도 남지 않을 거야.' 파홈은 아내와 의논하기 시작했다.

"사람들이 땅을 사는데 우리도 10데샤티나 정도는 사야 하지 않겠나. 안 그러면 영지관리인 녀석이 벌금으로 괴롭혀서 살 수가 없어."

두 사람은 어떻게 하면 땅을 살 수 있을지 곰곰이 생각했다. 그들에게는 저축한 돈이 백 루블 있어서 망아지 한 마리와 꿀벌의 반을 팔고, 아들을 머슴으로 보내고, 동서에게 돈을 빌려 겨우 땅값의 반을 모았다.

돈을 마련한 파홈은 작은 숲이 있는 15데샤티나의 땅을 점찍어 놓고 흥정하러 여지주를 찾아갔다. 파홈은 15데샤티나의 땅값을 흥정하고 나서 계약을 하고 계약금을 치렀다. 그리고 그들은 읍내로 가서 부동산 매매 등기를 끝냈는데, 돈은 반액만 지불하고 나머지는 2년 안에 치르기로 했다.

이렇게 해서 파홈은 땅주인이 되었다. 파홈은 씨앗을 꾸어서 새로 산 땅에 뿌렸다. 농사는 잘되었다. 1년 만에 그는 여지주와 동서에게

진 빚을 다 갚았다. 파홈도 지주가 되었다. 그는 자기 땅을 갈아서 씨를 뿌렸고, 자기 땅에서 꼴을 베었고, 자기 땅에서 말뚝으로 쓸 나무를 베었고, 자기 땅에서 가축을 길렀다. 파홈은 영원히 자기 소유가 된 땅을 갈러 나가거나 어린 곡식과 목초지를 둘러보러 나갈 때마다 더없이 즐거웠다. 자기 땅에서 자라는 풀과 자기 땅에서 피는 꽃은 아주 다르게 느껴졌다. 예전에 이 땅을 지나다닐 때는 그저 똑같은 땅이었지만, 이제 아주 특별한 땅으로 여겨졌다.

3

파홈은 이렇게 살면서 즐거워했다. 만일 농부들이 파홈의 농작물과 목초지를 짓밟지만 않았더라면 만사가 좋았을 것이다. 파홈은 그러지 말라고 정중히 부탁했지만 사람들은 그만두지 않았다. 목동들이 그의 목초지에 소를 몰아넣기도 하고, 밤에 방목하는 말들이 밭에 들어와 농작물을 짓밟아놓기도 했다. 파홈은 소와 말들을 내쫓기만 하고 소송을 걸지는 않았다. 하지만 참다못해 짜증이 난 그는 마침내 읍내 재판소에 고소를 했다. 농부들이 그런 짓을 하는 것은 땅이 좁아서이지 일부러 그러는 게 아님을 파홈은 잘 알고 있었지만 이렇게 생각한다. '이대로 내버려둘 수야 없지. 그냥 두면 그자들은 모든 걸 짓밟아버릴 거야. 본때를 보일 필요가 있어.'

이렇게 하여 그는 두 번 재판을 걸어서 본때를 보였고, 두 번 다 벌금을 물게 했다. 그래서 근방 농부들은 파홈에게 불만을 갖기 시작했다.

농부들은 다시 한번 일부러 파홈의 밭과 목초지를 짓밟기 시작했다. 어떤 사람은 밤중에 숲으로 들어가 여남은 그루의 어린 피나무 속껍질을 벗겼다. 파홈이 숲속을 지나가다 보니 무언가 허연 것이 눈에 띄었다. 가까이 가 보니 껍질이 벗겨진 어린 피나무들이 자빠져 있고 어린 그루터기들만 머리를 내밀고 있었다. 하다못해 덤불숲 가장자리의 나무들이나 베든가, 한 그루 정도라도 남겨두었으면 좋았을 텐데, 악당들은 깡그리 베어버렸던 것이다. 파홈은 화가 치밀었다. '아이고, 어떤 놈이 이런 짓을 했는지 알아내기만 하면 복수를 할 텐데.' 파홈은 누구의 소행일까 곰곰이 생각하다가 숌카* 말고는 이런 짓을 할 놈이 없다고 생각했다. 파홈은 뭔가 알아내려고 마당에 있는 숌카에게로 갔지만 아무것도 알아내지 못하고, 서로 욕설을 해대며 말다툼만 했다. 파홈은 더욱더 세묜의 짓이 틀림없다고 확신했다. 파홈은 청원서를 냈다. 두 사람은 법정에 호출되었다. 여러 번 심리가 있었으나 세묜은 무죄가 되었다. 증거가 없었기 때문이다. 파홈은 더 약이 올라서 촌장과 재판관들하고도 욕설을 해대며 다투었다.

"당신들은," 그가 말한다. "도둑놈들의 손을 들어주고 있어. 만약 당신들이 정당하게 살았다면, 도둑놈들을 무죄로 인정하지는 않았을 거야."

파홈은 재판관들과 이웃 사람들을 상대로 싸움을 벌였다. 마을 사람들은 집에 불을 지르겠다고 그를 위협하기 시작했다. 파홈은 더 넓은 땅에서 살게 되었지만 마을 공동체에서 입지는 더 좁아졌다.

---

* 세묜의 비칭.

그때 사람들이 새로운 고장으로 가고 있다는 소문이 떠돌았다. 파홈은 생각한다. '나야 내 땅을 떠나야 할 이유가 없지. 더구나 우리 마을에서 누가 떠난다면, 우리 마을도 더 여유로워질 거야. 떠나는 사람들의 땅을 사서 내 땅을 더 넓혀야지. 그러면 살기가 더 좋아질 거야. 아무래도 지금은 비좁단 말이야.'

어느 날 파홈이 집에 있는데 길을 가던 농부 한 사람이 잠시 들렀다. 파홈은 그 농부를 집안에 들여 하룻밤 묵어가도록 하고 음식을 주었다. 이런저런 이야기를 하다가, 어디서 왔느냐고 묻자 농부는 아래쪽, 볼가 너머에서 왔으며 거기서 일을 했다고 대답했다. 이 농부는 많은 사람들이 그곳으로 살러 가고 있는데, 사람들이 그곳에 이주하면 마을공동체에 등록되어 한 사람당 10데샤티나씩 땅을 할당받게 된다고 띄엄띄엄 이야기했다. 농부는 이런 말도 한다.

"그런데 그 땅이 얼마나 기름진지 호밀을 뿌리면 그 줄기가 말이 보이지 않을 정도로 잘 자라고, 또 얼마나 무성한지 호밀 다섯 움큼이면 한 단이 된답니다. 어떤 농부는 하도 가난해서 빈손으로 왔었는데, 지금은 말 여섯 마리와 암소 두 마리를 키우고 있어요."

파홈은 마음이 확 달아올랐다. 그는 생각한다. '그렇게 잘살 수 있다면 이런 좁은 데서 가난하게 살 필요가 없지. 여기 땅과 집을 팔고, 거기 가서 그 돈으로 집을 짓고 모든 시설물들을 지을 수 있을 거야. 이렇게 좁은 데만 있다간 죄만 짓고 말 거야. 아무튼 내가 직접 가서 모든 걸 확실히 알아봐야겠다.'

여름이 되자 파홈은 채비를 하여 길을 떠났다. 사마라까지는 볼가강을 따라 배를 타고 내려갔고, 이어서 4백 베르스타가량 걸어갔다. 이윽고 목적지에 이르렀다. 모든 것이 들은 그대로였다. 농부들은 여유롭게 살고 있고, 한 사람당 10데샤티나씩 땅을 할당받아 기꺼이 마을공동체의 일원이 되었다. 그리고 돈이 있는 사람은 할당받은 땅 외에 원하는 만큼 제일 좋은 땅을 3루블에 사서 영구히 소유할 수 있었다. 원하는 만큼 살 수 있었다!

모든 걸 알아낸 파홈은 가을 무렵 집으로 돌아와 모든 것을 팔기 시작했다. 파홈은 이익을 보고 땅을 팔았고, 집도 가축도 죄다 팔았으며, 마을공동체에서도 탈퇴하고는 봄이 오기를 기다렸다가 가족을 데리고 새로운 고장으로 출발했다.

4

파홈은 가족과 함께 새 고장으로 가서 큰 마을의 공동체에 가입했다. 마을 노인들에게 술을 대접하고 필요한 서류를 모두 갖추었다. 파홈은 마을공동체의 일원으로 받아들여졌고, 다섯 명의 가족에게 방목장 외에 여기저기 나뉘어 있는 들판의 땅 50데샤티나가 할당되었다. 파홈은 집을 짓고 가축도 키웠다. 할당받은 땅만 해도 예전 땅보다 세 배나 넓었다. 게다가 아주 비옥한 땅이었다. 생활도 전에 비해 열 배나 나아졌다. 경작지와 꼴이 충분했다. 가축도 마음껏 키울 수 있었다.

처음에 집을 짓고 살림이 불어나는 동안 파홈에게는 모든 것이 좋아 보였다. 그러나 새로운 생활에 익숙해지자 이 땅도 좁아 보였다. 첫해에 파홈은 할당받은 땅에 밀을 심었는데 풍작이었다. 파홈은 밀을 더 심고 싶었지만 할당된 땅이 적었다. 남은 땅은 밀농사 짓기에 적당하지 않았다. 이 고장에서는 밀을 나리새가 난 땅이나 묵힌 땅에 심어야 했다. 일 년이나 이 년쯤 밀농사를 짓고 나면 다시 나리새가 자랄 때까지 땅을 묵혀야 했다. 그런데 그런 땅은 원하는 사람이 많기 때문에 모두를 충족시킬 수가 없었다. 그 때문에 여기서도 역시 다툼이 벌어졌다. 더 부유한 사람들은 직접 그 땅에 밀농사를 짓고 싶어했고, 가난한 사람들은 세稅를 내기 위해 상인들에게 땅을 넘겨주었다. 파홈은 좀더 많은 밀농사를 짓고 싶었다. 그래서 이듬해에는 상인에게 가서 일 년간 땅을 빌렸다. 파홈은 더 많이 밀을 심었는데 밀농사가 잘되었다. 하지만 그곳은 마을에서 멀어서 15베르스타나 운반해야 했다. 주변에는 장사를 하면서 농사를 짓는 농부들이 농장을 가지고 살고 있었는데, 점점 더 부유해지고 있었다. 파홈은 생각한다. '만일 땅을 영구히 사서 농장을 지을 수 있다면 얼마나 좋을까? 그렇게 되면 모든 것을 쉽게 처리할 수 있을 텐데.' 파홈은 어떻게 하면 땅을 영구히 살 수 있을지 생각하기 시작했다.

파홈은 이렇게 3년을 살았다. 땅을 빌려서 밀을 심곤 했다. 해마다 밀농사는 수확이 좋아서 돈도 많이 모았다. 생활은 이것으로 충분했지만, 파홈은 해마다 남에게 땅을 빌리고, 땅 때문에 안달해야 하는 게 귀찮게 느껴졌다. 어디 좋은 땅이 있기만 하면 농부들이 당장 달려가서 그 땅을 모두 빌려버렸다. 서둘러 땅을 빌리지 않으면 씨 뿌릴 땅이 없게 되었다. 3년째 되는 해에 그는 어떤 상인과 비용을 절반씩 부담하여 농부들한테 목초지를 빌려서 쟁기질을 다 해놓았는데, 농부들이 재판을 벌이는 바람에 모든 게 허사가 되고 말았다. 파홈은 생각한다. '만약

이것이 내 땅이었다면 누구에게 머리 숙일 필요도 없고 성가신 일도 없을 텐데.'

그래서 파홈은 영구히 살 수 있는 땅이 있는지 알아보기 시작했다. 그러다가 우연히 한 농부를 만났다. 이 농부는 5백 데샤티나의 땅을 샀다가 파산해서 이 땅을 싸게 팔려는 참이었다. 파홈은 그 사람과 흥정하기 시작했다. 여러 번 흥정한 끝에 1500루블에 그 땅을 사기로 했고, 금액의 절반은 나중에 지불하기로 했다. 매매가 거의 마무리될 무렵 지나가던 상인이 밥을 한술 얻어먹으려고 파홈의 집에 들렀다. 두 사람은 차를 마시면서 이런저런 이야기를 나누었다. 상인은 아주 먼 바시키르에서 왔다고 했다. 그는 바시키르 사람들에게서 약 5천 데샤티나의 땅을 샀는데 값이 겨우 1천 루블이었다고 말했다. 파홈은 꼬치꼬치 캐묻기 시작했다. 상인은 이렇게 말했다.

"그저 노인들을 기쁘게 해주기만 하면 됩니다. 나는 100루블쯤 들여서 할라트*, 융단, 차 한 상자를 나누어주었고, 술 마시는 사람에게는 술 대접을 했지요. 그래서 1데샤티나에 20코페이카씩 주고 땅을 샀습니다." 상인은 땅 등기증을 보여주었다. "그런데 그 땅은 모두 강을 끼고 있어서 나리새가 자라는 초원입니다."

파홈은 이것저것 자세히 캐묻기 시작했다.

"땅은," 상인이 말한다. "일 년을 걸어도 다 돌아다니지 못해요. 모두 바시키르 사람들 땅이지요. 그곳 사람들은 양처럼 어리석어서 거의 공짜로 땅을 살 수 있어요."

---

* 헐렁하고 긴 실내용 가운.

'그렇다면,' 파홈은 생각한다. '5백 데샤티나의 땅값으로 1천 루블을 지불하고도 왜 또 빚을 떠안아야만 하지? 거기서는 1천 루블을 갖고도 얼마든지 땅을 살 수 있는데!'

5

파홈은 어떻게 그곳으로 가는지 자세히 물었고, 상인과 헤어지고 나서 곧 길 떠날 채비를 했다. 그는 집에 아내를 남겨두고 일꾼 한 사람을 데리고 떠났다. 그들은 읍내에 잠깐 들러 상인이 말한 대로 차 한 상자와 선물과 술을 샀다. 그들은 계속 길을 재촉하여 약 5백 베르스타쯤 갔다. 이레 만에 바시키르의 유목 지역에 이르렀다. 모든 것이 상인이 말한 그대로였다. 사람들은 모두 강가의 스텝에서 두꺼운 펠트 천으로 만든 천막 안에서 살고 있었다. 그들은 땅을 갈지도 않았고 곡식도 먹지 않았다. 스텝에는 가축과 말이 떼 지어 돌아다니고 있었다. 망아지들은 천막 뒤에 매어져 있었고, 사람들은 하루에 두 번씩 어미 말들을 망아지들에게 몰고 갔고, 암말의 젖을 짜서 쿠미스*를 만들었다. 아낙들은 쿠미스를 뒤섞어서 치즈를 만들었고, 남자들은 그저 쿠미스와 차를 마시고 양고기를 먹으며 피리를 불었다. 모두들 윤기가 자르르 흐르고 쾌활했으며 여름 내내 놀면서 지냈다. 그들은 아주 무식했고 러시아어를 몰랐으나 친절했다.

---

* 말의 젖을 발효시켜 만든 술. 마유주(馬乳酒).

파홈을 보자마자 바시키르인들은 천막에서 우르르 몰려나와 손님을 에워쌌다. 통역이 나타났다. 파홈은 자기가 땅 문제로 여기에 왔다고 통역에게 말했다. 바시키르인들은 반가워하며 파홈을 붙잡아 번쩍 들어서 좋은 천막으로 데려가더니 양탄자 위에 깃털 방석을 깔고 그 위에 앉혔다. 그들은 파홈 주위에 빙 둘러앉아 차와 쿠미스를 대접했고, 양을 잡아 양고기 요리도 대접했다. 파홈은 여행마차에서 선물을 꺼내어 바시키르인들에게 주었고 차도 나누어주었다. 바시키르인들은 아주 기뻐했다. 그들은 자기들끼리 뭐라고 지껄이고 나서 통역에게 전했다.

"당신에게 말하랍니다." 통역이 말한다. "우리는 당신이 아주 마음에 들었다. 우리에겐 손님을 기쁘게 하고 받은 선물에 대해 답례하는 관습이 있다. 당신이 우리에게 선물을 주었으니 답례할 수 있도록 우리가 가진 것들 가운데 당신 마음에 드는 것을 말하라."

"내 마음에 드는 것은," 파홈이 말한다. "무엇보다 당신들의 땅입니다. 우리 고장은 땅이 좁은데다 계속 경작해서 토질이 나빠졌는데 이곳은 땅이 많고 기름지군요. 나는 이토록 좋은 땅을 보지 못했습니다."

통역이 파홈의 말을 전했다. 바시키르인들은 자기들끼리 말을 주고받으며 잠시 의논했다. 파홈은 그들이 말하는 걸 이해하지 못했으나 아주 유쾌한 듯 보였고 뭐라고 소리치며 웃고 있었다. 이윽고 모두들 잠잠해지더니 파홈을 바라보았다.

"당신에게 말하랍니다." 통역이 말한다. "우리는 당신의 친절에 대한 답례로 당신이 원하는 만큼 땅을 기꺼이 주겠다. 그저 손으로 어떤 땅을 가리키면, 그 땅은 당신의 것이 될 것이다."

그들은 다시 말을 주고받다가 무언가로 다투기 시작했다. 파홈은 사람들이 무엇 때문에 다투느냐고 물었다. 그러자 통역이 대답했다.

"어떤 사람들은 땅에 대해 촌장에게 물어봐야만 하고, 촌장 없이는 안 된다고 합니다. 다른 사람들은 촌장 없이도 된다고 말합니다."

6

바시키르인들이 언쟁을 하고 있을 때, 돌연 여우가죽 모자를 쓴 사람이 천막 안으로 들어왔다. 모두들 입을 다물고 일어섰다. 통역이 말한다.

"이분이 바로 촌장입니다."

파홈은 얼른 제일 좋은 할라트를 꺼내왔고 촌장에게 주려고 5푼트*의 차를 더 가져왔다. 촌장은 그것을 받아들고 맨 윗자리에 앉았다. 바시키르인들이 촌장에게 뭐라고 이야기를 했다. 촌장은 듣고 또 듣고 나서 조용히 하라고 고개를 한 번 끄덕이더니 파홈에게 러시아어로 말하기 시작했다.

"자, 좋습니다. 마음에 드는 땅을 가지시오. 땅은 많이 있으니까."

'원하는 만큼 가지라지만 어떻게 가져야 하지?' 파홈은 생각한다. '어쨌든 소유권은 확실히 해놓아야 해. 줘놓고 나중에 빼어갈지도 모르니까.'

"친절한 말씀에 감사합니다." 파홈이 말한다. "이곳에는 땅이 많습니

---

* 제정러시아에서 사용한 무게 단위. 1푼트는 410그램.

다만, 나는 조금만 있으면 됩니다. 다만 어떤 땅이 내 땅이 될지 알기만 하면 됩니다. 하지만 측량을 해서 내 땅이라는 것을 분명히 해둘 필요가 있습니다. 사람이란 언제 죽을지 모르니까요. 당신들이 친절해서 내게 땅을 주었더라도 당신네 자식들이 땅을 빼앗을 수도 있으니까요."

"옳은 말이오." 촌장이 말한다. "소유권을 확실히 해야만 합니다."

파홈이 말하기 시작했다.

"이곳에 상인 한 사람이 왔었다고 들었습니다. 당신들은 그 사람에게도 땅을 주고 등기증을 만들어주었더군요. 내게도 그렇게 해주셨으면 좋겠습니다."

촌장은 모든 걸 이해했다.

"문제없습니다." 촌장이 말한다. "우리 고장에도 서기가 있으니 함께 읍내로 가서 모든 서류에 도장을 찍읍시다."

"그런데 값은 어떻게 되나요?" 파홈이 말한다.

"우리 고장에서 값은 동일합니다. 하루 치에 1천 루블이오."

파홈은 이해하지 못했다.

"그럼 단위는 어떻게 되죠? 하루 치라뇨? 그게 몇 데샤티나나 됩니까?"

"우리는 그걸 셈할 줄 모릅니다." 촌장은 말한다. "항상 하루 치로 팔고 있어요. 말하자면 하루 동안 당신이 걸은 만큼의 땅이 당신 것이 됩니다. 그래서 하루 치 값이 1천 루블이라는 겁니다."

파홈은 놀랐다.

"그렇다면," 파홈이 말한다. "하루종일 걸으면 상당한 면적이 되겠는데요."

촌장이 웃으며 말한다.

"그게 모두 당신 것이 됩니다! 다만 한 가지 조건이 있습니다. 만약 하루 안에 당신이 출발한 장소까지 돌아오지 못하면 당신의 돈은 날아가는 겁니다."

"그렇다면," 파홈이 말한다. "내가 돌아다닌 곳을 어떻게 표시하죠?"

"우리는 어디든지 당신이 원하는 곳으로 가서 서 있을 겁니다. 당신은 그곳을 출발해서 빙 돌아오면 됩니다. 당신은 흙손을 들고 가서 필요한 곳에 표시를 해두시오. 즉 구부러지는 곳마다 구덩이를 파서 잔디를 놓아두시오. 나중에 구덩이들을 잇는 선을 쟁기로 갈아엎으면 될 테니까요. 어떻게 돌든 상관없지만, 꼭 해가 지기 전에 출발점까지 돌아오시오. 그러면 당신이 돈 땅은 모두 당신 것이 됩니다."

파홈은 기뻤다. 그들은 아침 일찍 출발하기로 결정했다. 그러고 나서 이야기를 하고 쿠미스도 마시고 양고기도 먹고 차도 실컷 마시며 밤이 이슥하도록 즐겼다. 이윽고 바시키르인들은 파홈에게 깃털 요를 깔아주고 제각각 흩어졌다. 그들은 내일 동이 틀 무렵에 모여 해뜨기 전에 출발점으로 가자고 약속했다.

7

파홈은 깃털 요 위에 누웠으나 잠을 이루지 못하고 줄곧 땅에 대해 생각한다. '끝없이 넓은 땅을 얻어내야지. 하루에 50베르스타쯤은 걸을 수 있어. 지금은 일 년 중 하루가 길 때야. 50베르스타의 땅은 어느 정도나 될까. 나쁜 땅은 팔든지 농부들에게 빌려줘야지. 좋은 땅을 차지하여 그곳에 정착하기로 하자. 황소 두 마리가 끄는 쟁기를 만들고 일꾼 두 사람을 고용해야지. 50데샤티나 정도 경작하고 나머지 땅에서는 가축을 길러야지.'

파홈은 밤새 잠을 이루지 못했다. 그러다가 새벽녘에야 겨우 선잠에 들었다. 그는 선잠에 들자마자 꿈을 꾸었다. 꿈속에서 파홈은 지금 자신이 자고 있는 천막 안에 누워 있는 듯했고, 밖에서 누군가 큰 소리로 웃고 있는 소리를 듣고 있었다. 파홈은 도대체 누가 웃고 있는지 알고 싶어 자리에서 일어나 천막 밖으로 나가 보니 바로 바시키르의 촌장이 천막 앞에 앉아 두 손으로 배를 잡고 몸을 흔들며 왠지 모르게 껄껄 웃고 있었다. 파홈은 촌장 곁으로 가서 "왜 그렇게 웃고 있소?" 하고 물어보았다. 그런데 웃고 있는 사람은 바시키르의 촌장이 아니라 바로 얼마 전 파홈에게 들러 땅 이야기를 해주었던 그 상인이었다. 파홈이 상인에게 "여기에 온 지 오래되었소?" 하고 묻자마자 그 사람은 어느새 상인이 아니라 예전에 볼가강 너머에서 자기에게 들렀던 농부로 변했다. 그런데 그건 농부가 아니라 마치 뿔과 발굽이 달린 악마가 앉아서 껄껄 웃고 있는 것 같았다. 촌장 앞에는 맨발에 루바시카와 바지를 입은 남자가 누워 있었다. 파홈은 도대체 그 남자가 누군지 찬찬히 살펴보았다. 그 사람은 죽어 있는데, 그건 바로 자기 자신이었다. 파홈은 몸서리치며 잠에서 깨어났다. 파홈은 잠에서 깨어나 '꿈이었군' 하고 생각한다. 파홈이 주위를 둘러보다가 열린 문 쪽을 보니 이미 동이 트고 있었다. '떠날 시간이 됐으니 사람들을 깨워야만 해' 하고 파홈은 생각한다. 파홈은 몸을 일으켜 여행마차에서 자고 있는 일꾼을 깨워 말을 매게 하고 바시키르인들을 깨우러 갔다.

"시간이 되었습니다." 파홈이 말한다. "초원으로 가서 땅을 재야죠."

바시키르인들이 일어나 모두 모였고 촌장도 왔다. 그들은 다시 쿠미스를 마시기 시작했고, 파홈에게 차를 대접하려고 했지만 파홈은 빨리 출발하고 싶어 애를 태웠다.

"가려거든 어서 갑시다." 파홈이 말한다. "시간이 되었어요."

8

바시키르인들은 떠날 채비를 마치고 탈것에 탔다. 몇몇은 말을 타고 몇몇은 여행마차를 타고 출발했다. 파홈은 흙손을 가지고 일꾼과 함께 자기 여행마차에 탔다. 스텝에 이르니 동이 트고 있었다. 그들은 바시키르말로 '시한'이라는 작은 언덕으로 올라가 여행마차와 말에서 내려 한데 모였다. 촌장이 파홈에게 다가와 한 손으로 가리키며 말한다.

"보다시피 저기 저 땅이 모두 우리 땅입니다. 둘러보고 어떤 땅이든 고르시오."

파홈의 눈이 이글이글 타올랐다. 온통 나리새로 덮인 땅은 손바닥처럼 평평하고 양귀비씨처럼 검었으며, 분지에는 여러 가지 풀이 가슴 높이까지 자라고 있었다.

촌장은 여우가죽 모자를 벗어 땅에 놓으며 말한다.

"자, 이걸 표지로 하지요. 여기서 출발해서 여기로 돌아오시오. 그러면 당신이 땅을 빙 돌아온 만큼 모두 당신 것이 됩니다."

파홈은 돈을 꺼내어 모자 위에 놓고는 카프탄을 벗어 반외투만 입은 차림이 되었다. 그리고 배 밑으로 가죽띠를 단단히 매고 빵주머니를 품속에 넣고서 수통도 가죽띠에 매달았다. 또 장화의 목 부분을 단단히 졸라맨 다음 일꾼에게서 흙손을 받아들고는 출발 준비를 했다. 사방이 다 좋은 땅이어서 파홈은 어느 쪽으로 갈지 생각에 생각을 거듭했다. '모든 땅이 다 좋으니 해가 뜨는 쪽으로 가야지.' 파홈은 생각한다. 파홈은 해가 뜨는 쪽으로 얼굴을 향하고 몸을 움직여 근육을 풀고서 지평선에서 해가 떠오르기를 기다렸다. '조금이라도 시간을 허비하지 말아야지. 선선할 때 걷는 것이 편할 거야.' 파홈은 생각한다. 지평선에서 해가 솟아오르자마자 파홈은 흙손을 어깨에 둘러메고 스텝을 향해 출발했다.

파홈은 느리지도 빠르지도 않게 걸었다. 1베르스타쯤 가다가 걸음을 멈추고 구덩이를 파서 눈에 잘 띄게 잔디를 여러 덩이 포개놓았다. 그리고 앞으로 걸어갔다. 몸이 풀리니 절로 걸음이 빨라졌다. 조금 더 가다가 또 구덩이를 팠다.

파홈은 뒤를 돌아보았다. 햇빛을 받은 시한과 거기에 서 있는 사람들도 잘 보였으며 여행마차의 쇠바퀴가 반짝이고 있었다. 파홈은 이제 5베르스타쯤 걸었을 거라고 짐작했다. 더워서 반외투를 벗어 어깨에 걸치고 계속 걸었다. 5베르스타쯤 더 걸었다. 더워졌다. 해를 힐끗 쳐다보니 벌써 아침 먹을 시간이었다.

'이제 한 코스가 지나갔다.' 파홈은 생각한다. '그런데 하루에 네 코스를 걸어야 하니 아직 돌기에는 이르다. 장화나 벗자.' 파홈은 땅에 앉아 장화를 벗어 가죽띠에 차고 또 걷기 시작했다. 걷기가 편해졌다. 그러다가 파홈은 생각한다. '5베르스타만 더 걷자. 그런 다음 왼쪽으로 구부러지자. 땅이 아주 좋아서 버리기가 아까운걸. 가면 갈수록 더 좋네.' 그는 여전히 곧장 걸어갔다. 뒤를 돌아보니 시한은 이미 잘 보이지 않았다. 사람들은 작은 언덕 위에서 개미처럼 거무스름하게 보이고 뭔가가 아주 희미하게 빛나고 있었다.

'이만하면 이쪽으론 충분히 손에 넣었어.' 파홈은 생각한다. '이제는 구부러져야겠어. 땀을 많이 흘렸더니 힘이 빠지고 목이 타는군.' 파홈은 걸음을 멈추고 좀더 크게 구덩이를 파고서 잔디를 놓았다. 그러고는 허리띠에서 수통을 풀어 실컷 물을 마시고 나서 급히 왼쪽으로 구부러졌다. 파홈은 걷고 또 걸었다. 키가 큰 풀이 나타났고, 날은 몹시 무더웠다.

파홈은 지치기 시작했다. 태양을 쳐다보니 바로 한낮이었다. 파홈은 생각한다. '자, 이쯤에서 쉬도록 하자.' 파홈은 걸음을 멈추고 자리에 앉았다. 물을 마시고 빵을 먹었지만 눕지는 않았다. 누웠다가 잠이 들지도 모른다고 생각한 것이다. 파홈은 잠시 앉았다가 또 걷기 시작했다. 처음에는 편하게 걸을 수 있었다. 빵을 먹어서 기운이 났던 것이다. 무척 더웠고 졸음이 쏟아지기 시작했다. 하지만 계속 걸었다. 한 시간을 참으면 평생 먹고 살 수 있다고 생각하면서.

파홈은 이 방향으로도 상당히 멀리 걸었다. 그래서 다시 왼쪽으로 구부러지려다 보니 가까이에 축축한 분지가 있는데 버리기가 아까웠다. '여기선 아마亞麻가 잘 자랄 거야.' 파홈은 생각한다. 그리고 다시 곧장 걸었다. 파홈은 분지를 차지하고 그 너머에다 구덩이를 파고 나서 두번째 모퉁이를 돌았다. 파홈은 시한을 돌아보았다. 더위 때문에 대기

속의 뭔가가 가물거리며 흔들렸고, 짙은 안개 속에서 언덕 위의 사람들이 거의 보이지 않았다. 작은 언덕에서 15베르스타쯤 걸어온 듯했다. '자, 양쪽은 이렇게 길게 잡았으니 이쪽 방향은 좀 짧게 잡아야겠어.' 파홈은 생각한다. 파홈은 세번째 방향을 잡아 걸으면서 더 빨리 걷기 시작했다. 해를 보니 이미 오후도 한나절이 지나고 있는데, 세번째 방향으로는 겨우 2베르스타 정도밖에 걷지 못했다. 출발 지점까지는 아직 15베르스타쯤 남아 있었다. '안 되겠어.' 파홈은 생각한다. '비록 땅이 구부러지겠지만 이젠 서둘러 곧장 돌아가야겠어. 더 많은 땅을 가질 필요가 없어. 땅은 이미 충분해.' 파홈은 급히 구덩이를 파고서 곧장 시한 쪽으로 향했다.

9

파홈은 시한 쪽을 향해 똑바로 걸었으나 점점 고통스러워지기 시작했다. 몸은 땀투성이가 되고, 맨발은 베이고 찢겨서 서 있기조차 힘들었다. 좀 쉬고 싶었으나 그럴 수도 없었다. 쉬게 되면 해지기 전에 도착할 수가 없었다. 해는 기다리지 않고 서쪽으로 점점 더 기울어져갔다. '아아, 실수한 게 아닐까? 너무 많은 땅을 취한 게 아닐까? 만일 늦으면 어떡하지.' 파홈은 먼저 시한을 바라보고 해를 바라보았다. 출발점까지는 아직도 멀었으나 해는 이미 지평선에 가까이 있었다.

파홈은 걸으면서 힘들었지만 더욱더 속도를 냈다. 걷고 또 걸었지만 출발점은 아직 멀었다. 마침내 속보로 뛰기 시작했다. 반외투도 장화도 수통도 모자도 다 내팽개치고 흙손만 들고 그것에 의지하여 뛰었다. '아아,' 그는 생각한다. '내가 너무 욕심을 내서 모든 걸 망쳐버렸어. 해지기 전에 도착하지 못할 거야.' 공포 때문에 더욱더 심하게 숨이 막혔다. 파홈은 달렸다. 땀에 젖은 루바시카와 바지는 몸에 찰싹 달라붙고 입안은 바싹 말라버렸다. 가슴은 대장간 풀무처럼 부풀어올랐고, 심장은 망치질을 하듯이 쿵쾅거렸고, 다리는 남의 다리처럼 휘청거렸다. 파홈은 무서워졌고 '이렇게 용을 쓰다 죽는 게 아닐까' 하는 생각까지 들었다.

죽는 것도 두렵지만 멈춰 설 수도 없었다. '이렇게 뛰어왔는데,' 그는 생각한다. '지금 멈춰 서면 멍청이 소릴 듣겠지.' 파홈은 달리고 또 달려서 출발점 가까이 왔다. 바시키르인들이 그를 향해 질러대는 날카로운 외침소리가 들려왔다. 이 외침 때문에 그의 심장은 한층 더 뜨겁게 달아올랐다. 파홈은 마지막 힘을 다해 달렸다. 해는 이미 지평선 가까이 기울어 저녁놀 속으로 떨어져서 커지고 핏빛처럼 새빨개졌다. 해가 막 지고 있었지만 출발점까지도 이제 얼마 남지 않았다. 파홈은 시한 위에 서 있는 사람들이 그를 향해 손을 흔들며 재촉하고 있는 걸 보았다. 땅 위에 놓인 여우가죽 모자와 그 위에 놓인 돈도 보였다. 땅에 앉아 두 손으로 배를 움켜쥐고 있는 촌장도 보였다. 그러자 파홈은 꿈 생각이 났다. '땅은 많은데,' 그는 생각한다. '하느님이 이 땅에서 살게 해주실까? 아아, 나는 나 자신을 망쳤어, 다다르지 못할 거야.'

파홈은 해를 힐끗 쳐다보았다. 해는 이미 땅에 닿아 한쪽 끝은 가라앉았고 다른 쪽 끝은 활 모양으로 또렷이 드러났다. 파홈은 마지막 힘을 다해 몸을 앞으로 기울이고 간신히 발을 끌며 넘어지지 않게 몸을 지탱하고 있었다. 파홈은 언덕 밑에 다다랐지만 갑자기 어두워졌다. 주위를 둘러보니 이미 해가 져버렸다. 파홈은 '아흐' 하고 신음소리를 냈다. '내 노력이 허사가 되었구나' 하고 파홈은 생각한다. 파홈은 걸음을 멈추려다가 바시키르인들이 계속 고함을 질러대는 소리를 듣고서 언덕 밑에 있는 그에게는 해가 진 것처럼 보이지만 시한에서 보면 아직 해가 지지 않았을지 모른다는 생각이 들었다. 파홈은 심호흡을 하고 시한으로 뛰어올라갔다. 시한 위는 아직 밝았다. 파홈은 시한으로 뛰어올라가 모자를 보았다. 모자 앞에 촌장이 앉아 두 손으로 배를 잡고 큰 소리로 웃어대고 있었다. 파홈은 꿈 생각이 나서 신음을 토했고, 다리가 꺾여 앞으로 쓰러졌지만 두 손은 모자에 닿았다.

"허어, 잘했소!" 촌장이 소리쳤다. "땅을 많이 가지셨소!"

파홈의 일꾼이 달려가 그를 일으키려고 했으나 입에서 피가 흘러나왔다. 그는 죽은 채로 누워 있었다.

바시키르인들은 혀를 차며 파홈을 불쌍히 여겼다.

일꾼은 흙손을 집어들어 정확히 머리에서 발끝까지 들어갈 수 있게 3아르신*의 무덤을 파서 파홈을 파묻었다.

(1886년)

* 옛날 러시아의 길이 단위. 1아르신은 71.12센티미터.

크로이처 소나타

그러나 나는 너희에게 이렇게 말한다. 누구든지 여자를 보고 음란한 생각을 품는 사람은 벌써 마음으로 그 여자를 범했다. (마태오의 복음서 5장 28절)

제자들이 이 말씀을 듣고 예수께 "남편과 아내의 관계가 그런 것이라면 차라리 결혼하지 않는 것이 좋겠습니다" 하였더니 예수께서 이렇게 대답하셨다. "그것은 아무나 할 수 있는 일이 아니다. 다만 하느님께서 허락하신 사람만이 할 수 있다. 처음부터 결혼하지 못할 몸으로 태어난 사람도 있고, 사람의 손으로 그렇게 된 사람도 있고, 또 하늘나라를 위하여 스스로 결혼하지 않는 사람도 있다. 이 말을 받아들일 만한 사람은 받아들여라." (마태오의 복음서 19장 10~12절)

1

이른봄이었다. 우리는 기차를 타고 이틀 밤낮을 달렸다. 단거리를 가는 사람들이 객실을 들락날락거렸지만, 세 사람은 나처럼 출발역에서부터 자리를 지키고 있었다. 한 사람은 반半남성용 외투에 작은 모자를 쓴 밉상의 중년 부인인데 지친 얼굴로 담배를 피워댔고, 그녀의 지인인 듯한 다른 한 사람은 말쑥하게 새 옷을 차려입은 마흔 살가량의 말 많은 남자였다. 또 한 명은 중키의 신사로 홀로 떨어져 앉아 느닷없이 몸을 움직이곤 했는데, 아직 늙진 않았지만 곱슬머리가 벌써 하얗게 세었고 이상하게 빛나는 두 눈으로 재빨리 주위를 살피고 있었다. 신사는 일류 재단사가 만든 새끼양가죽 깃이 달린 낡은 외투에 운두가 높은 어린 새끼양가죽 모자를 쓰고 있었다. 그가 외투의 단추를 끄르자 소매 없는 재킷과 러시아식 수를 놓은 루바시카가 보였다. 특히 이 신사는 이따금 가래를 내뱉는 기침소리 같기도 하고, 또 웃기 시작했다가 갑자기 끊기는 웃음소리 같기도 한 이상한 소리를 내곤 했다.

이 신사는 여행하는 내내 다른 승객들과 대화를 나누거나 교제하는 것을 애써 피하고 있었다. 옆자리 손님이 말을 걸어도 짧고 퉁명스럽게 대답하고는 책을 읽거나 창밖을 내다보며 담배를 피우거나 낡은 자루 속에서 먹을 것을 꺼내 먹거나 차를 마셨다.

그가 고독으로 괴로워하는 것 같아 나는 여러 번 말을 건네보려고 했다. 우리는 비스듬히 마주보고 앉아 있어 종종 눈이 마주쳤는데, 그때마다 그는 나를 외면하고 책을 집어들거나 창밖을 내다보곤 했다.

여행 이틀째 날, 저녁이 되기 전 어느 커다란 역에 기차가 멈춰 섰을 때, 이 신경질적인 신사는 뜨거운 물을 가져와서 차를 우리기 시작했다. 말쑥한 새 옷을 입은 신사도, 그가 변호사라는 것을 나중에 알게 되었지만, 반남성용 외투를 입고 그 옆에 앉아 담배를 피워대는 부인과 함께 차를 마시러 역으로 갔다.

신사와 부인이 자리를 비운 사이에 새로운 승객 몇몇이 객실로 들어왔다. 그중에는 키가 크고 수염을 깨끗이 민 주름투성이 노인이 있었는데, 밍크 외투에 챙이 넓은 나사羅紗 모자를 쓴 것으로 보아 상인이 분명했다. 상인은 부인과 변호사가 앉은 자리의 맞은편에 앉아서 역시 이 역에서 객실로 들어온, 다른 상인의 점원인 듯한 젊은이와 곧장 얘기하기 시작했다.

나는 그들과 비스듬히 맞은편에 앉은데다 기차가 멈춰 있었기 때문에, 지나가는 사람이 없을 때는 그들의 대화를 짬짬이 들을 수 있었다.

상인은 다음 역에 있는 자기 영지로 가는 길이라고 먼저 말을 꺼냈다. 이어서 상인들이 으레 그러듯이 물가와 장사에 대해 얘기하기 시작했고, 현재 모스크바의 경기景氣와 니즈니노브고로드 정기시장에 대해 얘기했다. 점원은 상인과 자기가 아는 어떤 부자 상인이 정기시장에서 벌인 큰 술잔치에 대해 얘기하기 시작했지만, 노인은 젊은이의 말이 채 끝나기도 전에 자기도 한몫 끼었던 옛날 쿠나비노*에서의 큰 술잔치에 대해 얘기하기 시작했다. 노인은 그런 자리에 끼었다는 사실을 자랑스러워하는 것 같았다. 노인은 쿠나비노에서 아는 상인들과 술에 취해 벌였던 못된 짓을 아주 즐겁게 얘기했는데, 귓속말로 해야 할 만큼 추잡한 짓거리였다. 점원은 온 객실이 울릴 만큼 크게 웃어댔고, 노인도 두 개의 누런 이를 드러내며 웃었다.

더 재미있는 얘기가 나올 것 같지 않아 나는 기차가 떠날 때까지 플랫폼을 거닐려고 자리에서 일어났다. 나는 뭔가 활기차게 얘기하면서 걸어오는 변호사와 부인을 문가에서 만났다.

"시간이 없을 텐데요." 사교적인 변호사가 말했다. "곧 두번째 종소리**가 울릴 겁니다."

과연 내가 차량 끝까지 가기도 전에 종소리가 울렸다. 자리로 돌아왔을 때, 부인과 변호사는 여전히 활기차게 대화하고 있었다. 늙은 상인은 잠자코 두 사람의 맞은편에 앉아 근엄하게 정면을 바라보다가 이따금 못마땅하다는 듯이 입을 우물거렸다.

"그후에 그녀는 자기 남편에게 곧장 말했어요." 내가 그 옆을 지나갈

---

* 니즈니노브고로드(옛 고리키시)의 교외에 위치한 곳.

** 러시아의 기차역에서는 세번째 종소리가 울리면 기차가 출발한다.

때 변호사가 미소를 띠며 말했다. "남편과 함께 살 수도 없고, 살고 싶지도 않다고 말이죠, 왜냐하면……"

그리고 변호사는 계속 무슨 얘기를 늘어놓기 시작했는데, 나는 무슨 소린지 잘 알아들을 수 없었다. 내 뒤를 따라 승객들과 차장이 지나가고, 짐꾼이 뛰어들어왔으며, 꽤 오랫동안 떠들썩해서 그들의 대화가 들리지 않았던 것이다. 주위가 조용해지자 다시 변호사의 목소리가 들려왔다. 확실히 대화는 사적인 것에서 이미 일반적인 견해로 옮겨갔다.

변호사는 지금 유럽에서는 이혼 문제가 여론의 중심에 있고, 우리나라에서도 같은 사태가 더욱더 자주 나타나고 있다고 말했다. 자기 혼자 말하고 있다는 걸 깨달은 변호사는 말을 멈추고 노인에게 말을 걸었다.

"옛날에는 이런 일이 없었겠죠, 그렇죠?" 변호사는 상냥하게 미소를 띠며 말했다.

노인이 뭐라고 대답하려는 순간 기차가 움직였다. 노인은 모자를 벗고 성호를 그으며 작은 소리로 기도문을 읊조리기 시작했다. 변호사는 눈길을 옆으로 돌리고 정중히 기다렸다. 기도 후 성호를 세 번 긋고 나서 노인은 카르투스*를 똑바로 깊이 눌러쓰고는 앉은자리에서 자세를 바로 하더니 입을 열었다.

"선생, 예전에도 있었지만 지금보다 적었을 뿐이오." 노인이 말했다. "요즘엔 이런 일이 안 일어날 수가 없어요. 너무 많이들 배워서."

기차가 점점 더 빨리 움직이면서 레일의 이음매가 덜컹거려 그들의

* 러시아의 전통 모자. 챙 있는 남성용 모자.

대화가 잘 들리지 않았지만, 나는 그들의 얘기가 흥미로워서 그들 쪽으로 더 가까이 옮겨 앉았다. 나와 비스듬히 마주앉아 있던 신경질적인 신사도 두 눈을 반짝이고 분명히 흥미를 느끼며 자리에서 일어나지 않은 채 열심히 귀를 기울이고 있었다.

"하지만 교육이 어째서 나쁘다는 거죠?" 보일 듯 말 듯한 미소를 띠며 부인이 말했다. "그럼 옛날처럼 신랑 신부가 서로 얼굴조차 보지 않고 결혼하는 것이 더 좋다는 말씀인가요?" 대부분의 부인들이 으레 그러듯 그녀는 상대방이 한 말이 아니라 상대방이 앞으로 하리라고 생각되는 말에 대해 대답하면서 말을 이었다. "옛날에는 사람들이 서로 사랑하고 있는지, 사랑할 수 있는지도 모르면서 아무하고나 막 결혼해서 평생 괴로움을 겪었죠. 그렇다면 당신들 생각으론 그게 더 낫단 말인가요?" 그녀는 확실히 대화 상대자인 노인이 아니라 나와 변호사에게 말했다.

"너무 많이들 배웠어." 상인은 경멸하듯이 부인을 바라보며 물음에 대답하지 않고 되뇌었다.

"교육과 부부의 불화 사이에 어떤 관계가 있는지 설명해주시겠습니까?" 옅은 미소를 띠며 변호사가 말했다.

상인이 뭐라고 말하려 했으나 부인이 가로막았다.

"아뇨, 그런 시대는 이미 지나갔어요." 그녀가 말했다. 하지만 변호사가 그녀를 제지했다.

"아니, 이분더러 자신의 생각을 말해보라고 합시다."

"어리석음은 교육에서 생겨나는 거요." 노인은 단정적으로 말했다.

"서로 사랑하지 않는 사람들을 결혼시켜 놓고 화목하게 살지 않는다고 놀란단 말입니다." 부인은 변호사와 나, 그리고 자리에서 일어나 좌석 등받이에 두 팔꿈치를 괸 채 미소를 띠며 얘기를 듣고 있던 점원까지 돌아보면서 서둘러 말했다. "주인 맘대로 짝을 지어줄 수 있는 건 동물들뿐이에요. 사람은 자신만의 기호와 애착을 가지고 있어요." 확실히 상인의 마음을 상하게 하려고 그녀가 말했다.

"그렇게 말하는 건 부당해요, 부인." 노인이 말했다. "동물은 가축에 불과하지만, 사람에겐 법이 있습니다."

"하지만 사랑이 없는데 어떻게 같이 살 수 있죠?" 부인은 아마도 매우 새로운 것이라고 생각하면서 자신의 의견을 서둘러 말했다.

"전에는 이런 문제를 따지지 않았소." 노인은 인상적인 어조로 말했다. "최근에야 이런 문제가 유행하게 되었어요. 걸핏하면 요즘 여자는 '난 당신을 떠나겠어'라고 말합니다. 농부들 사이에서도 이런 풍조가 퍼지기 시작했어요. '자, 여기 당신 루바시카와 바지가 있어. 나는 반카*와 갈래. 반카의 머리가 당신보다 더 곱슬곱슬하거든.' 이러면 그만이오. 여자에게는 무엇보다도 두려움이 있어야 하오."

점원은 분명히 웃음을 참으면서 변호사와 부인과 나를 바라보았는데, 노인의 말에 대한 우리의 반응을 보고 그 말을 비웃거나 인정할 태세였다.

"어떤 두려움이죠?" 부인이 말했다.

"즉, 자기 나-암-편을 두려워하는 거요! 바로 남편에 대한 두려움이지."

---

* 이반의 애칭.

"어머, 어르신, 그런 시대는 이미 지나갔어요." 부인은 약간 화를 내며 말했다.

"아니오, 부인, 그런 시대는 지나갈 수 없소. 남자의 갈비뼈로 만들어진 이브는 세상이 끝날 때까지 그대로 남을 거요." 노인은 아주 엄숙하고 의기양양하게 고개를 젓고서 말했다. 그러자 점원은 곧바로 상인이 승리했다고 단정하고 큰 소리로 웃어댔다.

"당신네 남자들은 그렇게 생각하지요." 부인은 굴하지 않고 우리를 둘러보면서 말했다. "남자들은 자유를 누리면서 여자들은 탑 속에 가둬두려고 해요. 자기들은 하고 싶은 것을 다 하면서 말이죠."

"누구도 하고 싶은 것을 다 할 수는 없어요. 집안에서 어떤 문제도 남자 때문에 생기지는 않소. 하지만 아내인 여자는 깨지기 쉬운 그릇 같은 거요." 상인은 가르치듯이 말을 이었다.

분명히 듣는 사람들은 상인의 인상적인 어조에 설복되었고, 심지어 부인도 압도당했다고 느꼈지만 그녀는 여전히 굴하지 않았다.

"그렇군요. 하지만 여자도 사람이고 남자처럼 감정을 가지고 있다는 사실에는 동의하시겠죠. 그런데 여자가 남편을 사랑하지 않는다면 어찌해야 하나요?"

"사랑하지 않는다!" 상인은 눈썹과 입술을 움직이고 나서 단호하게 되뇌었다. "아마 사랑하게 될 거요!"

이 뜻밖의 논리가 특히 마음에 들었는지 점원은 인정하는 듯한 소리를 냈다.

"아, 아뇨, 사랑하지 않을 거예요." 부인이 입을 열었다. "사랑이 없다면 사랑을 강제할 수 없어요."

"그럼, 만일 아내가 남편을 배신한다면 그땐 어떻게 하죠?" 변호사가 말했다.

"그런 일은 생각할 수도 없소." 노인은 말했다. "그런 일은 미리 잘 감시해야 하는 거요."

"그런 일이 일어나면 그땐 어쩌죠? 흔히 있는 일이니까요."

"어떤 사람에겐 일어나겠지만 우리에겐 일어나지 않을 거요." 노인이 말했다.

모두 잠자코 있었다. 점원이 몸을 움직여 좀더 가까이 다가갔고, 다른 사람들에게 뒤지고 싶지 않아 미소를 띠며 말문을 열었다.

"맞습니다요. 우리 동료인 젊은 점원에게도 스캔들이 있었어요. 이것도 판단하기가 너무 어려워요. 역시 행실이 좋지 못한 여자를 만났던 겁니다. 그 여자가 바람을 피우기 시작했어요. 젊은이는 착실하고 교양도 있었어요. 처음에 여자는 사무원과 놀아났어요. 젊은이는 좋은 말로 타이르려고 했죠. 여자는 멈추지 않았어요. 온갖 추잡한 짓은 다 하고 다녔어요. 그의 돈을 훔치기까지 했죠. 그래서 그가 그녀를 때리기도 했어요. 그녀는 더 나빠졌어요. 이런 말을 하기가 좀 뭐하지만, 세례도 받지 않은 유대인과 그 짓을 하기도 했답니다. 그는 어떻게 해야 하죠? 그는 깨끗이 그 여자를 버리고 지금은 혼자 살고 있어요. 그 여자는 여전히 빈둥거리고 있고요."

"그야 그 젊은이가 바보이기 때문이지." 노인이 말했다. "애당초 못 돌아다니게 단단히 혼을 냈다면 아마 그렇게 살지 않았을걸. 처음부터 자유를 줘선 안 돼. 들판의 말과 집안의 아내는 믿지 말게."

이때 차장이 다음 역에서 내릴 승객들의 표를 거두러 왔다. 노인은 표를 건넸다.

"그렇습니다요, 여자란 미리 혼을 내야 해요. 안 그러면 죄다 망가져요."

"그럼 방금 전 결혼한 남자들이 쿠나비노 정기시장에서 흥겹게 놀았다고 얘기하셨는데, 그건 뭔가요?" 나는 참지 못하고 물었다.

"그건 특별한 경우요." 상인은 이렇게 말하고 입을 굳게 다물었다.

기적이 울리자 상인은 일어나 좌석 밑에서 자루를 꺼냈고, 외투자락을 잘 여민 후 카르투스를 가볍게 쳐들더니 객실에서 나갔다.

2

노인이 나가자마자 여러 사람들이 이야기를 시작했다.

"낡은 교훈에 젖은 영감이군요." 점원이 말했다.

"그야말로 살아 있는 도모스트로이*네." 부인이 말했다. "정말 야만적인 여성관과 결혼관이에요!"

"그래요, 우리는 유럽의 결혼관과 너무 동떨어져 있어요." 변호사가 말했다.

"아무튼 저런 사람들이 이해하지 못하는 가장 중요한 사실은," 부인이 말했다. "사랑이 없는 결혼은 결혼이 아니고, 사랑만이 결혼을 신성하게 하며, 참다운 결혼만이 사랑을 성스럽게 만든다는 거예요."

---

* 16세기에 만들어진 가정준칙. 가정의 종교, 음식, 생활문화 등에 대한 지침을 정리해 놓은 규범집이다.

점원은 나중에 써먹기 위해 이 현명한 대화 내용을 가능한 한 많이 기억하려고 미소 지으며 귀담아듣고 있었다.

부인이 얘기하는 중에 내 뒤에서 끊어지는 웃음 같기도 하고 흐느끼는 울음 같기도 한 소리가 들려와서 우리는 뒤돌아보았는데 내 맞은편에 앉아 있던, 눈이 번득이고 머리가 하얀 고독한 신사였다. 분명히 그는 우리 얘기에 흥미를 느끼고 어느새 우리에게 다가와 있었다. 두 손을 좌석 등받이에 올려놓고 서 있는 그는 분명 몹시 흥분해 있었다. 얼굴은 상기되었고 볼 근육은 떨리고 있었다.

"그건 어떤 사랑입니까…… 사랑…… 사랑이…… 결혼을 신성하게 한다고요?" 그는 더듬거리며 말했다.

부인은 상대방의 흥분한 모습을 보고 되도록 부드럽고 신중하게 대답하려고 애썼다.

"참다운 사랑이죠…… 남녀 사이에 이런 사랑이 있어야 결혼도 가능한 거예요." 부인이 말했다.

"그렇습니까? 하지만 참다운 사랑을 어떻게 이해해야 하나요?" 신사가 눈을 번득이며 어색하게 미소를 짓고 조심스럽게 말했다.

"사랑이 어떤 건지는 누구나 다 아는 거예요." 부인은 분명히 이 신사와의 대화를 그만두고 싶어하면서 말했다.

"하지만 나는 모릅니다." 신사가 말했다. "당신이 이해하는 바를 확실히 말해주시면……"

"뭐라고요? 아주 간단해요." 부인은 이렇게 말했지만 잠시 생각에 잠겼다. "사랑? 사랑이란 한 남자나 한 여자를 다른 누구보다 전적으로 더 좋아하는 거예요." 그녀가 말했다.

"얼마 동안이나 더 좋아하는 건가요? 한 달? 이틀? 아니면 반시간?" 백발의 신사는 이렇게 말하고 웃기 시작했다.

"아니, 실례지만 당신은 분명히 다른 이야기를 하고 있어요."

"아닙니다, 똑같은 문제를 얘기하고 있습니다."

"이분께서 말씀하시는 것은 말이죠," 변호사는 부인을 가리키며 끼어들었다. "첫째, 결혼은 애착—사랑이라고 해도 좋습니다—에서 비롯되어야 하고, 이런 애착이 있는 경우에만 결혼이 신성한 것이 된다는 겁니다. 둘째, 자연스러운 애착—사랑이라고 해도 좋습니다—에 근거하지 않은 모든 결혼에는 어떤 도덕적 의무도 없다는 거죠. 제가 이해한 게 맞습니까?" 변호사는 부인을 돌아보며 말했다.

부인은 머리를 끄덕여 그의 설명에 동의를 표했다.

"그리고……" 변호사가 말을 계속하려 했으나, 신경질적인 신사는 이글거리는 눈빛으로 더는 참지 못하고 말을 가로채더니 얘기하기 시작했다.

"아니요, 나는 똑같은 것, 즉 다른 누구보다 한 남자나 한 여자를 더 좋아하는 것에 대해 말하고 있소. 다만 내가 묻는 것은 얼마 동안 더 좋아하느냐는 거요."

"얼마 동안이냐고요? 오랫동안이죠. 때론 평생 동안이고요." 부인은 어깨를 으쓱이며 말했다.

"그건 소설에서나 나오는 얘기지 현실에선 결코 있을 수 없습니다. 현실에선 한 사람을 일 년 동안 더 좋아하는 경우가 있긴 하지만 극히 드물고, 대개 수개월, 아니면 몇 주일, 며칠, 몇 시간이면 끝납니다." 분명히 자기 의견이 모든 사람을 놀라게 하고 있다는 걸 알고 신사는 이에 만족하면서 말했다.

“아니, 무슨 말씀을 그렇게 하십니까! 그렇지 않습니다. 그렇지 않아요.” 우리 셋은 한목소리로 말했다. 점원마저도 동의할 수 없다는 소리를 냈다.

“그래요, 나는 알고 있습니다.” 백발의 신사는 큰 소리로 우리를 눌러버렸다. “당신들은 존재한다고 생각되는 것을 말하고 있고, 나는 존재하는 것을 말하고 있는 겁니다. 남자는 누구나 당신들이 사랑이라고 부르는 것을 모든 아름다운 여자에게서 느낍니다.”

“아, 정말 끔찍한 얘길 하시는군요. 하지만 사람들에게는 몇 달, 몇 년이 아니라 평생 가는, 사랑이라 불리는 감정이 있지 않나요?”

“아니, 없습니다. 가령 한 남자가 어떤 여자를 한평생 더 좋아하는 경우가 있다 하더라도, 그 여자는 틀림없이 다른 남자를 더 좋아하게 될 겁니다. 세상에는 이런 일이 늘 있었고 지금도 있습니다.” 신사는 이렇게 말하고 담뱃갑을 꺼내 담배를 피우기 시작했다.

“하지만 서로 사랑하는 경우도 있을 수 있어요.” 변호사가 말했다.

“아니, 있을 수 없습니다.” 신사가 반박했다. “마치 완두콩을 잔뜩 실은 달구지 안에서 표시를 해둔 콩알 두 개가 나란히 있을 수 없는 것과 같은 겁니다. 게다가 이것은 불가능의 문제일 뿐만 아니라 권태의 문제이기도 합니다. 평생 한 여자나 한 남자를 사랑한다는 것은 양초 한 자루가 평생 탄다고 말하는 것과 다름없지요.” 그는 게걸스럽게 담배를 빨아들이며 말했다.

“하지만 당신은 계속 육체적 사랑에 대해서만 말씀하시는군요. 이상의 일치나 정신적 유사성에 기초한 사랑을 인정할 수는 없나요?” 부인이 말했다.

"정신적 유사성! 이상의 일치!" 신사는 특이한 소리를 내면서 되뇌었다. "하지만 그런 경우엔 (거칠게 말해 죄송합니다만) 같이 잘 이유가 없지요. 하긴 이상이 일치하기 때문에 사람들은 같이 자기도 하더군요." 신사는 이렇게 말하고 신경질적으로 웃기 시작했다.

"실례합니다만," 변호사가 말했다. "당신이 말하는 것은 사실과 모순됩니다. 현재 부부생활이 존재하고 있고, 인류 전체가 혹은 대부분이 결혼생활을 하고 있으며, 많은 사람들이 결혼생활을 계속 성실하게 하고 있다는 걸 우린 알고 있습니다."

백발의 신사는 다시 웃기 시작했다.

"당신은 결혼이란 사랑에 기초한다고 주장하다가, 내가 관능적인 사랑을 제외한 사랑의 존재를 의심하는 말을 하자 결혼이 존재한다는 걸로 사랑의 존재를 증명하려고 하는군요. 그래요, 우리 시대에 결혼이란 속임수에 지나지 않아요!"

"그렇지 않습니다. 실례지만," 변호사가 말했다. "나는 결혼이 존재했고 지금도 존재한다는 사실을 말하고자 할 뿐입니다."

"그야 존재하지요. 다만 무엇 때문에 결혼이 존재할까요? 결혼에서 신에 대한 의무를 부과하는 신비한 뭔가를 발견하는 사람들에겐 결혼이 존재했고 지금도 존재합니다. 그런 사람들에게 결혼은 존재하지만 우리에겐 존재하지 않습니다. 사람들은 결혼에서 성교 외에 아무것도 발견하지 못한 채 결혼하고, 그래서 기만이나 강간이 생겨나는 겁니다. 기만은 그래도 참을 수 있어요. 남편과 아내는 자기들이 일부일처제를 지키고 있다고 사람들을 속이기만 하면 되니까요, 하지만 그들은 일부다처나 일처다부로 살고 있어요. 이것도 추잡한 일이지만 그래도 참을 수 있습니다. 그러나 가장 흔히 볼 수 있듯이 남편과 아내가 평생 함께 살겠다는 외적 의무를 받아들이고 나서 두 달도 안 되어 서로를 미워하고 이혼을 원하면서도 그럭저럭 살아갑니다. 이건 참으로 끔찍한 지옥이지요. 이 때문에 술독에 빠지고, 권총으로 자살하고, 음독자살하고, 서로를 살해하거나 독살하는 겁니다." 신사는 누구에게도 말할 틈을 주지 않고 점점 더 흥분해서 빠르게 말했다. 모두들 잠자코 있었다. 왠지 분위기가 어색해졌다.

"그래요, 확실히 부부생활을 하다보면 위험한 사건이 일어나곤 하죠." 변호사는 지나치게 달아오른 대화를 끝내고 싶어서 말했다.

"보아하니 내가 누군지 알아차린 것 같군요?" 백발의 신사는 조용하고 침착하게 말했다.

"아뇨, 아직 그런 기쁨을 갖지는 못했습니다."

"큰 기쁨도 아닙니다. 나는 포즈드니셰프라고 합니다. 당신이 암시한 위험한 사건, 바로 아내를 살해한 그 사건의 당사자요." 신사는 우리를 한 사람씩 재빨리 둘러보면서 말했다.

누구도 할말을 찾지 못하고 그저 잠자코 있었다.

"뭐, 아무래도 좋습니다." 그는 특이한 소리를 내면서 말했다. "어쨌든 실례했습니다! 아……! 더이상 당신들을 방해하지 않겠습니다."

"아, 아닙니다, 죄송합니다……" 변호사는 '죄송합니다'란 말이 무슨 의미인지 자신도 모르면서 말했다.

하지만 포즈드니셰프는 변호사의 말을 다 듣지 않고 휙 돌아서서 자기 자리로 가버렸다. 변호사와 부인은 속삭이며 말했다. 나는 포즈드니셰프 옆에 앉아 있었으나 무슨 말을 해야 할지 몰라 잠자코 있었다. 책을 읽기에는 어두워서 나는 두 눈을 감고 잠을 청하는 체했다. 우리는 이렇게 말없이 다음 역까지 갔다.

다음 역에서 변호사와 부인은 미리 차장과 얘기를 나누었는지 다른 찻간으로 옮겨갔다. 점원은 긴 의자에 자리를 잡고 잠이 들었다. 포즈드니셰프는 줄곧 담배를 피우며 지난 역에서 우려낸 차를 마셨다.

내가 눈을 뜨고 그를 흘끗 쳐다보자 별안간 그는 단호하게, 화를 내며 내게 말을 걸었다.

"내가 누군지 알면서 혹시 나와 앉아 있기가 불쾌하지 않습니까? 그렇다면 내가 자리를 옮기겠습니다."

"아, 아닙니다, 죄송합니다."

"그럼, 차라도 한잔하시겠소? 그런데 좀 진할 겁니다." 그는 나에게 차를 따라 주었다.

"그들은…… 늘 거짓말만 하죠." 그는 말했다.

"무슨 말씀이죠?" 내가 물었다.

"늘 같은 얘기죠. 그들이 말하는 사랑과 사랑이 도대체 뭐냐 하는 이야기 말이오. 그런데 졸리지 않습니까?"

"전혀요."

"원하시면, 그 사랑이란 것 때문에 내가 어떻게 끔찍한 사건에 휘말리게 되었는지 얘기하겠습니다."

"네, 만약 괴롭지 않으시다면요."

"아니, 가만히 있는 게 더 괴롭습니다. 차를 좀 드시지요. 너무 진하지 않나요?"

차는 정말 맥주처럼 진했으나 나는 한 잔을 다 마셨다. 이때 차장이 지나갔다. 그는 악의에 찬 눈으로 말없이 차장을 쳐다보다가 차장이 사라지자 비로소 이야기를 시작했다.

3

"그럼, 얘기하지요…… 그런데 정말로 듣고 싶소?"

나는 정말로 듣고 싶다고 되뇌었다. 그는 잠시 잠자코 있다가 두 손으로 얼굴을 문지르고는 얘기하기 시작했다.

"얘기하기로 했으니까 처음부터 죄다 말해야겠군요. 내가 왜, 어떻게 결혼했는지, 결혼 전에 나는 어떤 사람이었는지 말입니다.

결혼 전에 나는 모든 사람들처럼, 즉 우리 계층에 속한 모든 사람들처럼 살았습니다. 지주이자 대학을 나온 학사인 나는 귀족단장도 지냈지요. 결혼 전까지 나는 모든 사람들처럼 방탕하게 살았고, 우리 계층에 속한 모든 사람들처럼 방탕하게 살면서도 제대로 살고 있다고 믿었어요. 나는 마음속으로 나 자신이 멋진 남자고 아주 도덕적인 사람이라고 생각했습니다. 나는 바람둥이도 아니고, 이상한 취미를 갖고 있지도 않았으며, 내 또래의 많은 사람들과는 달리 이런 것을 인생의 주요 목표로 삼지도 않았습니다. 그저 건강을 위해 적당히, 점잖게 방탕한 생활을 했을 뿐입니다. 아이를 낳거나 내게 애착을 느껴서 나를 속박할 것 같은 여자들은 피했지요. 하지만 아이들이 생겼을지도 모르고, 애착도 있었을 겁니다. 그러나 나는 그런 일이 없는 것처럼 행동했습니다.

또 이런 걸 도덕적이라고 여겼을 뿐만 아니라 자랑스러워했어요."

그는 말을 멈추고, 분명히 새로운 생각이 떠오를 때마다 늘 하던 대로 그 특이한 소리를 냈다.

"무엇보다 가증스러운 것은 바로 이런 겁니다." 그는 외쳤다. "방탕은 무슨 육체적인 것이 아니에요. 그 어떤 육체적인 추잡한 행위도 방탕이라고 할 수 없어요. 방탕, 진짜 방탕은 육체관계를 가진 여자에 대한 도덕적 책임에서 자신을 해방하는 겁니다. 이런 해방을 나는 잘한 짓이라고 생각했어요. 지금도 기억하고 있지만, 한번은 아마도 나를 사랑해서 내게 몸을 맡긴 여자에게 돈을 지불하지 못해 괴로워한 적이 있었어요. 나중에 그 여자에게 돈을 보내주고서야 마음이 편해졌습니다. 돈을 보냄으로써 내가 그녀에게 어떤 도덕적 책임도 없다는 것을 보여주었던 겁니다. 내 말에 동감하는 듯이 고개를 끄덕이지 마세요." 그는 느닷없이 내게 소리쳤다. "난 그런 행동을 잘 알고 있으니까요. 당신들은 모두, 그리고 당신, 기껏해야 당신도, 당신이 특별히 예외적인 사람이 아니라면 당신도 옛날의 나와 똑같은 견해를 갖고 있을 겁니다. 아무튼 상관없습니다, 용서하십시오." 그는 말을 이었다. "그러나 문제는 이것이 정말, 정말로 끔찍하다는 겁니다!"

"뭐가 끔찍하다는 거죠?" 내가 물었다.

"그 미망의 심연 말입니다. 우리는 여자들과 여자들에 대한 태도에 관한 한 그 미망의 심연 속에서 살고 있습니다. 그렇습니다, 나는 이 문제에 대해 편안하게 말할 수가 없어요. 좀전에 변호사가 말했듯이 그 사건이 내게 일어났기 때문이 아니라 그 사건이 일어난 후에 내 눈이 뜨여서 모든 것을 전혀 다른 시각에서 보게 되었기 때문이오. 모든 것이 뒤집어졌어요, 모든 것이 뒤집어졌단 말이오!……"

그는 담배에 불을 붙이고, 팔꿈치를 무릎에 괴고 말하기 시작했다.

어둠 속에서 그의 얼굴은 보이지 않았고, 덜컹거리는 객차의 소음 사이로 그의 인상적이고 기분좋은 목소리만이 들렸다.

4

"그렇습니다, 나는 극심한 고통을 겪고 나서야 비로소 모든 문제의 근원이 어디에 있는지, 무엇이 존재해야만 하는지 알게 되었습니다. 그 때문에 존재하는 것의 모든 끔찍함을 보았으니까요.

그럼 나를 그 사건으로 이끌었던 것이 언제, 어떻게 시작되었는지 보시지요. 내가 열여섯 살이 채 안 되었을 때 그 일이 시작되었어요. 내가 아직 김나지움에 다니고 형이 대학 1학년생일 때 그 일이 일어났습니다. 나는 아직 여자를 알지 못했습니다만, 우리가 속한 계층의 모든 불행한 아이들과 마찬가지로 이미 순진한 소년은 아니었습니다. 그때 벌써 1년 이상 아이들과 방탕한 생활을 하고 있었어요. 여자, 그 어떤 여자가 아니라 달콤한 그 무언가로서의 여자, 모든 여자, 여자의 알몸이 나를 괴롭혔습니다. 나의 고독은 순수하지 않았어요. 우리 또래 소년들의 99퍼센트가 그랬듯이 나도 괴로워했습니다. 나는 무섭고 괴로웠으며 기도하다가 쓰러지기도 했어요. 나는 공상 속에서나 현실 속에서 이미 타락하고 있었지만, 마지막 한 걸음만은 아직 내딛지 않았었소. 나 혼자 파멸하고 있었지만 아직 다른 사람을 건드리지는 않았지요. 형의 친구들 가운데 아주 재밌고 발랄한 대학생, 이른바 쾌남아가 있었는데, 우리에게 음주와 도박을 가르쳐준 굉장한 건달이었어요. 한번은 술판을 벌인 뒤 거기에 가보자고 우릴 설득하더군요. 우리는 함께 갔지요. 내 형도 아직 순결했는데 그날 밤 동정을 잃고 말았답니다. 열다섯이었던 나도 자기가 무슨 짓을 하고 있는지 전혀 모르면서 자신을 더럽히고 한 여자를 더럽히는 데 일조했던 겁니다. 하지만 나는 어른들 누구한테서도 내가 저지른 짓이 나쁘다는 말을 들어보지 못했어요. 지금도 그런 말은 누구도 듣지 못할 겁니다. 사실, 계율에 이런 짓이 나쁘다는 말이 있지만, 계율은 시험 볼 때 신부에게 대답하기 위해 필요할 뿐이지요. 그것도 그다지 필요한 것은 아니며, 라틴어의 조건문에서 'ut'의 용법에 관한 규칙처럼 전혀 불필요한 겁니다.

아무튼 내가 존경하는 어른들 중 누구한테서도 내가 한 짓이 나쁘다는 소릴 들어본 적이 없습니다. 반대로 내가 존경하는 사람들한테서 이 짓이 좋다는 말을 들었습니다. 내 욕망과의 싸움과 고통은 이런 행위를 하고 나면 진정된다는 말도 들었고, 또 이런 짓이 건강에 좋을 거라는 말을 선배들한테 들었고, 책에서도 읽었습니다. 친구들은 내가 공을 세웠고 용감한 행동을 했다고 말했어요. 그러니까 대체로 이 짓을 하면 좋다는 것뿐이었습니다. 병에 걸릴 위험성은 없냐고요? 하지만 그것도 예방할 수 있지요. 세심한 정부가 이 문제를 잘 관리하고 있거든요. 정부는 사창가가 규정대로 영업을 하고 있는지 감시하고, 김나지움 학생들을 위해 방탕한 생활을 보장하고 있단 말입니다. 의사들도 월급을 받으며 감시하고 있습니다. 마땅히 그래야지요. 의사들은 방탕한 생활이 건강에 유익할 수도 있다고 확신하면서, 올바르고 정확한 음행을 제정하기까지 합니다. 나는 이런 의미에서 아들들의 건강을 염려하는 어머니들을 알고 있어요. 그러니 과학이 그들을 사창가로 보내는 겁니다."

"어째서 과학이 그런가요?" 내가 말했다.

"의사들이 어떤 사람들인가요? 과학에 헌신하는 자들입니다. 섹스가 건강에 필요하다고 확신하면서 젊은이들을 타락하게 하는 사람이 도대체 누구란 말입니까? 그들입니다. 그래 놓고 나중에 잔뜩 거드름을 피우면서 매독을 치료하죠."

"그런데, 왜 매독을 치료하지 못할까요?"

"매독을 치료하는 데 기울이는 노력의 1퍼센트만이라도 방탕한 행위를 근절하는 데 쏟았다면, 매독은 오래전에 사라졌을 겁니다. 하지만 음탕한 행위를 근절하기보다는 오히려 그것을 장려하고 방탕한 행위의 안전을 보장하는 데 노력을 기울이고 있어요. 그런데, 문제는 이게 아닙니다. 문제는 나나 나와 같은 계층에 속한 사람들뿐만 아니라 모든 계층의 사람들, 심지어 농부들까지도 적어도 열 명 중 아홉에게서 내게 있었던 그런 끔찍한 일이 일어난다는 겁니다. 나는 어떤 여성의 매력에 자연스럽게 유혹되어 타락한 것이 아닙니다. 그래요, 어떤 여자도 날 유혹하지 않았습니다. 내가 타락한 것은, 내가 속한 사회에서 어떤 사람들은 타락을 건강에 유익한 합법적인 배설이라고 생각하고, 또다른 사람들은 타락을 용인할 뿐만 아니라 심지어 젊은이를 위한 아주 자연스럽고 무구한 유희라고 생각했기 때문입니다. 나는 이게 타락이라는 것을 깨닫지 못했고, 그저 어느 정도는 쾌락에, 어느 정도는 육체적 요구—평소 내가 배운 대로 일정한 나이가 되면 당연히 생기는—에 빠져들기 시작했습니다. 술을 마시고 담배를 피우기 시작했던 것처럼 방탕한 생활에 빠져들기 시작했어요. 그러나 이 첫번째 타락에는 특별하고 감동적인 무언가가 있었습니다. 지금도 기억하는데, 아직 그 방에서 나오기도 전에 나는 금세 슬퍼져서 울고 싶었어요. 동정을 잃어버려서, 여성과의 관계를 영원히 망쳐버려서 울고 싶었던 겁니다. 그렇습니다, 여자와의 자연스럽고 솔직한 관계를 영원히 망쳐버린 겁니다. 그날 이후 나에겐 여성과의 순수한 관계는 없었고, 있을 수도 없었습니다. 나는 이른바 호색한이 되었지요. 호색한이 되면 아편중독자나 알코올중독자 혹은 니코틴중독자와 비슷한 육체적 상태를 갖게 됩니다. 아편중독자나 알코올중독자나 니코틴중독자가 이미 정상적인 인간이 아니듯이 자신의 쾌락을 위해 여러 명의 여자를 맛본 남자는 정상적인 인간이 아니라 영원히 타락한 인간, 즉 호색한입니다. 얼굴과 태도를 보면 금세 알코올중독자나 아편중독자를 알아볼 수 있듯이 호색한도 바로 알아볼 수 있습니다. 호색한은 절제할 줄도 알고 자신의 욕망과 싸울 줄도 알지만 여자에 대한 솔직하고 명백하고 순수하고 친밀한 태도는 결코 보여주지 못할 겁니다. 젊은 여자를 바라보고 훑어보는 모습을 보면 금세 호색한을 알아볼 수 있지요. 나는 호색한이 되어 호색한으로 살았고, 이것이 나를 파멸시켰습니다."

5

"그래요, 그렇습니다. 이후 나는 온갖 탈선의 길로 더욱 깊이 빠져들었습니다. 아아! 내가 저지른 추잡한 행위들을 떠올리면 등골이 오싹

해집니다! 친구들이 나를 이른바 동정남이라고 놀리던 기억이 납니다. 귀공자들, 장교들, 파리의 멋쟁이 신사들에 대해 들어보셨을 겁니다! 서른 살 먹은 호색한인 이 모든 신사들과 나는 여자들에 대한 온갖 추악한 죄를 마음속에 품은 채 아주 깨끗하게 세수와 면도를 하고 나서 향수를 뿌리고 깨끗한 속옷에 연미복이나 제복을 입고 객실이나 무도회장에 들어섭니다. 그야말로 우리는 순수의 상징이자 매혹덩어리였죠!

마땅히 있어야 하는 것과 실제로 있는 것에 대해 잠시 생각해보십시오. 예컨대 사교계에서 그런 신사가 내 여동생이나 딸에게 접근할 때 그 남자의 생활을 잘 알고 있는 나는 그에게 다가가 구석으로 불러내어 조용히 말해야 합니다. '이봐, 나는 네가 어떻게 사는지, 누구와 어떻게 밤을 보내는지 잘 알아. 여기는 네가 올 자리가 아니야. 여기엔 깨끗하고 순결한 처녀들이 있어. 썩 꺼져!' 마땅히 이렇게 말해야 했을 겁니다. 그러나 실제는 이렇습니다. 그런 신사가 나타나서 내 여동생이나 딸을 껴안고 춤을 추면, 게다가 그 남자가 부유하고 연줄이라도 있으면 우리는 미칠 듯이 기뻐하죠. 아마 그는 리골보시*가 끝난 후 내 딸에게 정중히 관심을 표할 겁니다. 심지어 흔적이 남거나 병에 걸리더라도 괜찮습니다. 지금 웬만한 병은 쉽게 치료되니까요. 실제로 나는 몇몇 상류층 아가씨들을 알고 있는데, 그들의 부모는 감격해하며 자기 딸을 매독환자에게 시집보냈습니다. 아아! 정말로 추악한 짓입니다! 이런 추

* 프랑스 무용가이자 가수인 마그리트 바젤의 무도회 곡으로 1850~60년에 파리에서 유행했다. 바젤은 리골보시란 이름으로 무대에 섰고, 후에 이 이름은 일정한 유형의 연기자를 나타내는 보통명사가 되었다.

악한 짓과 거짓이 폭로되는 때가 올 겁니다!"

그리고 그는 몇 번이나 그 이상한 소리를 내면서 다시 차를 마셨다. 차가 너무 진해서 차에 물을 타 연하게 하고 싶었지만 물이 없었다. 나는 차를 두 잔이나 마셨더니 유난히 흥분되는 것을 느꼈다. 그가 점점 더 흥분하는 것을 보면 분명히 차가 그에게도 영향을 준 것 같았다. 그의 목소리는 점점 더 경쾌해지고 표현은 풍부해졌다. 그는 끊임없이 자세를 바꾸면서 모자를 썼다 벗었다 했다. 우리가 앉아 있는 어슴푸레한 어둠 속에서 그의 얼굴은 이상하게 변하곤 했다.

"나는 서른 살까지 이렇게 살았지만 어서 결혼해서 고상하고 깨끗한 가정을 이루겠다는 생각을 한순간도 버린 적이 없었습니다. 이런 목적을 가지고 이런 목적에 어울리는 처녀를 물색했지요." 그는 말을 이었다. "나는 방탕의 늪에 빠져 허우적대면서도 나와 어울리는 순수한 처녀를 찾고 있었던 겁니다. 나는 많은 처녀들을 퇴짜 놓았습니다. 그녀들이 내게 어울릴 만큼 충분히 순결하지 않았기 때문이었죠. 그러다 마침내 내게 어울린다고 생각되는 처녀를 찾았지요. 그 처녀는 한때 매우 부자였으나 파산한, 펜자에 사는 지주의 두 딸 중 하나였어요.

어느 날 저녁, 그 여자와 보트놀이를 나갔다가 밤이 이슥해서 달빛을 받으면서 집으로 돌아오고 있었죠. 나는 그녀 옆에 앉아 몸에 착 달라붙는 털스웨터를 입은 그녀의 날씬한 몸매와 곱슬곱슬한 머리카락을 넋을 잃고 바라보다가 문득 이 처녀야말로 내가 찾던 여자라고 결정해버렸습니다. 그날 저녁 그녀는 내가 느끼고 생각하는 모든 것을 이해하는 것처럼 보였고, 나 역시 지극히 고상한 것을 느끼고 생각하고 있다는 기분이 들었습니다. 하지만 실제로는 털스웨터가 그녀의 얼굴에 유난히 잘 어울렸을 뿐입니다. 곱슬머리도 마찬가지고요. 그녀와 다정하게 하루를 보낸 뒤 더 가까워지고 싶었을 뿐입니다.

놀랍게도, 미美가 선善이라는 생각은 정말로 완벽한 환상입니다. 아름다운 여자가 어리석은 말을 하는데도 사람들은 그걸 어리석다고 하지 않고 총명하다고 말합니다. 그 여자가 추잡한 말을 하고 추잡한 짓을 해도 귀엽다고 하죠. 어리석고 추잡한 말을 하지 않으면 너무나 총명하고 정숙한 여자라고 믿어버립니다.

나는 환희에 차서 집으로 돌아왔고, 그녀야말로 도덕적으로 완벽한 여자이니 내 아내로 어울린다고 단정해버리고는 다음날 청혼했지요.

하지만 이 얼마나 얼빠진 짓입니까! 결혼하는 수많은 남자들, 즉 우리 같은 남자들뿐만 아니라 불행히도 평민들 중에서 결혼 전에 돈 주앙처럼 이미 열 번, 백 번, 천 번이고 여자와 놀아나지 않은 사람은 아마 한 사람도 없을 겁니다. (사실, 지금은 결혼이 장난이 아니라 매우 중요한 문제라고 느끼고 인식하는 순수한 젊은이들이 있다는 소릴 듣고 주시하고 있습니다. 신이여, 그들을 도와주소서! 하지만 내가 젊었을 때는 그런 사람이 만 명 중 한 사람도 없었어요.) 그리고 모두들 이 사실을 알면서 모르는 체하지요. 모든 소설에서 주인공들의 감정과 그들이 거니는 연못이나 덤불숲은 자세히 묘사되어 있습니다. 하지만 어떤 처녀에 대한 주인공들의 위대한 사랑을 묘사하면서 그 흥미로운 주인공에게 그때까지 무슨 일이 있었는지에 대해서는 전혀 언급이 없습니다. 그가 드나든 매음굴, 그가 건드린 하녀들, 여자 요리사들, 남의 아내들에 대해서는 한마디도 없단 말입니다. 가령 이런 상스러운 소설이 있다고 해도, 누구보다 이런 정보를 알아야만 하는 처녀들의 손안에 들어가지 못하게 합니다. 처음엔 처녀들 앞에서 우리가 사는 도시나 심지어 농촌생활의 절반을 차지하는 이러한 음탕한 짓거리가 전혀 존재하지 않는다고 시치미를 뗍니다. 그러다가 이런 위선에 차차 익숙해지고, 결국에는 영국인처럼 우리 모두는 도덕적인 사람이고, 도덕적인 세계에서 살고 있다고 진심으로 믿기 시작합니다. 가련한 처녀들도 이것을 아주 진지하게 믿습니다. 내 불행한 아내도 그렇게 믿었지요. 지금도 기억하는데, 나는 약혼자였을 때 아내가 나의 과거, 특히 최근의 여자관계를 조금이나마 알 수 있는 일기장을 보여주었습니다. 아내가 나의 과거를 다른 사람들을 통해 알 수도 있었기에 나의 과거를 직접 말해야 한다고 느꼈던 겁니다. 나의 과거를 알고 나서 그녀가 보인 공포와 절망, 그리고 당황하던 모습이 떠오르는군요. 그때 그녀가 나를 버리고 싶어한다는 것을 알았습니다. 그런데 왜 나를 버리지 않았는지!"

그는 그 특이한 소리를 내고는 잠시 잠자코 있다가 다시 차를 한 모금 마셨다.

6

"그래요, 그녀가 나를 버렸다면 훨씬 나았을 겁니다, 훨씬!" 그는 외쳤다. "내겐 자업자득이지요! 하지만 문제는 이게 아닙니다. 내가 말하고 싶은 건, 이런 경우에 불행한 처녀들만 속고 있다는 겁니다. 어머니들도 이 사실을 잘 알고 있어요. 특히 자기 남편들한테 교육받은 어머니들은 이 사실을 아주 잘 알고 있습니다. 그들은 남자의 순결을 믿는 체하면서 실제로는 전혀 다르게 행동합니다. 자신과 자기 딸들을 위해 남자들을 낚으려면 어떤 낚싯대를 써야 하는지 잘 알고 있지요.

정말 우리 남성들만 모를 뿐입니다. 알려고 하지 않으니까 모르는 겁니다. 여자들은 더없이 고상한, 이른바 시적인 사랑이란 것도 정신적 가치가 아니라 사실 육체적 친밀성과 머리 모양, 옷 색깔이나 스타일에 좌우된다는 것을 잘 알고 있습니다. 남자를 유혹할 뜻이 있는 노련한 요부에게 어떤 위험을 감수할는지 물어보세요. 즉, 그녀가 유혹하려는 남자 앞에서 그녀의 거짓과 잔인성과 심지어 방탕한 행실이 폭로되는 것과 형편없고 보기 흉한 옷을 입고 남자 앞에 나타나는 것, 이 두 가지 중 어느 쪽을 감수할는지 물어보세요. 어떤 여자라도 반드시 전자를 선호할 겁니다. 우리 남자들이 고상한 감정에 대해 늘 이야기하지만 남자에게 필요한 것은 오직 육체뿐이기 때문에 남자들은 추악한 행위를 모두 용서하지만 보기 흉하고 몰취미하고 형편없는 옷차림은 용서하지 않는다는 것을 그녀는 알고 있습니다. 요부는 이것을 의식적으로 알고 있지만 순수한 처녀는 모두 마치 동물처럼 이것을 무의식적으로 알고 있습니다.

이 때문에 그 볼썽사나운 털스웨터를 입고, 스커트의 뒤를 부풀리려고 버슬을 대며, 어깨와 팔 그리고 거의 가슴까지 드러내는 겁니다. 특히 남자들을 많이 겪어본 여자들은 고상한 화제의 대화는 그저 대화에 지나지 않고, 남자에게 필요한 것은 여자의 육체와 그 육체를 더없이 매력적으로 보이게 하는 모든 것임을 아주 잘 알고 있습니다. 이건 정말입니다. 만약 우리가 제2의 천성이 되어버린, 이러한 추악한 행위에 익숙해진 습관을 버리고, 우리 상류계층의 파렴치한 생활을 있는 그대로 본다면, 그것은 진짜 매음굴이나 다름없어요. 당신은 동의하지 않소? 그럼, 내가 증명해 보이지요." 그는 내 말을 들으려고도 하지 않고 말했다. "우리가 속한 상류사회의 여자들은 매음굴의 여자들과는 달리 다른 관심을 가지고 살아간다고 당신은 말하겠지만, 그렇지 않습니다. 그 까닭을 증명해 보이겠소. 만약 사람들의 삶의 목표나 삶의 내면적 내용이 다르다면, 그 차이가 반드시 겉모습에도 나타나 사람마다 다른 외양을 가질 겁니다. 하지만 불행하고 천대받는 여자들과 최상류층 귀부인들을 비교해보십시오. 옷차림과 스타일이 같고, 향수도 같고, 팔과 어깨와 가슴을 드러내고 엉덩이 선을 드러내려고 하는 것도 같고, 보석과 비싸고 번쩍거리는 물건을 몹시 좋아하는 것도 같고, 오락, 댄스, 음악, 노래를 좋아하는 것도 다 똑같습니다. 온갖 수단을 다 사용해서 남자를 유혹하는 것도 같아요. 어떤 차이도 없습니다. 엄밀히 정의하자면, 짧은 기간의 창녀들은 보통 경멸을 당하고, 긴 기간의 창녀들은 존경을 받는다고 말해야만 합니다."

7

"그렇습니다, 나도 그 털스웨터와 곱슬머리, 스커트의 뒤를 부풀리는 버슬에 낚인 겁니다. 나를 낚는 건 쉬웠겠죠. 온실에서 자라는 오이처럼 사랑에 빠지는 젊은이들이 촉성재배되는 환경에서 내가 자랐으니까요. 육체적인 노동을 하지 않으면서 자극적인 음식을 지나치게 많이 먹는 것은 색욕을 조직적으로 부추기는 거나 다름없습니다. 당신이 놀라든 놀라지 않든 이건 사실입니다. 나 자신도 최근까지 아무것도 몰랐습니다. 하지만 지금은 압니다. 아무도 이것을 모르면서 사람들이 아까 그 부인처럼 어리석은 말들을 해대면 마음이 괴롭습니다.

그렇습니다, 올봄에 우리집 근처에서 농부들이 철도 노반공사를 했습니다. 농부들 가운데 젊은 농부가 평소에 먹는 음식은 빵과 크바스와 양파입니다. 그래도 그는 활기차고 민첩하고 건강하며, 가볍게 밭일을 합니다. 철도공사를 하게 되면 그의 식사는 죽과 400그램 정도의 고기입니다. 하지만 그 대신에 농부는 이 고기를 먹고 얼추 500킬로그램이나 되는 손수레를 끌며 열여섯 시간이나 일을 해야 합니다. 그에게 딱 맞는 양이죠. 그런데 우리는 800그램의 고기와 들새고기, 몸을 뜨겁게 하는 온갖 음식과 음료를 섭취합니다. 이게 다 어디로 가겠습니까? 정욕이 넘쳐나는 거죠. 그것이 정욕으로 분출되면 안전밸브가 열리고 모든 게 좋습니다. 그러나 내가 한동안 그랬던 것처럼 안전밸브를 닫게 되면, 그 즉시 육체적 흥분은 우리의 부자연스러운 생활의 프리즘을 통과하면서 가장 깨끗한 물 같은 사랑, 심지어 때로는 플라토닉러브로도 나타납니다. 그래서 나도 모두가 사랑에 빠지듯이 사랑에 빠진 겁니다. 모든 것이 있었죠. 환희도, 감동도, 시정詩情도 있었습니다. 실제로 이런 나의 사랑은, 한편으론 그녀의 어머니와 재봉사들의 활동의 산물이었고, 다른 한편으론 일없이 편한 생활을 하면서 지나치게 음식을 많이 섭취한 결과였죠. 만일 보트놀이나 허리가 잘록한 옷을 만든 재봉사 등이 없었다면, 내 아내가 볼품없는 실내복을 걸치고 집에 있었다면, 내가 일하는 데 필요한 만큼만 음식물을 섭취하는 정상적인 환경에 있었다면, 그리고 나의 안전밸브가 열려 있었다면—그 당시 우연히 안전밸브가 닫혀 있었소—나는 사랑에 빠지지 않았을 테고, 아무 일도 일어나지 않았을 겁니다."

8

"자, 이렇게 모든 것이 맞아떨어졌어요. 나의 상태도, 그녀의 멋진 드레스도, 만족스러운 보트놀이도 말이오. 스무 번이나 잘되지 않았던 것이 그때는 제대로 되었던 겁니다. 말하자면 덫과 비슷한 거죠. 농담이 아닙니다. 요즘 결혼은 덫을 놓는 것과 같아요. 정말 당연하지 않소? 처녀가 성숙하면 시집을 보내야만 합니다. 처녀가 불구자가 아니고 결혼하려는 남자들이 있으면 아주 간단해 보입니다. 옛날에는 그랬습니다. 처녀가 나이가 차면 부모가 결혼을 시켰어요. 전 인류가 그렇게 했고, 지금도 그렇게 하고 있습니다. 중국인들, 인도인들, 이슬람교도들, 우리나라 사람들도 그렇습니다. 적어도 전 인류의 99퍼센트가 그렇게 하고 있어요. 단지 1퍼센트 혹은 그 미만의 우리같이 방탕한 사람들만이 이게 좋지 않다고 생각하고 새로운 것을 생각해낸 겁니다. 새로운 게 뭐냐고요? 그 새로운 방법이란 처녀들은 앉아 있고, 남자들은 마치 시장에서 물건을 고르듯이 돌아다니며 처녀를 고르는 겁니다. 처녀들은 남자를 기다리면서 이렇게 생각하지만 감히 말은 못하죠. '자, 이봐요, 나를 선택해줘요! 아니, 그애가 아니라 나를 선택해요. 자, 내 어깨와 다른 것도 어떤지 보세요.' 그러면 우리 남자들은 돌아다니면서 구경하고 아주 만족해합니다. '알아, 하지만 너한테 걸려들지 않을 거야.' 남자들은 여기저기 돌아다니고 구경하면서 자기들을 위해 마련된 모든 것에 몹시 만족해합니다. 그러나 방심하면 그 즉시 여자의 노예가 되지요!"

"그럼 어떻게 해야죠?" 내가 말했다. "그럼, 여자가 청혼해야 하나요?"

"나도 어찌해야 하는지는 모릅니다. 다만 그게 평등이라면 평등이라고 할 수 있죠. 만약 중매가 모욕적이라면, 이건 천 배나 더 모욕적입니다. 중매의 경우 권리와 기회가 동등하지만, 이 경우에 여자는 시장에 나온 노예나 덫에 매달아놓은 미끼와 같습니다. 딸을 둔 어머니나 그 딸에게, 당신들은 신랑감을 낚을 생각만 하고 있다고 입바른 소리를 해보세요. 정말로 굉장한 모욕을 느낄 겁니다! 그러나 그들이 하는 짓이란 이것뿐이고, 이것 말고는 아무것도 할 게 없어요. 더 끔찍한 사실은 아주 어리고 가련하고 순진한 처녀들조차 이런 것에 열중하고 있다는 겁니다. 다시 말하지만, 이런 것이 공개적으로 이루어진다면, 모든 게 사기죠. '아, 종의 기원은 정말 흥미로워요! 어머, 우리 리자는 그림에 매우 관심이 있어요! 당신은 전람회에 가실 건가요? 정말 교훈적이군요! 삼두마차를 타는 건 어때요? 연극이나 음악회는요? 아이, 참 멋져요! 우리 리자는 음악을 너무나 좋아해요. 그런데 왜 당신은 이런 신념에 동의하지 않죠? 그럼, 보트를 타요!……' 그들은 이렇게 말하면서 한 가지 생각만 하죠. '자, 나를, 우리 리자를 데려가요! 아니, 그 여자가 아니라 나를 데려가요! 그럼, 시도라도 해봐요!……' 아아, 혐오스러운 짓입니다! 거짓말이에요!" 그는 이렇게 말을 맺고 남은 차를 다 마시더니 찻잔과 그릇을 치우기 시작했다.

9

"당신도 아시겠지만," 차와 설탕을 자루에 넣으면서 그가 다시 말하기 시작했다. "여자들이 지배하기 때문에 세상이 고통을 당하고, 이 모든 일이 일어나는 겁니다."

"여자가 지배한다고요?" 나는 말했다. "사실, 법적 특권은 남자들이 가지고 있습니다."

"그래요, 그렇습니다." 그는 내 말을 가로채면서 말했다. "그것이 바로 내가 말하려는 것인데, 한편으론 여자가 더없이 굴욕을 당하면서도 다른 한편으론 여자가 지배한다는 사실이 이 이상한 현상을 설명해줍니다. 마치 유대인들이 자기들이 당한 박해의 대가로 돈을 지배하는 것과 마찬가지죠. 여자들도 마찬가지입니다. '우리가 그저 장사꾼이 되길 원하시는군요. 좋습니다, 우리 장사꾼들이 당신들을 지배하겠습니다.' 유대인들은 이렇게 말합니다. '우리가 육욕의 대상이 되기만을 원하시는군요. 좋아요, 육욕의 대상인 우리가 당신들을 노예로 만들 거예요.' 여자들은 이렇게 말합니다. 여자가 투표할 수 없다거나 판사가 될 수 없다고 해서—이런 일을 하는 것이 권리는 아니죠—이 때문에 여자에게 권리가 없다고 할 수는 없습니다. 성관계에서 여자는 남자와 대등해야 하고, 여자가 원하는 대로 남자를 이용하고 거부할 수 있는 권리, 선택되는 것이 아니라 여자가 원하는 대로 남자를 선택할 수 있는 권리를 가져야만 합니다. 당신은 이것이 꼴불견이라고 말하겠지요. 좋습니다. 그렇다면 남자도 이런 권리를 갖지 못하게 해야 합니다. 오늘날 여자들은 남자들이 갖고 있는 그 권리를 박탈당했어요. 이러한 권리의 박탈을 보상받기 위해 여자는 남자의 육욕을 자극하고, 육욕을 통해 남자를 지배합니다. 그러므로 형식적으로만 남자가 여자를 선택하는 것이지 실제로는 여자가 남자를 선택하는 겁니다. 일단 이 방법을 습득하게 되면, 여자는 이것을 악용하고, 사람들에 대한 무서운 권력을 얻게 되는 거요."

"그렇다면 그 특별한 권력은 도대체 어디에 있죠?" 내가 물었다.

"어디에 있냐고요? 도처에, 모든 것 속에 있소. 모든 대도시의 상점들을 둘러보시오. 수백만 개의 상품들이 있습니다. 여기에 쏟은 사람들의 노동은 측량할 수 없습니다. 하지만 대부분의 상점에서 파는 물건들 중 남자들을 위한 게 뭐가 있습니까? 인생의 온갖 사치는 여자들에 의해 요구되고 유지되고 있습니다. 모든 공장들을 헤아려보세요. 공장의 대부분이 쓸모없는 장식물, 마차, 가구, 여자용 장신구를 만들고 있어요. 수백만의 사람들, 여러 세대에 걸친 노예들이 오직 여성들의 변덕을 충족시키기 위해 공장에서 가혹한 노동을 하며 죽어가고 있습니다. 여자들은 여왕처럼 굴면서 인류의 90퍼센트를 노예상태로 만들어 중노동을 시키고 있단 말이오. 이 모든 것이 여자들이 멸시당하고 남자들과 대등한 권리를 빼앗겼기 때문이라는 거요. 그래서 여자들은 남자들의 육욕을 자극하고 자신의 그물로 남자들을 포획하여 복수하는 겁니다. 그래요, 모든 것이 이 때문이오. 여자들은 육욕을 자극하는 무기를 스스로 만들었고, 이 때문에 남자는 편안한 마음으로 여자를 대할 수 없는 거요. 남자는 여자에게 다가가자마자 여자에게 마취되어 미쳐버리고 맙니다. 예전에 나는 무도회복을 잘 차려입은 부인을 보면 늘 거북하고 언짢았는데, 지금은 정말 무섭습니다. 뭔가 사람에게 위험하고 위법적인 것을 보는 것 같아서 경찰을 불러 위험에 대한 보호를 요청하고 위험한 물건을 치우거나 제거해달라고 요구하고 싶습니다."

"저런, 당신은 웃으시는군요!" 그는 내게 소리쳤다. "이건 결코 농담이 아니오. 확신컨대, 사람들이 이런 상황을 이해하는 날이 곧 올 겁니다. 자신의 몸을 치장하여 노골적으로 육욕을 자극하는 행위(지금 우리 사회에서 여자들에게 허용되고 있는), 즉 사회의 안녕을 해치는 이런 행위가 용납되었던 사회가 어떻게 존재할 수 있었는지 사람들은 놀라게 될 겁니다. 이것은 산책길이나 도로에 온갖 덫을 설치하는 것과 마찬가지죠. 아니 그보다도 더 나쁜 겁니다! 왜 도박은 금지하면서 여자들이 창녀처럼 육욕을 불러일으키는 옷을 입고 다니는 것은 금지하지 않는 겁니까? 그런 여자들이 천 배나 더 위험해요!"

10

"나도 이렇게 걸려들었죠. 이른바 사랑에 빠졌던 겁니다. 나는 그녀를 완벽의 극치라고 생각했을 뿐만 아니라 약혼기간 동안 나 자신도 완벽의 극치라고 생각했습니다. 어떤 망나니도 어떤 점에선 자기보다 더 나쁜 망나니를 찾을 수 있고, 자신을 자랑하고 자신에게 만족할 수 있는 이유를 찾을 수 있을 겁니다. 나도 그랬습니다. 내가 아는 대부분의 사람들은 돈이나 연줄 때문에 결혼했지만 나는 돈 때문에 결혼하지는 않았어요. 나의 탐욕은 돈과는 전혀 무관했습니다. 나는 부유했고 그녀는 가난했으니까요. 이것이 내가 자랑하는 한 가지입니다. 내가 자랑하는 다른 한 가지는, 다른 남자들은 결혼 전의 일부다처 생활을 계속할 생각으로 결혼했지만, 나는 결혼한 후에는 일부일처 생활을 지키겠다는 확고한 생각을 가지고 있었습니다. 이에 대한 나의 자부심은 정말 대단했지요. 그래요, 나는 끔찍한 돼지였지만 자신이 천사라고 생각했어요.

약혼기간은 길지 않았습니다. 지금도 수치심을 느끼지 않고는 그 기간을 떠올릴 수 없어요! 정말 역겹습니다! 사랑은 육체적인 것이 아니라 정신적인 것이라고 생각했으니까요. 만약 사랑이 정신적인 것이고 정신적인 교류라면, 이 정신적인 교류는 말이나 대화나 담화로 표현되어야 했겠죠. 하지만 그런 것은 전혀 없었어요. 우리 둘만 있을 때는 대화하기가 무척 힘들었소. 시시포스의 노동 같았어요. 무엇을 말해야 할지 생각해서 말하고 나면 다시 입을 다물고 이야깃거리를 생각해내야만 했습니다. 사실 할 이야기가 없었어요. 우리를 기다리고 있는 인생, 장래 설계, 계획 등에 대해 다 이야기하고 나면 더 무슨 얘기를 하겠어요? 만약 우리가 동물이었다면 말할 필요가 없다는 것을 알았을 겁니다. 그런데 지금은 정반대로 말해야만 하는 데 말할 거리가 없었어요, 우리는 대화로 해결될 일에는 관심이 없었기 때문입니다. 게다가 사탕이나 단것을 게걸스럽게 먹어대는 역겨운 습관과 혐오스러운 결혼 준비가 문제였어요. 아파트, 침실, 침대, 실내복, 가운, 내의, 화장품 등에 대한 얘기만 하는 겁니다. 당신도 아시겠지만, 아까 그 노인의 말처럼 도모스트로이에 따라 결혼하는 거라면 깃털 이불, 지참금, 침대 등등은 모두 결혼성사에 부수되는 하찮은 것들에 불과할 거요. 하지만 우리 사회에서 결혼하는 사람들 가운데 결혼성사를 믿고 결혼이 일종의 의무라고 믿는 사람은 열 사람 중 하나 있을까 말까 합니다. 결혼 전에 여자 관계가 없는 사람은 남자 백 명 중 하나 있을까 말까 하고, 결혼하고 나서 어떤 조건에서도 바람피우지 않겠다고 다짐하는 사람은 남자 쉰 명 중 하나 있을까 말까 하죠. 대다수의 남자는 교회 가는 것도 어떤 여자를 소유하기 위한 특별한 조건으로만 생각하고 있소. 이러한 상황에서 이 모든 소소한 것들이 얼마나 끔찍한 의미를 지니는지 생각해보시오. 바로 여기에 모든 문제가 있는 겁니다. 결혼은 매매와 같은 것이죠. 사람들은 순진무구한 처녀를 난봉꾼에게 팔아넘기고, 이 매매를 일정한 형식으로 포장하는 겁니다."

11

"다들 이렇게 결혼합니다, 나도 그랬고요, 그리고 그 자랑스러운 허니문이 시작되었습니다. 이 허니문이란 명칭도 너무나 비열해요!" 그는 노기를 띠며 중얼거렸다. "언젠가 파리에 가서 구경거리를 보러 다니다가 간판에서 수염 난 여자와 물개를 보고 쇼를 구경하러 안으로 들어갔지요. 막상 들어가보니 별것 아니었어요. 가슴이 깊게 파인 여자 옷을 입은 남자와 바다코끼리 가죽을 뒤집어쓰고 물이 담긴 욕조에서 헤엄치는 개뿐이었죠. 모든 것이 아주 재미없었어요. 그런데 내가 밖으로 나오자 흥행사가 공손히 나를 배웅하면서 입구에 모여 있는 대중에게 날 가리키면서 이렇게 말했어요. '구경할 만한지 저 신사께 물어보십시오. 들어오세요, 들어오세요, 한 명당 1프랑입니다!' 볼만한 가치가 없다고 말하면 오히려 창피할 테고, 흥행사도 아마 이것을 기대했을 겁니다. 허니문의 혐오스러움을 죄다 맛보았지만, 허니문에 대한 실망감을 다른 사람들에게 안겨주지 않으려는 사람들도 이런 심정이겠죠. 나 역시 아무도 실망시키지 않았지만, 왜 진실을 말해서는 안 되는지 모르겠습니다. 심지어 허니문에 대한 진실을 반드시 말해야 한다는 생각이 듭니다. 허니문은 거북하고 창피하며 추악하고 시시할 뿐만 아니라 무엇보다 따분하고 견딜 수 없을 만큼 지루합니다! 내가 처음 담배를 배울 때 토하고 싶고 입안에 침이 고였지만, 침을 삼키면서 아주 기분좋은 체하며 느꼈던 것과 비슷해요. 흡연의 쾌감도 허니문의 쾌감과 마찬가지로 설사 있다고 해도 나중에야 느끼겠지요. 허니문의 쾌감을 느끼기 위해 부부는 자기 안에 이 죄악을 키워야만 합니다."

"어째서 죄악이죠?" 내가 말했다. "그것은 인간의 가장 자연스러운 속성 아닌가요?"

"자연스럽다고요?" 그는 말했다. "자연스럽다고요? 아뇨, 정반대입니다. 그건 자연스럽지 않다……고 확신합니다. 그렇고말고요, 전혀 자연스럽지…… 않아요. 아이들에게 물어보시오. 아직 더럽혀지지 않은 처녀들에게 물어보시오. 내 누이는 아주 어린 나이에 자기보다 나이가 갑절이나 많은 난봉꾼한테 시집을 갔었소. 지금도 기억하는데, 신혼 첫날밤에 누이가 창백한 얼굴로 눈물을 글썽이며 남편한테서 도망쳐 나와 온몸을 부들부들 떨면서 절대로, 절대로 하지 않겠다고 말하는 걸 보고 깜짝 놀랐었소. 누이는 남편이 자기에게 원했던 것을 입 밖에 낼 수조차 없었습니다.

그런데 자연스럽다고요! 먹는 것은 자연스러운 일입니다. 먹는 것은 즐겁고 편하고 유쾌한 일이지 애초부터 부끄러운 일이 아닙니다. 하지만 그것은 혐오스럽고 부끄럽고 고통스러운 겁니다. 그렇소, 그것은 부자연스러워요! 확신컨대, 순결한 처녀는 언제나 그것을 싫어할 거요."

"그렇다면 어떻게," 나는 말했다. "어떻게 인류가 존속할 수 있을까요?"

"과연 어떻게 인류가 멸망하지 않겠는가!" 그는 익숙하고 성의 없는 반론을 예견했다는 듯이 악의에 차서 아이러니하게 말했다. "영국의 귀족들이 항상 배불리 먹을 수 있도록 출산을 자제하라고 설교해보십시오. 그럴 수 있어요. 더 많은 즐거움을 위해 출산을 자제하라고 설교해보십시오. 그럴 수 있죠. 하지만 도덕을 위해 출산을 자제하라고 입만 벙긋해도 정말이지 난리가 날 겁니다. 열 사람이나 스무 사람이 돼지처럼 사는 것을 그만두면 마치 인류라는 종이 끊어질까봐 말이죠. 그건 그렇고, 실례하겠소. 이 불빛이 불쾌하군요. 불빛을 가려도 괜찮을까요?" 그는 등불을 가리키며 말했다.

내가 상관없다고 말하자 그는 늘 하던 대로 급하게 자리에서 일어나 모직 커튼으로 등불을 가렸다.

"하지만," 내가 말했다. "만약 모든 사람이 그것을 자기가 지켜야 할 법칙으로 인정하면 인류는 멸망할 겁니다."

그는 바로 대답하지 않았다.

"인류라는 종이 어떻게 존속할 것인지 말하는 거죠?" 그는 다시 내 맞은편에 앉아 다리를 넓게 벌린 후, 몸을 숙여 그 위에 팔꿈치를 괴고 말했다. "어째서 인류가 존속해야 하죠?"

"어째서라뇨? 안 그러면 우리는 존재하지 않을 겁니다."

"그럼 왜 우리가 존재해야만 하죠?"

"왜라뇨? 그야 살기 위해서죠."

"그런데 왜 살아야만 합니까? 아무런 목적도 없다면, 삶을 위한 삶이 우리에게 주어졌다면 살 이유가 없어요. 만약 그렇다면, 쇼펜하우어와 하르트만*, 그리고 모든 불교도들이 전적으로 옳습니다. 그런데 삶의 목적이 있다면, 그 목적이 이루어졌을 때 분명히 삶은 끝나야 합니다. 이런 결론이 나오죠." 그는 분명 자기 생각을 아주 소중히 여기면서 아주 흥분한 채 말했다. "이런 결론이 나오는 거요. 아시겠소? 만약 인류의 목적이 행복이나 선 혹은 사랑이라면, 예언서에 나오듯이 인류의 목적이 사랑에 의해 하나로 결합되고 창을 녹여 낫으로 만드는 것이라면, 이 목적을 달성하는 데 방해가 되는 것이 무엇이겠소? 바로 욕망입니다. 욕망 중에서도 가장 강하고 악하고 끈질긴 것이 성적이고 육체적인 사랑이오. 그러니 만약 욕망이나 그중 가장 강한 육체적 사랑이 근절된다면, 예언은 실현되고 사람들은 하나로 결합되고 인류의 목적은 달성될 것이고 더이상 살아갈 이유가 없겠죠. 하지만 인류가 살아 있는 동안은 그 앞에 이상이라는 것이 있습니다. 물론 그것은 가능한 한 더 많이 번식하려는 토끼나 돼지의 이상도 아니고, 가능한 한 더 세련되게 성욕을 충족시키려는 원숭이나 파리 신사들의 이상도 아닌 절제와 순결로 달성되는 선의 이상입니다. 사람들은 늘 이 이상을 지향해왔고 지금도 지향하고 있소. 그런데 어떤 결과가 나타나는지 보십시오.

육체적 사랑, 바로 이것이 안전밸브라는 결론이 나오죠. 현재 살아

---

* 독일 철학자(1842~1906). 『무의식의 철학』으로 유명해졌다.

있는 인류 세대는 이 목적을 달성하지 못했는데, 그 이유는 바로 욕망, 그중 가장 강한 성욕 때문입니다. 성욕이 있는 한 새로운 세대가 존재할 테고, 따라서 목적 달성은 다음 세대에나 가능하겠죠. 다음 세대가 달성하지 못하면, 다시 다음 세대로 넘어가겠죠. 그러니 인류의 목적이 이루어질 때까지 예언도 실현되지 않고 사람들도 하나로 결합되지 않을 겁니다. 만약 그렇지 않다면 무슨 일이 일어날까요? 만약 신이 어떤 목적을 이루기 위해 사람들을 창조했다면, 신은 사람들이 성욕 없이 살다가 죽거나 영원히 살도록 창조했을 겁니다. 만약 사람들이 성욕 없이 살다가 죽는다면, 무슨 일이 생길까요? 사람들은 목적을 이루지 못하고 살다가 죽겠지요. 그러면 신은 목적을 이루기 위해 새로운 사람들을 창조해야 할 겁니다. 설령 사람들이 영원히 산다고 해도(비록 잘못을 고치고 완성에 다가가는 것이 미래 세대보다는 현재 세대에게 훨씬 더 어렵겠지만) 수천 년이 지나서야 그 목적이 달성된다면, 그때 그들이 무슨 소용이 있겠소? 그들을 어떻게 처치해야 한단 말이오? 그러니 있는 그대로가 가장 좋은 거요…… 아마 이런 표현이 당신 마음에 안 들지도 모르겠습니다만, 당신은 진화론자입니까? 그렇더라도 결론은 똑같소. 동물들 가운데 최고의 종은 인간입니다. 다른 동물과의 싸움에서 살아남기 위해서라도 벌떼처럼 하나로 뭉쳐야지 한없이 아이를 낳아서는 안 됩니다. 벌들처럼 무성無性 벌들을 키워야만 해요. 즉, 다시 절제해야 하고, 우리의 모든 삶의 구조가 추구하는, 색정을 불태우는 쪽으로 나아가서는 절대 안 됩니다." 그는 잠시 침묵했다. "그럼 인류는 멸망할까요? 가령 어떤 세계관을 가졌다 하더라도 이 사실을 의심하는 사람이 과연 있을까요? 이것은 죽음과 마찬가지로 의심의 여지가 없어요. 어쨌든 교회의 모든 가르침에 의하면 세상의 종말은 찾아올 것이고, 모든 과학적 학설을 보더라도 똑같은 결과를 피할 수 없습니다. 그렇다면 도덕적인 가르침에 따라 똑같은 결과가 나오는 것이 뭐가 이상하단 말이오?"

이렇게 말하고 나서 그는 오랫동안 잠자코 있다가 다시 차를 한 잔 마시고 담배 한 대를 피운 후, 자루에서 새 담배를 꺼내 낡고 더러워진 담뱃갑에 담았다.

"당신의 생각은 알겠습니다." 나는 말했다. "셰이커교도들*도 비슷한 주장을 하지요."

"네, 그렇소. 그들이 옳아요." 그는 말했다. "성욕은 아무리 꾸며도 무시무시한 악입니다. 우리 사회에서처럼 성욕을 장려할 것이 아니라 그것과 싸워야만 합니다. 여자를 보고 음란한 생각을 품는 사람은 벌써 마음으로 그 여자를 범한 것이라는 복음서의 말씀은 남의 아내에게만 해당되는 게 아니고 바로 자기 아내에게도 해당되는 겁니다."

12

"그런데 우리 사회에서는 정반대입니다. 총각 때는 절제를 생각하던 남자도 결혼하고 나면 이제 절제는 불필요하다고 생각하죠. 결혼 후에 떠나는 신혼여행은 젊은이들이 부모의 허락을 받아 단둘이서 가는 여

---

* 미국에서 창시된 기독교 일파로서 그리스도가 결혼하지 않았다는 사실에 근거해 금욕, 양심적 병역 거부 등을 주장했다.

행이지만, 그것은 다름 아닌 방탕으로 가는 것을 허락하는 여행입니다. 하지만 도덕률을 깨뜨리게 되면 응분의 대가를 치르기 마련이죠. 나도 성공적인 허니문을 보내려고 무던히 애썼지만 헛일이었어요. 그 기간 내내 역겹고 부끄럽고 따분했습니다. 곧 견딜 수 없을 만큼 고통스러워졌소. 금세 이런 상태가 시작되었지요. 사흘짼지 나흘짼지 아내가 따분해하는 걸 본 나는 왜 그러냐고 묻고는, 아내가 항상 원할 거라고 생각해 껴안으려 했는데, 그녀가 내 팔을 뿌리치고 울기 시작했습니다. 왜 울었을까요? 아내는 설명할 수 없었어요. 하지만 아내는 슬퍼하고 괴로워했습니다. 아마 신경이 날카로워져서 부부관계가 추잡하다는 진실을 생각했던 모양입니다. 하지만 그녀는 설명할 수 없었어요. 내가 꼬치꼬치 캐묻자 어머니가 없어서 슬프다고 말했습니다. 그 대답은 거짓말 같았어요. 나는 어머니에 대해 언급하지 않고 아내를 달래기 시작했습니다. 어머니 얘기는 그저 핑계일 뿐이고 그녀가 정말로 힘들어한다는 사실을 나는 깨닫지 못했어요. 아내는 자기 말을 못 믿어서 내가 어머니 이야기를 하지 않았다고 금방 화를 내더군요. 그리고 내가 자기를 사랑하지 않는 걸 안다고 말했어요. 내가 아내의 변덕을 나무랐더니 표정이 확 바뀌고 슬픔 대신에 노기가 어리더니, 아내는 내가 이기적이고 잔인하다며 독설을 퍼붓고는 나를 비난하기 시작했습니다. 나는 아내를 흘끗 쳐다보았소. 아내의 얼굴에는 온통 나에 대한 냉담, 적의, 증오가 가득했죠. 그 모습이 얼마나 무서웠던지 지금도 기억합니다. '왜지? 뭐야?' 나는 생각했소. '사랑은 영혼의 결합인데, 도대체 이게 뭐야! 이럴 수는 없어, 이건 내가 아는 그녀가 아니야!' 나는 아내를 달래려 했지만 차갑고 독살스럽고 적대적인, 도저히 넘을 수 없는 벽에 부덮혔습니다. 그래서 나도 자신을 돌아볼 겨를도 없이 분노에 사로잡혔고, 우리는 서로에게 불쾌한 말을 마구 퍼부어댔지요. 이 첫번째 언쟁의 느낌은 끔찍했습니다. 내가 언쟁이라고 불렀지만, 이건 단순한 언쟁이 아니라 사실은 우리 사이의 심연이 드러난 것이었소. 황홀한 사랑의 감정은 욕망의 충족으로 소진되었고, 실제로 우리는 적대적 관계 속에 있었던 겁니다. 다시 말해, 우리는 서로를 통해 가능한 한 많은 쾌락을 얻으려고 하는, 전혀 낯선 두 명의 이기주의자였던 거죠. 나는 우리 사이에 있었던 것을 언쟁이라고 불렀습니다. 하지만 그건 언쟁이 아니라 욕정이 중단된 결과 겉으로 드러난 우리의 실질적 관계였던 겁니다. 나는 이 차갑고 적대적인 관계가 우리의 정상적인 관계라는 것을 깨닫지 못했습니다. 처음에는 이 적대적인 관계가 다시 올라온 증류된 육욕, 즉 열정적인 사랑으로 금세 다시 가려졌기 때문이었소.

우리가 언쟁을 했고 화해했으니 이제 다시는 이런 일이 일어나지 않을 것이라고 나는 생각했습니다. 하지만 신혼 처음 한 달 동안 다시 권태의 시기가 찾아왔어요. 우린 다시 서로에게 불필요한 존재가 되어 다시 언쟁을 벌였습니다. 이 두번째 언쟁은 첫번째보다 내게 더 큰 충격을 주었소. 첫번째 언쟁은 우연이 아니라 필연이었고, 이런 싸움이 계속 일어나리라는 생각이 들었습니다. 두번째 언쟁은 아주 어처구니없는 이유로 일어났기에 내겐 더욱 충격적이었소. 그것은 돈 때문이었소. 나는 아내를 위해서라면 결코 돈을 아까워하지 않았고, 절대로 아까워할 까닭도 없었어요. 내가 뭐라고 몇 마디 하자 아내는 내 말을 왜곡하여 내가 돈에 대한 독점권을 쥐고서 돈으로 자기를 지배하고 싶어한다고 우겨댔습니다. 나나 아내에게 어울리지 않는 어리석고 지저분하고 말도 안 되는 말이었죠. 나는 화를 내며 아내의 불손을 비난했고, 아내도 나를 비난했습니다. 이렇게 또 언쟁이 시작되었소. 아내의 말과 표정과 눈빛에서 나는 전에 나를 놀라게 했던 잔인하고 차가운 적의를 다시 보았습니다. 나는 형제와 친구, 그리고 아버지와도 언쟁을 했지만 지금처럼 유난하고 독기어린 적의를 본 적이 없었어요. 하지만 어느 정도 시간이 흐르자 서로의 증오는 사랑, 즉 애욕으로 가려졌고, 나는 이 두 번의 언쟁은 실수이며 고칠 수 있다고 생각하며 마음을 달랬지요. 그러나 세번째, 네번째 언쟁이 일어나면서 나는 이것이 우연이 아니라 필연이며, 앞으로도 계속 일어날 것임을 깨닫고 내게 닥칠 일이 두려웠습니다. 그때 나를 더욱 괴롭힌 것은, 다른 부부에게는 이런 일이 없는데 유독 나만이 기대했던 것과 달리 아내와 추잡하게 살고 있다는 끔찍한 생각이었소. 당시만 해도 나는 이것이 우리 모두의 운명이라는 걸 몰랐습니다. 하지만 누구나 나와 마찬가지로 그것을 자기만의 예외적인 수치스러운 불행이라고 생각해서 다른 사람들에게는 물론 자기 자신에게도 숨기고, 스스로 그것을 인정하려고 하지 않는다는 사실을 그때는 아직 몰랐던 겁니다.

이런 상태는 결혼 초부터 시작되어 점점 심해지고 격렬해지면서 결혼생활 내내 지속되었소. 처음 몇 주째부터 나는 내가 걸려들었다는 것을 마음속 깊이 느꼈어요. 그리고 내가 기대했던 것과는 다르고, 결혼이란 행복이 아닐 뿐만 아니라 몹시 괴로운 것임을 느꼈습니다. 하지만 다른 사람들과 마찬가지로 나는 이 점을 스스로 인정하려 하지 않았고 (모든 것이 끝나지 않았다면, 지금도 인정하지 않았을 겁니다) 다른 사람들뿐만 아니라 나 자신에게도 숨겼던 겁니다. 왜 내가 자신의 진짜 상황을 보지 못했는지 지금 생각하면 놀랍기만 합니다. 언쟁이 끝났을 때 우리가 왜 싸웠는지 기억이 안 날 만큼 사소한 이유로 언쟁이 시작되었던 것만 봐도 진작 자신의 진짜 상황을 직시했어야만 했지요. 이성은 우리 사이에 언제나 존재하는 서로에 대한 적대감의 충분한 이유를 미처 위조해낼 수 없었던 겁니다. 하지만 더욱 놀라운 것은 화해하는 데 필요한 구실이 불충분했다는 겁니다. 때론 몇 마디 말을 하거나 해명을 했고, 심지어 눈물도 흘렸으며, 때론…… 아아! 지금 생각하면 너무나 역겹소. 그토록 잔인한 말을 서로에게 퍼붓고 나서 갑자기 조용히 서로를 바라보다가 미소를 짓고 키스하고 껴안고…… 에잇, 정말 추잡한 짓이오! 어째서 나는 당시 이런 짓이 추잡하다고 생각하지 않았는지……"

13

승객 두 명이 들어와 멀리 떨어진 자리에 앉았다. 그들이 자리에 앉는 동안 그는 잠자코 있었지만, 그들이 조용해지자 분명 생각의 실마리를 잠시라도 놓치고 싶지 않은 듯 말을 이었다.

"그런데, 문제는 추악하다는 겁니다." 그는 다시 이야기를 시작했다. "이론적으로 사랑은 뭔가 이상적이고 고상한 것이지만, 실제로 사랑은 뭔가 추악하고 상스러우며 입에 담거나 떠올리기만 해도 추잡하고 부끄러운 것입니다. 하긴 자연이 사랑을 추잡하고 수치스럽게 만든 데는 다 이유가 있겠죠. 사랑이 추잡하고 수치스러운 것이라면 당연히 그렇게 이해해야 합니다. 하지만 사람들은 추잡하고 수치스러운 것을 마치 아름답고 고상한 것처럼 꾸민단 말입니다. 내 사랑의 최초의 특징이 어땠는지 아시오? 나는 지나친 동물적 욕망을 부끄러워하지 않을 뿐만 아니라 오히려 넘치는 육체적 정력을 왠지 뽐내면서 동물적 욕망에 빠져들었고, 더욱이 아내의 정신적 삶은 물론 심지어 육체적인 삶도 전혀 고려하지 않았습니다. 나는 서로에 대한 우리의 증오가 어디서 생겼는지 이상하게 생각했지만, 그 이유는 지극히 명백했소. 이 증오는 바로 인간성을 억누르는 동물적 본성에 대한 인간성의 저항이었던 겁니다.

나는 우리가 서로 미워한다는 사실에 놀랐습니다. 하지만 그건 어쩔 수 없는 일이었소. 이 증오는 서로 부추겨서 범죄에 가담한 공범자들이 서로를 미워하는 것과 다름이 없었소. 불쌍한 아내가 첫 달에 임신했는데도 우리의 추잡한 관계는 계속되었으니, 이것이 범죄가 아니고 뭐겠소? 당신은 내 이야기가 옆길로 새고 있다고 생각하시오? 전혀 그렇지 않습니다! 나는 줄곧 내가 어떻게 아내를 죽였는지 이야기하고 있습니다. 법정에서 뭘로 어떻게 아내를 죽였느냐고 묻더군요. 멍청이들! 내가 10월 5일에 칼로 아내를 죽였다고 생각하더군요. 나는 그날 아내를 죽인 것이 아니라 훨씬 이전에 죽였소. 지금도 사람들이 자기 아내를 죽이고 있는 것과 마찬가지로 나도 그렇게 아내를 죽인 것이고, 여전히……"

"하지만 무엇으로 죽인단 말입니까?" 내가 물었다.

"이토록 명확하고 분명한 사실을 아무도 알려고 하지 않는다는 것과 의사들이 당연히 알아서 널리 전파해야 하지만 침묵하고 있다는 것이 놀라울 뿐이오. 문제는 아주 단순합니다. 남자와 여자는 동물처럼 창조

되었기에 육체적인 사랑을 하면 임신하기 마련이고, 출산 후에는 젖을 먹이게 됩니다. 이런 상황에서 육체적인 사랑은 여자에게나 아이에게 똑같이 해롭습니다. 남자와 여자의 수는 똑같아요. 여기에서 어떤 결론이 나옵니까? 분명해 보입니다. 여기에서 동물들이 그러하듯 절제해야 한다는 결론을 끌어내는 데 큰 지혜가 필요하지는 않습니다. 그런데 그렇지가 않아요. 과학은 혈액 속에 돌아다니는 백혈구나 온갖 쓸데없는 것들을 발견하는 데까지 이르렀지만, 이런 사실은 아직 이해하지 못하고 있단 말입니다. 적어도 과학이 이 문제에 대해 이야기하는 것을 들어본 적이 없어요.

그래서 여성에게는 단지 두 가지 방법만이 있을 뿐입니다. 하나는 남자가 언제나 편안하게 즐길 수 있도록 스스로 성적 불구자가 되는 것인데, 필요에 따라 여성이 되는 능력, 즉 어머니가 되는 능력을 완전히 없애거나 없애려고 하는 것입니다. 다른 하나는 방법이라기보다는 자연법칙을 단순하고 거칠게, 완전히 어기는 것인데, 소위 점잖은 모든 가정에서는 이미 실행되고 있습니다. 즉, 여자는 자신의 본성에 반해 임신이나 수유중에도 남편의 정부情婦 노릇을 해야 하는데, 이 짓은 동물도 하지 않지요. 이건 여자의 힘에 부치는 일입니다. 그래서 우리 상류사회에 히스테리나 신경쇠약이 널리 퍼지고, 농민들 사이에는 반미치광이가 많은 겁니다. 아시겠소? 이런 반미치광이 병은 젊고 청순한 처녀들에겐 없고 오로지 아낙들, 그것도 남편과 같이 사는 아낙들에게만 나타난단 말이오. 우리 사회가 그렇습니다. 유럽도 마찬가집니다. 모든 병원에는 자연법칙을 어긴 히스테리 여성 환자들이 넘쳐나죠. 그러나 반미치광이 여자나 샤르코*의 여성 환자들은 완전한 불구자지만

반半불구자가 된 여자들은 세상에 가득합니다. 여자가 임신하거나 태어난 아기에게 젖을 먹일 때, 여자의 내부에서 얼마나 위대한 일이 일어나는지 생각해야 합니다. 우리를 계승하고 대신할 아이들이 자라고 있으니까요. 그런데 그 신성한 일이 훼손되고 있어요. 도대체 무엇으로 훼손되고 있나요? 생각만 해도 끔찍합니다! 그러면서 사람들은 자유와 여성의 권리에 대해 떠들어대죠. 이건 식인종들이 포로로 잡은 사람들을 먹잇감으로 사육하면서 포로들의 권리나 자유에 대해 신경을 쓴다고 주장하는 것과 마찬가집니다."

그의 말은 모두 내게 새롭고 놀라운 것이었다.

"그럼, 어떻게 해야 하죠? 만약 그렇다면," 나는 말했다. "2년에 한 번 아내를 사랑할 수 있게 되겠네요, 하지만 남자는……"

"남자에게는 꼭 필요하다." 그는 말꼬리를 잡았다. "또다시 과학에 헌신하는 그 대단한 사람들이 그렇게 단언했지요. 내가 마법사 같은 그 사람들에게, 그들이 주장하는 대로, 남자들에게 꼭 필요하다고 하는 여자들의 의무를 스스로 수행하라고 지시한다면, 그들은 뭐라고 말할까요? 보드카, 담배, 아편이 필수품이라는 생각을 어떤 사람에게 주입시켜보시오. 그에게 이 모든 것은 필수품이 될 겁니다. 결국 신이 사람에게 필요한 것이 뭔지 몰랐고, 마법사들에게 물어보지 않아서 인간을 이렇게 엉망으로 만들었다는 결론이 나옵니다. 이게 이치에 맞지 않는다는 것을 아실 겁니다. 남자는 반드시 음욕을 충족시켜야 한다고 과학에 헌신하는 사람들이 단언했는데, 출산과 수유의 문제가 끼어들어 욕망

* 19세기 프랑스 신경병리학자로 노이로제나 히스테리 관련 치료법을 개발했다.

의 충족을 방해하게 되었습니다. 어떻게 해야 할까요? 마법사들에게 물어보면 잘 처리해줄 겁니다. 그들은 해결책을 생각해냈어요. 아아, 언제쯤 마법사들의 거짓이 폭로될까요? 때가 되었어요! 사람들이 미치고 총으로 자살까지 하는데, 이게 다 이 때문입니다. 무슨 다른 이유가 있겠소? 동물들은 새끼들이 자기 종족을 잇는다는 사실을 아는 듯이, 이 점에서 일정한 법칙을 지키고 있어요. 오직 사람만이 이 사실을 모르고 알려고도 하지 않습니다. 그리고 되도록 더 많은 쾌락을 얻으려고 애를 태우죠. 이게 누구요? 바로 만물의 영장인 인간입니다. 동물들은 새끼를 만들 수 있을 때만 교미한다는 사실을 아시죠? 그런데 추악한 만물의 영장은 언제나 그저 쾌락을 얻을 수만 있다면 성교를 합니다. 게다가 이런 원숭이 같은 짓을 창조의 정화니 사랑이니 하며 미화하고 있어요. 이런 사랑, 즉 더럽고 추잡한 행위를 위해 인류의 반을 죽이고 있는 겁니다. 인류가 진리와 행복을 향해 전진하는 데 협력자가 되어야 할 여자들을 남자들은 자신의 쾌락을 위해 협력자가 아닌 적으로 만들고 있어요. 무엇이 인류의 진보를 도처에서 방해하고 있는지 보십시오. 바로 여자들입니다. 왜 여자들이 방해물이 되었을까요? 바로 이런 이유 때문입니다. 그래요, 그렇고말고요." 그는 몇 번이나 이 말을 되뇌고 몸을 가볍게 움직이더니 분명 마음을 진정시키려는 듯이 담배를 꺼내 피우기 시작했다.

14

"나는 그렇게 돼지처럼 살았습니다." 그는 다시 여전한 어조로 말을 이었다. "무엇보다 나빴던 것은 이런 추악한 생활을 하면서도 내가 다른 여자들의 유혹에 넘어가지 않았기 때문에 건실한 가정생활을 하고 있는 도덕적 인간이고 아무 잘못이 없으며, 그래서 만일 부부싸움이 일어난다면 그것은 아내 탓이고 아내의 성격 탓이라고 생각했습니다.

물론 아내 탓이 아니었죠. 아내는 모든 여자들이나 대부분의 여자들과 똑같았습니다. 아내는 우리 상류사회에서 여자에게 요구되는 교육을 받았소. 생활이 보장된 계급의 여자들이 예외 없이 받는 수준의 교육을 받았지요. 지금 새로운 여성교육에 대해 말들 합니다. 하지만 죄다 헛소리요. 여성교육은 현재의 거짓된 여성관이 아니라 진실하고 보편적인 여성관을 바탕으로 이루어져야 합니다.

여성교육은 언제나 남성의 여성관에 부합할 것입니다. 지금 남자가 여자를 어떻게 보고 있는지 우리 모두 알고 있습니다. '술, 여자 그리고 노래'*, 시인들이 시에서 이렇게 읊조리고 있어요. 연애시, 벌거벗은 비너스와 프리네**를 비롯해서 모든 시와 회화, 조각을 보십시오. 여자는 단순히 쾌락의 도구임을 알 수 있어요. 트루바와 그라춉카***, 궁정 무도회에서도 여자는 똑같아요. 악마는 교활하게 속삭입니다. '자, 맘껏 즐기고 욕망을 채워. 그럼 쾌락이 뭔지, 여자가 얼마나 달콤한 건지 알

* 'Wcin, Weiber und Gesang'(독일어).

** 뛰어난 미모로 유명했던 고대 그리스의 창녀.

*** 두 곳 모두 모스크바의 사창가임.

게 될 거야.' 그래요, 예전에 기사들은 여자들을 숭배한다고 단언했죠(그들은 여자를 숭배하지만 여전히 쾌락의 도구로 보고 있어요). 지금도 여자를 존중한다고 말들 합니다. 어떤 사람들은 여자에게 자리를 양보하고 손수건을 집어주고, 또 어떤 사람들은 여성이 모든 직책을 차지할 수 있고 정부에도 참여할 수 있는 권리 등을 인정합니다. 이 모든 것을 하면서도 여성관만은 예전 그대로입니다. 여자는 쾌락의 도구이고, 여자의 육체는 쾌락의 수단이라는 거죠. 여자들도 이 사실을 알고 있소. 이것은 노예제도와 다름없어요. 노예제도란 몇몇 사람이 많은 사람들의 강제노동을 이용하는 것입니다. 따라서 노예제도를 없애려면 다른 사람들의 강제노동을 이용하려 하지 말고, 강제노동을 죄악이나 수치로 여겨야만 합니다. 그런데 사람들은 노예제도의 외형을 폐지하고 더이상 노예를 사고팔 수 없게 하면 노예제도가 이미 존재하지 않는다고 생각하고 확신합니다. 그러나 사람들은 여전히 다른 사람들의 노동을 이용하길 좋아하고, 또 그것이 좋고 정당하다고 생각하기 때문에 노예제도가 여전히 이어지고 있다는 것을 보지도 않고, 보려고도 하지 않습니다. 사람들이 강제노동의 이용을 좋다고 생각하는 한, 다른 사람들보다 더 강하고 교활한 사람들이 언제나 나타나서 계속 남의 강제노동을 이용할 겁니다. 여성해방이란 문제도 마찬가집니다. 여성의 노예상태는 사람들이 여성을 쾌락의 도구로 이용하길 원하고, 이것을 아주 좋다고 생각하기 때문에 생기는 것입니다. 하기야 여성이 해방되고 남자와 대등한 모든 권리를 부여받고 있지만, 여자는 계속 쾌락의 도구로 간주되고 있고, 어린 시절에도 여자는 사회적 통념에 따라 이렇게 길러지고 있어요. 그래서 여자는 예전과 똑같이 비굴하고 타락한 노예이고,

남자는 예전과 똑같이 타락한 노예소유자인 겁니다.

대학과 의회에서 여성을 해방시킨다고 하지만 여전히 여자를 쾌락의 대상으로 보고 있습니다. 우리 사회에서 교육받은 대로 여성에게 자기 자신을 보라고 가르치면, 여성은 항상 저급한 존재로 남게 되겠죠. 아니면 파렴치한 의사들의 도움을 받아 피임을 해서 동물의 수준은 고사하고 물건과 다름없는 완전한 창녀가 되거나 현재 대부분의 여자들처럼 히스테리 같은 정신병을 얻어 정신적 발전의 가능성 없이 불행해질 겁니다.

김나지움이나 대학이 이런 상황을 바꿀 수 없습니다. 이 상황은 남성의 여성관과 여성 자신의 여성관이 변해야만 바뀔 수 있어요. 그리고 여성이 지금처럼 처녀성을 수치나 치욕이 아닌 인간의 가장 고결한 상태라고 인정할 때 비로소 이런 상황이 바뀔 수 있습니다. 이런 일이 일어나지 않는 한, 여성이 어떤 교육을 받았다 해도 모든 처녀들의 이상은 선택의 가능성을 높이기 위해 가능한 한 많은 남자, 즉 가능한 한 많은 수컷들을 유혹하는 것입니다.

어떤 처녀는 수학을 더 잘하고, 다른 처녀는 하프를 더 잘 연주한다고 해서 상황이 바뀌진 않습니다. 여자는 남자를 홀려서 사로잡으면 행복해지고 바라는 모든 것을 얻게 됩니다. 그러니까 여자의 주요 과제는 남자를 홀려서 사로잡을 줄 아는 능력을 갖는 겁니다. 이것은 과거에도 그랬고 앞으로도 그럴 겁니다. 우리 사회에서는 처녀 시절에도 그렇고 결혼 후에도 그렇습니다. 처녀 시절에는 남편을 선택하기 위해, 결혼 후에는 남편을 지배하기 위해 이런 능력이 필요합니다.

이런 상황을 중단시키거나 잠시라도 억제할 수 있는 것은 아이들입니다. 여자가 불구가 아니라면 직접 아이에게 젖을 물리니까요. 하지만 이 경우에도 의사가 개입합니다.

내 아내는 직접 젖을 먹이고 싶어했고 이후 다섯 명의 아이를 젖으로 키웠지만 첫아이를 낳고 나서 건강이 좋지 않았어요. 그러자 의사들은 냉소적으로 아내의 옷을 벗기더니 온몸을 두루 만지더군요. 나는 이에 대해 고마워하며 돈까지 지불해야만 했습니다. 친절하신 의사 양반들은 아이에게 젖을 먹이지 못하게 했고, 그 결과 아내는 처음으로 교태에서 벗어날 수 있는 유일한 수단을 빼앗기고 말았어요. 그래서 유모가 젖을 물려 아이들을 키웠는데, 다시 말해 우리는 한 여자의 가난과 궁핍과 무지를 이용해 그녀가 자기 아이를 버리고 우리 아이에게 오도록 유혹했고, 그 대가로 그녀에게 레이스 장식이 달린 모자를 씌워주었지요. 그러나 중요한 문제는 이게 아닙니다. 문제는 아내가 임신과 수유에서 벗어난 바로 그 시기에 지금껏 잠자고 있던 여자의 교태가 아주 강하게 나타났다는 겁니다. 여자가 교태를 부리자 내 안에서 질투의 고통이 아주 강하게 나타났지요. 이 고통은 결혼생활 내내 나를 괴롭혔습니다. 나처럼 아내와 같이 사는, 즉 부도덕하게 사는 남편들은 누구나 이런 질투의 고통을 겪지 않을 수 없었지요."

15

"나는 결혼생활 내내 질투의 고통을 겪었습니다. 하지만 질투심에 유난히 더 시달렸던 시기가 있었지요. 첫아이를 낳은 후, 의사들이 수유를 금했을 때도 그런 시기 중 하나였소. 이 시기에 나는 유난히 질투를 했는데, 첫째, 아내가 삶의 정상적인 흐름을 아무 이유 없이 문란하게 만드는 어머니 특유의 불안감을 겪었기 때문이고, 둘째, 아내가 어머니의 도덕적 의무를 쉽게 내던지는 것을 보고, 비록 무의식이긴 하지만, 아내로서의 의무도 쉽게 저버릴 거라고 공정하게 결론을 내렸기 때문입니다. 게다가 아내는 아주 건강했고, 친절한 의사 양반들이 수유를 금했지만, 이후의 아이에게 직접 젖을 먹여 훌륭하게 키워냈습니다."

"그래서 의사들을 좋아하지 않는군요." 나는 그가 의사들을 언급할 때마다 목소리에 유난히 악의가 담겨 있다고 느끼며 말했다.

"이건 호불호의 문제가 아니오. 그들은 수천, 수십만 명의 인생을 망쳤고 지금도 망치고 있듯이 내 인생도 망쳐놓았소. 나는 원인과 결과를 결부시키지 않을 수 없어요. 나는 의사들이 변호사나 다른 사람들처럼 돈을 벌고 싶어한다는 것을 알고 있고, 나는 내 수입의 절반을 기꺼이 그들에게 줄 수도 있소. 만약 누구든지 그들이 무슨 짓을 하는지 스스로 깨닫는다면 그들이 당신의 가정생활에 개입하거나 당신에게 절대로 다가오지 못하도록, 누구나 수입의 절반을 기꺼이 그들에게 줄 수 있을 겁니다. 증거를 수집하진 않았지만, 나는 그들이 저지른 수십 건의 비행, 예컨대 산모가 분만할 수 없다고 단언하면서 산모의 자궁에서 태아를 죽였는데, 후에 산모가 아이를 잘 낳은 경우나 수술을 빙자하여 산모를 죽인 경우도 알고 있지요. 사실 이런 경우는 아주 많습니다. 종교재판의 살인을 살인으로 인정하지 않았듯이 아무도 이런 행위를 살인으로 인정하지 않았던 것은, 이것을 인류의 행복을 위한 것이라고 여겼기 때문입니다. 그들이 저지르는 범죄는 헤아릴 수 없어요. 하지만 이런 범죄는 그들이 무엇보다 여성을 통해 이 세상에 들여온 물질주의의 도덕적 타락에 비하면 아무것도 아닙니다. 만약 그들의 처방에 따르자면 이 세상 도처에, 그리고 모든 것에 만연한 전염병 때문에 사람들은 화합하여 같이 살 것이 아니라 따로따로 흩어져 살아야만 합니다. 이 점에 대해선 구태여 말하지 않겠소. 아무튼 그들의 가르침에 따르면, 모든 사람들은 석탄산이 든 주입기를 입에서 떼지 말고 따로따로 앉아 있어야만 합니다(하기야 이것도 소용없다는 것이 밝혀졌지요). 하지만 이것도 별거 아닙니다. 가장 무서운 독은 사람들의 타락, 특히 여자들의 타락에 있습니다.

'너는 나쁜 생활을 하고 있어, 더 나은 생활을 해.' 지금은 자기 자신에게도 다른 사람에게도 이렇게 말할 수가 없어요. 만약 나쁜 생활을 하고 있다면, 그건 비정상적인 신경기능 등에 기인하기 때문입니다. 그러면 의사에게 가야만 하고, 의사가 약국에서 구입할 수 있는 35코페이카어치 약을 처방해주면 당신은 약을 사서 복용합니다. 몸이 더 나빠지면 더 많은 약을 복용해야 하고, 다시 의사를 찾아갑니다. 참 좋은 일이죠!

하지만 문제는 이게 아닙니다. 그저 내가 말하고 싶은 건, 아내가 직접 젖을 먹여 아이들을 잘 길렀고, 임신과 수유만이 나를 질투의 고통에서 구해주었다는 겁니다. 만약 이것이 없었다면 모든 일은 더 빨리 일어났을 거요. 아이들이 나와 아내를 살린 셈이죠. 아내는 8년 동안 아이를 다섯이나 낳았어요. 그리고 그애들을 모두 직접 젖을 먹여 키웠단 말이오."

"지금 어디에 있습니까? 아이들 말입니다." 내가 물었다.

"아이들 말이오?" 그는 깜짝 놀라며 되물었다.

"실례했습니다, 아마 떠올리기가 괴로우시겠죠?"

"아뇨, 괜찮습니다. 아이들은 처제와 처남이 맡아서 기르고 있소. 그들은 내게 아이들을 내주지 않소. 나는 아이들에게 재산을 넘겨주었지만 그들은 아이들을 내게 주지 않았어요. 나는 미치광이나 다름없으니까요. 지금 아이들한테서 오는 길입니다. 아이들을 만났지만, 아이들을 내게 돌려주지 않더군요. 아이들을 돌려주면, 제 부모와는 다르게 키울 텐데 말입니다. 하지만 아이들은 제 부모와 똑같은 사람이 될 겁니다. 허나, 어쩔 수 없죠! 내게 아이들을 넘겨주지 않고 날 믿지 않는 것도 이해할 만합니다. 내가 아이들을 제대로 키울 수 있을지 모르겠어요. 아마 힘들 겁니다. 나는 폐인이고 불구자니까요. 내 안에 남아 있는 것이 하나 있소. 나는 알아요. 그래요, 확실히 사람들은 이것을 금세 알지는 못할 겁니다.

그래요, 아이들은 살아 있고 주변의 모든 사람들처럼 야만인으로 자라고 있어요. 나는 아이들을 세 번 만났소. 나는 아이들을 위해 아무것도 해줄 수가 없소. 아무것도. 지금 나는 남쪽에 있는 내 집으로 가는 길이오. 그곳에 조그만 집과 정원을 가지고 있거든요.

그래요, 내가 지금 알고 있는 것을 사람들은 금세 알지는 못할 겁니다. 태양이나 별에 철이 많이 있는지, 어떤 금속이 있는지는 곧 알아낼 수 있겠죠. 하지만 우리의 추악함을 밝혀내기는 어려워요, 정말로 어렵습니다……

그나마 당신이 내 이야기를 들어주시니, 그것만으로도 고맙습니다."

16

"당신은 아이들에 대해 말씀하셨죠. 다시 아이들에 대해 아주 끔찍한 거짓말이 떠돌고 있어요. 아이들은 신의 축복이고 기쁨이라고 하죠. 이건 죄다 거짓말이오. 한때는 그랬지만 지금은 전혀 그렇지 않소. 아이들은 그저 고통에 불과할 뿐이오. 대부분의 어머니들은 솔직히 이렇게 느끼고 있고, 때론 무심코 솔직하게 이렇게 말하곤 합니다. 우리처럼 부유한 계층에 속하는 대부분의 어머니들에게 물어보시오. 아이들이 아프거나 죽을까봐 무서워서 아이를 갖고 싶지 않다고 말할 거고, 설령 아이를 낳았더라도 아이에게 매이거나 고통을 당하지 않기 위해 젖을 먹여 키우고 싶지 않다고 말할 겁니다. 아이의 조그만 손발과 자그마한 온몸에 깃든 사랑스러움이 어머니에게 주는 즐거움이나 아이가 가져다주는 만족은 아이의 질병이나 죽음은 말할 것도 없고 혹시 병들고 죽을 수도 있다는 걱정 때문에 어머니가 겪는 괴로움보다 훨씬 작습니다. 득실을 따져보면 손실이 더 크니까 아이를 갖고 싶어하지 않는 겁니다. 어머니들은 이런 감정을 아이에 대한 사랑에서 생긴 훌륭하고 칭찬할 만하며 자랑스러운 것이라고 생각하면서, 솔직하고 대담하게 그렇게 말하지요. 하지만 그들은 이런 논리가 사랑을 노골적으로 부정하고 자기 에고이즘만을 확증한다는 사실을 깨닫지 못합니다. 아이에 대한 걱정 때문에 생기는 고통보다 아이의 귀여움에서 얻는 만족이 훨씬 작기 때문에 사랑할 아이 따위는 필요치 않다는 거죠. 그들은 사랑하는 존재를 위해 자신을 희생하는 것이 아니라 자신을 위해 사랑받아야 하는 존재를 희생시키는 겁니다.

이것은 분명 사랑이 아니라 이기주의입니다. 하지만 부유한 가정의 어머니들을 이기적이라고 비난하려 해도 우리 지주계층 가정의 어머니들이 아이의 건강 때문에 엄청난 고통을 겪는다는 그 의사 양반들의 말이 다시 생각나 선뜻 비난할 마음이 생기지 않소. 아이가 셋이 되고 넷이 되었을 때 아내는 아이들을 돌보느라 온 정신을 쏟았는데, 그 당시 아내의 생활이나 상태를 떠올리면 지금도 소름이 돋습니다. 우리의 사생활은 전혀 없었으니까요. 우리의 생활은 뭔가 위험의 연속 같은 것이었지요. 위험에서 벗어나면 다시 위험이 닥쳐오고, 다시 필사적으로 노력해서 다시 위험에서 벗어나곤 했는데, 항상 난파선을 타고 있는 것 같았지요. 때론 아내가 일부러 그렇게 하고, 나를 굴복시키기 위해 아이들을 염려하는 척하는 것이 아닐까 하는 생각도 했지요. 모든 문제가 아내에게 유리하고 단순하게 해결되었으니까요. 이런 경우에 아내가 하는 말이나 행동이 모두 일부러 그러는 것이라는 생각도 이따금 들었습니다. 하지만 그건 아니었소. 아내 자신도 아이들의 건강이나 병 때문에 언제나 심하게 고통받고 시달렸던 겁니다. 그것은 아내에게도 나에게도 고통이었지요. 아내도 고통을 겪지 않을 수 없었어요. 아이들에 대한 애착, 아이들을 먹이고 귀여워하고 보호하려는 동물적 욕구는 내 아내에게도 있었고, 대부분의 여자들에게도 나타납니다. 하지만 그 욕구에는 동물에게는 없는 상상력과 이성이 있단 말이오. 암탉은 병아리에게 무슨 일이 생길까 걱정하지 않고, 병아리가 걸릴 수 있는 각종 질병에 대해서도 알지 못하고, 사람들이 병이나 죽음에서 목숨을 건질 수 있다고 생각하는 온갖 치료약에 대해서도 알지 못합니다. 그러니 암탉에게 병아리는 고통이 될 수 없지요. 암탉은 자연스럽고 즐겁게 할 수 있는 것을 병아리를 위해 해줄 뿐이오. 그래서 암탉에게 병아리는 기쁨입니다. 병아리가 병에 걸리면 암탉이 할 일은 정해져 있지요. 예컨대 병아리를 따뜻하게 해주거나 먹이를 주는 겁니다. 암탉은 이렇게 하면서 필요한 일을 모두 하고 있다고 생각하죠. 병아리가 죽어도 어미 닭은 왜 죽었는지, 어디로 가버렸는지 자문하지 않고, 잠시 꼬꼬댁거리며 울다가 울음을 그치고 예전처럼 살아갑니다. 하지만 우리 사회의 불행한 여성들과 내 아내는 그렇지 않았습니다. 병이나 그 치료법에 관해서는 말할 것도 없고 아이들을 키우고 교육하는 방법에 대해 끊임없이 변하는 다양한 원칙들을 사방에서 늘 듣거나 읽었으니까요. '이것을 먹여야 한다, 저것을 먹여야 한다, 아니다 그것도 저것도 아니고 바로 이것이다'에서부터 입는 것, 마시는 것, 씻는 것, 재우는 것, 걷는 것, 신선한 공기 등 이 모든 것에 대해 우리는, 특히 아내는 매주 새로운 원칙들을 알아냈지요. 마치 어저께 아이들이 태어나기 시작한 것처럼 말입니다. 제때 먹이지 않고 제대로 씻기지 않아서 아이가 병이라도 걸리면, 해야 할 일을 다 하지 않은 아내의 잘못이 되고 말지요.

그래도 이것은 아이가 건강할 때의 이야기입니다. 이때도 고통스럽긴 하지요. 하지만 일단 아이가 병이 나면 끝입니다. 그야말로 진짜 지옥이지요. 병을 고칠 수 있고, 병을 고칠 수 있는 과학이 있고, 병을 고치는 의사들이 있고, 의사들이 병을 고치는 방법을 알고 있다고 해요. 하지만 모든 의사가 아닌 가장 우수한 의사들만이 병을 고치는 방법을 알고 있지요. 그러니 아이가 병에 걸리면 아이를 구할 수 있는 최고의 의사를 만나야 하고, 그러면 아이를 살릴 수 있겠죠. 하지만 그런 의사를 구하지 못하거나 그런 의사가 사는 곳에 살지 않으면 아이는 죽게 될 겁니다. 내 아내만이 이런 믿음을 가졌던 것이 아니라 아내가 속한 계층의 모든 여자들이 이런 믿음을 가지고 있어서 아내는 사방에서 이런 이야기만 들었던 겁니다. '예카테리나 세묘노브나는 제때 이반 자하리치를 부르지 못해서 두 아이를 잃었고, 마리야 이바노브나의 큰딸은 이반 자하리치가 살렸다. 페트로프네 가족은 의사의 충고에 따라 제때 호텔로 분산 투숙해서 아이들이 살았다. 분산 투숙하지 않았다면 아이들은 죽었을 것이다. 그 여자에게 몸이 허약한 아이가 있었는데, 의사의 충고대로 남쪽으로 옮겨가서 아이가 살았다.' 그녀가 동물적으로 애착을 갖는 아이들의 생명이 이반 자하리치가 말하는 것을 제때 아느냐 모르느냐에 달려 있을 때, 어찌 그녀가 평생 괴로워하거나 걱정하지 않을 수 있겠소! 그러나 이반 자하리치가 무슨 말을 할지 아무도 모르고, 심지어 그 자신도 모릅니다. 그는 자기가 아무것도 모르고 아무 도움을 줄 수 없다는 것을 잘 알기 때문에 그가 뭔가를 알고 있다는 사람들의 믿음을 잃지 않으려고 되는대로 막 주워섬기는 겁니다. 만약 아내가 완전한 동물이었다면 그토록 괴로워하지는 않았겠지요. 또 아내가 완전한 인간이었다면 틀림없이 신을 믿었을 테고, 신심이 돈독한 아낙들처럼 '신께서 주시고 신께서 가져가셨다. 그리고 신에게서 벗어날 수 없다'고 말하거나 그렇게 생각했을 겁니다. 만약 내 아내가 모든 사람들과 아이들의 생사가 사람이 아닌 신의 손안에 있다고 생각했다면, 자신이 아이들의 병과 죽음을 미연에 방지할 수 있다는 생각으로 괴로워하지 않았겠지만, 아내는 그러지 못했습니다. 아내의 입장은 이랬지요. 수없이 많은 재난에 노출된 아주 연약한 존재가 자기에게 주어졌다고 말입니다. 아내는 이 존재들에게 강렬한 동물적 애착을 느끼고 있었소.

뿐만 아니라 이 존재들이 아내에게 맡겨졌지만, 우리는 이 존재들을 보호하는 방법을 몰랐고 전혀 낯선 사람들만 그 방법을 알고 있어서 그들의 도움과 조언을 얻기 위해서는 많은 돈이 필요했는데, 그것도 항상 가능한 것은 아니었지요.

아이들과 함께한 모든 생활은 아내에게나 나에게 기쁨이 아니라 고통이었소. 어찌 고통스럽지 않았겠소? 아내는 끊임없이 괴로워했지요. 질투나 단순한 언쟁을 끝내고 간신히 마음이 진정되어 이제 좀 참다운 생활을 하고, 책도 좀 읽고 사색도 좀 해야겠다는 생각을 하자마자 갑자기 바샤가 토한다든가, 마샤가 피똥을 싼다든가, 안드류샤에게 발진이 생겼다든가 하는 소식이 들리는 거요. 그러면 두말할 것 없이 참다운 생활 따위는 없어지고 말지요. 어디로 달려갈지, 어떤 의사를 데리러 갈지, 아이들을 어디에 격리해야 할지 우왕좌왕합니다. 관장을 하고, 체온을 재고, 물약을 먹이고, 의사를 부르는 등 소동이 일어나지요. 이 소동이 채 끝나기도 전에 다른 무슨 일이 시작됩니다. 그러니 정상적이고 안정된 가정생활이 있을 수 없었소. 내가 말씀드린 대로 예상되는 위험이나 실제적인 위험에서 끊임없이 벗어나려는 것뿐이었소. 지금 대부분의 가정이 이렇지요. 우리 가족의 경우는 유난히 심했습니다. 아내는 자식 사랑이 유별났고 남의 말을 쉽게 믿었으니까요.

이 때문에 아이들의 존재가 우리의 삶을 더 낫게 하기는커녕 더 해롭게 했지요. 게다가 아이들은 우리에게 새로운 불화의 원인이 되었소. 아이들이 태어나서 점점 크면 클수록 아이들은 자주 부부싸움의 수단이자 대상이 되었지요. 아이들은 싸움의 대상일 뿐만 아니라 무기였어요. 우리는 마치 아이들을 무기로 삼아 서로 싸웠던 겁니다. 우리에게는 각자 좋아하는 아이, 즉 싸움의 무기가 있었어요. 나는 주로 장남인 바샤 때문에 아내와 싸웠고, 아내는 딸 리자 때문에 나랑 싸우곤 했어요. 게다가 아이들이 제법 성장하여 성격이 뚜렷해지자 우리는 각자 아이들을 자기편으로 끌어들여 동맹자로 만들기까지 했소. 불쌍한 아이들은 이 때문에 심하게 괴로워했지만, 끊임없이 전쟁을 벌였던 우리는 아이들을 생각할 겨를이 없었습니다. 딸아이는 내 편이었고, 아내를 닮고 아내가 사랑했던 장남은 자주 내 미움을 샀지요."

17

"그렇습니다, 우리는 그렇게 살았어요. 우리의 관계는 점점 더 적대적이 되었지요. 결국엔 의견의 차이가 적대감을 낳는 것이 아니라 적대감이 의견의 차이를 낳는 지경까지 이르게 되었소. 아내가 무슨 말을 하든지 나는 미리 반대했고, 그건 아내도 마찬가지였습니다.

결혼한 지 4년째 되는 해에 우리 두 사람은 서로 이해할 수 없고, 서로 의견의 일치를 볼 수 없다고 웬지 자연스럽게 결론을 내렸습니다. 우리는 끝까지 합의를 보려고 더이상 노력하지 않았지요. 아주 작은 문제, 특히 아이들 문제에서 우리는 각자 반드시 자기 의견을 고집했지요. 지금 돌이켜 생각해보면 내가 주장했던 의견이 포기할 수 없을 만큼 내게 그토록 중요한 것은 아니었습니다. 하지만 아내가 내 의견에 반대하는데 양보하는 것은 지는 것이라고 생각했던 겁니다. 나는 양보할 수 없었고, 아내도 마찬가지였소. 아마 아내는 나에 대해 자기가 항상 옳다고 생각했을 테고, 나는 아내 앞에서 항상 성자라고 생각했지요. 우리 둘만 있을 땐 거의 언제나 잠자코 있거나 동물들끼리 나눌 수 있는 이런 대화만을 했지요. '몇시야? 이제 잘 시간이군. 오늘 식사는 뭐야? 어디로 갈까? 신문에 무슨 기사가 났어? 의사를 부르러 보내야 해. 마샤가 목이 아픈 모양이야.' 거의 생각할 수도 없을 정도로 좁은 대화의 범주에서 털끝만치라도 벗어나면 대번에 싸움이 벌어지곤 했지요. 커피, 식탁보, 마차, 카드게임 때문에 충돌이 일어나고 서로 증오에 찬 말을 쏟아냈습니다. 이 모든 것은 아내에게도 내게도 별로 중요하지 않았어요. 적어도 내 마음속에선 아내에 대한 끔찍한 증오가 자주 끓어오르곤 했소! 이따금 나는 아내가 차를 따르거나 한쪽 발을 흔들거나 찻숟가락을 입으로 가져가거나 입맛을 다시거나 마실 것을 들이마시는 모습을 보면 마치 나쁜 짓이라도 본 것처럼 그녀를 혐오했습니다. 당시엔 깨닫지 못했지만, 증오의 시기는 우리가 사랑이라고 부르는 시기에 상응하여 아주 정확하고 규칙적으로 내 마음속에 일어났지요. 사랑의 시기에 이어 증오의 시기가 왔소. 사랑의 시기가 열렬하면 증오의 시기도 그만큼 길고, 사랑의 표현이 좀더 약하면 증오의 시기도 짧았소. 당시 우리는 사랑과 증오는 동물적 감정과 똑같은 것으로, 다만 대척점에 있다는 것을 알지 못했습니다. 우리가 처한 상황을 이해했다면 그렇게 사는 것이 끔찍했을 텐데, 우리는 이런 상황을 전혀 이해하지 못했고 깨닫지도 못했어요. 사람은 잘못된 삶을 살면서도 자신의 비참한 상황을 바로 보지 않으려고 시야를 가려버리는데, 바로 여기에 인간의 구원과 형벌이 있는 겁니다. 우리도 그렇게 살았던 거요. 아내는 항상 바쁘고 긴장된 집안일, 가구 배치, 자신과 아이들의 옷, 아이들의 교육과 건강 문제 등에 열중하면서 자신의 문제를 잊으려고 애썼지요. 나는 나대로 업무와 사냥과 카드놀이에 푹 빠졌습니다. 우리 두 사람은 항상 바빴지요. 우리는 바쁘면 바쁠수록 서로를 더 악의적으로 대할 수 있다고 느꼈어요. '얼굴을 찌푸리는 게 좋은가보지.' 나는 아내에 대해 이렇게 생각했소. '어젯밤은 밤새 난리를 피워대며 날 괴롭히더니만. 나는 지금 회의에 나가야 해.' 한편 아내는 '당신은 좋아 보이네'라고 생각할 뿐만 아니라 '나는 애가 보채서 밤새 한 잠도 못 잤어요'라고 말하기까지 하는 겁니다.

우리는 늘 안개에 휩싸여 우리가 처한 상황을 보지 못하고 그렇게 살았습니다. 만약 그 사건이 일어나지 않았다면 나는 늙을 때까지 그렇게 살았을 테고, 죽어가면서도 특별히 훌륭한 삶을 살진 않았지만 모든 사람처럼 그다지 나쁘지 않고 꽤 괜찮은 삶을 살았다고 생각했을 겁니다. 그리고 그 불행의 심연과 내가 버둥거렸던 그 추악한 위선의 세계도 깨닫지 못했겠지요.

우리는 하나의 쇠사슬에 묶인 채 서로를 증오하고, 서로의 삶에 해를 끼치면서도 그 사실을 직시하지 않으려는 두 죄수였습니다. 당시만 해도 나는 99퍼센트의 부부가 우리처럼 지옥에서 살고 있고, 그렇게 살 수밖에 없다는 사실을 미처 깨닫지 못했지요. 당시 나는 다른 사람들은 물론 나 자신에 대해서도 이런 사실을 미처 알지 못했습니다.

놀랍게도 올바른 인생과 심지어 잘못된 인생에는 공통점이 있습니다! 부부가 살다가 서로 참을 수 없는 지경에 이르면, 바로 그때 아이들 교육을 위해 도시의 환경이 필요하게 됩니다. 그렇게 도시로 이사가야 할 필요성이 생기죠."

그는 입을 다물고 두어 번 그 이상한 소리를 냈는데, 그 소리는 이제 억눌린 흐느낌과 아주 비슷했다. 우리가 탄 기차는 역으로 다가가고 있었다.

"몇시나 됐소?" 그가 물었다.

시계를 보니 새벽 두시였다.

"피곤하시지 않소?" 그가 물었다.

"아닙니다, 하지만 당신이 피곤하시겠습니다."

"숨이 막히는군요. 잠시 걷다가 물 좀 마시고 오겠습니다."

그는 비틀거리며 찻간을 빠져나갔다. 나는 혼자 앉아 그가 말한 모든 것을 떠올리며 깊은 생각에 잠기는 바람에 그가 다른 문을 통해 돌아오는 것도 알아채지 못했다.

18

"그래요, 나는 계속 옆길로 새고 있군요." 그는 다시 입을 열었다. "나는 많은 것을 다시 생각해보았고, 지금은 많은 것을 달리 보고 있는데, 이 모든 것에 대해 말하고 싶군요. 여하튼 우리는 도시에서 살게 되었습니다. 불행한 사람들에게는 도시 생활이 더 낫지요. 도시에서는 사람이 백 년을 살 수 있지만 오래전에 죽어서 썩어 문드러져도 아무도 모를 수 있습니다. 자기 자신을 살펴볼 겨를도 없고 늘 바쁘지요. 사업, 사회적 관계, 건강, 예술, 아이들의 건강과 교육 문제 등등. 때론 이런저런 사람을 맞이하거나 그들을 방문해야만 하고, 때론 이것저것을 보고 들어야만 합니다. 도시에서는 매 순간 언제라도 놓쳐서는 안 될 저명인사가 적어도 한 명은 있고, 동시에 두세 명이 있는 경우도 있지요. 때론 자기 자신이나 이런저런 사람이 치료를 받아야 하고, 때론 교사, 가정교사, 여자 가정교사에게 신경을 써야 하니, 자기 생활은 공허할 수밖에 없지요. 우리 부부도 그렇게 살아가면서 같이 사는 데서 오는 고통을 덜 느꼈습니다. 게다가 처음엔 새 도시의 새 아파트에서 자리를 잡고, 도시에서 시골로, 시골에서 도시로 왔다갔다하느라 몹시 바빴거든요.

겨울을 한 번 보내고 이듬해 겨울에는 사소해 보이고 아직은 아무도 알아채지 못한 일, 그러나 나중에 일어난 모든 일의 원인이 된 일이 일어났습니다. 아내의 건강이 나빠지자 비열한 의사들은 아내에게 아이를 낳지 말라며 그 방법을 가르쳐주었지요. 그것은 혐오스러운 것이었소. 나는 반대했지만, 경박한 아내가 고집을 부리는 바람에 끝내 내가 지고 말았지요. 추악한 삶을 정당화해주던 마지막 보루인 아이마저 낳을 수 없게 되자 우리의 삶은 더욱 추악해졌습니다.

아이들을 먹여 살리기 힘들어도 농부나 노동자에겐 아이들이 필요합니다. 그 때문에 그들의 부부관계는 정당성을 가지게 됩니다. 우리처럼 이미 아이들이 있는 사람들에게 아이들은 더 필요하지 않소. 아이들은 쓸데없는 걱정거리이자 지출의 대상이고, 공동상속자이자 무거운 짐이니까요. 우리에겐 추악한 생활을 해야 할 어떤 명분도 없었던 겁니다. 인공적으로 아이를 지우고, 아이를 불행과 부주의의 결과로 보고 있는데, 그건 더욱 추악한 일입니다. 정당성도 없고요. 하지만 우리는 도덕적으로 너무 타락해서 정당화할 필요조차 느끼지 않았지요. 오늘날 대부분의 교양계층 사람들은 최소한의 양심의 가책도 없이 타락한 생활에 열중하고 있습니다.

양심의 가책을 느낄 이유가 전혀 없지요. 우리 사회에는 소위 여론의 양심과 형법의 양심 외에 어떤 양심도 존재하지 않으니까요. 이 경우는 여론의 양심과 형법의 양심에도 저촉되지 않지요. '사회 앞에 부끄러워할 이유가 없어. 마리야 파블로브나도 이반 자하리치도 누구나 다 그렇게 하니까.' 거지들을 분리하여 사회생활의 가능성을 박탈한들 어떻습니까? 형법 앞에서 부끄러워하거나 형법을 두려워할 바가 전혀 없지요. 파렴치한 계집애들과 병사의 아내들이나 자기 아이들을 연못이나 우물 속에 던져버리는 겁니다. 그런 사람들은 당연히 교도소에 처넣어야 합니다. 하지만 우리 사회에서는 모든 것이 제때 깨끗하게 처리되고 있습니다.

이렇게 우리는 2년을 더 살았지요. 그 비열한 의사들의 처방은 확실히 효과를 내기 시작했습니다. 내 아내는 몸도 나고, 여름의 마지막 아름다움처럼 예뻐졌소. 아내도 이것을 느끼고 자신을 가꾸는 데 열중했지요. 아내에게 뭔가 사람들을 불안하게 하는 도발적인 아름다움이 나타났어요. 아내는 활력이 넘치고 살이 쪘으며, 이제 아이를 낳지 않아도 되고 곧잘 흥분하는 서른 살의 여자였어요. 아내의 모습은 사람들의 마음을 뒤숭숭하게 했지요. 남자들 사이를 지나갈 때면 아내는 뭇 남성들의 시선을 끌었습니다. 아내는 방금 굴레를 벗겨 마차에 맨, 오랫동안 움직이지 않아 조급히 서두르는 살찐 말 같았습니다. 우리 사회 여성들의 99퍼센트가 그렇듯이 아내를 구속하는 어떤 굴레도 없었지요. 나는 이것을 느꼈고, 무서웠습니다."

19

그는 별안간 엉거주춤 일어나더니 창가로 바싹 다가가 앉았다.

"실례하겠습니다." 이렇게 말하고 그는 창밖을 내다보며 3분쯤 말없이 앉아 있었다.

이윽고 그는 깊은 한숨을 내쉬고 다시 내 맞은편에 앉았다. 그의 얼굴은 완전히 달라졌고 눈은 애처로워 보였다. 어떤 이상한 미소 같은 웃음을 짓자 그의 입언저리에 주름이 잡혔다. "좀 피곤하지만 마저 이야기하겠소. 아직 시간이 많고, 날도 아직 새지 않았으니까요. 그렇습니다." 그는 담배에 불을 붙이고 다시 이야기를 시작했다. "아이를 낳지 않게 되자 아내는 점점 살이 쪘고, 아이들에 대해 끊임없이 괴로워하는 병도 사라지기 시작했소. 아니, 병이 사라졌다기보다는 마치 취기에서 깨어나 제정신을 차렸고, 그때까지 잊고 살았던 기쁨이 넘치는 온전한 세계가 있다는 것을 깨달은 것 같았소. 그러나 아내는 그 세상에서 생활할 수도 없었고, 그 세계를 이해하지도 못했습니다. '절대 놓쳐서는 안 돼! 지나간 시간은 돌아오지 않는 법이야!' 내가 보기에 아내는 이렇게 생각하거나 느꼈던 것 같아요. 하긴 달리 생각하거나 느낄 수가 없었죠. 아내는 세상에서 관심을 가질 만한 유일한 것은 사랑뿐이라고 교육받았으니까요. 아내는 내게 시집와서 이 사랑으로부터 뭔가를 약간 얻긴 했지만, 약속받고 기대했던 것은 전혀 아니었죠. 뿐만 아니라 환멸이나 고통도 많이 겪었고, 뜻밖의 고통인 아이들도 얻었지요! 이 고통이 아내를 지치게 했습니다. 그런데 그 친절하신 의사 양반들 덕택에 아내는 아이들을 낳지 않고도 살아갈 수 있다는 것을 알게 된 겁니다. 아내는 기뻐하면서 그 방법을 시험해보았고, 자기가 알고 있는 유일한 것, 즉 사랑을 위해 다시 원기를 되찾았어요. 하지만 질투와 온갖 증오로 엉망이 된 남편과의 사랑은 더이상 아니었습니다. 아내는 뭔가 다른 청순하고 새로운 사랑을 상상했습니다. 적어도 내가 보기엔 그랬소. 아내는 뭔가를 기대하는 것처럼 주위를 둘러보기 시작했어요. 나는 아내의 이런 모습을 보고 불안해졌습니다. 아내는 평소처럼 다른 사람들을 이용하여 나와 얘기하면서, 즉 다른 사람들과 얘기하면서 나더러 들으라는 듯이 한 시간 전쯤에 했던 말을 아무 생각 없이 대담하게 번복하곤 했어요. 또 어머니의 걱정은 기만이며 젊어서 인생을 즐길 수 있을 때 아이들을 위해 자기 인생을 바치는 것은 무의미하다고 반농담조로 말하곤 했는데, 이런 일은 끊임없이 일어났습니다. 아내는 아이들에게 신경을 덜 쓰고 예전처럼 필사적으로 돌보지도 않았으며, 대놓고 드러내지는 않았지만 자신의 외모와 자신의 만족, 심지어 자아실현을 위해 더욱더 많은 공을 들였습니다. 아내는 예전에 완전히 방치해두었던 피아노를 다시 열심히 연습하기 시작했어요. 모든 것은 이것으로부터 시작되었습니다."

그는 지친 눈으로 다시 창을 바라보더니 곧바로 다시 힘을 내어 말을 이었다.

"그렇습니다, 그때 그 남자가 나타났소." 그는 말을 더듬거리며 두어 번 특유의 콧소리를 냈다.

그 남자를 호명하고, 그 남자에 대해 떠올리고 이야기하는 것이 무척 고통스러워 보였다. 하지만 그는 힘을 냈고, 자신을 가로막는 장애물을 쳐내듯이 단호하게 말을 이었다.

"내가 보기에, 그리고 내가 평가하기로 그 남자는 시답잖은 자였소. 그자가 내 인생에서 어떤 의미를 지녔기 때문이 아니라 실제로 그런 사람이었소. 하지만 그자가 허접했다는 것은 아내가 아주 자각이 없었다는 것을 반증하는 증거일 뿐이오. 그자가 아니었다면 틀림없이 다른 남자가 나타났을 거요." 그는 다시 입을 다물었다. "그렇소, 그자는 음악가이고 바이올리니스트였소. 전문적인 음악가가 아닌 반半전문적인 음악가였고 어정쩡한 사교계 인사였어요.

그자의 아버지는 지주인데 내 아버지의 이웃이었지요. 그자의 아버지가 파산하자 아들 셋은 각각 새 보금자리를 찾았는데, 막내인 이 사람만이 파리에 있는 대모한테 보내졌지요. 음악에 재능이 있었기에 그는 음악원에 들어가서 바이올리니스트로 졸업했고, 여러 음악회에서 연주했습니다. 이 사람은……" 분명 그 남자에 대해 나쁜 말을 하고 싶었지만 그는 자제하고 재빨리 말했다. "글쎄요, 거기에서 그자가 어떻게 지냈는지는 모르고, 그해에 그자가 러시아로 돌아와 우리집에 나타났다는 것만 알고 있소.

아몬드 모양의 촉촉한 눈, 미소를 머금은 빨간 입술, 포마드를 바른 작은 콧수염, 최신 유행하는 헤어스타일, 여자들이 꽤 괜찮게 생겼다고 말하는, 좀 저속하고 잘생긴 얼굴, 볼품이 없지는 않지만 마치 여성이나 호텐토트족*처럼 엉덩이가 유난히 발달한 연약한 체격이 그자의 특징이었지요. 호텐토트족도 음악에 재능이 있다고 하더군요. 그는 가능한 한 살갑게 굴지만 성격이 예민해서 조금이라도 반감을 느끼면 언제

* 신체 중 엉덩이가 발달된 남아프리카의 부족.

라도 그만둘 수 있는 사람이었지요. 외적 품위를 지키면서 단추가 달린 특이한 파리 스타일 구두를 신고 화사한 색깔의 넥타이를 매고 다녔으며, 외국인들이 파리에서 습득한 다른 그 무엇, 즉 독특하고 새로운 것으로 항상 여자들의 관심을 끌었습니다. 그의 태도는 겉으론 쾌활했지만 부자연스러웠어요. 마치 당신이 모든 것을 알고 기억하고 있으니 당신이 직접 모든 것을 보충할 수 있다는 듯이 만사를 암시적이고 단편적으로 말하는 그런 태도 말입니다.

모든 것의 원인은 그의 음악이었소. 법정에서는 모든 것이 질투 때문에 일어난 사건처럼 되었지만, 실은 전혀 그렇지 않습니다. 아니 전혀 그렇지 않기도 하고, 그렇기도 합니다. 법정은 배신당한 남편인 내가 훼손당한 명예(알다시피 그들은 이런 말을 사용합니다)를 지키기 위해 살해했다고 판결했습니다. 그래서 나는 무죄 석방되었지요. 법정에서 나는 사건의 의미를 명확히 하려고 노력했지만, 그들은 내가 아내의 명예를 회복시키려고 애쓰는 것으로 해석하더군요.

아내와 음악가의 관계가 어떤 것이었든, 그건 나나 아내에게 별 의미가 없습니다. 의미를 갖는 것은 내가 지금까지 당신에게 이야기한 것, 즉 나의 비열함입니다. 당신에게 말한 그 끔찍한 심연이 우리 부부 사이에 존재했고, 작은 구실만으로도 능히 위기를 초래할 수 있고 서로를 증오하면서 생긴 무서운 긴장이 우리 사이에 존재했기 때문에 그 모든 일이 일어났던 겁니다. 마지막에는 부부싸움이 왠지 더 끔찍해졌고, 격렬한 동물적 욕정으로 바뀌면서 정말로 이상했습니다.

만약 그자가 나타나지 않았더라도 다른 남자가 나타났을 겁니다. 만약 질투가 구실이 되지 않았다면 다른 것이 이유가 되었겠죠. 내가 살았던 대로 살고 있는 모든 남편들은 방탕한 생활을 하거나 이혼을 하거나 자살하거나, 혹은 내가 했던 것처럼 아내를 살해해야만 한다고 나는 주장합니다. 만일 이런 일이 일어나지 않는다면, 그건 아주 드물고 예외적인 경우일 겁니다. 나도 사태를 끝장내기 전에 몇 번이나 자살하려 했고 아내 역시 독을 마시고 자살하려 했으니까요."

20

"그래요, 그 사건이 일어나기 얼마 전에 이런 일이 있었습니다.

우리는 마치 휴전이라도 한 듯 살았고, 이런 상태를 깨뜨릴 이유가 전혀 없었지요. 전람회에서 어떤 개가 메달을 받았다고 내가 말하면서 돌연 우리의 대화가 시작되었습니다. 아내는 '메달이 아니라 칭찬만 받았어요' 하고 말하더군요. 언쟁이 시작되었지요. 언쟁은 이런저런 대상으로 이동하면서 서로 비난하게 되었소. '그건 오래전에 알려진 거예요. 항상 그렇죠. 당신 말은……' '아니, 난 그렇게 말하지 않았어.' '그럼, 내가 거짓말한다는 거예요!……' 이런 끔찍한 언쟁이 시작되면 자살을 하거나 아내를 죽이고 싶은 마음이 생겨납니다. 이런 생각이 들면 몹시 무서워져서 자제하려 했지만 온몸이 증오심에 사로잡히게 됩니다. 아내도 마찬가지로, 아니 나보다 훨씬 심한 상태에 빠져서 내 모든 말을 일부러 곡해하고 엉뚱한 의미를 갖다붙이지요. 아내의 말 한마디 한마디에 독기가 서려 있었고, 어찌 알았는지 내가 가장 아파하는 곳을 콕콕 찔러대는 겁니다. 싸움을 하면 할수록 점점 더 심해졌습니다. 내가 '닥쳐!' 하고 외치거나 이와 비슷한 소리를 내지르면 아내는 방을 뛰쳐나가 아이들 방으로 달려갑니다. 나는 말을 마저 끝내고 증거를 대기 위해 아내를 저지하려고 애쓰면서 그녀의 팔을 잡습니다. 그러면 아내는 아픈 척하며 '얘들아, 아버지가 나를 때리는구나!' 하고 소리치고, 그러면 '거짓말하지 마!' 하고 내가 고함을 치지요. '이게 처음이 아니야!' 하고 아내도 소리를 지르거나 이와 비슷한 말을 쏟아냅니다. 그럼 아이들이 엄마에게 달려가고, 아내는 아이들을 달래는 겁니다. 내가 '엄살떨지 마!' 하고 말하면, 아내는 '당신에겐 모든 게 엄살로 보이지. 당신은 사람을 죽여놓고도 엄살떤다고 말할 거야. 이제야 당신이란 사람을 알겠어. 내가 죽기를 바라는 거야!' 하고 말합니다. '아아! 차라리 뒈져버려라!' 결국 나도 이렇게 소리치지요. 이런 끔찍한 말들에 내가 얼마나 놀랐는지 지금도 기억하고 있소. 내가 이토록 무섭고 거친 말을 할 거라곤 전혀 생각하지 않았기 때문에 이런 말이 내 입에서 튀어나왔다는 사실에 나는 몹시 놀랐던 겁니다. 나는 이 끔찍한 말을 내뱉고 서재로 달려가서 자리에 앉아 담배를 피워 물었소. 아내가 문간방으로 나가 떠날 채비를 하는 소리를 듣고서, 내가 어딜 가느냐고 물으면 아내는 아무 대답도 하지 않지요. '흥, 멋대로 하라지.' 나는 이렇게 중얼거리고 서재로 돌아와 다시 자리에 누워 담배를 피워댑니다. 어떻게 그녀에게 앙갚음을 할까, 어떻게 그녀에게서 빠져나올 수 있을까, 어떻게 아무 일도 없었던 것처럼 이 모든 것을 정상으로 되돌릴 수 있을까, 온갖 수많은 계획들이 머릿속에 떠오르곤 하죠. 나는 이런 생각을 하면서 계속 담배를 피워댑니다. 아내한테서 달아나 몸을 숨기고 미국으로 갈까 하는 생각도 하죠. 아내한테서 벗어나 다른 멋진 여자, 전혀 새로운 여자를 만나 산다면 얼마나 좋을까 하는 상상까지 하게 되죠. 아내에게서 해방되려면 아내가 죽든지 이혼을 해야 하는데, 어떻게 그럴 수 있을지 궁리하기도 하죠. 머리가 뒤죽박죽이 된 나는 필요한 것을 생각하고 있지 않았지만, 필요한 것을 생각하고 있지 않다는 사실을 직시하지 않으려고 또 담배를 피워댑니다.

그래도 집안생활은 본래대로 잘 돌아갔어요. 여자 가정교사가 와서 '*마님*은 어디 계시죠? 언제 돌아오시나요?' 하고 물어보고, 하인은 차를 드시겠느냐고 물어봅니다. 식당에 가서 보니 아이들, 특히 상황을 파악하고 있는 큰딸 리자가 미심쩍고 기분 나쁜 눈초리로 나를 쳐다보더군요. 우리는 말없이 차를 마시지요. 아내는 돌아오지 않습니다. 저녁이 다 지나도 여전히 돌아오지 않아요. 그러자 내 마음속에 두 가지 감정이 번갈아 나타났소. 하나는 어차피 돌아올 거면서 자리를 비워 나와 아이들을 괴롭히고 있는 것에 대한 증오심이었고, 다른 하나는 아내가 이대로 돌아오지 않고 자기 자신에게 무슨 짓을 저지르지 않을까 하는 두려움이었지요. 아내를 찾아나섰어야 했어요. 하지만 어디서 찾는단 말인가? 처형 집에서? 하지만 거기에 있는지 물어보러 가는 건 어리석은 짓이야. 그냥 내버려둬. 남을 괴롭히려 한다면 자신도 괴로워해야 해. 그녀가 기다리는 건 바로 이런 거야. 그럼 다음번에는 더 나빠질 거야. 하지만 처형 집에 가지 않고 자기 자신에게 무슨 일이라도 저지르고 있거나 이미 저질러버렸다면 어쩌지?…… 이러는 동안 열한시, 열두시, 새벽 한시가 됩니다. 나는 침실에도 가지 않았죠. 침실에 혼자 누워 기다리는 것은 어리석은 짓이니까요. 서재에서도 눕지 않고 편지를 쓰든지 책을 읽든지 어떤 일에 열중하려 하지만 아무것도 할 수 없어요. 서재에 혼자 앉아 번민하기도 하고, 화를 내기도 하고, 귀를 기울이기도 하죠. 세시, 네시가 되지만 아내는 돌아오지 않아요. 아침 무렵에야 잠이 듭니다. 잠에서 깨어났는데도 아내의 모습은 보이지 않아요.

집안의 모든 것이 본래대로 돌아가고 있지만, 모두들 어쩔 줄 모르고, 이 모든 것이 내 탓이라고 생각하면서 미심쩍고 비난하는 눈초리로 나를 쳐다봅니다. 여전히 내 마음속에서는 아내가 나를 괴롭히는 것에 대한 증오심과 아내에 대한 걱정이 뒤섞여 싸우고 있지요.

열한시쯤에 처형이 아내의 사절로 와서 '그애의 상태가 끔찍해요. 도대체 어찌된 일이죠!' 하고 늘 하던 말을 또 하기 시작하죠. '뭐, 아무 일도 없었는데요.' 참을 수 없는 아내의 성격에 대해 말하면서 나는 아무 짓도 하지 않았다고 말합니다.

'하지만 이런 일을 그대로 놔둘 수는 없지 않겠어요?' 처형이 말하더군요.

'모든 게 그녀의 문제지 내 문제가 아닙니다.' 나는 대답했습니다. '내가 먼저 조치를 취하지는 않을 겁니다. 헤어지자면 그렇게 해야겠죠.'

처형은 아무 소득 없이 돌아갑니다. 처형과 이야기하면서 내가 먼저 조치를 취하지 않겠다고 대담하게 말했지만 막상 처형이 떠난 후, 방에서 나와 겁먹은 불쌍한 아이들을 보게 되면 내가 먼저 조치를 취해야겠다고 마음을 먹게 됩니다. 먼저 조치를 취하면 좋으련만 어찌해야 할지 모르는 나는 다시 서성이고 담배를 피우며 아침을 먹으면서 보드카와 포도주를 마시고 무의식적으로 원하던 것들을 얻습니다. 하지만 어리석고 비열한 자신의 처지는 보지 못하지요.

세시경에 아내가 옵니다. 나와 마주치고도 아무 말도 하지 않아요. 나는 아내도 마음이 누그러졌다고 생각하고, 내가 화를 낸 것은 당신이 날 비난했기 때문이라고 말하지요. 그러면 아내는 여전히 엄숙하고 기진맥진한 얼굴로 자기는 설명하려고 온 것이 아니라 아이들을 데리러 왔을 뿐이다, 이제 우리는 함께 살 수 없다고 말합니다. 나도, 나는 잘못한 게 없고 당신이 나를 참을 수 없게 자극했다고 말하기 시작하죠. 그러면 아내는 엄격하고 의기양양하게 나를 바라보며 이렇게 말합니다.

'더이상 말하지 마세요, 후회할 거예요.'

나는 이따위 코미디를 참을 수 없다고 말합니다. 그러면 아내는 잘 알아들을 수 없는 말을 뭐라고 외치면서 자기 방으로 달려가고, 바로 열쇠로 문 잠그는 소리가 들립니다. 문을 두드려도 아무 대답이 없고, 나는 화가 치밀어 그 자리를 뜨지요. 삼십 분이 지나서 리자가 눈물을 글썽이며 달려옵니다.

'왜 그래? 무슨 일이 생겼니?'

'엄마 방에서 소리가 들리지 않아요.'

우리는 방으로 갑니다. 있는 힘을 다해 방문을 잡아당기자 빗장이 제대로 채워지지 않은 문이 양쪽으로 반쯤 열립니다. 침대로 다가가 보니 스커트를 입고 목이 긴 부츠를 신은 아내가 의식을 잃고 보기 흉하게 누워 있더군요. 탁자 위에는 빈 아편병이 놓여 있고요. 이윽고 우리는 정신을 차립니다. 한바탕 울고 나서 결국 화해를 하게 되죠. 그렇다고 진정한 화해를 한 것은 아닙니다. 각자의 마음속에는 서로에 대한 예전의 증오가 여전하고, 서로 상대 탓으로 돌리는 언쟁의 고통이 야기한 분노까지 더해졌으니까요. 하지만 어떻게든 이 모든 것을 끝내야만 하고, 생활은 본래대로 돌아갑니다. 이런 싸움이나 이따금 더 심한 싸움이 때론 일주일에 한 번, 때론 한 달에 한 번, 때론 매일같이 끊임없이 일어나곤 했지요. 이런 싸움은 늘 똑같았습니다. 한번은 내가 해외여권을 발급받았다가—싸움은 이틀이나 계속되었지요—어정쩡하게 해명하고 어정쩡하게 화해하고는 그대로 주저앉았습니다."

21

"그 남자가 나타났을 때 우리 부부관계는 그랬습니다. 모스크바로 온 그 남자는—그의 성은 트루하쳅스키입니다—우리집에 나타났소. 아침이었죠. 나는 그를 맞이했습니다. 예전에 우리는 '너'라고 부를 만큼 친한 사이였지요. 그는 '너'와 '당신' 사이의 어정쩡한 어투를 사용하며 '너'라는 호칭을 유지하려고 했지만 나는 정확히 '당신'이라는 존칭을 썼습니다. 그러자 그도 곧 존칭을 쓰더군요. 나는 첫눈에 그 남자가 아주 마음에 들지 않았소. 하지만 이상하게도 뭔가 이상하고 숙명적인 힘에 이끌린 나는 그를 내치거나 멀리하지 않고, 오히려 정반대로 그와 가까워졌단 말입니다. 그와 차갑게 이야기를 하고 아내에게 소개하지도 않고 그냥 헤어지는 것보다 더 간단한 일은 없었겠지요. 그러나 그렇게 하지 않고, 뜻밖에도 나는 그의 연주에 대해 말하기 시작했고, 바이올린을 그만두었다는 말을 들었노라고 말했지요. 그는 그만두기는커녕 지금은 전보다 더 열심히 연주하고 있다고 대답하더군요. 그러면서 그는 예전에 내가 연주했던 것을 떠올리기 시작했소. 나는 이미 연주를 그만두었지만 아내는 제법 피아노를 친다고 말했습니다.

참으로 놀라운 일이오! 그와 처음 만난 날, 처음 한 시간 동안 그에 대한 나의 태도는 그 사건이 일어난 후의 나의 태도와 똑같았어요. 그에 대한 나의 태도에는 뭔가 긴장 같은 것이 있었지요. 나는 우리가 주고받은 말과 표현 하나하나에 신경을 썼고, 그 말과 표현에 중요한 의미를 부여했어요.

나는 그를 아내에게 소개했습니다. 바로 음악에 관한 이야기가 시작되었고, 그는 아내와 함께 연주하면서 도움을 주겠다고 제의했지요. 당시 아내는 여느 때처럼 몹시 우아하고 매력적이었으며, 남자들의 마음을 설레게 할 만큼 아름다웠소. 아내는 첫눈에 그가 마음에 든 것 같았어요. 게다가 아내는 바이올린과 합주하는 즐거움을 누리게 된 것을 기뻐했소. 극장의 바이올리니스트를 고용할 만큼 바이올린과의 합주를 아주 좋아했으니까요. 아내의 얼굴에 기쁨이 또렷하게 나타났소. 하지만 나를 본 아내는 즉시 내 감정을 알아채고 표정을 바꾸었습니다. 서로를 속이는 게임이 시작된 겁니다. 나는 몹시 즐거운 척하면서 상냥하게 미소를 지었죠. 그는 호색한들이 미녀를 바라보듯 내 아내를 바라보면서 대화의 내용에만 관심 있는 척했지만, 사실 대화의 내용에는 전혀 관심이 없었소. 아내도 애써 무심한 체하려고 했지만 그녀에게 낯익은, 가식적인 웃음을 띠고 있는 나의 질투어린 표정과 그 남자의 음탕한 눈길에 분명히 흥분한 것 같았소. 처음 만났을 때부터 아내의 눈이 유난히 빛났고, 아마도 질투 때문이었겠지만, 그 남자와 아내 사이에 이미 표정, 눈길, 미소를 일치하게 만드는 전류 같은 것이 통하는 걸 나는 보았소. 아내가 얼굴을 붉히면 그 남자도 얼굴을 붉히고, 아내가 미소 지으면 그 남자도 미소를 짓는 겁니다. 우리는 음악과 파리 그리고 온갖 사소한 것들에 대해 이야기를 나누었소. 마침내 그는 돌아가려고 자리에서 일어났고, 경련을 일으킨 넓적다리에 모자를 댄 채 미소를 지으며, 우리가 어떻게 할지 기다리는 듯이 아내와 나를 번갈아 쳐다보았습니다. 내가 그 순간을 지금도 기억하고 있는 것은, 그 순간 내가 그를 초대하지 않을 수 있었고, 그랬다면 아무 일도 일어나지 않았을 거라는 사실 때문입니다. 하지만 나는 그 남자와 아내를 흘끗 바라보았소. 나는 속으로 아내에게 '내가 질투한다고 생각하지 마' 하고 말했고, 그 남자에게는 '너 따위를 무서워할 줄 알아' 하고 말했지요. 그리고 언제든지 저녁에 바이올린을 가지고 와서 아내와 연주를 하라고 그를 초대했습니다. 아내는 깜짝 놀라며 나를 흘끗 바라보고 얼굴을 붉히더니, 자기는 연주가 서툴다고 말하면서 마치 겁을 먹은 듯이 거절하더군요. 아내의 거절로 더욱 자극받은 나는 더욱더 고집을 부렸지요. 나는 지금도 기억하는데, 그 남자가 새처럼 팔싹팔싹 뛰는 경쾌한 걸음걸이로 걸어나갈 때 그의 뒤통수, 그리고 좌우로 갈라 빗은 검은 머리칼과 선명하게 대비되던 하얀 목을 바라보며 묘한 기분을 느꼈습니다. 그 남자의 존재가 나를 괴롭혔다는 사실을 인정하지 않을 수 없었지요. '이 남자를 더이상 만나지 않게 하는 것도 나에게 달려 있다' 하고 나는 생각했소. 그러나 그렇게 하면 내가 그자를 두려워한다는 것을 인정하게 되는 거지요. 아니, 난 이따위 남자를 두려워하지 않아! 그건 너무나 치욕적이야! 이렇게 나는 속으로 말했소. 그 즉시 나는, 아내가 현관에서 내 말을 듣고 있다는 걸 알고서 오늘 저녁이라도 바이올린을 가지고 와달라고 요청했지요. 그 남자는 그러겠노라 약속하고 돌아갔습니다.

저녁에 그 남자는 바이올린을 가지고 왔고, 그와 아내는 연주를 했습니다. 하지만 연주는 오랫동안 매끄럽지 않았는데, 그들에게 필요한 악보가 없었고, 준비된 악보는 아내가 미리 연습하지 않고는 연주할 수 없는 곡이었지요. 나는 음악을 매우 좋아했기에 두 사람의 연주에 공감해 그 남자에게 악보대를 마련해주고 악보의 페이지를 넘겨주기도 했소. 그들은 이럭저럭 가사가 없는 노래 몇 곡과 모차르트의 소나타를 연주했소. 그 남자의 연주는 매우 훌륭했고, 소위 최고 수준의 음색을 가지고 있더군요. 뿐만 아니라 그의 성격과는 어울리지 않는 섬세하고 고상한 취향도 엿보였습니다.

물론 그 남자의 연주 실력은 아내보다 월등했고, 아내를 도와주면서 아내의 연주를 정중하게 칭찬하기도 했지요. 그는 아주 훌륭하게 처신했습니다. 아내는 음악에만 관심이 있는 듯 보였고, 아주 소박하고 자연스럽게 행동했습니다. 나는 음악에 관심 있는 척했지만 저녁 내내 질투로 괴로워했습니다.

그 남자와 아내의 눈이 처음 마주친 순간부터 나는 두 사람의 내부에 앉아 있는 짐승이 사회적 지위나 상류사회의 조건을 무시하고 '할 수 있죠?' '그럼요, 할 수 있고말고요' 하고 묻고 대답하는 것을 보았소. 나는 그가 모스크바의 부인인 내 아내에게서 그토록 매력적인 모습을 보리라고 기대하지 않았기에 몹시 기뻐하고 있다는 것을 알았습니다. 게다가 그자는 아내가 동의했다는 사실을 전혀 의심하지 않았기 때문입니다. 문제는 귀찮고 지긋지긋한 남편이 방해만 하지 않으면 되는 겁니다. 내가 순수한 사람이었다면 이런 것을 몰랐겠지만, 대부분의 남자들처럼 나도 결혼하기 전까지 여자를 그렇게 생각했기 때문에 그 남자의 뱃속이 훤히 들여다보였지요. 당시 내가 특히 괴로워했던 것은, 나에 대한 아내의 감정은 그저 가끔씩 습관적인 욕정으로 중단되곤 했지만, 지속적이었던 분노 외에 다른 감정이 없었는데, 이 남자는 우아한 외모와 신선함, 의심할 나위 없는 풍부한 음악적 재능, 합주로 생긴 친밀감, 그리고 음악, 특히 바이올린으로 감수성이 예민한 아내에게 준 영향 덕분에 아내의 마음에 들었다기보다는 분명 추호의 망설임도 없이 아내를 쥐락펴락할 수 있고, 그가 원하는 모든 것을 그녀에게 할 수 있었기 때문이었소. 나는 이런 점을 간파했기 때문에 끔찍이 괴로워했던 겁니다. 그러나 그럼에도 불구하고, 혹은 아마도 이런 이유 때문에 나는 내 의지와는 반대로 그 남자를 유난히 정중하고 상냥하게 대했습니다. 아내나 그 남자 때문에 내가 그를 두려워하지 않는다는 것을 보여주기 위해 그렇게 행동했는지, 아니면 나 때문에 나 자신을 기만하기 위해 그렇게 행동했는지 잘 모르겠지만, 맨 처음 그를 대했을 때부터 나는 솔직할 수가 없었소. 그 남자를 당장 죽이고 싶은 욕망에 굴복하지 않기 위해 나는 그를 다정하게 대해야만 했소. 만찬 때는 그 남자에게 값비싼 포도주를 따라주고 그의 연주를 칭찬했으며, 유난히 상냥한 미소를 띠고 대화하면서 다음주 일요일에 식사를 같이 하고 아내와 다시 연주해달라고 그를 초대했습니다. 음악을 좋아하는 지인들을 몇 명 불러 같이 연주를 듣겠다는 말도 했지요. 그날 저녁은 그렇게 끝났습니다."

몹시 흥분한 포즈드니셰프는 자세를 바꾸고 그 특이한 소리를 냈다.

"어째서 그 남자의 존재가 내게 그토록 큰 영향을 미쳤는지 참 이상합니다." 분명히 침착해지려고 애쓰면서 그는 다시 입을 열었다. "그 일이 있고 나서 이틀인가 사흘째 되던 날 나는 전시회에서 돌아와 현관에 들어서면서 별안간 돌처럼 무거운 무언가가 갑자기 심장을 짓누르는 듯한 느낌을 받았는데, 도대체 그게 뭔지 이해할 수 없었습니다. 현관을 지나면서 나는 그 남자를 생각나게 하는 뭔가를 알아챘소. 서재에 와서야 그게 뭔지 분명히 깨달은 나는 확인하려고 현관으로 되돌아갔지요. 그래요, 내 직감은 틀리지 않았어요. 그건 그 남자의 외투였소. 아주 최신 유행의 외투였소. (비록 명료하게 이해하지는 못했지만, 나는 그 남자와 관련된 모든 것을 아주 주의깊게 눈여겨보았던 겁니다.) 물어보니, 아니나다를까 그 남자가 와 있다는 거요. 나는 응접실을 지나지 않고 아이들의 공부방을 거쳐 홀로 갔습니다. 리자는 앉아서 책을 읽고 있고 유모는 어린 딸과 함께 책상에서 무슨 뚜껑을 빙글빙글 돌리고 있더군요. 홀로 들어가는 문은 닫혀 있고, 그 안에서 규칙적인 아르페지오*와 두 사람의 목소리가 들리더군요. 귀를 기울였지만 무슨 말인지 알아들을 수가 없었소. 서로 주고받는 말과 어쩌면 입맞춤소리가 들리지 않도록 일부러 피아노 소리를 내고 있는 게 분명했습니다. 아아! 그때 내 가슴속에서 뭔가가 치밀어올라왔소! 그때 내 안에 살고 있던 짐승을 생각하자마자 등골이 오싹해지더군요. 심장이 별안간 오그라들고 멈추더니 망치로 얻어맞은 것처럼 다시 세차게 뛰기 시작했습니다. 증오에 사로잡힐 때 늘 그러했듯이 나는 무엇보다 자신에 대한 연민을 느꼈어요. '아이들과 유모가 있는 데서 어떻게!' 나는 생각했소. 리자가 이상한 눈으로 나를 바라보았는데, 아마 내가 무섭게 보였나봅

* 화음을 이루는 음을 빠르게 연속적으로 연주하는 기법.

니다. '어떻게 해야 하지?' 나는 자신에게 물었소. '들어가볼까? 아니, 안 돼. 내가 무슨 짓을 벌일지 아무도 몰라.' 하지만 그냥 물러날 수도 없었소. 유모가 마치 내 입장을 이해할 수 있다는 듯이 나를 바라보는 거요. '그래, 안 들어갈 수는 없어.' 나는 이렇게 속으로 생각하며 재빨리 문을 열었지요. 그 남자는 피아노 앞에 앉아 위로 향한 크고 하얀 손가락으로 아르페지오를 치고 있었소. 아내는 피아노의 한쪽 모서리에 서서 펼쳐진 악보를 들여다보고 있었어요. 아내가 먼저 나를 발견했는지 혹은 내가 들어오는 소리를 들었는지 흘긋 나를 쳐다보았소. 놀랐는지 혹은 짐짓 놀라지 않은 척했는지, 아니면 정말 놀라지 않았는지 아내는 떨지도 동요하지도 않았고 그저 얼굴만 좀 붉혔는데, 그것도 조금 시간이 지나서 말이오.

'당신이 와서 기뻐요. 우리는 일요일에 무엇을 연주할지 결정하지 못했어요.' 아내는 우리 둘만 있었다면 절대로 쓰지 않았을 부드러운 말투로 말했소. 아내가 자기와 그 남자에 대해 '우리'라고 말해서 나는 화가 났지요. 나는 말없이 그 남자와 인사를 나누었습니다.

그 남자는 나와 악수를 하고 얼른, 그야말로 조소 같은 미소를 지으면서, 일요일 연주에 대비해 악보를 가지고 왔는데 뭘 연주할지 아직 합의를 보지 못했다고 말했습니다. 즉, 더 어렵긴 하지만 고전 작품인 베토벤의 바이올린소나타를 연주할지 가벼운 소품을 연주할지 정하지 못했다고 하더군요. 그들의 말은 모두 아주 자연스럽고 솔직해서 뭐라고 트집 잡을 게 없었지만 나는 이 모든 것이 거짓이고, 두 사람이 나를 어떻게 속일지 상의하고 있었다고 확신했습니다.

질투심이 강한 사람들에게(우리 사회에서는 누구나 질투심이 강하죠) 가장 고통스러운 관계들 중 하나는 남녀에게 아주 위험한 친밀감을 허용하는 일정한 사교계의 관행입니다. 가령 무도회에서의 친밀한 접근, 의사와 여성 환자의 접근, 예술이나 그림, 특히 음악을 하면서 조성된 친밀감을 방해하면 그 사람은 웃음거리가 되죠. 남녀가 둘이서 가장 고상한 예술인 음악을 하려면 일정한 친밀감이 필요하고, 이런 친밀감은 하등 비난받을 이유가 없는데도 질투심이 강하고 어리석은 남편만이 여기에서 뭔가 못마땅한 것을 본다는 거요. 그러나 바로 이런 일들, 특히 음악을 통해 우리 사회에서 간통이 성행하고 있다는 사실을 누구나 알고 있지요. 분명 아내와 그 남자는 곤혹스러운 내 모습을 보고 당황했던 것 같소. 나는 오랫동안 아무 말도 할 수 없었으니까요. 나는 병 속에 물이 지나치게 가득차서 흘러나오지 않는 뒤집힌 병 같은 꼴이었지요. 당장 그 남자에게 욕설을 퍼붓고 쫓아내고 싶었으나 다시 친절하고 상냥하게 대해줘야 한다고 느꼈소. 나는 그렇게 했지요. 나는 모든 걸 시인하는 체했고, 그 남자를 더 다정하게 대하도록 만드는 그 이상한 감정 때문에 그의 존재가 더욱더 괴로웠습니다. 나는 그의 취향을 믿는다고 말했고, 아내에게도 그의 취향에 따르라고 충고했지요. 그 남자는 내가 돌연 놀란 얼굴로 방안으로 들어와서 잠자코 있으면서 생긴 불쾌한 인상을 지우는 데 필요한 시간만큼 머물다가 이제 내일 연주할 것을 결정했다는 표정을 짓고 돌아갔소. 두 사람의 마음을 차지했던 것과 비교해서 무엇을 연주하느냐의 문제는 그들에게 전혀 중요하지 않다고 나는 확신했습니다.

나는 유난히 정중하게 현관까지 그 남자를 배웅했지요(온전한 가정의 평온을 깨고 행복을 파괴하려고 찾아온 그 남자를 어찌 배웅하지 않을 수 있겠소!). 나는 유난히 다정하게 그 남자의 희고 부드러운 손을 꼭 잡았습니다."

22

"그날 온종일 아내와 한마디도 하지 않았지요, 아니 할 수가 없었소. 아내가 내 곁에 오기만 해도 심한 증오가 솟구쳐서 나 자신이 두려울 정도였습니다. 식사 때 아내는 아이들 앞에서 내가 언제 여행을 떠나는지 묻더군요. 다음주에 군에서 열리는 회의에 가야만 했지요. 나는 언제 가는지 말해주었소. 아내는 여행에 필요한 것은 없냐고 묻더군요. 나는 아무 말도 않고 조용히 식탁에 앉아 있다가 말없이 서재로 돌아왔소. 그 당시 아내는 한 번도 내 방에 들르지 않았어요. 나는 서재에 누워 화를 내고 있었지요. 그런데 갑자기 귀에 익은 발소리가 들리는 겁니다. 그 순간 아내가 우리야의 아내*처럼 자기가 저지른 죄를 숨기려고 때 아닌 시간에 내게 오고 있다는 섬뜩하고 혐오스러운 생각이 들더군요. '정말 내게 오는 건가?' 가까이 다가오는 발소리를 들으며 나는 생각했습니다. 만약 내게 오는 거라면 내 생각이 맞았다는 거겠죠. 내 마음속에는 그녀에 대한 이루 말할 수 없는 증오가 솟구쳤소. 발소리는 점점 다가왔소. 내 방을 지나쳐 홀로 가는 것이 아닐까? 아니었습

* 구약성서 「사무엘하」에 등장하는 밧세바. 다윗은 우리야의 아내 밧세바를 유혹해 간통하고 우리야를 전장에 보내 죽게 만든다. 그후 밧세바는 다윗의 아내가 되어 아이를 낳는다.

니다. 문이 삐걱하고 열리더니 키 크고 아름다운 아내의 모습이 문 앞에 나타났는데, 아내의 얼굴과 눈에는 숨기고 싶어하지만 내게는 훤히 보이는 소심함과 교태가 어려 있더군요. 나는 그 소심함과 교태가 뭘 의미하는지 알지요. 나는 하마터면 숨이 막힐 정도로 아주 오랫동안 숨을 죽이고 있었고 계속 아내를 바라보면서 담뱃갑을 꺼내 담배에 불을 붙였습니다.

'이게 뭐예요? 잠시 앉아 있으려고 왔는데 담배를 피우려고 하다니.' 아내는 내게 몸을 기대면서 소파에 앉아 있는 내 옆에 앉았소.

나는 아내의 몸이 닿지 않도록 몸을 피했습니다.

'나는 알아요, 내가 일요일에 연주하는 게 불만이죠?' 아내가 말했소.

'불만 같은 건 전혀 없소.' 나는 대답했지요.

'내가 모르는 줄 알아요?'

'흠, 알고 있다니 축하하오. 난 당신이 고급 매춘부처럼 행동하고 있다는 사실 말고는 아무것도 몰라……'

'마부처럼 욕이나 퍼붓는다면 난 가겠어요.'

'나가. 단 이것만은 알아둬. 당신이 가족의 명예를 소중히 여기지 않는다면 나도 당신을 소중히 여기지 않아(빌어먹을). 하지만 가족의 명예는 내게 소중해.'

'뭐, 뭐라고요?'

'꺼져, 제발 꺼져!'

무슨 말인지 모르는 체했는지, 아니면 정말로 몰랐는지 아내는 모욕을 느끼고 버럭 화를 냈소. 아내는 자리에서 일어났지만 나가지 않고 방 한가운데에 멈춰 섰습니다.

'당신은 정말 구제불능이군요.' 아내는 말하기 시작했소. '천사라도 당신 같은 성격은 견디지 못할 거예요.' 아내는 여느 때처럼 가능한 한 심하게 내게 상처를 입히려고 누이에 대한 나의 행동을 끄집어냈습니다(내가 너무 화가 나서 누이에게 거친 말을 퍼부은 일이 있었는데, 아내는 내가 이 일로 괴로워하는 걸 알고 그 약점을 찌른 겁니다). '그뒤로 당신이 무슨 짓을 해도 난 놀라지 않게 되었어요.'

'그래, 날 모욕하고 멸시하고 창피를 주고, 죄인 취급해라.' 이렇게 속으로 말하자 갑자기 그때까지 경험하지 못했던 아내에 대한 엄청난 증오가 엄습했습니다.

나는 처음으로 이 증오심을 육체적으로 표현하고 싶어졌습니다. 나는 자리에서 벌떡 일어나 아내에게 다가섰소. 내가 자리에서 벌떡 일어서는 순간, 지금도 기억하고 있소만, 나는 나 자신의 증오를 의식하고 이런 감정에 빠져도 괜찮은지 자문했고, 그 즉시 이렇게 해도 괜찮고, 아내는 겁을 먹을 거라고 대답했소. 그리고 증오에 대항하는 대신에 오히려 증오에 불을 붙여 내 안에서 증오의 불길이 활활 타오르는 것에 희열을 느꼈지요.

'꺼져, 꺼지지 않으면 죽여버릴 거야!' 나는 아내에게 다가서서 팔을 움켜쥐고 소리를 질렀소. 이렇게 소리지르면서 나는 의식적으로 목소리에 증오의 어조를 더욱 강하게 담았지요. 내가 아주 무섭게 보였던 게 분명하오. 잔뜩 겁을 집어먹은 아내가 달아날 엄두도 못 내고 겨우 이렇게 말했을 뿐이니까요.

'바샤, 왜 이래요, 무슨 일이에요?'

'나가!' 나는 더욱 큰 소리로 외쳤소. '나를 미치게 만드는 건 너뿐이

야! 나도 내 행동에 책임 못 져!'

분노를 분출하고 나서 분노에 도취된 나는 뭔가 극도의 광기를 보여 줄 만한 엉뚱한 짓을 하고 싶어졌소. 정말로 아내를 때려죽이고 싶었지만 그래서는 안 된다는 것을 알았고, 그래도 어쨌든 광기를 분출하기 위해 책상에 있던 문진을 움켜쥐고, 다시 한번 '나가!' 하고 외치고 나서 아내 옆의 방바닥에 내동댕이쳤소. 아내 옆쪽으로 조준을 아주 잘했지요. 그때에야 아내는 방에서 나가려다가 문가에 멈춰 섰어요. 그 즉시 나는, 아내가 여전히 보고 있는 동안(실은 아내가 보게 하려고 이런 짓을 했지요) 책상 위에 있는 물건들, 촛대, 잉크병 등을 손에 잡히는 대로 방바닥에 내던지며 계속 외쳐댔소.

'나가! 꺼져버려! 내 행동에 책임 못 져!'

아내가 나갔고, 나도 금세 하던 짓을 그만두었습니다.

한 시간 후 유모가 와서 아내가 히스테리를 일으키고 있다고 알렸습니다. 가보았더니 아내는 울다가 웃다가 하면서 말 한마디 못하고 온몸을 부들부들 떨고 있더군요. 아내는 꾀병을 부리는 게 아니라 진짜로 아팠던 겁니다.

아침 무렵에 아내는 진정되었고, 우리는 우리가 사랑이라고 불렀던 감정의 영향으로 화해를 했소.

아침에 화해한 후, 내가 트루하쳅스키에게 질투를 느꼈다고 고백하자 아내는 전혀 당황하지 않고 아주 자연스럽게 웃음을 터뜨렸어요. 그런 남자에게 마음이 끌릴 수 있다는 건 너무나 이상해 보인다고 아내는 말했습니다.

'정숙한 여자가 음악이 가져다주는 기쁨 말고 그런 남자에게 무슨 감정을 느낄 수 있겠어요? 하지만 당신이 원하면 두 번 다시 그 사람을 보지 않겠어요. 일요일에 사람들을 초대하긴 했지만요. 내가 몸이 불편하다고 그에게 편지를 쓰면 그만이에요. 한 가지 꺼림칙한 것은 누군가, 무엇보다 그 남자가 자기 자신이 위험한 존재라고 생각할 수 있다는 거예요. 이렇게 생각하도록 내버려두는 건 내 자존심이 허락하지 않아요.'

아내는 거짓말을 하지 않았고 자기가 한 말을 그대로 믿고 있었지요. 이렇게 말하면서 아내는 그 남자에 대한 경멸감을 마음속에 불러일으키고, 그 남자로부터 자신을 지키고 싶었던 것이지만 그렇게 하지 못했소. 모든 것이 생각과는 반대 방향으로 흘러갔고, 특히 그 망할 놈의 음악이 문제였소. 이렇게 모든 것이 일단락되었고, 일요일에 손님들이 모였으며, 그들은 다시 연주를 했습니다."

23

"내가 아주 허영심이 많다는 걸 굳이 말할 필요가 없다고 생각하오. 우리의 평범한 삶에서 허영심이 없다면 무엇으로 살겠소. 그래서 일요일에도 나는 만찬과 음악의 밤을 멋지게 준비했습니다. 만찬에 필요한 식자재를 직접 구입했고 손님들을 초대했지요.

여섯시쯤에 손님들이 모였고, 그 남자도 조잡한 취향을 보여주는 보석 커프스단추가 달린 연미복을 입고 나타났습니다. 그는 허물없이 행동했고, 모든 것에 대해 동의하고 이해한다는 미소를 지었습니다. 그리고 상대방의 행동과 말은 바로 자신이 예상했던 것이라고 말하는 듯한 특이한 표정을 띠며 서둘러 대답하곤 했소. 나는 특별한 만족감을 느끼며 그의 점잖지 못한 태도를 알아채고 안심했는데, 왜냐하면 그 남자는 아주 저열하게 행동했고, 아내가 말했듯 그녀는 그 남자의 수준까지 도저히 낮아질 수 없을 것이기 때문이오. 이제 나는 질투하지 않기로 했소. 첫째, 이미 질투로 너무나 많은 고통을 당해서 나는 휴식이 필요했고, 둘째, 아내의 확언을 믿고 싶었고, 또 믿었기 때문이오. 비록 질투하지는 않았지만, 나는 식사중에도, 연주가 시작되기 전 초저녁에도 그 남자와 아내를 자연스럽게 대하지 못했소. 나는 여전히 두 사람의 동작과 시선을 살피고 있었지요.

만찬은 여느 만찬처럼 지루하고 가식적이었습니다. 연주는 꽤 일찍 시작되었지요. 아아, 그날 저녁의 세세한 것까지 생생하게 기억납니다. 그 남자가 바이올린을 가져와 케이스를 열고, 어떤 부인이 수놓아준 덮개를 벗기고 바이올린을 꺼내서 조율하기 시작했지요. 아내는 짐짓 태연한 모습으로 피아노 앞에 앉아 있었지만 커다란 불안감, 무엇보다 자신의 연주 능력에 대한 불안감이 은연중에 또렷이 나타났소. 피아노로 '라'음을 치고, 바이올린의 피치카토*를 해보고, 악보를 펴놓았지요. 그러고 나서 두 사람은 서로 눈짓을 하고 자리에 앉은 손님들을 둘러본 뒤 뭐라고 서로에게 말을 하더니 연주를 시작했습니다. 그 남자가 첫 화음을 잡았어요. 그의 얼굴이 진지하고 엄숙하고 매력적으로 변했고, 그가 자신이 내는 음에 귀를 기울이면서 손가락으로 조심스럽게 현을

* 활을 쓰지 않고, 현을 손끝이나 손톱으로 퉁겨 연주하는 기법.

퉁기자 피아노가 바이올린 소리에 화답했습니다. 이렇게 연주가 시작되었소……"

그는 이야기를 멈추더니 몇 번이나 연달아 특이한 소리를 냈다. 다시 이야기를 시작하려다가 코를 킁킁거리는 바람에 다시 이야기가 중단되었다.

"그들은 베토벤의 〈크로이처 소나타〉를 연주했지요. 당신은 그 첫번째 프레스토*를 아십니까? 아시죠?!" 그는 소리쳤다. "오오!…… 이 소나타는 정말 무서운 작품입니다. 특히, 그 부분 말입니다. 대체로 음악이란 무서운 겁니다. 도대체 그게 무엇일까요? 나는 모릅니다. 도대체 음악이란 무엇일까요? 음악이 하는 일은 뭐죠? 왜 음악은 그런 일을 하는 거죠? 음악은 이미지로 영혼을 고양시킨다고 말들 하지만 그건 헛소리고 거짓말이오! 이건 나 혼자 하는 말입니다만, 음악은 무서운 작용을 하지 결코 이미지로 영혼을 고양시키지는 않습니다. 음악은 이미지로 영혼을 고양시키지도 낮추지도 않고, 영혼을 자극할 뿐이오. 어떻게 말할 수 있을까요? 음악은 나 자신과 나의 진정한 자리를 잊게 만들고, 자신의 자리가 아닌 뭔가 다른 자리로 나를 옮겨놓습니다. 다시 말해, 음악의 영향으로 나는 실제 느끼지 못하는 것을 느끼고, 이해하지 못하는 것을 이해하고, 할 수 없는 것을 할 수 있게 되는 것 같아요. 나는 이것을 음악이 하품이나 웃음 같은 작용을 한다고 설명합니다. 즉, 졸리지도 않은데 하품하는 사람을 보면 하품을 하게 되고, 그다지 웃을 일도 아닌데 웃음소리를 들으면 덩달아 웃게 되는 겁니다.

* 악보에서, 매우 빠르게 연주하라는 말.

음악은 그 음악의 작곡가가 처했던 정신 상태로 곧장 나를 데려갑니다. 나는 작곡가의 영혼과 하나가 되어 그와 함께 어떤 상태에서 다른 상태로 옮겨가는데, 왜 그렇게 되는지는 나도 모릅니다. 이 〈크로이처 소나타〉만 하더라도, 작곡가 베토벤은 왜 자신이 그런 상태에 있었는지 알았겠지요. 그런 상태에 처한 베토벤은 어떤 행동을 했으니까 그 상태가 그에게는 의미가 있겠지만 내게는 아무런 의미도 없습니다. 그러므로 음악은 자극할 뿐이지 어떤 해결점을 제시하지는 않아요. 글쎄요, 군대행진곡이 연주되면 군인들은 그 행진곡에 맞춰 행진하니까 음악은 그 목적을 달성한 것이고, 무도곡이 연주되면 내가 춤을 추게 되니 음악은 그 목적을 달성한 겁니다. 교회에서 미사곡을 부를 때 내가 성찬을 받게 되니 음악은 그 목적을 달성한 셈이지요. 그렇지 않으면 음악은 자극만 할 뿐이고, 이 자극 속에서는 해야 할 일이 없소. 이 때문에 음악은 이따금 아주 무섭게, 아주 끔찍하게 작용합니다. 중국에서 음악은 국가적인 사업입니다. 그게 당연해요. 정말로 누구나 원하기만 하면 다른 사람이나 다른 많은 사람들에게 최면을 걸고, 원하는 것을 다른 사람들에게 할 수 있도록 허용해야만 할까요? 문제는 우연히 처음 만난 부도덕한 사람이 최면술사일 수도 있다는 겁니다.

그런데 이 무서운 수단을 누구나 가지고 있습니다. 예컨대 이 〈크로이처 소나타〉의 첫번째 프레스토만 해도 그렇지요. 목 부분이 깊게 파인 옷을 입은 부인들이 있는 객실에서 이 프레스토를 연주해도 괜찮은 걸까요? 연주를 듣고 나서 잠시 박수를 치고, 이어서 아이스크림을 먹으면서 최근에 떠도는 유언비어에 대해 이야기하다니 말이 안 됩니다. 이런 작품은 중요하고 의미 있는 일정한 상황에서만 연주해야 하고, 이런 음악에 어울리는 진지한 행동을 해야 합니다. 이런 음악이 불러일으키는 느낌에 따라 연주하고 행동해야 해요. 그러지 않으면 때와 장소에 어울리지 않는 도발된 에너지와 감정이 어떤 출구도 찾지 못한 채 파멸적으로 작용할 수밖에 없지요. 적어도 나에게 이 작품은 엄청난 영향을 주었습니다. 이제껏 내가 몰랐던 전혀 새로운 감정과 새로운 가능성이 내게 열리는 것 같았어요. 정말이지 내가 예전에 생각하고 살았던 것과는 전혀 다른 뭔가가 내 마음속에서 말하는 것 같았소. 내가 알아차린 이 새로운 것이 도대체 무엇인지 확실히 알 수는 없었지만, 이 새로운 상태의 자각은 매우 즐거운 것이었지요. 아내와 그 남자를 비롯해 늘 똑같은 사람들이 전혀 다르게 보였습니다.

첫번째 프레스토에 이어 두 사람은 진부한 변주곡이 삽입된, 아름답기는 하지만 평범하고 그다지 새롭지 않은 안단테와 전혀 활기 없는 피날레를 연주했습니다. 그러고 나서 손님들의 요청으로 에른스트*의 〈비가〉와 몇몇 소품을 연주했지요. 죄다 훌륭한 곡이었지만, 첫번째 곡이 내게 주었던 인상의 1퍼센트도 주지 못했어요. 이 모든 것은 첫번째 곡이 내게 준 인상에서 생겨난 겁니다. 나는 저녁 내내 마음이 가볍고 즐거웠습니다. 그날 저녁 같은 아내의 모습을 본 적이 없었소. 연주하는 동안 아내의 빛나던 눈, 엄숙하고 의미 있는 표정, 연주를 끝낸 후 긴장이 풀린 나른한 모습, 어쩐지 가냘프고 애련한 촉촉한 미소. 나는 이 모든 것을 보았지만 여기에 어떤 다른 의미도 부여하지 않았습니다. 아내도 내가 느낀 것을 느꼈고, 아내와 내가 예전에 경험하지 못했던

---

* 19세기 독일 바이올리니스트이자 작곡가.

새로운 감정을 느꼈다고 생각했지요. 야회는 무사히 끝나고 손님들도 모두 흩어져 돌아갔습니다.

이틀 후 내가 회의에 참석하러 떠난다는 사실을 안 트루하쳅스키는 작별인사를 하면서 다음번에 자기가 모스크바에 오면 오늘 저녁 같은 즐거운 시간을 다시 한번 갖고 싶다고 말했습니다. 그의 말을 듣고 나서 나는 내가 집을 비운 사이에 그가 우리집에 들르지 않을 거라는 결론을 내릴 수 있었고, 이 때문에 나도 기분이 좋았습니다. 그가 모스크바를 떠나기 전에 내가 돌아오지 않을 테니까 그와 나는 다시 만나지 않아도 되었지요.

나는 처음으로 진실로 기뻐하며 그와 악수를 했고, 좋은 연주에 대해 감사를 표했소. 그도 아내와 마지막 작별인사를 나누었지요. 두 사람의 작별인사도 아주 자연스럽고 예의바르게 보였소. 모든 것이 훌륭했습니다. 나와 아내는 야회에 아주 만족했습니다."

24

"이틀 후 나는 즐겁고 편안한 기분으로 아내와 작별하고 군으로 떠났습니다. 군에는 언제나 일이 많았고 아주 특별한 생활과 특별한 세계가 있지요. 이틀 동안 나는 열 시간씩 회의에 참석하며 보냈습니다. 다음날 회의에 참석중인 내게 아내의 편지가 전달되었소. 바로 읽어보았지요. 아이들, 삼촌, 유모, 물건 구입 등에 대한 이야기, 그 와중에 아주 평범한 일을 얘기하듯이 트루하쳅스키가 들러서 약속했던 악보를 가져왔고, 다시 연주를 하자고 제안했지만 거절했다는 내용의 편지였어요. 내 기억에는 그 남자가 악보를 가져오겠다는 약속을 하지 않았고, 그와 완전히 작별했다고 생각했었기에 나는 이 소식에 깜짝 놀라며 불쾌했습니다. 하지만 할 일이 너무 많아서 다시 생각할 겨를이 없었고, 그날 저녁 아파트로 돌아와서야 편지를 다시 읽어보았습니다. 트루하쳅스키가 내가 없는 동안 또다시 집으로 왔다는 사실 말고도 편지의 전반적인 어조가 매우 부자연스러워 보였어요. 질투에 사로잡힌 미친 야수가 우리 안에서 울부짖으며 뛰쳐나오려고 했지만, 나는 이 야수가 두려워 급히 우리의 문을 잠가버렸소. '이 질투란 참으로 비열한 감정이구나!' 나는 자신에게 말했소. '아내가 쓴 내용보다 더 자연스러운 것이 어디 있단 말인가?'

나는 침대에 누워 내일 할 일에 대해 생각하기 시작했소. 나는 이런 회의가 열리는 동안 낯선 곳에서 언제나, 오랫동안 잠을 이루지 못했는데 그날은 매우 빨리 잠이 들었습니다. 그런데 이따금 있는 일이지만, 갑자기 전기 쇼크를 받은 것처럼 잠에서 깨어나는 경우가 있지요. 나는 이렇게 잠에서 깨어나 아내와 아내에 대한 나의 육체적 사랑, 트루하쳅스키, 그리고 아내와 그 남자 사이의 이미 끝난 일에 대해 생각하기 시작했소. 두려움과 증오로 가슴이 죄어들더군요. 나는 스스로를 설득하려고 했소. '무슨 헛소리야.' 나는 속으로 말했어요. '아무 근거도 없고 아무 일도 없어, 그리고 아무 일도 없었어. 이런 무서운 생각을 하면서 아내와 자신을 이토록 모욕하다니. 그자는 허접한 인간으로 알려진 고용된 바이올리니스트에 불과해. 그런데 갑자기 훌륭한 여성이자 존경받는 한 가정의 어머니인 나의 아내가! 이 무슨 어리석은 생각이야!' 한편으론 이렇게 생각했지만, 다른 한편으론 '어째서 이런 일이 있을 수 없다는 거야?'라는 생각도 들더군요. 내가 아내와 결혼하면서 목표했던 것, 내가 아내와 살면서 목표했던 것, 아내와 내게도, 또 다른 사람들과 이 음악가에게도 필요했던 것, 즉 가장 단순하고 명료한 것이 어째서 일어날 수 없다는 겁니까? 그 남자는 미혼이고 건강하며(그가 커틀릿의 연골을 어적어적 씹어 먹고, 붉은 입술로 게걸스럽게 포도주잔을 핥던 모습을 기억하고 있소) 잘 먹어서 얼굴이 번지르르하고, 아무 원칙 없이 사는 것 같지만 눈에 보이는 쾌락을 맘껏 즐긴다는 원칙을 갖고 사는 사람입니다. 그리고 아내와 그 남자 사이에는 음악이라는 지극히 세련된 욕정의 끈이 있습니다. 무엇으로 그 남자를 억누를 수 있겠어요? 아무것도 없습니다. 반대로 모든 것이 그 남자를 유혹합니다. 내 아내요? 아내는 어떤 여자일까요? 아내는 예전에도 지금도 수수께끼입니다. 나는 아내를 몰라요. 아내가 동물이라는 것만 압니다. 어떤 것도 동물을 제지할 수 없고, 또 제지해서도 안 됩니다.

그제야 나는, 그들이 〈크로이처 소나타〉를 연주하고 나서 누구의 작품인지 기억은 나지 않지만 파렴치할 정도로 육감적인 어떤 열정적인 소품을 연주했던 그날 저녁 두 사람의 얼굴을 떠올렸소. '어떻게 내가 떠날 수가 있었지?' 두 사람의 얼굴을 떠올리면서 나는 속으로 말했소. '그날 저녁 그들 사이에 모든 일이 이루어졌음이 분명하지 않은가? 이미 그날 저녁 그들 사이엔 아무 장벽도 없었을 뿐만 아니라 둘 다, 특히 아내가 둘 사이에 일이 있은 뒤에 어떤 수치심을 느낀 것이 보이지 않았단 말인가?' 지금도 기억하지만, 내가 피아노로 다가갔을 때 아내는 상기된 얼굴의 땀을 닦으면서 가냘프고 애련하고 촉촉한 미소를 띠고 있었소. 그때 그들은 서로의 시선을 피했고, 저녁식사중에 그 남자가 아내에게 물을 따라주었을 때 그들은 서로에게 눈길을 주며 보일락 말락 하게 미소를 지었어요. 그제야 나는 두려움을 느끼며 희미한 미소를 머금은 그들의 눈길, 그때 내가 포착했던 눈길을 기억해냈던 거요. '그래, 모든 게 끝났어.' 하나의 목소리가 내게 말하자 곧바로 다른 목소리가 전혀 다르게 말했소. '무슨 생각을 하는 거야, 그런 일은 있을 수 없어.' 나는 어둠 속에 누워 있는 게 기분 나빠서 성냥불을 켰는데, 노란 벽지를 바른 조그만 방 안에 있는 것이 어쩐지 무서워지더군요. 나는 담배를 피우기 시작했고, 해결되지 않는 모순들 속에서 헤맬 때 사람들은 흔히 담배를 피우는데, 나도 의식을 몽롱하게 하고 그 모순을 보지 않으려 줄담배를 피워댔소.

나는 밤새 잠을 자지 못했고, 아침 다섯시에 더이상 이런 긴장 상태를 견딜 수 없어서 당장 집으로 돌아가기로 결심한 뒤 자리에서 일어나 내 시중을 드는 수위를 깨워 말을 가져오라고 보냈소. 나는 급한 용무가 있어 모스크바로 소환되었으니 다른 회원이 나를 대신할 수 있도록 해달라는 쪽지를 위원회에 보냈지요. 여덟시에 나는 포장여행마차를 타고 출발했습니다."

25

차장이 들어와 우리 좌석의 초가 다 타버린 것을 보고는 새 초를 끼우는 대신 촛불을 꺼버렸다. 날이 밝아오고 있었다. 포즈드니셰프는 차장이 객실에 있는 동안 줄곧 무겁게 한숨을 쉬며 잠자코 있었다. 차장이 나가자마자 그는 이야기를 계속했고, 어슴푸레한 객실 안에는 열차가 움직일 때 나는 유리창 덜컹이는 소리와 점원이 규칙적으로 코고는 소리만 들렸다. 새벽녘의 어스름 속에서 그의 모습은 전혀 보이지 않았고, 점점 더 흥분해서 괴로워하는 그의 목소리만 들렸다.

"말을 타고 35베르스타를 가야 했고, 다시 추군카*로 여덟 시간을 가야만 했습니다. 말을 타고 가는 건 정말 좋았습니다. 태양이 밝게 빛나는 추운 가을날이었지요. 아시다시피 반질반질한 길 위에 마차 바퀴자국이 뚜렷이 찍히는 그런 시기입니다. 길은 평평하고 햇빛은 눈부시며 공기는 상쾌했어요. 포장여행마차를 타고 가는 건 즐거웠습니다. 날이 밝았을 때 출발해서인지 마음이 더 가벼웠습니다. 말, 들판, 지나가는 사람들을 바라보다보니 내가 어디로 가고 있는지도 잊어버렸지요. 나는 그저 마차를 타고 가고 있을 뿐이고, 집으로 돌아가야 할 이유가 전혀 없다는 생각이 가끔 들었어요. 이렇게 모든 것을 잊으니 유난히 즐거웠어요. 내가 어디로 가고 있는지 생각나면 자신에게 이렇게 말했소. '때가 되면 알게 될 거야, 생각하지 마.' 더욱이 도중에 사고가 나서 길에서 지체해야 했는데, 덕분에 더욱더 기분전환을 할 수 있었지요. 포장여행마차가 고장이 나서 수리해야 했거든요. 마차가 고장난 사건은 중요한 의미를 지니게 됩니다. 급행열차를 놓치고 보통열차를 타게 되어 모스크바에 도착한 시간이 예정했던 저녁 다섯시가 아니라 밤 열두시였고, 자정이 넘어서야 집으로 돌아왔기 때문이지요. 짐마차 여행,

* 당시 기차를 뜻하는 속어로 '무쇠'를 가리키는 '추군'에서 온 말.

마차 수리, 요금 지불, 여인숙에서 마신 차, 문지기와의 잡담—이 모든 것들이 기분 전환에 큰 도움이 되었소. 저물녘에야 모든 게 준비되어 나는 다시 출발했는데, 밤 여행은 낮 여행보다 더 좋았어요. 초승달, 가벼운 추위, 여전히 좋은 길, 훌륭한 말, 그리고 쾌활한 마부 덕분에 무엇이 나를 기다리고 있는지 전혀 생각하지 않고 마차여행을 한껏 즐겼습니다. 혹은 무엇이 날 기다리고 있는지 알았기에 여행을 특별히 즐기면서 삶의 즐거움과 작별했는지도 모릅니다. 하지만 이런 평온한 상태, 나의 감정을 억제할 수 있는 능력도 마차여행과 함께 끝나버렸습니다. 열차에 올라타자마자 전혀 다른 마음 상태가 되었지요. 이 여덟 시간의 기차여행은 평생 잊을 수 없는 끔찍한 것이었소. 객실에 자리를 잡자마자 이미 집에 도착한 자기 모습을 생생하게 상상했기 때문인지, 아니면 철도가 사람들을 흥분시키기 때문인지, 객실에 자리를 잡고 나서부터 나는 이미 자신의 상상력을 통제할 수가 없었소. 이 상상력은 끊임없이 내 질투심에 불을 지르는 장면들을 너무나 생생하게, 갈수록 저속하게 그려 보여주었는데, 내가 집을 비운 사이 집에서 무슨 일이 일어났는지, 아내가 어떻게 나를 배신했는지 보여주는 장면이었소. 이런 장면들을 보면서 나는 분노와 악의 그리고 굴욕감에 도취되는 어떤 특이한 감정에 사로잡혀 그 장면들을 머릿속에서 떨쳐버릴 수가 없었습니다. 이런 장면들을 안 볼 수도, 지워버릴 수도, 떠올리지 않을 수도 없더군요. 그뿐만 아니라 이런 상상적인 장면들을 생각하면 생각할수록 점점 더 강하게 그 현실성을 믿게 되었소. 내가 상상한 것이 모두 현실임을 증명이라도 하듯이 그 장면들이 선명하게 내 앞에 나타났습니다. 마치 내 의지를 거스르는 어떤 악마가 아주 끔찍한 생각을 해내어 내게 속삭이는 듯했지요. 나는 예전에 트루하첸스키의 형과 나누었던 대화를 떠올렸고, 그 대화를 트루하첸스키와 내 아내와 관련시켜 어떤 희열을 느끼면서 내 심장을 쥐어뜯었습니다.

아주 오래전의 대화였지만 문득 내 머리에 떠올랐던 겁니다. 지금도 기억하지만, 어느 날 트루하첸스키의 형은 사창가에 다니느냐는 질문을 받고는 점잖은 여자를 언제라도 찾을 수 있는데 성병에 걸릴 수도 있는 그런 더럽고 추잡한 곳에 점잖은 사람이 뭐하러 가겠느냐고 대답했지요. 그런데 바로 그의 동생이 나의 아내를 찾아낸 셈이오. '사실, 그녀는 이미 청춘이랄 수도 없는 나이이고, 옆 이빨도 하나 없고, 약간 살도 붙었어.' 나는 그 남자의 입장이 되어 생각했소. '그러나 어쩌겠어? 눈앞에 있는 것을 이용해야지.' '그래, 그 남자는 아내에게 관용을 베풀어 아내를 자기 정부로 삼은 거야.' 나는 스스로에게 말했소. '게다가 아내는 안전하거든.' '아니야, 그런 일은 있을 수 없어! 내가 무슨 생각을 하고 있는 거야!' 나는 공포에 질려 자신에게 말했소. '그런 일은 있을 수 없어. 심지어 그런 일을 상상할 만한 아무 근거도 없어. 내가 그런 남자를 질투할 수 있다는 생각조차도 자기에게 굴욕적이라고 아내가 말하지 않았던가? 그래, 그러나 그녀는 거짓말을 하고 있어, 늘 거짓말을 하고 있어!' 나는 냅다 소리를 지르고 다시 상상하기 시작했습니다…… 내가 탄 객실에는 승객이 둘뿐이었소. 둘 다 말이 없는 노부부였는데, 어느 역에서 내리는 바람에 객실에는 나 혼자 남았지요. 나는 마치 우리에 갇힌 야수 같았습니다. 때론 자리에서 벌떡 일어나 창가로 다가가기도 하고, 때론 열차를 더 빨리 달리게 하려고 비틀거리며 이리저리 걸어다니기도 했소. 하지만 좌석과 유리창을 갖춘 객실은 지금 우리가 타고 있는 이 객실과 마찬가지로 덜컹덜컹 흔들리고 있었어요……"

포즈드니셰프는 벌떡 일어나 몇 걸음 떼더니 다시 자리에 앉았다.

"아아, 무서워요, 나는 철도의 객차가 무섭습니다. 기차를 타면 나는 공포에 사로잡혀요. 정말 무서워요!" 그는 이야기를 계속했다. "나는 스스로에게 말했지요. '다른 것에 대해 생각하자. 그래, 가령 내가 차를 마셨던 여인숙의 주인에 대해 생각하자.' 그러자 턱수염을 길게 기른 문지기와 그의 손자인 우리 바샤 또래의 꼬마가 마음속에 떠오르더군요. 나의 바샤! 그애는 음악가가 자기 엄마에게 키스하는 것을 보겠지. 그 애의 가엾은 영혼은 어떻게 될까? 아내에게 그런 건 아무것도 아니겠지! 그녀가 사랑하는 것은…… 그러면 다시 똑같은 상상이 일어나는 겁니다. 안 돼, 안 돼…… 자, 병원을 둘러본 일을 생각하자. 그래, 어제 환자가 의사에게 불평했지. 의사는 트루하첸스키처럼 콧수염을 기르고 있었어. 참으로 뻔뻔한 의사 같으니…… 그자가 모스크바를 떠난다고 말하고 둘이서 나를 속였어. 이렇게 다시 상상하게 되는 거요. 내가 생각하는 것은 모두 그 남자와 연관되었지요. 정말 끔찍하게 괴로웠습니다. 가장 고통스러운 점은 상황을 전혀 알 수 없고, 두 사람을 의심하면서 아내를 사랑해야 하는지 증오해야 하는지 몰라 계속 내적 분열을 일으키는 것이었지요. 지금도 기억하는데, 이 괴로움이 어찌나 심했던지 차라리 기찻길로 나가 철로에 누워 끝장을 내자는 생각이 꽤나 마음에 들 정도였소. 그렇게 하면 적어도 더이상 동요하거나 의심하지 않아도 될 테니까요. 그렇게 하지 못한 한 가지 이유는 나 자신에 대한 연민이었고, 동시에 아내에 대한 끓어오르는 증오 때문이었소. 그 남자에 대해서는 그가 승리했고 나는 모욕을 당했다는 인식과 증오가 뒤섞인 묘한 감정을 가졌지만, 아내에 대해서는 무시무시한 증오만을 느꼈지요. '자살하고 그녀 혼자 남겨둬서는 안 돼. 그녀도 어느 정도는 고통을 당해야 하고 최소한 내가 받은 고통을 알기라도 해야지.' 나는 자신에게 이렇게 말했소. 나는 기분 전환을 하려고 역에 정차할 때마다 밖으로 나갔습니다. 어떤 역의 간이식당에서 사람들이 술을 마시는 걸 보고 나도 곧장 보드카를 마셨지요. 내 옆에 서 있던 유대인도 보드카를 마시고 있더군요. 이 유대인은 말이 많은 사람이었는데, 객실에 혼자 있고 싶지 않았던 나는 그와 함께 해바라기씨 껍질이 사방에 널린, 지저분하고 담배 연기가 자욱한 삼등칸으로 갔소. 삼등칸에서 나는 그 유대인과 나란히 앉았는데, 그는 무슨 말인지 자꾸 지껄이면서 여러 가지 우스운 이야기를 하더군요. 나는 그의 이야기를 듣고 있기는 했지만 뭘 말하는지 이해할 수 없었소. 계속 내 문제를 생각하고 있었기 때문이지요. 상대방도 이것을 알아차리고 자기 이야기에 관심을 가져달라고 요구하더군요. 그래서 나는 자리에서 일어나 다시 내 객실로 돌아왔어요. '내가 생각하고 있는 게 맞는지, 내가 괴로워해야 할 근거가 있는지 곰곰이 생각해야 한다.' 나는 스스로에게 말했소. 나는 조용히 생각하려고 자리에 앉았지만, 그 즉시 조용한 생각 대신 다시 똑같은 상상을 하기 시작했지요. 냉정하게 생각하는 대신 상상이 만들어낸 여러 장면과 이미지가 자꾸만 떠올랐습니다. '이토록 괴로워하는 게 벌써 몇번째야?' 나는 스스로에게 말했어요(나는 예전에 질투 때문에 겪은 비슷한 발작을 떠올렸습니다). '이후 모든 게 아무 일도 없이 끝났어. 아마 이번에도 그럴 거야. 그래, 틀림없어. 아내가 조용히 자고 있는 모습을 보게 될 거야. 아내는 잠에서 깨어나 나를 보고 반가워하겠지. 나는 아내의 말과 시선을 보고 아무 일도 없었고, 모든 것이 어리석은 상상이었음을 알게 될 거야. 아, 정말 그렇다면 얼마나 좋을까!' '아니야, 이런 일이 너무 자주 일어났었고, 이번에는 그렇지 않을 거야.' 어떤 목소리가 내게 말했고, 다시 추악한 생각이 시작되었소. 그래요, 바로 여기에 형벌이 있었소! 나는 젊은이의 욕망을 여자한테서 떼어놓기 위해 그를 매독치료병원이 아닌 내 영혼 속으로 데려와 내 영혼을 갈기갈기 찢어놓은 악마들을 보게 하고 싶소! 정말 끔찍했던 것은, 마치 아내의 몸뚱이가 내 것인 양 나는 아내의 몸에 대한 명백하고 완전한 권리를 가졌다고 생각했지만, 동시에 아내의 몸을 지배할 수 없고, 아내의 몸은 내 것이 아니고 아내가 자기 마음대로 사용할 수 있으며, 더욱이 아내는 내가 원하는 것과는 다르게 사용하려고 한다는 사실을 느꼈다는 거요. 그리고 나는 그 남자에게도 아내에게도 아무것도 할 수가 없었소. 그 남자는 교수대 앞에 선 창고지기 반카*처럼 달콤한 입술에 퍼부은 키스 등등에 관한 노래를 부를 거요. 그 남자의 승리입니다. 내가 아내에게 할 수 있는 건 훨씬 더 적습니다. 설사 아내가 아직 그 짓을 하지 않았다 해도, 아내는 하고 싶어하고, 나는 아내가 원하는 것을 알고 있는데, 이것이 훨씬 더 나쁜 겁니다. 내가 알 수 있도록, 그리고 모호한 점이 없도록 아내가 그 짓을 했다면 차라리 더 나았겠지요. 나는 자신이 뭘 원했는지 말할 수 없었을 겁니다. 아내가 원할 수밖에 없는 것을 원하지 않았기를 바랐으니까요. 이건 완전히 미친 짓이었소!"

---

* 몇몇 고대 러시아 시에 등장하는 인물로 주인의 아내를 유혹하고, 이를 자랑하다가 교수형에 처해졌다.

26

“종착역 직전 역에서 차장이 기차표를 거두러 왔을 때 나는 짐을 챙겨 제동기 쪽으로 걸어나왔고, 결정의 순간이 다가왔다는 생각이 들자 더욱 흥분되었소. 추워서 이가 딱딱 부딪힐 만큼 아래턱이 떨리기 시작했습니다. 나는 인파에 섞여 자동적으로 역을 빠져나와 마차를 잡아타고 집으로 출발했소. 드문드문 보이는 행인들과 문지기들, 그리고 가로등과 내가 탄 마차가 앞뒤로 던지는 그림자를 바라보며 아무것도 생각하지 않고 나는 마차를 타고 갔습니다. 반베르스타쯤 달렸을 때 발이 시렸고, 객차에서 벗어 가방에 넣어두었던 털양말이 생각났습니다. 가방이 어디 있지? 여기에 있나? 여기 있군. 그런데 가는 나뭇가지로 엮어 만든 여행 가방은 어디 있지? 그제야 까맣게 잊고 있었던 짐이 생각났지만, 보관증이 생각나 꺼내보고는 짐을 찾으러 굳이 돌아갈 필요가 없다고 판단한 나는 계속 마차를 타고 갔습니다.

지금 아무리 기억하려고 해도 당시 나의 정신 상태가 기억나지 않습니다. 내가 무엇을 생각하고 무엇을 원했는지 전혀 알 수가 없소. 단지 기억하는 것은, 내 인생에서 뭔가 무시무시하고 아주 중대한 일이 예정되어 있다고 인식했다는 것뿐이오. 그 중대한 일이 일어난 이유가 내가 그렇게 생각했기 때문인지, 혹은 그렇게 예감했기 때문인지는 잘 모르겠소. 아마 그런 일이 일어난 뒤, 그 이전의 모든 순간은 내 기억 속에서 음울한 색조를 띠게 되었을 겁니다. 나는 현관 계단 앞까지 마차를 타고 갔지요. 벌써 자정이 넘은 시간이었소. 몇몇 마부들이 불 켜진 창문을 보고(우리 아파트의 홀과 응접실의 창문에 불이 켜져 있었어요)

혹시 있을지도 모를 승객을 기다리면서 현관 계단 옆에 서 있더군요. 왜 이토록 늦게까지 우리집 창문에 불이 켜져 있는지 분명하게 이해하지 못하고, 나는 여전히 뭔가 끔찍한 것을 예상하며 계단을 올라가 초인종을 눌렀소. 선량하고 부지런하지만 아주 어리석은 하인인 예고르가 문을 열어주더군요. 문간방에서 맨 먼저 눈에 들어온 것은 다른 옷들과 나란히 옷걸이에 걸려 있는 그 남자의 외투였소. 당연히 놀랐어야 했지만, 나는 이것을 예상했다는 듯이 놀라지 않았습니다. '그러면 그렇지!' 나는 자신에게 말했소. 손님이 누구냐고 묻자 예고르는 트루하쳅스키 이름을 댔고, 내가 또 누가 와 있느냐고 물었습니다. 그가 말했습니다.

"아무도 없습니다요."

지금도 기억하는데, 예고르는 나를 기쁘게 하고 누가 더 있을지 모른다는 내 의심을 풀어주려는 듯한 억양으로 대답했지요. '아무도 없습니다요. 그럴 테지, 그럴 테지.' 나는 마치 혼잣말하듯이 말했습니다.

'아이들은?'

'다행히 모두 건강합니다요. 오래전에 잠드셨습니다요.'

나는 숨을 쉴 수가 없었고 턱이 덜덜 떨리는 것을 멈출 수가 없었소. '그래, 예전엔 내가 생각했던 것과는 달랐지. 불행을 예상하면 여느 때처럼 만사가 잘되곤 했어. 그런데 지금은 예전 같지 않아. 모든 게 내가 상상하고 생각했던 그대로야. 모두 다 현실이야, 모두 다……'

나는 하마터면 통곡할 뻔했으나 즉시 악마가 내게 속삭이더군요. '울어라, 감상에 젖어라. 그러는 사이에 저들은 침착하게 떨어질 거다. 증거는 없을 테고, 너는 영원히 의심하고 괴로워할 거다.' 그 순간 자신에 대한 연민은 사라지고 이상한 감정, 당신은 믿지 못하시겠지만, 이제 내 고통을 끝낼 수 있고, 이제 아내를 벌할 수 있고, 아내로부터 벗어날 수 있고, 내 증오를 맘껏 발산할 수 있다는 환희심이 일어났소. 그래서 나는 증오를 터뜨렸고, 잔인하고 교활한 야수가 되었던 거요.

'필요 없다, 필요 없어.' 응접실로 가려고 하는 예고르에게 나는 말했소. '어서 마차를 타고 역으로 가거라. 여기 보관증이 있으니 짐을 받아와. 어서 가.'

예고르는 자기 외투를 가지러 복도를 따라 갔습니다. 예고르가 두 사람을 놀라게 할까봐 나는 그의 작은 방까지 따라가서 그가 외투를 입을 때까지 기다렸지요. 다른 방 너머의 응접실에서 이야기하는 소리, 나이프와 접시가 부딪치는 소리가 들렸습니다. 그들은 식사를 하느라 초인종소리를 듣지 못했던 겁니다. '지금 저것들이 나오지 말아야 할텐데' 하고 나는 생각했소. 예고르는 아스트라한 새끼양 털가죽 옷깃이 달린 외투를 입고 나갔습니다. 예고르를 밖으로 내보내고 그 뒤로 문을 잠그고 나니 이제 나 혼자 남았고, 얼른 행동을 해야 한다는 생각에 무서워지더군요. 그런데 어떻게 해야 할지 아직 몰랐어요. 내가 단지 알았던 것은 이제 모든 것이 끝났고, 아내의 죄는 의심의 여지가 없으며, 당장 아내를 벌하고 아내와의 관계를 끝장내겠다는 것뿐이었소.

예전엔 '아마 사실이 아닐지도 몰라, 내가 오해하는지도 몰라'라고 스스로 말하며 주저했었지만, 이제는 더이상 망설일 게 없었소. 모든 것이 돌이킬 수 없도록 결정되어버린 겁니다. 밤중에 나 몰래 남자와 단둘이 있다니! 그건 이미 모든 것을 완전히 망각한 짓이오. 그렇지 않다면 더 나쁜 겁니다. 이런 뻔뻔한 짓을 결백의 증거로 삼으려고 일부러 이렇게 대담하고 뻔뻔하게 죄를 범하는 것인지도 모르지요. 모든 것은 명백했습니다. 의심의 여지가 없었습니다. 다만 한 가지 내가 걱정한 것은 두 사람이 따로따로 달아나 다시 새로운 속임수를 생각해내어 내게서 명백한 증거와 벌할 기회를 빼앗아갈지 모른다는 점이었소. 그래서 더 빨리 그자들을 덮치기 위해 나는 발끝으로 살금살금 걸어서 응접실이 아닌 복도와 아이들 방을 거쳐 그자들이 있는 홀로 갔습니다.

첫번째 아이들 방에서 사내아이들이 자고 있었소. 두번째 아이들 방에서 유모가 몸을 뒤척이며 잠을 깨려고 해서, 나는 유모가 모든 것을 알고 나면 무슨 생각을 할지 상상해보았습니다. 그러자 자신에 대한 연민에 사로잡혀 눈물을 참을 수가 없었지요. 나는 아이들을 깨우지 않으려고 발끝으로 살금살금 복도로 나와 내 서재로 가서 소파에 쓰러져 흐느껴 울었습니다.

'나는 정직한 사람이고, 내 부모의 아들이고, 평생 가정생활의 행복을 꿈꾸며 살아왔다. 나는 한 번도 아내를 배신한 적이 없는 남자다…… 그런데 이게 뭔가! 다섯 아이의 엄마인 그녀가 붉은 입술을 가졌다고 음악가를 껴안다니! 아니, 이건 인간이 아니다! 암캐다, 추악한 암캐야! 평생 사랑하는 체했던 아이들의 방 옆에서. 나에게 그런 편지를 써놓고! 그런데 이토록 뻔뻔스럽게 목에 매달리다니! 도대체 내가 알고 있는 게 뭐지? 어쩌면 항상 그랬는지도 몰라. 어쩌면 내 아이들이라고 생각한 저 아이들도 모두 오래전에 하인들과 붙어서 낳았을지도 몰라. 내가 내일 왔다면, 저 여자는 머리를 곱게 빗고 잘록한 허리에 우아하고 느릿느릿한 동작으로 나를 맞이했을 테고(나는 아내의 매력적이고 혐오스러운 얼굴을 떠올렸소), 질투에 불타는 야수는 영원히 내

가슴속에 살면서 심장을 갈기갈기 찢어놓았을 거야. 유모는 어떻게 생각할까, 또 예고르는? 불쌍한 리조치카! 그 아이도 이미 뭔가를 알고 있어. 아아, 이 뻔뻔함! 이 기만! 나는 그 동물적인 정욕을 잘 알고 있어.' 나는 스스로에게 말했소.

나는 일어서려고 했지만 일어설 수가 없었소. 심장이 너무나 심하게 뛰어 나는 두 발로 서 있을 수가 없었습니다. 그래요, 나는 심장마비로 죽을 것 같았지요. 그녀가 나를 죽이고 있었던 겁니다. 이것이 그녀에게 필요했던 것이고요. 그렇다면, 그녀가 날 죽이도록 내버려둬야 하나요? 아니, 그래서는 안 되죠. 그러면 그녀에게 너무나 득이 될 테니까요. 나는 그런 기쁨을 그녀에게 주지 않을 겁니다. 그래요, 지금 나는 여기에 앉아 있는데, 저것들은 저기서 식사하면서 웃고…… 그래요, 아내는 싱싱한 청춘은 아니었지만 그 남자는 아내를 싫어하지 않았소. 아내는 꽤 아름다웠고, 무엇보다 아내는 적어도 그자의 소중한 건강을 해칠 만큼 위험하지는 않았다는 거요. '그때 왜 목 졸라 죽이지 않았을까?' 일주일 전에 서재에서 그녀를 내쫓으면서 물건을 마구 내던지던 순간을 생각해내고 나는 스스로에게 말했소. 그때 내 정신 상태가 또렷이 생각나더군요. 생각났을 뿐만 아니라 그때 느꼈던 욕구, 때리고 부수고 싶은 똑같은 욕구를 느끼기까지 했습니다. 지금도 기억하지만, 그때 나는 정말로 행동하고 싶었고, 행동에 필요한 생각 외에 다른 생각은 모두 머리에서 싹 날아가버렸었다오. 나는 인간이나 동물이 위험한 순간에 육체적으로 흥분되어 일순간도 허비하지 않고 끊임없이 일정한 한 목표만을 갖고 정확하고 침착하게 행동하는 그런 상태가 되었습니다."

27

"맨 처음에 내가 한 일은 장화를 벗고 양말은 신은 채, 총과 단검들이 걸려 있는 내 방 소파 위의 벽으로 다가가 한 번도 사용한 적이 없는 아주 날카롭고 휘어진 다마스쿠스제 단검을 집어드는 것이었소. 나는 칼집에서 단검을 뽑았소. 칼집이 소파 뒤로 떨어져 '나중에 찾아야만 해, 안 찾으면 잃어버릴 거야' 하고 스스로에게 말했던 게 생각나는군요. 이어 줄곧 걸치고 있던 외투를 벗고 양말만 신은 채 살금살금 걸어서 그곳으로 다가갔습니다.

살금살금 다가가서 나는 홱 문을 열어젖혔소. 그들의 표정을 나는 지금도 기억하는데, 왜냐하면 그들의 표정이 나에게 고통스러운 기쁨을 안겨줬기 때문이오. 공포에 질린 표정이었지요. 바로 내가 원했던 표정이었소. 날 보자마자 두 사람의 얼굴에 어린 그 절망적인 공포를 나는 결코 잊지 못할 겁니다. 그 남자는 책상에 앉아 있었던 것 같은데, 나를 보았는지 혹은 내가 들어오는 소리를 들었는지 벌떡 일어나 장롱을 등지고 섰습니다. 그자의 얼굴은 아주 확실한 공포로 뒤덮여 있었지요. 아내의 얼굴에도 똑같은 공포가 어렸지만 동시에 다른 표정도 나타났소. 만일 공포에 질린 표정뿐이었다면 아마 그 사건은 일어나지 않았을 겁니다. 하지만 그 처음 순간에 아내의 표정에는 적어도 사랑의 황홀경과 그 남자와의 행복한 시간이 깨진 것에 대한 유감과 불만의 기색도 어려 있었던 것 같았소. 지금의 행복을 방해받지 않았으면 하는 생각 말고는 마치 그녀에게 아무것도 필요 없다는 듯한 표정 말이오. 이런저런 표정이 두 사람의 얼굴에 단지 순간적으로 어려 있었지요. 그자의 얼굴에 나타난 공포의 표정은 금세 '거짓말해도 될까, 안 될까? 거짓말을 해도 된다면 당장 해야 해. 안 그러면 뭔가 다른 일이 일어날 거야. 그런데 무슨 말을 하지?' 하는 의문의 표정으로 바뀌더군요. 그 남자는 미심쩍은 눈길로 흘긋 아내를 쳐다보았습니다. 아내가 그 남자를 바라보았을 때, 아내의 얼굴에 어린 유감과 노여움의 표정이 그에 대한 걱정의 표정으로 바뀌는 것 같았습니다.

순간적으로 나는 단검을 등뒤에 감추고 문가에 멈춰 섰지요. 그 순간 그 남자는 미소를 짓더니 우스꽝스러울 정도로 태연한 어조로 말하기 시작했소.

'보다시피 우리는 음악을 하고……'

'정말 뜻밖……' 동시에 아내도 그의 어조에 맞춰 입을 열더군요.

하지만 그 남자도 아내도 말을 끝내지 못했습니다. 나는 일주일 전에 느꼈던 것과 똑같은 광기에 사로잡혔소. 다시금 파괴와 폭력, 광기의 쾌감에 대한 욕구를 느낀 나는 거기에 온몸을 맡겨버렸지요.

두 사람 다 말을 끝내지 못했소…… 그 남자가 두려워했던 다른 사태, 두 사람이 말한 모든 것을 단번에 잘라버린 다른 사태가 시작되었기 때문이오. 나는 아내의 가슴 아래 옆구리를 찌르는 데 남자가 방해하지 못하도록 여전히 단검을 감춘 채 아내에게 달려들었소. 나는 처음부터 그 자리를 노렸지요. 내가 아내에게 달려드는 순간 나를 본 그 남자가 전혀 뜻밖의 행동을 했소. 그는 내 팔을 잡고 이렇게 소리쳤어요.

'정신 차려요, 무슨 짓을 하는 겁니까! 누구 없소!'

나는 팔을 빼내고 말없이 그에게로 덤벼들었소. 우리의 눈이 서로 마주치자 그 남자의 얼굴이 별안간 입술까지 백지처럼 하얗게 변하고 두 눈이 왠지 이상하게 번득이더니, 이것 역시 전혀 예상하지 못했지만, 피아노 밑으로 잽싸게 움직여 문 쪽으로 도망쳤소. 그의 뒤를 쫓아가려고 했지만 내 왼팔에 묵직한 것이 매달리더군요. 아내였소. 나는 뿌리쳤지요. 하지만 아내는 더욱더 세게 매달려 나를 놓아주지 않더군요. 이 뜻하지 않은 방해와 무게, 그리고 아내의 혐오스러운 접촉으로 분노가 더욱더 활활 타올랐소. 내가 완전히 미쳐서 분명 무시무시한 모습일 거라는 생각에 나는 희열을 느꼈지요. 나는 있는 힘을 다해 왼팔을 휘둘렀고, 팔꿈치로 아내의 얼굴을 정면으로 후려갈겼소. 아내는 외마디 비명을 지르고 내 손을 놓았어요. 나는 그자를 잡으러 달려가려다 양말만 신은 채 아내의 정부를 뒤쫓는다는 게 우습다는 생각이 들더군요. 나는 웃음거리가 아닌 무시무시한 존재가 되고 싶었습니다. 나는 무시무시한 광기에 사로잡혀 있었지만 내가 남들에게 어떤 인상을 주는지 늘 알고 있었고, 심지어 이런 인상에 어느 정도 지배당하기까지 했소. 나는 아내를 돌아보았지요. 아내는 침대 겸용 소파에 쓰러져서 타박상을 입은 눈을 한 손으로 누른 채 나를 바라보고 있었소. 아내의 얼굴에는 쥐덫을 들어올렸을 때 쥐덫에 걸린 쥐한테서나 볼 수 있을 법한 공포와 원수 같은 나에 대한 증오가 어려 있었어요. 적어도 나는 아내에게서 공포와 나에 대한 증오 말고는 아무것도 보지 못했소. 그것은 분명 다른 남자를 향한 사랑이 불러일으켰을 바로 그런 공포와 나에 대한 증오였지요. 그래도 아내가 잠자코 있었더라면 아마 나는 자제력을 발휘해 내가 저지른 그 끔찍한 일을 저지르지 않았을지도 모릅니다. 하지만 아내는 돌연 말하기 시작하면서 한 손으로 단검을 든 내 손을 붙잡았습니다.

'정신 차려요! 뭐하는 거예요? 왜 이래요? 아무 일도 없어요, 아무 일도, 아무 일도…… 맹세해요!'

나는 여전히 망설였을 수도 있었겠지만 아내의 마지막 말을 듣고 정반대의 결론, 즉 모든 일이 이미 일어났다는 결론을 내렸고, 아내의 말에 응답해야 했습니다. 나의 응답은 당연히 내가 도달한 기분에 부응해야만 했는데, 내 기분은 계속 크레셴도*로 치달았고, 점점 더 격앙되어야 했소. 광란에도 그 나름의 법칙이 있습니다.

'거짓말 마라, 이 더러운 년!' 이렇게 부르짖고는 왼손으로 아내의 팔을 잡았는데 아내가 내 손을 뿌리쳤습니다. 하지만 나는 여전히 단검을 놓지 않고 왼손으로 아내의 목을 잡아서 뒤로 쓰러뜨리고 조르기 시작했어요. 정말로 목이 뻣뻣했소…… 아내가 두 손으로 내 손을 잡고 목에서 떼어내려 했고, 나는 마치 이것을 기다렸다는 듯이 단검으로 갈비뼈 아래 왼쪽 옆구리를 찔렀소.

사람들이 광란의 발작을 일으키면 자기가 한 짓을 기억하지 못한다고 말들 하지만, 이건 헛소리고 거짓말이오. 나는 모든 것을 기억했고, 한순간도 내가 한 짓을 잊지 않았습니다. 내 안의 광기가 격화되면 될수록 내 안의 의식의 빛은 더 밝게 타올랐고, 나는 이 빛 속에서 내가 한 모든 짓을 보지 않을 수 없었소. 매 순간 나는 내가 무슨 짓을 하고 있는지 알았소. 내가 무슨 짓을 할지 미리 알았다고 말할 수는 없지만, 내가 일을 저지른 그 순간에, 심지어 내가 일을 저지르기 조금 전에도 내가 무슨 짓을 하고 있는지 알았던 것 같소. 마치 내가 후회할 수 있도

---

* 악보에서, 점점 세게 연주하라는 말.

록, 내가 멈출 수 있다고 스스로에게 말할 수 있도록 말입니다. 나는 내가 늑골 아래를 찌르고 있고, 늑골 속으로 단검이 들어가는 것도 알고 있었소. 이 일을 저지른 순간 나는 자신이 지금껏 한 번도 하지 않았던 뭔가 무서운 짓, 끔찍한 결과를 가져올 무서운 짓을 저지르고 있다는 것을 알고 있었단 말입니다. 하지만 이런 인식은 번갯불처럼 순간적으로 나타났다 사라졌고, 즉시 행동으로 옮겨졌소. 나는 그 행동을 놀랍도록 선명하게 의식했지요. 지금도 기억하는데, 그때 나는 코르셋과 다른 뭔가의 순간적인 저항과 부드러운 것 속으로 단검이 파고드는 것을 느꼈습니다. 아내가 두 손으로 단검을 잡아서 손을 베었지만 오래 버티지는 못했소. 그후 정신적 변화가 일어났던 교도소에서 나는 오랫동안 그 순간을 생각했고, 할 수 있는 한 그 순간을 떠올리며 숙고했지요. 지금도 기억하는데, 그 행동 직전의 순간, 정말이지 바로 그 순간 나는 무방비 상태의 여자인 내 아내를 죽이고 있고, 죽였다는 것을 끔찍하게 깨달았지요. 나는 그 의식의 공포를 기억하고 있고, 그래서 단검을 찌르고 나서 내가 저지른 일을 수습하고 멈추고 싶어 즉시 단검을 뽑았다고 기억하고 결론지을 수 있으며 심지어 어렴풋이 떠올리기도 합니다. 나는 무슨 일이 일어날지, 이 사태를 수습할 수 있을지 기다리면서 잠시 꼼짝 않고 서 있었지요. 아내가 벌떡 일어나더니 소리쳤어요.

'유모! 저이가 날 죽여!'

유모는 소동을 듣고 문가에 서 있었소. 나는 무슨 일이 일어날지 기다리면서 눈앞의 사태를 믿지 못하고 계속 서 있었습니다. 이때 아내의 코르셋 밑에서 피가 쏟아져나왔어요. 그제야 나는 사태를 수습할 수 없다는 걸 깨달았고 사태를 수습할 필요도 없고, 내가 원하는 일, 해야만 했던 일을 했을 뿐이라고 금세 단정했소. 나는 아내가 쓰러지고 유모가 '에구머니나!' 하고 외치며 아내에게 달려올 때까지 기다렸다가 그제야 단검을 내던지고 방에서 나왔습니다.

'흥분해선 안 돼. 내가 무엇을 하고 있는지 알아야 해.' 아내와 유모를 쳐다보지 않으면서 나는 스스로에게 말했소. 유모가 소리치며 하녀를 부르더군요. 나는 복도를 따라 걷다가 하녀를 들여보내고 나서 내 방으로 갔지요. '이제 뭘 해야 하지?' 이렇게 자문하고 나서 즉시 뭘 해야 할지 깨달았소. 서재로 들어가서 곧장 벽으로 다가가 벽에서 권총을 떼어내어 살펴보고는—총알이 장전되어 있더군요—책상 위에 올려놓았소. 그리고 소파 뒤쪽에서 칼집을 집어올리고 소파에 앉았습니다.

오랫동안 그렇게 앉아 있었지요. 아무것도 생각하지 않았고, 아무것도 떠올리지 않았소. 밖에서 뭔가 부산 떠는 소리가 들리더군요. 누군가 왔고, 이어 또 누군가 오는 소리가 들렸소. 그다음에 예고르가 역에서 가지고 온 내 여행 가방을 서재로 들여다놓는 소리가 들리고, 그 모습이 보이더군요. 마치 여행 가방이 누군가에게 필요한 것처럼!

'무슨 일이 일어났는지 들었지?' 나는 말했소. '경찰에게 알리라고 문지기에게 말해.'

예고르는 아무 대꾸도 하지 않고 나가버렸습니다. 나는 일어나서 문을 잠그고, 담배와 성냥을 꺼내서 담배를 피우기 시작했지요. 담배 한 대를 다 피우기도 전에 졸음이 밀려왔소. 아마 두어 시간쯤 잤을 겁니다. 꿈을 꾼 것을 기억하는데, 꿈속에서 아내와 나는 사이가 좋았고, 싸웠다가도 금방 화해했고, 뭔가 우리 사이를 약간 방해했지만 그래도 사이가 좋았습니다. 나는 문 두드리는 소리에 깨어났지요. '경찰이군.' 눈을 뜨면서 나는 생각했소. '정말 내가 죽였나보군. 아마 아내일지도 몰라. 아무 일도 일어나지 않았을지도 몰라.' 다시 문 두드리는 소리가 났어요. '이 일이 진짜로 일어났나, 일어나지 않았나?'라는 문제를 풀면서 나는 아무 대답도 하지 않았습니다. 그래, 일어났어. 코르셋의 저항과 칼이 깊숙이 파고들던 감촉이 생각나서 등골이 오싹해졌습니다. '그래, 일어났어. 그래, 이제 날 처리해야 해' 하고 나는 스스로에게 말했지요. 이렇게 말은 했지만, 내가 자살하지 않으리라는 것도 잘 알고 있었소. 하지만 나는 일어나서 다시 권총을 두 손으로 집어들었지요. 그런데 참 이상한 일입니다. 예전에 자살 일보 직전까지 갔던 적이 여러 번 있었고, 오늘만 하더라도 기차를 타고 오면서 자살을 하면 아내에게 충격을 줄 수 있다고 생각했기에 자살이 쉽고, 쉬울 줄 알았습니다. 하지만 그때는 자살은커녕 자살에 대해 생각조차 할 수 없었습니다. '내가 왜 이 짓을 하려고 하지?' 하고 자문해보아도 답이 없었지요. 다시 문 두드리는 소리가 들리더군요. '그래, 우선 누가 문을 두드리는지 알아보자. 아직 시간이 있어.' 나는 권총을 내려놓고 신문지로 덮었습니다. 그리고 문으로 다가가 빗장을 벗겼지요. 착하지만 어리석은 미망인인 처형이 서 있더군요.

'바샤! 이게 무슨 짓이야?' 이렇게 말하고 나서 그녀는 항상 준비되어 있는 눈물을 쏟아냈습니다.

'용건이 뭡니까?' 나는 거칠게 물었지요. 그녀에게 거칠게 굴 하등의 이유가 없다는 걸 알았지만 다른 어투를 생각해낼 수가 없었어요.

'바샤, 동생이 죽어가고 있어! 이반 표도로비치가 말했어.' 이반 표도로비치는 아내의 주치의이자 조언자였소.

'그가 여기 와 있나요?' 나는 물었지요. 그러자 아내에 대한 증오심이 다시 끓어오르더군요. '그래서 어쩌자는 거죠?'

'바샤, 동생에게 가봐. 아아, 이 무슨 끔찍한 짓이야.' 그녀가 말했습니다.

'아내한테 가봐?' 나는 자문했지요. 그리고 즉시 아내에게 가봐야 한다는 답을 얻었습니다. 나처럼 남편이 아내를 죽였을 경우, 아마 남편은 반드시 아내에게 가볼 겁니다. '그렇다면 가봐야겠군.' 나는 스스로에게 말했습니다. '해야 한다면, 언제든지 할 수 있어.' 권총 자살 계획에 대해 생각하며 나는 그녀를 뒤따라갔습니다. '이제 한바탕 퍼부어대고 오만상을 짓겠지만 지지 않겠어.' 나는 스스로에게 말했지요.

'잠깐 기다려요.' 나는 처형에게 말했소. '장화를 신지 않으니 바보 같군요. 슬리퍼라도 신어야겠어요.'"

28

"정말 놀라운 일이오! 다시 서재에서 나와 낯익은 방들을 지날 때, 다시 아무 일도 일어나지 않았기를 바라는 마음이 생겼지만 요오드포름, 석탄산 같은 의사 특유의 역겨운 냄새에 나는 깜짝 놀랐소. 그래요, 모든 일이 실제로 일어났던 겁니다. 아이들 방 옆 복도를 지나면서 리존카를 보았어요. 그 아이는 겁에 질린 눈으로 나를 바라보았지요. 거기에서 다섯 아이 모두가 나를 바라보는 것 같았습니다. 내가 문으로 다가가자 하녀가 안에서 문을 열어주고 나갔습니다. 처음 내 눈에 들어

온 것은 의자 위에 놓인 아내의 연회색 원피스였는데, 온통 피로 검게 물들어 있었어요. 아내는 우리가 사용하던 더블침대의 내 자리에—내 자리로 가기가 더 쉬웠던 겁니다—두 무릎을 세우고 누워 있더군요. 아내는 단추를 채우지 않은 재킷을 입고 베개만 벤 채 아주 비스듬히 누워 있었어요. 상처 부위는 뭔가로 덮여 있었소. 방안에는 요오드포름의 역겨운 냄새가 가득했습니다. 맨 처음 무엇보다 나를 놀라게 한 것은 코의 일부와 한쪽 눈 밑이 멍들어 시퍼렇게 부어오른 아내의 얼굴이었소. 나를 제지하려고 했을 때 내 팔꿈치에 맞아 생긴 것이었지요. 아름다운 데라곤 전혀 없었고, 뭔가 추악한 것이 그녀 안에 있는 것처럼 느껴졌소. 나는 문지방에 멈춰 섰습니다.

'가까이 가봐, 가까이.' 처형이 말했습니다.

'그래? 분명히 아내가 뉘우치고 싶은 거야.' 나는 생각했습니다. '용서해줄까? 그래, 죽어가고 있는데 용서해줄 수 있지.' 나는 관대해지려고 애쓰면서 생각했소. 나는 아내에게 바싹 다가갔지요. 아내가 한쪽에 타박상을 입은 두 눈을 간신히 들어 나를 바라보았고, 간신히 더듬거리며 말했어요.

'목적을 달성했어, 날 죽였으니……' 아내의 얼굴에는 육체적인 고통과 심지어 임박한 죽음 사이로 예전부터 내가 잘 알고 있던 그 냉혹한 동물적 증오심이 나타났습니다. '아이들은…… 그래도 당신에게는…… 주지 않겠어…… 언니가 맡을 거야……"

그녀는 내게 가장 중요한 문제인 자기의 죄, 즉 배신에 대해선 언급할 가치가 없다고 생각하는 것 같았어요.

'자, 당신이 저지른 일을 보고 맘껏 즐겨.' 문 쪽을 바라보며 말하고 나서 아내는 흐느껴 울었어요. 문에는 아이들을 데리고 처형이 서 있었지요. '그래, 바로 이게 당신이 한 짓이야.'

나는 아이들과 멍들고 상처난 아내의 얼굴을 흘긋 쳐다보고는 처음으로 나 자신, 나의 권리, 나의 자존심을 잊어버리고 처음으로 아내에게서 한 인간을 보았습니다. 나를 모욕했던 모든 것, 즉 나의 온갖 질투심이 진짜 하찮은 것으로 보였고, 내가 저지른 짓이 너무 엄청나게 느껴져서 아내의 손에 얼굴을 파묻고 '용서해줘!'라고 말하고 싶었으나 감히 그럴 수는 없었습니다.

아내는 두 눈을 감고 잠자코 있었는데, 분명 더이상 말할 기력이 없었던 거죠. 이윽고 아내의 흉해진 얼굴이 경련을 일으키며 일그러졌습니다. 아내는 힘없이 나를 밀쳐냈습니다.

'왜 그랬어? 왜?'

'날 용서해줘.' 나는 말했소.

'용서? 모두 쓸데없는 소리야!…… 그저 죽지만 않았으면!……' 아내는 이렇게 소리쳤고, 고열로 번쩍이는 눈으로 나를 응시했소. '그래, 당신이 원하는 대로 되었군!…… 증오해!…… 아아! 아아!' 분명 의식이 흐릿해진 아내는 뭔가에 놀라서 외치기 시작했소. '자, 죽여, 죽여, 난 무섭지 않아…… 단, 모두, 모두 죽여, 그 사람도. 도망쳤어, 도망쳤어!'

아내는 계속 헛소리를 했고, 아무도 알아보지 못했습니다. 그러다가 그날 정오 무렵에 아내는 죽었습니다. 나는 아내가 죽기 전 여덟시에 경찰에 연행되었고, 거기에서 교도소로 보내졌지요. 교도소에서 재판을 기다리며 열한 달을 보내면서 나는 나 자신과 지난날을 깊이 생각해보았고, 내가 저지른 일을 이해했습니다. 이해하기 시작한 것은 사흘째 되던 날이었습니다. 사흘째 되던 날 나를 거기로 데려갔어요……"

그는 뭔가 말하고 싶어했지만 울음을 참지 못하고 이야기를 중단했다. 그는 다시 기운을 내어 말을 이었다.

"관속에 누워 있는 아내의 모습을 보고서야 비로소 깨닫기 시작했습니다……" 그는 흐느껴 울고 나서 바로 서둘러 말을 이었다. "아내의 핏기 없는 얼굴을 보았을 때 비로소 자신이 저지른 모든 것을 깨달은 거요. 내가, 바로 내가 아내를 죽였고, 활기차게 움직이고 따스했던 아내가 이제는 움직이지도 않고 밀랍처럼 차갑게 식어버렸으며, 내가 저지른 일을 결코, 그 어디에서도, 그 무엇으로도 수습할 수 없다는 것을 깨달았습니다. 이런 일을 겪어보지 못한 사람은 결코 이해할 수 없소…… 우! 우! 우!……" 그는 몇 번 비명을 지르더니 잠잠해졌다.

우리는 오랫동안 말없이 앉아 있었다. 그는 내 맞은편 자리에서 흐느껴 울면서 조용히 몸을 떨었다.

"용서하십시오……"

그는 내게서 얼굴을 돌리더니 두꺼운 모직천을 뒤집어쓰고 긴 의자에 누웠다. 내가 내려야 할 역에서—아침 여덟시였다—나는 작별인사를 하러 그에게 다가갔다. 그는 잠이 들었는지 잠든 척하는 건지 하여튼 움직이지 않았다. 나는 한 손으로 그를 건드렸다. 그는 눈을 떴다. 잠을 자지 않은 것이 분명했다.

"안녕히 가십시오." 한 손을 내밀면서 내가 말했다.

그도 한 손을 내밀며 보일락 말락 미소를 지었지만 너무나 애처로워서 나는 그만 울고 싶어졌다.

"예, 용서하십시오." 그는 자기 이야기를 끝내면서 했던 그 말을 되뇌었다.

(1889년)

악마

그러나 나는 너희에게 이렇게 말한다. 누구든지 여자를 보고 음란한 생각을 품는 사람은 벌써 마음으로 그 여자를 범했다.
오른눈이 죄를 짓게 하거든 그 눈을 빼어 던져버려라. 몸의 한 부분을 잃는 것이 온몸이 지옥에 던져지는 것보다 낫다.
또 오른손이 죄를 짓게 하거든 그 손을 찍어 던져버려라. 몸의 한 부분을 잃는 것이 온몸이 지옥에 던져지는 것보다 낫다.

(마태오의 복음서 5장 28~30절)

1

빛나는 출세가 예브게니 이르테네프를 기다리고 있었다. 그는 출세를 위한 모든 것을 가지고 있었다. 훌륭한 가정교육을 받았고, 페테르부르크 대학교 법학부를 우수한 성적으로 졸업했으며, 최근에 돌아가신 아버지가 상류사회와 맺어놓은 연고 덕분에 한 장관의 후원을 받아 내각에서 근무를 시작하기까지 했다. 미심쩍은 부분이 있었지만 재산도 상당했다. 그의 아버지는 주로 외국과 페테르부르크에서 살았는데 두 아들, 즉 예브게니와 근위기병대에서 근무했던 맏아들 안드레이에게 6천 루블씩 주며, 그 자신도 어머니와 함께 아주 풍족하게 지냈다. 그는 여름 두 달 동안만 자신의 영지에 머물렀는데, 영지 관리에는 신경을 쓰지 않았고, 횡령을 밥 먹듯이 하는 관리인에게 모든 것을 맡겼는데, 이 관리인도 영지 관리에 관심이 없었지만 아버지는 이 관리인을 전적으로 믿고 있었다.

아버지가 돌아가신 후 재산을 나누려고 했을 때, 두 형제는 아버지가 진 빚이 너무 많다는 것을 알게 되었고, 재산 처리를 맡은 변호사조차 10만 루블의 가치가 있는 할머니의 영지만을 남기고 재산상속을 포기하라고 권고할 정도였다. 하지만 이르테네프 노인과 거래를 했던 이웃 영지의 지주가 고인이 지불해야 할 어음을 들고 페테르부르크에 와서 빚이 많아도 재정을 바로잡고 아직 큰 재산을 지킬 수 있다고 말했다. 숲과 몇 군데의 황무지는 팔고, 4천 데샤티나의 흑토와 설탕공장, 200데샤티나의 관개灌漑 목초지가 있는 금싸라기 땅인 세묘놉스코예 마을을 지키기만 하면 되는데, 그러려면 마을에 와 살면서 이 일에 전념하며 현명하고 신중하게 영지를 관리해야 한다는 것이다.

그래서 예브게니는 봄에(아버지는 사순절에 돌아가셨다) 영지로 가서 모든 것을 둘러본 후, 퇴직을 하고 어머니와 함께 시골에 살면서 주요 영지를 지키기 위해 영지 관리에 전념하기로 결심했다. 그다지 사이가 좋지 않았던 형과는 이렇게 하기로 했다. 형이 자기 몫의 상속권을 포기하는 대신 해마다 예브게니가 형에게 4천 루블을 지불하든가 한번에 8만 루블을 지불하기로 합의했다.

이렇게 일처리를 끝낸 예브게니는 어머니와 큰 저택에 둥지를 틀고 열심히, 신중하게 영지 경영에 착수했다.

대체로 사람들은 노인들이 가장 평범한 보수주의자들이고 젊은이들은 개혁주의자들이라고 생각한다. 이런 생각은 전혀 옳지 않다. 가장 평범한 보수주의자들은 젊은이들이다. 젊은이들은 잘살기를 원하지만 어떻게 살아야 할지 생각하지 않고, 또 생각할 시간이 없어서 이전의 삶을 삶의 본보기로 선택한다.

예브게니도 그랬다. 시골에 정착한 지금 그의 꿈과 이상은 나쁜 주인이었던 아버지 시대의 생활양식이 아니라 할아버지 시대의 생활양식을 부활시키는 것이었다. 그래서 그는 집안에도, 정원에도, 그리고 영지 경영에서도, 그 시대 특유의 변화에 맞추면서 할아버지 시대의 보편적인 삶의 정신—모든 것을 풍요롭게 하고, 주위의 모든 사람들을 만족시키며 질서와 정돈을 유지하는 것—을 부활시키려고 애썼는데, 이런 생활양식을 만들기 위해서는 해야 할 일이 아주 많았다. 즉, 채권자와 은행들의 요구를 충족시키기 위해 땅을 팔고 지불을 연기해야 했으며, 임차도 하고 일꾼들도 부리면서 4천 데샤티나의 경작지와 설탕공장이 있는 세묘놉스코예 마을의 광대한 농장을 계속 운영하기 위해 돈을 얻어야 했다. 그리고 저택과 정원이 퇴락하거나 황폐해지지 않도록 관리해야만 했다.

일이 많았지만 예브게니에게는 이런 일들을 감당할 만한 육체적인 힘과 정신적인 힘이 있었다. 스물여섯 살의 그는 중키에 체조로 단련된 근육질의 강건한 체격에다 선명한 붉은 뺨, 하얀 이와 붉은 입술, 숱이 많진 않지만 부드럽고 곱슬곱슬한 머리칼을 가진 다혈질의 젊은이였다. 그의 유일한 신체적 결함은 근시였는데, 그는 안경을 쓰는 바람에 근시를 키웠고, 지금은 코안경 없이는 걸어다닐 수 없으며, 이미 콧잔등 위에 안경자국이 나 있었다. 그의 신체적 특징은 이랬고, 정신적으로도 그를 알면 알수록 더욱더 사랑하지 않을 수 없는 그런 사람이었다. 그의 어머니는 언제나 그 누구보다도 그를 사랑했고, 남편이 죽은 지금은 자신의 사랑뿐만 아니라 삶 전체를 그에게 바치고 있었다. 그러나 어머니만 그를 그렇게 사랑한 것은 아니었다. 김나지움과 대학교 동료들도 언제나 그를 특별히 사랑했을 뿐만 아니라 존경까지 했다. 그는 다른 모든 사람들에게 늘 그런 영향을 미치는 사람이었다. 그의 솔직하고 정직한 얼굴, 특히 눈을 보면 그의 말을 믿지 않을 수 없었고, 속임수나 거짓은 상상할 수도 없었다.

대체로 그의 전반적인 인품은 그가 일을 하는 데 많은 도움을 주었다. 채권자도 다른 사람이었으면 거절했을 텐데 그의 말은 믿었다. 집사나 촌장, 그리고 다른 사람이라면 추악한 짓을 하면서 속여 먹었을 농부도 선량하고 소박하고 무엇보다 솔직한 그와 접촉하다보면 유쾌한 인상을 받아 그를 속일 생각조차 잊곤 했다.

5월 말이었다. 예브게니는 황무지를 어떤 상인에게 팔기 위해 시내에서 저당권 해제 절차를 그럭저럭 끝마치고 말, 황소, 짐수레 등 여러 도구를 새로 장만하려고 그 상인에게서 돈을 빌렸다. 특히 꼭 필요한 독립 농가를 신축해야만 했다. 일은 잘되었다. 목재가 실려 왔고, 목수들은 이미 일을 시작했고, 거름도 짐수레로 80대분이나 실려 왔지만 지금까지의 모든 일이 위기에 처하게 되었다.

2

이런저런 걱정이 한창일 때 비록 중요한 것은 아닐지라도 당시 예브게니를 괴롭혔던 사정이 있었다. 그는 젊고 건강한 다른 모든 미혼 남성들처럼 살고 있었다. 즉, 다양한 여자들과 성관계를 가졌다. 그는 난봉꾼은 아니었지만, 그렇다고 자기 스스로 말했듯이 수도자도 아니었다. 그 자신이 말하듯, 그는 신체적 건강과 정신적 자유를 위해 필요한 만큼만 이것에 열중했다. 성관계는 열여섯 살 때부터 시작되었다. 그리고 그것은 지금까지 순조로웠다. 그가 방탕의 늪에 빠지지 않았고, 단 한 번도 여자에게 열중하거나 성병에 걸린 적이 없었다는 의미에서 순조로웠다는 것이다. 그는 페테르부르크에서 여자 재봉사와 처음으로 관계를 가졌는데, 나중에 그녀가 타락하자 자연스럽게 관계를 정리했다. 이런 일은 비밀이 보장되어 그를 난처하게 하지 않았다.

하지만 시골에서 생활한 지 두 달째가 되자 예브게니는 어떻게 해야 할지 전혀 몰랐다. 본의 아닌 금욕이 그에게 나쁜 영향을 끼치기 시작했다. 이것 때문에 정말 시내로 나가야만 하나? 어디로? 어떻게? 이것만이 예브게니 이바노비치를 불안하게 했는데, 왜냐하면 그는 이것이 꼭 필요하다고, 이것이 실제로 정말 필요해졌다고 확신했으며, 그는 자기가 성욕에서 자유롭지 않고, 자기 의지에 반해 모든 젊은 여자들을 눈으로 훑고 있다고 느꼈기 때문이다.

그는 자기 마을에서 유부녀나 처녀와 통정하는 것은 좋지 않다고 생각했다. 사람들의 이야기를 통해 그의 아버지와 할아버지는 이 점에서 당시의 다른 지주들과는 완전히 달랐다는 것을 그는 알고 있었다. 아버지와 할아버지는 자기 마을의 농노 여자들과는 결코 부정한 관계를 맺지 않았다는 것을 알았기에 그도 그런 짓을 하지 않기로 결심했다. 그러나 시간이 갈수록 자신이 성욕에서 자유롭지 못하다는 것을 점점 더 느끼고, 이 시골구석에서 자신에게 일어날 수 있는 것을 두렵게 상상하면서도 이제 농노제도가 폐지되었으니 여기서도 여자를 취할 수 있다고 단정했다. 단 아무도 모르게 하면 되고, 방탕을 위해서가 아니라 건강을 위해서 그럴 수 있다고 그는 혼잣말을 했다. 이렇게 결정하자 그는 더욱 불안해졌다. 그는 촌장, 농부들, 목수들과 대화하면서 저도 모르게 여자들에 대해 얘기했고, 화제가 여자로 옮겨가면 계속 여자 얘기만 했다. 그는 더욱더 여자들에게 한눈을 팔았다.

3

그러나 자기 혼자 결정하는 것과 이를 실행하는 것은 다른 문제였다. 자신이 직접 여자에게 다가가는 것은 불가능했다. 어떤 여자에게? 어디서? 누군가를 통해야 했지만, 도대체 누구에게 부탁한단 말인가?

한번은 물을 마시러 산림감시소에 잠시 들르게 되었다. 산림지기는 아버지의 사냥꾼이었던 사람이다. 예브게니 이바노비치는 그와 이야기를 나누게 되었고, 산림지기도 사냥터에서 벌어졌던 떠들썩한 술자리에 대한 옛이야기를 하기 시작했다. 예브게니 이바노비치는 이곳 산림감시소나 숲속에서 그것을 하면 좋겠다고 문득 생각했다. 문제는 늙은 산림지기인 다닐라가 이 일을 맡을지 어떨지 알 수 없었다. '어쩌면 다닐라는 내 제안을 듣고 두려워할지도 모르고, 그러면 체면을 구길 텐데. 아니, 어쩌면 아주 간단히 동의할지도 몰라.' 다닐라의 이야기를 들으면서 그는 이렇게 생각했다. 다닐라는 멀리 떨어진 사냥터에 나가 교회지기의 아내 집에서 머물렀던 이야기와 프랴니치니코프에게 농촌 아낙을 데려간 얘기를 했다.

'가능하겠군.' 예브게니는 생각했다.

"천국에 계실 나리의 아버님께서는 이런 어리석은 짓을 하지 않으셨죠."

'안 되겠군.' 예브게니는 이렇게 생각했지만, 그래도 다닐라의 마음을 알아보려고 이렇게 말했다.

"어떻게 자네는 그런 좋지 않은 짓을 했나?"

"뭐 나쁠 것도 없잖아요? 여자도 즐거워했고, 우리 표도르 자하리치도 대단히 만족했고. 저도 일 루블을 챙겼으니까요. 그 어른인들 어쩌겠어요? 역시나 살아 있는 인간인데요. 아마 술 마시는 것과 다름없겠죠."

'됐다, 말해도 되겠어.' 이렇게 생각한 예브게니는 당장 말을 꺼냈다.

"그런데 말이야," 그는 얼굴이 확 붉어지는 것을 느꼈다. "그런데 말이야, 다닐라, 난 고통을 겪고 있어." 다닐라는 미소를 지었다. "어쨌든 나는 수도사도 아닌데다, 이미 버릇이 들었거든."

예브게니는 자기가 말하고 있는 것이 모두 어리석다고 느꼈지만, 다닐라가 수긍했기 때문에 기뻤다.

"어때요, 도련님, 진작 말씀하시지 그랬어요, 그거 가능해요." 다닐라가 말했다. "어떤 여자를 원하는지 말씀만 하세요."

"아, 어떤 여자든지 괜찮아, 정말이야. 뭐, 물론, 인물도 나쁘지 않고, 건강해야지."

"알겠어요!" 다닐라는 말을 잘랐다. 그는 잠시 생각했다. "아, 좋은 물건이 있어요." 그가 입을 열었다. 예브게니는 다시 얼굴을 붉혔다. "물건이 좋아요, 실은 가을에 시집갔어요." 다닐라는 속삭였다. "그런데 남편은 아무것도 할 줄 몰라요. 정말이지 그 여자는 좋아하는 사람을 만나면 진가를 발휘할 겁니다."

예브게니는 수치심으로 얼굴을 찌푸리기까지 했다.

"아니야, 아니야." 예브게니는 입을 열었다. "난 그런 여자는 전혀 필요 없어. 정반대로(도대체 뭐가 정반대라는 거야?), 정반대로 다만 건강하고, 덜 성가신 여자가 필요해. 군인의 여편네라든가 그런 여자 말이야……"

"압니다, 그럼 스테파니다를 소개해야겠군요. 남편은 시내에 나가 있으니 군인의 여편네나 마찬가지죠. 인물 좋고, 깨끗한 아낙입니다. 만족하실 겁니다. 제가 미리 그 여자에게 말해두겠습니다. 도련님이 가시든지, 아니면 그녀가……"

"음, 그러면 언제로 할까?"

"뭐, 내일이라도 좋지요. 제가 담배 사러 가는 길에 그녀에게 잠시 들를 테니, 도련님은 점심때 이리로 오시든가 남새밭 뒤의 목욕간 쪽으로 오세요. 아무도 없습니다. 더구나 점심땐 모두들 잠을 자니까요."

"그래, 좋아."

집으로 돌아올 때 예브게니는 무서운 흥분에 사로잡혔다. '어떻게 될까? 그 농사꾼 여자는 도대체 어떨까? 뜻밖에 끔찍하게 못생긴 여자면 어쩌지? 아니야, 아낙들은 다 예뻐.' 평소에 눈여겨본 여자들을 떠올리면서 그는 혼잣말을 했다. '그건 그렇고, 무슨 말을 하고, 뭘 하지?'

그는 온종일 제정신이 아니었다. 다음날 열두시에 그는 산림감시소로 갔다. 다닐라는 문간에 서서 말없이 의미심장하게 숲 쪽으로 고갯짓을 했다. 예브게니는 피가 한꺼번에 심장으로 몰려드는 것을 느끼며 남새밭 쪽으로 걸어갔다. 아무도 없다. 그는 목욕간 쪽으로 다가갔다. 아무도 없다. 목욕간 안쪽을 힐끗 들여다보고 걸어나오는데 갑자기 나뭇가지가 부러지는 소리가 들렸다. 그가 돌아다보니 여자가 작은 골짜기 너머 우거진 숲에 서 있었다. 그는 골짜기를 건너 그쪽으로 달려갔다. 골짜기에는 쐐기풀이 있었지만, 그는 알아채지 못했다. 쐐기풀에 찔리고, 코안경을 떨어뜨리면서 맞은편 작은 언덕으로 뛰어올라갔다. 수를 놓은 흰 앞치마에 적갈색 모직 줄무늬 치마를 입고, 선홍빛 머릿수건을 쓴 그녀는 맨발에 싱싱하고 튼튼하고 아름다웠는데, 수줍은 미소를 띠고 서 있었다.

"이 주변에 작은 오솔길이 있는데, 돌아오시지 그랬어요." 그녀가 말했다. "오래 기다렸어요. 오래."

그는 그녀에게 다가가 주위를 돌아보면서 그녀를 만졌다.

15분쯤 지나서 그들은 헤어졌고, 그는 코안경을 찾은 다음 잠시 다닐라에게 들렀는데, "만족하십니까, 나리?" 하고 묻는 다닐라의 질문에 대한 대답으로 1루블을 주고 집으로 돌아갔다.

그는 만족했다. 수치심도 처음에만 느꼈다. 하지만 곧 사라졌다. 모든 게 다 좋았다. 특히 지금은 몸과 마음이 가뿐하고 편안했으며 활력이 넘쳐서 좋았다. 그는 여자를 잘 보지도 않았다. 그녀가 청결하고, 싱그럽고, 밉지 않고, 평범하면서 화장기 없는 얼굴을 하고 있었다는 것만 기억했다. '그런데 누구의 여편네일까?' 그는 속으로 생각했다. '페치니코프*의 여편네라고 말했던가? 어느 페치니코프일까? 그런 성을 가진 사람은 두 집이 있는데. 미하일라 노인의 며느리가 틀림없어. 그 노인의 아들이 모스크바에서 살고 있으니까. 언제 다닐라에게 물어봐

---

* 작가는 페치니코프라는 성을 뒤에 가서는 프첼니코프로 지칭한다.

야겠군.'

이때부터 시골생활의 불유쾌한 중요한 문제, 즉 본의 아닌 절제는 사라졌다. 예브게니는 더이상 생각의 자유를 침해받지 않았고, 자유롭게 자신의 일에 몰두할 수 있었다.

예브게니가 착수한 사업은 그리 쉽지는 않았다. 그래서 가끔 어려움을 견디지 못하고 결국 영지를 팔 수밖에 없으며, 그동안의 모든 노력이 물거품이 되지 않을까 하는 생각이 들었고, 특히 어려움을 견뎌내지 못하고 착수한 일을 끝내지 못할까봐 걱정되었다. 이런 걱정이 무엇보다 그의 마음을 불안하게 했다. 한 구멍을 채 틀어막기도 전에 뜻밖의 새 구멍이 드러나곤 했다.

그동안 이제까지 몰랐던 아버지의 빚이 여기저기서 새로 나타났다. 만년에 아버지는 닥치는 대로 빚을 얻어 쓴 모양이었다. 5월에 유산을 나눌 때, 예브게니는 모든 부채를 알고 있다고 생각했다. 그러나 한여름에 갑자기, 아버지가 예시포바라는 미망인에게 1만 2천 루블의 빚이 더 있다는 한 통의 편지를 받았던 것이다. 어음은 없었고 간단한 영수증뿐이었는데, 변호사는 논박할 수 있다고 말했다. 하지만 예브게니는 서류를 논박할 수 있다는 것만으로 실제로 아버지가 진 빚을 갚지 않아도 된다고는 생각하지 않았다. 다만 그는 그것이 정말 아버지가 빌린 돈인지 아닌지 알아볼 필요가 있었다.

"어머니! 예시포바 칼레리야 블라디미로브나가 누구죠?" 예브게니는 평소처럼 같이 식사할 때 어머니에게 물었다.

"예시포바? 그래, 할아버지의 양딸이지. 그런데 왜?"

예브게니는 어머니에게 편지에 대해 이야기했다.

"그렇게 양심이 없다니 놀랍구나. 네 아버지가 그 여자에게 얼마나 많은 것을 주었는데."

"그런데 우리가 그 여자에게 빚을 졌나요?"

"글쎄, 어떻게 말해야 하나? 빚이야 없지만, 네 아버지가 하도 착해서……"

"그렇군요, 하지만 아버지가 그것을 빚으로 생각하셨나봐요."

"글쎄다. 난 모르겠다. 내가 알기로는 지금 네가 무척 어려울 텐데."

예브게니는 마리야 파블로브나도 그 빚에 대해 어떻게 말해야 할지 모르며, 그녀도 그의 생각을 알고 싶어한다고 생각했다.

"말씀을 들어보니 그 빚은 갚아야 할 것 같아요." 아들이 말했다. "내일 그녀에게 가서 연기할 수 없는지 말해보죠."

"아아, 정말로 네가 불쌍하구나. 하지만 그게 좋겠다. 그녀에게 꼭 연기해달라고 말해라." 마리야 파블로브나는 아들의 결심에 뿌듯해하며 안심했다.

예브게니의 상황은 어머니가 함께 살면서 아들의 처지를 전혀 이해해주지 않아 더욱 어려웠다. 어머니는 평생 사치스러운 생활에 익숙해서 아들이 처한 상황을 상상조차 할 수 없었다. 즉, 당장 내일이라도 사업이 잘못되어 무일푼이 되면 아들이 모든 것을 팔아야 하고, 지금 형편으로는 많아야 연봉 2천 루블을 받아 어머니를 부양하면서 살아야 하는 아들의 처지를 상상조차 못했다. 이러한 상태에서 벗어나는 길은 모든 면에서 경비를 줄이는 것뿐이라는 걸 어머니는 이해하지 못했기에, 왜 예브게니가 정원사들과 마부들, 하인들에게 주는 돈과 심지어 식비 같은 자잘한 경비를 절약하는지 이해할 수 없었던 것이다. 뿐만 아니라 어머니도 대다수의 미망인들처럼 작고한 남편의 기억에 대해 경건한 감정을 가지고 있었는데, 그 감정은 그녀가 생전의 고인에 대해 가지고 있었던 감정과는 전혀 달랐고, 고인이 했거나 도입한 것이 나쁠 수도 있고 변경될 수도 있다고 생각하지 않았다.

예브게니는 두 명의 정원사와 함께 많은 공을 들여 정원과 온실을 가꾸었고, 두 명의 마부와 함께 마구간을 관리했다. 마리야 파블로브나는 늙은 요리사가 마련한 밥상과 정원의 오솔길이 늘 깨끗이 치워지지 않은 것, 그리고 하인들 대신 꼬맹이 하나 있는 것을 불평하지 않는 것을, 아들을 위해 자신을 희생하는 어머니로서 할 바를 다하고 있다고 순진하게 생각했다. 이번에 새로 드러난 부채에 대해서도 예브게니는 이것이 자신이 착수한 모든 사업에 치명적인 타격을 줄 수 있다고 생각했지만, 마리야 파블로브나는 예브게니의 고상함을 보여줄 수 있는 기회라고만 생각했다. 마리야 파블로브나가 예브게니의 재정 상태에 대해 그다지 걱정하지 않는 또하나의 이유는 아들이 훌륭한 결혼을 해서 모든 것을 수습할 수 있으리라고 확신했기 때문이다. 사실 그는 가장 훌륭한 결혼을 할 수 있었다. 그녀는 예브게니에게 기꺼이 딸을 줄 가문을 열 군데나 알고 있었다. 그래서 그녀는 가능한 한 빨리 결혼이 성사되기를 바라고 있었다.

4

예브게니 자신도 결혼을 꿈꾸었지만 어머니가 생각하는 결혼과는 달랐다. 결혼을 자신의 사업을 개선하는 수단으로 삼는다는 생각은 그에겐 역겨웠다. 그는 사랑에 의한 순결한 결혼을 원했다. 그는 만나서 알고 지내는 처녀들을 눈여겨보고, 그 처녀들과 자신이 어울리나 생각도 해보았지만, 그의 운명은 결정되지 않았다. 그러는 사이에 그의 예상과는 전혀 달리 스테파니다와의 관계는 지속되었고, 그 관계는 심지어 뭔가 고착된 성격을 띠기까지 했다. 예브게니는 방탕과는 거리가 아주 먼 사람이어서 이렇게 은밀히 나쁜 짓을 하는 것—그는 그렇게 느꼈다—이 너무나 괴로워 도저히 안정된 생활을 할 수 없었고, 처음 밀회를 하고 나서 더이상 스테파니다를 보지 않으려고까지 했었다. 하지만 얼마 지나서 다시 욕망으로 인한 불안이 그를 덮쳤다. 이번엔 대상이 없는 불안이 아니었다. 그 반짝이는 까만 눈, "오래 기다렸어요"라고 말하는 가슴에서 나오는 목소리, 신선하고 강렬한 그 무언가의 냄새, 앞치마를 들어올리는 봉긋 솟은 가슴이 그의 머릿속에 떠오르곤 했는데, 이 모든 것은 눈부신 빛이 가득한 호두나무와 단풍나무 숲을 배경으로 하고 있었다. 정말 부끄러운 일이었지만 그는 다시 다닐라에게 부탁했다. 그리하여 다시 정오에 숲에서 밀회를 갖기로 했다. 이번엔 예브게니가 그녀를 더 자세히 살펴보았는데, 그녀의 모든 것이 매혹적으로 보였다. 그는 그녀와 잠시 이야기해보려고 남편에 대해 물어보았다. 실제로 그녀의 남편은 미하일라의 아들이었고, 모스크바에서 마부 노릇을 하면서 살고 있었다.

"그런데, 어째서 너는……" 예브게니는 어째서 남편을 배신하는지 물어보고 싶었다.

"뭐가 어째서요?" 그녀가 물었다. 확실히 그녀는 영리하고 눈치가 빠른 여자였다.

"그러니까, 네가 어째서 나한테 오느냔 말이야?"

"아아, 그거요." 그녀가 쾌활하게 대답했다. "그이도 아마 거기서 놀아날 텐데요. 나라고 뭐 어때요?"

확실히 그녀는 방자하고 대담하게 행동했다. 이런 모습이 예브게니에게는 귀엽게 보였다. 하지만 그는 만날 날을 직접 정하지는 않았다. 심지어 여자 쪽에서 다닐라를 거치지 말고 만나자고 제안했을 때, 예브게니는 동의하지 않았다. 그녀는 왠지 다닐라에게 좋지 않은 감정이 있는 것 같았다. 예브게니는 이번의 밀회가 마지막이 되기를 바랐다. 그는 이 여자가 마음에 들었다. 동시에 이런 접촉이 그에게 꼭 필요하고, 여기에 아무런 나쁜 점도 없다고 생각했다. 하지만 그의 마음속 깊은 곳에 있는 더 엄격한 심판자가 이런 행동을 인정하지 않았고, 이번이 마지막이 되기를 바랐던 것이다. 설사 그러길 바라지 않았다고 해도, 최소한 이런 일에 관여하거나 다음번 만남을 준비하고 싶지는 않았던 것이다.

이렇게 여름이 지나가고 있었다. 여름 동안 예브게니는 열 번쯤 여자와 만났으며 매번 다닐라를 통했다. 한번은 남편이 돌아와서 여자가 올 수 없자 다닐라는 다른 여자를 권했다. 예브게니는 혐오스러워하며 거절했다. 이윽고 남편이 떠났고, 밀회는 예전처럼 계속되었는데, 처음에는 다닐라를 거쳤지만 이제 그가 직접 날짜를 지정했고, 그녀는 늘 프로호로바라는 아낙과 함께 왔는데, 왜냐하면 여자 혼자 나다닐 수 없었기 때문이다. 한번은 지정된 밀회 시간에 마리야 파블로브나가 예브게니와 짝을 지어주려는 처녀가 가족과 함께 그녀를 방문해 예브게니는 도무지 빠져나올 수가 없었다. 자리를 뜰 수 있게 되자마자 그는 탈곡장으로 가는 척하고 오솔길을 돌아서 숲속 밀회 장소로 갔다. 그녀는 없었다. 하지만 평소 만나던 장소에서 손이 닿는 곳마다 모든 나뭇가지들이 꺾여 있었다. 귀룽나무, 호두나무, 심지어 말뚝만큼 굵은 어린 단풍나무까지 모조리 꺾여 있었다. 그녀가 기다리다 흥분했고, 화가 나서 장난삼아 그에게 기념으로 남긴 것이었다. 예브게니는 잠시 서 있다가 내일 그녀를 불러달라고 부탁하러 다닐라에게 갔다. 그녀는 왔고, 평소와 같은 모습이었다.

이렇게 여름이 지나갔다. 밀회는 늘 숲속에서 이루어졌고, 단 한 번 가을이 가까워질 무렵 뒷마당의 곡식창고에서 만난 적이 있었다. 예브게니는 이런 관계가 자신에게 어떤 의미가 있다는 생각을 전혀 하지 않았다. 그녀에 대해서도 진지하게 생각해보지 않았다. 그는 그녀에게 돈을 주었고, 그 이상 아무 의미도 없었다. 그는 마을 사람들이 모두 그들의 관계를 알고 있고, 심지어 그녀를 부러워하고 있으며, 그녀의 가족들이 그녀에게서 돈을 받고 그녀를 부추기고, 그녀의 죄의식도 돈의 위력과 가족들의 참여로 완전히 사라졌다는 것을 전혀 몰랐고, 또 이런 것들에 대해 생각하지도 않았다. 사람들이 부러워한다면, 자기가 하는 짓이 좋은 것이라고 그녀는 생각하는 것 같았다.

'그저 건강을 위해 필요한 일이야.' 예브게니는 생각했다. '나쁘다고 치자, 또 설령 아무도 말하지 않는다고 해도 모두가 혹은 많은 사람들이 알고 있다. 그녀와 함께 다니는 그 아낙도 알고 있다. 그 아낙이 알고 있다면 다른 사람에게도 틀림없이 말했을 것이다. 하지만 어쩌겠는가? 나는 추악한 행동을 하고 있다.' 예브게니는 생각했다. '그래도 할

수 없지, 뭐 오래갈 것도 아니니까.'

무엇보다 예브게니를 난처하게 만든 것은 그녀의 남편이었다. 처음엔 웬지 그녀의 남편이 나쁜 사람일 거라는 생각에 어느 정도 자신을 정당화했다. 하지만 여자의 남편을 보고 예브게니는 깜짝 놀랐다. 그녀의 남편은 건장한 멋쟁이로 전혀 불량하지 않았고, 오히려 자기보다 더 나은 사람 같았다. 그녀의 남편을 처음 만나고 나서 예브게니는 "네 남편을 보았는데 건장한 젊은이로 그에게 반했다"고 그녀에게 말했다.

"그만한 사람은 우리 마을에 없어요." 그녀는 자랑스럽게 말했다.

이 대답은 예브게니를 놀라게 했다. 그후로 그녀의 남편을 생각하면 예브게니는 더욱 괴로웠다. 한번은 다닐라에게 갔는데, 한참 이야기하고 나서 다닐라는 예브게니에게 털어놓고 말했다.

"이즈막에 미하일라 노인이 나리하고 자기 며느리가 붙어 지내는 것이 정말이냐고 내게 묻지 않겠어요. 그래서 모른다고 했습죠. 그리고 뭔 일이 있으면, 농부보다는 나리와 그러는 것이 차라리 낫지 않으냐고 말했죠."

"그래, 그 사람이 뭐래?"

"뭐, 아무런 말도 없었어요. 다만, '어디 두고 보자, 알아내기만 하면 그년을 그냥 두지 않을 거야'라고 말하더군요."

'그래, 그녀의 남편이 돌아오면 나도 그만둘 거야.' 예브게니는 생각했다. 하지만 남편은 계속 시내에 살고 있었고, 두 사람의 관계는 얼마 동안 그대로 지속되었다. '끝내야 할 때가 되면 끊자, 그럼 아무 문제 없을 거야.' 그는 생각했다.

이런 생각은 예브게니에게 의심의 여지가 없어 보였는데, 왜냐하면 여름 내내 그는 여러 가지 일에 지나치게 신경을 썼기 때문이다. 새로 농장을 짓고, 농작물을 수확하고, 건물을 짓고, 무엇보다 부채를 갚고 황무지를 매각하는 일로 바빴다. 자나깨나 그는 온통 이런 일들을 생각했다. 이 모든 것이 실제 생활이었다. 그래서 스테파니다와의 관계—그는 이것을 애정관계라고 부르지도 않았다—는 전혀 안중에 없었다. 사실 그녀를 보고 싶다는 욕망이 생기면 다른 아무것도 생각할 수 없을 만큼 맹렬했지만, 그 욕망이 오래 지속되지는 않았고, 밀회를 갖고 나면 그는 몇 주일, 때론 한 달 동안 그녀를 잊어버리곤 했다.

가을에 예브게니는 자주 시내에 드나들면서 안넨스키 집안과 가까워졌다. 그 집안에는 기숙여학교를 갓 졸업한 딸이 있었다. 그런데 마리야 파블로브나를 크게 슬프게 한 사건이 일어났다. 그녀의 말에 따르면, 리자 안넨스카야에게 반해 청혼함으로써 예브게니가 자신을 헐값에 팔았다는 것이다.

그때부터 스테파니다와의 관계는 끊어졌다.

5

왜 한 남자가 저 여자가 아닌 바로 그 여자를 선택했는지 결코 설명할 수 없듯이, 왜 예브게니가 리자 안넨스카야를 선택했는지 설명할 수 없다. 긍정적인 이유와 부정적인 이유가 아주 많았다. 리자는 어머니가 소개한 여자들처럼 부유한 신붓감이 아니었다. 그녀는 순진하고 자기 어머니와의 관계에서 애처로웠으며, 사람들의 주의를 끌 만큼 미인은 아니었지만 못생기지도 않았다. 이런 것들도 그가 그녀를 선택한 이유였다. 무엇보다 중요한 것은 그녀와 가까워지기 시작했을 때가 결혼에 대한 예브게니의 생각이 무르익었던 시기였다는 것이다. 그는 결혼이 뭔지 알았기 때문에 사랑에 빠졌던 것이다.

처음엔 리자 안넨스카야가 그저 예브게니의 마음에 들었지만, 그녀를 아내로 삼겠다고 결정했을 때 그는 그녀에 대한 감정이 더욱더 강해지는 것을 느꼈고, 자기가 사랑에 빠졌다는 것을 느꼈다.

리자는 키가 크고 호리호리하며 길었다. 그녀의 모든 것이 길었다. 얼굴도 길고, 코도 앞으로 나오지 않고 얼굴을 따라 길고, 손가락과 발바닥도 길었다. 그녀의 얼굴빛은 아주 부드럽고 희고 노르스름했으며 연한 홍조를 띠었다. 부드럽고 긴 아마색 머리칼은 곱슬곱슬했고, 쉽게 남을 믿는 밝고 유순한 눈이 아름다웠다. 이 눈은 유난히 예브게니를 놀라게 했다. 리자를 생각할 때면 언제나 그녀의 맑고 유순하고 쉽게 남을 믿는 눈이 그의 눈앞에 선했다.

신체적으로 그녀는 그랬다. 예브게니는 그녀의 정신에 대해서는 아무것도 몰랐고, 그저 그녀의 눈만 보았다. 이 눈이 그가 알아야만 하는 모든 것을 말해주는 것 같았다. 이 눈의 의미는 그랬다.

아직 기숙여학교 학생이었던 열다섯 살 때부터 리자는 항상 매력적인 모든 남자들과 사랑에 빠졌고, 사랑에 빠졌을 때만 활기가 넘쳤고 행복했다. 기숙여학교를 졸업한 그녀는 여전히 만나는 모든 젊은이들과 사랑에 빠졌고, 물론 이번에도 예브게니를 알게 되자마자 사랑에 빠졌다. 사랑에 빠진 그녀의 마음이 눈에 확연히 드러났고, 바로 이것이 예브게니의 마음을 사로잡은 것이다.

그해 겨울 그녀는 동시에 이미 두 명의 젊은이와 사랑에 빠졌는데, 그들이 방으로 들어왔을 때는 물론 그들의 이름만 말해도 그녀는 낯을 붉히며 흥분하곤 했다. 하지만 얼마 후 이르테네프가 너에 대해 진지한 태도를 보이는 것 같다고 어머니가 넌지시 비치자, 이르테네프에 대한 그녀의 사랑이 너무나 강해져서 이전의 두 젊은이에 대해 거의 무관심해졌는데, 이르테네프가 그녀의 집과 무도회나 모임에 드나들면서 다른 여자들보다 그녀와 더 많이 춤을 추고, 그녀가 자신을 사랑하는지를 알고 싶어한다는 것이 분명해졌을 때, 이르테네프를 향한 그녀의 사랑은 뭔가 병적인 것이 되어버렸고, 그녀는 꿈속이나 실제로 어두운 방안에서도 그를 보았으며, 이제 다른 모든 사람들은 그녀의 마음속에서 사라져버렸다. 그가 청혼하고 사람들이 그들을 축복했을 때, 그녀가 그와 키스하고 그들이 약혼했을 때, 그녀는 그만을 생각했고, 그와 함께 살면서 그를 사랑하고 그에게 사랑받는 것 말고는 다른 소원이 없었다. 그녀는 그가 자랑스러웠고, 그와 자신과 자신의 사랑에 대해 감동했으며, 그를 향한 사랑에 도취되어 더없이 기뻤고 황홀했다. 그도 그녀를 알면 알수록 더욱더 그녀를 사랑하게 되었다. 그는 이런 사랑을 만나리라고 전혀 기대하지 않았기에 이 사랑은 그의 감정을 더욱 강렬하게 만들었다.

6

봄이 오기 전에 그는 농사일을 둘러보고 이것저것 지시하려고 세묘놉스코예 마을로 돌아왔지만, 무엇보다 결혼생활을 할 집을 새로 꾸미는 작업을 살피기 위해서였다.

마리야 파블로브나는 아들의 선택에 불만이었는데, 그것은 그녀가 원했던 만큼 며느리가 훌륭하지 않았고, 장차 아들의 장모가 될 바르바라 알렉세예브나가 그녀의 마음에 들지 않았기 때문이다. 바르바라 알렉세예브나가 착한 여자인지 악한 여자인지 알 수 없고 단정짓지도 못했지만, 그녀는 점잖지도 않고 *최고의* 여자도 아니었으며, 마리야 파블로브나가 말하는 소위 레이디가 아니었는데, 마리야 파블로브나는 그녀를 처음 만났을 때부터 이것을 알아차리고 속상해했다. 마리야 파블로브나는 습관에 따라 예절을 중시했고, 예브게니도 이것에 매우 예민하다는 것을 알았으므로 아들이 이 문제로 많은 고통을 겪으리라는 것을 예견했기 때문에 크게 속상했던 것이다. 처녀는 마리야 파블로브나의 마음에 들었다. 무엇보다 예브게니가 그녀를 좋아했기 때문에 마음에 들었다. 그녀를 사랑해야만 했다. 그래서 마리야 파블로브나는 아주 진심으로 처녀를 사랑할 준비가 되어 있었다.

예브게니는 어머니가 기뻐하고 만족한다고 생각했다. 그녀는 집안의 모든 것을 정리해놓았고, 아들이 젊은 아내를 데려오자마자 집을 떠날 준비를 했다. 예브게니는 집에 머무시라고 어머니를 설득했지만, 이 문제는 해결되지 않았다. 저녁에 평소처럼 차를 마신 후, 마리야 파블로브나는 카드점을 쳤다. 예브게니는 옆에 앉아 어머니를 돕고 있었다. 모자가 가장 정겨운 대화를 나누는 시간이었다. 카드점을 한 번 보고 새로 점을 보기 전에, 마리야 파블로브나는 예브게니를 힐끗 쳐다보고 약간 주저하면서 입을 열었다.

"제냐*, 너한테 말하고 싶은 게 있다. 물론 나도 잘 모르지만, 일반적인 충고를 하고 싶구나. 결혼 전 독신 시절에 있었던 모든 일은 반드시 끝내야 한다. 그래야 너나 아내에게 아무런 걱정거리가 없게 돼. 알아듣겠니?"

실제로 예브게니는 마리야 파블로브나가 지난가을부터 중단된 스테파니다와의 관계를 암시하고 있다는 것을 즉각 알아차렸고, 홀로 사는 여자들이 늘 그렇듯 어머니도 이런 관계에 실제보다 훨씬 많은 의미를 부여하고 있었다. 예브게니는 얼굴을 붉혔는데, 부끄러움 때문이 아니라 선량한 어머니가—사실은 아들을 사랑하기 때문이지만—이해할 필요도 없고, 이해하지도 못하며, 이해할 수도 없는 일에 참견해서 화가 났던 것이다. 그는 숨길 것이 전혀 없으며, 항상 결혼에 방해가 되지 않도록 처신해왔다고 말했다.

"그래, 잘됐다, 얘야. 게냐**, 내 말에 화내지 말거라." 마리야 파블로브나는 당황하면서 말했다.

그러나 예브게니는 어머니가 하고 싶었던 말을 다 하지 못했다는 것을 알았다. 그렇게 되었다. 잠시 후 그녀는 그가 없을 때 프첼니코프 집안에서…… 자기더러 대모가 되어달라는 부탁을 했다고 말했다.

이제 예브게니는 유감도 수치심도 아닌 자기가 듣게 될 일의 중요성을 인식한 어떤 이상한 감정 때문에 얼굴이 확 달아올랐다. 그것은 자신의 판단과는 전혀 일치하지 않는 무의식적인 것에 대한 인식이었다. 그가 예상한 그대로였다. 마리야 파블로브나는 대화 외에 별다른 목적

* 예브게니를 친근하게 부르는 애칭.

** 예브게니의 애칭.

이 없다는 듯이, 올해는 사내아이들이 많이 태어나는데, 이건 아마 전쟁이 일어날 조짐이라고 말했다. 그리고 바신네와 프첼니코프네 젊은 며느리가 첫아이로 역시 아들을 낳았다고 말했다. 마리야 파블로브나는 지나가는 말처럼 말하고 싶었는데, 아들이 얼굴을 붉히고 신경질적으로 코안경을 손가락으로 톡톡 치고 썼다 벗었다 하면서 급하게 담배를 피우는 것을 보고 거북해졌다. 그녀는 입을 다물었다. 예브게니 역시 잠자코 있으면서 이 침묵을 깰 방법을 찾아낼 수 없었다. 그래서 두 사람은 서로의 마음을 이해했다는 것을 깨달았다.

"그래, 무엇보다 시골에는 정의가 있어야 해. 네 삼촌처럼 정부情婦를 두어서는 안 돼."

"어머니," 돌연 예브게니가 말했다. "왜 어머니가 그런 말씀을 하시는지 알아요. 어머니는 괜한 걱정을 하고 계세요. 저에게 미래의 가정생활은 매우 신성한 것이므로 어떤 경우에도 가정을 깨지 않을 거예요. 제 독신 시절에 있었던 일들은 모두 완전히 끝났어요. 저는 결코 어떤 관계도 갖지 않았고, 누구도 제게 어떤 권리를 내세우지 못합니다."

"그래, 기쁘구나." 어머니가 말했다. "나는 너의 고결한 생각을 알고 있어."

예브게니는 어머니의 이 말을 자신에 대한 당연한 평가로 받아들이고 입을 다물었다.

다음날 아침 예브게니는 세상의 모든 일과 약혼녀에 대해 생각하면서 시내로 갔지만, 스테파니다에 대해서만은 생각하지 않았다. 자신에게 경고하기 위해 일부러 그런 것처럼, 그는 교회 쪽으로 가면서 그쪽에서 걸어오거나 마차를 타고 오는 사람들을 만났다. 그는 마트베이 노인과 세픈, 아이들과 젊은 여자들을 만났는데, 그때 두 아낙이 눈에 띄었다. 한 아낙은 좀 나이가 들었고, 다른 아낙은 옷을 잘 차려입고 새빨간 머릿수건을 쓰고 있었는데 왠지 낯익은 모습이었다. 그녀는 한 손으로 아이를 안은 채 가볍고 활기차게 걷고 있었다. 그가 두 여자를 따라잡자 나이든 아낙은 옛날식으로 걸음을 멈추고 정중히 인사했지만, 아이를 안은 젊은 아낙은 그저 고개만 숙였고, 그녀의 머릿수건 밑으로 명랑한 미소를 머금은 낯익은 두 눈이 반짝 빛났다.

'그렇다, 그녀다. 하지만 모든 게 끝났고, 그녀를 볼 일이 없다. 그런데 저 아이는 어쩌면 내 아이일지도 몰라.' 이런 생각이 그의 머릿속을 스쳤다. '아니야, 정말 터무니없는 생각이야. 그녀는 남편이 있고, 남편에게 드나들었어.' 심지어 그는 날짜를 따져보지도 않았다. 그녀와의 관계는 건강을 위해 필요했고, 돈을 지불했으니 아무 문제가 없다고 그는 단정했다. 그와 그녀 사이에 그 어떤 관계도 없고, 없었으며, 있을 수도 없고, 있어서도 안 되는 것이었다. 그는 양심의 목소리를 묵살할 필요가 없었다. 아니, 양심은 그에게 아무 말도 하지 않았다. 그는 어머니와 대화하고 그녀와 만난 뒤로 한 번도 그녀를 떠올리지 않았다. 그리고 그후로 한 번도 그녀와 만나지 않았다.

부활절 직후 봄 축제 기간에 예브게니는 시내에서 결혼식을 올리고 곧장 젊은 아내와 시골로 떠났다. 집은 보통 젊은 부부가 살기 좋도록 꾸며졌다. 마리야 파블로브나는 집을 나가려고 했지만 예브게니가, 특히 리자가 남아달라고 간청했다. 다만 그녀는 곁채로 옮겨갔다.

이렇게 예브게니의 새로운 삶이 시작되었다.

7

가정생활의 첫해는 예브게니에게 힘든 해였다. 혼담중에 이럭저럭 미뤄뒀던 일들이 결혼 후 한꺼번에 밀어닥쳤기 때문이다.

빚에서 벗어나는 것은 불가능했다. 별장을 팔아서 제일 급한 빚을 갚았지만 여전히 빚은 남아 있었고 돈은 없었다. 영지에서 상당한 수입을 올렸지만 형에게 돈을 보내야 했고, 결혼식 비용을 써야만 했기 때문에 돈이 없었고, 공장을 가동할 수가 없어서 세워둘 수밖에 없었다. 곤경에서 벗어나는 유일한 방법은 아내의 돈을 쓰는 것이었다. 남편의 처지를 이해한 리자는 자진해서 그렇게 하라고 요구했다. 예브게니는 영지의 반을 아내 이름으로 등기한다는 조건으로 동의했다. 그는 그렇게 했다. 물론 그렇게 하는 것을 모욕이라고 느낀 아내를 위해서가 아니라 장모를 위해서였다.

다양한 변화를 수반한 이런 일들은 때론 성공하고 때론 실패했는데, 이것이 예브게니의 첫해 결혼생활에 나쁜 영향을 미친 한 요인이었다. 다른 요인은 아내의 건강이 나빠진 것이었다. 결혼하고 일곱 달이 지난 가을에 리자에게 불행한 일이 생겼다. 그녀는 시내에서 돌아오는 남편을 맞이하기 위해 이륜마차를 타고 집을 나왔다가 얌전하던 말이 별안간 날뛰는 바람에 깜짝 놀라 마차에서 뛰어내렸다. 뛰어내릴 수 있었던 것은 불행 중 다행이었는데, 하마터면 수레바퀴에 깔릴 뻔했기 때문이다. 하지만 그녀는 이미 임신중이었고, 그날 밤 곧 진통이 시작되었고, 결국 유산하고 말았으며, 유산 후에 오랫동안 건강을 회복할 수 없었다. 기다리던 아이를 잃은 것, 아내의 병, 아내의 병과 관련된 삶의 혼란, 특히 리자가 병이 나자마자 달려온 장모의 존재—이 모든 것이 예브게니의 이 한 해를 더욱더 힘들게 만들었다.

그러나 이런 어려운 사정에도 불구하고 결혼 첫해가 끝날 무렵 예브게니는 기분이 아주 좋았다. 첫째, 쓰러진 가세를 일으키고 조부 시대의 생활을 새로운 형태로 복원하겠다는 그의 충심어린 생각이, 비록 어렵고 더디기는 했지만 실현되고 있었기 때문이다. 이제 빚 때문에 모든 영지를 팔아야 한다는 말은 있을 수 없었다. 비록 주요 영지가 아내의 명의로 바뀌었지만 지킬 수 있었고, 만약 비트가 잘되어 값만 좋으면 내년에는 곤궁과 긴장 상태가 완전히 만족스러운 상태로 변할 수도 있었다. 이것이 하나의 이유였다.

두번째 이유는 그가 아내에게서 많은 것을 기대했지만, 아내에게서 발견하리라고 전혀 기대하지 않았던 것을 발견했기 때문이다. 그것은 그가 기대했던 것이 아니라 훨씬 더 좋은 것이었다. 그것은 그가 이루려고 애썼지만 이룰 수 없었거나 매우 미약했던 것, 즉 사랑하는 남녀의 감격이나 환희 같은 것으로, 삶을 더욱 즐겁고 유쾌하게 만들 뿐만 아니라 편안하게 했다. 어째서 이런 것이 생겨나는지 그는 알 수 없었지만 실제로 그랬다.

그녀가 약혼 직후 이 세상 모든 사람들 중 예브게니 이르테네프가 누구보다 훌륭하고 현명하며, 누구보다 순결하고 고결하므로 사람들은 모두 이르테네프를 위해 봉사하고, 그를 즐겁게 할 의무가 있다고 그녀가 단정했기 때문에 이런 일이 생긴 것이었다. 하지만 모든 사람들에게 그렇게 하라고 강요할 수는 없기 때문에 자신이라도 힘이 닿는 데까지 그렇게 해야만 한다. 그녀는 그렇게 했고, 따라서 그녀의 모든 정신력은 항상 남편이 좋아하는 것을 알아내고 짐작하는 데 집중되었고, 그것이 무슨 일이든 아무리 힘들어도 그 일을 하는 데 최선을 다했다.

그녀에게는 사랑하는 여자와의 관계에서 생길 수 있는 주요한 매력이 있었고, 남편을 사랑한 덕분에 남편의 영혼을 꿰뚫어보는 혜안이 있었다. 그녀는 남편의 온갖 정신 상태와 감정의 미세한 변화를 감지했고, 종종 그 자신보다 더 잘 느낀다고 그는 생각했다. 그녀는 남편의 정신 상태와 감정에 맞춰 행동해 절대 남편의 감정을 다치게 하지 않았고, 언제나 남편의 괴로운 감정을 완화하고 기쁜 감정을 강화했다. 그녀가 단지 남편의 감정과 사상만 이해한 것은 아니었다. 그녀는 자신에게 몹시 낯설었던 농장 경영, 공장일, 사람들에 대한 평가 등을 단번에 이해하여 남편의 말상대가 되었을 뿐만 아니라, 그가 아내에게 말했듯이 자주 유익하고 소중한 조언자가 되었다. 그녀는 사물, 인간, 이 세상의 모든 것을 오직 남편의 눈으로만 보았다. 그녀는 자기 어머니를 사랑했지만, 남편이 자기들 생활에 대한 장모의 간섭을 불쾌하게 느낀다는 것을 알고서 즉시 남편 편을 들었는데, 아내의 태도가 너무 단호해서 그는 그녀를 달래야만 했다.

이뿐만이 아니라 그녀는 많은 취미와 절도를 지니고 있었고, 무엇보다 몸가짐이 조용했다. 그녀는 모든 일을 눈에 띄지 않게 했고, 그녀가 한 일의 결과만 눈에 띄었다. 즉, 언제나 모든 일을 깨끗하고 질서 있고 멋지게 처리했다. 리자는 곧 남편이 추구하는 삶의 이상이 무엇인지 깨달았고, 남편이 원하는 집안의 체제와 질서를 만들려고 노력했고 만들었다. 아이들이 없었지만 아이들에 대한 희망이 있었다. 겨울에 그들은 페테르부르크에 가서 산부인과의사의 진찰을 받았고, 의사는 그녀가 아주 건강하며 아이를 가질 수 있다고 확실히 말했다.

아이를 가지려는 그들의 바람은 이루어졌다. 그해가 끝나갈 무렵 그녀는 다시 임신했다.

그들의 행복을 해치지는 않았지만 위협했던 한 가지는 그녀의 질투심이었다. 그녀는 질투심을 억누르며 겉으로 드러내지 않았지만, 질투심 때문에 자주 고통을 당했다. 이 세상에 그에게 어울리는 여자가 없기 때문에(그녀는 자기가 그에게 어울리는 여자인지 아닌지 자문한 적이 한 번도 없었다) 예브게니는 아무도 사랑할 수 없었을 뿐만 아니라 그 어떤 여자도 감히 그를 사랑할 수 없었다.

8

그들은 이렇게 살았다. 예브게니는 여느 때처럼 아침 일찍 일어나 농장시설을 둘러보며 일이 진행되는 공장으로 갔고, 가끔 들에도 나갔다. 열시쯤에 그는 커피를 마시려고 돌아왔다. 테라스에서는 마리야 파블로브나와 그들 집에서 살고 있는 삼촌, 그리고 리자가 함께 커피를 마시고 있었다. 커피를 마시면서 종종 아주 활기찬 대화를 나눈 후 그들은 점심 전에 헤어졌다. 두시에 점심을 먹었다. 그러고 나서 그들은 산책을 하거나 마차를 타고 돌아다녔다. 예브게니가 사무실에서 돌아오면 그들은 저녁 늦게 차를 마셨고, 가끔 예브게니가 소리 내어 책을 읽었고, 아내는 일을 하거나 손님이 있을 때는 음악을 연주하거나 대화를 나누곤 했다. 일 때문에 집을 떠나 있게 되면, 예브게니는 매일 아내와 편지를 주고받았다. 이따금 아내를 동반하기도 했는데, 이럴 때는 특히 즐거웠다. 예브게니와 아내의 명명일에 손님들이 모였고, 예브게니는 아내가 모든 것을 잘 준비해서 모두가 좋아하는 모습을 보며 즐거워했다. 손님들이 모두 젊고 아름다운 안주인에게 감탄하는 것을 보고 들을 때, 예브게니는 더욱 그녀를 사랑하게 되었다. 모든 것이 아주 순조로웠다. 아내가 임신기간을 수월하게 보내고 있었고, 그들은 태어날 아이를 어떻게 양육할지 생각하기 시작했다. 양육 방법이나 태도는 모두 예브게니가 결정했고, 그녀는 남편의 뜻을 고분고분 실행하기만을 원했다. 예브게니는 의학서적을 많이 읽었고, 모든 과학 원칙에 따라 아이를 양육할 생각을 했다. 물론 그녀는 모든 것에 동의했고, 출산 준비를 하면서 두꺼운 포대기와 얇은 포대기를 여러 개 기워 만들었고, 요람도 만들었다. 이렇게 그들의 결혼생활의 두번째 해와 봄이 찾아왔다.

9

성령강림축일 전날이었다. 리자는 임신 5개월째라 조심했지만 명랑하고 활동적이었다. 양가의 어머니들, 즉 그녀의 어머니와 그의 어머니는 그녀를 지키고 보호한다는 구실로 한집에서 살았는데, 서로 말다툼을 벌이며 그녀를 불안하게 할 뿐이었다. 예브게니는 농장경영과 비트를 대규모로 재배하는 일에 유난히 열중했다.

성령강림축일 전날 리자는 부활절 주간 이후 하지 못했던 집안 대청소를 해야겠다고 작정하고, 마루와 유리창을 닦고 가구와 양탄자의 먼지를 떨고 가구에 덮개를 씌우기 위해 아낙 둘을 일급을 주고 불러서 하녀를 돕게 했다. 이른아침부터 아낙들이 와서 가마솥에 물을 채우고 일하기 시작했다. 두 아낙 중 하나는 스테파니다였는데, 그녀는 사내아이의 젖을 떼자마자 지금 자기를 쫓아다니고 있는 예브게니의 서기에게 달려가 마루청소부로 고용해달라고 간청했다. 새 마님을 잘 살펴보고 싶었던 것이다. 스테파니다는 여전히 남편과 떨어져 혼자 제멋대로 살고 있었다. 처음 그녀는 장작을 훔치다가 붙잡혀 할 수 없이 다닐라 노인과 놀아났고, 그다음은 예브게니와, 지금은 젊은 서기와 놀아나고 있었다. 그녀는 나리에 대해 전혀 생각하지 않았다. '지금 그에게는 아내가 있어. 모두들 마님이 훌륭하고 마님의 살림솜씨가 좋다고 칭찬하니까 한번 보고 싶을 뿐이야.' 그녀는 생각했다.

예브게니는 아이를 안은 그녀와 마주친 후로 그녀를 본 적이 없었다. 그녀는 어린애가 있어서 날일을 나가지 않았고, 그도 마을을 잘 돌아다니지 않았기 때문이다. 예브게니는 성령강림축일 전날, 아침 일찍 네시가 지나자 벌써 인회토燐灰土를 뿌리려고 휴경지로 나갔다. 그가 집을 나설 때 아낙들은 아직 집안으로 들어오지 않았고, 가마솥을 든 채 화덕 옆에서 꾸물거리고 있었다.

예브게니는 명랑하고 만족스럽고 배고픈 상태로 아침을 먹으러 집으로 돌아왔다. 그는 쪽문 옆에서 말에서 내려 지나가는 정원사에게 말을 맡기고, 채찍으로 키가 큰 풀을 후려치면서 자주 그러듯이 '인회토는 기대에 보답할 거야'라고 되뇌면서 집 쪽으로 걸어갔다. 하지만 무엇을, 누구에게 보답한다는 것인지 그는 알지 못했고, 생각하지도 않았다.

사람들이 풀밭에서 양탄자를 털고 있었다. 가구도 들려나와 있었다.

'이게 뭐야! 리자가 대청소를 할 생각을 했군. 인회토는 보답할 거야. 이게 바로 주부야, 훌륭한 주부! 그래, 훌륭한 주부야.' 그는 혼잣말을 하고서 하얀 부인용 실내복을 입고 환하게 웃는 그녀의 모습을 또렷이 상상했는데, 예브게니가 그녀를 볼 때면 그녀는 거의 언제나 이런 모습이었다. '그렇지, 장화를 갈아 신어야지, 그러면 인회토는 보답할 거야. 말하자면, 거름냄새가 날 거야. 우리 주부님은 임신한 상태지. 어째서 그런 상태일까? 그래, 아내의 몸속에서 작은 이르테네프가, 새 이르테네프가 자라고 있어.' 그는 생각했다. '그래, 인회토는 보답할 거야.' 그는 자기 생각에 미소를 지으면서 한 손으로 방문을 확 밀었다.

하지만 그가 미처 문을 밀어젖히기도 전에 문이 저절로 열렸다. 소매를 위로 걷어붙이고 치마를 허리춤에 끼워 넣은 채 양동이를 들고 맨발로 방안에서 걸어나오는 아낙과 딱 부딪쳤다. 그는 아낙이 지나가도록 옆으로 비켜섰고, 아낙도 젖은 손등으로 흘러내린 머릿수건을 바로잡으며 비켜섰다.

"가게, 가, 만약 당신이…… 나도 안 가……" 예브게니는 이렇게 말하려다가 그녀가 누군지 알아차리고 갑자기 걸음을 멈추었다.

그녀는 두 눈에 웃음을 짓고 명랑한 표정으로 그를 쳐다보았다. 그리고 치맛자락을 당겨 내리고 문밖으로 나갔다.

'이게 무슨 말도 안 되는 일이지?…… 도대체 어찌된 일이야?…… 이럴 수가 없어.' 예브게니는 얼굴을 찌푸리고 파리를 쫓듯이 손을 휘두르면서 혼잣말을 했는데, 그녀를 알아봤다는 것이 불만이었다. 그는 자신이 그녀를 알아봤다는 것뿐만 아니라 경쾌하고 힘차게 맨발로 걸어가는 그녀의 흔들거리는 몸통과 손과 어깨, 그리고 아름답게 주름이

진 상의와 하얀 장딴지 위로 높이 걷어올린 빨간 치마에서 시선을 뗄 수 없었다는 것이 불만스러웠다.

'내가 뭘 보고 있는 거야?' 그녀를 보지 않으려고 눈을 내려뜬 채 그는 혼잣말을 했다. '그래, 여하튼 이층으로 올라가 다른 장화로 바꿔 신어야지.' 그는 돌아서서 자기 방으로 갔다. 그러나 채 다섯 걸음도 못 가서 마치 누구의 명령에 따르기라도 하듯 저도 모르게 다시 한번 그녀를 보려고 다시 뒤돌아보았다. 그녀도 모퉁이를 돌아가다가 그 순간 그를 돌아보았다.

'아아, 내가 무슨 짓을 하고 있는 거야.' 그는 마음속으로 외쳤다. '그녀는 내가 자기를 마음에 두고 있다고 생각할 수 있어. 어쩌면, 이미 그렇게 생각했을지도 몰라.'

그는 바닥이 젖어 있는 자기 방으로 들어갔다. 늙고 여윈 다른 아낙이 방안에서 여전히 마루를 닦고 있었다. 예브게니는 발끝으로 더러운 물이 고여 있는 마루를 지나 장화가 있는 벽 쪽으로 갔고 청소하던 아낙이 방에서 나갈 때, 자기도 밖으로 나가고 싶었다.

'이 여자가 나갔으니 스테파니다가 혼자 오겠군.' 갑자기 그의 마음속에서 누군가가 생각하기 시작했다.

'오! 내가 뭘 생각하고, 뭘 하고 있는 거야!' 그는 장화를 움켜쥔 채 현관으로 달려가 장화를 신은 다음 옷을 깨끗이 털고 나서 테라스로 나갔다. 테라스에서는 어머니와 장모가 커피를 마시고 있었다. 분명히 그를 기다리고 있던 리자가 그와 동시에 다른 문을 통해 테라스로 들어왔다.

'아아, 나를 그토록 정직하고 순진무구한 사람이라고 생각하는 리자가 이 일을 알게 된다면 어찌될까!' 그는 생각했다.

리자는 평소처럼 환한 얼굴로 그를 맞았다. 그러나 오늘따라 그녀는 왠지 유난히 창백하고 누렇고 길고 연약해 보였다.

10

커피를 마시는 자리에서 흔히 그렇듯이 커피를 마시면서 논리적 연관성이 전혀 없는 부인들 특유의 대화가 오갔는데, 이런 대화가 끊임없이 이어지는 걸 보면 여기에도 뭔가 연관성이 있는 게 분명했다.

양가의 어머니들은 서로에게 비아냥거렸고, 리자가 두 사람 사이를 능숙하게 중재하고 있었다.

"당신이 오기 전에 당신 방 물청소를 다 하지 못해서 정말 속상해요." 그녀가 남편에게 말했다. "전부 깨끗하게 치우고 싶었는데."

"몸은 좀 어때? 내가 나간 뒤로 잠은 잤어?"

"네, 잤어요. 그래서 기분이 좋아요."

"이런 견딜 수 없는 무더위에 창문마다 햇살이 비치고 있는데, 아이를 가진 여자가 어떻게 기분이 좋을 수 있겠나." 그녀의 어머니 바르바라 알렉세예브나가 말했다. "게다가 베니션 블라인드나 햇빛막이가 없으니 말이야. 우리집에는 늘 햇빛막이가 있었다네."

"하지만 여기는 열시부터 그늘이 지거든요." 마리야 파블로브나가 말했다.

"그 때문에 열병에 걸리겠어요. 습기 때문에요." 이 말을 하면서 바르바라 알렉세예브나는 방금 자신이 한 말과 정반대의 말을 하고 있다는 것을 모르고 있었다. "환자의 특성을 모르고 병을 진단해서는 절대 안 된다고 우리집 주치의가 늘 말하곤 했어요. 그 의사는 아주 유능해서 모든 걸 알고 있죠. 그래서 우리는 진료비로 백 루블을 지불하고 있답니다. 죽은 남편은 의사들을 인정하지 않았지만, 나를 위해서라면 결코 아무것도 아끼지 않았어요."

"부인과 아이의 생명이 달려 있는데 남자가 여자를 위해 무엇을 아낄 수 있겠어요, 아마도……"

"그래요, 재산이 있으면 아내는 남편에게 의지하지 않을 수 있겠죠. 좋은 아내는 남편에게 순종하지요." 바르바라 알렉세예브나가 말했다. "하지만 리자는 병을 앓고 나서 너무 약해졌어요."

"아뇨, 어머니, 저는 아주 기분이 좋아요. 아니, 왜 끓인 크림을 내오지 않았지?"

"난 필요 없다. 생크림만 있으면 돼."

"내가 바르바라 알렉세예브나에게 물어봤는데, 필요 없다고 하셔서." 마치 변명이라도 하듯이 마리야 파블로브나가 말했다.

"정말 괜찮아요, 지금은 먹고 싶지 않아요." 바르바라 알렉세예브나는 불유쾌한 대화를 중단하려는 듯이 너그러운 마음으로 사양하면서 예브게니에게 말을 걸었다. "그래, 인회토는 뿌렸는가?"

리자가 크림을 가지러 뛰어갔다.

"아, 필요 없어, 필요 없다니까."

"리자! 리자! 좀더 가만가만." 마리야 파블로브나가 말했다. "저렇게 빨리 움직이면 저애에게 해로운데."

"마음만 편하다면야 별로 해로울 건 없어요." 바르바라 알렉세예브나는 자기가 한 말이 아무것도 암시할 수 없다는 것을 알았지만, 마치 뭔가를 암시하듯이 말했다.

리자가 크림을 가지고 돌아왔다. 예브게니는 커피를 마시면서 음울한 표정으로 이야기를 듣고 있었다. 이런 대화에 이미 익숙했지만, 오늘따라 유난히 무의미한 말들에 짜증이 났다. 그는 자신에게 일어난 일을 잘 생각해보고 싶었는데, 노부인들의 잔소리가 그를 방해했던 것이다. 바르바라 알렉세예브나는 커피를 다 마시고 끝내 기분이 나쁜 채로 자리를 떴다. 리자와 예브게니, 그리고 마리야 파블로브나만이 남았다. 소박하고 유쾌한 대화가 오갔다. 하지만 사랑에 의해 민감해진 리자는 뭔가가 예브게니를 괴롭히고 있다는 것을 금세 눈치채고서, 무슨 기분 나쁜 일이라도 있었느냐고 물었다. 그는 이런 질문을 예상하지 않았기에 아무것도 아니라고 대답하며 다소 머뭇거렸다. 이 대답은 리자를 더욱더 깊은 생각에 빠지게 했다. 뭔가가 그를 심하게 괴롭히고 있었다. 그녀에게는 모든 게 파리가 우유에 빠진 것만큼이나 명백했지만, 그는 도대체 무슨 일이 있었는지 말하지 않았다.

11

아침식사 후 모두 뿔뿔이 흩어졌다. 예브게니는 정해진 일과에 따라 자기 서재로 갔다. 그는 편지를 읽거나 쓰지도 않고 자리에 앉아 연달아 담배를 피우면서 생각에 잠겼다. 뜻밖에 자기 마음속에 나타난 추잡한 감정에 놀라고 괴로워했다. 결혼한 이후로 그런 감정에서 벗어났다고 생각했던 것이다. 그는 결혼하고 나서 아내 말고는 스테파니다나 그가 아는 여자, 그리고 그 어떤 여자에 대해서도 그런 감정을 한 번도 느껴본 적이 없었다. 그는 마음속으로 여러 번 그 해방감을 기뻐했는데, 돌연 이 무의미한 우연스러운 만남이 아직도 그가 자유롭지 않다는 것을 그에게 보여준 것 같았다. 지금 그를 괴롭히는 것은 자기가 다시 그런 감정에 굴복했다든가 그녀를 원한다는 것이 아니라—그는 이런 것을 생각조차 하고 싶지 않았다—그런 감정이 자기 마음속에 살아 있으며, 그런 감정을 더욱 경계해야 한다는 것이었다. 하지만 그가 그런 감정을 억누르고 있다는 것은 전혀 의심할 나위가 없었다.

그에게는 미처 답장을 하지 못한 편지 한 통과 작성해야 할 서류가 있었다. 그는 책상 앞에 앉아 일을 시작했다. 일을 끝낸 후 자신을 불안하게 했던 문제를 완전히 잊어버린 그는 마구간에 가려고 밖으로 나왔다. 그런데 또다시 불행하게도, 불행한 우연인지 의도적인 것인지 모르지만, 그가 현관 계단으로 나오자마자 집 모퉁이에서 빨간 스커트에 빨간 머릿수건을 쓴 그녀가 걸어나오더니 두 손과 몸뚱이를 흔들면서 그의 곁을 지나갔다. 게다가 그냥 지나가는 것이 아니라, 마치 장난치듯이 그의 옆을 지나치더니 동료 아낙의 뒤를 쫓아 달려갔다.

또다시 눈부신 한낮, 쐐기풀, 다닐라 노인의 감시소 뒤편, 그리고 단풍나무 그늘에서 나뭇잎을 씹으며 미소 짓고 있는 그녀의 얼굴이 그의 상상 속에서 되살아났다.

'안 되겠어, 이건 그대로 내버려둘 수 없어.' 그는 혼잣말을 했다. 아낙들이 시야에서 사라지기를 기다렸다가 그는 사무실로 갔다. 바로 점심때였다. 예브게니는 영지관리인을 볼 수 있으리라고 기대했다. 예상은 적중했다. 영지관리인은 막 잠에서 깨어난 듯했다. 영지관리인은 사무실에 서서 뭐라고 말하고 있는 가축지기를 바라보면서 기지개를 켜고 하품을 했다.

"바실리 니콜라예비치!"

"무슨 일이신지요?"

"할 이야기가 좀 있소."

"무슨 말씀이신데요?"

"하던 얘기를 먼저 끝내게."

"그래, 데려오지 않았다는 거야?" 바실리 니콜라예비치가 가축지기에게 말했다.

"무거워요, 바실리 니콜라예비치."

"무슨 일인가?" 예브게니가 물었다.

"네, 암소가 들에서 새끼를 낳았습니다. 잘됐고요, 지금 마차에 말을 매라고 지시하고 있습니다. 니콜라이 리수흐에게 짐마차에라도 좋으니 마구를 채우라고 일러."

가축지기가 사무실에서 나갔다.

"그런데 말이오." 얼굴이 상기되는 것을 느끼면서 예브게니가 입을 열었다. "그런데 말이오, 바실리 니콜라예비치, 내가 독신일 때 지은 죄가 있는데…… 어쩌면 당신도 들었을지 몰라요……"

바실리 니콜라예비치는 두 눈에 미소를 지으면서 주인이 가엾다는 듯이 말했다.

"스테파시카* 말씀이시죠?"

"음, 그래요, 그래서 말인데 제발 부탁이니 그녀를 날일꾼으로 집에 들여놓지 말게…… 당신도 이해하겠지만 나는 기분이 아주 언짢아……"

"서기인 바냐가 그렇게 처리한 것 같습니다."

"제발 그렇게 해주게…… 그건 그렇고, 나머지 비료도 죄다 뿌릴 거요?" 당혹감을 감추려고 예브게니가 말했다.

"네, 지금 뿌리러 갑니다."

이렇게 이 일은 끝났다. 예브게니는 그녀를 보지 않고 지냈던 지난 일 년처럼 지금도 그렇게 되기를 바라면서 마음을 진정시켰다.

'게다가 바실리가 서기 이반에게 말하면, 이반이 그녀에게 말하겠지. 그러면 그녀도 내가 그것을 원하지 않는다는 것을 알게 될 거야.' 예브게니는 혼잣말을 했다. 그리고 아무리 힘들더라도 자기가 책임을 지고자 바실리에게 말했다는 것이 기뻤다. '그래, 이 의혹, 이 수치심보다는 훨씬 더 낫다, 훨씬 더 나아.' 그는 이 죄에 대해 마음속으로 떠올리면서 몸서리쳤다.

12

수치심을 극복하고 바실리 니콜라예비치에게 말하기 위해 기울인 정신적 노력은 예브게니의 마음을 진정시켰다. 그가 보기에 이제는 모든 것이 끝난 것 같았다. 리자도 곧 남편의 마음이 완전히 안정되었고,

---

* 스테파니다의 애칭.

심지어 평소보다 더 즐거워한다고 느꼈다. '틀림없이 어머니들 사이에 오간 그 비꼬는 말들이 그를 괴롭혔던 거야. 정말, 다감하고 고상한 그이가 늘 적대적이고 상스러운 어투로 뭔가를 암시하는 듯한 말을 듣는다는 것은 특히나 괴로울 거야.' 리자는 생각했다.

다음날은 성령강림축일이었다. 날씨는 아주 좋았고, 아낙들은 여느 때처럼 화관을 만들러 숲으로 가다가 주인집으로 다가가 노래하고 춤추기 시작했다. 옷을 잘 차려입은 마리야 파블로브나와 바르바라 알렉세예브나는 양산을 펴들고 현관 계단으로 나와서 아낙들이 군무를 추는 데로 다가갔다. 올여름을 예브게니의 집에서 지낸, 살가죽이 축 처진 난봉꾼이며 주정뱅이인 삼촌도 중국식 프록코트를 입고 그들과 함께 밖으로 나왔다.

늘 그랬듯이, 알록달록하고 화려한 빛깔의 옷을 입은 젊은 아낙들과 처녀들로 구성된 원이 전체의 중심이었다. 그 주변 여기저기에서, 일정한 거리를 두고 그 뒤를 따라 빙빙 돌고 있는 행성과 위성처럼 계집애들이 손에 손을 잡고 사라사 무명으로 새로 지은 사라판을 사각거리며 춤을 추었고, 조그마한 사내아이들은 무엇이 우스운지 깔깔거리면서 서로를 뒤쫓으며 앞뒤로 뛰어다니고 있었다. 또 어른들은 푸른색과 검은색 반외투에 붉은 루바시카를 입고 챙 달린 검정 모자를 쓴 채 쉴새 없이 해바라기씨 껍질을 내뱉었고, 하인들이나 구경꾼들은 멀리서 군무를 바라보고 있었다. 두 마님은 중앙의 원으로 다가갔고, 리자도 그 뒤를 따라갔다. 리자는 모난 팔꿈치와 희고 긴 팔이 훤히 드러나 보이는 소매가 넓은 하늘색 원피스에 하늘색 리본을 머리에 달고 있었다.

예브게니는 밖으로 나가고 싶지 않았으나 숨어 있는 것도 우스웠다.

그도 담배를 입에 물고 현관 계단으로 나와서 젊은이들이나 농부들과 인사를 나누고 그들 중 한 사람과 이야기하기 시작했다. 그러는 사이에 아낙들은 목청을 다해 노래를 부르고 가볍게 손뼉을 치면서 춤을 추었다.

"마님께서 부르십니다." 한 아이가 아내가 부르는 소리를 듣지 못한 예브게니에게 다가와 말했다. 리자는 춤을 구경하라고 그를 불렀는데, 춤을 추고 있는 아낙들 중 하나가 특히 그녀의 마음에 들었다. 그것은 스테파샤*였다. 그녀는 노란 사라판에 소매 없는 벨벳 웃옷을 입고 벨벳 머릿수건을 쓰고 있었다. 그녀는 몸집이 좋고 힘이 넘쳤으며, 얼굴에 홍조를 띠고 명랑해 보였다. 당연히 그녀는 춤을 잘 추었다. 예브게니는 아무것도 보지 않았다.

"그래, 그래." 코안경을 벗었다 다시 쓰면서 그는 말했다. "그래, 그래." 그는 되뇌었다. '그러니까 나는 그녀에게서 벗어날 수 없어.' 그는 생각했다.

예브게니는 그녀를 바라보지 않았는데, 왜냐하면 그녀의 매력이 두려웠기 때문이었고, 바로 이런 이유 때문에 그가 슬쩍 본 그녀의 모습은 유난히 매력적으로 보였다. 뿐만 아니라 그는 그녀의 빛나는 눈길을 통해 그녀가 자기를 보고 있고, 그가 그녀에게 넋을 잃고 있다는 사실을 그녀가 알고 있다는 것을 알았다. 그는 예의상 필요한 만큼만 잠시 서 있다가 바르바라 알렉세예브나가 그녀를 불러 뭔가 부자연스럽고 위선적인 말투로 미인이라고 부르며 이야기하는 것을 보고서 몸을 돌

---

* 스테파니다의 애칭.

려 그 자리를 떴다. 그는 집으로 돌아왔다. 그는 그녀를 보지 않으려고 그 자리를 떴지만, 위층으로 올라가 저도 모르게 창가로 다가가서 아낙들이 현관 계단에 모여 있는 내내 창가에 서서 넋을 잃고 그녀의 모습을 바라보았다.

아무도 자기를 보는 사람이 없을 때 그는 아래층으로 내려가서 조용한 발걸음으로 발코니로 나갔고, 발코니에서 담배를 한 대 피우고 나서 마치 산책이라도 하듯이 그녀가 걸어가는 방향의 뜰로 향했다. 오솔길을 따라 두 걸음도 채 가기 전에 나무 뒤로 분홍빛 사라판 위에 걸친 소매 없는 벨벳 웃옷과 빨간 머릿수건이 어른거렸다. 그녀는 다른 아낙과 함께 어딘가로 가고 있었다. '저들은 어디로 가는 걸까?'

별안간 맹렬한 정욕이 그를 불태웠고, 마치 한 손으로 그의 심장을 움켜잡는 듯했다. 예브게니는 마치 낯선 누군가의 의지에 따르듯이 주위를 돌아보고는 그녀가 걸어간 쪽으로 걸어갔다.

"예브게니 이바니치, 예브게니 이바니치! 저 말씀드릴 게 있습니다." 뒤에서 누군가의 목소리가 들렸다. 자기 집에 우물을 파준 사모힌 노인을 본 예브게니는 퍼뜩 정신을 차렸고, 얼른 돌아서서 사모힌에게로 걸어갔다. 사모힌과 이야기하면서 그는 몸을 옆으로 돌려 두 아낙이 분명 우물 쪽이나 우물을 핑계삼아 아래로 내려가는 걸 보았다. 이윽고 아낙들은 잠시 거기에 있다가 여자들이 춤추는 쪽으로 달려갔다.

13

사모힌과 잠시 이야기하고 나서 예브게니는 마치 죄를 지은 사람처럼 녹초가 되어 집으로 돌아왔다. 첫째, 그녀가 그의 마음을 알아챘고, 그가 자기를 보고 싶어한다고 생각했으며, 그녀도 그것을 원하고 있다. 둘째, 다른 아낙이(이 여자는 안나 프로호로바였다) 분명 이것에 대해 알고 있다.

무엇보다 그는 자신이 패배했고, 자신에게 의지가 없으며, 자신을 움직이는 다른 힘이 있다는 것을 느꼈다. 즉, 오늘은 요행히도 살아났지만, 오늘 아니면 내일, 또 모레에는 그가 파멸하리라는 것이다.

'그렇다, 파멸이다.' 그는 이것을 달리 이해할 수 없었다. '사랑하는 젊은 아내를 배반하고, 이 시골에서 모든 사람이 보는 앞에서 시골 아낙과 놀아나는 것이 파멸, 무서운 파멸이 아니란 말인가? 파멸 후에 더 이상 살 수는 없지 않은가? 아니야, 조치를 취해야만 해.'

'아아! 어찌해야 한단 말인가? 정말로 나는 이대로 파멸하고 마는 걸까?' 그는 혼잣말을 했다. '무슨 조치를 취할 수 없을까? 그래, 무슨 짓이든 해야 한다. 그녀를 생각하지 말아야 한다. 생각하지 마라!' 그는 자신에게 명령했다. 하지만 그는 금세 그녀를 생각하기 시작했고, 눈앞에서 그녀와 단풍나무 그늘을 보았다.

그는 책에서 읽은 한 수도사의 이야기를 떠올렸는데, 그 수도사는 한 여자의 병을 고치기 위해 그 여인의 몸에 손을 대지 않을 수 없어서, 여자의 유혹을 피하려고 다른 한 손을 화로 위에 올려놓고 손가락을 태웠다는 것이다. 그는 이 이야기를 떠올렸다. '그렇다, 나도 파멸하기보다는 손가락을 태우는 게 낫다.' 그는 방안에 아무도 없는지 둘러보고 나서 성냥을 켜서 한 손가락을 불꽃에 갖다댔다. '자, 이래도 그녀를 생각해봐라.' 그는 비꼬듯이 자신에게 말했다. 손가락이 아파서 그는 검게 그을린 손가락을 움츠리고 성냥을 내던진 후 자신을 비웃었다. '이 무슨 어리석은 짓인가! 이런 짓을 해서는 안 된다. 그녀를 만날 수 없도록 조치를 취해야 한다. 나 자신이 여길 떠나든가 그녀를 쫓아내야 한다. 그래, 그녀를 쫓아내야 해! 그녀의 남편에게 돈을 주어 도시로 떠나게 하든지 다른 마을로 떠나게 해야 해. 사람들이 알게 되면 이런저런 말들을 하겠지. 하지만 어쩌겠어. 이런 위험한 상황보다는 그게 훨씬 낫다. 그래, 그렇게 해야만 해.' 그는 혼잣말을 하면서도 내내 그녀에게서 눈을 떼지 않고 그녀를 바라보고 있었다. '도대체 그녀는 어디로 갔을까?' 그는 갑자기 자문했다. 그는 그녀가 창가에 있는 자기를 본 것 같다고 느꼈다. 그리고 지금도 자기를 힐끔 쳐다보고 나서, 어떤 아낙과 손을 맞잡고 활기차게 손을 흔들면서 정원 쪽으로 걸어간 것 같았다. 그는 자신도 왜, 무엇 때문인지 모른 채 묘안을 짜내기 위해 사무실로 걸어갔다.

바실리 니콜라예비치는 화려한 프록코트를 입고 머리에 포마드를 잔뜩 바른 채 자기 아내와 융단 머릿수건을 쓴 여자 손님과 함께 앉아 차를 마시고 있었다.

"바실리 니콜라예비치, 나하고 이야기 좀 할 수 있을까요."

"좋습니다. 들어오세요. 우리는 차를 다 마셨습니다."

"아니야, 나와 같이 좀 나가는 게 좋겠네."

"네, 곧 나가겠습니다. 모자만 가지고요. 이봐, 타냐, 사모바르를 덮어놔." 명랑하게 걸어나오면서 바실리 니콜라예비치가 말했다.

예브게니가 보기에 그는 한 잔 마신 듯했지만 어쩔 수 없었다. 어쩌면 이게 나을지도 모른다. 그는 더 호의적으로 예브게니의 처지를 이해해줄지도 모른다.

"이봐, 바실리 니콜라예비치, 또 그 이야긴데, 그 여자 말이오." 예브게니가 말했다.

"그게 뭐가 어때서요. 앞으로는 그 여자를 절대 쓰지 말라고 지시했습니다."

"그게 아니야. 대체로 나는 이렇게 생각하고 있고 당신과 상의하고 싶어서 왔는데 말이오. 어떨까, 그들을 멀리 떠나보낼 수는 없을까? 가족 전부를 말이오."

"어디로 멀리 떠나보내죠?" 예브게니가 보기에 바실리는 불만스럽고 비웃는 듯이 말했다.

"그래, 내 생각으로는 그들에게 돈을 준다든가 콜톱스코예 마을에 땅이라도 주어서 말이오. 여하튼 그녀가 이곳에 없게만 했으면 좋겠소."

"하지만 어떻게 그들을 멀리 떠나보냅니까? 자기 고향을 떠나서 대체 어디로 갑니까? 그런데 무엇 때문에 그렇게 하십니까? 그녀가 방해라도 되나요?"

"아아, 바실리 니콜라예비치, 좀 생각해보게, 아내가 알기라도 하는 날에는 큰일이 아닌가."

"하지만 누가 그런 고자질을 하겠습니까?"

"그렇지만 이렇게 두려워하면서 어떻게 살겠소? 그리고 늘 이것이 괴로워."

"뭘 걱정하세요, 그렇지 않나요? 옛일을 말하는 자는 눈이 먼다는 말도 있잖아요. 하느님 앞에 죄 없는 사람이 어디 있으며, 차르 앞에 잘못 없는 사람이 어디 있어요?"

"그래도 멀리 떠나보내는 게 낫겠어. 당신, 그녀의 남편과 얘기해볼 수 없겠소?"

"뭐, 이야기할 것도 없어요. 에이, 예브게니 이바노비치, 왜 그러세요? 모든 것은 지나갔고 다 잊혔습니다. 세상에 무슨 일인들 없겠어요? 그런데 대체 누가 이제 와서 주인님을 나쁘게 말하겠어요? 주인님이 눈앞에 계시는데요."

"그래도 아무튼 당신이 말 좀 해보게."

"좋습니다, 얘기해보죠."

비록 이런 이야기를 해보았자 뾰족한 수가 없다는 것을 미리 알고 있었지만, 예브게니는 이렇게 얘기하고 나자 다소 마음이 가라앉았다. 무엇보다 그는 자신이 흥분해서 위험을 과장했다는 것을 느꼈다.

정말로 그는 그녀와 밀회하러 갔을까? 그건 있을 수 없는 일이다. 그는 그저 정원을 걷고 있었는데, 거기에서 우연히 그녀가 뛰어나왔던 것이다.

14

바로 이 성령강림축일에 리자는 점심을 먹고 나서 정원을 산책하다가 남편이 토끼풀을 보여주겠다고 이끌어 정원에서 풀밭으로 나갔는데, 도중에 리자는 작은 도랑을 건너다가 발을 헛디뎌 넘어졌다. 그녀는 가볍게 옆으로 넘어졌지만 '악!' 하고 소리를 질렀고, 남편은 아내의 얼굴에서 놀라움뿐만 아니라 고통을 보았다. 그는 아내를 일으키려고 했지만, 아내는 그의 손을 뿌리쳤다.

"아니에요, 좀 기다려요, 예브게니." 그녀는 엷은 미소를 띠고 왠지 잘못을 저지른 사람처럼(그에게는 그렇게 보였다) 밑에서 남편을 올려다보면서 말했다. "발을 좀 삐었을 뿐이에요."

"그러니까 내가 늘 말하잖아." 바르바라 알렉세예브나가 말문을 열었다. "그래, 그런 몸으로 도랑을 뛰어넘을 수 있어?"

"아니에요, 어머니, 괜찮아요. 저 곧 일어날 거예요."

그녀는 남편의 부축을 받으면서 일어섰지만 그 순간 얼굴이 창백해졌고, 얼굴에 놀란 기색이 역력했다.

"예, 좋지 않아요." 그녀는 뭐라고 어머니에게 속삭였다.

"오, 하느님, 도대체 이게 무슨 일이냐! 그러길래 내가 돌아다니지 말라고 말했잖아." 바르바라 알렉세예브나가 소리쳤다. "기다려, 사람들을 보낼 테니. 얘는 걸어서는 안 돼. 얘를 안고 가야 해."

"리자, 걱정하지 마. 내가 안고 가겠어." 왼팔로 아내를 안으면서 예브게니가 말했다. "자, 내 목을 그러안아. 그래, 그렇게."

그는 몸을 구부리고 오른팔로 아내의 두 다리 밑을 떠받치고 아내를 안아올렸다. 이때 아내의 얼굴에 떠오른 고통과 행복이 뒤섞인 표정을 그는 이후에도 결코 잊을 수 없었다.

"여보, 무겁지요?" 미소를 지으면서 그녀가 말했다. "어머니가 달려가시네요. 여보, 괜찮다고 말 좀 하세요!"

그녀는 몸을 굽혀 남편에게 키스했다. 그녀는 분명 남편에게 안긴 모습을 어머니에게 보이고 싶었던 것이다.

예브게니는 바르바라 알렉세예브나에게 자기가 안고 가니까 서두르지 말라고 외쳤다. 바르바라 알렉세예브나는 걸음을 멈추고 더욱 큰 소리로 외쳤다.

"자네는 그애를 떨어뜨릴 거야, 틀림없이 떨어뜨릴 거야. 자네는 내 딸을 죽이고 싶은 거야. 자넨 양심이 없어."

"잘 안고 갑니다."

"난 싫어, 자네가 내 딸을 괴롭히는 걸 볼 수가 없어." 그녀는 오솔길 모퉁이 뒤로 달리기 시작했다.

"괜찮아요, 괜찮아질 거예요." 미소를 지으면서 리자가 말했다.

"그저 지난번처럼만 되지 않았으면 좋겠어."

"아니에요, 그런 말이 아니에요. 이건 괜찮아요. 제가 말하는 건 어머니 말이에요. 당신 지쳤죠, 좀 쉬어요."

예브게니는 힘들었지만 자랑스러운 기쁨을 느끼면서 아내를 집까지 안고 갔고, 바르바라 알렉세예브나가 찾아서 그들을 맞이하라고 보낸 하녀와 여자 요리사에게 아내를 넘기지 않았다. 그는 아내를 침실까지 안고 가서 침대에 눕혔다.

"자, 이제 당신은 가세요." 이렇게 말하면서 그녀는 남편의 한 손을 끌어당겨서 그 손에 키스했다. "뒷일은 나와 안누시카가 수습할게요."

마리야 파블로브나도 곁채에서 달려왔다. 그들은 리자의 옷을 벗기고 침대에 눕혔다. 예브게니는 책을 손에 들고 객실에 앉아 기별이 있기를 기다렸다. 바르바라 알렉세예브나가 그의 옆을 지나갔는데, 그녀의 표정이 너무나 책망하는 듯하고 음울해서 그는 무서워졌다.

"어떻습니까?" 그가 물었다.

"어떠냐고? 물어볼 게 뭐가 있나? 아마 아내에게 도랑을 뛰어넘으라고 강요한 자네가 바란 대로 되었겠지."

"바르바라 알렉세예브나!" 그가 소리쳤다. "그 말씀은 참을 수 없군요. 사람들을 괴롭히고 사람들의 인생을 망치고 싶으시다면……" 어디든 다른 데로 가세요, 라고 말하고 싶었지만 그는 참았다. "이렇게 된 게 애석하지도 않으세요?"

"이젠 늦었어."

그녀는 의기양양하게 부인용 실내모를 휙 내두르고는 문안으로 들어갔다.

넘어진 것은 실제로 좋지 않았다. 발이 불편하게 삐었고, 또다시 유산될 위험이 있었다. 이제 어떻게 할 도리가 없고, 그저 조용히 누워 있는 수밖에 없다는 것을 모두가 알고 있었지만, 그래도 의사를 부르러 사람을 보내기로 결정했다.

"존경하는 니콜라이 세묘노비치," 예브게니는 의사에게 편지를 썼다. "평소에 그토록 친절하게 저희를 돌봐주셨으니 이번에도 아내를 위해 왕진해주시리라고 기대합니다. 실은 아내가……" 이렇게 편지를 쓰고 나서 예브게니는 말과 마차를 준비하도록 지시하려고 마구간으로 갔다. 의사를 데려올 말과 데리고 갈 말들을 따로따로 준비해야만 했다. 살림 형편이 넉넉지 못해 이런 일도 단번에 준비할 수가 없었고, 곰곰이 생각해야만 했다. 그는 모든 것을 직접 해결하고 마부를 보낸 후, 아홉시가 지나서야 집으로 돌아왔다. 누워 있던 아내는 기분이 아주 좋고 아무데도 아프지 않다고 말했다. 하지만 바르바라 알렉세예브나는 리자가 눈이 부시지 않게 악보로 불빛을 가린 램프 앞에 앉아서, 이런 일이 있은 후에 화해는 있을 수 없다고 분명히 말하는 듯한 모습으로 커다란 붉은 모포를 뜨고 있었다. '누가 뭐라고 해도 나는 최소한 내가 할 의무는 했다'는 모습이었다.

예브게니는 그 모습을 보았지만, 아무것도 알아채지 못한 체하려고 애써 명랑하고 태연한 태도로 어떻게 자신이 말들을 끌어모았고, 마차의 왼쪽 부마副馬인 암말 카부시카가 얼마나 멋있게 달렸는지 이야기했다.

"그래, 도움이 필요할 때가 닥쳐서야 말들을 조련시키는구먼. 아마 의사도 도랑에 빠뜨릴 거야." 바르바라 알렉세예브나는 뜨개질감을 램프 밑으로 가져가 코안경 너머로 들여다보면서 말했다.

"의사를 부르러 누군가를 보내야만 했어요. 제가 잘 처리했습니다."

"그래, 자네 말들이 나를 태우고 마차 행렬 가까이 내달렸던 일을 나는 똑똑히 기억하고 있네."

이건 그녀가 오래전에 꾸며낸 얘기였다. 이 말을 듣고서 예브게니는 경솔하게도 그건 전혀 그렇지 않았다고 말했다.

"부정직하고 불성실한 사람들과 같이 사는 게 가장 힘든 일이라고 내가 늘 말했고, 공작에게도 몇 번씩이나 말한 게 괜한 말이 아니네. 나는 모든 걸 참을 수 있지만 이것만은 참을 수 없네."

"누구보다 마음이 아픈 사람은 바로 접니다." 예브게니가 말했다.

"그래, 그런 것 같구먼."

"뭐라고요?"

"아무것도 아니네. 뜨개질 코를 세고 있는 중이야."

이때 예브게니는 침대 곁에 서 있었고, 리자는 남편을 바라보다가 이불 위에 놓인 축축한 한 손으로 남편의 손을 붙잡고 꼭 쥐었다. '나를 봐서 참으세요. 우리가 서로 사랑하는 것을 어머니가 방해하는 것은 아니잖아요.' 그녀는 눈빛으로 말했다.

"더 말하지 않겠어, 그런 거지 뭐." 그는 속삭였다. 그는 아내의 축축하고 기다란 손에 키스하고 나서 귀여운 두 눈에도 키스했고, 그가 키스하는 동안 리자는 눈을 감고 있었다.

"정말로 그렇게 되지는 않겠지?" 예브게니는 말했다. "기분은 어때?"

"실수할까봐 말하기 두렵지만, 아기는 살아 있고, 앞으로도 괜찮을 거예요." 그녀는 자기 배를 보면서 말했다.

"아아, 끔찍해, 생각만 해도 끔찍해."

리자가 그만 가서 자라고 강하게 요구했지만, 예브게니는 그녀 곁에서 밤을 지새웠고, 언제든 그녀를 돌볼 수 있도록 가끔씩 눈을 붙이곤 했다. 리자는 밤을 잘 보냈다. 의사를 데리러 사람을 보내지 않았더라면, 그녀는 자리에서 일어났을지도 모른다.

점심 무렵에 의사가 도착했는데, 그는 반복되는 현상들이 위험을 초래할 수 있지만, 솔직히 말해 긍정적인 증세도 없고, 그렇다고 부정적인 증세도 없으니 이렇게 보면 좋은 경우를, 저렇게 보면 나쁜 경우를 예상할 수 있다고 당연한 말을 했다. 따라서 자리에 누워 있어야 하며, 자신은 약을 처방하는 것을 좋아하지 않지만 어쨌든 처방한 약을 먹고 누워 있으라고 말했다. 이뿐만 아니라 의사는 바르바라 알렉세예브나에게 부인해부학에 대해 강의했는데, 듣는 내내 바르바라 알렉세예브나는 의미심장하게 고개를 끄떡였다. 의사는 평소처럼 손바닥의 맨 안쪽으로 사례금을 받아 떠났고, 환자는 일주일 동안 자리에 누워 있었다.

15

예브게니는 대부분의 시간을 아내의 침대 곁에서 보내면서 그녀를 보살피거나 그녀와 이야기하고 책을 읽어주곤 했는데, 무엇보다 힘든 일은 바르바라 알렉세예브나의 공격을 불평 없이 견뎌내고 그 공격을 농담으로 받아넘기는 것이었다.

하지만 예브게니는 집에만 있을 수 없었다. 첫째, 계속 자기와 함께 있으면 병이 날 거라며 아내가 그를 내보냈고, 둘째, 농사일이 매 순간 그를 필요로 했다. 그는 집에만 있을 수 없어서 밭과 숲, 정원과 곡식창고를 드나들다보니 어디를 가나 생각만이 아니라 스테파니다의 생생한 모습이 따라다녀서 그녀에 대해 잊은 적이 거의 없었다. 그러나 그것뿐이라면 괜찮았을 것이고 아마 그런 감정을 극복할 수 있었을 테지만, 무엇보다 나쁜 것은 예전에는 몇 달이나 그녀를 보지 않고 지내곤 했는데 이제는 끊임없이 그녀를 보고 마주친다는 점이었다. 그녀는 분명 그가 자기와의 관계를 다시 시작하려 한다는 것을 알았고, 그와 마주치려 애쓰고 있었다. 그도 그녀도 아무 말이 없었고, 그래서 밀회에 대한 직접적인 언급은 없었지만 단지 서로 만나려 애쓰고 있었다.

서로 만날 수 있는 곳은 아낙들이 암소에게 먹일 풀을 뜯으러 자루를 들고 다니는 숲이었다. 예브게니도 이 사실을 알았기에 매일 그 숲을 지나다녔다. 매일 그는 그 숲을 지나다니지 않겠다고 혼잣말을 했지만 결국은 매일 그 숲으로 발길을 돌렸고, 아낙들의 목소리가 들리면 떨기나무숲 뒤에 걸음을 멈추고 혹시 그녀가 아닐까 가슴을 졸이면서 살펴보곤 했다.

왜 그는 목소리의 주인공이 그녀인지 알아야만 했을까? 그 자신도 알 수 없었다. 설사 그 목소리의 주인공이 그녀이고, 또 그녀 혼자였다고 하더라도 그는 그녀에게로 가지 않았을 것이고 틀림없이 달아났을 것이다. 그는 이렇게 생각했다. 하지만 그는 꼭 그녀를 봐야만 했다. 한번은 그녀와 마주쳤다. 그가 숲속으로 막 들어가려고 했을 때, 그녀는 아낙 두 명과 함께 풀이 꽉 찬 무거운 자루를 등에 메고 숲에서 나오고 있었다. 좀 일찍 갔으면 어쩌면 숲속에서 그녀와 마주쳤을지도 모른다. 이제 다른 아낙들이 보고 있어서 그녀도 숲속에 있는 그에게로 돌아갈 수가 없었다. 불가능하다는 것을 의식했지만, 그는 다른 아낙들의 시선을 아랑곳하지 않고 오랫동안 호두나무숲 뒤에 서 있었다. 물론 그녀는 돌아오지 않았지만, 그는 그 자리에 오래도록 서 있었다. 아아, 그는 마음속으로 그녀의 모습을 얼마나 매혹적으로 그려보았는지 모른다. 그것도 한 번이 아니라 다섯 번, 여섯 번이나 그려보았다. 그녀의 모습을 그려볼수록 그리움은 더욱 강해졌다. 지금껏 그녀가 이토록 매력적인 여자로 느껴진 적이 없었다. 단지 매력적일 뿐만 아니라 그녀가 이토록 완벽하게 그의 마음을 지배한 적도 없었다.

그는 자신에 대한 통제력을 잃었고, 자신이 거의 미쳐버렸다고 느꼈다. 하지만 자신에 대한 엄격함은 털끝만큼도 약해지지 않았다. 오히려 그는 자신의 욕망과 숲속을 이리저리 돌아다니는 행동이 추악하다는 것을 알았다. 만일 그녀와 접촉할 수 있다면, 어딘가 가까운 곳, 어둠 속에서 그녀와 만나자마자 그는 자신의 감정에 몸을 맡기리라는 것을 알고 있었다. 단지 사람들과 그녀와 자신에 대한 수치심만이 자신을 억제하고 있음을 그는 알고 있었다. 그래서 자신이 이 수치심이 드러나지 않는 조건, 즉 동물적인 욕정이 수치심을 덮어버릴 수 있는 어둠이나 그런 접촉을 찾고 있다는 것도 알고 있었다. 따라서 그는 자신이 추악한 죄인임을 알았고, 영혼의 온 힘을 다해 자신을 경멸하고 증오했다. 그는 아직도 단념하지 않았기 때문에 자신을 증오했다. 그는 매일 자기에게 힘을 주고 파멸에서 구해달라고 신에게 기도했고, 날마다 오늘부터는 한 발짝도 숲 쪽으로 내딛지 말자, 그녀를 돌아다보지 말고 잊어버리자고 결심했다. 그는 날마다 이 유혹에서 벗어나기 위해 여러 가지 방법을 생각해냈고, 그것을 사용했다.

그러나 모든 게 허사였다.

그 방법들 중 하나는 늘 일에 몰두하는 것이었다. 다른 하나는 힘든 육체노동과 금식이었다. 세번째 방법은 아내나 장모나 세상 사람들이 모두 그것을 알게 되었을 때 그의 머리 위를 덮칠 수치심을 생생하게 상상하는 것이었다. 그는 이 모든 방법을 실행하고 있었고, 자신이 이겨내고 있다고 느꼈지만 그 시간이 되면, 즉 정오나 예전에 몰래 만났던 시간이 되면, 그리고 풀 베러 갔다 오던 그녀를 만났던 시간이 되면, 그는 숲속으로 가곤 했다.

이렇게 닷새가 고통스럽게 지나갔다. 그는 단지 멀리서 그녀를 보았을 뿐, 한 번도 그녀와 만나지 않았다.

16

리자는 조금씩 건강이 회복되어 걸어다녔고, 남편에게 일어난 이해할 수 없는 변화에 불안해했다.

바르바라 알렉세예브나가 잠시 집을 비워서 객식구라곤 삼촌뿐이었다. 마리야 파블로브나는 평소처럼 집에 있었다.

6월의 뇌우가 몇 차례 치고 나면 흔히 그렇듯이, 6월의 장대비가 이틀이나 계속 퍼붓기 시작했을 때 예브게니는 반미치광이 상태에 빠져 있었다. 장대비 때문에 전혀 일을 하지 못했다. 심지어 퇴비마저도 습기와 진창 때문에 실어나를 수 없었다. 사람들은 모두 제 집에 들어앉아 있었다. 가축 때문에 애를 먹은 목동들은 결국 가축을 집으로 몰아왔다. 암소와 양들은 방목장을 돌아다니면서 여기저기 저택 주변을 뛰어다녔다. 머릿수건을 쓴 맨발의 아낙들은 진창을 철벅거리면서 사방으로 달아난 암소를 찾으러 이리저리 뛰어다녔다. 개울은 길을 따라 도처에 흐르고 있었고, 나뭇잎도 풀도 온통 물에 젖었으며, 홈통에서는 요란한 소리를 내면서 계속 물줄기가 흘러내려 물거품이 이는 웅덩이를 이루었다. 예브게니는 오늘따라 유난히 따분해하는 아내와 함께 집에 있었다. 그녀는 여러 번 불만의 원인이 뭐냐고 예브게니에게 물어보았지만, 그는 화를 내면서 아무 일도 없다고 대답했다. 그녀는 더이상 묻지 않았지만 슬퍼했다.

그들은 아침을 먹고 나서 객실에 앉아 있었다. 삼촌은 자신과 친분이 있는 상류사회의 지인들에 대해 수없이 허풍을 떨어댔다. 리자는 짧은 웃옷을 뜨면서 날씨와 요통을 불평하며 연신 한숨을 내쉬었다. 삼촌은 그녀에게 자리에 누우라고 권하면서 직접 포도주를 청했다. 예브게니는 집에 있는 게 몹시 따분했다. 모든 것이 맥빠지고 무료했다. 그는 책을 읽으면서 담배를 피웠지만 아무것도 이해할 수 없었다.

"그래, 강판薑板을 보러 가야겠군, 어제 실어 왔지." 이렇게 말하고 나서 그는 자리에서 일어나 걸어나갔다.

"여보, 우산 가져가세요."

"됐어, 가죽 방수외투를 입으면 돼. 제당소까지만 가볼 거야."

그는 장화에 가죽 방수외투를 입고 공장 쪽으로 걸어갔다. 그러나 스무 걸음도 채 못 가서 그는 하얀 장딴지 위로 치맛자락을 높이 치켜올린 채 자기를 향해 걸어오는 스테파니다와 마주쳤다. 그녀는 머리와 어깨를 덮은 숄을 두 손으로 여미면서 걸어오고 있었다.

"무슨 일이야?" 처음엔 그가 그녀를 알아보지 못하고 물었다. 그녀를 알아보았을 때는 이미 늦었다. 그녀는 걸음을 멈추고 미소를 지으면서 오랫동안 그를 바라보았다.

"송아지를 찾고 있어요. 이렇게 궂은 날씨에 어디 가세요?" 마치 날마다 그를 본 것처럼 그녀가 물었다.

"저기 임시 막사로 와." 그는 저도 모르게 갑자기 말했다. 마치 그의 안에 있는 누군가 다른 사람이 그런 말을 한 것 같았다.

그녀는 머릿수건을 깨물고 눈짓으로 동의하더니 그녀가 걸어온 쪽, 즉 정원의 임시 막사 쪽으로 달려갔다. 그도 라일락숲 뒤쪽으로 돌아서 그쪽으로 갈 생각으로 가던 길을 계속 갔다.

"나리," 뒤에서 목소리가 들렸다. "마님께서 부르십니다, 잠깐 들르시랍니다."

하인 미샤였다.

'아아, 너는 두 번이나 나를 구해주는구나!' 예브게니는 잠시 생각하다가 즉시 방향을 틀었다. 아내는 그가 점심 때 병든 여자에게 약을 가져다주기로 한 약속을 상기시키며 약을 챙겨가라고 부탁했다.

약을 챙기는 동안 한 5분쯤 지났다. 이윽고 약을 챙겨 들고 나오면서도 그는 집에서 사람들이 볼까봐 임시 막사로 갈 것인지 결정하지 못했다. 그러나 사람들의 시야에서 벗어나자마자 그는 즉시 방향을 돌려 임시 막사 쪽으로 걸어갔다. 그는 이미 막사 한가운데서 명랑하게 웃고 있는 그녀의 모습을 상상했다. 하지만 그녀는 없었다. 임시 막사 안에는 그녀가 왔다 갔다는 것을 입증할 만한 것이 아무것도 없었다. 그녀는 이곳에 오지 않았고, 그의 말을 듣지도 이해하지도 못했다고 그는 생각했다. 그는 그녀가 그의 말을 들을까봐 겁내는 듯이 혼잣말처럼 중얼거렸다. '혹은 오고 싶지 않았을지도 몰라. 왜 그녀가 곧장 내게 달려오리라고 생각했을까? 그녀에게는 남편이 있어. 오직 나만 비열한 놈이야. 나는 좋은 아내가 있으면서도 남의 아내를 쫓아다니고 있어.' 짚으로 이은 지붕 한 군데서 비가 새어 빗물이 방울져 떨어지고 있는 임시 막사 안에 앉아 그는 이런 생각을 하고 있었다. '만약 그녀가 온다면 얼마나 좋을까? 비가 내리는 이곳에서 단둘이 말이야. 단 한 번만이라도 그녀를 안을 수만 있다면 그다음에 어찌되건 알 게 뭐야. 아아, 그래.' 순간 그는 이런 생각이 들었다. '만약 여기에 왔다 갔다면 발자국으로 그녀를 찾아낼 수 있어.' 그는 임시 막사 쪽으로 통하는, 풀이 우거지지 않은 오솔길 땅바닥을 힐끗 쳐다보았다. 여전히 걸어가고 있는 듯한 선명한 맨발자국이 거기에 있었다. '그래, 그녀가 왔다 갔군. 하지만 이번은 끝났어. 이제는 어디서 그녀를 만나든지 곧장 그녀에게 가겠어. 밤에 그녀에게 갈 거야.' 그는 오랫동안 임시 막사에 앉아 있다가 녹초가 되어 막사에서 나왔다. 그는 약을 가져다주고 집으로 돌아와 점심을 기다리면서 자기 방에 누워 있었다.

17

점심 전에 리자가 예브게니에게 와서 남편의 불만의 원인이 뭘까 계속 생각하다가, 자기를 모스크바로 데려가서 출산하게 하려고 한 것이 남편을 불쾌하게 만들지나 않았는지 걱정되며, 자기는 이곳에 남기로 작정했다고 말했다. 절대로 모스크바에 가지 않겠다는 것이었다. 예브게니는 아내가 출산만이 아니라 건강하지 않은 아이를 낳을까봐 걱정하고 있다는 것을 알고 있었으므로, 아내가 남편에 대한 사랑으로 모든 것을 가볍게 희생하는 것을 보면서 감동하지 않을 수 없었다. 집안의 모든 것이 아주 좋고 즐겁고 깨끗했지만, 그의 영혼은 더럽고 추악하고 끔찍했다. 예브게니는 자신의 약점을 진심으로 혐오하고, 유혹을 확실히 끊어내려고 했지만 내일이면 다시 똑같은 일이 일어나리라는 것을 알기에 저녁 내내 괴로웠다.

"아니야, 이건 불가능해." 그는 방안을 이리저리 서성이면서 혼잣말을 했다. "그것에 대항하는 어떤 방안이 있어야만 해. 아아! 도대체 어찌해야 한단 말인가?"

누군가 외국식으로 문을 두드렸다. 삼촌이라는 걸 그는 알았다.

"들어오세요." 그가 말했다.

삼촌은 자진해서 아내의 사절로 왔다.

"그런데 말이야, 실은 네가 변한 것 같아." 삼촌이 말했다. "리자가 얼마나 괴로워하고 있는지 난 알아. 막 시작한 훌륭한 사업을 내던진다는 게 너에게 힘들다는 것도 알지만, 네가 무엇을 하고 싶어하건 나는 여행을 권하고 싶다. 너도 리자도 편안해질 거야. 그래서 말인데, 크림으로 여행을 가거라. 거긴 기후도 좋고, 훌륭한 산부인과의사도 있어. 게다가 지금이 바로 포도 철이고 말이야."

"삼촌," 예브게니가 불쑥 입을 열었다. "제 비밀을 지켜주실 수 있겠어요? 끔찍하고 부끄러운 비밀입니다만."

"무슨 소리야, 정말 너는 날 못 믿는 거냐?"

"삼촌! 삼촌은 저를 도와주실 수 있어요. 아니, 도움이 아니라 저를 구해주실 수 있어요." 예브게니가 말했다. 자기가 존경하지도 않는 삼촌에게 자신의 비밀을 털어놓고 가장 좋지 못한 자기 모습을 드러낸다는 생각, 삼촌 앞에서 자기 자신을 낮춘다는 생각으로 예브게니는 유쾌해졌다. 그는 자신을 추악하고 죄를 지은 사람으로 느꼈고, 자신을 벌하고 싶었다.

"자, 그럼 말해보거라. 내가 너를 얼마나 사랑하는지 너도 알고 있겠지." 삼촌이 말했다. 그는 예브게니에게 비밀이 있고, 그것도 수치스러운 비밀이며, 그런 비밀을 자신에게 알려주려 하고, 자기가 도움을 줄 수 있다는 데 매우 만족하는 듯했다.

"먼저 제가 추악한 놈이며 비열한 놈이라는 걸 말씀드려야겠습니다. 정말 저는 비열한 놈입니다."

"아니, 무슨 말을 하는 거냐." 목을 부풀리면서 삼촌이 말했다.

"어찌 추악한 놈이 아닐 수 있겠어요. 제가, 리자의 남편인 제가 말입니다! 그녀의 순결과 사랑을 모른다면 말이 안 되는 거죠. 그런데 그녀의 남편인 제가 한 아낙과 놀아나며 그녀를 배신하려고 하거든요."

"그러니까 왜 배신하려는 거냐? 너는 리자를 배신하지 않았잖니?"

"그래요, 하지만 배신한 거나 마찬가지죠. 그건 저한테 달린 게 아니니까요. 저는 배신할 준비가 되어 있었어요. 방해받았을 뿐이에요. 그렇지 않았으면 지금도 저는…… 지금도 저는. 저는 무슨 짓을 저지를지 몰라요."

"그런데 이봐, 좀 자세히 말해봐……"

"저, 다름이 아니라. 제가 독신일 때, 이곳, 우리 마을에 사는 여자와 관계를 갖는 어리석은 짓을 저질렀어요. 그러니까 그 여자와 숲이나 들에서 만나곤 했어요……"

"미인이냐?" 삼촌이 물었다.

예브게니는 이 질문을 받고 얼굴을 찌푸렸지만, 외부의 도움이 몹시 필요했기 때문에 못 들은 척하고 말을 이었다.

"그런데, 저는 관계를 끊으면 모든 게 끝날 거라고 생각했지요. 그래서 결혼 전에 관계를 끊고, 그후 거의 일 년 동안 그 여자와 만나지 않았고, 생각도 하지 않았어요." 예브게니는 자기가 한 말을 듣고, 자신의 상태에 대한 묘사를 듣는 것이 이상하게 여겨졌다. "그런데 갑자기, 왜 그랬는지 저도 모르겠지만, 정말로 이따금 마법을 믿게 되는데요, 그녀를 우연히 다시 보았고, 그때부터 벌레가 제 마음속에 기어들어와 저를 갉아먹고 있어요. 저는 제 행동의 모든 무서움, 즉 매 순간 제가 저지를 수 있는 행동의 무서움을 알고 있기에 자신을 욕하면서도 그 짓을 하려 하고 있어요. 만약 제가 그 짓을 하지 않았다면, 그건 오직 신이 저를 구해주셨기 때문입니다. 어제도 저는 그녀에게 가고 있었는데, 바로 그때 리자가 저를 불렀던 겁니다."

"아니, 그렇게 비가 왔는데도?"

"그래요, 삼촌, 저는 지칠 대로 지쳤어요, 그래서 삼촌에게 고백하고 도움을 청하기로 결심한 겁니다."

"그래, 물론 그래야지. 자기 영지에서 그러는 건 좋지 않아. 사람들이 알게 될 테니까. 리자가 몸이 약한 걸로 아는데, 리자를 아껴줘야 한다. 그런데 왜 영지에서 그런 짓을 했어?"

또다시 예브게니는 삼촌의 말을 듣지 않으려고 애쓰면서 서둘러 문제의 핵심으로 다가갔다.

"그러니까 삼촌이 저 자신으로부터 저를 구해주세요. 제가 부탁드리는 것은 바로 그겁니다. 어제는 우연히 방해를 받아 괜찮았지만, 내일이나 다른 경우에는 방해를 받지 않을지도 몰라요. 그녀도 이제 알고 있어요. 그러니 저를 혼자 내버려두지 마세요."

"그래, 그렇게 하자." 삼촌이 말했다. "그런데 너 정말 홀딱 반한 거냐?"

"아아, 결코 그런 게 아니에요. 그런 게 아니라, 그 어떤 힘이 저를 움켜쥐고 꼼짝 못하게 해요. 어찌해야 할지 모르겠어요. 어쩌면, 제가 강해지면, 그때는……"

"그래, 여기서 벗어나려면 내 생각으론 크림으로 가는 게 좋겠다." 삼촌이 말했다.

"그래요, 좋아요, 가요, 삼촌과 같이 있는 동안 삼촌에게 말하겠어요."

18

예브게니는 자신의 비밀을 삼촌에게 털어놓고 나서, 특히 비가 내린 날 이후 자신이 겪은 양심과 수치심의 고통을 털어놓고 나서 제정신을 차렸다. 얄타 여행은 일주일 후로 결정되었다. 이 일주일 동안 예브게니는 여행비용을 마련하러 시내에 다녀왔고, 집과 관리사무실에서 농사일을 처리했고, 다시 명랑해졌고, 아내와도 가까워졌으며, 정신적으로 활기를 되찾기 시작했다.

장대비가 내린 이후로 한 번도 스테파니다를 보지 못한 채, 그는 아내와 함께 크림으로 떠났다. 그들은 크림에서 두 달을 아주 즐겁게 지냈다. 예브게니는 새로운 인상을 너무나 많이 받아서 예전의 모든 일들이 기억에서 완전히 지워진 듯했다. 크림에서 그들은 옛 지인들을 만났고, 그들과 아주 가까워졌다. 뿐만 아니라 새로운 지기도 생겼다. 예브게니에게 크림에서의 생활은 언제나 축제일 같았고, 유익하고 교훈적이었다. 크림에서 그들 부부는 자기네 현의 귀족단장을 지낸 영리하고 자유분방한 사람과 가까워졌다. 예브게니가 마음에 든 그 사람은 예브게니를 교화시켜 자기편으로 끌어들였다. 8월 말에 리자는 건강하고 예쁜 딸을 낳았는데, 뜻밖에도 순산이었다.

9월에 이르테네프 부부는 이제 아이와 유모를 데리고 넷이서 집으로 돌아왔다. 리자가 아이에게 젖을 먹일 수 없었기 때문이다. 이전의 두려움에서 완전히 벗어난 예브게니는 완전히 새롭고 행복한 사람이 되어 집으로 돌아왔다. 아내가 출산할 때 남편들이 겪는 모든 것을 경험한 그는 더욱더 깊이 아내를 사랑하게 되었다. 두 손으로 아이를 안았을 때, 그는 우습고, 새롭고, 마치 간지럼 타는 듯한 유쾌한 기분을 느꼈다. 이제 그의 생활에 나타난 또다른 새로운 점은 (이전 귀족단장인) 둠친과의 친분 덕택으로 농장경영 외에도 지방자치회에 대한 새로운 관심, 약간의 공명심과 약간의 의무감도 생겼다는 것이다. 10월에 지방자치회 긴급회의가 소집되어, 거기서 그를 위원으로 선출하기로 되어 있었다. 집으로 돌아온 후 그는 한 번은 시내에 갔다 왔고, 또 한 번은 둠친에게 다녀왔다.

그는 유혹과 그 유혹과의 싸움의 고통에 대해 완전히 잊었고, 그 고통을 상상 속에서만 간신히 떠올릴 수 있었다. 그것은 그가 당했던 광기의 발작과 비슷한 뭔가로 여겨졌다.

영지관리인의 집에서 처음으로 그와 단둘이 남게 되었을 때, 예브게니는 그 여자에 대해 물어보는 것을 두려워하지 않을 정도로 이제 자신이 그 문제에서 완전히 벗어났다고 느꼈다. 그는 영지관리인과 그 문제에 대해 얘기하면서 그 여자에 대해 물어보는 게 부끄럽지 않았기 때문이다.

"그런데, 프첼니코프 시도르는 여전히 집에서 살고 있지 않소?" 그가 물었다.

"네, 여전히 시내에서 살고 있습죠."

"그럼 그의 아내는?"

"정말 한심한 여편네죠! 요새는 지노베이와 붙어먹고 있습니다. 완전히 세월아 네월아 하며 살고 있어요."

'그거 잘됐군.' 예브게니는 생각했다. '참으로 놀랍군, 내가 아무렇지도 않다니. 정말로 내가 변했어.'

19

모든 일이 예브게니가 바라던 대로 되었다. 영지는 그의 수중에 남았고, 공장도 잘 운영되었으며, 비트의 생산량도 좋았고, 막대한 수입이 기대되었다. 아내는 순산했고, 장모는 떠났고, 그는 만장일치로 위원으로 선출되었다.

선거가 끝난 후 예브게니는 시내에서 집으로 돌아오고 있었다. 많은 사람들로부터 축하를 받은 그는 감사를 표해야 했다. 그래서 점심식사를 하면서 샴페인을 다섯 잔쯤 마셨다. 이제 완전히 새로운 생활 계획들이 머리에 떠올랐다. 그는 집으로 가면서 그 계획들에 대해 생각했다. 때는 청명한 초가을이었다. 길도 아주 좋고 태양도 눈부셨다. 마차를 타고 집으로 다가가면서, 예브게니는 이번 선거로 자기가 늘 꿈꾸어왔던 지위를 민중 속에서 얻게 되리라고 생각했고, 또 그 지위에 오르게 되면 일자리를 제공하는 생산뿐만 아니라 직접적인 영향을 발휘하여 민중에게 봉사할 수 있으리라고 생각했다. 그는 3년 후 자기 영지의 농민들과 이웃 마을의 농민들이 자기를 어떻게 평가할지 상상해보았다. '바로 이것이다!' 그때 마을을 지나가면서 물이 가득찬 물통을 지고서 자기를 가로질러가는 한 농부와 아낙을 보면서 예브게니는 생각했다. 그들은 마차가 지나가게 하면서 걸음을 멈췄다. 농부는 늙은 프첼니코프였고, 아낙은 스테파니다였다. 예브게니는 그녀를 힐끗 쳐다보고 나서 스테파니다라는 걸 알아보았지만, 자기 마음이 완전히 평온하다는 걸 느끼며 기뻐했다. 그녀는 여전히 예뻤지만, 그는 전혀 흥분하지 않았다. 그는 집에 도착했다. 아내가 그를 현관 계단에서 맞아주었다. 참으로 아름다운 밤이었다.

"그래 어찌되었어, 축하해도 되나?" 삼촌이 말했다.

"네, 선출되었어요."

"그래, 참 잘됐군. 축배를 들어야지."

다음날 아침, 예브게니는 잠시 방치했던 영지 일을 돌아보러 나갔다. 농장에서는 새 탈곡기가 돌아가고 있었다. 그는 새 탈곡기가 작동하는 걸 살펴보며 아낙들을 자세히 쳐다보지 않으려고 애쓰면서 그들 사이를 걸어다녔다. 하지만 아무리 애를 써도, 짚을 나르는 스테파니다의 검은 눈과 빨간 머릿수건을 두어 번 쳐다보지 않을 수 없었다. 그는 곁눈질로 두어 번 그녀를 보았고, 다시 뭔가가 마음속에 일어나는 것을 느꼈지만 그게 뭔지는 알 수 없었다. 그러나 바로 그다음날, 그는 다시 탈곡장으로 가서 아무 이유 없이 두 시간가량 보냈고, 젊은 여자의 낯익은 아름다운 모습을 쉴새없이 눈으로 애무하면서 자신이 파멸했고, 완전히 돌이킬 수 없이 파멸했다고 느꼈다. 또다시 그 고통과 그 모든 두려움이 시작된 것이다. 그리고 구원은 없었다.

그가 예상했던 일이 실제로 일어났다. 다음날 저녁, 그는 무슨 영문인지도 모른 채 문득 정신을 차려보니 지난해 가을에 한 번 그녀와 몰래 만난 적이 있는 그녀의 집 건초곳간 맞은편 뒷마당에 있었다. 그는 마치 산책을 하는 것처럼 담배를 피우면서 그곳에 멈춰 섰다. 이웃집 아낙이 그를 보았고, 그는 되돌아오면서 이웃집 아낙이 누군가에게 말하는 것을 들었다.

"가봐, 그 사람이 기다리고 있어. 거짓말이면 당장 죽어도 좋아. 그 사람이 서 있다니까. 가보라니까, 바보 같으니!"

그는 아낙이, 바로 그녀가 건초곳간 쪽으로 뛰어가는 것을 보았다. 하지만 한 농부를 만났기 때문에 그는 다시 돌아갈 수는 없었고 그냥 집으로 갔다.

20

예브게니가 객실로 들어섰을 때, 그에겐 모든 것이 기이하고 부자연스럽게 보였다. 다음날 아침에 그는 여전히 혈기왕성한 채로 자리에서 일어나 모든 걸 포기하고, 모든 걸 잊고 생각하지 말자고 결심했다. 하지만 왠지 모르게 그는 오전 내내 일에 흥미를 느끼지 못했을 뿐만 아니라 일에서 벗어나려고 애썼다. 예전엔 중요하고 즐거웠던 것이 지금은 아무 가치도 없어 보였다. 그는 무의식적으로 일에서 벗어나려고 애썼다. 판단하고 곰곰이 생각하기 위해서는 일에서 벗어나야만 할 것 같았다. 결국 그는 일에서 벗어나 홀로 남았다. 그러나 홀로 남자마자 그는 정원과 숲으로 나가 어슬렁거리기 시작했다. 발길 닿는 곳마다 그를 사로잡고 있던 기억들로 더럽혀져 있었다. 그는 자신이 정원을 거닐고 있다고 느꼈고, 뭔가를 생각하고 있다고 혼잣말을 했지만, 실은 아무것도 생각하지 않았고 미친듯이 무의식적으로 그녀를 기다리고 있었다. 그가 얼마나 그녀를 원하는지 그녀가 기적적으로 깨닫고, 그녀가 이곳이나 아무도 보지 못하는 저 어딘가로 갑자기 오기를, 혹은 달이 뜨지 않은 밤에 아무도, 심지어 그녀 자신도 보지 못하는 칠흑 같은 밤에 그녀가 오기를 기다리고 있었다. 그러면 그는 그녀의 몸뚱이를 만질 것이다……

'그래, 원할 때 언제든지 그만둘 수 있다고?' 그는 중얼거렸다. '그래, 건강을 위해서 깨끗하고 건강한 여자와 만났다고! 아니야, 이제 그 여자와 그렇게 놀아나서는 안 될 것 같아. 내가 그녀를 잡았다고 생각했지만, 그녀가 나를 잡고 놓아주지 않았던 거야. 나는 내가 자유롭다고 생각했지만 자유로운 게 아니었어. 나는 결혼했을 때 자신을 기만하고 있었어. 모든 게 허튼 수작이고 기만이었어. 그녀와 만난 이후로 나는 새로운 감정을, 남편의 진짜 감정을 경험했어. 그래, 나는 그녀와 같이 살아야만 했어.

그래, 내게는 두 가지 삶이 가능해. 하나는 리자와 시작한 삶. 봉사, 영지경영, 어린애, 그리고 사람들로부터 존경받는 삶이야. 이 삶을 택하려면 그녀가, 스테파니다가 없어야만 해. 내가 말한 것처럼 그녀를 어디론가 보내버리든지, 그녀가 더이상 존재하지 않도록 그녀를 없애버려야 해. 다른 하나는 바로 이거야. 그녀를 남편한테서 빼앗고, 남편에게 돈을 주고는 수치도 치욕도 잊어버리고 그녀와 사는 거야. 그러나 그땐 리자도 미미(어린애)도 없어야 해. 아니, 무슨 소리야, 어린애는 방해가 되지 않지만 리자는 없어야만 해. 리자는 떠나야만 해. 리자가 이 일을 알고 저주하며 떠나도록 해야 해. 내가 그녀를 농부의 여편네와 바꿨고, 내가 거짓말쟁이이며 비열한 놈이라는 걸 알게 해야 해. 아니, 이건 너무나 끔찍한 일이야! 그럴 수는 없어. 그래, 하지만 그럴 수도 있어.' 그는 계속 생각했다. '그럴 수도 있어. 리자가 병이 나서 죽어버릴지도 몰라. 리자가 죽는다면, 그땐 모든 게 잘되겠지.

잘된다고! 아, 이 악당 같으니! 아니, 죽어야 한다면 차라리 그녀가 죽어야 해. 그녀가, 스테파니다가 죽는다면 얼마나 좋을까?

그래, 바로 이래서 사람들은 아내나 정부를 독살하거나 살해하는 거야. 권총을 가지고 가서 그녀를 불러내어 껴안는 대신 가슴에다 총 한 방을 쏘는 거야. 그러면 끝이야.

정말로 그녀는 악마야. 진짜 악마야. 정말이지 그녀는 내 의지에 반해 나를 점령했어. 죽여야만 하나? 그래, 해결책은 두 가지뿐이야. 아내를 죽이든가, 그녀를 죽이든가. 이렇게는 살 수 없으니까.* 이렇게는 살 수 없어. 곰곰이 생각하고 앞날을 예측해야만 해. 이대로 있으면, 이대로 놔두면 어찌되겠어?

나는 이런 짓이 싫다, 그만두겠다고 또다시 자신에게 말하겠지만, 그건 그저 말뿐이고 저녁이 되면 나는 뒷마당으로 갈 거야. 그러면 그녀가 날 알아보고 오겠지. 혹은 사람들이 이 일을 알고서 아내에게 고자질하거나, 혹은 나 자신이 스스로 아내에게 말할 거야. 왜냐하면 나는 더이상 거짓말을 할 수 없고, 이렇게 살 수는 없으니까. 정말 이렇게 살 수는 없어. 사람들이 곧 알게 될 거야. 파라샤도, 대장장이도 모두 알게

---

* 이 대목에서 이야기의 첫번째 버전 결말이 시작된다.

될 거야. 그렇게 되면 어쩌나, 정말로 이렇게 살 수 있을까?

그럴 수는 없어. 해결책은 두 가지뿐이야. 아내를 죽이든가, 그녀를 죽이든가. 그래, 또하나의 해결책이……

아아, 그래, 제3의 해결책이 있어. 그건 자살이야.' 그는 조용히 소리 내어 말했고, 그러자 갑자기 온몸에 소름이 끼쳤다. '그래, 자살하는 거다. 그러면 그들을 죽일 필요가 없어.' 그는 무서워졌다. 이 해결책만이 가능하다고 느꼈기 때문이다. '권총은 있다. 정말 나는 자살할 수 있을까? 나는 이런 생각을 한 번도 하지 않았어. 그건 정말로 이상할 거야.'

그는 자기 방으로 돌아와 곧장 권총이 들어 있는 상자를 열었다. 그러나 그가 상자를 채 열기도 전에 아내가 들어왔다.

21

그는 신문으로 권총을 가렸다.

"또다시 똑같아요." 남편을 힐끗 쳐다보고 나서 아내가 놀란 얼굴로 말했다.

"뭐가 똑같다는 거야?"

"내게 말하고 싶어하지 않았을 때, 당신이 예전에 지었던 그 끔찍한 표정 말이에요. 게냐, 여보, 제게 말해요. 저는 알아요. 당신은 괴로워하고 있어요. 제게 말해요. 그러면 한결 편해질 거예요. 무슨 일이 있다고 해도 당신의 그 괴로움보다는 나을 거예요. 나는 나쁜 일이 아무것도 없다는 것을 알고 있으니까요."

"당신이 알고 있다고? 아직은 모를걸."

"말해주세요, 네, 말해줘요. 그러지 않으면 당신을 놓아주지 않겠어요."

그는 가엾은 미소를 지었다.

'말해야 하나? 아니, 그럴 수는 없어. 또 할말도 없어.'

어쩌면 그는 아내에게 말했을지도 모른다. 하지만 바로 그때 유모가 들어와서 산책하러 나가도 되느냐고 물었다. 리자는 아이에게 옷을 입히러 나갔다.

"말해줄 거죠? 곧 돌아올게요."

"그래, 어쩌면……"

그녀는 남편이 이렇게 말하면서 지은 그 고통스러운 미소를 결코 잊을 수 없었다. 그녀는 나갔다.

그는 마치 도둑처럼 살금살금 다가가 재빨리 권총을 움켜잡고 권총집에서 꺼냈다. '권총은 장전되어 있어. 그래, 하지만 오래전 일이고, 총알이 하나 부족해. 자, 어떻게 될까.'

그는 권총을 관자놀이에 갖다대고 잠시 머뭇거렸다. 하지만 스테파니다, 그녀를 보지 않겠다는 결심, 유혹, 타락, 다시 자신과의 싸움을 떠올리자마자 그는 부르르 몸을 떨었다. '아니야, 이게 더 나아.' 그는 방아쇠를 당겼다.

리자가 방안으로 뛰어들어왔을 때—그녀는 막 발코니에서 내려왔었다—그는 바닥에 엎드려 있었고, 따스한 검은 피가 상처에서 콸콸 흘러나오고 있었다. 그리고 그의 시신은 아직 가늘게 떨고 있었다.

심리審理가 있었다. 아무도 자살의 원인을 이해할 수도 설명할 수도 없었다. 심지어 삼촌조차도 두 달 전에 예브게니가 자기에게 한 고백과 자살의 원인 사이에 뭔가 공통점이 있다는 생각을 전혀 하지 못했다.

바르바라 알렉세예브나는 자기는 늘 이런 일을 예언해왔다고 단언했다. 그가 언쟁을 할 때 그런 조짐이 보였다는 것이다. 리자와 마리야 파블로브나는 둘 다 왜 이런 일이 일어났는지 도저히 이해할 수 없었지만 그가 정신병자였다는 의사의 말은 믿지 않았다. 그들은 자신들이 알고 있는 수많은 사람들보다 예브게니가 더 건전한 상식을 지녔다는 것을 알고 있었기 때문에 의사의 말에 결코 동의할 수 없었다.

실제로 만일 예브게니 이르테네프가 정신병자였다면 모든 사람들도 똑같은 정신병자일 것이다. 의심할 나위 없이 가장 확실한 정신병자들은 다른 사람들에게서 광기의 징후를 보면서 자기 안에서는 그것을 보지 못하는 사람들이다.

야스나야 폴랴나, 1889년 11월 19일.

「악마」의 다른 결말*

……그는 혼잣말을 했고, 테이블로 다가가 거기에서 권총을 꺼내 잘

* 이 두번째 결말은 1890년 4~5월에 쓰였다. 톨스토이는 이 결말을 쓴 뒤에도 「악마」가 미완성이라고 생각하여 출판을 원치 않았고, 아내의 질투가 폭발할 것을 두려워하여 서재의 안락의자 덮개 판자 속에 원고를 감추었다. 이 작품은 톨스토이가 사망한 후 1911년에 처음 출판되었다.

살펴보고 나서—총알이 하나 부족했다—바지 주머니에 넣었다.

"아아! 내가 무슨 짓을 하고 있는 거야?" 그는 갑자기 소리치고 나서 두 손을 모아 기도하기 시작했다. "주여, 저를 도와주소서. 저를 구해주소서. 제가 나쁜 짓을 원치 않는다는 걸 당신은 아십니다. 하지만 저 혼자서는 할 수 없습니다. 주여, 저를 도와주소서." 성상을 향해 성호를 그으면서 그는 말했다.

'그래, 나는 자제할 수 있어. 잠시 걸으면서 생각하자.'

그는 현관방에 가서 반외투에 덧신을 신고 현관 계단으로 나섰다. 저도 모르게 그의 걸음은 정원을 지나 들길을 따라서 농장으로 향하고 있었다. 농장에서는 여전히 탈곡기가 윙윙거렸고, 가축을 모는 소년들의 외침소리가 들렸다. 그는 곳간으로 들어갔다. 스테파니다가 거기 있었다. 그는 즉시 그녀를 알아보았다. 그녀는 이삭을 그러모으고 있었다. 그를 알아본 그녀는 눈웃음을 치면서 활기차고 명랑하게, 널브러져 있는 이삭 위를 속보로 뛰어다니면서 능란하게 이삭을 옮겨놓았다. 예브게니는 그녀를 쳐다보고 싶지 않았으나 쳐다보지 않을 수 없었다. 그녀가 보이지 않자 그제야 비로소 그는 정신을 차렸다. 영지관리인의 보고에 따르면, 지금 탈곡하고 있는 이삭은 오래 쌓여 있던 것으로 더 놔두면 소출이 적어진다는 것이었다. 예브게니는 잘 펴지지 않은 곡식단이 통과할 때 이따금 툭툭 치는 소리를 내는 탈곡기의 원통 쪽으로 다가가 그렇게 오래 쌓여 있던 곡식단이 많으냐고 물었다.

"달구지로 다섯 대쯤 될 겁니다."

"그러면 여기 이것이……" 예브게니는 말하기 시작했지만 끝내지는 못했다. 스테파니다가 원통 옆으로 바싹 다가와 그 밑에서 이삭을 그러모으면서 웃음 머금은 시선으로 그의 마음을 불타오르게 했다.

그녀의 시선은 둘 사이의 즐겁고 무사태평한 사랑에 대해 말하고 있었고, 또 그녀를 원해서 그가 곳간까지 왔다 갔다는 사실을 알고 있고, 여느 때처럼 그녀가 아무런 조건이나 결과도 생각하지 않고 그와 함께 살며 즐길 마음의 준비가 되어 있다는 것을 말하고 있었다. 예브게니는 자신이 그녀의 손아귀에 있다고 느꼈지만 굴복하고 싶지는 않았다.

그는 자기의 기도를 떠올리고 나서 다시 그 기도를 되뇌려고 애썼다. 그는 마음속으로 기도하기 시작했지만 금세 기도가 아무 소용이 없다는 걸 느꼈다.

그는 온통 한 가지 생각에만 골몰했다. 즉, 어떻게 하면 다른 사람들이 눈치채지 않게 밀회 약속을 정하느냐 하는 것이었다.

"오늘 이 탈곡이 끝나면, 새 곡식단 탈곡을 시작할까요, 아니면 내일까지 미룰까요?" 영지관리인이 물었다.

"그래, 그래." 예브게니는 저도 모르게 그녀의 뒤를 따라 이삭더미 쪽으로 걸어가면서 대답했다. 스테파니다가 다른 아낙과 함께 이삭을 그쪽으로 그러모으고 있었다.

'아아, 과연 나는 자제할 수 없단 말인가?' 그는 생각했다. '정말로 나는 파멸했나? 오, 주여! 아니야, 그 어떤 신도 없어. 악마가 있을 뿐이야. 저 여자가 바로 악마야. 저 악마가 나를 사로잡아버렸어. 하지만 싫다, 나는 싫어. 악마, 그렇다, 악마다.'

그는 그녀에게 바싹 다가가 주머니에서 권총을 꺼내 그녀의 등에 한 번, 두 번, 세 번을 쏘았다. 그녀는 달아나다가 이삭더미 위에 쓰러졌다.

"오! 맙소사! 이게 무슨 일이야?" 아낙들이 소리쳤다.

"아니야, 이건 오발이 아니야. 내가 일부러 죽였어." 예브게니가 외쳤다. "경찰을 부르러 사람을 보내."

그는 집에 돌아와 아내에게 아무 말도 하지 않고 서재로 들어가 안에서 자물쇠를 잠갔다.

"나한테 오지 마." 그는 문 너머로 아내에게 외쳤다. "다 알게 될 거야."

한 시간쯤 지나 그는 초인종을 울렸고, 달려온 하인에게 물었다.

"가서 스테파니다가 살아 있나 알아봐."

모든 걸 알고 있던 하인은 그녀가 한 시간 전쯤에 죽었다고 말했다.

"그럼, 잘되었다. 이제 나를 내버려둬. 경찰이나 예심판사가 오면 말해."

경찰과 예심판사는 다음날 아침에 왔고, 예브게니는 아내와 아이와 작별한 후 교도소로 끌려갔다.

그는 재판을 받았다. 배심제도가 시행된 초기의 일이었다. 그는 일시적인 정신병자로 인정되어 교회의 참회형만을 선고받았다.

그는 교도소에서 9개월, 수도원에서 1개월을 보냈다.

그는 옥중에 있을 때부터 술을 마시기 시작하여 수도원에서도 계속 술을 마셨고, 완전히 자제력을 상실하고 쇠약한 알코올중독자가 되어 집으로 돌아왔다.

바르바라 알렉세예브나는 자기는 늘 이런 일을 예언해왔다고 단언했다. 그가 언쟁을 할 때 그런 조짐이 보였다는 것이다. 리자와 마리야 파블로브나는 둘 다 왜 이런 일이 일어났는지 도저히 이해할 수 없었다. 그렇지만 그가 정신병자였다는 의사의 말은 믿지 않았다. 그들은 자신들이 알고 있던 수많은 사람들보다 예브게니가 더 건전한 상식을 지녔다는 사실을 알고 있었기 때문에 의사의 말에 결코 동의할 수 없었다.

실제로 만일 예브게니 이르테네프가 범죄를 저질렀을 때 정신병자였다면, 모든 사람들도 똑같은 정신병자일 것이다. 의심할 나위 없이 가장 확실한 정신병자들은 다른 사람들에게서 광기의 징후를 보면서 자기 안에서는 그것을 보지 못하는 사람들이다.

(1890년)

무도회가 끝난 뒤

"그러니까 당신들 이야기는, 사람은 무엇이 좋고 무엇이 나쁜지 스스로 깨달을 수 없고, 모든 일은 환경에 달려 있으며, 환경이 나쁜 영향을 끼친다는 거군요. 하지만 나는 모든 일은 우연에 달려 있다고 생각해요. 그럼 이제 내 이야기를 들려드리죠."

개인의 인격 향상을 위해서는 먼저 사람들이 살고 있는 환경을 바꿔야 한다는 요지의 대화가 우리 사이에 오간 후, 우리 모두가 존경하는 이반 바실리예비치가 이렇게 말문을 열었다. 사실, 누구도 무엇이 좋고 무엇이 나쁜지 스스로 깨달을 수 없다고 말하지는 않았지만, 이반 바실리예비치는 대화 후에 떠오른 자신의 생각에 대해 대답하고, 그 생각과 관련해 자기 삶에서 일어난 에피소드를 들려주는 습관이 있었다. 종종 그는 자기 이야기에 취해서 왜 이야기를 시작했는지 까맣게 잊어버리곤 했지만, 그럼에도 아주 성실하고 진실하게 이야기를 하곤 했다.

이번에도 마찬가지였다.

"내 이야기를 들려드리죠. 나의 삶 전체는 분명 환경이 아니라 전혀 다른 것에 의해 결정되어왔습니다."

"그게 뭐죠?" 우리가 물었다.

"네, 긴 이야기입니다. 여러분을 이해시키려면 많은 이야기를 해야 할 거예요."

"그래도 해주시죠."

이반 바실리예비치는 잠시 생각에 잠기더니 고개를 흔들었다.

"그래요," 그가 말했다. "나의 삶은 송두리째 하룻밤에, 아니 정확히 말해 하루아침에 바뀌어버렸습니다."

"도대체 무슨 일이 있었길래요?"

"그러니까, 열렬히 사랑에 빠졌던 거죠. 사랑에 빠진 건 여러 번이었지만 그때가 가장 강렬했어요. 다 지난 일입니다. 그녀의 딸들이 벌써 출가했으니까요. 그녀의 이름은 B…… 그래요, 바렌카 B…… 였어요." 이반 바실리예비치는 그녀의 성을 말했다. "지금 쉰 살 나이에도 대단한 미인이지요. 그러니 열여덟 젊은 시절에는 정말 매혹적이었죠. 큰 키에 날씬했고, 우아하고 위엄이 있었어요. 말 그대로 위엄이. 그녀는 고개를 살짝 뒤로 젖히고, 마치 다른 자세란 없다는 듯이, 언제나 아주 꼿꼿한 자세를 취했는데, 이런 자세가 앙상하다 싶을 정도로 말랐지만 아름답고 훤칠한 그녀에게 여왕 같은 풍모를 부여했어요. 언제나 다정하고 상냥했던 입가의 미소, 반짝이는 매혹적인 눈과 사랑스럽고 젊은 온몸에서 발산하는 미소가 없었다면, 사람들은 이 여왕 같은 풍모에 겁을 먹고 그녀에게서 물러났을 겁니다."

"정말 멋지게 그려내시는군요, 이반 바실리예비치."

"하지만 아무리 잘 그린다 해도, 그녀가 어떤 모습이었는지 여러분이 이해할 수 있게 그려내기란 불가능해요. 그런데 문제는 그게 아닙니다. 내가 하려는 이야기는 1840년대에 있었던 일입니다. 당시 나는 지방 대학의 학생이었죠. 이게 좋은 건지 나쁜 건지는 모르겠지만, 당시 우리 대학에는 어떤 서클도 어떤 이론도 없었어요. 우리는 그저 젊었고, 젊은이답게 살았지요. 공부도 하고 즐겁게 놀기도 하면서 말입니다. 나는 아주 쾌활하고 혈기왕성한 젊은이였고, 게다가 부자였어요. 내게는 측대보*로 걷는 날쌘 말이 있었고, 아가씨들과 썰매를 타고 언덕을 내달리기도 했고(당시 스케이트는 아직 유행하지 않았어요), 친구들과 술을 마시러 다니기도 했지요(당시 우리는 샴페인만 마셨어요. 돈이 없으면 아예 아무것도 안 마셨지, 요즘처럼 보드카를 마시지는 않았습니다). 나의 주된 오락거리는 저녁 파티와 무도회였어요. 나는 춤도 곧잘 추었고 추남은 아니었으니까요."

"저런, 그렇게 겸손 떠실 필요는 없어요." 이야기를 듣고 있던 부인들 가운데 하나가 그의 말을 가로막았다. "우린 당신의 은판사진을 본 적이 있어요. 추남은커녕 미남이던데요."

"그럼 미남이었다고 해두죠, 중요한 건 그게 아니니까요. 요는 그녀를 향한 내 사랑이 최고조에 이르렀던 마슬레니차 축제** 마지막날에 내가 현縣 귀족단장이 주최한 무도회에 참석했다는 겁니다. 귀족단장

---

* 오른쪽 앞발과 뒷발을 동시에 올렸다 내린 후, 왼쪽 앞발과 뒷발을 동시에 올리는 식으로 걷는 걸음.

** 러시아 민속에서 겨울을 보내고 봄을 맞이하는 축제. 러시아정교회의 사순절 직전 일주일 동안 열린다.

은 황실 시종을 지낸 선량한 노인이었어요. 부유하고 손님 대접하기를 즐기는 사람이었죠. 그 노인과 마찬가지로 선량해 보이는 그의 부인이 나를 맞이했습니다. 적갈색 벨벳 드레스에 보석이 달린 이마 장신구를 머리에 두른 그녀는 엘리자베타 페트로브나 여왕의 초상화처럼 늙고 포동포동한 하얀 어깨와 앞가슴을 드러내고 있었어요. 무도회는 정말 멋졌습니다. 아름다운 홀에 합창단과 음악가들이 있었는데, 그들은 음악애호가인 지주의 농노들로, 당시 꽤 유명했어요. 뷔페 음식도 훌륭했고, 샴페인이 강물처럼 흘러넘쳤지요. 나는 샴페인을 정말 좋아했지만 그날은 마시지 않았습니다. 술이 아니어도 이미 사랑에 취해 있었으니까요. 그 대신 쓰러질 정도로 춤을 추었지요. 카드리유도, 왈츠도, 폴카도 추면서 물론 가능한 한 줄곧 바렌카와 춤을 추었어요. 바렌카는 분홍색 벨트를 두른 하얀 원피스에 뾰족하고 가녀린 팔꿈치 바로 아래까지 올라오는 하얗고 부드러운 염소가죽 장갑을 끼고, 하얀 공단 구두를 신고 있었습니다. 그런데 아주 고약한 아니시모프라는 기사技師가 바렌카와 마주르카를 출 기회를 내게서 빼앗아갔어요—지금까지도 나는 그자를 용서할 수 없습니다—바렌카가 들어오자마자 그자가 마주르카를 추자고 청했는데, 나는 장갑을 가지러 이발사에게 들렀다가 한발 늦은 거죠. 그래서 나는 마주르카를 그녀와 추지 못하고, 예전에 내가 잠시 따라다녔던 독일 아가씨와 추게 되었지요. 그런데 내가 그날 밤에 독일 아가씨에게 무례했던 것 같아요. 그녀와는 한마디도 나누지 않고 그녀를 쳐다보지도 않은 채, 오로지 장밋빛 벨트를 두른 하얀 드레스 차림의 날씬하고 우아한 바렌카의 모습과 발그레 빛나는 보조개 팬 얼굴, 사랑스럽고 부드러운 그녀의 두 눈만 바라보았으니까요. 나뿐만 아니라 모두가 바렌카를 바라보고 그녀에게 매료되었지요. 그녀가 다른 모든 사람들의 아름다움을 가려버렸음에도, 남자 여자 할 것 없이 모두가 그녀의 아름다움에 반했고, 반하지 않을 수 없었습니다.

춤의 규칙에 따라, 나는 바렌카와 마주르카를 추진 않았지만 사실상 거의 계속해서 그녀와 춤을 추었어요. 그녀는 당황하지 않고 홀 전체를 가로질러 곧장 내게로 왔고, 나는 그녀가 춤을 추자고 청하기도 전에 벌떡 일어났습니다. 그녀는 눈치 빠른 내 행동에 미소로 고마움을 표했지요. 우리가 그녀 쪽으로 다가갔을 때 그녀는 내 별칭을 알아맞히지 못하고 다른 파트너에게 손을 내밀고 가녀린 어깨를 움츠리면서 유감과 위로의 표시로 내게 미소를 지었습니다. 마주르카 곡이 왈츠로 바뀌면 나는 오랫동안 그녀와 왈츠를 추었고, 그녀는 자주 가쁜 숨을 내쉬며 내게 미소를 짓고 '*앙코르*'라고 말했어요.

그렇게 나는 왈츠를 추고 또 추면서 내 몸의 감각을 느끼지 못할 정도였습니다."

"저런, 어째서 느끼지 못했다는 겁니까? 제 생각엔 그녀의 허리를 안았을 때, 당신 몸뿐만 아니라 그녀의 몸까지도 잘 느꼈을 텐데요." 손님들 가운데 한 사람이 말했다.

이반 바실리예비치는 별안간 얼굴이 상기되더니 화를 내며 외치다시피 말했다.

"그래요, 바로 당신 같은 요즘 젊은이라면 그랬겠죠. 당신들은 육체 말고는 아무것도 보이지 않을 테니까. 우리 때는 그렇지 않았어요. 내가 사랑에 빠지면 빠질수록, 그녀는 내게 더욱더 비육체적인 존재가 되었어요. 요즘 당신들은 다리와 복사뼈 그리고 다른 뭔가를 보면서 사랑하는 여자들의 옷을 벗기지요. 하지만 *알퐁스 카르**가 말했듯이—훌륭한 작가였죠—내게 사랑의 대상은 항상 청동 옷을 입고 있었어요. 우리는 옷을 벗기기보다는 노아의 착한 아들처럼 발가벗은 몸을 덮어주려고 애썼지요.** 그래요, 당신들은 날 이해하지 못할 겁니다……"

"저 사람 말은 신경쓰지 마세요. 그다음은 어떻게 됐죠?" 우리 중 한 사람이 말했다.

"그래요. 그렇게 나는 시간 가는 줄 모르고 그녀와 계속 춤을 추었습니다. 아시다시피 무도회의 끝이 흔히 그렇듯, 악사들은 너무나 지쳐서 마주르카의 똑같은 멜로디를 계속 반복해서 연주했고, 아버지들과 어머니들은 벌써 카드 테이블에서 일어나 응접실에서 밤참을 기다리고 있었고, 하인들은 뭔가를 나르면서 더 자주 뛰어다니고 있었지요. 새벽 두시가 넘은 시간이었어요. 마지막 남은 순간을 이용해야만 했죠. 나는 또다시 그녀를 선택했고, 우리는 쉴새없이 홀을 누비며 춤을 추었습니다.

'밤참을 드신 후 카드리유***를 저와 함께 추시겠습니까?' 그녀를 자리로 데리고 가면서 내가 말했죠.

'물론이죠, 저를 데려가지 않으면요.' 미소 지으며 그녀가 말했어요.

'제가 내드리지 않을 겁니다.' 내가 말했죠.

'부채는 주세요.' 그녀가 말했어요.

'드리기 아까운걸요.' 나는 그녀에게 하얀 싸구려 부채를 건네며 말했습니다.

---

* 19세기 프랑스 소설가이자 비평가.

** 구약성서 창세기 9장의 내용.

*** 18세기 후반과 19세기에 유행했던 춤으로, 네 쌍의 남녀가 사각형을 이루어 춘다.

'그럼 아까워하지 않도록 당신에게 이걸 드리죠.' 이렇게 말하면서 그녀가 부채에서 작은 깃털 하나를 뽑아 내게 주었어요.

나는 그 깃털을 받아들고 단지 눈길만으로도 내 모든 환희와 감사를 표현할 수 있었죠. 나는 기쁘고 만족스러웠을 뿐만 아니라 행복했습니다. 내가 마치 착한 사람이고, 내가 아닌 어떤 천상의 다른 존재, 악을 모르고 선만을 행하는 존재가 된 듯했죠. 나는 깃털을 장갑 속에 숨기고, 그 자리에 선 채 그녀에게서 떨어질 수 없었어요.

'보세요, 사람들이 아빠에게 춤을 청하고 있어요.' 그녀는 키가 크고 늘씬한 몸매의 자기 아버지를 가리키며 말했습니다. 은빛 견장을 단 육군 대령이 안주인과 다른 부인들과 함께 문가에 서 있었어요.

'바렌카, 여기로 와봐요.' 우리는 보석 달린 이마 장식에 엘리자베타 여왕처럼 어깨를 드러낸 안주인의 커다란 목소리를 들었습니다.

바렌카는 문 쪽으로 다가갔고, 나는 그녀 뒤를 따라갔지요.

'*얘야*, 함께 춤을 추자고 아버지를 설득해봐. 자, 표트르 블라디슬라비치, 부탁해요.' 안주인이 대령에게 말했어요.

바렌카의 아버지는 아주 잘생기고 늘씬하고 훤칠하며 생기 넘치는 노인이었어요. 얼굴은 아주 불그스레했고, *니콜라이 1세처럼* 곱슬곱슬한 하얀 콧수염을 길렀는데, 볼수염이 콧수염까지 이어졌고, 관자놀이의 머리칼은 앞쪽으로 잘 빗어올려져 있었어요. 그의 반짝이는 눈과 입술에는 딸처럼 상냥하고 즐거운 미소가 어려 있었죠. 군인답게 불룩하고 훈장으로 간소하게 치장한 넓은 가슴과 건장한 어깨, 그리고 길고 늘씬한 다리 등 체격도 아주 훌륭했어요. 그는 니콜라이 시대에 훈련받은 근면한 노병 유형의 군 지휘관이었습니다.

우리가 문 쪽으로 다가갔을 때, 대령은 춤을 다 잊었다며 춤추기를 사양하고 있었지만, 미소를 머금은 채 한 손을 왼쪽으로 돌려 칼집에서 긴 칼을 꺼내 친절한 젊은이에게 건네주고, 부드러운 양가죽 장갑을 오른손에 끼더니 '모든 것은 격식에 따라야 한다'고 여전히 미소를 지으며 말했어요. 그리고 딸의 손을 잡고 4분의 1 정도 몸을 돌리고 서서 박자를 기다렸지요.

마주르카의 멜로디가 시작되자 그는 한 발을 힘차게 구르고 나서 다른 발을 앞으로 내밀었습니다. 그의 크고 육중한 모습이 때론 조용하고 유연하게, 때론 요란하고 격렬하게 발을 구르기도 하고 발과 발을 마주치기도 하면서 홀을 빙 둘러 움직여 나갔어요. 바렌카의 우아한 자태는 하얀 공단으로 감싼 작은 발로 눈에 띄지 않게, 짧고 긴 스텝을 제때제때 밟으면서 아버지 옆에서 유연하게 움직이고 있었지요. 홀에 있던 사람들 모두 이 한 쌍의 움직임 하나하나를 주시했습니다. 나 역시 넋을 잃는 정도가 아니라 환희에 가득차서 감동하며 바라보았죠. 특히 끈으로 꼭 조인 그의 부츠를 보고 나는 감동했어요. 좋은 송아지가죽 부츠였지만 코가 뾰족한 신식 부츠가 아니라 굽이 없고 앞이 네모진 낡은 부츠였어요. 부대의 제화공이 만든 게 분명했어요. '사랑하는 딸을 무도회에 데리고 나오고 옷을 잘 입히기 위해 자신은 신식 부츠를 사지 않고 저런 수제 장화를 신었군.' 이런 생각이 들자 내겐 이 앞이 네모진 부츠가 특히 감동적이었던 겁니다. 예전에는 춤을 제법 추었을 것 같았지만 이제는 몸도 무거워졌고, 멋지고 빠른 스텝을 밟기에는 다리의 탄력이 부족했어요. 하지만 그럼에도 그는 능숙하게 홀을 두 바퀴나 돌았습니다. 그가 재빠르게 다리를 벌렸다가 다시 모으고 나서 다소 힘들어하며 한쪽 무릎을 꿇었을 때, 바렌카는 미소 띤 얼굴로 아버지가 춤출 때 밟고 지나간 치맛자락을 바로잡으면서 유연하게 아버지 주위를 돌았어요. 홀에 있던 모든 사람들이 박수갈채를 보냈죠. 그는 다소 힘겹게 엉거주춤 일어나 두 손으로 사랑스럽고 다정하게 딸의 두 귀를 잡은 뒤 이마에 입을 맞추었습니다. 그리고 내가 바렌카와 춤을 추리라 생각했는지, 그녀를 내게 데려왔어요. 나는 그녀의 파트너가 아니라고 말했지요.

'아니오, 상관없으니, 이제 이애랑 춤을 추도록 해요.' 그는 다정하게 미소를 머금고 칼집에 긴 칼을 꽂으면서 말했습니다.

병에서 물이 한 방울 일단 흘러나오고 나면 병 속에 남아 있던 물도 콸콸 흘러나오듯이 바렌카를 향한 내 마음속 사랑이 내 마음속에 숨겨져 있던 사랑의 모든 능력을 해방시켰어요. 그 당시 나는 내 사랑으로 온 세상을 끌어안았지요. 나는 보석 달린 이마 장신구를 하고 엘리자베타 여왕처럼 상반신을 훤히 드러낸 안주인도, 그녀의 남편도, 그녀의 손님들도, 그녀의 하인들, 심지어 나에게 불만을 품었던 기사 아니시모프까지도 사랑했어요. 수제 장화를 신고 딸처럼 부드러운 미소를 지닌 그녀의 아버지에게도 그때 뭔가 감격적이고 사랑스러운 감정을 느꼈지요.

마주르카가 끝나자 주인 부부는 손님들에게 밤참을 권했지만, B대령은 사양하고 아침에 일찍 일어나야 한다면서 주인 부부와 작별인사를 나누었죠. 나는 바렌카를 데려가는 줄 알고 깜짝 놀랄 뻔했지만, 그녀는 어머니와 함께 남았어요.

밤참 후에 나는 그녀와 약속한 카드리유를 추었고, 안 그래도 한없이 행복다고 생각했는데, 내 행복은 점점 커져만 갔어요. 우리는 사랑에 대해 아무 말도 하지 않았습니다. 그녀가 날 사랑하는지 그녀에게는 물론 나 자신에게조차 묻지 않았어요. 내가 그녀를 사랑한다는 것만으로 충분했으니까요. 하지만 무언가 내 행복을 망칠까봐 두려웠습니다.

나는 집으로 돌아와서 옷을 벗고 잠을 자려 했지만 도저히 잠을 이룰 수가 없다는 걸 알았어요. 내 손에는 그녀의 부채에서 빼낸 깃털 하나가, 그리고 사륜마차에 오르는 그녀의 어머니와 그녀를 차례로 부축해 태운 후 그녀가 떠나면서 내게 건네준 장갑 한 짝이 있었습니다. 이 물건들을 보고 있으려니, 눈을 감지 않아도, 두 명의 파트너 가운데 날 선택하던 그 순간의 그녀를 눈앞에 떠올릴 수 있었죠. 그녀는 내 별칭을 추측하면서 다정한 목소리로 '긍지? 맞죠?' 하고 말하며 기쁜 듯이 내게 한 손을 내밀었어요. 또는 밤참 때 샴페인 잔에 입술을 살짝 대고는 부드러운 눈을 치뜨며 날 쳐다보기도 했죠. 하지만 무엇보다도 아버지와 한 쌍이 되어 유연하게 아버지 주위를 맴돌면서, 자신과 아버지에 대한 자부심과 기쁨에 겨워 자기들에게 매혹당한 관객들을 바라보던 모습이 눈앞에 어른거렸죠. 나도 모르게 어떤 부드러운 감동적인 감정 속에서 그녀의 아버지와 그녀가 하나로 연결되었습니다.

당시 나는 지금은 돌아가신 형과 함께 살고 있었어요. 대체로 형은 사교계를 싫어해서 무도회에도 잘 다니지 않았고, 그때는 졸업시험을 준비하고 있었던 때라 아주 규칙적인 생활을 하고 있었지요. 형은 자고 있었어요. 베개에 얼굴을 파묻고 플란넬 이불로 머리를 반쯤 덮은 형을 보자 정겹고 가여운 생각이 들더군요. 내가 맛보고 있는 이런 행복을 알지도 못하고 함께 나누지 못하는 형이 가엾게 느껴졌죠. 농노 하인

페트루샤가 촛불을 들고 나를 맞으며 옷 벗는 걸 거들어주려 했지만, 난 그를 물리쳤어요. 헝클어진 머리에 잠에 취한 그의 얼굴이 내 마음에 와닿아 애처로워 보였죠. 소리 내지 않으려 애쓰면서 나는 까치발을 하고 내 방으로 가서 침대에 앉았습니다. 아니, 정말로 나는 너무나 행복해서 잠을 잘 수가 없었어요. 게다가 불을 땐 방이 너무 덥게 느껴졌어요. 나는 예복을 벗지 않은 채 조용히 현관으로 가서 외투를 걸친 후 바깥문을 열고 거리로 나섰습니다.

내가 무도회장에서 나온 게 네시가 지난 뒤였고, 집에 도착해 머무는 사이 두 시간 정도 더 지났던 터라, 다시 밖으로 나갔을 때는 이미 날이 밝았어요. 그야말로 마슬레니차 축제기의 날씨였죠. 안개가 자욱하고, 길에서는 물 먹은 눈이 녹아내리고, 지붕 곳곳에서 물방울이 떨어지고 있었어요. 그 당시 B의 가족은 도시 외곽의 넓은 들판 근처에 살고 있었어요. 들판의 한쪽 끝에는 산책로가, 다른 쪽 끝에는 기숙여학교가 있었지요. 텅 빈 골목을 지나 큰길로 들어서자 행인들과 활주부滑走部를 사용해 포장도로에 도착한 썰매에 장작을 실은 짐마차가 눈에 띄기 시작했어요. 말들은 반짝반짝 윤기나는 멍에 아래서 젖은 머리를 규칙적으로 흔들며 지나갔고, 거적을 뒤집어쓴 마부들은 커다란 장화를 신은 발로 절벅절벅 소리를 내며 짐수레 옆에서 걸어가고 있었습니다. 거리의 집들은 안개 속에 우뚝 솟아 있는 듯했고, 이 모든 것들이 내겐 유난히 사랑스럽고 의미심장해 보였지요.

그들의 집이 있는 들판에 이르렀을 때, 나는 산책로 쪽 들판 끝에서 뭔가 크고 검은 것을 보았고, 그쪽에서 플루트와 북소리가 나는 걸 들었어요. 내 마음속에서는 여전히 노랫소리가 끊이지 않았고 때때로 마주르카의 선율도 흘렀지요. 하지만 그때 거기서 들린 건 뭔가 다른, 딱딱하고 조잡한 음악이었습니다.

'대체 뭘까?' 궁금해하며 나는 들판 한가운데 마차가 지나다니는 미끄러운 길을 따라 소리가 나는 쪽으로 가보았죠. 백 보쯤 걸어가자 안개 속에서 시커먼 사람들을 여럿 분간할 수 있었어요. 분명 병사들이었어요. '훈련중인가보군.' 이렇게 생각하면서 나는 기름투성이 외투에 앞치마를 두르고 뭔가를 나르며 내 앞에서 걸어가고 있던 대장장이와 함께 더 가까이 다가갔습니다. 검은 제복을 입은 군인들이 발치에 총을 세운 채 두 줄로 마주보고 부동자세로 서 있었어요. 병사들 뒤에서는 북을 치는 병사와 플루트를 부는 병사가 여전히 불쾌하고 째지는 듯한 멜로디를 계속 반복해서 연주하고 있었고요.

'저들이 뭘 하고 있는 거요?' 나는 내 옆에 멈춰 선 대장장이에게 물었죠.

'도망가려던 타타르인을 잡아 몰아세우고 있는 겁니다.' 대장장이는 멀리 떨어진 대열의 끝으로 시선을 향한 채 볼멘소리로 말했어요.

나도 그쪽을 바라보았는데, 대열 사이로 뭔가 무시무시한 것이 내 쪽으로 다가오고 있더군요. 허리까지 발가벗겨진 사람이었죠. 두 병사의 총에 묶인 채 끌려가고 있었어요. 그 사람 옆으로는 외투를 입고 챙 달린 모자를 쓴 훤칠한 군인이 걷고 있었는데, 그 모습이 왠지 낯익었어요. 체벌을 당하는 타타르인은 양옆에서 쏟아지는 주먹질에 온몸을 부들부들 떨며, 눈 녹은 길을 따라 두 다리를 절벅거리며 내 쪽으로 움직여 오고 있었습니다. 타타르인이 나자빠지면 그를 총에 묶어 끌고 가던 하사관들이 앞쪽으로 밀어냈고, 앞으로 고꾸라지면 쓰러지지 않게 붙잡아 뒤로 잡아당겼어요. 훤칠한 군인은, 타타르인에게서 뒤처지지 않으면서, 이따금 흔들리지만 단호한 걸음걸이로 걷고 있었죠. 그 군인은 바로 불그레한 얼굴에 흰 콧수염과 볼수염을 기른 바렌카의 아버지였어요.

주먹질을 당할 때마다 타타르인은 깜짝 놀란 듯 고통으로 일그러진 얼굴을 타격이 온 방향으로 돌리고 하얀 이를 드러내면서 똑같은 말만 되뇌더군요. 그가 내 쪽으로 아주 가까이 왔을 때에야 비로소 나는 알아들을 수 있었죠. 그는 말을 하고 있는 게 아니라 흐느끼고 있었어요. '형제들, 자비를 베풀어주게. 형제들, 자비를 베풀어주게.' 하지만 형제들은 그에게 자비를 베풀지 않았습니다. 행렬이 바로 내 옆에까지 이르렀을 때, 나는 내 맞은편에 서 있던 병사가 단호하게 한 걸음 앞으로 내딛더니 휙 소리가 나게 몽둥이를 휘둘러 타타르인의 등을 후려치는 광경을 보았지요. 타타르인은 앞으로 후다닥 움직였지만, 하사관들이 붙잡아 세우자 다른 쪽에서 똑같은 타격이 가해졌어요. 이렇게 매질이 이쪽저쪽에서 계속되었습니다. 대령은 곁에서 걷고 있었는데, 때론 자기 발밑을, 때론 타타르인을 바라보면서 공기를 들이마셔 양볼을 부풀렸다가 쑥 내민 입술 사이로 천천히 내뿜었어요. 행렬이 내가 서 있던 바로 그 자리를 지나쳐갈 때, 나는 대열 사이로 타타르인의 등을 얼핏 보았어요. 그건 뭔가 알록달록하고, 젖어 있고, 붉고, 부자연스러운 것이었는데, 사람의 몸이라고는 도무지 믿을 수가 없었지요.

'오, 하느님.' 내 옆에 있던 대장장이가 웅얼거렸어요.

행렬은 멀어져가고 있었지만, 넘어지고 고통으로 몸을 비트는 사람에게 양쪽에서 매질이 계속되었고, 북 치는 소리와 플루트 소리도 여전했어요. 키가 크고 늘씬한 대령도 여전히 타타르인 곁에서 단호한 걸음으로 걷고 있었지요. 그러다 갑자기 걸음을 멈추더니 한 병사에게 재빨리 다가갔어요.

'네가 한번 당해볼래?' 대령의 성난 목소리가 들렸어요. '그렇게 어물쩍거릴 거야? 응?'

그리고 나는, 양가죽 장갑을 낀 힘센 손으로 대령이 겁에 질린 작고 연약한 병사의 얼굴을 어떻게 후려치는지 보았습니다. 병사가 타타르인의 붉은 등을 몽둥이로 힘껏 내려치지 않았다는 이유로 말입니다.

'새 몽둥이를 가져와!' 그가 소리치고 나서 주위를 둘러보다가 나를 보았지요. 그는 나를 모르는 척하면서 무섭고 독살스럽게 얼굴을 잔뜩 찌푸리더니 성급히 고개를 돌리더군요. 나는 어디를 쳐다봐야 할지 모를 정도로 수치스러웠어요. 마치 수치스러운 행동을 하다가 들키기라도 한 것 같았죠. 나는 눈을 내리뜨고 서둘러 집으로 향했습니다. 하지만 집으로 돌아오는 내내 귓가에서는 북소리와 플루트 소리가 울렸고, 때론 '형제들, 자비를 베풀어주게' 하는 소리가 들리기도 했고, 때론 '그렇게 어물쩍거릴 거야? 응?' 하고 소리치는 대령의 자신만만하고 성난 목소리가 들리기도 했어요. 그러는 사이 가슴속에서 거의 구역질이 날 정도로 몸이 가라앉아서 몇 번이나 걸음을 멈춰야만 했지요. 그 광경을 보고 나서 내 안에 엄습한 공포로 나는 곧 토할 것만 같았어요. 어떻게 집까지 와서 자리에 누웠는지 기억이 나지 않아요. 그러나 잠이 들려고 하면 다시 그 소리가 들렸고, 그 광경이 눈에 보여 자리에서 벌떡 일어났습니다.

'분명히 그는 내가 모르는 뭔가를 알고 있어.' 나는 대령에 대해 이렇게 생각했지요. '만일 그가 아는 것을 내가 안다면, 나는 내가 본 것을 이해할 수 있을 테고, 이토록 괴로워하지는 않을 텐데.' 하지만 아무리 생각해봐도 나는 대령이 알고 있는 것을 이해할 수가 없었고, 친구네 집에 가서 친구와 술을 진탕 마신 후 저녁이 되어서야 잠들 수 있었습니다.

그런데 여러분은 내가 그때 본 것을 나쁜 행위로 단정했다고 생각하십니까? 절대 그렇지 않아요. '그 행동이 그토록 당당하게 이루어지고, 모든 사람에게 필요한 것으로 여겨졌다면, 그들은 내가 모르는 뭔가를 알고 있었던 것이다.' 나는 이렇게 생각했고, 그걸 알아내려고 무척 노력했지요. 하지만 아무리 노력해도 알아낼 수가 없었어요. 그걸 알아낼 수 없었기에 예전부터 원했던 군 입대를 할 수 없었습니다. 군 복무를 하지 않았을 뿐만 아니라 그 어느 곳에서도 근무하지 않았습니다. 그래서 보시다시피, 아무데도 쓸모없는 인간이 되고 말았지요."

"아, 그래요, 당신이 아무데도 쓸모없는 인간이라는 건 우리도 알고 있지요." 우리들 가운데 한 사람이 말했다. "하지만 이렇게 말하는 편이 더 낫겠군요. 만일 당신이 없었다면, 얼마나 많은 사람들이 쓸모없게 되었겠어요."

"아니, 그건 말도 안 되는 소리요." 이반 바실리예비치는 진짜로 언짢아하며 말했다.

"그런데 사랑은 어떻게 되었죠?" 우리가 물었다.

"사랑이요? 그날부터 사랑은 시들어버렸지요. 종종 그랬듯이, 그녀가 얼굴에 미소를 머금고 생각에 잠겨 있을 때면, 그 즉시 광장에서 본 대령의 모습이 떠올랐어요. 그러면 왠지 어색하고 불쾌해져서 나는 그녀와 차츰 덜 만나게 되었죠. 사랑도 그렇게 끝나버렸습니다. 사건은 그렇게 일어나기 마련이고, 그 때문에 사람의 인생 전체가 변하고 인생의 방향이 바뀌기도 하는 겁니다. 그런데도 여러분 말은……" 그는 이렇게 이야기를 끝냈다.

야스나야 폴랴나, 1903년 8월 20일.

알료샤 고르쇼크

알료시카*는 막내동생이었다. 사람들은 그를 고르쇼크**라고 불렀다. 예전에 어머니가 부제副祭의 부인에게 우유 단지를 갖다주라고 심부름을 보냈는데, 그걸 나르다가 넘어져서 그만 깨뜨렸기 때문이다. 어머니는 아들을 때렸고, 아이들은 그를 '고르쇼크'라고 놀리기 시작했다. 알료시카 고르쇼크는 이렇게 그의 별명이 되었다.

알료시카는 키가 작고 마른데다 귀가 늘어지고(귀가 날개처럼 삐죽 나와 있다) 코가 컸다. 아이들은 "알료시카의 코는 작은 언덕 위의 수캐 같아" 하고 놀려댔다. 마을에는 학교가 있었지만 알료샤는 읽고 쓰기를 배우지 않았고, 그럴 시간도 없었다. 형은 시내에 있는 상인의 집에서 살았고, 알료시카는 어렸을 적부터 아버지의 일을 도왔다. 여섯 살이 되자 말괄량이 누이와 함께 방목장에서 양과 암소를 지켰고, 좀더

---

* 알료샤, 알료시카는 알렉세이의 애칭.

** 러시아어로 '단지', '항아리'라는 뜻.

커서는 낮이나 밤이나 말들을 지키기 시작했다. 열두 살 때부터는 밭을 갈았고 수레를 끌고 다녔다. 힘은 없었지만 요령이 있었다. 그는 언제나 명랑했다. 아이들이 자기를 비웃을 때도 아무 말 않거나 웃거나 했다. 아버지가 꾸짖으면 잠자코 듣기만 했다. 꾸중이 그치면 이내 미소를 띠고 자기가 할 일을 열심히 했다.

알료샤가 열아홉 살이 되었을 때, 형이 징집되어 군대에 갔다. 아버지는 형 대신 알료샤를 상인의 집 머슴으로 보냈다. 알료샤는 형이 신던 낡은 장화, 아버지의 모자와 긴 코트를 물려받았고, 시내로 보내졌다. 알료샤는 자신의 차림새가 무척 마음에 들었지만 상인은 알료샤의 모습이 마뜩잖았다.

"세묜을 제대로 대신할 사람이 올 줄 알았는데." 상인은 알료샤를 훑어보고 나서 말했다. "자넨 코흘리개를 데려왔구먼. 저런 코흘리개를 어디다 쓰라고?"

"뭐든지 할 수 있는 아입니다. 마구를 채워 어디든 갔다 올 수도 있고, 일도 아주 열심히 합죠. 겉보기엔 윗가지로 엮어 만든 울타리처럼 시원찮지만 튼튼한 놈입지요."

"그래, 그런 것 같군, 어디 두고 보세."

"무엇보다 유순한 놈이죠. 샘이 날 만큼 일을 합니다."

"자네랑 무슨 말을 하겠는가? 두고 가게."

이렇게 알료샤는 상인의 집에서 살게 되었다.

상인의 가족은 단출했다. 그의 아내, 노모, 보통교육을 받고 결혼해서 아버지의 일을 돕고 있는 큰아들, 김나지움을 졸업하고 대학에 갔지만 퇴학당해 지금은 집에서 지내고 있는 박식한 다른 아들, 그리고 김나지움에 다니는 딸도 하나 있었다.

처음엔 모두가 알료샤를 좋아하지 않았다. 그는 진짜 촌놈이었고, 옷차림도 초라하고 예절도 몰랐으며, 모든 사람들을 '너'라고 불렀다. 하지만 사람들은 곧 그런 그에게 익숙해졌다. 그는 형보다 일을 더 잘했다. 그는 정말로 유순했고, 사람들은 그에게 온갖 심부름을 시켰고, 그는 모든 일을 즐겁고 재빠르게 해냈고, 한 가지 일이 끝나면 쉬는 법 없이 또다른 일을 했다. 집에서처럼 상인의 집에서도 알료샤는 모든 일을 도맡아 하게 되었다. 그가 일을 많이 하면 많이 할수록, 더 많은 일이 그에게 부과되었다. 상인의 아내, 상인의 어머니, 상인의 딸과 아들, 집사, 식모 등 모두가 그를 여기저기로 심부름을 보냈고, 이런저런 일을 시키곤 했다. 그가 듣는 말이라고는 "얘, 달려갔다 와" 혹은 "알료샤, 이것 좀 치워—뭐해, 알료샤, 잊었어?—조심해, 알료샤, 잊지 마" 하는 말뿐이었다. 그러면 그는 달려갔다 왔고, 정리정돈을 했고, 조심했고, 잊지 않았고, 모든 일을 해냈으며, 언제나 웃음을 지었다.

형의 장화는 금방 너덜너덜해졌고, 주인은 넝마 같은 장화를 신고 다닌다며 그를 호되게 꾸짖고는 시장에서 그에게 새 장화를 사주라고 일렀다. 알료샤는 새 장화를 보자 기뻤지만, 두 다리는 여전히 예전 그대로여서, 저녁 무렵이면 종일 여기저기 뛰어다닌 다리가 욱신거렸고, 그는 자기 다리에게 화를 냈다. 알료샤는 자기 대신 아버지가 급료를 받으러 왔을 때, 상인이 급료에서 장홧값을 제한 것에 대해 아버지가 혹시라도 화를 낼까 두려웠다.

겨울에 알료샤는 해뜨기 전에 일어나서 장작을 패고, 마당을 쓸고, 암소와 말에게 여물을 주고 물을 먹였다. 그러고 나서 페치카에 불을 지피고, 주인들의 장화와 옷을 닦고 털었으며, 사모바르를 깨끗이 닦아 올려놓았다. 그러고 나면 집사가 물건을 끄집어내기 위해 그를 부르거나, 식모가 반죽을 하고 냄비를 씻으라고 지시하곤 했다. 그러고 나면 그들은 또 그를 시내로 보내곤 했는데, 그는 서신을 전하거나 김나지움에 다니는 주인집 딸을 데리러 가거나 노파를 위해 올리브기름을 사러 가곤 했다. 누군가는 "이 망할 놈이 어디로 사라졌어?"라고 했고, 또다른 누군가는 "뭐하러 네가 직접 가니? 알료샤가 갔다 올 거야. 알료시카! 야, 알료시카!" 하고 말했다. 그러면 알료샤가 달려왔다.

그는 걸어가면서 아침을 먹었고, 다른 사람들과 함께 제때 식사를 하는 법이 거의 없었다. 식모는 그가 다른 사람들과 함께 오지 않는다고 욕을 해댔지만, 그러면서도 그를 불쌍히 여겨 따뜻한 점심과 저녁을 남겨두곤 했다. 축일이 다가올 무렵이나 축일에는 특히 일이 많았다. 그리고 알료샤는 축일을 특히 좋아했다. 축일에는 비록 적지만 팁을 받을 수 있었고, 60코페이카까지 모을 수 있었기 때문이다. 어쨌든 그것은 그의 돈이었다. 그는 그 돈을 원하는 대로 쓸 수 있었다. 그는 자신의 급료를 직접 보지 못했다. 아버지가 와서 상인에게서 급료를 받아 갔고, 오히려 장화를 빨리 닳게 했다고 알료시카를 꾸짖기만 했다.

그는 이 팁을 2루블까지 모았을 때, 식모의 조언대로 붉은 니트 재킷을 샀고, 새 재킷을 입고서는 너무 기뻐서 입을 뗄 수가 없었다.

알료샤는 말수가 적었고, 말을 할 때는 항상 끊어서 짧게 했다. 누군가 무슨 일을 시키거나 이런저런 일을 할 수 있느냐고 물으면, 언제나 망설임 없이 "전부 할 수 있다"고 말했고, 즉시 달라붙어 일을 했다.

그는 기도문을 전혀 몰랐다. 어머니가 가르쳐준 적이 있지만 잊어버렸고, 어쨌든 아침저녁으로 두 손을 모아 성호를 그으며 기도했다.

이렇게 알료샤는 일 년 반을 살았다. 상인의 집에 온 지 일 년 반이 지나 이 년 가까이 될 무렵, 그의 삶에서 가장 이상한 일이 벌어졌다. 그것은 사람들이 서로의 필요에 의해 맺는 관계 말고 아주 특별한 관계, 즉 장화를 닦아주고, 장을 봐주고, 마구를 챙겨주기 위해 필요한 관계가 아니라, 한 사람이 다른 사람에게 아무 이유 없이 필요한 관계, 한 사람이 다른 사람에게 헌신하고 다른 사람을 돌보기 위해 필요한 관계가 있다는 사실을, 놀랍게도 그가 깨달았다는 것인데, 알료샤 자신이 바로 그 특별한 관계를 맺은 당사자였다. 그는 식모인 우스티냐를 통해 그런 관계를 깨닫게 되었다. 우스티냐는 고아였는데, 젊었고, 알료샤처럼 근면했다. 그녀는 알료샤에게 연민을 느끼기 시작했고, 알료샤는 난생처음으로 그가 해주는 일이 아닌 바로 그 자신이 다른 사람에게 필요하다는 것을 느꼈다. 어머니가 자신을 가엾게 여겼을 때는 이런 감정을 느끼지 못했었는데, 아들에 대한 어머니의 연민은 당연한 것이고, 이는 자신이 스스로를 연민하는 것과 마찬가지라고 생각했었다. 이런 생각이 들자 갑자기 우스티냐가 완전히 낯설게 느껴졌는데, 그녀는 그를 불쌍히 여겨 버터를 넣어 만든 죽을 단지에 남겨두었고, 알료사가 죽을 먹을 때면 소매를 걷어올린 팔에 아래턱을 대고 그를 바라보았다. 그러면 그는 그녀를 흘끗 쳐다보았고, 그녀가 웃으면 그도 웃었다.

이런 일은 알료샤에게 너무나 새롭고 이상해서 처음엔 두렵기까지 했다. 그는 자신이 예전처럼 일을 하는 데 이런 감정이 방해가 된다고 느꼈다. 하지만 그러면서도 그는 기뻤다. 우스티냐가 기워준 바지를 보고는 고개를 흔들며 미소를 지었다. 종종 일을 하거나 걸어다니면서도 우스티냐를 떠올리며 "아, 우스티냐!" 하고 혼잣말을 하곤 했다. 우스티냐는 할 수 있는 한 그를 도왔고, 그도 우스티냐를 도왔다. 그녀는 그에게 자신의 운명에 대해 이야기했다. 자기가 어떻게 고아가 되었고, 숙모가 자기를 데려다 어떻게 시내에 넘겼는지, 상인의 아들이 자기를 꾀어 어떻게 어리석은 짓을 하게 했는지, 자신이 어떻게 상인의 아들을 제지했는지 등에 대해. 그녀는 말하는 것을 좋아했고, 그는 그녀의 말을 듣는 걸 좋아했다. 그는 농부가 시내로 와 일꾼이 되어 식모와 결혼하는 일이 흔하다는 얘기를 들었다. 한번은 그녀가 그에게 곧 결혼할 거냐고 물었다. 그는 그건 모르는 일이고, 시골에서 색시를 얻고 싶지는 않다고 대답했다.

"그럼, 어떤 여자를 고를 건데?" 우스티냐가 물었다.

"널 가지고 싶어. 나한테 올래, 응?"

"아, 고르쇼크, 고르쇼크. 어떻게 그런 말을 그딴 식으로 해?" 그녀는 들고 있던 수건으로 그의 등을 치면서 말했다. "못 갈 것도 없지!"

마슬레니차 축제 때 늙은 아버지가 돈을 받으러 시내로 왔다. 상인의 아내는 알렉세이가 우스티냐와 결혼할 생각을 하고 있다는 걸 알고는 탐탁지 않게 여겼다. "결혼하면 애를 밸 텐데, 애 딸린 여자를 어디에 쓰겠어요?" 그녀가 남편에게 말했다.

상인은 알렉세이의 아버지에게 돈을 건넸다.

"그런데, 우리 애는 잘살고 있습죠?" 농부가 말했다. "유순한 놈이라고 말했습죠."

"유순하긴 한데, 어리석은 생각을 하고 있소. 식모와 결혼할 생각을 하고 있다지. 난 결혼한 사람들을 데리고 있진 않을 거요. 그런 건 우리에게 맞지 않아."

"바보 같은 놈, 멍청이, 생각하는 거라곤." 아버지가 말했다. "걱정 마십쇼. 그따위 생각일랑 버리라고 일러두겠습니다."

아버지는 부엌으로 가서 식탁에 앉아 아들이 오기를 기다렸다. 알료샤는 뛰어다니면서 일을 마치고, 숨을 헐떡거리며 돌아왔다.

"난 네가 분별 있는 놈이라고 생각했다. 그런데 생각한 것이 고작 그거냐?" 아버지가 말했다.

"아무것도 생각 안 했는데요."

"아무 생각을 안 했다니. 결혼하려고 한다며. 때가 되면 네게 맞는 색싯감을 골라줄 텐데 말이다. 도시에 사는 행실 나쁜 여자는 안 돼."

아버지는 많은 얘기를 했다. 알료샤는 그 자리에 서서 한숨을 쉬었다. 아버지의 얘기가 끝나자, 알료샤가 웃음을 지었다.

"그럼, 그만둬야죠."

"그래야지."

아버지가 떠나고 우스티냐와 단둘이 남았을 때, 그가 그녀에게 말했다(그녀는 아버지가 아들에게 하는 얘기를 문 뒤에서 들었다).

"우리 결혼은 안 될 것 같아. 들었지? 아버지가 화나셨어. 허락하지 않을 거야."

그녀는 앞치마에 얼굴을 묻고 소리 없이 울었다.

알료샤는 혀를 찼다.

"아버지의 말을 어떻게 안 듣겠어. 결혼 생각을 포기해야 할 것 같아."

저녁에 상인의 아내가 그를 불러 덧문을 닫게 하면서 말했다.

"그래, 아버지 말도 들었겠다, 어리석은 생각은 버렸겠지?"

"확실히 버렸어요." 알료샤가 말했다. 알료샤는 웃고 있었지만, 사실은 울고 있었다.

그때부터 알료샤는 우스티냐와 결혼에 대해 더이상 얘기하지 않았고, 예전대로 살았다.

그후 집사가 그를 시켜 지붕의 눈을 치우게 했다. 그는 지붕 위로 기어올라가 지붕의 눈을 전부 치운 뒤, 홈통에 얼어붙어 있던 눈을 떼어내다가 발이 미끄러져 그만 삽을 든 채 아래로 떨어지고 말았다. 불행하게도 그는 눈 위가 아닌 함석을 씌운 출구 위로 떨어졌다. 우스티냐가 그에게 달려왔고, 주인집 딸도 달려왔다.

"알료샤, 다쳤어?"

"또 다쳤어. 괜찮아."

그는 일어서고 싶었지만 일어설 수 없었고, 그저 웃기 시작했다. 사람들이 그를 일꾼들의 오두막집으로 옮겼다. 의사의 조수가 도착했다. 조수는 알료샤를 진찰하면서 어디가 아픈지 물었다.

"온몸이 아프지만 괜찮아요. 주인이 알면 화를 내겠네요. 아버지한테 내가 다쳤다는 소식을 전해야 해요."

알료샤는 이틀 밤낮을 누워 있었고, 사흘째 되는 날에 신부를 데리러 사람을 보냈다.

"그런데, 죽으면 어쩌지?" 우스티냐가 물었다.

"죽는 게 어때서? 영원히 사는 사람이 있을까? 사람은 언젠가는 죽어." 알료샤는 여느 때처럼 빠르게 말했다. "날 불쌍히 여겨줘서 고마워, 우스튜샤*. 결혼을 허락받지 못한 것이 더 좋았어. 결혼했다면 좋을 게 없었을 거야. 지금은 모든 게 좋아."

그러고서 그는 두 손으로 성호를 그으며 온 마음을 다해 신부와 함께 기도했다. 그는 마음속으로 여기가 참 좋다고 생각했고, 다른 사람의 말을 듣고 화를 내지 않으면 저세상도 좋을 거라고 생각했다.

그는 별로 말이 없었다. 단지 마실 것을 청했고, 계속 무언가에 깜짝 깜짝 놀라곤 했다.

그는 무언가에 깜짝 놀라더니 몸을 쭉 펴고는 숨을 거두었다.

(1905년)

* 우스티냐의 애칭.

삶과 사상의 반영이자 창작 기법의 산실, 톨스토이 중단편

톨스토이(1828~1910)의 창작 과정에서 중단편은 특별한 의미를 지닌다.

첫째, 톨스토이의 중단편은 자신의 삶(캅카스의 병영 생활, 크림전쟁 참여, 농민 계몽 활동, 기독교로의 전향, 사회정치 평론가 활동 등)과 사상(도덕적 윤리적 자기완성을 위한 심신 수련, 민중사상, 비폭력무저항주의, 아나키즘 등)의 변화를 통시적으로 오롯이 반영하고 있다. 둘째, 톨스토이의 중단편은 러시아 역사와 현실을 문학적으로 형상화하면서 인간 영혼의 세계와 대지에 뿌리박은 복잡한 인간 생활의 드라마를 그린 그의 3대 장편(『전쟁과 평화』『안나 카레니나』『부활』)의 산실이다. '세바스토폴' 연작에서 발아된 민중사상과 반反영웅주의는 『전쟁과 평화』(1864~1869)로 이어지고, 「크로이처 소나타」와 「악마」에 나타난 인간의 육체적 욕망과 질투의 문제, 「세 죽음」과 「이반 일리치의 죽음」 등에서 그려진 죽음에 대한 고통과 사색은 『안나 카레니나』

(1873~1877)와 『부활』에서 더 넓고 깊게 발전한다. 셋째, 톨스토이의 중단편은 그의 3대 장편에서 만개하는 중요한 창작 기법의 보고寶庫다. 대상과 인물에 대한 상세한 묘사, 인간 영혼의 변증법, 낯설게 하기, 심리적 엿보기, 인간 심리의 세밀한 분석, 단음향 소설 등 톨스토이 특유의 기법과 예술적 특징은 이미 1850~70년대의 중단편에서 그 싹이 나타나고 있다.

『사람은 무엇으로 사는가』는 각 시기를 대표하는 11편의 중단편으로 구성되어 있다. 1850년대를 대표하는 「당구 점수기록원의 수기」(1855), 「12월의 세바스토폴」(1855)에는 각각 청년 톨스토이의 방탕한 삶, 캅카스의 병영 생활과 전투 경험이 반영되어 있다.

「당구 점수기록원의 수기」에는 당구 점수기록원의 시선과 관점에서 순진한 주인공 네흘류도프가 도덕적 윤리적으로 타락하는 과정, 즉 호기심에서 내기 당구에 손을 대고 술과 도박과 여자에 빠져들어 재산을 탕진한 후 결국 자살하는 과정이 냉정하고 아이러니하게 묘사되어 있다.

세바스토폴 3부작 중 첫번째 작품인 「12월의 세바스토폴」에는 톨스토이가 직접 참여한 전쟁의 일상이 생생하게 그려져 있다. 전쟁의 탈낭만화에 기초한 이 작품에는 특별한 주인공도 플롯도 없다. 우리는 작가-화자와 함께 전쟁의 참상을 목격하면서 온갖 고통을 묵묵히 견뎌낸 민중이 바로 전쟁의 영웅임을 자연스럽게 깨닫게 된다.

「세 죽음」(1859)에는 제대 후 유럽여행을 하면서 기요틴에 의한 사형 집행을 목격한 후 받은 정신적 충격, 자연과 문명, 소유와 무소유에 대한 톨스토이의 사색이 반영되어 있다. 우리는 귀족 부인, 마부, 나무의 죽음을 보면서 가진 것이 많을수록 죽음의 과정은 더 고통스럽고, 죽음조차 의식하지 못하고 죽어서도 사람에게 도움이 되는 나무를 보면서 죽음이야말로 진정한 구원이자 행복임을 느끼게 된다.

톨스토이의 창작 활동에서 1860~70년대는 『전쟁과 평화』 『안나 카레니나』의 집필 시기로, 이 시기에 발표된 중단편은 상대적으로 많지 않다. 말馬의 관점에서 문명화된 인간과 인간의 소유욕을 풍자하고 비판한 「홀스토메르」(1861) 같은 빼어난 중편이 있지만 분량상 소개할 수 없었다. 여기에 소개된 「캅카스의 포로」(1872)는 톨스토이가 캅카스 지역에서 군 생활을 하면서 직접 겪고 들은 사건을 토대로 해서 쓴 이야기인데, 용맹스러운 타타르인들에게 포로로 잡힌 러시아 장교 질린의 용기와 자유를 향한 불굴의 의지, 질린과 타타르 소녀 디나와의 국적과 종교를 초월한 사랑과 우정을 그리고 있다. 타타르인들의 집, 음식, 옷 등 일상생활에 대한 정확한 묘사와 원시적인 자연의 생생하고 서정적인 묘사가 돋보인다. 『고백』(1878~1880) 이후 톨스토이는 자신의 방탕한 삶을 회개하고 난해하고 복잡하기만 할 뿐 민중의 삶에 전혀 도움이 되지 않는다는 이유로 자신의 거의 모든 작품을 부정했지만 「캅카스의 포로」만큼은 아주 좋은 작품으로 손꼽았다.

『고백』 이후 톨스토이는 '단순한 형식과 간명한 내용'을 통해 보통 사람들을 계몽하고 그들에게 삶의 지혜와 교훈을 주고자 기독교 복음서의 내용과 세계와 러시아의 옛이야기, 전설, 신화 등을 쉽고 새롭게 풀어서 일련의 민중소설을 쓰게 된다. 「사람은 무엇으로 사는가」 「바보

이반 이야기」「사람에게 많은 땅이 필요한가」「사랑이 있는 곳에 신도 있다」「양초」「두 노인」「머슴 예멜리안과 빈 북」 등이 이 시기에 쓰인 대표적인 단편이다.

「사람은 무엇으로 사는가」(1881)는 이른바 '민중소설'의 첫번째 작품이다. 1879년 7월에 톨스토이는 야스나야 폴랴나에 머문 올로네츠의 이야기꾼 셰골료노크에게서 많은 전설, 옛이야기, 영웅담 등을 듣게 되고, 이때 들은 이야기가 이 시기에 쓰인 단편들의 주요 모티프가 된다. '대천사 미하일'이라는 기독교 민간 전설이 「사람은 무엇으로 사는가」의 구성에 큰 역할을 하고 있다. 톨스토이는 구두장이 세묜과 그의 아내, 미하일 천사를 통해 '사람의 마음속에 무엇이 있는가?' '사람에게 무엇이 주어지지 않았는가?' '사람은 무엇으로 사는가?'에 대해 답하면서, 사람은 무엇보다 사랑으로 살고 사랑은 곧 하느님이라는 기독교의 진리를 쉽게 풀어 보여준다. 이야기의 마지막에 "천장이 갈라지면서 땅에서 하늘까지 불기둥이 솟는" 초자연적 현상이 부자연스럽다는 지적도 받았지만, 탄탄한 구성과 단순하고 진실한 내용, 완벽한 언어와 문체가 돋보이는 작품이다.

톨스토이는 1873년에 가족과 함께 잠시 사마라 초원에서 살면서 바시키르인들의 생활과 풍습을 직접 체험한 적이 있는데, 이때의 체험과 사색이 「사람에게 많은 땅이 필요한가」(1886)에 반영되어 있다. 하루 동안 걸어다니는 만큼 땅을 차지할 수 있다는 말에 욕심을 부려 무리하게 걷다가 죽은 농부의 이야기는 우크라이나의 민간전설에도 있다고 한다. 「사람에게 많은 땅이 필요한가」에서 톨스토이는 농부 파홈의 땅에 대한 끝없는 집착과 욕심이 부른 파국(죽음)을 군더더기 하나 없이 간단명료하게 보여준다. 사람은 결국 죽게 되고, 죽은 사람에게 필요한 땅은 약 2미터면 족하다는 교훈은 생각과 반성도 없이 오로지 더 많은 것을 소유하고 욕망하는 현대인들로 하여금 삶과 소유의 문제를 진지하게 성찰하게 한다.

1880년대 후반에 쓰인 「크로이처 소나타」(1889), 「악마」(1889), 「세르기 신부」(1898)는 성에 관한 소설이자 인간의 육체적 욕망과 질투에 대한 연구서라고 할 수 있다. 톨스토이는 평생 과도한 성욕으로 괴로워했다고 하는데, 세 작품 모두 자전적인 요소가 짙다.

톨스토이는 1886년에 배우 안드레예프-부를라크로부터 어떤 유부녀의 불륜 이야기를 듣고 '남편이 아내를 살해한 이야기'를 쓰기로 한다. 이 과정에서 바이올리니스트 율리 랴소타와 아들 세르게이가 합주한 베토벤의 〈크로이처 소나타〉에 크게 감명을 받은 톨스토이는 이 소나타를 '남편이 아내를 살해한 이야기'의 모티프로 삼아 「크로이처 소나타」(1886~1889)를 쓰게 된다. 이 중편의 슈제트(플롯)—지주귀족 포즈드니셰프가 아내와 바이올리니스트 트루하쳅스키의 불륜을 의심하고 질투한 나머지 마침내 아내를 단검으로 살해한다—는 단순하지만, 이 이야기에는 남녀의 성과 결혼, 가정생활과 관련된 다양한 사회문제들—사랑, 불륜, 이혼, 결혼제도, 여성해방, 성욕, 매춘, 성병, 임신과 출산, 양육 등—이 포즈드니셰프의 입을 통해 폭넓게 제기되고 있다(1장~18장). 남편의 아내 살해라는 선정적인 테마와 육체적 욕망에 대한 노골적인 묘사 때문에 검열에 걸린 이 작품은 톨스토이의 아내 소피야 안드레예브나의 소청과 알렉산드르 3세의 특별 허락을 받아

1891년에야 출판될 수 있었다.

이야기는 기차 여행에서 만난 포즈드니셰프와 화자의 대화로 전개되지만, 실제로 포즈드니셰프의 일방적 독백이나 다름없다. 작품 전반부의 일련의 사회문제에 대한 포즈드니셰프의 장황한 논박(여기에는 톨스토이의 금욕주의적 경향과 가부장적 견해가 직간접적으로 반영되어 있다)은 다소 지루하다. 하지만 포즈드니셰프의 아내와 트루하쳅스키가 〈크로이처 소나타〉를 합주하면서 피아노와 바이올린의 빠르고 격렬한 멜로디를 통해 나누는 육체적 교감과 대화, 아내의 불륜에 대한 의심과 질투 그리고 살해, 이성과 인간 의지로 제어할 수 없는 성적 욕망 등에 대한 후반부의 상세한 묘사(19~28장)는 숨이 막힐 정도로 드라마틱하다. 이런 의미에서 「크로이처 소나타」는 다분히 도스토옙스키적이고, 다른 동물들과는 달리 인간만이 가지고 있는 질투와 욕망의 속성을 섬세하게 묘파한 심리학 교과서라고 할 수 있다. 이 소설을 읽고 나면 덜컹거리는 기차 바퀴 소리, 숨죽인 흐느낌과도 같은 포즈드니셰프의 이상한 목소리와 '우-우-우' 외치는 회한의 비명소리가 귓전에 맴돌고, 그의 고통스럽고 음울한 시선이 눈앞에 어른거린다.

「악마」도 이성이나 의지로 제어할 수 없는 인간의 성적 욕망을 다룬 소설인데, 「크로이처 소나타」보다 톨스토이의 개인적 체험을 더 직접적으로 반영하고 있다. 톨스토이는 결혼 전에 야스나야 폴랴나의 농사꾼 여자인 악시냐 바지키나와 3년 동안 사랑에 빠졌고, 결혼 후에는 집안의 여자 요리사 돔나와 사랑에 빠졌는데, 이때의 경험과 고통이 작품 속에 반영되어 있다. 그리고 당시 툴라에서 일어난 충격적인 연애사건(예심판사 프리데리흐스가 결혼 후 세 달이 지나 결혼 전에 정을 통한 농사꾼 여자 스테파니다를 권총으로 살해하고, 두 달 후 열차에 깔려 사망했다)이 「악마」 슈제트의 근간을 이루고 있다.

「악마」는 육체적 욕망에 사로잡힌 한 젊은이의 정신 상태에 대한 놀라운 분석인데, 막심 고리키는 일찍이 육체적 욕망에 사로잡힌 톨스토이의 고통에 대해 말한 바 있다. 이 작품은 젊고 아름다운 아내를 사랑하지만 결혼 전 관계를 맺은 농부農婦 스테파니다를 향한 육체적 욕망에 어쩔 수 없이 이끌리는 이르테네프의 이야기다. 이르테네프는 순수하고 성실하며, 어떤 타협이나 양심에 어긋나는 행동을 하지 않는 정직한 사람으로 전형적인 톨스토이적 주인공이다. 그러나 사소해 보이는 스테파니다와의 육체적 관계와 이성과 의지로 제어할 수 없는 그녀를 향한 육체적 욕망은 이르테네프의 모든 것을 파괴하고 결국 그를 파멸로 이끈다. 육체적 욕망의 무시무시함과 그 욕망에 사로잡힌 인간의 무력함을 여실히 보여주는 「악마」의 두 가지 결말(이르테네프의 권총 자살/권총으로 스테파니다 살해)에는 죽음이 아니면 육체적 욕망과 애욕에서 결코 벗어날 수 없다는 톨스토이의 엄격한 목소리가 담겨 있다.

조실부모하고 주변 사람들의 죽음을 자주 목도한 톨스토이는 죽기 직전까지 죽음의 공포에 시달렸다고 하는데, 「이반 일리치의 죽음」(1886)에는 죽음에 대한 톨스토이의 공포와 고뇌가 응축되어 있다. 평생 정직하고 열심히 살았다고 자부하는 이반 일리치가 자신에게 닥친 죽음을 우선 부정하고 분노하다가 서서히 죽음과 타협하고 우울에 빠지지만 결국 죽음을 수용하는 과정이 상세하게 묘사된다. 또한 자신의 삶을 있는 그대로 인정하고 주변 사람들에 대한 용서와 사랑으로 마침내 죽음의 공포를 극복하고 진정한 구원에 이르는 순간이 감동적으로 그려지고 있다.

1900년대를 대표하는 「무도회가 끝난 뒤」(1903)와 「알료샤 고르쇼크」(1905)는 보기 드문 완벽한 걸작이다.

「무도회가 끝난 뒤」에서는 주인공이 사랑에 빠진 아름다운 아가씨와 대령인 그녀 아버지의 멋진 댄스를 비롯한 화려한 무도회 장면 묘사와, 무도회가 끝난 뒤 그 대령의 명령에 따라 군인들이 도망치다 잡힌 죄수를 구타하는 잔인하고 끔찍한 장면 묘사가 강렬하게 대비된다. 이 폭력 장면을 우연히 목격한 주인공은 아가씨를 향한 사랑을 잃어버리고 불합리한 현실에 절망하게 된다. 이 단편에는 사랑과 욕망, 폭력과 무저항주의, 사교계의 화려한 삶과 민중의 소박한 삶에 대한 만년의 톨스토이의 문제의식이 담겨 있다.

「알료샤 고르쇼크」는 얼핏 보면 바보 같지만 예지력이 있고 겸손하고 지혜로운 '유로지브이'(성스러운 바보)에 대한 찬양이다. 평생 소박한 정신을 지니고 아버지와 고용주의 명령에 무조건 순종하면서 남의 일을 해주며 살아가는 시골뜨기 소년 알료샤 고르쇼크가 이성과 지성으로는 결코 도달할 수 없는 내면의 빛과 순수한 양심, 완전한 평온(죽음)에 도달하게 된다는 감동적인 이야기로 톨스토이의 합리주의와 악마주의에 기초한 다른 단편들과는 전혀 다른 느낌을 준다.

여기에 실린 11편의 중단편을 순서대로 읽다보면 독자들은 톨스토이의 삶과 사상의 변화, 그의 창작 과정과 예술세계를 자연스럽게 이해하게 될 것이다. 중단편의 번역 대본으로는 22권짜리 톨스토이저작집(예술문학출판사, 모스크바, 1978~1985) 중 제2, 3, 10, 12, 14권을 사용했음을 밝혀둔다.

이항재

레프 톨스토이 연보

1828년 8월 28일(신력 9월 9일. 이후 월, 일은 구력 표기), 니콜라이 일리치 톨스토이 백작과 마리야 니콜라예브나 톨스타야(볼콘스키 공작 가문) 사이에서 5남매 중 넷째 아들로 툴라현의 야스나야 폴랴나에서 출생.

1830년 8월 4일, 어머니 사망.

1837년 1월 10일, 가족이 모스크바로 이주. 6월, 아버지 사망.

1844년 8월, 형제들과 카잔으로 이사하여 카잔대학교 동양학부(아랍-터키문학과정)에 입학.

1845년 9월, 카잔대학교 법학부로 전공 변경.

1847년 4월 17일부터 일기를 쓰기 시작. '가정사와 건강 문제'로 카잔대학교를 중퇴한 후 맏형 니콜라이와 함께 야스나야 폴랴나로 귀향하여 농사 관리와 농민생활 개선을 위해 노력했으나 성과를 내지 못함.

1848년 가을, 모스크바로 이주하여 사교계를 전전하며 향락에 빠짐.

1851년 4월 29일, 형 니콜라이를 따라 캅카스로 떠남. 5월, 캅카스 포병여단의 사관후보생 시험에 합격. 5~7월, 첫 작품인 「어린 시절」 집필.

1852년 9월, 'L. N.'이란 익명으로 〈동시대인〉에 「어린 시절」 발표.

1853년 3월, 〈동시대인〉에 중편 「습격」 발표.

1854년 1월, 소위보로 승진. 10월, 〈동시대인〉에 「소년 시절」 발표. 11월, 세바스토폴에 도착하여 크림전쟁에 참여.

1855년 1월, 〈동시대인〉에 단편 「당구 점수기록원의 수기Записки

маркёра」 발표. 6월, 〈동시대인〉에 「12월의 세바스토폴 Севастополь в декабре」 발표. 9월, 〈동시대인〉에 「삼림 벌채」 발표, 상트페테르부르크에서 투르게네프, 네크라소프, 곤차로프, 페트, 파나예프, 오스트롭스키와 교류.

1856년 1월, 〈동시대인〉에 「1855년 8월의 세바스토폴」 발표. 3월 3일, 셋째 형 드미트리가 결핵으로 사망. 5월, 〈동시대인〉에 「두 경기병」 발표. 11월 26일, 제대 후 야스나야 폴랴나로 귀향. 12월, 〈동시대인〉에 「지주의 아침」 발표.

1857년 1월, 〈동시대인〉에 「청년 시절」 발표. 1월 29일~7월, 첫 유럽여행.

1859년 〈독서를 위한 도서관〉에 「세 죽음Три смерти」 발표. 2월, '모스크바 러시아어문학 애호가 협회'에 가입. 5월, 〈러시아 통보〉에 「결혼의 행복」 발표. 10월, 고향에 농민학교 개설.

1860년 7월, 두번째 유럽여행. 9월, 만형 니콜라이 사망.

1862년 여름, 잡지 〈야스나야 폴랴나〉 발행. 9월 23일, 크렘린 성모탄생 사원에서 궁전의宮殿醫 베르스의 둘째 딸 소피야 안드레예브나와(당시 18세) 결혼.

1863년 2월, 〈러시아 통보〉에 「카자크 사람들」 발표. 맏아들 세르게이 출생.

1864년 페테르부르크의 스텔롭스키출판사에서 최초의 두 권짜리 톨스토이 선집 출판. 10월, 만딸 타티야나 출생.

1865년 1~2월, 〈러시아 통보〉에 장편 『1805년』 발표(『전쟁과 평화』의 1, 2부에 해당).

1866년 5월, 둘째 아들 일리야 출생.

1867년 9월, 『전쟁과 평화』 3,4부 집필.

1868년 『전쟁과 평화』 5부 집필.

1869년 『전쟁과 평화』 6부 집필. 5월 20일, 셋째 아들 레프 출생.

1871년 2월, 딸 마리야 출생. 여름, 사마라 바주루스키 지역의 토지 구매. 가을, 『초등 교과서』 집필.

1872년 『초등 교과서』 발행. 「캅카스의 포로Кавказский пленник」 발표.

1873년 3월, 『안나 카레니나』 집필 시작. 12월, 러시아 과학 아카데미 러시아어문학 분야 회원으로 선출.

1875년 1월, 〈러시아 통보〉에 『안나 카레니나』 게재 시작.

1877년 『안나 카레니나』 집필 완료. 7월, N. 스트라호프와 함께 오프티나 푸스틴 수도원 방문. 12월, 아들 안드레이 출생.

1878년 『안나 카레니나』 단행본으로 출간. 『고백』 집필 시작.

1879년 12월, 아들 미하일 출생.

1880년 『고백』 완성. 4월, 푸시킨 기념축제 참석을 거절.

1881년 황제 알렉산드르 3세에게 알렉산드르 2세를 암살한 혁명당원들의 처형을 반대하는 청원 편지 보냄. 오프티나 수도원 방문, 단편 「사람은 무엇으로 사는가Чем люди живы」 발표.

1883년 6월 10일, 병상의 투르게네프가 톨스토이에게 편지를 써서 순수예술로 돌아오라고 간청. 9월, 『나의 신앙은 무엇인가』 집필. 10월, V. 체르트코프 만남.

1884년 6월 17일, 야스나야 폴랴나에서 첫 가출 시도. 6월 18일, 막내딸 알렉산드라 출생. 11월, 체르트코프가 출판사 '중개인' 설립.

1885년 '중개인' 출판사를 위해 「양초」 「두 노인」 「바보 이반 이야기」 등을 집필.

1886년 중편 「이반 일리치의 죽음Смерть Ивана Ильича」 발표. 희곡 「암흑의 힘」 집필. 중편 「홀스토메르」, 단편 「사람에게 많은 땅이 필요한가Много ли человеку земли нужно」 발표.

1887년 「인생론」 「크로이처 소나타Крейцерова соната」 집필(1887~1889, 1891년에 출판). V. 코롤렌코와 만남.

1888년 2월, 모스크바에서 야스나야 폴랴나까지 도보 여행. 3월 31일, 막내아들 이반 출생.

1889년 「세르기 신부」 집필. 오프티나 푸스틴 수도원 순례 여행. 「크로이처 소나타」가 검열로 출판 금지됨. 11월, 중편 「악마Дьявол」 집필.

1891년 2월 24일, 희곡 「계몽의 열매」가 모스크바에서 초연됨(K. 스타니슬랍스키 연출). 기근 농민들을 위한 무료급식소 사업 전개.

1893년 5월 4일, 「신의 나라는 너희들 내부에 있다」 집필. 7~8월, 「무위」 집필. 10월, 「노자」 번역 시작.

1894년 1월, 이반 부닌과 만남.

1895년 3월 23일, 막내아들 이반 사망. 3월 27일, 최초의 유언장을 씀. 8월, 야스나야 폴랴나에 찾아온 안톤 체호프와 만남.

1896년 아내와 함께 여동생 마리야가 있는 샤모르디노수도원 방문. 이 수도원에서 「하지 무라트」 집필 구상.

1897년 겨울, 『예술이란 무엇인가』 탈고.

1898년 두호보르교도들과 만남. 「세르기 신부」와 『부활』 집필 계속.

1899년 3월, 〈니바〉에 『부활』 발표.

1900년 1월 16일, 야스나야 폴랴나에서 M. 고리키와 만남.

1901년 2월 22일, 신성종무원이 톨스토이를 러시아정교회에서 파문하기로 결정. 7~9월, 티푸스와 폐렴에 걸려 크림 지역 카스프라에서 요양.

1902년 5월, V. 코롤렌코와 만남.

1903년 단편 「무도회가 끝난 뒤После бала」 집필.

1904년 5월, 러일전쟁에 대한 논문 「깊이 생각하라」 집필. 「하지 무라트」 완성. 비류코프가 쓴 『톨스토이 전기』 원고 교열.

1905년 2월, 「알료샤 고르쇼크Алеша Горшок」 집필.

1906년 8월, 소피야 안드레예브나가 중병에 걸림. 11월, 딸 마리야 사망.

1907년 당국에 의해 톨스토이의 몇몇 저서가 압수당함. 10월, 비서 N. 구세프가 체포당함.

1908년 1월, 톨스토이 탄생 80주년 기념제를 위한 특별위원회가 페테르부르크에서 조직됨. 8월 28일, 톨스토이 탄생 80주년 기념제가 세계 각처에서 열림. 「아동을 위한 그리스도의 가르침」 발표.

1909년 8월, 비서 구세프가 다시 체포되어 유형에 처해짐. 10월, 유언장 작성.

1910년 2월, 단편 「호드인카」 집필. 7월 22일, 최후의 유언장 작성. 10월 28일 새벽, 소피야 안드레예브나에게 쪽지를 남기고 의사 마코비츠키와 함께 야스나야 폴랴나의 정든 집을 떠남. 10월 28~29일, 오프티나 푸스틴 수도원에 머물다가 샤모르디노수도원으로 가서 여동생 마리야 니콜라예브나와 만남. 10월 31일, 여행 도중 병이 위중해져 랴잔-우랄 철도 중간의 시골 역에서 내림. 11월 3일, 일기에 마지막 감상을 씀. 11월 7일 오전 6시 5분, 아스타포보 간이역의 역장 관사에서 사망. 11월 9일, 유언에 따라 야스나야 폴랴나의 '자카스' 숲에 묻힘.

문학동네 세계문학전집 발간에 부쳐

세계문학은 국민문학 혹은 지역문학을 떠나 존재하는 문학이 아니지만 그것들의 총합도 아니다. 세계문학이라는 용어에는 그 나름의 언어와 전통을 갖고 있는 국민문학이나 지역문학의 존재를 인정하면서 그것을 넘어서는 문학의 보편적 질서에 대한 관념이 새겨져 있다. 그 용어를 처음 고안한 19세기 유럽인들은 유럽문학을 중심으로 그 질서를 구축했지만 풍부한 국민문학의 전통을 가지고 있는 현대의 문학 강국들은 나름의 방식으로 세계문학을 이해하면서 정전(正典)의 목록을 작성하고 또 수정한다.

한국에서도 세계문학 관념은 우리 사회와 문화의 변화 속에서 거듭 수정돼왔다. 어느 시기에는 제국 일본의 교양주의를 반영한 세계문학 관념이, 어느 시기에는 제3세계 민족주의에 동조한 세계문학 관념이 출현했고, 그러한 관념을 실천한 전집물이 출판됐다. 21세기 한국에 새로운 세계문학전집이 필요하다는 것은 명백하다. 우리의 지성과 감성의 기준에 부합하는 세계문학을 다시 구상할 때가 되었다.

문학동네 세계문학전집은 범세계적으로 통용되는 고전에 대한 상식을 존중하면서도 지난 반세기 동안 해외 주요 언어권에서 창작과 연구의 진전에 따라 일어난 정전의 변동을 고려하여 편성되었다. 그래서 불멸의 명작은 물론 동시대 세계의 중요한 정치·문화적 실천에 영감을 준 새로운 작품들을 두루 포함시켰다.

창립 이후 지금까지 한국문학 및 번역문학 출판에서 가장 전문적이고 생산적인 그룹을 대표해온 문학동네가 그간 축적한 문학 출판 경험을 바탕으로 새로운 세계문학전집을 펴낸다. 인류가 무지와 몽매의 어둠 속을 방황하면서도 끝내 길을 잃지 않은 것은 세계문학사의 하늘에 떠 있는 빛나는 별들이 길잡이가 되어주었기 때문이다. 우리가 자부심과 사명감 속에서 그리게 될 이 새로운 별자리가 독자들의 관심과 애정에 힘입어 우리 모두의 뿌듯한 자산이 되기를 소망한다.

문학동네 세계문학전집 편집위원

민은경, 박유하, 변현태, 송병선, 이재룡, 홍길표, 남진우, 황종연

지은이 **레프 톨스토이**

1828년 러시아 툴라 지방의 야스나야 폴랴나에서 태어났다. 1852년 「어린 시절」을 발표하면서 작가로서의 첫발을 내디뎠다. 1862년 결혼한 뒤, 『전쟁과 평화』 『안나 카레니나』 『부활』 등 대작을 집필하며 세계적인 작가로서 명성을 얻었다. 1910년 방랑길에 나섰다가 아스타포보역(현재 톨스토이역)에서 숨을 거두었다.

옮긴이 **이항재**

고려대학교 노어노문학과를 졸업하고 동 대학원에서 「투르게네프의 후기 중단편 연구」로 박사 학위를 받았다. 고리키세계문학연구소 연구교수와 한국러시아문학회 회장을 지냈고, 현재 단국대학교 러시아어과 교수로 재직중이다. 지은 책으로 『소설의 정치학: 투르게네프 소설 연구』 『러시아 문학의 이해』(공저)가 있고 옮긴 책으로 『러시아 문학사』 『아르세니예프의 인생』 『아버지와 아들』 『루진』 『귀족의 보금자리』 『첫사랑』 『숄로호프 단편선』 『톨스토이와 함께한 하루』 등이 있다.

세계문학전집 216

사람은 무엇으로 사는가

1판 1쇄 2022년 9월 5일
1판 3쇄 2024년 9월 13일

지은이 레프 톨스토이 | 옮긴이 이항재

편집 손예린 이현정 이종현 고선향 오동규
디자인 백주영 이주영 | 저작권 박지영 형소진 최은진 오서영
마케팅 정민호 서지화 한민아 이민경 안남영 왕지경 정경주 김수인 김혜원 김하연 김예진
브랜딩 함유지 함근아 박민재 김희숙 이송이 박다솔 조다현 정승민 배진성
제작 강신은 김동욱 이순호 | 제작처 영신사

펴낸곳 (주)문학동네 | **펴낸이** 김소영
출판등록 1993년 10월 22일 제2003-000045호
주소 10881 경기도 파주시 회동길 210
전자우편 editor@munhak.com | **대표전화** 031)955-8888 | **팩스** 031)955-8855
문의전화 031)955-1927(마케팅), 031)955-1917(편집)
문학동네카페 http://cafe.naver.com/mhdn
인스타그램 @munhakdongne | **트위터** @munhakdongne
북클럽문학동네 http://bookclubmunhak.com

ISBN 978-89-546-9987-7 04890
978-89-546-0901-2 (세트)

잘못된 책은 구입하신 서점에서 교환해드립니다.
기타 교환 문의 031) 955-2661, 3580

1, 2, 3 안나 카레니나 레프 톨스토이 | 박형규 옮김
4 판탈레온과 특별봉사대 마리오 바르가스 요사 | 송병선 옮김
5 황금 물고기 J. M. G. 르 클레지오 | 최수철 옮김
6 템페스트 윌리엄 셰익스피어 | 이경식 옮김
7 위대한 개츠비 F. 스콧 피츠제럴드 | 김영하 옮김
8 아름다운 애너벨 리 싸늘하게 죽다 오에 겐자부로 | 박유하 옮김
9, 10 파우스트 요한 볼프강 폰 괴테 | 이인웅 옮김
11 가면의 고백 미시마 유키오 | 양윤옥 옮김
12 킴 러디어드 키플링 | 하창수 옮김
13 나귀 가죽 오노레 드 발자크 | 이철의 옮김
14 피아노 치는 여자 엘프리데 옐리네크 | 이병애 옮김
15 1984 조지 오웰 | 김기혁 옮김
16 벤야멘타 하인학교 - 야콥 폰 군텐 이야기 로베르트 발저 | 홍길표 옮김
17, 18 적과 흑 스탕달 | 이규식 옮김
19, 20 휴먼 스테인 필립 로스 | 박범수 옮김
21 체스 이야기·낯선 여인의 편지 슈테판 츠바이크 | 김연수 옮김
22 왼손잡이 니콜라이 레스코프 | 이상훈 옮김
23 소송 프란츠 카프카 | 권혁준 옮김
24 마크롤 가비에로의 모험 알바로 무티스 | 송병선 옮김
25 파계 시마자키 도손 | 노영희 옮김
26 내 생명 앗아가주오 앙헬레스 마스트레타 | 강성식 옮김
27 여명 시도니가브리엘 콜레트 | 송기정 옮김
28 한때 흑인이었던 남자의 자서전 제임스 웰든 존슨 | 천승걸 옮김
29 슬픈 짐승 모니카 마론 | 김미선 옮김
30 피로 물든 방 앤절라 카터 | 이귀우 옮김
31 숨그네 헤르타 뮐러 | 박경희 옮김
32 우리 시대의 영웅 미하일 레르몬토프 | 김연경 옮김
33, 34 실낙원 존 밀턴 | 조신권 옮김
35 복낙원 존 밀턴 | 조신권 옮김
36 포로기 오오카 쇼헤이 | 허호 옮김
37 동물농장·파리와 런던의 따라지 인생 조지 오웰 | 김기혁 옮김
38 루이 랑베르 오노레 드 발자크 | 송기정 옮김
39 코틀로반 안드레이 플라토노프 | 김철균 옮김
40 어두운 상점들의 거리 파트릭 모디아노 | 김화영 옮김
41 순교자 김은국 | 도정일 옮김
42 젊은 베르테르의 슬픔 요한 볼프강 폰 괴테 | 안장혁 옮김
43 더블린 사람들 제임스 조이스 | 진선주 옮김
44 설득 제인 오스틴 | 원영선, 전신화 옮김
45 인공호흡 리카르도 피글리아 | 엄지영 옮김
46 정글북 러디어드 키플링 | 손향숙 옮김
47 외로운 남자 외젠 이오네스코 | 이재룡 옮김
48 에피 브리스트 테오도어 폰타네 | 한미희 옮김
49 둔황 이노우에 야스시 | 임용택 옮김
50 미크로메가스·캉디드 혹은 낙관주의 볼테르 | 이병애 옮김
51, 52 염소의 축제 마리오 바르가스 요사 | 송병선 옮김
53 고야산 스님·초롱불 노래 이즈미 교카 | 임태균 옮김

54 다니엘서 E. L. 닥터로 | 정상준 옮김
55 이날을 위한 우산 빌헬름 게나치노 | 박교진 옮김
56 톰 소여의 모험 마크 트웨인 | 강미경 옮김
57 카사노바의 귀향·꿈의 노벨레 아르투어 슈니츨러 | 모명숙 옮김
58 바보들을 위한 학교 사샤 소콜로프 | 권정임 옮김
59 어느 어릿광대의 견해 하인리히 뵐 | 신동도 옮김
60 웃는 늑대 쓰시마 유코 | 김훈아 옮김
61 팔코너 존 치버 | 박영원 옮김
62 한눈팔기 나쓰메 소세키 | 조영석 옮김
63, 64 톰 아저씨의 오두막 해리엇 비처 스토 | 이종인 옮김
65 아버지와 아들 이반 투르게네프 | 이항재 옮김
66 베니스의 상인 윌리엄 셰익스피어 | 이경식 옮김
67 해부학자 페데리코 안다아시 | 조구호 옮김
68 긴 이별을 위한 짧은 편지 페터 한트케 | 안장혁 옮김
69 호텔 뒤락 애니타 브루크너 | 김정 옮김
70 잔해 쥘리앵 그린 | 김종우 옮김
71 절망 블라디미르 나보코프 | 최종술 옮김
72 더버빌가의 테스 토머스 하디 | 유명숙 옮김
73 감상소설 미하일 조셴코 | 백용식 옮김
74 빙하와 어둠의 공포 크리스토프 란스마이어 | 진일상 옮김
75 쓰가루·석별·옛날이야기 다자이 오사무 | 서재곤 옮김
76 이인 알베르 카뮈 | 이기언 옮김
77 달려라, 토끼 존 업다이크 | 정영목 옮김
78 몰락하는 자 토마스 베른하르트 | 박인원 옮김
79, 80 한밤의 아이들 살만 루슈디 | 김진준 옮김
81 죽은 군대의 장군 이스마일 카다레 | 이창실 옮김
82 페레이라가 주장하다 안토니오 타부키 | 이승수 옮김
83, 84 목로주점 에밀 졸라 | 박명숙 옮김
85 아베 일족 모리 오가이 | 권태민 옮김
86 폭풍의 언덕 에밀리 브론테 | 김정아 옮김
87, 88 늦여름 아달베르트 슈티프터 | 박종대 옮김
89 클레브 공작부인 라파예트 부인 | 류재화 옮김
90 P세대 빅토르 펠레빈 | 박혜경 옮김
91 노인과 바다 어니스트 헤밍웨이 | 이인규 옮김
92 물방울 메도루마 슌 | 유은경 옮김
93 도깨비불 피에르 드리외라로셸 | 이재룡 옮김
94 프랑켄슈타인 메리 셸리 | 김선형 옮김
95 래그타임 E. L. 닥터로 | 최용준 옮김
96 캔터빌의 유령 오스카 와일드 | 김미나 옮김
97 만(卍)·시게모토 소장의 어머니 다니자키 준이치로 | 김춘미, 이호철 옮김
98 맨해튼 트랜스퍼 존 더스패서스 | 박경희 옮김
99 단순한 열정 아니 에르노 | 최정수 옮김
100 열세 걸음 모옌 | 임홍빈 옮김
101 데미안 헤르만 헤세 | 안인희 옮김
102 수레바퀴 아래서 헤르만 헤세 | 한미희 옮김
103 소리와 분노 윌리엄 포크너 | 공진호 옮김

104 곰 윌리엄 포크너 | 민은영 옮김
105 롤리타 블라디미르 나보코프 | 김진준 옮김
106, 107 부활 레프 톨스토이 | 박형규 옮김
108, 109 모래그릇 마쓰모토 세이초 | 이병진 옮김
110 은둔자 막심 고리키 | 이강은 옮김
111 불타버린 지도 아베 고보 | 이영미 옮김
112 말라볼리아가의 사람들 조반니 베르가 | 김운찬 옮김
113 디어 라이프 앨리스 먼로 | 정연희 옮김
114 돈 카를로스 프리드리히 실러 | 안인희 옮김
115 인간 짐승 에밀 졸라 | 이철의 옮김
116 빌러비드 토니 모리슨 | 최인자 옮김
117, 118 미국의 목가 필립 로스 | 정영목 옮김
119 대성당 레이먼드 카버 | 김연수 옮김
120 나나 에밀 졸라 | 김치수 옮김
121, 122 제르미날 에밀 졸라 | 박명숙 옮김
123 현기증. 감정들 W. G. 제발트 | 배수아 옮김
124 강 동쪽의 기담 나가이 가후 | 정병호 옮김
125 붉은 밤의 도시들 윌리엄 버로스 | 박인찬 옮김
126 수고양이 무어의 인생관 E. T. A. 호프만 | 박은경 옮김
127 맘브루 R. H. 모레노 두란 | 송병선 옮김
128 익사 오에 겐자부로 | 박유하 옮김
129 땅의 혜택 크누트 함순 | 안미란 옮김
130 불안의 책 페르난두 페소아 | 오진영 옮김
131, 132 사랑과 어둠의 이야기 아모스 오즈 | 최창모 옮김
133 페스트 알베르 카뮈 | 유호식 옮김
134 다마세누 몬테이루의 잃어버린 머리 안토니오 타부키 | 이현경 옮김
135 작은 것들의 신 아룬다티 로이 | 박찬원 옮김
136 시스터 캐리 시어도어 드라이저 | 송은주 옮김
137 고독한 산책자의 몽상 장자크 루소 | 문경자 옮김
138 용의자의 야간열차 다와다 요코 | 이영미 옮김
139 세기아의 고백 알프레드 드 뮈세 | 김미성 옮김
140 햄릿 윌리엄 셰익스피어 | 이경식 옮김
141 카산드라 크리스타 볼프 | 한미희 옮김
142 이 글을 읽는 사람에게 영원한 저주를 마누엘 푸익 | 송병선 옮김
143 마음 나쓰메 소세키 | 유은경 옮김
144 바다 존 밴빌 | 정영목 옮김
145, 146, 147, 148 전쟁과 평화 레프 톨스토이 | 박형규 옮김
149 세 가지 이야기 귀스타브 플로베르 | 고봉만 옮김
150 제5도살장 커트 보니것 | 정영목 옮김
151 알렉시 · 은총의 일격 마르그리트 유르스나르 | 윤진 옮김
152 말라 온다 알베르토 푸겟 | 엄지영 옮김
153 아르세니예프의 인생 이반 부닌 | 이항재 옮김
154 오만과 편견 제인 오스틴 | 류경희 옮김
155 돈 에밀 졸라 | 유기환 옮김
156 젊은 예술가의 초상 제임스 조이스 | 진선주 옮김
157, 158, 159 카라마조프가의 형제들 표도르 도스토옙스키 | 김희숙 옮김

160 진 브로디 선생의 전성기 뮤리얼 스파크 | 서정은 옮김
161 13인당 이야기 오노레 드 발자크 | 송기정 옮김
162 하지 무라트 레프 톨스토이 | 박형규 옮김
163 희망 앙드레 말로 | 김웅권 옮김
164 임멘 호수·백마의 기사·프시케 테오도어 슈토름 | 배정희 옮김
165 밤은 부드러워라 F. 스콧 피츠제럴드 | 정영목 옮김
166 야간비행 앙투안 드 생텍쥐페리 | 용경식 옮김
167 나이트우드 주나 반스 | 이예원 옮김
168 소년들 앙리 드 몽테를랑 | 유정애 옮김
169, 170 독립기념일 리처드 포드 | 박영원 옮김
171, 172 닥터 지바고 보리스 파스테르나크 | 박형규 옮김
173 싯다르타 헤르만 헤세 | 권혁준 옮김
174 야만인을 기다리며 J. M. 쿳시 | 왕은철 옮김
175 철학편지 볼테르 | 이봉지 옮김
176 거지 소녀 앨리스 먼로 | 민은영 옮김
177 창백한 불꽃 블라디미르 나보코프 | 김윤하 옮김
178 슈틸러 막스 프리슈 | 김인순 옮김
179 시핑 뉴스 애니 프루 | 민승남 옮김
180 이 세상의 왕국 알레호 카르펜티에르 | 조구호 옮김
181 철의 시대 J. M. 쿳시 | 왕은철 옮김
182 카시지 조이스 캐럴 오츠 | 공경희 옮김
183, 184 모비 딕 허먼 멜빌 | 황유원 옮김
185 솔로몬의 노래 토니 모리슨 | 김선형 옮김
186 무기여 잘 있거라 어니스트 헤밍웨이 | 권진아 옮김
187 컬러 퍼플 앨리스 워커 | 고정아 옮김
188, 189 죄와 벌 표도르 도스토옙스키 | 이문영 옮김
190 사랑 광기 그리고 죽음의 이야기 오라시오 키로가 | 엄지영 옮김
191 빅 슬립 레이먼드 챈들러 | 김진준 옮김
192 시간은 밤 류드밀라 페트루솁스카야 | 김혜란 옮김
193 타타르인의 사막 디노 부차티 | 한리나 옮김
194 고양이와 쥐 귄터 그라스 | 박경희 옮김
195 펠리시아의 여정 윌리엄 트레버 | 박찬원 옮김
196 마이클 K의 삶과 시대 J. M. 쿳시 | 왕은철 옮김
197, 198 오스카와 루신다 피터 케리 | 김시현 옮김
199 패싱 넬라 라슨 | 박경희 옮김
200 마담 보바리 귀스타브 플로베르 | 김남주 옮김
201 패주 에밀 졸라 | 유기환 옮김
202 도시와 개들 마리오 바르가스 요사 | 송병선 옮김
203 루시 저메이카 킨케이드 | 정소영 옮김
204 대지 에밀 졸라 | 조성애 옮김
205, 206 백치 표도르 도스토옙스키 | 김희숙 옮김
207 백야 표도르 도스토옙스키 | 박은정 옮김
208 순수의 시대 이디스 워턴 | 손영미 옮김
209 단순한 이야기 엘리자베스 인치볼드 | 이혜수 옮김
210 바닷가에서 압둘라자크 구르나 | 황유원 옮김
211 낙원 압둘라자크 구르나 | 왕은철 옮김

212 피라미드 이스마일 카다레 | 이창실 옮김
213 애니 존 저메이카 킨케이드 | 정소영 옮김
214 지고 말 것을 가와바타 야스나리 | 박혜성 옮김
215 부서진 사월 이스마일 카다레 | 유정희 옮김
216 사람은 무엇으로 사는가 레프 톨스토이 | 이항재 옮김
217, 218 악마의 시 살만 루슈디 | 김진준 옮김
219 오늘을 잡아라 솔 벨로 | 김진준 옮김
220 배반 압둘라자크 구르나 | 황가한 옮김
221 어두운 밤 나는 적막한 집을 나섰다 페터 한트케 | 윤시향 옮김
222 무어의 마지막 한숨 살만 루슈디 | 김진준 옮김
223 속죄 이언 매큐언 | 한정아 옮김
224 암스테르담 이언 매큐언 | 박경희 옮김
225, 226, 227 특성 없는 남자 로베르트 무질 | 박종대 옮김
228 앨프리드와 에밀리 도리스 레싱 | 민은영 옮김
229 북과 남 엘리자베스 개스켈 | 민승남 옮김
230 마지막 이야기들 윌리엄 트레버 | 민승남 옮김
231 벤저민 프랭클린 자서전 벤저민 프랭클린 | 이종인 옮김
232 만년양식집 오에 겐자부로 | 박유하 옮김
233 이상한 나라의 앨리스 루이스 캐럴 | 존 테니얼 그림 | 김희진 옮김
234 소네치카·스페이드의 여왕 류드밀라 울리츠카야 | 박종소 옮김
235 메데야와 그녀의 아이들 류드밀라 울리츠카야 | 최종술 옮김
236 실종자 프란츠 카프카 | 이재황 옮김
237 진 알랭 로브그리예 | 성귀수 옮김
238 말테의 수기 라이너 마리아 릴케 | 홍사현 옮김
239, 240 율리시스 제임스 조이스 | 이종일 옮김
241 지도와 영토 미셸 우엘벡 | 장소미 옮김
242 사막 J. M. G. 르 클레지오 | 홍상희 옮김
243 사냥꾼의 수기 이반 투르게네프 | 이종현 옮김
244 험볼트의 선물 솔 벨로 | 전수용 옮김
245 바베트의 만찬 이자크 디네센 | 추미옥 옮김
246 나르치스와 골드문트 헤르만 헤세 | 안인희 옮김
247 변신·단식 광대 프란츠 카프카 | 이재황 옮김
248 상자 속의 사나이 안톤 체호프 | 박현섭 옮김
249 가장 파란 눈 토니 모리슨 | 정소영 옮김
250 꽃피는 노트르담 장 주네 | 성귀수 옮김

● 문학동네 세계문학전집은 계속 출간됩니다